旷野无人

一个抑郁症患者的
精神档案

李兰妮

著

人民文学出版社

图书在版编目（CIP）数据

旷野无人：一个抑郁症患者的精神档案/李兰妮著.—北京：人民文学出版
社,2013（2023.9 重印）
ISBN 978-7-02-009624-4

Ⅰ.①旷… Ⅱ.①李… Ⅲ.①纪实文学—中国—当代 Ⅳ.①I25

中国版本图书馆 CIP 数据核字（2012）第 311124 号

责任编辑　刘　稚
装帧设计　陶　雷
责任印制　王重艺

出版发行　人民文学出版社
社　　址　北京市朝内大街 166 号
邮政编码　100705

印　　刷　三河市延风印装有限公司
经　　销　全国新华书店等

字　　数　439 千字
开　　本　710×1000 毫米　1/16
印　　张　24　插页 3
印　　数　23001—26000
版　　次　2008 年 6 月北京第 1 版
印　　次　2023 年 9 月第 8 次印刷

书　　号　978-7-02-009624-4
定　　价　65.00 元

如有印装质量问题,请与本社图书销售中心调换。电话:01065233595

写 在 前 面

潘 凯 雄

　　我曾一直坚持这样一条原则：作为出版人，绝不在自己经手的出版物上留下拙名或说三道四。然而，李兰妮的《旷野无人——一个抑郁症患者的精神档案》这部书稿却让我不得不放弃这一原则，忍不住要站出来说上几句。我感受到了一种前所未有的震撼，且远比平时终审一部文学佳作时产生的震撼要来得强劲，猛烈到了让你一时无语，闷坐在那儿发呆。良久，终于明白：所谓文学，即使是优秀的文学也根本无法涵盖这本书丰厚而现实的意蕴，这里是一声发自生命和心灵的呐喊！对于人类，还有什么比生命与心灵更值得珍重、更应该受到呵护的呢！

　　这是一部及时而实用的作品。在这里，及时与实用绝非贬义，而是大勇气大智慧。据世界卫生组织统计：当今全球抑郁症的发病率为 10.4%，这意味着每十人中就有一人受其影响，高居精神疾病榜首。中国的情况如何？我查不到权威的数据发布。据此，是否可以产生两点猜测：即一，我国对抑郁症的研究与关注还远未到位；第二，作为"地球村"的一分子，即使我们抑郁症的发病率不足 10.4%，但恐怕也低不了多少吧？而更为糟糕的是：在中国，大约 90% 的抑郁症患者根本没有意识到自己可能患上了这种病，更谈不上及时治疗，他或者她的第一反应正如本书作者李兰妮的当年："我会抑郁？笑话！"而即使是那些已经明确知道自己患上了抑郁症的人，也多是对此讳莫如深，缄默与回避成了他们不约而同的选择。现在，李兰妮勇敢地站了出来，她将自己与抑郁症顽强搏斗五年的亲身经历，以原生态的"认知日记"辅以"随笔""链接"和"补白"等组合文字实实在在地告诉你：抑郁症很痛苦，甚至生不如死，但并非不可改变，而改变的主动权就掌握在你自己的手中。

　　这是一部勇敢而顽强的作品。这位与抑郁症顽强搏斗了五年的李兰妮早在 1988 年就罹患癌症，历经三次手术和五次化疗。近五年来，她一直服用赛乐特、奇比特一类抗抑郁药，病魔的侵袭使她几度痛不欲生，且深切地感受到：活着比死要艰难！然而，李兰妮不仅活了下来，而且走了出来！她不仅不再忌讳说自己的病,而且还从一个病人变成了半个专家。读《旷野无人》,你就会知道我们对人类精神疾病的了解是多么的无知。我相信,在数以亿计的抑郁症患者中,兰妮的经历或许并非绝无仅有,但在已公开面世的出版物中,像她这般癌症兼抑郁症的"双料"病人还真是前无古人。因此,《旷野无人》的写作更是一次勇敢者的艰难跋涉。往事不堪回首却偏要一次次再回首,这绝对是自讨苦吃,于是几度写作、几度停顿、几度复发,好不容易成稿,又遇上我这个无知者还要不断与她磋商文本的修改,残酷地让她三番五次再回首。罪过罪过! 但兰妮从不拒绝,终成此稿。我深切地相信:有过这般生活经历,生死于兰妮都早已置之度外,所谓写作、出书、出名一类的俗事儿在她眼中实在是轻如鸿毛,但还要如此顽强地写啊写,不过只是想通过自己的亲身经历与切身体会给那些还在饱受抑郁症折磨的兄弟姐妹们提供一点实实在在的帮助。

这是一部超文本的厚重作品。"认知日记"在告诉你如何自我疗救;"随笔"上溯家族、追忆往事,意在探寻抑郁之多方成因;"链接"在传递迄今为止人类对抑郁症的经典认知;"补白"则将前三者串连起来。四部分浑然一体,我将其命名为"超文本"实属生造。其实,面对兰妮的这种写作,重要的根本就不在命名,也不在文体,而在于抑郁症之成因、病状及治疗的完整过程就这样被赤裸裸、真切切地暴露在生理的、病理的、心理的和历史的、家族的、社会的以及文化的光天化日之下。这就够了,用不着再来任何酸文。

或许有读者会心存疑虑:李兰妮本是作家,有这个写作能力,而那些更多不具备职业写作能力的抑郁症患者又该怎么办?我想,本书的关键点并不在告诉你写不写、怎么写,而在于当你不得不面对人类各种精神疾患时,能否敞开心扉,让阳光驱逐阴霾。太阳每天都会升起,总有一天会照到你这个即使不起眼的小角落,就像兰妮在本书中告诉你的那样……

2008 年 5 月 1 日

兰 妮 自 白

2003 年 6 月 6 日——2003 年 6 月 27 日

我有抑郁症？我怎么可能有抑郁症！我没什么可抑郁的。所有认识我的人都说我非常乐观。我这种人要是有抑郁症，那——全省人民大概都有这个病。

我看到头在一旁飘浮，四肢像被斩首的青蛙发蔫，身子是空的，脑浆——鲜血——额头那一块皮——两个眼珠子……浮在空中飘，各飘各的。过去我看不懂毕加索的画，现在我就是毕加索的一幅画。

2003 年 6 月 28 日——2003 年 7 月 17 日

永远不会老的张国荣在电视上微笑，眼睛微微有点眯，嘴角隐隐藏着一缕笑，有点心事，有点顽皮，有点倦怠，他的眼神在说：今天是愚人节，我们来玩一个死人游戏好不好？

我一只手扒着摩天大楼的天台边沿，全身悬空，眼看就要掉下去了。我不知道还能坚持多久，也不知道何时能爬上天台。我只有三个指头支撑全身重量。很想很想放手啊。

2003 年 7 月 18 日——2003 年 7 月 30 日

我们每一个人都有自己精神、命运的分水岭。当我们成为抑郁病人，或将要成为抑郁病人时，必须安静下来，仔细梳理自己的精神脉络：到底哪个段落出了毛病？究竟哪个区域有暗伤？阻塞是什么？裂痕有多深？

写这份遗嘱的时候，心里很平静，思维很冷静。没有伤感，没有牵挂，没有遗憾。人之将死，是没有多少话要说的。

2003 年 7 月 31 日——2003 年 10 月 27 日

我那些童年与母亲关系紧张的朋友,她们的母亲往往都是新中国第一代职业妇女,长得都有几分姿色,有一个小头衔,政治上求进步,业务上拔尖,在家里能当丈夫的家,有点洁癖,公私分明,对外人比对自己儿女关心、和蔼。

她们无意识层面中的"母亲原型"和社会层面、意识层面的"母亲原型"存在冲突和混乱,自然而然,她们必遭"精神修理"的空前剧痛。

2003 年 10 月 29 日——2003 年 11 月 17 日

她每天没完没了地抹桌拖地擦窗户,她刷席子能把席子刷破,擦窗户能把木框上的漆擦掉露出木纹来。她教训我和弟弟时,肯定要关上门窗,不给外人听见。弟弟那时才五六岁,却已训练有素,妈妈警觉的眼睛一扫窗户,他就心领神会去关窗,仔细插上窗闩,拉满窗帘,不露一丝缝隙。

这时的钞票变成了浴巾大的一张红色剪纸,碎碎破破,很难拼凑。我好像着了魔,越难拼凑我就越较劲。胖妇下班过来了,她很有兴致地看我拼图,我越发来劲,不能收场。

2003 年 11 月 18 日——2004 年 1 月 12 日

十字路口,正等待红灯熄绿灯亮。突然,我看到了我的电脑,就是趴在广州家里的那台电脑。在关闭的扁平的 IBM 黑色笔记本电脑上,我看见了爱因斯坦的头。全世界都熟悉的那张脸。蓬乱的白发,深深的皱纹,神秘的表情,黠慧的眼神,唇边漾出顽皮的嘲讽,他笑:不敢来吗?

当我写到深圳时,记忆遭遇障碍。灰蒙蒙的雾,隐隐约约的沼泽,看不真切。

2

2004 年 1 月 15 日——2004 年 4 月 5 日

2002 年底至 2003 年春季,不尊重大自然的人类受到了 SARS 的警告;而我受到了不肯"退到野地里去"的惩罚。既然癌症的警告你都不能领悟,那就尝尝抑郁症的教训吧。

这个念头似乎另有生命,它不受我控制。它总是闪出来,跳出来,大声问:李兰妮,你能写完这本书吗?你要是抑郁症再度严重爆发,你会不会完蛋?你会不会突然死掉?如果给你一个机会死你死不死?李兰妮,如果你的癌症转移到脑子里,你就写不完了。你不要回避。你不愿意去肿瘤医院复查,你是心虚害怕。你不敢再开刀。

2004 年 4 月 12 日——2004 年 5 月 12 日

幻觉、强迫症状紧紧纠缠我,那些因抑郁症自杀的人总在对我说:怎么还不走?走吧,快点走,你没有什么可留恋的。

我目前在做的就是"活着"。我所有的精气神都用在坚持活着,活着比死去要难。

2004 年 5 月 13 日——2004 年 8 月 7 日

每个生命都是尊贵的。每个都很重要。不论是生病的,还是残缺的、垂死的。

我的使命就是,得癌症,得抑郁症,不死,老老实实把心得写出来。就像我颈部那块长长的伤疤,头颈科专家用相机把它拍下来,作为手术失败的例子,将在课堂上向未来的医生们展示。目的是,让后来的人活得更健康,更平安。

我们经过水火，你却使我们到丰富之地。

——《圣经·旧约·诗篇》

引　子

现在是 2005 年 8 月 26 日星期五上午 11 点 20 分。自从 2004 年 8 月 7 日之后,我没有面对过这部认知日记。

多少次想打开电脑,把它点击出来看看。只这么一想,气就郁结在胸在腹,满满地痛。此刻我已经开始头晕,恶心。

为什么会这样?

想回避?

积极点,李兰妮。我知道你脑子里又充满了那些抑郁症自杀者的影像和声音。关掉这电闸。深呼吸。

好些了吗? 我知道你的心在轻轻哆嗦。

癌症开过三次刀,做过四个半疗程的化疗。从 2003 年 4 月至今,你一直要服用抗抑郁药:赛乐特、奇比特和佳乐定。你每天都会想到这句话:活着比死要艰难。

你每天要在脑海里反复抹去这句话。

旷野无人——往光亮处看啊,你将走过死荫的幽谷。

常有人问:你在写什么?

什么也不写。

那你每天干什么?

不干什么。

心说:我在竭尽全力——活啊。

第 1 篇

认知日记

2003 年 6 月 6 日星期五上午 12 点 15 分

今天我列出了治疗抑郁症的日程表,并开始记日记。我相信这对我的康复有帮助。

英国、德国心理学家的著作都认为,记日记能帮助患者清理思绪,将负面思维方式扭转为正面的、积极的思维方式。

美国一位牧师、教育家、作家在书中引用《圣经》:"我藉着那加给我力量的,凡事都能做。"他认为积极思考就是力量。

下午我要去精神卫生科、中医科看病。我已做了祷告,相信一切都会顺利的。我还写了提问备忘录,这样就不会紧张了。

今天以前,我很怕写日记治病。我怕想到"写"字,想想就很焦虑。我认为自己做不到。现在看来,就像《圣经》所说:"软弱的,他加力量。"到目前为止,我对自己今天所做的比较满意。我要坚持下去。

第一天,不要勉强写太多。写了就是胜利。

我要表扬李兰妮。加油。

随 笔

这个夏天我晒得很黑。几乎每天中午 12 点半我都出门晒太阳。每次四十五分钟左右。我把这当做抑郁症光照疗法。

以往多年,我极少晒太阳。我所看过的美容书刊都强调:避免衰老、美白护肤的要素是严防紫外线侵袭。有美人警告女人:要彻底杜绝日晒;上午 10 点至下午 4 点切切不可出门;一趟旅游晒黑,五年才能美白回来。

中国人喜欢一白遮百丑。当今都市人更是有意无意远离阳光,远离自然。这种状况不警惕,抑郁症的幽灵迟早要杀人。据世界卫生组织统计:目前全球抑郁症发病率是 10.4%，即每十人中就有一人受影响。

抑郁症最可怕的负面后果就是自杀。

英国剑桥大学博士苏珊·阿尔德里奇指出：15% 患严重抑郁症的人死于自杀。

患抑郁症是不分年龄的。德国心理学家乌尔苏拉·努贝尔举例：美国曾在全国范围内对八至十年级的学生进行调查，34% 的人曾经考虑过自杀的问题。

在北欧、英国、纽约所有成年人中，15% 至 30% 曾在生活中患过一次重度抑郁症。

由于抑郁症的比例较高，亚洲的高自杀率令人痛心。中国的自杀人数占世界自杀人数的将近一半。

社会心理学家发出警告：我们现在正处于一场抑郁症传染期当中。

2002 年 12 月 23 日以前，我不知道什么叫抑郁症，也从不关心这个词。

2002 年的暮春，我和区区坐火车去井冈山，途中区区接了一个电话，表情非常吃惊。她告诉我：杨干华自杀了！

杨干华是广东著名作家，省作协副主席，平时人缘很好。据说他自杀前一天还在开党组会，讨论作协工作，没有任何异常言行。他走得很冷静，留下了百余字的遗言，声明他的离去跟任何人无关，并从容地交代了家事后事。

区区说：我前不久还见过他，他说他有病，我随口说你能有什么病？他没往下说，我也就没当一回事。

特快列车软卧下铺的朋友们在玩扑克牌，打"拖拉机"。

上铺的区区和我睁大眼睛互相呆看，困惑、惋惜中我头皮发麻，汗毛直立，周围有阴冷的气息游动。

我说，有病可以治啊，为什么要走这一步呢?! 有病怕什么。我淋巴转移癌做了清扫术，还做了化疗，不是也挨过来了吗？

2003 年的 4 月，我常会回忆起这句话。惭愧。熬过了癌症手术及化疗之后，我以为曾经沧海，却不知只是蹚过了一条小河。

从井冈山回到广州后，陆续听到人们谈论杨干华的离去。大家说不清楚他得的究竟叫什么病，传说那是一种跟忧郁有关的怪病。可他家里好好的，单位里上上下下都处得很好，啥事没有，怎么就忧郁得非走不可呢？人们叹息着无法理解。

2002 年 12 月 23 日那天上午，我头一回从医生嘴里听到"抑郁症"这个词。医生诊台上立着一个医学博士的牌牌。

这位李博士说：我认为你有抑郁症。

我有抑郁症？我怎么可能有抑郁症！我没什么可抑郁的。所有认识我的人都说我非常乐观。我这种人要是有抑郁症，那——全省人民大概都有这个病。

博士给我扫盲，解释着什么叫做抑郁症。

不想听。我只想他赶快给我开一些安眠药。走进深圳北大医院这间精神卫生专科诊室很偶然。特诊部分诊台一个小嘴小脸的小护士说，医院最近有规定，开安眠药必须找精神卫生科的医生写处方。

真麻烦。我心想，如果要排队，就立刻走。

但是，冥冥中早就注定了，此时，没有一个人来看病，医生正拥有富足的时间和悬壶济世的好心情。

2005 年 9 月 26—28 日

链 接

精神卫生科专家门诊病历摘录

日期:2002 年 12 月 23 日

主诉:睡眠不好。

现病史:自 1996 年开始，由于工作紧张，开始出现睡眠不好，难以入睡，梦多，睡眠浅，总感觉到整晚未睡。同时心烦、担心、提心吊胆，经常疲乏无力，胸闷，心跳减慢，口干，手脚发凉，头晕头痛，恶心。1998 年 8、9 月份间突发性出现胸闷，呼吸困难，全身发凉，送医院急救，查心电图大致正常。上述表现历时约半小时自愈。后动态心电图示正常。近一二年来入睡可，但临(凌)晨 4 时就醒转，醒后难以再入睡。梦多，有恶(噩)梦。否认心情不好，但承认焦虑心态。

补 白

写"认知日记"时，我是一个抑郁症病人。

写"随笔"时我是一个文学作者。

"随笔"部分多是我的自况性散文，有些部分不曾与读者见过面，我想把它们当做背景资料，既是社会、时代、历史的个性化资料，又可间接地从中找出个体抑郁症形成的脉络。

在"链接"里，我尽可能地摘录一些对我的康复有过帮助的书籍段落，供特别有心的读者参考。"链接"里也有我患癌症、抑郁症诊疗时的病历、检验单摘录，目的是想告诉有病的人们:我们可以与病共存，生命和死亡之灵可以共舞。

"补白"想对"链接"部分加以补充。

第 2 篇

认知日记

2003 年 6 月 9 日星期一上午 12 点 20 分

此刻我还是有些紧张，一想到要做事就焦虑。

放松。要愉快地度过每天的时光。

李兰妮，你来回忆回忆这两天值得快乐的事情。

顺利地看了病。心理科的龚医生说，增加阿普唑仑的药量能改善乏力、不能看书等症状，减轻抑郁症所带来的情绪障碍。中医科的陈医生说，要先清湿热才能补。

李佳恩满月，我第一次见到小侄女。她长得很像凡丁小时候，很可爱。回家后非常累。

电视里加州水晶大教堂的礼拜，萧律柏牧师讲经文："你们是世界的光"。

上帝啊，求你驱散我身、心、灵内的黑暗与罪过，用恩光照亮我，让我为你所用，在世上发光发亮，做你合用的器皿。

看美国诺曼·文森特·皮尔博士的《积极思考就是力量》。他是牧师、作家、教育家。书里面有许多如何向上帝祷告、得到积极力量的方法，还有如何建立快乐心境的诀窍。

此刻我面对电脑，有许多话无法流畅地表达出来。话语的通道堵塞了 99%，只有最浅层的想法可以表达。而且我还有点痴呆症状。

下午，跟妈妈通电话，告知看心理科的体会。妈妈照例说了许多消极的话。

她已经养成了这种习惯，与人交流时，总引人与她一起把事情往负面想，于是令人不快。跟她谈话容易疲惫。

我要引以为戒。

自己不快乐的人，也不会给别人带来快乐。没有快乐的心境，怎能接受爱和传播爱的精神？

闻到中药熬煳了。这是我的毛病之一。我应该一次只做一件事。

忘了哪个心理学家也说过,要消除紧张的压迫,就要记住"一次只做一件事",据说《圣经》里就有这样的教导。

今天我边祷告边午休,结果真的睡着了。祷告时默诵《圣经》的有关短句,的确有着奇妙的作用,神的能源通道接通了。

随　笔

草草浏览了一遍日记。有点怪。身处 2003 年的 6 月,我怎么只字未提 SARS 及"伊战"那两件世界大事?

那是全人类共同关注的事件,为什么没有在我的精神世界里留下鲜明的痕迹?是出于自私吗?

不。再自私的人也要应对现实。尤其是 SARS,这段时间,正是人人自危的恐怖时期。

因为疏漏?不。写认知日记就是要清除当日的消极情绪,把潜伏在内心的不安一点一点挖挤出来。

明白了。在遭遇 SARS 之前,我已经进入旷野。

旷野无人。我的身、心、魂、灵散落迷失在死荫的幽谷。旷野无边无涯无日无月,我不在人世,我在旷野。有眼看不见,有耳听不见,有口不能言。我摸索着,爬行着。我触摸过死魔的脸,那是一张俊朗的脸,清爽,光滑,结实,年轻,浮起微笑的唇纹。

从 4 月到 6 月,我处于一种类似自闭的状态中。我怕出门,怕见人,不能听音乐,不能接电话,不能看影视节目。我只有一个弟弟,与他家住得不远,但我连他都不见。我一直期盼着小侄女的出世,很想在她出世那天到产房外等候,哪怕只看她一眼,但我做不到。我的大脑和躯干、四肢失去了联系。

我非常害怕听见电话铃响的声音,怕听见敲门声、脚步声。我怕听见声音,怕得没办法,我只好把自己关在书房里,紧紧蜷缩在一个角落里呆着。我不知道自己到底怕什么。我的魂魄不在躯壳里。其实,也感觉不到躯壳,就像一个拆散开来的玩偶,没办法再组装起来,一地无法收拾的零碎。

不能站在阳台。十二楼。可惜防盗网太丑陋,太碍事。好想飞下去,纵身飞出去,像一只蝴蝶那样飞,像一片纸屑那样飞。接触到地面的那一刹那会有多痛呢?我喜欢白天飞,天空晴朗的日子飞……只要目光一看到阳台,思绪就飞舞起来。我费劲地像拔河那样将视线拔回来,双手抓住一边门框或椅背。我无数次闭上眼睛,让自己退回到客厅里,退回到书房的角落里。我知道这是心魔在作怪。我蜷缩在角落里,脊背紧紧贴嵌在墙旮旯里,心里却有异形怪兽的黑影吼叫着,破腔而出,一次又一次地,旋风般扑出去。它长啸着,横扫一切障碍扑向天外。一次，又一次，又一次，直到我精疲力竭。

迄今，我翻阅过十几本谈及抑郁症的书籍。只是随手翻翻。没有精气神看，今天歪在椅子上翻几页，后天趴在沙发或地板上扫几段。那书里，有些医生抑郁症患者，或心理学家抑郁症患者描写的各种症状，引用了作家患者、政治家患者、名记患者等各类患者的叙述，我认为，没有人能清楚表达那些感觉。

没有一个重度抑郁病人能够准确说出他所受的是怎样的折磨。神经系统本能地拒绝表述。能说出来的，都不是最深层的，也不是最恐怖的，更不是原始无伪的。因为，它们无法表达。

常有人问我：抑郁症有多难受？我找不到词语回答。

问得多了，我只好将就着说：抑郁症比癌症更恐怖。

2005 年 10 月 6—9 日

链 接

肿瘤医院病理科病理图文报告摘录

姓名：李兰妮

住院号：105921

临床诊断：右甲状腺癌术后

送检日期：2000-02-21

病理诊断：

冰：颈深上淋巴结：见乳头状癌转移，形状与甲状腺乳头状癌符合。

1. 颈深下淋巴结：见乳头状癌转移，形态与甲状腺乳头状癌符合。

2. 颈深中淋巴结：见乳头状癌转移，形状与甲状腺乳头状癌符合。

3. 颈深上淋巴结：见乳头状癌转移，形态与甲状腺乳头状癌符合。

4. 锁上淋巴结：未见癌。

补 白

做完癌症清扫手术后，我没有去看病理报告。不懂。

过了两个月，学医出身的朋友见我脖子上伤口狰狞，提醒我一定要看病理报告，我这才知道手术的分量。为了排除癌细胞向大脑、肺部及全身骨头转移的可能，迅速做了头部、颈部、胸腔 CT 及同位素扫描。接着是五个疗程的化疗。深切体会了化疗的滋味，神经系统、免疫系统、消化系统、呼吸系统、泌尿系统、身体发肤、血脉筋骨、脏腑五官，甚至嗓音都被"化学"了一遍。

做淋巴清扫术，我没告诉任何一个朋友，也没托关系找医生主刀。

第 3 篇

认知日记

2003 年 6 月 20 日星期五

我实实在在是个很幸运的人,不时会忽然受到圣灵的感动。在那个瞬间里,知道自己正得到上帝的护佑,一天一天地健康起来。

列表可见目前生活中快乐与不快乐的事情比例如何。

快乐的一面:

1.如今基本用药和检验已可以报销。

2.我已经吃了三个月抗抑郁的药,最艰难、最恐怖的时候过去了。药物反应的副作用明显减轻。

3.虽然没上班,仍可以拿到工资。每月能养活自己,钱基本够日常开销。

4.不用面对复杂的人际关系,只要老实呆在家里就行。

5.由于生病,人们对我的工作成绩和作为不会有太多期望,有了更多的宽容,压力可以大大减少。

6.父母生活安定,弟弟一家小日子过得挺有乐趣。

7.丈夫身体健康,事业顺利,愿意帮助我治病。

8.朋友们关心我,大家认为我的人缘挺好。

9.病了这么久,我没有成为别人的累赘。我可以生活自理。

有点累。晕。恶心。

8

随 笔

回忆刚触及最表层,精神网络就启动了应急机制,想必脑血清、神经递质处于不稳定状态中。预警信号出现。我又做抑郁的梦了。

我梦见一个很热闹、混乱的会场,有一些医生在做报告,还有记者在跟医生对话。我想偷偷溜会。没等我溜出门，几个大会工作人员拦住了我，一个表情严肃教授模样的人叫我跟他们走，说是要去救一个大学生。

乱哄哄的病房门口，有人叫我看里面一个二十出头的男孩，他坐在病床上，比较清瘦，病容不明显，好像情绪不好。

几个人围住我，嘱咐我进去做那学生的思想工作，叫他正确看待生死，不要惧怕等等。我说我又不认识他，你们应该找更合适的人来跟他谈。

医生说，来不及了，他癌症晚期，最多可以坚持一个月。

我说，为什么要我去跟他谈？

医生说，因为你就快死了，比他要早死，你去谈他会听。

我的心一下子变得好乱。我说，我记得我好像下半年才会死啊。

医生说，你记错了，就是这几天了。你不是准备好了吗？不痛的，我们会给你很好的止痛药。其他人也夸我准备工作做得好，家人也没负担等等。

我不想听他们唠叨。糟糕，我记错了，还有什么事要处理？时间够吗？

我非常非常讨厌这样的变化。好不容易做坚持活下去的思想准备，现在又要立刻调整心态去面对死。

我有点害怕。我为自己起了慌乱害怕的念头而愤怒自责。李兰妮，你慌什么？怕什么？多活半年少活半年都是一回事啊。是的，死就死，这是早就定好的事。死了就轻松了，天国是最美丽的地方。

可是……我心里有点难过。为什么这些人对我的死这么轻松？他们关心那个大学生，为他快死了而惋惜。为什么没有人惋惜我？为什么我死在他前面还要去跟他谈话？对了对了，正是因为我要死在他前面，所以我要教他怎样迎接死亡。

心里释然，我朝病房走去。然后意识模糊了。梦中断了。醒来后，累。

在苏珊女士的书中，有重度抑郁病人对抑郁感受的描述，以下几段曾令我这样想过：是的，是的，接近了，触到了。可惜……还是点到为止。

一位成功的电视制作人这样说："这世界已无足轻重，因为它对你来说不再有任何意义、任何关联……你早晨醒来，恐惧就如同海水涌进一艘沉船一样涌进你心中。你无法起床，你无法度过这一天。到底害怕什么？我无法告诉你……我不相信没患抑郁症的人能理解紧紧缠绕抑郁症病人的那种恐怖。"

一位生物学家说："这比我目睹妻子死于癌症还要可怕。我很惭愧，因为我承认我的抑郁比妻子的死还让我难受，可这是事实。"

列夫·托尔斯泰患抑郁症时极想自杀，"……看看我吧，一个幸运的人，每天晚上脱衣睡觉前，都要把一根绳子拿到房间外边，这样我就不至于在房梁上悬梁自尽了。我也不再带枪去打猎，省得经受不住诱惑而结束我的性命。"

看苏珊博士这本书之前，我不知道托尔斯泰也患过抑郁症。我明白了自己的一个习惯动作。每次我用过水果刀之后，不管那刀套搁得多么远，我都要找到它套好。若是晚上太晚找不着刀套，我会用一本厚书压住刀身。我会特别注意那锋利的刀尖。尤其是我一人独自在屋时，我总会意识到那刀尖的存在。即使我背过身去，或者去了另一间房，我的心思仍在刀锋上。我会一遍又一遍地，忍不住地想像着刀尖慢慢切开皮肤以至血管时的画面。

原来，我深受诱惑。

2005 年 10 月 12 日

链 接

肿瘤医院出院记录摘录

姓名：李兰妮

出院日期：2000 年 2 月 24 日

出院诊断：甲状腺乳头状癌术后右颈癌转移

住院经过：入院行术前检查，完成后于 2 月 20 日在冬+局麻后行右侧功能性颈清扫。

出院情况：切口愈合，病理与临床相符。

补 白

这次住院开刀很偶然。2000 年春节后在广州看病，脖子上有个小疙瘩。没想到医生一摸就叫我立即住院。我惊讶，"我什么都没带，也没带多少钱。"医生说："可以刷卡。叫你家人送日用品来。"做完两天常规检查，我就上了手术台。

伤口刚拆线，脖子上竖着粗粗一条血色绚烂的疤，缝针的痕迹夺人眼目。我扛着标志性伤疤，拿着出院证明回深圳。听说在外地开刀没办转院手续不给报销。我担心过一两年说不定还要在广州做手术，便去社保部门咨询。

排了半天队。那窗口里的女人只扫了出院证明一眼，就把它扔了出来，声音尖厉，"不能报！"我毕恭毕敬道："我是想问，以后碰到医生要求立即住院，该怎么办理转院手续？"那女人答非所问："不能报。得癌症的人多啦。"说完不再睬我。

第 4 篇

认知日记

2003 年 6 月 21 日星期六

此刻是上午 11 点 15 分,治疗开始。

列出不快乐的一面:

1. 每天小心翼翼地活,天天都有头晕、恶心、胃痛、腹胀、乏力、气闷等难受的时候。吃药的副作用很折磨人。

2. 看病不易。求医,这过程很累,烦!要受气。有时会遭人白眼。费时费钱费力,年复一年,苦苦久久地消磨人的意气和耐性。

3. 不能认真看书,不能动脑筋,更无法写作。废了武功。

4.(我刚刚去喝了中药,很苦。)没走出过去伤痛的阴影。童年的伤害,来自家庭的伤害,尤其是属于个人隐私的这类伤害。越是伤得深,越是不可说。只能假装遗忘和不介意,选择逃避。其实,哪里逃得出潜意识?

5. 不安全感、自我责备、消极思维习惯没受到有效的控制。

以上是平时困扰我的主要抑郁因素。

现在我要检讨一下,为什么一面对电脑就头痛?这算不算情绪障碍?

分析:一打开电脑,就神经紧张,总怕写出来的是一堆文字垃圾,对自己的写作极其地不满意。厌恶感蔑视感剐戳在心间。为了逃避这种忍无可忍的自我谴责,神经系统被迫发出了头痛的信息。

是这样吗?

没这么简单。

我讨厌清理思绪这种事。

练习:放松。放——松——

我做不到。活在快节奏的时代里,我已经失去了放松的能力。

随 笔

龚主任提醒我要脱敏。因为我在逃避出游。

"中妇委"的成员们很早就批评过我:每次说去哪里玩,李兰妮说得最起劲最积极;到了真要去的时候,她就扫兴开溜总说她有事。

打住。停——

李兰妮,你在绕圈。你害怕谈到你不快乐的一面,你不想分析造成不快乐的几个因素。你怕什么?

我不知道我怕什么,可我真的不想谈。你不要逼我逼得太紧太急。我紧紧地,一把一把地揪扯我的头发。不想说。

那快乐九条和不快乐五条背后的东西太多了,太复杂了。每一句话的背后,都有很多故事。

感慨。辛酸。

我只能尽量用简单的词,不动感情地罗列出来。

今早醒来,脑袋瓜子里面累。我的头好像单独出游了一整天。

长久以来,我一人似乎等于三个人。我的身躯在现实中活,而我白天常常会出神,元神出窍四处游历,夜里我的魂魄经历着另一种人生。

或者这么说吧,我一世活在三世中。不管是在白日梦里还是黑夜梦中,都比现实中的我辛苦。

从小学开始,我就多梦。梦境很清晰,里面的人物事件都非常清楚,醒后久久缠绕我。

从这样的长梦中醒来,总是疲倦的。梦很真,很实在,有头有尾,有时候甚至我自己都糊涂了,现实的一天我可能记不住,但梦中的一天我记得清清楚楚。我以为人人做梦都是如此。

长大之后,偶尔跟朋友们谈起我做的梦,朋友们说,我们的梦都是很虚的,零碎的,不连贯,醒来就忘了。你是不是真的梦得这么复杂呀?你怎么可能记得这么清楚呀?你开玩笑吧?你乱编吧?听人这么一说,我才知道旁人做梦的情形不同。为免误解,我提醒自己,少跟别人说梦,说了也是白说。

但这是抑郁症认知记录,平时不太说的应该尽量说。

昨晚,不,应该是凌晨的梦,因为我每天凌晨 1 点以后才熄灯就寝。

我跟几个女同事去香港出差。(前面梦境乱,不清晰。)入住一个类似国际青年旅馆的地方。简陋,没有单独的厕所和浴室。男女公共厕浴场所是用帆布围起来的,像低档大卖场的临时试衣间。

一出客房就是食堂后院,杂工们在洗碗、洗菜。我们要穿过脏腥湿漉的水泥地进食堂,然后出门上街。

路过后院时,我看见洗菜大盆边扔着一条一尺多长的海鱼,形状有点像马鲛,但比马鲛鱼短,宽,漂亮。银白色的鱼身闪着光。我好奇,顺手捡起看看又放回原地。

参加一个会议。头重,眼睛涩痛,脸颊不舒服。

我独自回旅馆,路过后院洗手盆时,我在盆上的方镜里看见了我的脸。

我的脸灰暗,长形脸已经浮肿成方圆大脸,就像水发鱼肚那样泡涨鼓起,肿得透明的脸皮下透出黑气,像一个巨无霸潮州水晶包。

我吓了一大跳。镜子里的人不像我。只有眼皮还没肿,依稀辨得出是我。幸亏我是很单薄的那种单眼皮。

头、脸、五官以至全身都难受,又痛又痒又肿胀,呼吸困难。不能躺,不能久站,只能背靠墙壁斜坐床上。

这是什么怪病呀?突然变成这样的丑八怪,谁能帮帮我?

我想回深圳看病。但是这模样过关成问题,跟护照上照片太不像了。

我又到后院方镜前照照。连眼皮都肿了,只剩下一丝细缝。我都不认识镜中人,谁能证明我是我?我怎么过入境关?很着急。

(之后是同事们回旅馆,她们帮我试过很多办法,一一道来太冗长。身心倦,就倦在屡屡折腾屡屡受挫的过程很长。减掉它。从后面的梦境里抠出一小节。)

来了一位香港医生,中年,男的,谁都跟他不熟。这人问我上午去过哪些地方,做过什么事。他看了看,想了想,说:你这是过敏。

他盯住我说:知道是什么过敏吗?仔细想想。

我想啊,想啊,我想起了那条银白色的海鱼。

医生说:就是那条鱼。

我说:要去医院打针吗?

心里一阵轻松。是过敏就简单了。打针我打得多啦,什么针没打过?

医生说:不用打针。你去捡起那条鱼,往脸上抹,一直抹到消肿为止。

这人真的是医生吗?香港私人诊所的医生说话负不负责任呢?那条海鱼不知死了多久,扔在洗碗的地上又脏又腥,现在大概都臭了,说不定已经丢到垃圾堆去了。真要去捡回来往脸上抹?多恶心。会不会越抹越肿?万一头脸烂掉了岂不更可怕?

医生走了。他没打算说服我。

我告诉自己,如果能在洗碗盆边找到那条鱼,我就试;如果找不到,那就证明本不该试。

那条银白色的死海鱼居然还在原地。

我只好抓起它往脸上头上抹。抹过来,抹过去。很无奈,很恶心。觉得自己很愚蠢。

抹了几遍,我凑到方镜前照照。脸上的肿真的消了一些!喜出望外。我对照镜子,用力紧抓鱼身,往脸上使劲又搓又磨,直到恢复了本来面目。

喜悦。

着急。

满头满脸满手及全身都有鱼腥味,又脏又臭,我要立刻洗个澡。我想痛痛快快洗个澡,从头到脚,洗得干干净净,香喷喷的。可是公共女浴室在检修不能用,我想闯到男浴室洗,但那里面进进出出总有人。着急。着急。我很想洗个澡。干干净净舒舒服服洗个澡。

像百米赛跑运动员等待起跑那样,我一直等待见缝插针抢占浴室。等不到。等不到。

着急。我渴望全身冲洗得干干净净。

2005 年 10 月 13 日

链　接

肿瘤医院门诊病历摘录

检查日期:2000 年 5 月 12 日

甲状腺 Ca 术后复查:残留甲状腺组织密度均匀,未见占位病变。右颈胸锁乳头肌深面见淋巴结 1×0.6cm,左颈亦见小淋巴结 0.5×0.5cm,气管居中。

印象:甲 Ca 颈淋巴结清扫术后所见如上述。

2000 年 5 月 16 日头颈科专家诊断结论:颈 Ln 左、右各有一粒,大小 0.5cm

(1)左旋甲状腺素

(2)嘧福禄　2(片/次)　5(疗程)　21(天/每疗程)

补　白

嘧福禄是化疗药物。每疗程要服用二十一天化疗药,休息七天,然后开始第二个疗程。五个疗程要连续做。

这是我开刀做右颈淋巴清扫手术后第一次复查,已做淋巴彻底清扫手术的右颈部又出现可疑淋巴结节。

我拿检查结果单找头颈科博导咨询:这到底是清扫手术做得不干净,留下了隐患,还是肿瘤复发了?博导答:两者都有可能。观察吧,待结节长到三厘米时再做手术。郁闷!2月才开完刀,5月就得知,要有再开刀的思想准备。

我并不知道,即将开始的化疗比开刀更难以忍受。

第 5 篇

认知日记

2003 年 6 月 22 日星期日上午 10 点 50 分

现在是下午 4 点 50 分,治疗开始。

今天起床前很难受,浑身乏力,心脏好像跳不动。

心情与思绪沮丧起来。治了这么久,进展缓慢,这样的生活要持续到哪年哪月?吃饭肯定腹胀疼痛;睡觉连做噩梦或持续失眠;没力气与人交往,更没体力去旅游或运动。有时甚至看电视、听音乐的精神都没有,这种日子很难熬。

负面思维在蔓延,我必须阻断它的肆虐。

"这是上帝所定的日子,我们在其中要高兴欢喜。"

振作。心要静。勇气你在哪里?

手,手你必须伸出来,去啊,去摸索药瓶、水杯。健康人想像不出这时候病人要把药和水举向嘴边是多么的费力。

我战胜沮丧起床了。

打开卧室窗帘,才知外面天气很差,阴沉的雨越下越大。心倒镇定下来了。

我知道,每逢这样的气候,我的身体总会出现不适。但我可以调整心情,沉住气,只要天气好转,不适症状就会减轻。

起床后,不论做什么,心里都默诵:"上帝若帮助我们,谁能抵挡我们呢?"这是美国皮尔博士《积极思考就是力量》一书所教的方法。书中还有以下训练法:

1. 练习静默,倾听内心深处上帝的声音。

2. 从上帝那里汲取能量,顺从上帝的节奏。

3. 把快乐当成一种习惯。

4. 慢下来,放松。

5. 在潜意识中交托、相信。

6. 练习倒空心思和不安全感。

7. 想像自己在上帝的怀中休息、恢复。

8.让祷告充满感恩。

9.体力活动可减轻压力。

10.练习只是坐在阳光下的艺术。

随 笔

不知道其他抑郁症病人有无这样的"特异功能":变天或雷雨、热带风暴形成前,天灾将要发生时,会有感应。因为这时我的身体会特别难受。

每逢此时,我心里就会自问自答:天有病,人知否? 知道啊。

天有怒,人知否?

我会情不自禁地想起所多玛、蛾摩拉之城被毁灭的故事。这两座城里的人充满诡诈、欺骗、骄奢、淫乱和不义,上帝用硫磺之火将城夷为废墟。

人类对自然的不敬和剿毁愈演愈烈。当心报应。

身体软弱的人有福了,他们心里会敬畏造物主,敬畏大自然。

重新翻看认知日记,不禁回味一句话:"练习只是坐在阳光下的艺术"。

如果你对一个都市上班族谈"练习只是坐在阳光下的艺术",对方会认为奢侈,无聊。

职场即战场,人人争先恐后,睡觉都恨不得睁着一只眼。"只是坐在阳光下"? 不要饭碗了? 那是神经病。

当我坐在西聚园长椅上晒太阳时,我的心一分钟都没有停留在原地。心神飞驰,不知要跑到哪里去。不知要追赶什么目标。但不跑就是不行,心似野马跑惯了,勒不住。

日记里还摘有这样一句话:一次只做一件事。

过去我恨不能拥有杂技演员那样的本事:双手转着几只碟子,同时双脚蹬着伞和瓦缸,头上顶着一摞瓷碗,嘴里还咬着一枝花。即便吃早餐,我也习惯于边吃边看电视翻报纸听音乐,同时还不断打手机或固定电话。视觉、听觉、味觉、嗅觉、触觉、知觉同时开动,一心几用。

我们早已习惯用最少的时间来办更多的事情,争分夺秒与时间赛跑。

那些关于抑郁症的书,都谈到了如今抑郁症病人增多的原因:过度紧张。

生活的不稳定性;信息泛滥;增速;高期望值与实况之间的鸿沟。

这已是老生常谈。就像听见"狼来了",谁会当真? 谁会在乎?

我们只关心职位会不会被别人取代。房要买车要换,人往高处走,迅速拼抢一切资源。工作环境变幻沉浮,居住位置东迁西移,家庭的聚散离合伤筋动骨,身边的人事朝是夕非。我们可以相信谁?我们能够求助谁?

我们习惯说,活到老学到老。但是,在信息的洪流中,人被淹没窒息。

我们面临的知识和信息量等于以前所有世纪的总和。每五年为一周期,现存的知识量就会再翻一番。我每次进购书中心,只要在书架上下浏览二十几分钟,就会头晕、胸闷。书太多啦,像一座座山倾压过来。无形,无息,但确有杀伤力。

电脑、传真、电邮都在催促我们快些、再快些!这是急于求成的年代。

最好心一想事就成:今天早上买鸡蛋,下午就孵出小鸡来,明天就能下蛋,后天就繁殖成养鸡场,大后天就荣登福布斯富豪榜。

父母恨不得儿女入名校,进跨国公司,拿百万年薪,嫁豪门娶名媛,生高智商美儿女。比尔·盖茨能成功,我们为什么不能?

怎么可以一次只做一件事?

怎么敢"练习只坐在阳光下的艺术"?怎么敢!

2005 年 10 月 14—20 日

链 接

《所多玛和蛾摩拉》摘录

上帝对亚伯拉罕说:所多玛和蛾摩拉的罪恶甚重,声闻于我,我想亲自下去察看,然后再决定是否剿灭这城。

亚伯拉罕替城里的人求情道:假如城里有五十个义人,你还剿灭那地方吗?你不因为城里这五十个义人而饶恕其中的人吗?

上帝说:我若在所多玛城见有五十个义人,我就为他们饶恕那里的众人。

亚伯拉罕恳求道:求主不要动怒,我再说一次,假若那里有十个义人呢?

上帝说:为这十个的缘故,我也不毁灭那城。

上帝打发两个使者去所多玛察看,只要见到十个义人,便饶恕那里的人。

——《圣经》故事

补 白

如今有些人比所多玛人罪过还大,没有任何信仰、道德的约束。他们所在之城尚未遭天火毁灭,是因为那城里还有十个以上的义人。

听过这故事的人多,警醒、反思的人少。有人嗤之以鼻,从不跟孩子讲这样的故事。这样下去,城里的义人会不会越来越少?我担心。

第 6 篇

认知日记

2003 年 6 月 24 日星期二

依然是脾虚湿困。中医说,不能勉强锻炼,不然适得其反。

我在练习将快乐当成一种习惯。面对看病、吃药、不适等每日必须经历的过程,保持心理平衡。

英国心理学家苏珊博士在《看见红色感觉蓝色》一书中,认为抑郁症的负性思维方式可以在几个月内得到扭转。这种认知治疗大约需要二十次左右,每次四十五分钟。

抑郁症病人内心有一种不间断的自我批判:

1. 对自己的负面认识:"我一无用处";

2. 对周围世界的负面认识:"事事不顺心";

3. 对未来的负面认识:"我永远不会好起来了"。

认知疗法可分四步走:

1. 为病人制定一个每日日程活动表。让病人活动起来,避免在心中反复琢磨自己的问题。

2. 让病人列出那些能给他带来快乐或成功感的活动(不管这活动多么细小),以使负面思维重新获得平衡。

这些活动可以消除病人的无助、无望感。病人很快会开始感到一些满足和某种程度的成就感,感受到某种变化。

3. 使病人相信他的负面想法仅仅是想法,而不是事实。

一些固执的想法可以用具体的显示来否认。例如:"我什么事情都做不好",可以变成"我开会发言可能不够好,但我在谈话中的耐心却很让客户满意"等。

4. 治疗师从一开始就衡量病人的强项和弱项,从而选择能取得最佳效果的治疗方式。

最终目标是将抑郁病人的负性思维模式永久地逆转过来。

辅助治疗方法：

1. 服用 B6、鱼肝油；

2. 多吃鱼、香蕉，喝喝咖啡；

3. 每天散步六十分钟，五周可见效。户外运动能缓解焦虑，分散病态想法。

4. 每天在同一时间起床，努力保持最佳睡眠量。

5. 常听快乐音乐、快拍子的音乐。

6. 每天记日记清理思维。

7. 看电影、戏剧。

8. 想做有乐趣的事尽管去做，适当放纵一下自己。

9. 拒绝干扰，关手机，雇人打理家务。

10. 每天用"一次贴"计划来减轻心理负担。

我从 6 月 6 日开始进行这种认知治疗。

苏珊博士这本书比德国心理学家努贝尔的《不要恐惧抑郁症》写得好。条理更清晰，内容更丰富，更专业化但又不艰涩。而努贝尔的书可能是发在报章上的，太浅、太简单。

德国的心理学家属弗洛伊德学派，更注重童年阴影对病人的影响，更主张心理疗法。

英国的心理学家对童年因素只是一笔带过，他们更注重药物疗法，认为病人主要是因为长期压抑、紧张，导致脑化学物质失调，大脑中 5-羟色胺减少所致。但他们都承认认知疗法有较好的作用。

对付抑郁症可用：信仰疗法+药物疗法+认知疗法。

着急，恢复太慢。

沮丧、软弱时，记住"信靠的人必不着急"，"那等候耶和华的，必重新得力，他们必如鹰展翅上腾"。

"上帝的意思原是好的"。上帝有他的计划。要顺从。

祈祷，交托，感谢，安静，等待，盼望。怀着一颗属灵、喜乐的心。

随　笔

此时是广州的舒适季节。气温 20—31 度，湿度 50%，阳光亮，风送爽。这样的日子全年屈指可数。这样的日子里可以回忆。

时间：2002 年 12 月 23 日上午
地点：深圳北大医院精神卫生科专家诊室
人物：李博士、李兰妮

诊室的门敞开着,李兰妮在门口一探头,正空闲的医生就面带欢迎的表情示意她进来。

李兰妮心里飞快地想:真稀罕。医生居然空着,还会微笑。因为这里是特诊部医生就特别和蔼吗?不一定。怕是因为这个专科门可罗雀。什么叫精神卫生?名字有点扎眼。谁愿意进这种诊室啊。还有,挂一个号要一百元,有点贵。我要不是二级保健对象,挂号只要二元五角,我也不会走进来开药。

李兰妮站在医生对面,她注意到诊台医牌表明这是个博士。

李兰妮(抢先声明):我不是来看病的。我想开点安眠药。你这儿能开几天的药?

李博士:你坐下来说。

李兰妮见医生并没有立即写处方单的意思,只好坐下。

李兰妮:我经常要吃安眠药。可是有些医院一次只给拿三天的药,到外面药店又买不到,请你给我多开点好吗?

李博士:我这里只能开七天的药。

李兰妮(颇失望地):那……你药量给我开大一些吧。安定我一次要吃两片。舒乐安定有一次我吃过四片。

博士一副吃惊、谴责的表情。

李兰妮:嘿嘿那一次是吃多了。第二天在屋里走路都走不直,直往墙上撞,不会拐弯。直摔跤。

李博士:说说失眠症状。详细一点。

李兰妮心里嘀咕:多耽误时间啊,开几片药还要问半天。大概一上午都没病人来,博士总闲着对不起国家多年的栽培。

李兰妮:入睡困难。吃药也得一点多两点才睡着,到四点左右就醒,醒了就再也睡不着了。所以药量一定要大一些。

李博士突然坐直了,头往前倾,两眼放光。好像缉毒员嗅到了可疑气味。

李博士:持续了多长时间,这种早醒?

李兰妮:有……两个多月吧?不止。这一年多我睡眠都很差,总做噩梦。早晨醒来比没睡觉还累。

博士像缉毒英雄发现了可疑的脚印。进入状态。

李博士:你不是一般的失眠。你最好做个心理测试。

李兰妮心想:我根本不信你那一套。

李兰妮:别别……我只想开点药。

李博士:你听我说,早醒之后不能够再入睡,持续十五天以上,就要小心抑郁症。抑郁症你知道吗?

李兰妮:抑郁症?就是说人很忧郁想不开是吧?

李博士:不完全是这种意思。这是一种精神疾病,病人至少有三种临床表现,早醒难入睡就是其中一项指标啊。当然,也有忧郁……

李兰妮(立刻打断):我没啥可忧郁的。上不用养老,又没要孩子不用操心。我可以不上班,没有工作压力,朋友一大堆。挣的钱够我自己花,我丈夫……热门专业身体健康。我父母有我弟弟照顾,我弟是孝子,我很省心。

李博士:可是……衡量抑郁症……

李兰妮(显摆地):我癌症开刀没掉过一滴眼泪。我知道自己癌症转移要做化疗,我没哭过。所有认识我的人都说我非常非常乐观。我怎么会忧郁?

李兰妮根本不给医生插话的机会。

失眠的人未必心理脆弱,失眠跟抑郁无关。她要说服医生把安眠药的剂量尽量开大一些。

李兰妮:有个朋友说我,这家伙得了癌症一点不忌讳,像中了六合彩一样到处说。还有人问,是不是医院弄错了? 她怎么比我们没病的人还精神啊?

李博士(突然插话):你是不是自控能力很强?

李兰妮:对呀。从小到大,我特别独立,特能自控。找我倾诉的人很多,但我没什么要倾诉的。有个同学半开玩笑跟我这么说,喂,李兰妮,每次都是我找你说一通哭一通,什么时候你也在我面前哭一哭啊,省得咱心理不平衡。其实,她不明白,我天生不爱哭。

李博士:这样更——危险。越能自控的人,就像一张弓,一直绷得紧紧的,越来越紧,越来越紧……啪! 就断了。白天你可以自控,夜晚潜意识就控制不住啦,所以你总是做噩梦。

李兰妮噎住了。

她想起了一个梦。手术后不久,她做过一个梦,她在梦中对一个朋友哭着说:区区,我得癌症了! 是的,哭过一次,在梦中。博士的说法不无道理。但是,由此界定这就是抑郁成疾,实在牵强可笑。

李博士:抑郁症还有两项硬指标,一是对什么都提不起兴致来,你最喜欢做的事,莫名其妙不想做了;还有一点,脑子里有……有自杀的念头在转呀转。

李兰妮:我可没想过自杀! 现在抗癌药进步多了,我不至于痛得要自杀。我跟主治医生也说过,绝不会让癌症吓死。认识我的医生都夸我心态很健康。我这人真的没啥可忧郁的。我要是有抑郁症,恐怕世界上一多半人都有这病。(笑)哪怕是全省人民都抑郁了,也轮不到我这种人。

昨夜失眠。直到凌晨 3 点多,在漆黑的书房里,我还披着毛巾被,游魂似的转,嘴里念着一个个令我安神的词:放松——快乐——幽静——美好——鲜花——绿地——蓝天——

转累了,就坐在窗台上,遥望睡眠中的城市;看厌了,就靠在沙发床的枕头上,告诉自己:不着急——我一点都不着急。不怕——睡吧——睡吧——

今天觉得困倦,午休时仍睡不着,头痛。

格温多琳在《抑郁症完全指南》中告诫抑郁症病人要注意这种危险:"当患者重温并讲述过去生活中的不幸及创伤时,他们的身心会被重新笼罩在过去的阴影之中而不能自拔,这样,反倒更加重了他们的绝望感。在这种情况下,如果他们没有得到治疗师正确与及时的专业引导的话,他们就很难从其阴影中再摆脱出来。"

明白了。为什么我不愿回忆癌症手术的细节?为什么谈及抑郁经历只能点到为止?我想摆脱那天罗地网般的阴影。

2002 年 12 月 23 日上午,深圳北大医院精神卫生科的李博士给我开了七天的阿普唑仑,七天的抗抑郁药帕罗西汀,吩咐七天后再去复诊。

我吃了阿普唑仑,我以为它就是我平时吃的安定。

我没吃帕罗西汀。我没再去复诊。

我把这位博士的诊断当笑话说给几个朋友听。大家都觉得挺逗,很可笑,李兰妮有抑郁症?哈——那满世界还有谁不抑郁呀?

直到如今,有朋友仍然不相信我得了抑郁症。一位闺中密友说:你有个鬼抑郁症啊,我们都抑郁了,也轮不到你抑郁。医生也会错的,肯定是搞错了。

努贝尔先生在《不要恐惧抑郁症》中指出:

"所有抑郁症患者的一个特征是,他们都试图尽可能长地躲藏在'一切正常'的表象后面。""他们巨大的自控能力和强大的意志,仍然使他们去履行每日的义务和要求,而把他们的病痛留给自己,不让身边的人有所察觉。"

当年,女作家三毛用丝袜自杀于医院病房的浴室,许多人大惑不解:一点没看出来呀。护士说,当天夜里查房时,一切都很正常。

2002 年,作家杨干华用皮带自杀于单位宿舍也令同事困惑:一点没察觉呀,他头一天还开了一下午会,一切言行很正常。

还有,《广州文艺》前主编钟子硕,自杀前半小时还在工作、跟人谈话,很平静,一切正常。谈完话,走到高楼顶层跳下。

还有还有……

在我们身边、周围,肯定会有这样的抑郁症病人,他们跟你说说笑笑,似乎一切正常;但他们心里已无数次周密计划着自杀行动,他们赴死的决心是冷静的,就像狙击手,早早端枪瞄准了目标,一触即发。

当他们的尸体渐渐变冷变硬时,活着的人还是那句话:一点儿没看出来呀。没有人能够理解这件事。人们选择回避,缄默,淡化,遗忘。

什么时候,人们才懂得伸出援手?

下一个死去的重度抑郁症患者是谁?

2005 年 10 月 22—25 日

链　接

《看见红色感觉蓝色——愤怒与抑郁之联系》摘录

抑郁症的检测主要有两个方面。

一个是时间因素,也就是说病人至少在两周里,而且在白天大部分时间内情绪抑郁,或者丧失对生活的兴趣。

第二个方面是一份身心症状的检查表。只有当你符合下列五项或五项以上时,你才会被诊断为抑郁症。这些症状如下:

- 情绪抑郁
- 丧失兴趣和快乐
- 胃口紊乱
- 睡眠和活动发生变化
- 疲倦
- 不应有的负疚感
- 集中精力有困难
- 有自杀的念头或计划

——[英]苏珊·阿尔德里奇

补　白

做以上这样的摘录时,我总在抑郁症病人和写作者两种角色中感到冲突。

作为病人,我理应把这些专业人士的话摘录在此,让我自己和有抑郁症倾向的人、关心人类精神障碍的人直接看到业界权威人士的原话。解渴。

作为写作者,在一本书中这样摘录医学专业术语和论述,这使我很不舒服。不把专业论述融会贯通,用自己的话表达出来,这是失职。

我给自己的定位是:"抑郁症病人兼写作者"。可我两头不讨好,过不了自己这一关。烦。

第 7 篇

认知日记

2003 年 6 月 25 日星期三上午 10 点 40 分

昨天晚上我又梦见了考试。

这几年来我常梦见考试。每次在梦中都非常焦虑。要么迟到时间不够了，要么卷子不清楚。总觉得自己本来是有能力完成的，但就是有各种干扰而答不出来。

昨晚前面大段的梦境记不清楚了，只记得最后是一道简单的算术题。一个根号里面是 12，但根号上端那个小数字就是看不清楚，干着急，没法做下去。时间快到了，我打算放弃。这时老师在向考生们解释。老师指着我的卷子说：这里是 12 除以 3 的意思。我一下轻松起来，原来这么简单。赶快写上答案：=4。心里很快活。觉得原来考试比想像的容易许多。早晨醒来后，心里暗暗欢喜。这是几年来第一次梦见完成了考试。

也许这就是病情好转的象征吧。

我进步了。负性思维是可以扭转的。"在信的人，凡事都能。"好高兴啊。

昨天下午世界卫生组织撤消了对北京的旅游警告并给予疫区除名。大小环境都在好转。我要常记住好事情，培养好心情。

随　笔

2003 年的 6 月，抗抑郁药刚起作用时，我渴望补课。我想知道抑郁症到底是怎么一回事？抗抑郁症药物究竟有多么可怕？为什么患病的是我？我可以向谁请教该怎么活？

过去所看过的书，没有谈及抑郁症的。我到家门口的学而优书店去找书，我买到的第一本谈及抑郁症的书是《看见红色感觉蓝色——愤怒与抑郁之联系》，第二本是《不要恐惧抑郁症》。

两本书都出自三联书店。前者扉页:2002 年 10 月北京第一次印刷。后者扉页:2003 年 1 月北京第一次印刷。2003 年春季是 SARS 爆发时期,不知道这批书是什么时间从北京运到广州的,什么时候进的货上的书架。打心底里感谢有人翻译出版了这么"冷门"的书籍,有书店在卖这样的非畅销书。

我写认知日记时,纯粹是不得已,自救手段之一。

为什么现在要附上随笔整理出书呢?

希望利己利人。

利己是痛定思痛,我需要反省,需要脱敏,需要想想往下该怎么活。我需要出死入生,成为新人,进入新天新地。

利人是想助抑郁症病人一臂之力:别放弃!信心、盼望和爱一定能救你出水火。你要先伸出手来,要相信一定有一只手伸过来救你。你的经历可能比我还惨痛,你走的弯路也许比我还多,但是,我们要一起来打破沉默,为自救救人而说,为自救救人而做。

利人包括协助医生深入理解抑郁症病人。

利人也是想帮助抑郁症病人的亲属,别一大意铸成终生愧疚。请用心来听,请用心来看,你能听到那无声的呼救,你能看到那只伸出来却被遮挡住的求救的手。

苏珊博士指出:"所有抗抑郁药物在发挥作用前都存在一至四周的滞后期……如果病人在感到最绝望去寻求帮助时,而被告知他们要等上几周症状才会改善,那将会多么可怕(当然,更糟糕的是事先不告诉病人有关滞后期方面的事)。"

你走投无路,只好接受药物治疗。你已经支撑不住了。但是,在你最绝望的时候,药物不能立刻拯救你。你就像一条东海小鲋鱼,不幸跌落在风吹日晒的石板路上。你需要水活下来,哪怕半瓢水。但那些答应救你的人却说:耐心等吧,等我们到西江引水来救你。没等他们走到西江,你已经被晒成鱼干了。

2005 年 11 月 27 日

链 接

今天收拾书桌,见到了一张发黄的字纸,看起来是刚写抑郁症认知日记阶段的备忘录。因为不知道认知日记到底该怎么写,才能达到治疗效果,我就想当然地列出几项提醒。但是,试过一次就放弃了。

现实中写认知日记无法规定具体内容。当时想到什么,能在电脑键盘上敲出字来,已属难得。它经常是非理性的,不能控制的,就像病人在弱智状态下自语。车轱辘话来回说,把郁结在心里的冰与火疏导出来。

我记得字条早扔了,没想到此时它又冒了出来。那就摘抄在此做参考吧。这是我理想中的认知日记。我做不到,但愿其他抑郁症患者有人能做到。

认知日记有以下内容:

1. 列出生活中快乐、幸运的事情,以及不愉快、焦虑的事情。

2. 心理学派的各种实用理论和疗法。

3. 对疗法的体会、细节描述。

4. 清理思绪,自言自语,分析自我。

5. 鼓励自己,把每天的小快乐记录下来。

6. 渐渐记下心理书中精粹例子。

7. 驱散负面意识。

8. 勾勒健康、活力、快乐图景。

补 白

在我刚吃抗抑郁药物的头一个月里,药物副作用令我备受煎熬。我跪在沙发上看着墙上的钟一秒一秒地走着,脑子里常会闪过"东海之鱼"这四个字。我就像那条鲋鱼般忿忿想:我等不了啦,我就要成鱼干啦!

我们每个人都有过或将要面临"涸辙之鲋"的经历,我们也会遇上"涸辙之鲋"向你求救的时候。

第 8 篇

认知日记

2003 年 6 月 27 日星期五上午 10 点 40 分

看中医。看的是特诊,仍觉得很累。很盼望尽早恢复正常体力。

在门诊翻阅《健康报》,上面有一则问答,许多患者问:怎样才能找到一个适合自己的、相对固定的门诊医生?

回答是:慢性病患者找医生,不要盲目追求高职称、深年资、大名气,应找专科、认真、负责、有耐心、有时间回答病人咨询的医生。

这信息让我感到欣慰和鼓舞。

我现在常到这家医院的精神卫生科、中医科看病。龚主任、陈主任虽然没有另两家部级医院的专科主任名气大,但他们很耐心,也有时间回答我提出的许多问题,治疗效果也挺好。这家医院离中山大学校园近,特诊服务不错,挂号费用也便宜许多。

我在另两个地方看病时,虽有熟人介绍,但候诊时间很长,路途远,挂号难且贵,根本没有充裕的时间咨询。

上帝啊,信实、慈爱的神,你时时处处指引我,看顾我,你应允我的祈求,关上我不该通往的那些门,只打开我应该前往的那扇门,让我的脚步稳健而轻快。

上帝啊,信靠你的人真是有福。正如你应许的:万事都互相效力,叫爱神的人得益处。通过这样的操练,我增强了信心。我有了安全感。我必会走出抑郁症的阴影。

随 笔

2003 年农历正月初八,我在珠江边与朋友们吃晚饭。朋友说起医生的过年忠告,要特别当心咳嗽发烧。初九,手机里就有了谈咳色变的短信。接下去就是排队抢购白醋、情侣戴口罩约会的传闻。紧张了近十天,市面上又平静了。我以为事件基本结束，就把这些事当笑话告诉了王云。我在广州，她在北京，通过电话笑得东倒西歪，商量着要不要拍一个喜剧电视短片。我们根本没想到，一场世界注目的悲剧刚拉开序幕。

SARS疫情告急之时，各大医院门诊病人锐减，我却频频出入这高危地带。

春节过后，我发现自己就连为回深圳而收拾行李箱都做不好。大脑发出指令，躯体与神经系统连接不上，就像机器人电脑线路出了故障，起卧行走如同弱智梦游，心神涣散。非常非常疲倦，非常非常辛苦。失眠失眠失眠，噩梦噩梦噩梦，沮丧沮丧沮丧。没有起始，没有结束。

我又到深圳北大医院精神卫生科诊室开安眠药。这回看病要排队，尽管一百元挂一个特诊号，等待看病的人都坐在沙发上听从护士指挥。排在我前面那个人看了好久都不出来，我敲开诊室的门，对李博士说，我就开点安眠药，一分钟就行，可以给我开个处方吗？博士很严肃地说：出去等。

病人增多时，医生惜字如金。

终于该我进屋了。问诊简洁。

博士说：你必须服用抗抑郁症的药物。

我说：我会考虑的。

心里根本不信什么狗屁抑郁症。我要的只是安眠药。

但是，他提到的抑郁症三项临床症状有两项在加剧。我要找出一种病来，以证明我患的不是抑郁症。

第一站是广东最著名的肿瘤医院头颈科。

2000年淋巴转移癌全清扫术后不久，我的颈部又发现可疑淋巴结。2001年12月底，全国作家代表大会期间，北京某权威肿瘤医院的头颈科主任建议我留在北京立刻做手术，左右颈部各开一刀，以防后患。当时我的体质实在经不起再挨两刀，暂且选择了保守疗法。

莫非淋巴结恶化了？这回挨刀就挨刀，挨刀也比目前景况强。不过手术是在广州做还是去北京做呢？

不料，仔细检查后，那位广东老博导说：没事。放心。回去该干什么干什么，没有问题。

可是我真的很疲倦啊，比2000年开刀前还疲倦。你叫我做化疗的时候说过，要当心癌症转移到大脑或骨头里。我再做做核磁共振、同位素扫描和CT吧？

老博导说：这些检查做多了伤身体。走吧。你免疫力低，这种时候少到医院来。

那我总失眠总疲倦怎么办？精神科医生说我有抑郁症。

老博导站起来，示意我快走，拍着我的肩膀说：你哪里会有抑郁症？不会的。你很坚强啊很乐观啊。什么抑郁症，没有，没有的事。

肿瘤专家都说我没有抑郁症！我满意又困惑地走出肿瘤医院的大门。

跟癌症无关，那是什么毛病呢？

某部属医院妇科。

李兰妮在诊室走廊徘徊，不时往里张望那位女名医。

主任医师，有二十多年临床经验，年富力强，有些发胖，大脸盘，脸上的神情很权威。动作幅度稍大，有力。如果她当产科医生，伸手一拽，多捣乱的婴儿都得乖乖出来。

看病遇上这样的专家让人油然而生敬佩。李兰妮热切期盼着这位主任快刀斩乱麻，三下五除二就能找出她的毛病。十有八九是更年期综合症。听说如今三十至六十岁的人都有可能患上更年期综合症，吃点激素就能调整身心。

李兰妮坐在就诊椅上，专家翻开了她的病历。

李兰妮（谦恭而迫切地）：主任，我很可能是更年期综合症。失眠总做噩梦，很可怕的梦，每天早晨醒来都非常疲倦。听说吃点激素会比较好，是吗？

女专家（不动声色瞥了李兰妮一眼）：有潮热盗汗吗？

李兰妮：没有。

女专家（冷静地）：心悸呢？

李兰妮：没有。

女专家：例假正常吗？

李兰妮：正常。

女专家：脾气是不是比以前暴躁？比如吵架、生气什么的？

李兰妮（有些惶然地）：没……有。我跟别人包括家里人一贯不吵架，也不暴躁……主要是我没有力气暴躁。

女专家没说话。做完例行检查，她把病历推到李兰妮面前，一个字没写。

女专家：谁跟你说你有更年期综合症啊？

李兰妮：我……我觉得……我猜的。

女专家：你猜没有用，要医生下诊断，要科学。

李兰妮：可我失眠……

女专家：少胡思乱想，多运动。家务活什么的，做做有好处。

她示意李兰妮可以走了。

李兰妮摊开空病历，有点不死心。

李兰妮：能不能……给我开点激素？不要开点药吃吃吗？

女专家:激素不能乱吃！你不是更年期综合症,开什么药啊。

此后,李兰妮又去过另两家大医院,希望医生能给她下一个更年期综合症的结论,开点激素吃吃。

照样碰壁。她在另两位主任医师眼中读到了这样的潜台词:开什么玩笑？这人脑子有毛病。

李兰妮很讨厌"抑郁症"这三个字。李兰妮会得抑郁症？荒唐。荒谬。精神卫生科医生真能瞎掰,这种结论简直伤人自尊。

李兰妮最大的优点就是坚强乐观,轻伤不下火线,重伤也不哭。从十四岁起,什么医院没进过？什么医生没见过？

住院住得够多啦。手术室、运尸车、蒙尸布、太平间、红棺材,还有夜半哭丧的人、手术后严重破相的人、奄奄一息等死的人,还有被白血病吞噬的小女孩、化疗放疗后秃头精光溜光的老阿婆、尿毒症哀嚎骂声惊心的黑脸大妈、脸肿得像渗水浮尸的内分泌重症室阿姨,很多很多,数不清,算不过来。

不敢说是从死人堆里爬出来的,但真是扶着医院并不太白的白墙壁,一步一步走出来的。

真的习以为常。没有什么可抑郁的。

李兰妮继续辗转于各医院各科室。严重失眠,极度疲乏,不信找不到原因,不信找不到药吃。

莫非胃出血导致全身无力？

胃镜、钡餐透视。结论不足挂齿:浅表性胃炎、糜烂性胃炎。

查血糖、尿糖。糖尿病人不也消瘦乏力吗？

抽血化验,啥事没有。

再下一站,五官科。

睡眠跟鼻咽有关联,不妨大胆假设,小心求证。

李兰妮:主任,我想查一查,听说广东鼻咽癌发病率很高。

专家:你是广东人吗？

李兰妮:我祖籍黑龙江,可我生在广东。

专家:那没事。有点咽炎。喝点盐开水,平时嘴里含点话梅、陈皮之类的,就是你们女人经常吃的小零食。

大脑似乎已经跟躯体脱节。每天都有恐怖袭击,频率越来越密。就像毕加索的画,我看到头在一旁飘浮,四肢像被斩首的青蛙发蔫,身子是空的,脑浆——鲜血——额头那一块皮——两个眼珠子……浮在空中飘,各飘各的。

过去我看不懂毕加索的画，现在我就是毕加索的一幅画。形神散溅，一摊一摊，一坨一坨。青色的血管、粉红参差带肉的骨头、泥土色瘪皱的手指、翻裂开来黑白两色的头骨皮……收不拢，聚不住，在空气中飘移。

我捂住眼睛，使劲敲打我的头，我很理智：停！停停停。这是一种失控状态，必须坚决地果断地理性地控控控控控制！我绝对不会发疯，我不可以迷信，我很镇定。我很正常。我面对医生依然谦恭而轻松地微笑。

下一站，眼科。

眼睛痛。两个眼珠子太累了，它们好像要么挂在眼眶外，要么在肚子里黑麻麻地被胃磨了又磨。

但愿是青光眼。

眼科检查结果没有青光眼。

为什么眼珠子看什么不看什么都痛？为何过去视力 1.5 如今只有 0.8？

眼科主任说，化疗的副作用多厉害啊，神经系统消化系统免疫造血泌尿系统全部受破坏，眼睛这样就算是很正常了。

还有什么科室可去？

SARS 期间的医院，导诊台有口罩卖。外面可是紧俏脱销货。我一次就买了四个。好像是上世纪 70 年代的劳保用品，很厚，非常结实。很多年没见过这样的纱布口罩了，我都忘了应该怎样戴，上面两条带子该绑在后脑勺，还是挂在耳朵根儿？好歹胡乱绑紧了。可是太安全了，透不过气来。医院窗门大大敞开，绝大多数人弃电梯爬楼梯。我试了一回，戴着厚厚的口罩，爬上五楼，气被口罩所阻出不来，口罩靠嘴巴一面全湿了。我索性扯下口罩，以后看病再也不戴，电梯照乘。

照过肺，看过心，肝胆胰腺也彩超了两次。不记得验血验过几次。连神经外科都去过，让专家摸摸后脑勺豌豆大的小包块是不是罪魁祸首。

要排查的都查过了。找不到病在哪里。

我没有什么可抑郁的，无牵无挂，无须朝九晚五职场打拼，不必背井离乡讨生活，不用给儿女攒钱积富。深知《红楼梦》"好了歌"世事洞明，懂得名不必争争也白争，利无须夺财富自有定数。小康生活着实滋润，国土安全，盛世太平，摸着良心敢说知足，回首一生敢说问心无愧。真的真的不抑郁。

但是，为什么活得越来越没有滋味？为什么对任何事情都不感兴趣？为什么越来越消瘦枯干？为什么越来越厌恶自己的一切？

3月下旬,情况恶化。梦里是跟死去的人说话,睁开眼睛是死去的人在跟我说话。总有声音……不,那是一种无声的声音在问我,那声音不知发自哪里,它无处不在,它不停地问问问!它问我:干吗要活下去?干吗要活?你不是不怕死吗?你活着有什么意义?死有什么不好?想知道别人为什么要选择去死吗?你能想出原因吗?你知道怎么死不痛苦吗?你知道怎么死不会吓着别人吗?你知道怎么死才干脆利索吗?

我的脑子很累很累。我的身体疲惫残钝。我要花移山填海的气力把自己从这些声音中撕扯出来,我要从碗口大的古井里把自己打捞出来,我是一条被"百慕大"黑洞吸住咬紧的木船……

柏林一家大学医院,对一百三十名患者进行了调查,这些病人因睡眠问题、消化问题、四肢疼痛或性障碍去看他们的家庭医生,其中10%实际患有抑郁症;但只有一半人被诊断出抑郁症,只有三分之一的人得到过心理医生的治疗。

作为心理学家的格温多琳在书中说,她曾经不愿意承认自己患上了抑郁症,从来没想到或相信过药物治疗。正因为她是心理学专业人士,所以她花了很长时间去寻找自己的"正常心态",并一周两次、一次两小时接受心理治疗师治疗,清理混乱的思绪,学习如何对付绝望。待到病情越来越严重,她的精神病医生指出,她确实是患上了抑郁症,应该服用抗抑郁药物时,格温多琳双手捧头而哭,感到自己失败极了。

格温多琳在书中列举了许多抑郁症病人面对确诊时的抗拒心理,感叹:人们往往都把患有精神疾病看做一种耻辱。如果让人们心中对于精神诊疗的恐惧和无知继续存在下去的话,成千上万的精神病患者都得不到应有的治疗。

我引用这位新西兰心理学家的叙述时,脑子总是走神,我忍不住要拿新西兰人和我们中国人做比较。

新西兰的人口包袱、历史包袱比我们中国轻,想必社会医疗福利要比我们好得多,他们的抑郁症患者的确诊率肯定会比我们高,抑郁症病人的社会处境也会比我们强,但是,他们对抑郁症的误解和恐惧如此之大,那么中国人怎样呢?这个问题我想不下去。

目前我没有能力去寻找答案,也没有勇气面对全中国这个层面的现状。可我担心我们的未来。

我渴盼有知识有勇气的社会精英关注中国人的精神疾患。

一百多年来,我们这个民族不断遭遇大痛苦大患难大动乱,几辈人连着经受水深火热内忧外辱置死地而后生,我们祖父一代、曾祖父一代、老曾祖父一代、老老曾祖一代,哪一代人有过国富民强的太平日子?哪一代人不是从血泪争战死伤堆里爬出来的?我们的集体潜意识中积累着太多的恐惧记忆,有着太多的仇怨抑郁,有着太多的绝望悲愤,有着太多未曾清理治疗的心理创伤和精神创伤。到了父亲一代、我们这一代、再下一代,我们潜意识中有多少封掩的噩梦?我们的精神真的十分健康吗?我们什么时候才会像重视防治 SARS 一样重视防治精神疾患?

我个人认为,如果再不重视防治,二十年内,精神疾患将会大爆发,它的死亡率远比 SARS 高,它所造成的损失将比任何一场瘟疫都惨重,它所需要的治愈时间可能长达一至两代人。要知道,抑郁症有两种表达通道,一种是内向的,病人选择自伤自杀;另一种是外向的,病人选择伤人杀人。

进入小康后的中国提倡建立和谐社会。我想:和谐社会的本质,应该是人格层面上的心理和谐,精神和谐。

2005 年 11 月 14—18 日

链　接

《决不后退》摘录

又进城了。

这年,我们家从海岛搬到了城里。城里人正忙着搞"文化大革命"。学校停了课,大一点的学生串联去了北京,剩下小一点的在家闲得浑身发痒。

我和弟弟一住进院里就给人盯住了。只要我们在院里走动,就有十几只"小苍蝇"在后面跟着,说下流话,扬沙子,扔石头,呼口号,叫我们滚出去。

我每天都要去食堂打早餐,打开水。每次出门我都很紧张。他们扬了我一头沙子,我冲他们大吼:"敢不敢一个搏一个?够胆的尽管站出来!"

别别扭扭过了两三个月。一天傍晚,南院和北院的小孩子在操场上大较量,以"攻城"决胜负。

北院的选手少了一名。

"谁上?谁上?快点!"城堡里的人拼命招手。

拉拉队里没有人愿意上场。因为明摆着南强北弱,大院里打架最勇的阿光在南院。

我正在远处一棵树下看热闹,忍不住举了举手,"我上。"

这一仗直杀得天昏地暗。我想起了《上甘岭》《狼牙山五壮士》。我左蹿右跳,一身臭汗,一边狠狠地把攻城的敌人推出去,一边大叫:"人在阵地在——跟他们拼命啊——"场上场下一片沸腾,一片混乱。

不知过了多久,突然,周围静了下来。我抬起晕乎乎的头仔细一看,原来场上只剩下两个人,这边是我,那边是大院里最会打架的阿光。

我知道这下子真要完蛋了。

我们站在各自的城堡里对视着。我的模样一定很狼狈,就像一只兔子迎头撞上一只大灰狼。他满不在乎地看看我,甩甩手,很轻松地咧嘴一笑,说:"投降吧,没什么好打的。"

兵临城下。敌人已经跑到城门口,眼看就要冲进来了。

全身的热血涌了上来,我想都没想,朝阿光一头撞过去,狠狠撞过去。

我要以死殉城,与他同归于尽。

阿光一闪。

我的头撞在地面上,眼前一黑,剧痛!

我失去了知觉。

第二天,我低着头,捂着鼻子匆匆走过操场,去食堂打早餐,打开水。我的鼻子青青的,肿肿的,有几条擦伤的血口子,还有紫药水,我知道自己很难看。

但是,大院里没有一个人笑话我。

从此,再没有人在我背后扬沙子,扔石头。

1991 年夏

补 白

这篇不起眼的小散文,是我童年一个典型的画面。我是军营里的孩子,所受的熏陶就是"人在阵地在",一句话,不怕死。

正因为有这样的成长背景,我难以接受"抑郁症患者"的身份。我进入了误区:这角色在动摇我的立足之地,要灭掉我仅存的一点做人的尊严。我抗拒,我愤恨,我焦灼。

如果我曾接受过精神病学的普及教育,就不至于遭遇双倍的精神煎熬。画面再现。我又一次粗鲁地"摔歪了鼻子"。

第 9 篇

认知日记

2003 年 6 月 28 日星期六上午 10 点 20 分

此刻,我心里正小心翼翼地高兴。

今天早上起来至此时,我基本上是健康、正常的。起床前没有以往剧烈的头痛、四肢乏力或胃痛腹胀,也没有胸闷气短、脉搏过缓,没有恶心晕眩、烧心咽痛,也没有眼痛、心烦、小便不畅。

真不容易遇到这样的好时辰,这就叫幸福时光。

过去,觉得幸福是个很虚的词,想像不出幸福是什么滋味。近一年,明白了,身体相对健康(哪怕只是短暂的),感觉正常(哪怕只有一时半会儿),这就是尘世间幸福的滋味。

之所以小心翼翼,是因为知道这样的时刻少之又少,来去都不可预料。很享受,很感恩,知道是恩赐,珍惜得生怕一得意稍纵即逝。

这两天我特别注意不勉强自己看书、锻炼、写日记。

我已经发现自己有个大毛病,一旦看书,就开动脑筋。不懂得单纯地欣赏和享受,而把这过程变成了上课、灌输工作知识,强迫自己去记住其理论,并想像以后什么时候用得着。于是,我总处于紧张状态中。心情是疲惫的、压抑的,潜意识已经无法再承受。所以,我一看书,很快就会眼睛痛,头痛,恶心。学习的效果也不好,并没有真正看进去,更没有记住。

锻炼的情况也相同。我总是强迫自己要加长时间,加大强度,于是非常难受,心情和体力都受到折磨。

前几天,中医告诉我,由于气虚、体力不支,我只能适当锻炼,适可而止。我本来买了跳绳的用具,但医生说,以我目前的身体,根本不能跳绳,越跳越糟。

根据以上两点,我反思前几天写日记一事,发现自己也在勉强自己。总希望对心理做较深入的分析,记录有关抑郁症的治疗理论和办法。这样还不是在给自己不必要的压力?怪不得我一想起要写日记就有些紧张、不愉快,觉得是件苦差事。

多年来，我已习惯时时、事事、处处给自己制造压力和紧张。这问题一定要正视，一定要修正，否则无法彻底摆脱抑郁症的纠缠。近两天，我采取了顺其自然的方法，不勉强自己看书、锻炼、写日记，尽量活得单纯些，自然些。

随 笔

我面对电脑叹气。一会儿双手捂住脸，一会儿仰头闭目吐气。我往下要写2003年3月底至4月初的经历。可是我不愿意写，我的心情不好。

昨晚我又梦见课堂小测验。我没有笔写字，别人都在奋笔疾书，我却在用两根竹篾一条水红色的缝纫线缠裹一支笔芯，怎么都绑不紧，好不容易绑好了，写几个字就散掉，又得重新缠裹。急。一写字笔芯就缩进去。我想放弃测验。心里对自己说：着急有什么用呢？为什么一定要参加测验呢？别缠了，别测了，现在就离开课室。我犹豫。这样离开似乎违反校规。我在座位上继续笨拙地用红线和竹篾缠笔芯，心里告诉自己，放松——别害怕，你没有笔测验，老师会原谅你的。你可以不测验，但你不要擅自离开考场。正在这时，老师突然宣布测验取消，大家出去集合。我喜出望外。

梦境持续着。学校要开联欢会，同班女生都在后台换上演出服。我找不到我那件演出服。老师和班长都在催我快点找，事关班级集体荣誉。她们叫我从大堆天鹅丝绒的舞台华服中随便挑，选出一件芭蕾王子紧身衣裤叫我穿，白裤腿太窄穿不进去，拿出一件低胸宫廷贵妇裙叫我穿，穿在身上松垮得不成样子。连着试，没有一件合我穿。老师生气了，喝令我仔细想想演出服放到哪里去了。我越使劲想越想不起来。舞台监督也过来催，说节目顺序一打乱就很麻烦。我觉得对不起所有人，我很想消失掉，想躲起来。但是为了对班级负责，我硬着头皮站在后台，接受舞台监督的训斥。班长叫我快去宿舍借合穿的衣服。我往宿舍楼跑，一层一层去敲别人的门，跑得喘不过气来。心里着急地想：没时间了，来不及了。我不想让老师同学失望，不想给大家添麻烦，我要争取立功赎罪。没等借到衣服，我醒了。

太不愿意回忆2003年3月底至4月的那些日子。找不到合适的叙述通道。潜意识拒绝言说。

大约是2003年4月1日的前一个星期，李兰妮几乎问遍了所有她熟悉的非精神卫生专业的医生：有个博士说我有抑郁症，你觉得有这个可能吗？她听到的回答都是干脆否定的。

李兰妮给朋友发了个手机短信,简述困扰,请她拯救一把。朋友立刻回电,她帮李兰妮联系了专家门诊。

那天是2003年的4月1日上午。那里的精神卫生科名气很大,那位专家是科主任。李兰妮其实不是想求医,只是想求权威说句话:你没有抑郁症。

那家医院是收治SARS病人的定点医院。李兰妮想,风声紧,香港电视上天天都有SARS的恐怖新闻,医院是风口浪尖,门诊部一定门可罗雀。没想到,广东人民的神经很皮实,医院门诊病人照样多,而戴口罩、走楼梯的人很少。精神卫生科候诊区每一个座位上都坐了人。主任慷慨地允许李兰妮加挂一个号,吩咐她耐心等候。

居然有这么多人看精神卫生科。SARS时期尚且如此,正常时期岂不"爆棚"?李兰妮她好奇地望着这些人的脸,看不出有什么地方不对劲。没有武疯子,也没有文疯子。多数人不急不躁边看电视边等叫号。有人闭目养神,脸色灰暗,广东人天生这气色,跟睡眠质量无关。

等到中午12点10分,护士叫李兰妮到一间小屋里电脑前填空。九十多道问答题限在三分钟内答完。护士强调要不假思索按时完成。李兰妮想:填这样的问卷小菜一碟。

李兰妮飞快地填空答题,本能地绕开"陷阱"。不是有意欺骗,潜意识渴望否认抑郁症,她知道"应该"怎么答题才能避开麻烦。

一分多钟答完所有问题。护士有点惊讶。

李兰妮在南京大学作家班读书时,班里同学经常搞各种花样的心理测试,有时她看着别人的手掌和五官,随口就能说出有关命运的事,说出属于此人过去的一些状态,尤其是劫难。说这些事的时候,即使是酷热天,她越说手越凉,以至全身冰冷。李兰妮玩过几年这类游戏,早已"金盆洗手"。

正因为有这样的经历,她知道填空的答案,知道面对精神卫生权威时,什么能说什么不能说。

李兰妮:12点半了,你们医生真够累的,我看见您忙得连喝水的工夫都没有。每天都这样,怎么顶得住啊。

主任:唔唔还好,今天人不多。

不是有意讨好,李兰妮由衷感到中国的医生太辛苦,负担过重,劳动超时。

主任有点疲惫地看李兰妮的填空题。从他脸上的表情可以揣摩出:卷面上没有发现值得关注的可疑点。李兰妮见医生桌面上还有两三本病历在排队,知道主任又要为加号病人牺牲一些午休时间,心里很内疚,提醒自己千万别把病情铺开来说,挑关键词说,绝不可超过十分钟。

李兰妮:像我这种情况,不用吃抗抑郁药物吧?

主任:你除了失眠疲倦,还有哪些症状?

李兰妮:没有!认识我的人都说我这人一点不抑郁。好多人提醒我千万别吃抑郁症的药,能不碰尽量别碰,毒性可大啦。

主任:现在出的新药副作用没那么大。你有没有……比方说想自杀啊,觉得活得很没意思之类的念头?

李兰妮:没有没有。我很乐观,朋友一大堆。失眠也可能是职业病,疲倦可能是我做过化疗,药性太毒。本来要做五个疗程,后来心脏受不了……

主任点头,扫扫问卷,看神情正在综合病人陈述进行判断。

李兰妮赶紧补充说:啊有一个问题,我很怕去吃饭。别人一说要请我吃饭我就紧张。有时候答应了,就盼着别人说没空取消。

主任微笑道:我也害怕出去吃饭。这个不算什么。看来不大像抑郁症。

主任写处方。哦——阿普唑仑,我知道。睡前一片,能改善睡眠,又有抗焦虑的作用。李兰妮如获大赦,抓起处方单,"谢"声未落人已蹿出门外。

楼下药房已经下班。急诊窗口拿药,药费才两块多钱。

李兰妮迫不及待打开手机,大声向朋友报告好消息:我没有抑郁症!我不用吃抗抑郁药!

晚间新闻,香港两家电视台播放了张国荣跳楼自杀的消息。

张国荣因抑郁症而自杀!

电视信息大轰炸。张国荣的肖像肖像肖像,记者在说,目击者在说,歌迷在说,影迷在说,主持人在说,朋友在说,张国荣的歌声,张国荣演唱会回闪,张国荣主演的电影片段……永远不会老的张国荣在电视上微笑,眼睛微微有点眯,嘴角隐隐藏着一缕笑,有点心事,有点顽皮,有点倦怠,他的眼神在说:今天是愚人节,我们来玩一个死人游戏好不好?我算一个,还有谁?还有谁?快过来,一起走。

一阵阵发冷。幸好上午才看过病,不是抑郁症。如果上午刚被确诊为抑郁症,晚上突然受到这样的画面刺激和轰炸,李兰妮会不会发疯?

2005 年 11 月 19—20 日

链 接

《十岁的一个瞬间》摘录

十岁那年,"文革"开始了。我是一家军事要塞子弟小学的住读生。放假那天,生活老师通知我:"你父母都离开要塞了,你父亲的同乡贾主任来接你,你跟他走吧。"

我惊呆了。我爸爸妈妈上哪儿去了呢？一个家怎么一眨眼就没有了？贾伯伯肯收留我多久？现在我算不算孤儿呢？

贾伯伯住在要塞政治部大院里，他的二女儿头发短得像男孩，见面就说："又多了一个丫头片子。喂，我是你二姐姐。"大姐姐上下打量我，问："会唱毛主席诗词歌吗？我家有规矩，吃饭前要唱一首诗词歌，唱不出来就不能吃饭。"

吃饭的军号声响了。我很乖地提着锅，跟着二姐姐去食堂打饭，很乖地帮大姐姐烫碗筷，很乖地帮贾伯伯切大葱，他家顿顿少不了麻油酱油拌大葱。我从小不吃生葱蒜，但今非昔比，我没有资格再挑食、撒娇。

一天，无意中，我听到二姐姐说："小屁孩儿家教挺好嘛，从来不翻咱们的东西。你发现没有？她从来不坐咱们的床。"大姐姐答道："我不喜欢她。老里老气的，一点不天真。"我暗暗想：我还不到十周岁，怎么就说我老呢？"天真"是什么东西呀？吃饭时，大姐姐叫我端凳子，我心事重重端了个尿罐递过去。

晚上，洗完澡，三人玩"争上游"。正发牌，大姐姐抽抽鼻子对二姐姐说："你又偷用我的檀香皂！"二姐姐说："王八蛋才用你的檀香皂。"她俩相差一岁，都读初二，二姐姐比大姐姐高，俩人天天拌嘴。大姐姐说："谁干的谁心里明白，不要脸！"二姐姐扑了过去，"谁不要脸？你来闻，闻啊。"我的心突然裂开了一个大洞，里面呼呼地冒出黑风和冷气，我的眼珠子被冻住了，我闻到了自己身上的檀香味。

平时洗澡，大姐姐独用檀香皂，二姐姐用一般香皂，我用肥皂，学校的生活老师只给我们发肥皂。但我很喜欢檀香皂，因为妈妈洗澡是用檀香皂，它总让我想起妈妈身上暖暖的香气。

两位姐姐越吵越凶，句句话都戳得我心惊肉跳。我挣扎着开口说："对不起，是我拿错了……"话没说完，便大哭起来，哭得天昏地暗，四肢抽筋。

第二天一早，我留下一张道别的字条，回到了学校。

又过了一学期，我习惯了当孤儿。子弟小学包吃包住包发文具和牙膏肥皂，我没有一分钱，但绝对饿不死。

夏天，衣服烂了，我就把冬天的长袖衣剪成短袖穿；天冷时，再把袖子胡乱缝上去。

日月匆匆，该过十周岁生日了。我把没用完的牙膏挤到贝壳里装着，把牙膏皮卖了，把夏天惟一的一双破凉鞋卖了，把小刷子辫剪下来卖了，把没用完的练习簿卖了，把枕头套当破布卖了。我攥着一把壹分、贰分、伍分的硬币，跑到要塞照相馆，我对照相的说："我要照一张生日相。"

照相的说:"笑一笑。……怎么老里老气的？一点不天真。"他的话令我想起了大姐姐二姐姐。我忽然很想念那个收留过我的家。

许多年后,那张照片依然传达着一种永远无法言说的忧伤。

1994 年 5 月

补 白

写这散文时,我可能已有轻度抑郁症倾向。那些日子,每天早晨醒来,心情总是一种底片的颜色。屋里弥漫着莫名的伤心气味,大脑里仿佛晃动着洗照片的药水。渐渐地,童年的画面慢慢浮现出来。我的身心浸在这样的化学药水中,越来越不能自拔。我的朋友李媚曾经说:你为什么总喜欢去抠旧伤疤呢? 本来结痂了,你又非要抠破它,让它痛。你好像沉迷这种痛。

她是随口说,却点醒了我。

我试过早晨醒来不想伤心的事,但是,很不习惯。似乎心不痛,画面不浮现,就不知道我是谁、身在何处。接下来一整天,茫然得不能自控,如行尸走肉,魂不附体。迷茫的恐惧比心痛的感觉更让我焦虑。我又浸泡在化学药水中,等待着这个李兰妮从底片里浮出来。

第 10 篇

认知日记

2003 年 6 月 30 日星期一上午 10 点 40 分

近日我特别注意不勉强自己做什么。散步时,没气力做操就不做,不强迫自己一定要锻炼多长时间。走路、做事在精气神方面都注意留有余地。可能这就叫养气、养神吧。

我每天散步的小花园很不起眼,但有许多幼儿在那里玩耍。那里气氛祥和、单纯,在那里我能感觉到上帝的同在。我意识到,上帝指示我要向婴幼儿学习,多受他们的感染。

昨天我看的是瑞士心理学家卡斯特的《克服焦虑》。里面谈到焦虑是人生的一种常态,我们要学会积极面对焦虑。承认它,克服它。而不能逃避、回避它。因为避得了一时,避不了一世。避的时间越久,将来突然崩溃的可能性越大。成功克服某种焦虑后的经验很重要,它会自然用于克服下次出现的焦虑。

今天早上妈妈来电话,担心自己得了肺结核。我劝她少胡思乱想,也别总在茂名的医院来回折腾,早点来广州检查、诊断。我要特别注意情绪不要受她的影响,不要让她那些不必要的忧虑传染我,她是典型的神经质抑郁病人。

与她接近,就像一个不会游泳的人想去救一个还会一点游泳的落水者,结果被落水者慌乱中勒住了脖子,不但救不了人,自己还处于更危险的境地。

我常盼望妈妈身心得拯救。我曾十分着急,但现在明白,上帝有他的时间和计划,我应该做的是:祷告、交托、感谢、等候。

"你们祷告,无论求什么,只要信,就必得着。"

随 笔

我在日记里又提到了面对母亲时的恐惧。

前些年,我写了中篇《十二岁的小院》,里面记录了一些童年的伤感故事。

妈妈看后,给我打电话,说我这是出卖她赚稿费,再写这些她就跳楼。弟弟也指责我,说我不孝,污蔑妈妈,并要求我在收入集子出书时把有关段落删掉。

在认知日记里,分析负面思维时,我在梳理平日心中所恐惧、所怨恨、所怀疑、所纠缠不清的思绪。不能再逃避。我要认识自己。我要卸下重担。这必然触及家庭、隐私等敏感层面。当时写日记是用于治疗,等于倒空心里的垃圾。

今天写随笔,我想完整保留认知日记的真实。

它是劫后余生幸存者的肺腑之言,不是纯粹的文学作品。它是一本病历,可供心理学家、精神病学家参考。它是一本民间纪实资料,可供社会学家翻阅。它在某种程度上是代言书,它想为那些因精神疾患而默默自杀的人说几句心里话。但愿它还具备报警器的功能,催促正被莫名抑郁愤怒焦虑所困的病人呼救。

这里记的,不是我一个人的抑郁,是我们这代人所共有的抑郁。

认知日记中我不会添加什么,治疗过程中喃喃自语的车轱辘话也由着它来回说。在将负面思维扳正过来的时候,有些话必须重复说,甚至天天说。

日记中有三天谈到个人隐私,由于这涉及他人形象,必须整段删去。至于涉及到我父母的日记段落,经慎重考虑,保存原状。认知日记触及了儿女对父母的怨恨。这在中国传统文化里是忌讳的。

从小到大,我不是一个孝顺的孩子。

从小到大,我在心里跟父母是疏远的。

二十二岁那年,我住在广州中山医学院附属医院的内分泌病区,同层有肾科重病区,疑难杂症重病房。白天见病人死掉被运尸车推走是常有的事。我住的小病房靠窗的是一个二十七岁的大姐姐。

大姐姐的父母在香港,每个周末会来看她一次。我父母在粤西,没有电话,没有书信。

十四岁开刀割血管瘤,我自己上手术台,自己在公路上拦军车,没拆线就回到了几百里外的家。十七岁我在广州部队医院一住半年,从国庆节到春节后,父母在粤北没有任何音讯。我没哭过,习惯了。九岁我就独立了。

在中山医附院病区,连着几天隔壁病房白天黑夜都死人。头一个半夜,凄厉的哭声骤然响起,是孤儿寡母的哭声,很揪心。我听见大姐姐翻了两次身。第二天早晨,阳光明媚,大姐姐坐在窗前梳长发,她喜欢抹发乳。她本来长得很漂亮,但什么都不能吃,靠白蛋白输液活着,所以脸色发青,有气无力。

那天早晨大姐姐清瘦的脸上有两个黑眼圈。我以为她要抱怨夜里哭声扰人,她却叫我看她的头发多滑顺。

第二天更晚的夜里又有人哭。听起来是父母哭儿子，走廊有护士的说话声，说什么人哭得晕过去了。黑暗中，大姐姐不知什么时候起来了，双手交叉紧抱肩膀站着听。透过蚊帐，看不到她脸上的表情。我轻声说："大姐姐，你怕不怕？"过了好一会儿，大姐姐突然说："他们都有人哭。我死了谁哭我？"我傻乎乎地说："你有你爸爸妈妈哭啊。我才没人哭呢。"大姐姐不说话，摸索着缩回蚊帐里。我呆望着窗外清淡的月光，忽然悲从心头涌起。我要是今晚死了，真的没有人哭我。我的爸爸妈妈在哪里？他们想过我吗？

鼻子发酸了，眼眶湿湿的。这对我来说是极其罕有的现象。我用手把眼泪揉了出来。那个夜晚我很需要哭一哭，我想流泪让心里别再堵得慌。但是眼泪只有一点点，仅够湿湿眼眶，不够攒成泪珠往下掉。我想起小孩子哭，都是叫着"妈妈呀"，越喊越是满脸泪。我无声地做了个口型"妈妈呀——"，感觉怪怪的，心里更加堵得不透气。我又试着无声呼唤"爸爸呀"，感觉也不对，也哭不出来。心里很悲哀，找不出一个亲近的人。哭的时候我可以呼唤谁？我能依靠谁？我能想念谁？我能哭着叫着谁来安慰我壮我胆？在这样一个死神在病房走来走去的黑夜，我可以哭求谁庇护？

每一代儿女对父母都有怨结。时代不同，怨的内容也不同。可是每一代人都把深怨埋藏在心底。

我是从死人堆里爬出来的，那也是"万人坑"啊。许多白骨化灰化烟，他们没有机会说，他们没有胆量说，他们说了没人听。

此时，我可以摸着良心说，我对父母的怨恨已经化解了。因为我终于把长在心里的结石挖出来了。

在我看过的精神病学家、心理学家写的书中，不论是美国人、德国人、英国人，还是瑞士人、加拿大人、新西兰人、伊朗人，他们都提到了童年期心理创伤对抑郁症病人的影响。

"迄今为止，我们还无法知道导致抑郁症的确切原因。但是，我们比较能肯定的是抑郁症的病因绝对不是单一的。我们认为，自然的和人为的双方面的种种因素都包含其中。"

我得老实承认，尽管翻过一些书，但我仍不明白我为什么会得抑郁症。抑郁症与童年有关，与家族遗传有关，与重病创伤有关，与生活紧张工作压力有关，与大脑神经递质失衡有关……但是，在同样童年有阴影、有家族史、曾遭重创、压力紧张相似的十个人当中，为什么那九个没患抑郁症，而偏偏这一人重度抑郁呢？

前些日子，几个朋友聚会。我说起童年烙印，没等我把话说完，众人纷纷声讨：你以为就你童年缺乏安全感啊？你看过当妈妈的就当着小孩子的面寻死吗？你知道幼年丧母的滋味吗？你懂得莫名其妙被父母憎恨的感觉吗？

认识多年，直到那天才知道，在座的几乎每人都有伤心的童年。

2005 年 11 月 22—23 日

链　接

《一百个饺子》摘录

小时候，不太明白什么叫"家"。军营里的孩子早早就适应了集体生活，从幼儿园开始我们就习惯了住校。那是"四海翻腾云水怒，五洲震荡风雷激"的 1960 年代，我们知道自己的身份：我们是军队的孩子，我们是共产主义接班人。当时住校，一学期只能回一次家。要是到了寒暑假，家里大人有军事任务，我们就继续留校。

我们从老师那儿得知：我们可能是最后一代与家庭保持联系的孩子。随着革命形势的发展，小家庭即将取消，小孩子一生下来就要交给社会统一照管，全国人民合成一家，不分彼此。我们深受鼓舞，也有些困惑：是不是爸爸妈妈很快也会被取消呢？或者，以后见到所有的叔叔阿姨都要叫爸叫妈？

我们无忧无虑地活在学校里。吃饭是统一到食堂吃，穿的衣服是学校发的制服，课本、铅笔、铅笔刀、作业簿、饼干、糖果、水果、毛巾、肥皂、脸盆统统由学校按时按量发，打针吃药有医疗包干，看电影统一排队去大操场。

可是，有一天，中国闹起了"无产阶级文化大革命"。看见老师们被批斗、被赶出校门或遣送回乡，心里又慌张又激动。自由了！可是食堂里饭菜越来越差，越来越少，我们得抢饭吃，每顿都吃不饱。学校不发制服了，我们的衣服旧了烂了没人过问，周末再也吃不到糖果、饼干、水果了，也没有电影可看了。到了八一节、国庆节、元旦，也没有人张罗聚会和晚会。夜里停电，宿舍里鬼哭狼嚎，学校荒凉得像一块久被遗忘的坟地。这时候，我们终于想起：家呢？——很久很久没有家的消息了。

一天中午，一辆吉普车接走了二年级一个鬈发的男生。第二个星期，又有幸运儿被接走。回家的渴望开始像霍乱一样蔓延。然而，由于军队干部奉命"支左"，父母们无暇顾及儿女，他们不知道军队的子弟小学也闹起了革命，不知道学校瘫痪了。

那个夏天，我想家想得头都快裂了。我不知道父母在哪里，为什么不来接我。我害怕地想：是不是"文革"把家取消了？是不是家把我取消了？就连在梦中，我也见不到爸爸妈妈，我使劲回想他们的模样，可越使劲想，他们的形象越模糊。

那个夏天人人都在长痱子，又没有凉快的衣服穿，于是女生中开始流行用手绢做背心。我们把以前发的旧手绢找出来，缝接成一大块，剪一个洞，套在脖子上，就成了一件简单的背心。那天，我正在学着缝背心，一个陌生的军人突然出现在门口，嘴里叫着我的名字告诉我："你爸爸托我接你回家。"

一听到"家"，我的头像被足球击中了似的，又麻又热，混沌一片，立刻成了"脑震荡"病人。我什么都没问，空着两只手，紧随那军人出了门。一路上，坐车坐船，我没问家如今在哪里——部队常常调防，军人的家也常常换地方。到了一个城市，名字怪怪的，叫"佛山"。但城里没有佛，也没有山。

见到爸爸了。想不起有多长时间没见过他了。我表现得很冷静，没哭，也没笑，我仍处于"脑震荡"的状态中。也许想家想得太累了，一颗心干干的，皱皱的，像一团用来缝背心的旧手绢。

爸爸倒是笑了，拍了拍我的肩膀说："怎么弄得像个小叫化子？"那神情很像一个连长见到了掉队后归队的士兵。

我找不到话说，拘谨地坐在爸爸的办公室里，一副痴呆儿模样。

爸爸蹲下来仔细看看我，问："怎么了？"我困难地抬起发硬的舌头说："什么时候回家？"爸爸说："妈妈和弟弟正在江西外婆家……"他话还没说完，我突然喊了起来："我要回学校——"我起身往外跑，爸爸追上来抓住我说："你不想家吗？"我说："就不想！"我心里很恨爸爸妈妈，我很想大声说："是你们不给我家，是你们先不要我的，我也不稀罕要你们。"

许多年过去了，一直没弄清楚，"家"对我来说，究竟意味着什么？一想到"家"，脑子里就乱，就魂不守舍，心里又慌又痛又怕，却又充满期盼。这期盼太深太长，像悬崖像深谷，远看，无限风光，近看……它无法近看，我从未走近过这无边的期盼。

1994 年 6 月

补 白

这篇文章最后一段所说的"家"，后面有许多潜台词。它代表了安全感、父母之爱、家庭亲情、精神依托、人生的出发点、活着的基石、成长的源头等等。童年的经历使我对家庭保持着若即若离的状态。多年来，"家"对我来说，不是港湾，不是养伤地，它让我感到紧张、拘束。在外漂流久了累了想回家，但是回家几天之后就想走，就想一个人呆着。一个人在一个封闭的空间里呆着才能让我精神放松。对于家，我既不懂索取也不懂付出。我从小习惯自己打理自己，我不相信家。

第 11 篇

认知日记

2003 年 7 月 1 日星期二上午 11 点

给亚力、吕雷打电话,分别托他们帮妈妈找诊断专家。

有时我会想,我有一些这样的朋友,平时大家君子之交淡如水,一旦需要帮助时,一定会尽力而为,不图回报。在这样商业化的社会里,能有这样的朋友,我很感恩,也深感荣幸。

昨天下午散步时,我得到启示,其实我已经开始恢复健康了。目前必须着重要做的一件事,就是时时提醒自己,我现在是一个健康的人!

"应当一无挂虑"。"忘记背后,努力面前"。我现在面临一个急需解决的心理问题:明明已日趋健康、正常,但心理还没适应转变。就像一个被大鱼刺狠狠卡了喉咙的人,医生已经帮助我拿出了那根危险的鱼刺,险情解除了,可以回家恢复正常生活了,可我还觉得痛,总觉得那鱼刺仍横在喉咙里,仍几乎不敢呼吸,不敢动弹。仍揪心、紧张。

刚才陈志红来电话,我们谈到了要珍惜自己。

随 笔

准备好了吗?愿意回忆吗?2003 年 4 月 2 日到 4 月 12 日,怎么过来的?不是瞒过了专家吗?不是不用吃抗抑郁药吗?4 月 12 日上午,你在广州的珠江两岸连跑两家医院,连看四个科室,然后呢?你再无路可逃。说吧。

我眉心中间痛,胃脘有一个大硬块,恶心想吐。我想跑到楼下草地晒太阳。我没什么想说的。最近我又开始累,不想见任何人,不想打电话,不想接电话。一个上午过去了,真的没话可说。别逼我。

你不要害怕。帮你开个头好吗？4月1日上午那位精神卫生科主任给你开的药叫做"阿普唑仑"，它是抗焦虑的安眠药。你晚上临睡前半小时服一片，入睡难的状况有所改善，对不对？别再磨蹭了。你怎么坐不住？你已经喝了一杯咖啡振奋精神，吃了一根香蕉一块黑巧克力营造好心情。你还在屋子里胡乱甩袖，"巴扎嘿巴扎嘿"傻跳藏族舞，嘴里哼着"感谢你们啦啦啦闹翻身哎，翻身农奴当家做主人哎，感谢你们紧握枪杆保边疆，红色江山啦啦啦……"什么意思？词不连词曲不成曲，你家小狗都看不下去了，悄悄钻进它的笼子里。你像一个害怕走夜路的人，越是形单影只，越是疯子一样又唱又舞给自己壮胆。现在是大白天，窗外阳光灿烂。气温14至24度，湿度70，吹轻微偏北风。你快说，说完到十六楼天台做你的光照治疗，下午1点钟的阳光多明朗啊，天台离太阳近，你可以大大仰起头，尽量打开双手，向后微微下腰，让阳光把你全身晒透，把回忆的阴影晒得粉碎。

我梦见死去的外公来找我，叫我救救他。

他是从停尸房铁床上走下来的。我穿着一身病号服正在住院，护士说你外公要见你。我心想：外公不是在八十七岁那年病逝了吗？他死了好几年了。我和弟弟去江西萍乡看着他的遗体从冰冻的殓房抬出来，抬到火化间火化。难道是我的脑子不好记错了？天啊，是不是医生搞错了，外公没死，他一直在医院没人理睬？

地上真的是外公。好可怜，护士没给他病号服，大冷天他光着身子蜷缩在地，瘦骨嶙峋的脊背弯得像张弓。外公一把抓住我的双手，叫我救救他。他说：医生叫我走，说我活不过今天了。他们不让我在这里住下去，你要想想办法啊。外公的双手真的像冰一样冻，我跪在地上，双手抓住他的手不放。我不能哭，我不能慌张，我要为外公壮胆，我要鼓励他坚持活下去，我要把我的活力热量传导过去，我要拯救外公的生命！我不停地说话，告诉外公，只要撑过了今天，医生就会相信他能活下去。我叫外公放心，我会一直抓住他的手，我不会让他死。外公把头靠在膝盖上，大概是昏过去了。没有人来帮我。我觉得很冷，越来越冷，我要冻僵了。再这样下去，我要冻死了。我没有气力了。我非常害怕自己会昏迷过去，怕失去知觉后会松开外公的手。我手上连接着外公的命！即使累死冻死也不能松手。可是我真的真的没有一丝气力了。我着急，我害怕，我内疚，我愤怒，我……我要死了，怎么没有一个人来帮帮外公？我多么想有人来接替我帮帮外公，这样我就可以让自己死掉了，这样我就可以轻松自由地死掉了。

我冷冷冷——我醒了。浑身冰凉。

我连续三个晚上做类似的梦。我在睡眠中更累。每一个梦里都是我看别

47

人死,别人看我死,我在参加自己的追悼会,我和已经死去的故人在陌生的小镇走,找不到要去的地方。

另一个梦。

我和一群旅行者走在贫瘠的山区。走在前面的人喊,前面灌木里有死人。我不敢看,眯上眼睛绕过灌木林。我们搭上一辆破旧的解放牌大货车,站在车上看风景。风景是半秃的荒山,一条类似红旗渠那样的大渠,渠水水流不大,仅一两寸深。山区可能缺水。汽车爬坡死火,我们下车。看哪,大渠的渠水里有血!好多好多残缺的尸体,都是小学生的尸体!胳膊,胳膊,一截一截腿,书包,鞋子,脚,啊头!不要看!怎么有这么多小孩子死在水渠里?为什么没有一具全尸?看大渠的涵洞里又有尸体冲下来,这回掉出来的是全尸。不停地一具一具滑出来。有两具蜷缩的尸体卡在涵洞口。我不能再看了。我狂喊:他们都是小学生,他们都是小孩子,怎么死了这么多?他们是怎么死的啊!

我醒了。醒来眼前脑海仍是残缺的小胳膊小腿,一截一截。涵洞里,一个小学生的头,一个小学生翻转的身体。

那些日子里,我闭上眼睛看到的是死人,睁开眼睛已经死去的人轮流来跟我说话。尤其是那些自杀的人,他们告诉我,为什么要死。不管是认识的,还是不认识的,他们都低声招呼我:快走,走啊。集合了。

不要再说了。我想吐。胃很难受。我脑子里有人跃跃欲试要发疯,我用意志力狠狠按住她,一次又一次地按住她。我们有点两败俱伤。

今天可以放过我了吧。我要去晒太阳。我要牵着我的小狗乐乐,在中大校园快快走,关掉记忆的电闸。

2005 年 11 月 24 日

链 接

《外公的微笑》摘录

外公老多了,胆怯、迟疑、警惕的眼神里带有一种无可奈何的驯服,只有薄唇边的嘲讽依然还在,但已变得意味深长。

"当你坐在凳子上的时候存在着哪几个力?"

我磨蹭了半天才站起来,可怜巴巴地望着老师——我的外公。他瘦长的脸板得铁紧,轻轻弹了弹物理讲义上的粉笔末,走到我跟前,像念紧箍咒一样重复道:"请你回答,当你坐在凳子上时,存在着哪几个力?"

我苦苦揣摩着坐在凳子上的切身体会,忽有所悟,"好像有……摩擦力!"

"哈哈——"满堂笑声。

"还有呢?"外公脸上的表情立刻将笑声镇住了。

"不知道。"我哭丧着脸,用手指头抠着桌上的一道小裂缝。

外公一声叹息,轻凄,苍凉,拖着长长的尾音。

转眼间,到了冬天。一天,刚下完第一节课,忽听学校附近有人办丧事,大伙儿拥去看热闹。只见十六条壮汉抬着有描龙绣凤红缎子的棺材,前面鞭炮、幡旗开道,后面一大串哭丧的,还有一班吹鼓手,吹吹打打,排场极了。也不知看了多长时间,我突然想起还要上课,忙往回赶。在教室门口,我看见,空荡荡的教室里没有一个学生,外公孤零零站在讲台上,面对空桌椅,表情麻木。

外公退休了。他郁郁寡欢地呆在由破庙改成的教工宿舍里,再不提教学的事。然而一听见上课的铃声,他就坐立不安地在屋里走来走去,或者呆立门口,唇边浮起一丝古怪浅淡的微笑。

1981 年 7 月

补 白

不知为什么,在我抑郁症重度发作那段时间里,我总梦见去世的外公。

外公当过我的老师,两年。高中读书时,外公几乎每天都要给我补习数理化,而我听不懂,我只读过正规的小学一年级,连什么是"合并同类项"都没学过,加上我这人特别笨,面对这样的学生,老师真的要吐血。我这个外孙女学生,常让外公老师哭笑不得。下乡支农插秧,我会一抬头就晕在水田里;在农民家吃饭时,我独自坐在门口小木凳上吃,因为外公怕我吃辣椒喉咙发炎发烧,特意拜托班主任关照我。课堂上没人好好听课,外公不能跟学生发脾气,就只好给我一点点颜色看,我是团支部书记,又是学校广播员,跟我略摆一丁点儿师道尊严心里气顺一些。

我最喜欢和外公一起偷外婆藏的零食吃。外婆常把零食藏在一个瓦缸里,过年剩的地瓜干、冻米糖,还有用糖票买的红糖片、妈妈寄来的小包白砂糖,我和外公总惦记着这些好吃的。我们常在外婆做饭时偷零食吃。我先看外婆在门口灶台上是否会进屋拿什么,这时外公往往在备课,我在做作业。瓦缸的盖子比较沉,掀起来盖下去都容易碰出响声,不能让外婆听见。偷白糖吃容易洒出来,外公很小心地捻一撮放在手心里,然后倒进嘴巴里含着,我有样学样,学这个学得挺快。我和外公一边含着白糖一边相视偷笑,这时师生俩很默契,很得意。

第 12 篇

认知日记

2003 年 7 月 2 日星期三

昨天接完陈志红的电话,电脑就因过热而罢工。我也就顺其自然不写了。这样挺好,不勉强做事,心里就不会别扭、紧张、懊丧。

6 月 29 日是星期日,我在家收看香港国际台的《权能时间》,美国加州水晶大教堂萧安柏牧师在讲道中,引用了《诗篇》第 37 首大卫王的诗:

> 不要为作恶的心怀不平,
> 也不要向那行不义的生出嫉妒。
> 因为他们如草快被割下,
> 又如青菜快要枯干。
>
> 你当依靠耶和华而行善,
> 住在地上,以他的信实为粮;
> 又要以耶和华为乐,
> 他就将你心里所求的赐给你。
>
> 当将你的事交托耶和华,
> 并依靠他,他就必成全。
> 他要使你的公义如光发出,
> 使你的公平明如正午。
>
> 你当默然依靠耶和华,
> 耐性等候他。
> …………

"不要……心怀不平",就是别担心。"以耶和华为乐",就是应该保持心境愉快。这首诗提醒我们记住四个步骤：1.不要担心；2.保持愉快；3.交托；4.等候。

我们生命的每一分钟，都是上帝所赐的礼物。上帝造我们每一个人，必有他的计划和用途。对我们来说，一定要学会等候。

牧师说，现在的人们，越来越不喜欢等候。大家生活在一个什么都要求即时的时代。人们有各种的强烈欲望想立即得到满足，于是就迫不及待地选择非法犯罪、不义、走捷径、不正当竞争等等，由此带来越来越多的混乱、伤害、恐怖、焦虑。

说得太对了！我应该经常反省，提醒自己：时时怀着一颗感恩的心，快乐地等候、盼望。

还有，我每天都要告诉自己，我已经健康了。是主所赐的健康。不要担忧，不要怀疑，不要害怕，因为主正与我同在，正在赐福与我，正在成全成就我。

有时醒来，迷迷糊糊习惯性地心情抑郁，不能自控地胡思乱想，净想一些不愉快的事，其实许多是别人的事，与我没啥相关；但多年来的抑郁习惯，思维总在负面方面徘徊、纠缠。长期以来，早晨心情总是很差。心情又作用于体力，便觉得乏力，哪里都不太舒服，因此，心情就越发恶劣，酿成恶性循环。

我有信心在圣灵的引导下，每天在新的一天开始时，就在主的祝福中微笑。记住我生命的每一分钟，都是上帝恩赐的礼物！

随　笔

外公是在一个初春的早晨去世的，他得的是癌症。八十七岁的老人患肺癌，痛感并不太强烈。他在江西萍乡医院住院，头一晚还吃了一个荷包蛋，早晨6点仍清醒，8点多突然离世。

我曾听老人们说过，人出世是搭船一船一船送来的，人去世是搭车一车一车接走的。哪些人坐同一条船来，哪些人坐同一班车去，包括时间地点，都是命中早已注定的。外公坐的那班车大概是8点30分要开走，他来不及跟我和弟弟道别。

当时我和弟弟正在火车上，火车10点到站。我和弟弟商量，一下火车立刻去医院。弟弟怕我守护病人太久吃不消，劝我看看外公就走，他多留几天尽孝。

我们下了火车才听说外公已经走了。

一天夜里，我看见外公站在我面前，他穿着一件深蓝色黑纽扣中山服，瘦长的脸上很有精神，他微笑地看着我，笑容让他年轻了十几岁。我惊喜地看着他，说："外公！你从哪里来？"外公指指地，说他是从地底下上来的。我纳闷，怎么会从地底下上来呢？哦，大概是有个地下城，从隧道里可以坐车上来。我又问："你在那里干什么？"外公笑着说："我在那里教书。"我说："你老早就退休了,还能教书?"外公有点得意地说:"是啊,他们请我教书嘛。"

心里突然一惊,外公不是已经死了吗?我醒了。

外公托梦。他想通过我告诉外婆,别担心,他在那边过得挺好,又在教书呢。

2003年4月清明前后,我所梦见的外公总处于危难之中。

从4月2日到12日,我所做的每一个梦都与死亡相纠缠。一种来自阴间的神秘力量在施展迷心大法,试图吸扯我跟它走。

照粤语地区的民间说法,叫做"撞邪"。张国荣自杀后,有人说他拍灵异电影入戏太深出不来,也有人说他"撞邪"。随后四天,每天香港都有人自杀。媒体说,这是张国荣的歌迷影迷效仿他。媒体分析,负面新闻引发了连锁反应。

其实,每年这个时候都有重度抑郁症患者自杀。但是,普通人的死没有新闻效应,他们就像一颗眼泪,刚抛洒在空中就蒸发了,无声无息无影无踪。张国荣的死,唤起了社会对抑郁症的关注。他的纵身一跳,成为许多人脑海中永恒的一个画面。这个画面所引发的震撼,成为抑郁症这一课题的社会启蒙。

我开始警觉。

2003年的4月是张国荣月。电视上是他的身影,电台里他不停地唱着歌,报纸上有人说他是因感情问题而自杀,有人猜他是不是有艾滋病。我自己不敢看电视,别人看电视的时候,我听到了我所怕看到的一切。

你越想回避的信息,越能够稳准狠地击中你。

冷不丁地一瞥,瞥见了电视上张国荣的遗像。没有一星半点不美好的痕迹。他本身就是一个追求完美的人。他的遗照是从无数相片中精心挑选出来的,所有喜爱尊重这位演员的人都熟悉他这张照片,这就是大众心目中最亲切最迷人的张国荣。

一瞥中,触到了张国荣的眼神。眼神在说:知道我为什么一定要走吗?纵身一跳是最好的方式。看出来了吧?我现在是快乐的。你怎么还在犹豫?我是过来人,听我跟你说……

不听不听我不要听。上帝呀,求你帮助我!给我力量,为我壮胆。上帝呀,求你指示我该走的道路!

在那些重度抑郁的日子里,我特别害怕看到他主演的电影,怕看有关他的回忆和报导,害怕听到他的名字。我把《阿飞正传》等影碟塞到随手翻不到的地方,就连喜剧片《东成西就》的影碟封面都不敢看,上面有他和几位主角的剧照。

感觉中,他是催促我赶搭死亡班车的召集人。

走吧,快走,集合了。

4 月 12 日上午,我到肿瘤医院头颈科专家诊室再次求证,医生告诉我,淋巴结节没有明显增大。我茫然走出医院,不知该到哪里去。坐出租车过海印大桥时,我突然决定再找一家医院看病。

进特诊楼,挂了三个特诊。看妇科,主任说:你没有更年期综合症,不能给你吃激素。看中医,主任说:你这是心阴阳两虚。开三剂四君合酸枣仁汤。她明确表示只能试探着慢慢调。这时听见门外导诊台护士喊:李兰妮。精神科。李兰妮。谁是李兰妮?

走出特诊楼,老老实实捏着两个小纸袋,里面装着七天抗抑郁药。认了吧,李兰妮。三个精神科医生有两个认定你是抑郁症,另外那一个,你实属讳疾忌医。说你疯了你还不乐意,你骗医生你不找死嘛你。

2005 年 11 月 25—26 日

链　接

心理科门诊病历摘录

2003 年 4 月 12 日

眠差,低沉,无兴趣,烦躁 3+月。

近三月来无明显诱因早醒,情绪低沉,兴趣减低,无乐趣,迟钝,记忆力不集中,记忆力减退,烦躁,紧张,心神不定,坐立不安。胸闷。曾在本地诊治。暂无三防史。

甲低。88 年甲癌手术。以后数次手术和化疗。

母有抑郁症病史。

病前个性外向,情绪稳定。

神清,情感低沉,无兴趣和乐趣。应诊时间对答切题。未引出心情负面想法。

抑郁待查。

补　白

今年春季,我找出以前的旧病历,将一些与本书有关的记录摘抄下来。我每次看完病,从不看医生在病历上写了什么,心想管他们写啥,走形式罢了。现在看病历,如见当时画面,一个模糊的镜头。这是医生眼中的抑郁病人印象。

第 13 篇

认知日记

缓过来了。前几天很倦,没想到今天就缓过来了。

难得一早就觉得心里安静、不急不躁,接近神清气爽,比较有气力,此刻可算是一无挂虑。但愿常能生活在这样的一种状态中。明天会更好。就像那首赞美诗所说:"感谢神赐明天盼望,要感谢直到永远。"

刚才我克服了抑郁症的情绪障碍,干脆地接听了电话。我现在要有意识地锻炼自己与外人交往的能力。

抑郁症爆发时,我几乎失去了与人交往的能力。不能接听电话,不能出门,害怕别人来看我,害怕电话铃声,有许许多多古怪的害怕。总是自己吓自己。

我至今不想也不愿回忆 3 月底到 5 月初这段黑暗时期的发病细节,我还不能理性地分析发病整个过程的来龙去脉。不着急,慢慢来。

我目前要做的调整是,消除恐惧心理,恢复正常的社交能力,起码不害怕接听电话,不害怕出门和少数朋友短聚,不害怕一般的交往活动,不害怕见人。也就是治疗社交恐惧症。

主说:"我的恩典是够你用的。"阿门。

从上个星期五到今天,我经历了一回克服电话恐惧的训练。开始非常紧张、害怕,采取逃避方式。接着不断责备自己,恨自己不能摆脱恐惧心理。然后是反复的思想斗争,心理挣扎,说服自己行动起来。哪怕只是走出一小步。终于打出电话了。没人听,非常高兴,能暂时给自己一个躲避机会了。直到今天,才在主的引导下完成这次训练。

以后要记住:遇到问题,不要害怕。交托、等候主的帮助。

随　笔

累。倦。反弹了。又有些不对劲了。我不愿意相信自己那么脆弱,刚揭开回忆表层的一角就……我不愿意见人，不愿意打电话接听电话，不能集中精神，心中像堆积着次等木炭的烤炉，火郁在炭灰中时灭时燃，烟气堵塞结成块状。有时候，元神会突然挣扎出窍，蹿到高空中无声地疯吼，理直气壮地冲我怪叫：为什么不发疯?！不许死，又不许疯，我受不了受不了受不了啦！白天变得疲惫难熬。我竭力控制身心，尽量保持一种正常状态。可是，深夜里，睡梦中，黑暗之魔在跳跃、嬉笑。

梦中……我满口牙都碎了。我紧闭住嘴，咬着牙，我清晰地听到了牙齿碎裂的声音，我咬牙不敢用力也不敢不用力。上下两排牙每一颗都松兮兮的，舌边和内腮触得到三分之一的牙已经破碎，碎碴尖儿直扎舌头。

去过几个口腔医院。医生说："没有办法。你满口牙都碎了，到哪家医院都不能帮你补。你只要一张嘴，牙齿就会全部掉下来。"

我走出医院，茫然地沿着马路边走着，不知该到哪里去，不知该怎么办。我不能也不敢张嘴。别说张嘴，就是一松劲，牙齿就咬不住了，立刻会满嘴碎牙。可是，我总不张嘴怎么喝水呢？我会渴死的。咬牙咬久了，腮帮、下巴、太阳穴、整个脑袋都累得慌，发痛。我稍稍松了一点力，立刻感觉到所有的牙齿都浮动起来，我只得又咬住牙，维持原状。心里发愁，不知还能坚持多久。

总咬着牙不行。张嘴也不行。我该怎么办呢？

梦中……一个度假村要举行什么文学活动。许多人在大堂报到。我没见到一个熟人。报完到，提着旅行箱进了一间房。没等我把衣服挂进衣柜里，有人敲门。门口的女人可能是哪个刊物的编辑，她轻快地笑着说："你怎么才来呀。梁××到处打听你，问你到了没有。"我随口说："她在这里？好多年没见了。等会儿我去看她。"

心里突然激灵一闪。梁××——啊她不是去世了吗？几年前北京鲁院的同学就告诉我，她患癌症去世了。

仿佛一枚暗器划破了空气，这是哪里？

有时候，阴阳是无界线的。有些人注定要在阴阳两岸穿梭作功。

梦中……我走在一条胡同里。胡同地面铺着木格子钉成的棚架，有几个人正往上糊黑纸。我感到空气中有种紧张的悲哀在逼近，我不敢再往前走。有人说前面死人了！不要看。快走。我赶快往后退。

胡同里没有岔路口，无路可退。前面来了黑压压一群人，最前面一排人举着一个上吊的女人。他们走得好快，似乎想冲出胡同找医生救她。

我贴在胡同边上不敢细看，但还是看见那女人脖子上紧勒着一根粗麻绳。

我心想为什么不给她解开绳子？这样举着也不是办法，只怕到了医院已经彻底没救了。

我想提醒这些人。但我喊不出来。我很害怕。我怕看见那自杀女人的脸。我转头往高处看，看见胡同上方有五个红色金属焊的大字：云海话剧团。

怎么有话剧团在这里？来不及多想，黑色的人群正迎面而来，我往哪里躲？胡同里怎么就找不着一小截岔道口呢？

停笔一个月了。噩梦又多了起来。昨夜做的就是胡同这个梦。我觉得日子很难过。我必须暂时停止回忆。

我需要恢复气力。但我不会放弃说出这些感觉，尽管有复发的危险。

我希望有一天，当一个抑郁症病人感到无助时，他（她）会遇到这本书。

不是你一个人在受难，不是你一个人在害怕。活着，的确很难。但是，坚持活下去也许就是你今世的使命。我们要做世界的光。

2005 年 12 月 28 日

链 接

《生命中的一个春季》

那年我二十一岁。春天来临时，我正在一家很有名的医院里住院。从十七岁开始，我陆陆续续住过好几家医院，先是住十人一间的大病房，后来住过六人一间的中病房，二十一岁时我住的是三人一间的小病房。若是小病房的人病情再恶化，就该住一个人的单间了。进单间的病人往往换不过三天就会转入太平间。

我住进小病房没两天，3 床的那个阿姨就给推到单间去了。她是坐着轮椅去的，她的头无力地歪在一边，她哼哼说我不要转病房，不要氧气罩。

3 床进单间后，二十来分钟就停止了呼吸。

3 床空了。几天过去了，我和 1 床常常对着那张光秃秃的床垫发呆。那床垫很厚，有点泡泡的，上面有大片小片的污迹，乍一看，像一张浮肿丑陋的阔脸。每天夜里，我都觉得 3 床躺着一个人，我很想大声尖叫。一到天明，我就赶紧到阳台上看云彩看树木，我不愿再想太平间。

小病房在三楼，它斜对面有扇门，一走出去就是大阳台，阳台边紧挨着两棵高大的白兰花树。

当时正是初春，那两棵树的树枝上连花蕾都没有，树叶也不是鲜绿色的，那绿色很暗,好像绿得很辛苦很勉强。我闻不到春天的气息。

一个星期一的中午,3床的床垫上有了床单,一个广州市郊的农家女孩住了进来。她只有十三岁,瓜子脸,典型广东美女的眼睛,很灵活。我带她去阳台看白兰花树。她在阳台一个角落里拔了几根秆儿细细的野草,还拔了一朵很细很小的紫红色的野花。我说哎呀脏啊。她憨憨地笑。她去讨了个小药瓶,装上水,插上小花小草。病房里一下子有了春意。

一周后,我们知道小3床患的是白血病,医生说她活不过两个月。她母亲哭得很伤心,三个做农活的哥哥脸上淌着大颗的泪,他们轮流输血给小妹妹。

一个月之后,小3床已经不能起床行走,可是她的黑眼睛依然很灵活。她天天催我去阳台看那两棵白兰花树,盼着它们赶快结花蕾。她叫我捡树叶子回去给她当书签。那时候我才发现,原来大树春天也落叶,而且落的多是绿叶。我不再盼着白兰花儿开,我盼着时光停下来。我知道,春天一过去,小3床就会像一片小绿叶飘进太平间。

一天,小3床见母亲不在病房,坐起来对我和1床说:我知道医生说我快死了。我和1床大惊,面面相觑。1床厉声喝道:不要乱说话,你这么小怎么会死呢!小3床望着我,一脸天真无邪,她说我不要死,我要活,就要活,就要就要!她的口气很坚决,就像她在教室里说"我就要考一百,就要就要"似的。

时间过得飞快,小3床一天比一天弱,后来她连吃半流质食品的力气都没有了。但是她那双年轻的眸子里仍有美丽清朗的光。

小3床不能进食了。查房时,医生说要把她转去单人病房。她是那天夜里转入单间的,她没说不愿进单间,她只说你别忘了,花开了就来告诉我。

对我来说,那年的春季就在那一个黑夜里结束了。

1993 年 3 月

补 白

在我生命的春季里,我见过这样那样的死亡。死亡的过程各式各样,有丑陋的、狰狞的、腐烂的、地狱般的,也有美丽的、令人疼惜的、如白兰花的花蕾悄然落地的。有的人临死是刻意要伤害人的,他们似乎被恶魔附体,对一切充满仇恨;有的人则专伤身边最亲的人,他们身上的怨毒之气放射笼罩着整个病区;也有像小3床这样的人,不想死,但不怕死,他们将死的过程化为星空下几滴花雨,随清风过后留下沁人之香。

有时候,噩梦醒来,觉得奇怪。梦里那些人平时并不认识,也没见过,但他们的长相、言行这么真实,他们不会是凭空而来的吧? 也许,我早年住院时,潜意识里摄录下无数影像,这些底片终究是会显影出来的。

第 14 篇

认知日记

2003 年 7 月 9 日星期三上午 11 点

妈妈和爸爸打算星期日来广州。昨天下午接完电话后,我就暗暗有些焦虑。我不断地告诉自己,别紧张,别害怕,保持平稳的心境。

一向心里很矛盾:很盼望爸妈来广州,共享天伦之乐。但又怕妈妈令大家神经紧张。自小我们全家人就得以她为中心,家里的天气随着她的心境而变化无常。她因辞职在家心理不平衡,总用各种病痛来困扰家人。

她自己并没有意识到自己在伤害儿女,也许,那就是抑郁症的开端吧? 无法控制。

不过我认为她更像恐惧症患者。因为医学书中说:"所有抑郁症患者的一个特征是,他们都试图尽可能长地躲藏在'一切正常'的表象后面。""他们知道,自己有些不对头,但他们巨大的自控能力和强大的意志,仍然使他们去履行每日的义务和要求,而把他们的病痛留给自己,不让身边的人有所察觉。"专家们称此为蛹式(也叫伪装性)抑郁症。

据说,抑郁症有遗传的因素。我的抑郁症与遗传有关吗? 我的症状与她不同。我不去困扰别人,我只是自己躲起来,表面很愉快,很正常。所以,这种密封的抑郁症危险性大,一旦彻底崩溃,别人都猜不到其死因。不说这个话题了。

本来,像我这样处于严重抑郁症治疗期间,情绪很不稳定,不宜与妈妈多来往,因为她的谈话绝大多数是消极、忧虑、负面的,容易破坏我目前的治疗效果。但我不能逃避。妈妈她怀疑自己有肺结核,据说在茂名总也查不清,她和爸爸都很担心。我做女儿的,应当帮她在广州找好医生排除这个忧虑。尽管她十有八九没这个病。

我有信心,在主的帮助下,避免受伤害。

想想近几天有什么高兴的事?

1.好像不太做噩梦了,梦中的焦虑情景也减少了。

2. 想不出来？仔细想啊。停下来好好想，一定要想出来。哦，昨天上午看病时不那么累。心里常想，要将身体的、神经的、灵魂的节奏融入到主的节奏中。果然，心中会平稳许多。

3. 有没有第三个快乐的事？应该有。为什么快乐总是一闪而过，追想起来会这么难？而不快乐的事为什么总是纠缠人，时时侵袭人呢？讨厌！对了，昨天买了几张喜剧影碟，还剪了发。现在照镜子，人会显得精神些。

4. 再想一个好吗？想个大一点的。嗐，近在眼前嘛。今天的电脑很听话，没出什么故障，挺好用。打字的时候心情比前几次轻松。好了，我开始笑了。可见心情正在好转。

5. 这个月的例假来的日期基本准时，这也是值得高兴的。

6. 天气虽然酷热，但我的整体状况比春天时要好。

此刻，我想起了一句圣经，我很喜欢默念它，它能给我很大的安慰："上帝的意思原是好的。"

随　笔

2006 年的春节长假过去了。我的状态依然不好。

想写下 2003 年 4 月 12 日之后几天的回忆。可我摸索着一回到那个时空里，就抑郁。黑暗。冰冷。破碎。心跳越来越慢，仿佛跳不动了，脉搏几乎摸不着了，剧烈的恶心感，头顶痛得好像炸开了一个洞，里面飕飕喷出白气，碎魄四散狂奔。我在歇斯底里的悬崖边切切祈祷：关闸关闸关闸！心里同时有一个尖厉的声音在哭叫：啊啊啊——让我疯啊——啊啊啊！

心脏不太好，到医院看病。还是老毛病心动过缓，不算个事。大概心里挤塞的负面回忆太满太沉，超载了。

翻看了几段认知日记，纯粹是流水账。流水账相当于青纱帐，而我就像一个敌后武工队的伤员，敌众我寡，敌强我弱时，我必须在青纱帐里躲一躲，歇口气，把流血的伤口重新包扎绑紧。

既然目前回忆遭遇阻击，抑郁反弹，那就敌进我退，咱就钻地道，挖地道。

"抑郁所以十分恐怖，就因为人们看不到它有什么外部标志，看不到伤口，看不到伤疤，看不到肿瘤，就因为他们的内心在流血，内心在燃烧，直至死亡。"一位瑞士病人拉赫尔·贝格林格先生写道，"人们老是说，情况会好的，总会有好光景出现。大多数情况下，我就只能保持沉默，不再说什么了。"

我读到这段话时，真想与这位难兄紧紧握手，正是这样。我们只能沉默。

一个普通的因感冒而咳嗽的病人若与一个重症的抑郁症病人坐在一起，人们肯定会同情那位咳嗽的人；心疼他咳得难受，担心他咳出血来。却不知那位抑郁症病人心里一直在流血，不，他的整体状况比心里流血还恐怖，尽管他不曾呻吟半句。

"拍一下抑郁症患者的肩膀，对他说：'会好的，要振作起来。'这就等于对一名糖尿病患者说，他的身体应该多生产一些胰岛素一样没有意义。同样，要求他们坚持住或者让他们散散心，也是错误的。"在《不要恐惧抑郁症》一书中，德国心理学家乌尔苏拉·努贝尔指出，"这恰恰是把指头捅到了他们的'伤口'上；他们无法拿出足够大的力量去做这些事情。"

一个患抑郁症的医生这么说："我宁可患癌症，我至少还可以讲出来这是什么。可是，这抑郁症，人们却看不出来，感觉不到，什么都没有。"

到目前为止，我还没有看过既是癌症转移化疗病人，又是重症抑郁症患者写的文章。大概两病兼有而又活下来的人少，愿意把这些经历回忆描述出来的更少。

我曾暗暗庆幸，幸亏我的癌症手术刀口像标语一样竖在脖子上，一看即知曾遭重创；幸亏我做过癌症化疗，否则，很难扛住抑郁症药物副作用的煎熬。

人们对"抑郁症"三个字误解很深。一听你有这病，张嘴就会说：想开一点嘛！心胸要开阔。要坚强。

甚至有人会有枣没枣一竿子：凡事看开一些嘛。千万不要斤斤计较。抑郁都是自找的，做人要开朗大气。

抑郁症病人常遇上被人用指头戳捅伤口的"安慰"。没人理解，无话可说。这也是某些病人不得不死的原因之一。

这类误解太普遍。所以，精神卫生科门诊宣传栏上第一句话就是："抑郁症跟意志、品行无关。"

这句话让许多初诊的病人释然，并心存感激。

如我患的抑郁症，就跟大脑化学物质 5-羟色胺严重失衡有关。简言之，我必须服用精神化学药物，补充 5-羟色胺。否则，即使天天看心理医生都救不了我的命。

新西兰心理学家格温多琳·史密斯曾是重度抑郁症患者，她在《抑郁症完全指南》一书中这样写道："作为一名临床心理学家，我常常目睹我的许多心理病人脸上的痛苦表情，但是我以前从来未理解他们精神衰弱的程度以及绝望的强度。"

每次读到"以前从来未理解"这几个字时，我都会想，患过重病的医生是最理解病人的医生。理论上医术精湛终究与亲身体验大不相同。中国历史上的名医很注重体验，他们亲尝百草，甚至为治瘟疫不惜自身染上瘟疫而摸索治疗良方。

我这么想，不是巴望所有的医生都先当患者再从医，而是深深感到当今许多医护人员对病人缺乏由衷的怜悯和尊重。据说西医院在中国建立伊始，有80%的医院是教会所建，70%的护士是修女，医生大多有"爱人如己"的宗教信仰，有奉献精神。历史上的中医则佛道兼修，"救人一命胜造七级浮屠"，仁爱慈悲为本。而现今医护人员多重技术层面的钻研，忽略了道德层面的修行。纵使技术高明，境界所限，成大器者鲜。

现代中国人，尤其是都市人，喜好看病，吃药。就像嗜烟嗜酒之人，对看病、吃药有瘾。医院里常常比乡村集市还喧闹。医生们累得筋疲力尽、心浮气躁，加上信仰层面不曾开掘，自救自怜尚不及，面对病人哪有气力理解爱惜？书上说，众多职业中，狱警的心理健康指数排行最低。依我看，医护人员心理环境跟狱警颇相似。

在现代中国，要当一位名医大家极其难。医术上精益求精不太难，难的是要有"爱人如己"之心，还要有金刚不坏之身，再加上长寿不夭之命。缺一不可。

在国外，精神病学家与心理学家是有区别的。

"精神病学家受过精神病学方面的专门训练，作为医生，他的注意力是放在精神病的特定征兆和症状上，然后作出诊断并决定是否需要用药物进行治疗。精神病学家有权开药物处方。对于心理学家来说，他的注意力主要是放在心理和情感引起的问题上，如家庭冲突、经济问题、由各方面客观因素引起的压力问题等等。"各类心理顾问和心理学家无权开药物处方。

对病人来说，其抑郁问题是生理上的还是心理上的，必须首先区别清楚。

在国内，就我接触过的医院而言，精神卫生科又叫心理科，精神科医师和心理科医师都有处方权。

抑郁病人往往容易弄错。有的人明明大脑化学物质失调，属于生理性质的抑郁，却不寻求生物性治疗，反跑去做心理咨询、心理辅导，结果可想而知。

近两年，每逢接触到普及诊治抑郁症的信息，我都非常留意。心里忍不住要想起那些因无助而自杀的抑郁症病人，早知怎样求救，他们命不该绝。

停。我挖的是地道吗？只是一个猫耳洞。扎紧的伤口依然渗血。

我梦见走进一家展览馆，一个玻璃橱窗里有一具木乃伊僵尸，我赶紧往后闪，但还是看到了木乃伊胸腹部一截，胸肌腹肌的纹理很清晰，像风干的腊肉。玻璃柜脏兮兮的，有好几条长长的灰白色蜘蛛网。僵尸边蹲立着一只木乃伊黄猫，神态像活的一样。我想起了民间忌讳，据说人死了身边不能有猫。猫一接近死人，尸体就会坐起来，逮住什么都不放，好像叫做"诈尸"？我害怕，怎么能把猫摆在僵尸旁？万一死人诈尸我跑得及吗？耳边听到有人议论，这只黄猫是守着死去的主人变成这样的。馆里光线很暗，阴风飕飕。我要离开这里。我不知道这是什么展览，我也不想知道。我在找出去的路。找不到出口。心里忘不了那只木乃伊黄猫。我是不太喜欢猫的，但这时我为这只守候主人的猫感到辛酸。我害怕那具木乃伊。那酱黑色干硬的肌肉让我反胃。

估计许多抑郁症病人像我一样很辛苦。我眼前常出现这样的画面：我一只手扒着摩天大楼的天台边沿，全身悬空，眼看就要掉下去了。我不知道还能坚持多久，也不知道何时能爬上天台。我只有三个指头支撑全身重量。很想很想放手啊。

有没有这样的地方？山清水秀，没有污染。黄金周的第一天，我们这些抑郁症病人一早就去那里报到。医生体贴地告诉我们：不用倾尽全力控制自己，想发疯就发疯吧。经过专家精确计算后的催眠，压缩的潜意识底层的李兰妮爬出来了。如同在电脑网络的虚拟世界中，她疯跑，傻哭，撞墙，跳楼，割腕，吞安眠药，朝自己开枪……为所欲为。让内向型的抑郁症病人尽情地释放自杀的意念吧，如大禹治水，疏而导之。同样，给那些外向型的抑郁症病人以释放暴力的机会吧，让活火山蜿蜒缓细地流出岩浆。第六天，镇静剂。苏醒。疗养。扶元。在黄金周的第七个夜晚，让抑郁症病人回到现实中。

2006 年 2 月 15—17 日

链 接

《致秋天里的人们》

要尽快开刀。医生说。

这儿有个女孩儿，也是颈部长了个小瘤，开刀一查恶性……住院吧，早查早放心。

一个熟悉得令人发昏的字眼——住院。

记忆中,只有几家医院的轮廓似乎是清晰的。

十四岁。在那天涯海角的岛屿上,一位军医告诉我老爹:"血管瘤。她要住院,开刀。"

老爹那时一点不老。红帽徽映得黑发乌亮,红领章为国字脸增润增辉。他走路惯于昂着头,八字脚一点儿不影响虎步生风。

"听清楚了吗?你现在的任务是住院,开刀。爸爸要去老远的地方开会,开完刀你自己回家。"

没等医生把我带进病房,爸爸已驱车远去。我仅知道这家医院的番号,以及从家到这儿,我坐了整整一上午的北京吉普。

"几岁了?哟,真勇敢。"外科主任给我戴高帽,"来我这儿当兵吧,你是块好材料。"

为了几顶高帽子,我咬着嘴唇忍了两个多小时,任人又宰又割。那瘤子连着一条静脉大血管,两位实习的女兵出了一身汗,腿肚子硬了,手指头软了,最后只好由主任出场收拾残局。

下了手术台,我立即歪着脖子、捂住刀口往食堂奔。我明白,没人端着滚烫的鲜奶和糖心荷包蛋等我。

几天后,我自己上路拦了一辆顺风车回家。妈妈问:"怎么还没拆线?医生护士谁都不管你吗?"

我操起剪刀,盯着镜子,把一个个发黑的线头连血带肉拔了出来。

十七岁。那是广州的一所军医院。

住院半年,我最烦别人问:"你爸爸妈妈怎么不来看你?"

老李家没那套缠缠绵绵的习惯。

这儿的二百五医生格外关照我。

小鬼,再做个胃液分析吧。上次忘了给你留空腹胃液。

好的。

小鬼,做个十二指肠引流怎么样?

好的。

隆冬天,我让引流管穿过鼻孔、咽喉、胃囊、十二指肠。引流管顶端的金属疙瘩失踪了,我像烈士般被人庄严地抬往 X 光室。

小鬼,来。试试空气造影。

好的。

学中干、干中学的试验结果,总是我的腹腔里灌满了气,床头插着持续半个月的特护小红旗。

你怎么不说"不"啊？你怎么不说……？

五年后，十年后，妈妈一遍一遍一遍一遍地教导我。

二十一岁。病重。我急需挤进一所有名的地方医院。

爸爸翻出磨得起了毛卷了边的小通讯录，找出一个个可能顶用的老上司、旧部下的地址，写信求援……爸爸认定会回信的人偏偏没有回信。

意外地，有人回信了。这人没有受过爸爸的恩惠，与我家几乎无甚来往。若按现代人的互利原则，他大可不必偷偷借用他家老爷子的面子，赔上许多工夫去打通层层关节。

我入院了。那儿是我的启蒙地，人心世态、善恶真伪、生死荣衰尽收眼底。该说的，我已经在一部中篇里说过了。该忘记的，我早已经忘记了。只希望，有朝一日，我也能救人于水火之中。

最近一次入院，在去年。

第一次住进这么宽敞明亮的病房。每天的晨光，都停留在那方淡蓝色的窗帘上。撒满了小碎花的病号服，衣红裤绿。自有人来拖地板，自有人来为你打饭，自有人把热水送到你的床前。可是，没有人冲你微笑，没有人留意你的存在。

第一次见如此美貌的病房医生。浓黑俏丽的短发，白工作服下露出一截鲜亮的纯红色裙边。稍息，全身放松，重心落在右脚上，一只胳膊不经意地拄在窈窕的腰间。她在每张病床前平均停留两分钟。

该我动手术了。红裙子歪歪秀气的头，一位实习的小迷糊姑娘怯怯地朝战战兢兢的我走来。

旁边两张手术台，躺着两位娇小的香港少女，她们做的是人流术。进这间手术室的人，有五分之三做的是这种手术，五分之三中又有一半是香港人。该医院动手为众同胞排忧解难，众同胞解囊为该医院创汇增收。

缝针时，麻药的效力已过，我心里一阵阵抽缩。我望着身边亭亭玉立的女医生，幻想着她伸出温暖的手。

起来了。我对医生说，晕！要倒。红裙子冷漠地斜我一眼，不可能……

没等她说完，我已经失去了知觉。

醒来了。我发现自己蜷缩在手术室的角落里。

"你真会吓人。回病房去吧，我们要下班了。"红裙子袅袅而去。

"这儿要关门。走吧，扶着墙走嘛。"

两位肉鼓鼓的护士边数着一卷卷钞票结账，边为我出谋献策。

"我晕……"

"喝牛奶吗？五毛钱一杯。"

我流泪了。那泪珠是冰凉的。那地方好冷啊。

去年的春寒冻伤了我。这回我宁愿自费住到另一家医院去。

爸爸妈妈闻讯赶来出钱出力。

"给我们一个补过的机会吧。"爸爸的眼神时时令我想起马致远那首《天净沙·秋思》。

我曾在小说中诉说过我们一代人对父母天长地久灵魂深处的怨恨。当我们真正需要保护和爱抚的时候，得到的却是忽视。

在劫难逃。

挣扎起来的一代不懂得什么是天伦之乐，不懂得什么是柔情，不懂得接受爱，不懂得怎样去爱人。不。这一代人是懂得爱的啊，没有爱哪有怨？

弟弟说："快开刀吧，不为你自己，也该为爸妈。"

一纸大学作家班的入学通知，却载我匆匆飞到九月的江南。

走了，走了。

没良心的女儿只会说"再见"。

老爹呢？老娘呢？就让心儿总那么沉甸甸地沉甸甸地坠着吗？

1987 年 10 月

补 白

写上述文章的第二年，即 1988 年 12 月，我做了文末说的这个手术。但是，直至 2000 年春季我才知道，这是右甲状腺癌全切除术。医生和我的父母怕我经受不起癌症打击，特意瞒着我和家里其他人。

不止是我的父母，也不只是在癌症手术这样的事情上，太多的父母儿女都选择隐瞒。都是出于爱的动机，结果却令人叹息。我们的传统习惯于报喜不报忧，喜欢保密，无论大事小事都不习惯公开透明，好将简单的事情复杂化。

这种习惯的背后是一种精神上的敏感、脆弱，心理承受能力单薄，人与人之间的沟通、信任、默契、支持系统不健全，存在危机和故障。

也许，近百年的弱国寡民当久了，大伤元气神气精气；多年来人们不信天，不信地，不信人，不信神。你什么都不信，力量从何而来？你什么都不信，如何立足于天地万物间？你什么都不信，怎么会拥有平安、健康、美好的人生？

第 15 篇

认知日记

2003 年 7 月 14 日星期一上午 10 点 50 分

这几天比较累,今天原不想记日记。但上午正好有时间,那就简单记几行吧。

昨天上午收看《权能时间》,水晶大教堂的证道嘉宾是一位漂亮女士,叫雪丽。她是 700 俱乐部节目主持人、音乐家、作家。十一年前,她得了抑郁症,住进了精神病院。治疗时医生问她:你是谁?她始终回答说:我是 700 俱乐部节目主持人。

很久之后,她才意识到:节目主持人只是她的工作,并不是她本人。后来她答道:我是韦雪丽,我是主的女儿。

住院初期,她拒绝吃药。她认为只要多读经、多祈祷就可以了。后来她觉悟道:人岂能决定上帝用何种方法来拯救人自己呢?

想通了,积极配合治疗,效果良好。但她出院十年来依然服用抗抑郁药。

她近来写了一本书《最要紧的事》,认为最大的罪是不信上帝。上帝的计划其实并不复杂,人们不必去机械死记各种条规,只要记住"爱上帝,爱人"就可以了。上帝的计划就这么简单。

她也告诉六岁的儿子,不必学习成绩特别好,也不必去记什么复杂的道理,只要天天记住:爱上帝,爱人。她说完唱了一首赞美诗,获得人们起立鼓掌。

萧安柏牧师讲道,经文是《腓立比书》第 4 章 4 至 7 节。

可分三个步骤来记住。

1."靠主常常喜乐"。

2."应当一无挂虑"。

3."祷告、祈求、感谢"。

他唱了一首歌,教会众容易记。

"靠主常常喜乐。我再说,要喜乐。喜乐,喜乐……我再说,要喜乐。靠主常常喜乐……"反复轮唱。

挺有趣。果然好记。

萧牧师认为：不住地祷告，凡事谢恩，是一种生活状态，存在状态。在圣灵的引导下，我们呼吸、行走、思想、工作……时时与上帝同在。这样就能获得"上帝所赐出人意外的平安"。

我很喜欢这两句话："神赐平安。""我灵安静。"

昨天下午去广州火车站接爸妈。一切顺利。我一直感觉到上帝的看顾与指引。

随 笔

李兰妮服用抗抑郁药物两三天后，自杀的冲动空前高涨。

帕罗西汀说明书的"注意事项"里有这样一段提醒文字：

精神障碍相关的临床病情恶化和自杀风险

抑郁症患者无论是否服用抗抑郁药物，都可能出现抑郁症状恶化，和/或出现自杀意念和自杀行为（自杀迹象），这种危险性持续存在，直到病情显著缓解。

很遗憾，李兰妮今天刚刚看到帕罗西汀说明书上这段文字。

按惯例，国内医院不主张精神障碍病人看到药物说明书，怕病人先入为主，疑神疑鬼。国内的心理科或精神卫生科医生开处方，一般一次不能超过七天。99.99%的专科医生没经历过重度抑郁，他们从专业论著和患者自述中获取服药反应的信息。医生们未必真正理解，一个已有严重自杀倾向的抑郁症病人在刚开始服药的七天里，遭遇了怎样的毁灭性攻击。

服药前，李兰妮知道抗抑郁药副作用很大，同一种药，不同的人服用，反应可能大不相同。她经历过癌症化疗，对药物的耐受力应该比别人强一点。

服用抗抑郁药物的头七天，比化疗还难挨。

服药后，头皮脸皮至颈部火辣辣地烧，强烈的恶心，从食管到胃部一阵阵痉挛。手脚冰凉抽筋。眼睛发矇，眼眶发热潮湿。强烈的晕眩感，全身控制不住地震颤，打摆子似的忽冷忽热。极口渴，舌头干得焦痛发麻。喝水不能解渴，反引发呕吐。小便困难，坐在马桶上怎么也尿不出来，冷汗直沁。四肢、头颈的血管里鲜血在沸腾，像锅炉里的热气烤得皮肤筋肉干痛。有时候恍惚觉得头很大很大，大得没有边儿；有时候觉得屋子像一个喝醉酒的怪物乱摇晃，天都让它摇进来了。

早上吃完药，她就趴在沙发上，沙发旁放个塑料盆。腹部紧紧顶着两个靠枕止痛。一会儿，跪在沙发上，抱着塑料盆干呕；一会儿，脚勾沙发背头抵地，

67

头往木板地上磕,她想把大脑磕得没知觉。有时候站也不是,坐也不行,躺也不对,一刻都安静不下来。李兰妮眼巴巴看着墙上的挂钟,一分钟一分钟地数时间。医生说一个月之后药物反应能减轻,抑郁症状能减轻。先撑过十分钟,再撑过十分钟……一上午要撑多少个十分钟?一个月是三十天,三十天有多少个十分钟?

有些自杀的抑郁症病人也是吃过抗抑郁药的,但是,他们忍受不了这样强的副作用,不得不停止服药。

在忍受熬炼的时间里,死神俊朗的身影出现了。他像王子赶着马车来接灰姑娘。

跳吧。阳台不高,双手一撑就上去了。跟我走。飞起来。你是一只蝴蝶。飞啊。

这声音很清晰,很温柔,很体贴,很耐心。

不!自杀是可耻的。

不。自杀无罪。就像绝症病人有权选择安乐死。这不叫自私。说你自私的人就是最冷血最自私的人。从十二楼跳下去,啪!一分钟就结束。

李兰妮脑子里开始写遗书。一封写给家里人,简单交代后事。还有一封信,写给一个信得过的朋友。几十个字。感谢。托付。

理解。杨干华的遗书只有百余字,声明他的死与任何人无关,交代家人他的什么什么东西放在哪里,他借了谁谁什么东西要记得代还,没有多余的话。张国荣写遗书的时间很短,就写在一张餐巾纸上。理解。抑郁症自杀者的遗书早已千锤百炼,烂熟于心。

阳台防盗网有一扇做紧急出口的小门可打开。李兰妮找到了开小门的钥匙。没必要穿新衣服,穿一套半新半旧的宽松衣服,要穿绑鞋带的运动鞋,免得路人见到白尸布下酱紫色的赤脚恶心。要整洁。要选择四下无人的白天跳。她要在最后的意识里存留晴朗的天。

上帝啊,求你宽恕我。我真的真的撑不住了,我活得太难受了。求你帮助我,允许我提前回天家好吗?

慈爱的上帝啊,求你听我祷告:您说过天下万务都有定时。生有时,死有时。杀戮有时,医治有时。可我等不及了。在没有得到你默许前,我不敢自杀,我怕进不了天堂。惟有在你面前,我感到自杀是有罪的。上帝啊,求你让我明白你的旨意。如果你同意我提前回到你的身边,请你给我死的机会。如果你不同意我提前回家,求你救我!

眼前耳旁嘈杂。认识的、不认识的死去的人都来说,不停地说说说说说说!

三毛说,你知道我为什么选择用丝袜来自杀吗?病房里的窗户打不开,那里跳楼不方便。他们都不明白我为什么要死。我不能不死。你明白吗?

杨干华说,我用皮带,皮带结实。我说我有病,没人知道这样活比死还惨。你现在终于知道了吧?

伍尔夫说,朋友好丈夫好更让我内疚。我怕我的佣人,怕面对今天明天,我不能不躲到水里去。你懂吗?

李兰妮的公公于1966年8月自杀,时任广州军区文化部副部长。他参加"林彪同志委托江青同志召开的文艺座谈会"回来后情绪异常,一天夜晚堕楼,自杀原因不明。李兰妮只从遗照上见过他,此时军容整齐的周前辈说:几十年没有人猜到原因,你猜对了,抑郁症。

钟子硕说,他们以为我跳楼背后有隐情有秘密,告诉你,没秘密。就是抑郁。我跟人谈完话,特意走出来,从旁边楼跳下去,很简单,那座楼更高。

张国荣不说话,似笑非笑的眼神说:走不走?都在等你。

意识模糊了。

李兰妮掉头背朝阳台。

上帝救我!不要让我受诱惑!

混乱中很多脸很多眼睛嘴巴催她走,催得她心飞意狂。阳台伸出很多手像蜘蛛精的网在吸她拖她走,但她体内有神秘的力在定住稳住她。

意识断电。

不知意识中断了多久。或许仅仅几分钟几秒钟。

意识恢复时李兰妮在狠狠击打自己的头。打打打不要停。有个声音冲出喉咙大声喊:我就不死!我就不死!我就不死死死——声音在屋子上空轰响转着弯飞,这声音很陌生。这声音让人畏惧、战栗。李兰妮全身发软,坐在地上。

能不能昏过去?找件什么东西来打?要是有大棍子往头上使劲敲,像植物人昏死过去就好了,一个月以后再醒过来。

脑子乱。

差一点点就走了。怎么最后没有走?李兰妮在家里大叫我就不死,后来呢？失忆吗？之后的事大脑录像仪没有录进去。能回忆复述的太少。

她是否出现过幻象幻觉幻听？

她是否爆发短暂性精神分裂妄语？

她是否因临床抑郁或药物反应而失去过意识？

不可忆。

有个别独特的经历是不可回顾的。天知地知人不知。我们不知道的宇宙秘密太多了。如果非要刻意回忆，只能是伪回忆。我们的主观记忆准确度有限，对世界万物的理解更有限。心存敬畏。心存感激。

2006 年 2 月 24 日

链　接

《过平常日子》摘录

……用买来的胶纸密封门隙、窗缝，然后把煤气炉连接墙壁的气管口割断一半，用心听的时候可以听到咻咻之声。我从睡房中拿来被褥及枕头放在厨房的地板上，轻轻把门关上，再安然地躺在地上等待死神降临……谁知等了十多分钟，我的神志仍然十分清醒。于是我一跃而起，用手扭动煤气炉掣头，就在电光火石之间，耳畔传来轰然巨响，原来窗架上的抽气机连同窗架都飞到街上去了……我当时急中生智，立刻冲回房间致电消防局，然后直奔出屋外等待救援。

……我所买的毒药俗名红山埃，化学名为一氧化氰，服用一小匙即可致命……拿出毒药，倒出大半瓶溶入玻璃杯内，橘子红的一杯溶液，颜色鲜艳，看来可口，遂坐在床上一口饮尽。顷刻顿觉全身冰冷，下一秒钟感到胃部不适，再过一秒钟，刚喝下的溶液已经都从口里一吐而尽……

——李玉莹（李欧梵夫人）

补　白

我知道，这些文字只是她深痛中最简略的表达，她心中尚有许许多多的感受无法言说。作为抑郁病人，我要向她致敬！作为读者，我要对作者说谢谢。

正如李欧梵先生所说，在华人社会中，人们对抑郁症了解不深，存在误解。我衷心希望有过重度抑郁的人，把心中的痛楚说出来。

第 16 篇

认知日记

2003 年 7 月 17 日星期四上午 11 点

刚才 10 点半电脑闹罢工,只好先去熬苦瓜排骨汤。干完活,电脑就能用了。

朋友们多次建议我请人做饭,但我还是想自己照顾自己。书上也说体力活动可以减轻压力。

过去我用于做饭的时间太少,从小在军营食堂打饭,工作后又到外地读书吃食堂饭菜,体验生活、写作忙碌时,多在外面应酬或吃快餐。也许现在就是"补课"时间。

由此联想到我们这代人面临转型时期:顶峰期已过,都在往山下走。有人如我大病之后淡出江湖、有人仕途遇重挫、有人变相下岗……面对现实,心态很重要。

前两年我读《圣经》时,已经感觉到主在发出指示:"退到野地里去。"但我没有顺从。我愚蠢地跃跃欲试,要重出江湖,想靠自己的努力写出突破性的佳作,以为这才是主的合格器皿。我害怕退到旷野去,我没有这么大的决心和智慧,也没有足够的定力和耐性。感谢主教训我、训练我、拯救我、医治我;今天我在顺从方面有了进一步的体会。

主啊,请求你赐我勇气和力量,在圣灵的帮助下,真正能够"退到野地里去"。

随　笔

2000 年 2 月手术后的一个早晨,我歪着脖子,伤口上敷着厚厚的纱布,站在病房窗边往外看。

广州每年最冷的日子,往往就在春节前后这十来天。窗外凄风冷雨,天阴地晦。院外马路上,来往的人在赶着上班。一辆辆公共汽车上人塞得满满的,看身形轮廓就知道这些人被挤得很狼狈。骑自行车的人更辛苦,雨是斜的,有几个逆风蹬车的人雨帽戴不住,估计身上已经湿了;还有一个撑伞的,缩头缩脑,背影显出几分无奈。

我心里想,往日上班若遇上这样的情形,我会觉得自己真倒霉,混成这样真没劲。但是,至今我仍记得很清楚:那时那刻,我非常非常羡慕那些风雨中正赶着上班的人。那些人一点也不知道,在路旁一幢旧楼里,有一个素不相识的人在羡慕他们,在盼望有朝一日成为他们中的一员,正望着他们的身影想:以后若能活着去上班,路上无论遇上多么恶劣的气候,我不会再心怀不满。

病房里有四张病床。最靠窗的是一位五十多岁的女人。她是乳腺癌晚期,正住院放疗。她极少看窗外,常坐在床上低头想心事,她的丈夫和儿子很少来看她。

她旁边是我,我喜欢走到窗边往外看,虽然外面没有美丽的风景,哪怕对外发呆,也比面对压抑的病房好。

我旁边是一个七十多岁的光头阿婆。阿婆患的是恶性脑瘤,已经不能开刀了,头发掉得精光,连发根都没有。听说她很快会失明、昏迷、离世。护士说她已经没必要住院,只是因为她的儿子们觉得母亲能在医院呆着,心里会感到安慰有希望。阿婆不能走路,要么坐在轮椅上,要么躺在床上,她的三个儿子常轮流守在床前。母子很少说话,有时母亲似乎心满意足地看看儿子,儿子像儿时那样依恋地看着妈妈,母子间就那么心领神会地看着、看着。

靠门边是个不到三十岁的女人,做了上颚癌转移手术,鼻子嘴巴脸上全是曲曲弯弯的伤口,严重破相,以致我不敢看她。晚上冷不丁见她站在厕所门口,昏暗的灯光下,恍惚看见一个面目狰狞的鬼。那印象那惊吓久久挥之不去。她父母天天拎着老火靓汤来看她,她五官端正年龄相仿的丈夫天天守着她,给她喂流食。她嘴巴只能张开一条缝,每吞咽一点粥水都引起呕吐咳嗽声。连我都听得要吐了,有时要缩在被窝里堵住耳朵,但是她不管多慢多难都把食物咽下去。因为她的女儿才两岁。最想活下去的人是她。活下去面临问题最多的也是她。但是,看上去她是我们病房里最乐观的人。

我开刀住院的日子里,只有我妈妈和我丈夫两个人轮流来看我。我爸爸正好血压高至230,我弟弟高烧40度,在另一家医院留医观察。我妈妈除了顾我这头,还要顾爸爸弟弟那头;我丈夫没请假,依然每天要上好几节课。我只告诉区区我住院了,她想来看我,我坚决不让她来,我不想朋友看到病房里这种情景,也不愿别人可怜我。当然还有很重要的一点,我实在没力气跟探访的人说话,而不说话我心里又会极其内疚自责。

越来越多的癌症病人都能平安度过术后第一年。肿瘤医院的专家告诉我,同样是我这种癌,有人程度比我轻,但术后二十多天就死了。这一类病人心理承受力差,俗称吓死的。另有一类病人第一年平安无事,很快就重出江湖。其中部分人在术后一至两年左右复发,一旦复发癌细胞全身扩散,无法救治。很多癌症病人跟我一样,在病房里见过形形色色的悲情惨剧,在这样的环境中,我们没有资格去想"上班"这种奢侈的问题。我们面对的首要问题是:我还能活多少天?

当我得知癌症转移的消息时,我立刻想:幸亏我没有要孩子!但愿能给我足够的镇痛剂,走的时候不会太痛苦。

我扪心自问:李兰妮,你活的时候对得起天地良心吗?我不敢立刻回答。躺在癌症病房里,我闭上眼睛回顾一生,从记事开始数算,算了好几天,这才敢据实回答:我问心无愧。真的,问心无愧。真好啊。释然。轻松。随时可以离去。我永远不会忘记那时的感受:一个人在临死前真正能够问心无愧,美妙。舒坦。赤条条来去无牵挂。

手术后熬过了一年。得意了。骄傲:李兰妮,我对你很满意,你没有被癌症吓死。听说大难不死必有后福,赶快重出江湖,看看后福是什么。

记得那是第二年春节,我信心满得像小孩子手里刚充足气的彩色大气球,美得高飘飘的。年初二,我穿着棉袄、毛裤、大头靴,想进中大商场购物,我一路小跑,嘴里正说着笑着,突然有一种身体飞跃而起的朦胧感,随后脑子里一片空白,大约有几秒钟失忆。等我恢复意识时,发现自己已经嘴啃泥摔在商场门口。怎么回事?怎么摔的?一点印象没有。太丢人了。我昏头昏脑爬坐在地上定定神。毛裤膝盖处已是一个大窟窿,粗毛线擦地全擦碎了,再里面一层棉毛裤膝盖处也掀开一块布,膝盖血肉模糊,伤口又大又烂又深。这一跤摔得冤,鬼使神差,毫无预兆。

大过年的突然摔跟头,再不迷信的人心里也会有些不爽。

过完年,我买了一株盆栽的白兰花树放在阳台。这是花店七八盆树中最好的一株。正逢抽枝生叶、春绿养眼时,用不了多久,就可以站在阳台上闻香赏花啦。心里一动,许了一个愿:但愿今年的我,就像这棵树,生机盎然,花繁叶茂。不料,第二天下午去阳台,发现这株白兰花树已拦腰断成两截。原来是阳台顶端那条晾衣铁杆,几年来一直好端端的,那天偏偏无缘无故掉下来,如鬼斧神刀,从树的四分之三处斜劈下去,只给我剩下四分之一秃树干。我刚许了愿,立马当头一棒,这不堵心嘛。不算不算。就当不曾有过这念想。我加倍爱惜那一截秃树,盼望它能重新发芽抽枝。可它还是秃秃残残地死了。大概死于伤重不愈。

难道这是一种预兆,一种警告?

似乎有这么一个规律:癌症病人患病前一阶段,都相对处于生命的高峰期,工作特别顺,机会特别多,情绪也高昂,连相貌都会比别的时期显得好看。

癌症病房乳癌晚期病人也是这样:查出癌症前一年,她正走运,周围别的工友下岗,她的财务位置却稳稳的,厂领导非常信任她,她的业务水平处于上升阶段。"人都靓佐好多!"她的姐姐说。

这就叫月盈则亏吧。

1999年是我最忙的一年。电视剧本、电影剧本、长篇小说、长篇散文都出来了,又接连参与纪录片的前期或后期工作、到澳门出席首映式、在人民大会堂参加庆祝酒会、拿正高职称、领奖等等。那年的元旦我是在北京过的,春节前一天我才飞回广州。从年头忙到年尾。2000年春节我还在跟着导演何群策划一个电影剧本,我刚写了第一稿,癌症开刀前才跟导演说,请你另找合适的编剧吧。

据我所知,癌症病人里,如大学老师、白领、企业家、记者编辑、节目主持人、公务员、作家、导演、演员等,都有相似的经历:从山上突然跌落到谷底。

就像我那盆白兰花树,正因为它被劈断前曾生机勃勃、前程似锦,所以,一旦遭遇劫难,便格外让人叹息、不甘。而我也就特别特别希望它否极泰来,重新发芽,枝叶比从前更绿,满树繁花,香飘久远。

相信谷底下不少人与我相似:爬起来,坐在地上定定神,不知道这一跤是怎么摔的。不明白怎么回事。还好,没摔死,也没摔傻。耽误的时间太多了,要把失去的补回来。赶快行动,一鼓作气,冲到山上去。让大伙儿看看,我们是大难不死必有后福的超人。

后福是什么?更高的位置?更大的成绩?更多的作品?更旺的人气?更丰厚的利润?更响亮的名号?更光宗耀祖?更圆满完美的结局?

不知道是什么。不需要知道。反正是更好的东西。

要快。无论于公于私,必须追上行进中的队伍,登上更高的山峰。

于公,情义催人。家国之恩、生养之恩、知遇之恩、提携之恩、共患难之恩、雪中送炭之恩等等,有恩必报真君子。

万米长跑已经跑过了九千九百米,岂能前功尽弃。

亲眼见生死无常,旦夕祸福,机不可失,时不再来。

老师怎能辜负学生,老总怎能辜负银行,演员怎能辜负观众,作家怎能辜负读者,干部怎能辜负组织?

于私,最简单的,既然活着,就要治病,治病就必须有钱,癌症要花钱要打点的地方太多了。

要挣钱就要有位置,有多高的位置就必须有多大的作为。有病没病都得遵守规则。

活着就要养家,养家就不能下岗,有病的人不想出局就必须比健康的人表现更出色。

活着,就有无数念想、挂虑。

活下来的人,除了退休者,我认识的癌症病人都比非癌症病人忙。

忙碌可以壮胆,可以掩饰恐惧,可以有所得,可以保护家人的利益,可以保留江湖地位,可以……有很多可以。

手术一年之后,我逢人便说要重出江湖。我开始写散文,开始去采访,开始写短剧本,开始有目的看书。

2001年夏天,我心里开始异常躁热。夜里站在阳台乘凉时会突发奇想:从这儿跳下去会怎么样?

第一次这么想的时候,觉得好笑,李兰妮你很无聊噢。

可是,之后又想过好几次。有点不安,怎么会连续对这种无聊想法感兴趣?我的理智本能地出来干预。虽然当时我并不知道此想法病态,但是我有能力控制自己不再想。

静下来的时候,心底会浮出一句话:退到野地里去。当微风从脸上温柔拂过的时候,悄悄地说:退——到野地里——去……退——到——野地里去——

2001年12月17日,当北京肿瘤医院头颈科专家建议我开完作家代表大会立即入院手术时,我极沮丧。这意味着癌细胞又在作乱,我的境况又被打回到2000年的2月。

为得心安,我翻开《辞海》,找"韬光养晦"的解释;重温佛学的"破执",读有详细注释的《道德经》。拿起书的时候,似乎明白。放下书之后,又有心结。

我试着安静下来休息。

人退到旷野,心却在红尘热闹处飞翔。我试图往回收心,万念如野马奔腾,哪里收得回来?

现代人以为,休息就是不上班;安静就是每天争取静坐半小时。我们什么都想要,什么都急于捕获收纳。安静半小时,是为了储存足够疯狂十小时的精力,静是为了更张扬的动,静是猎兔犬冲向猎物前一个花样小动作。

2002年底至2003年春季,不尊重大自然的人类受到了SARS的警告;而我受到了不肯"退到野地里去"的惩罚。既然癌症的警告你都不能领悟,那就尝尝抑郁症的教训吧。

在受管教的日子里,我曾不得不"退到野地里去"。那时我不能听音乐、看电视、看书,不能见人与人接触,更不能为功利之事而行动。我只能独自一人躺在沙发上默默地祈祷。此时真应验了这句话：退到旷野去，不见人只见神。

在那些日子里，我在精神的旷野休息、调养、汲取灵露。原来患难、疾病对我有益。它们帮助我真正安静下来，我安歇在水边的青草地，干渴焦躁恐惧的心感觉到平安的欢喜。原来是这样啊："你们得救在乎归回安息，你们得力在乎平稳安静。"原来真是这样。休息安静的时候，你自然会明白人生的意义，你所负的使命是什么。你可以重新得力。

可惜的是，我仍是个软弱、愚笨的人，我只会被动地进入旷野，管教稍一放松，我的心又会走神。但是，我有信心和盼望，我知道我一定能得救。

2006 年 3 月 15 日

链　接

《积极思考就是力量》摘录

不管你信不信，这就是那个处方：他的病人需要从每个工作日中拿出两小时去散步，然后在一周中拿出半天时间花费在公墓里。

病人很吃惊，追问道："干吗要花半天时间呆在公墓里？"

"因为，"医生回答："我希望你四处走走，看看那些长眠在那里的人们的墓碑。我希望你默想一下这个事实，他们中间许多人在那儿是因为他们跟你想法一样，认为整个世界是被他们扛在肩上。默想一下这个事实，当你长眠于地时，世界照样运转不误。就像现在，你这样重要，其他人也将能做你现在所做的事。我建议你坐在其中的一块碑石上，重复这句话：'在你看来，千年如已过的昨日，又如夜间的一更。'"

病人明白了这些话的意思。他放慢了步伐，学会了去下放权力，他对自己的重要性有了恰当的定义。

——［美］诺曼·文森特·皮尔

补　白

拿得起，放不下的人越来越多。中国式精英若在公墓默想半天后，可能倾向于工作时步伐要迈得更快，权力要抓得更紧。我们习惯只争朝夕。

第 17 篇

认知日记

2003 年 7 月 18 日星期五上午 10 点 10 分

帮妈妈预约了下周一的专家门诊。

前几天吃饭时,妈妈又大谈她曾吐过的那一口血,越想像越严重。其实她在茂名的医院验过痰、验过血、拍过胸片,检查结果都是正常的。她又去做 CT,一个医生认为她可能有炎症,不排除可能有肺结核。她去住院,人家科室主任认为她没有问题,四天就让她出院了。可是她似乎对结核一说耿耿于怀,非认定自己得了很严重的病,总声称会因此有生命危险。

这样的话我听得太多了,我实在忍不住回了她一句:即使是肺结核,也不是什么大不了的病。要照你的说法,我这样得癌症的人早该死掉了。

妈妈由于年轻时因胃病辞过职(实际上她是怕家庭成分不好有麻烦),"文革"时当了几年家属。以后重新参加工作,所以失去了离休资格。她已习惯躲藏在"病人"身份的背后,不愿面对自己的软弱与失误。从小,我和弟弟就要照顾妈妈的情绪,全家人都要围着她转,迁就她,因为她"有病"。她自己没有意识到,她潜意识中希望自己生病,这样就可以受到全家人的重视,她也可以由此回避对自己的责备和不满。

既然我知道这个原因,那么我又何必每次都为此大受困扰呢?显然是童年时期的伤害仍在困扰我。

潜意识中我认为她不像一个母亲,她的所作所为深深刺激我,造成了严重的不安全感。面对她,跟她谈话,我会非常疲倦。甚至会头痛、气郁、胃疼、烦躁,从而引发各种不适。

不要想这些不愉快的事。她也是时代的受害者。我现在治疗抑郁症,必须理清这方面的困扰,要锻炼自己,走出童年的阴影。既然她已习惯扮演"病人"角色,那么我就要练习在心理上保持冷静的距离,要当好观众,不要盲目进入"急救室护士"的角色。不要试图去纠正她,也不要去反驳,更不要生气、烦躁。

主啊,求你大能的手托住我,求你命令那"撒旦退去吧!"

主啊,求你用你脸上的荣光光照我,驱散我心中的黑暗,照亮我的心,让你大爱的光明永远存留在我的心中,温暖我的心。阿门。

随 笔

在抑郁症认知日记里,我真实记录了困扰多年的心结。由于抑郁症与遗传有一定的关联,所以在随笔中我要往上追溯几代人的抑郁沉积。

在我、我母亲、我外婆、曾外婆四代女人里,若论个性、经历、家境等等,最不可能得抑郁症的是我,最可能得抑郁症的本该是外婆。但是,外婆却不抑郁,今年九十五岁仍头脑清醒,写信字迹清楚,打麻将时还能赢。

我试图知道,在这一百多年里,我们——中国普通人家的四代女人是怎样活过来的。我们在精神层面有着怎样的抑郁传承。

本应是五代。按理要说到我的下一代。但是,我刻意选择了"绝代"。

十年前,因为我和张梅、胡区区都没有生孩子,于是被广州的同行戏称为:"三个绝代佳人"。

我结婚前就想过:这辈子我不会要孩子。

结婚后,我先后做过三次人流手术,可谓铁了心不生孩子。有前辈劝我,不管从命理方面说,还是从婚姻学方面说,有个亲生的孩子,我的前程、身体、家庭、晚景等等,都会非常好。还有高人指点说我历经坎坷,与逆运而行坚持不要孩子有很大关系。我不是一个生性固执的人,但在这一点上,我是极其固执的。

不要孩子,并非不爱孩子。可能是爱得太有责任感,爱得太理智,觉得自己不配做一个母亲。

二十多岁时,我模模糊糊感觉到:我心目中没有一个完整美好的母亲的榜样。我脑海中只有泛指意义上的大母亲概念。若要说说具体小家庭的"妈",像冰心老师笔下写到的那样的"妈",我没看见过。在我个人成长的环境里,只有口号中的"伟大母亲",没有身心健康、慈悲乐观、能为幼儿幼女提供安全感的"妈妈"。

在这种环境中长大的女人,是残缺的人,是贫穷的人,是绝望的人。

信心、盼望和爱,这三样是人类最不可少的精神支柱。而我恰恰先天后天都缺乏这样的精神力量。这样的人如果有孩子,孩子不会拥有一个健康的心理成长环境。很显然,这绝对不是优生优育。

为了不制造悲剧,同时中国人口已经太多,所以,我选择不要孩子。至于

"不孝有三,无后为大",以及"断子绝孙"之类的词语,丝毫不能伤我,也不曾对我造成困扰。

我没见过我的曾外婆,听说她才貌不及她的女儿。家族里的人喜欢说,我外婆、我妈和我,绝对是一代不如一代。我从出生起,就比较吃亏。部队的叔叔、阿姨都说:这孩子没有爸爸妈妈漂亮。长大一点去外婆家探亲,亲戚们当面说背后也说:长得不如妈妈,跟外婆嘛不要比,鼻子、眼睛、嘴巴、耳朵、皮肤哪一样都不要比。以后个子会比外婆高。新社会了,她有牛奶喝嘛。

曾外婆的小名叫喜姑,外婆的小名叫"小桃",妈妈的小名叫"兰兰"。这三个女人都比我有故事。这三代女人都与我的抑郁症有关联。

少女时的小桃像一朵粉嫩初绽的桃花儿,眸子里含了桃花水,一闪一闪的,水光能闪到人心里去。标致的莲子脸,玉齿微微有点拱起,这种牙又叫假龅牙、美人牙,如旧时影星上官云珠、当今香港艺人周慧敏就有这样一口漂亮的牙齿,不笑时也像含着笑,无情时也似含了情。

虽然少女时的兰兰曾在军队文工团被某战斗英雄一眼看中,求爱信通过组织转到她手里,但是,就连我爸都说,我妈长得的确不如我外婆。要知道,我爸初次见到小桃时,小桃已是生过八个孩子死过四个孩子、饱经沧桑年逾四旬的妇人。

小桃的妈名字叫喜姑,喜姑的爹是清朝的一个穷举人。这位举人做主,替外孙女定了一门娃娃亲。

两个娃娃同年生,小桃比她的小夫婿大好几个月。小桃正月里生于著名的 1911 年,正是万象更新之时。她有幸成为中国最早接受西式教育的女中学生。在中学里,她比那定了亲的小夫婿高一年级。她不喜欢那男孩子,嫌他脸太长,太文弱,学习成绩远不如她。

小桃成绩最好的学科是国文、英文。她的作文多得举人外祖父称赞,卷面上常见一行行朱笔眉批,红圈套红圈。那时中学女生的典型穿着为月白衫配黑裙、白袜子配黑布鞋,朴素清纯。小桃很出众,心气也很高,一门心思读书,打算毕业后报考中国最好的大学。

人算不如天算,中学毕业前夕,小桃的爹爹突然暴病身亡。小桃的命运从此发生大逆转。大学梦成为泡影,家中断了惟一的经济来源。寡母要吃饭,弟弟要上学。不满十七岁的小桃只有一个出路:立刻嫁人。

我为什么觉得最应该得抑郁症的人是小桃呢？因为她才貌双全，生长于"五四革命"那样的时代环境中，她充满反封建要自由，读大学、谈新式恋爱、婚姻自主，做一名新青年，建设民主富强国家的理想。她那个大家族的表姐妹堂姐妹们几乎都飞了出去，有出国留学的，也有在京沪读大学从此成为新女性的。而本来被家族人最看好的小桃，却当了一辈子的家庭妇女，受委屈最多的是她，遭患难最多的是她，最没地位的是她，享福最少百忍成钢的也是她。没有人理解她，没有人能帮助她改变处境。出嫁前后，天壤之分。

我在外婆家上高中那两年，记忆最深的是，外婆常体虚头晕，她吃不起药，更没钱买什么补品。当晕得脸青唇白浑身发软时，如果瓦缸里还有妈妈从广东寄来的白糖，她会犹犹豫豫掀开缸盖，翻出那包白糖，很小心地解开包白糖的细麻绳，从那几两白糖里，用两根手指捻出一小撮，放在手心窝里，面带内疚、不舍地看看，轻轻叹口气，像是在责备自己不够节省，等下了决心才低头张嘴合在手心上，头一扬手一抬，白糖进了嘴巴里，她含着白糖，身子略在床头歪一会儿，很快又忙着干一大堆力气活。

此时我在想，她那头晕大概是血糖低，或贫血、营养不良。

前几年，妈妈回外婆家探亲回来，声音哽咽地说到外婆："几分钱一块的豆腐她都吃不起，想吃舍不得吃。"我听了心里极其难受。外婆一辈子没给自己挣过工资，她哪怕花一分钱，也要看看别人的眼色；九十几岁了没有自己的一间房屋。我想想都要替她抑郁，替她喊冤。但外婆没得抑郁症，也没为自己喊过冤。今年春节前，她还在信中写道：我这一生最遗憾的是解放后没有参加工作。她告诉兰兰和妮子：我还有得活呢。我给点福气给你们吧。我高寿的秘诀就一条：做人一定要知足。

对兰兰来说，十六岁是命运的重大转折点。那天，她正在初中班上着课，连家都没回，衣服行李都没拿，空着两只手就和同学一起跟着解放军走了。她没跟家里任何人告别。她相信她正走在共产主义的大道上。当时她的爹正在给高中学生上数学课，门口有学生大声喊：张老师，你女儿跟解放军走啦！假如那天兰兰不这么走，她肯定当不成兵。她会成为家乡的小学老师，不会过得太抑郁。

对李兰妮来说，九岁是她的第一个分水岭。九岁前，她基本上是一个身心健康的儿童，九岁后，发生了许多可能导致她最终重度抑郁的事情，尽管每一件都是很细小很无聊很琐碎的事儿。

我们每一个人都有自己精神、命运的分水岭。当我们成为抑郁病人，或将要成为抑郁病人时，必须安静下来，仔细梳理自己的精神脉络：到底哪个段落出了毛病？究竟哪个区域有暗伤？阻塞是什么？裂痕有多深？

你做过这样的精神梳理吗？

2006 年 4 月 6 日

链 接

《十二岁的小院》摘录

1

小院没门。入道旁站着一棵上了年纪的龙眼树。

龙眼树年年结果。果子刚有豌豆那么大，就枯死在枝头，过好多天才悄悄掉在地上，像一个个死孩子，缩缩地趴在泥里。龙眼树的身子斜斜地往一边歪，树枝垂得很低。远看，像一个伤心的老婆婆，弯着腰，伸长了手，去捡她的死孩子。

小院里，有几幢黄颜色的旧平房。我家住在坐东朝西那一幢。

妈妈闩好门，拉上窗帘，把我和弟弟叫到她的大床上，小声说："咱们到了新地方，我要立两条规矩：第一，姐姐要带好弟弟，你上哪儿他上哪儿。他要是干了坏事，我连你一块收拾。第二，不要跟别人提外婆家。"

"我知道，外婆家是地主！"

"胡说！"妈妈用手里的大葵扇打了我一下，"外公是人民教师。记住了？我十几岁当兵，革的就是地主的命。妮子你要听话，要帮妈妈。"

弟弟猛点头。我却愣着。

"还有，不要告诉别人妈妈认识字。万一……我有个三长两短你爸爸就会娶后妈，有后妈就有后爸……"

妈妈去年退了职，她说她有病。

2

我家斜对面那排房子住着小玉子一家。小玉子八岁了，还没有上学。

院里阿姨说，小玉子一生下来就有心脏病。这种小孩养不大，说死就死。

阿姨们说，这要怪医院，不该让她生出来。一让她生出来，就不好办了。掐死她，太残忍，又犯法。养着她，添乱，白费布票粮票豆腐票。

小玉子命凶。她妈妈生她的时候大出血，落下了歪嘴的毛病。

小玉子妈翻箱晒棉胎，翻出一窝小老鼠，半截小拇指大，粉粉的，肉肉的，嫩嫩的，光溜溜的，小肚子鼓鼓的，皮薄得透明，眼睛还没睁开。

小玉子妈像捡了宝,赶忙去打了一瓶散装的石湾米酒,下肉饺子似的,把小老鼠一个个扔了进去,封好,浸足了日子,一天喝小半盅儿。

小玉子妈喜欢吃肉,总能自力更生找肉吃。她家打死了黑老鼠,从不扔到垃圾池去。她跟广东人学,把老鼠皮剥了,开膛,去了肠肚,用盐腌一腌,拿根细棍子拦腰把老鼠肉撑得开开的,挂在太阳底下晒,晒得红红的,干干的,煮饭时割一块下来,放点豆豉、姜蒜焖来吃。

3

妈妈的嘴唇抿得很紧,眼珠子在眼眶里转得很快,眉心有一条小刀子一样的竖纹。她有心脏病、胃病,才三十多岁就退了职。她好像每天都心烦。她大概又在偷偷想她的爸爸妈妈。她爸爸被造反派七斗八斗赶回了乡下,老两口靠种地养活自己。妈妈心里有事不敢说,动不动就心烦,烦着烦着就想打人。

我赶紧找活儿干。我把自己床上的毛巾被叠好,又爬到架子床上铺看看弟弟的被子叠好没有。地上有一截红毛线,我赶快捡了起来。

4

小麻雀还能动弹,翅膀根儿那里血肉模糊。它的头很小,头上的毛很光滑。它闭着眼睛,身子抖得厉害,可能是伤口很疼,也可能是吓破了胆。

张小霞使劲捏了一下手心里的小麻雀,小麻雀不动了。

"它昏过去了。"我觉得小麻雀很可怜。

"咱们吃了它。"张小霞把弹弓别在腰上说。她给小麻雀拔毛。就这么活活地拔,干干地拔。

小麻雀又动了。它的小细爪子抽筋抽得非常厉害,它疼得叫不出声来,只不时动动脑袋。我忽然想起小玉子,小玉子被她妈妈一板凳砸倒在地上的时候,脑袋也是这么转这么动。

"咱们别吃它好吗?"我小声说。

张小霞眼睛一瞪,眼球有点凸,"去,捡点干树叶来。"

小麻雀成了赤红的小肉球,皮皱皱的,肚子抽抽的,只剩脖子上有小毛。

张小霞坐在礼堂后门的石阶上,点着了一堆干树叶。她用一根棍子捅进小麻雀的屁眼里,把小麻雀拿在手上烤。我不断给她去捡细细的干树枝。

小麻雀的皮很快就黑了,肉慢慢往里缩。

"闻到香味没有?"张小霞撕下小麻雀的一个翅膀,扔在嘴里嚼。

小麻雀屈起脖子歪着头,眼睛开着一条缝好像死不瞑目,又好像在偷笑,笑自己的翅膀没有肉。它死了还在盯着我,看我喜不喜欢吃它的肉。

"吃,快吃。"张小霞揪下另一个翅膀给我,"不吃我不跟你玩。"

我伸出舌尖,舔舔黑糊糊的翅膀。咬了一丁点儿,慢慢在嘴里嚼,嚼给张小霞看。

我不喜欢吃小麻雀,但是我很害怕张小霞不跟我玩。

"好吃吧?"张小霞把小麻雀的头揪下来,她在啃小麻雀的红脖子,嘴角两边动来动去,不断往外吐出粉红色的渣。

"有点腥。吃惯了就好了。"她撕开小麻雀的身子,血慢慢滴出来。

张小霞的嘴巴黑黑的,牙齿红红的。

补　白

我这个纪实中篇屡遭退稿。如果没有文学意义,那我就把它当做个人病历看。摘录在此,供精神病学家做病例分析。

这是我个人特别喜欢的一部中篇散文,文章里的人和事都是真实的,我写的时候只是把其中人名改动了一个字。这个部队小院在佛山。

我与父母突然断绝音讯、家人四散两年后,我们一家四口重新生活在一起。我从海岛的部队边防要塞,突然来到这么一个广味十足的城市,由子弟学校到地方小学读书,我有点不适应环境。更让我不适应的是,分别又重逢的母亲变得陌生。从此,我学会了独立,在任何陌生环境中精神自立,不依赖父母及任何人。我已对家起了逆反心理,我的性格也由内向变得外向。

我常觉得,在这个小院里,散落着一个十二岁孩子的许多心思。

我要返回到小院拾拣那些思绪,哪怕只闻闻它们的味道。

第 18 篇

认知日记

2003 年 7 月 19 日星期六上午 11 点 20 分

最近两天，出现了轻度睡眠障碍。入睡比往日慢许多，醒来头晕、头痛。估计是减药带来的不适。

从前天开始，中午、晚上我各减了半片阿普唑仑，没想到昨晚梦中就出现了焦虑。

我又梦见自己在参加考试，好像是毫无准备之中接到考试的通知，很惊讶，很无奈。急急忙忙跑进考场，人家都快考完了。我急得要死，监考的老师们责备我，指责我不应该迟到，后果要自负。

我觉得冤枉，可又不知这是什么人的过错。我有口难辩。为了争取时间，尽管知道考试时间肯定不够了，但我还是硬着头皮去拿试卷。

老师们在考生名单上查不到我的名字，我更着急了。不知道自己该坐在哪里，也不知道自己该考些什么。

有老师主张别查了，让她考完再说。这时，来了一个好像是退了休的老教师，他可能不是监考人员，但人们挺尊重他。他说：查不到，就说明她不是今天的考生嘛。

我起初还没明白，老师们却纷纷称赞旁观者清。很快，有老师告诉我，是他们弄错了，我早已经考完了，今天这场考试与我无关。

我大大地松了一口气，心里清清楚楚地想道：太好了，原来今天不用考试啊！我高兴了好一阵子，没有立即离开考场。我心情愉快地望着考场，不时在场边跟监考人员轻声聊聊天。似乎心里一直很快活，如释重负，总在笑着想：嗨，虚惊一场，原来我早就考完了。

这个梦大概描述了我目前的心理状况。

我要特别小心。减药时期要特别安静。出现倒退现象是正常的。焦虑、抑郁像贼，像歹徒，一见小区岗哨减少了卫兵数量，就立刻乘虚而入，企图作乱。我要沉着应对。只要关键的几天防卫得当，就能长我士气，灭敌威风。

我睡不着时就祷告，醒来头痛时也祷告。我坚信："主若帮助我们，谁能抵挡我们呢？"

随　笔

我总梦见考试。

考试除了压力的象征外，跟我的精神遗传有无关联呢？曾外婆的父亲是个举人，我对考试的焦虑是否源自他老人家？

曾外婆的父亲中举之前想必是考了又考。那些什么"岁考""乡试"等等，总要把他考得魂飞魄散、神神经经、屡败屡战、脑汁榨干方能赢来高中的这一天吧？范进中举的故事尽人皆知，科举考试绝对比现在的高考更残酷，更摧残人的神经。

以前，我从没打听过曾外婆是个怎样的人。我对她没有半点印象，也不曾关心过她的精神世界。我只偶然听说过，她的脾气非常非常好，心肠也好，她活着看到了新中国的成立。

我本想打电话问妈妈，我的曾外婆识字吗？她出身举人家庭家教如何？后来想想，我妈听来的未必百分百准确。我本意也不是要做考古研究，我更愿意有想像的空间，推测一下：我们这代人的曾外婆们有着怎样共同的精神历程。

喜姑大概生于19世纪的80年代。我不了解她的少女时代，听说过她家发生的一些事，从这些事件中，我似乎看到了喜姑走过的足迹。

喜姑爹中举的那一年，这户人家经历了大喜大悲。

喜的是，终于熬到了中举的这一天。悲的是，没有盘缠赴京会试！

中举后不赴京会试，意味着白白放弃了入仕资格。那个时代书生的理想是学而优则仕。学而优怎能不入仕？不入仕怎能救苍生扶社稷？不入仕怎能成国家栋梁？不入仕怎能体现价值才情？李白、杜甫、苏轼、辛弃疾，哪个才子不入仕？陶渊明也是先入仕后采菊东篱下嘛。

从赣南五陂山下到紫禁城天子脚下，千山万水，没钱寸步难行。喜姑家筹不到这笔钱。

此刻我在想：到底是求遍乡邻都筹不够钱，还是喜姑爹不愿去求为富不仁的人？这是一个清高的书呆子，还是一个淡泊的读书人？

喜姑爹最终没有赴京参加会试，一辈子只是一个穷举人。他教书授课，用极其漂亮的一手毛笔字给人写对联，题匾名。估计还写过不少碑撰，为一方乡民代写各类文章。听说他后来有一幢宽敞的平房大屋,说明举人的润笔费还过得去。

现在看来,他也算那个时代的自由撰稿人吧。

很意外,晚上接到了弟弟的电话,他听说外婆住院了,心脏有问题,情况令人担心。我脑子又现出负面思维。忍不住迷信地想:难道这么写犯忌?暂停。等危险过去之后再说。

又开始乱想了。我只有祈祷、祈祷。我相信:上帝的意思是好的。不要怕,只要信。

2006 年 4 月 10 日晚 23 点整

链 接

《十二岁的小院》摘录

9

"妮子长得真秀气。"树下,官阿姨一边给小春梳头,一边扫我一眼,"刚来的时候看看不咋样,看久了,我觉得蛮不错呢。这啊叫耐看。"

我高兴得心乱跳。小春的红蝴蝶结掉地上了,我捡了起来交给官阿姨。

"妮子,你妈妈怎么那么年轻就退职了?"官阿姨颧骨上起了一道肉坑。

"她十七岁就有胃病,后来很严重。"

妈妈十六岁当兵,随大部队一路"追穷寇",从江西翻山越岭追到广东,昼夜行军,还要跟着文工团在路边打快板,唱歌,演戏,给战士们鼓劲。

"现在的银(人)哪,太娇。"胡妈妈端着小竹凳凑过来,"那时候,我带着我们一红出来找她爹,一个村儿一个村儿要饭起(吃)。起(吃)了多——少苦。"

胡妈妈腿上有个针线篓子,里面一堆三角形的小碎布,她拿这些布来拼花枕头套。

"她爹一走几年没消息。我寻思,他要是给打死了,我一辈子给他守着。他要是当了官,不认我们娘儿俩,我就拖他去跳井!"

胡妈妈家的四红跟弟弟同岁。但是胡妈妈好像跟小玉子姥姥一样老,脸上皱纹很深,还掉了两颗牙。她的门牙很长,听说人越老,牙齿就越长。而胡叔叔顶多四十多岁,头发黑油油的,眉是剑眉,脸是方脸,很威武。

"妮子,你妈妈教过你唱歌吗?"胡妈妈突然问。

"教过啊。她会唱好多歌。"

"您瞧是不是?"胡妈妈对官阿姨说,"请不动。不那么简单哩,还说不喜(识)字儿。"

10

"妮子,你妈妈在家吗?"是胡妈妈的声音。

妈妈赶快往外屋跑,堵住胡妈妈。她从来不让外人进里屋。

我知道,里屋的樟木箱里有个绣了鸳鸯的小花包,里面装着一对金耳环,一个断成两截的银手镯。樟木箱下面,还有两个小木箱,里面全是书。妈妈从不让我碰这两个小箱子,好像里面有地雷。

"听到动静了吗? 小春她妈昨晚……"胡妈妈压低了嗓子,"又在闹。"

我轻轻爬上大床,踩着两只大枕头,踮脚从墙上的花窗看过去,胡妈妈跟妈妈靠得很近。

妈妈说话很小声,我听不清。

"她能怎么着? 男人不提离婚算便宜她了。"胡妈妈眼睛一斜,一翻,嘴鼓着,好像是她让官阿姨捡了一个大便宜。

"小春不是她生的? 可……还是有点像。"妈妈小心翼翼地回答。

原来官阿姨家也藏了一个大秘密! 那……小院里每户人家都有不可告人的秘密吧? 如果真是这样的话,妈妈的那些秘密就不那么可怕了。

"她妹的孩子,能不像?"胡妈妈轻声笑,"当心——男人没一个靠得住,看紧点没错。"胡妈妈的声音又低得听不见了。

我听见妈妈说:"妮子她爸——不会……不会……"

"小春爸爸不老实? 可——别相信谁老实。"

"如果真那样……就散伙。"妈妈的眉头皱起来了。

"你舍得?"

"我带儿子走。"

"想吧! 除非你赶紧生,再生个小爷们儿。"胡妈妈嘻嘻笑。

11

妈妈刷牙时,总是干呕。呕的声音很大,太阳穴上的筋都鼓出来了。妈司令笑她,"这么呕,跟怀了崽子似的。"妈妈满嘴牙膏沫,答道:"我什么时候刷牙都这样。"

我每天早晨盯着妈妈刷牙。我很怕她干呕。一听见她干呕,这天我眼皮子就总跳总跳。

"妈妈,你是不是有小弟弟了?"

"没有啊。"她很惊讶,还笑,"这丫头。"

如果有，我希望这个小弟弟死，最好死在妈妈肚子里。我不想妈妈再生小弟弟或小妹妹。

我把这个想法告诉了张小霞。我叫她发誓保密。

"向毛主席保证不说。你要是不放心，我也说个秘密给你听，"她拨开我耳边的短发，小小声说，"我外公是资本家。"

我感动得不得了。张小霞真好。

街上不打仗了。爸爸可以经常回家了。

半夜里，妈妈做噩梦哭，我照样会醒，睁眼望着蚊帐顶，听那边屋里爸爸叫妈妈，小声跟她说话。

他们说话的声音沉沉的，慢慢的，像屋檐下的雨滴。

我好困。那些嘀嘀咕咕的声音总来缠我，害得我睡不着。

"我想给我妈寄点……他们在乡下苦……"

"小心……远一些寄。"

"你说……能收到吗？"

"千万……别让……知道……"

我赶紧捂住耳朵，心跳到枕头上来了。

补　白

这个小院对我来说有意义，我在这里完成了由儿童到少年的精神之旅。

小院里每户人家都有精神方面的隐秘和毛病。病态的时代，病态的家庭，病态的父母儿女，病态的邻里院落。有时候我想，如果展开来谈，没准能谈出一个类似《爱德华大夫》那样的中国版精神病学电影剧本雏形。

小院里，我认为精神最健康的人是"妈司令"。在一个正在转入少年的儿童心目中，她最有母性。她是一个能保护自己孩子和别人家孩子的好妈妈。她是一个儿童愿意和敢于信任的人。她不会变脸变色琢磨不定，也不会神经兮兮歇斯底里。十二岁的孩子很需要一个身心健康的人做榜样。

第 19 篇

认知日记

很辛苦。从前天就为妈妈看病的事做准备。前晚专门去竣雅阁教爸妈怎么打的去广医一院,如何接头。昨晨 7 点起来做好各种出门的准备工作。出门前才知萧所长上午不出门诊,要等到下午两点半才知道他出不出门诊。不断地与王医生联系,中午就出门到竣雅阁等通知。带父母坐地铁赶到医院,得知萧不出诊又临时换医生看。

好在有收获。好消息是,妈妈没有肺结核。她大大地松了一口气,终于可以平反,摘掉传染病的帽子了。坏消息是,不排除肺血管方面有问题,须做进一步检查。她要小心今后是否会继续吐血。

随爸妈去竣雅阁,与凡丁商量怎样继续为妈妈联络看病的事。

晚上 8 点半回到家,筋疲力尽。才想起中午忘了吃阿普唑仑、优甲乐等药。

以我目前的身体状况,做这些事实在辛苦。但是,怎么可能不做呢?

最叫我头痛的,还是妈妈的神经质诉苦。她什么都往坏处想,不停地猜疑,说些沮丧、泄气、抱怨的话。我的抑郁症还在治疗中,遇到这种情况,无疑有点雪上加霜。幸好我时时向主求助,不然,我早就垮掉了。

离开竣雅阁前,妈妈诉苦说,她病得很瘦,人家都说她瘦。她为此很担心。我只好说:你有我瘦吗? 你一米六一的个子,有一百零几斤,体重一直是这样。而我一米六五的个儿,体重一百斤,前两个月只有九十七斤。我并没有为此不开心。别人也说我瘦,胡区区还开玩笑叫我"牙签"。但我不觉得自己瘦,我对自己的体重挺满意。

听我这么一说,妈妈不抱怨了。

有时候,我会觉得心理不平衡。我患癌症开刀、做化疗,包括抑郁症严重到几乎撑不下去了,我极少向别人诉苦。

我知道,人人都活得很累,都有很多苦痛,谁没有病、没有难? 若是再跟别人诉苦,肯定会加重别人的心理负担,让人累上加累,烦中添烦。命运中有许多事必须自己去面对。别人帮不了你。既然如此,何必硬拽着别人跟你一起烦苦呢?

惟有主能帮助我。大能的主是我生命和灵魂的救主,是我随时的帮助。

随 笔

日本精神医生高桥祥友在专著中提到这样的数字:"在日本,每年大约有三万多人因自杀而死亡。据不完全统计,未遂者大约是既遂者人数的十至二十倍……无论自杀源于何种心理疾病,在自杀前几乎都会表现出抑郁的症状。"

每年三四月是抑郁症爆发的日子,也是自杀率飙升的季节。每年此时都能看到连续有人自杀的报道。近来广州一家大学已有四人自杀。

每到这个季节,我活得格外小心。

我在季节不鲜明的广东生广东长,对冬去春来的等待缺乏体验。奇怪的是,我总是在春天生病。

我曾经一到春天就咳嗽,咳得心肺肝胆剧痛,夜里或躺下时,咳得眼眶总是湿的,小便失禁,好像身上血管、经络都快咳断了。一天要打两次青霉素针,数不清打了多少针,巴掌大的肌肉注射地带淤青发硬,针都扎不下去了,照样咳。要等春天过去,咳嗽才渐止。我的甲状腺功能低下、心动过缓、抑郁症等病都是春天时节最难受。

在我的人生历程里,生病已是常态,不生病倒是非正常生活状态。我随时都有"资格"住院。多年前,我母亲在部队医院做摘除胆囊的手术。术后她有种种担心。主刀的外科主任是熟人,他对我母亲说:其实啊,你女儿身体内环境比你差得多,全靠精神撑着,她不也活得挺好。

自从十四岁做血管瘤手术后,我常生病、住院。二十二岁那年,到广州做内分泌检查,医生很纳闷:少小甲状腺功能低下、内分泌严重紊乱的病人,往往智商身高体征发育都滞后,多为痴呆儿或侏儒。而这个病人虽然二十二岁身体发育尚不完全,但身高有一米六五,智商大致正常,怎么解释?此后住院,我成为内分泌病区的教研病例,中西医专家、医学院学生包括外国留学生都来调看病历,诊问实验,切磋技艺。折腾了三个月,找不出甲低病因。医生建议我长期病休。单位领导特来广州慰问兼通知:按规定,生病半年以上不能正常工作者,必须吃劳保,你出院就去办劳保手续吧。

由于十几岁就因内分泌落下病,我没有长过青春痘,也没闹过青春期躁动症。从某种角度可以说,我不曾拥有青春。我不懂得什么是青春的滋味。

我生命的春天总与疾病、死亡紧密相连。在我个人的潜意识、神经递质、精神层面中,"春"的种子未曾萌芽就死去了,死因不明。从小到大,我没有追求过完美的生命。在我的心目中,这个世界没有绝对的完美。有人说,没有生过孩子的女人,不是完美的女人。我没有想过要生孩子,更没有想过要做一个完美的女人。

很小的时候,我就从疾病、死亡中意识到残缺,而这样的残缺是无法补足圆满的。残缺是人生恒态,残缺于人有益。我愿意面对残缺。残缺有它无可替代的美。不知残缺,怎知何为圆满?

上午到深圳北大医院开抗抑郁药。挂的是李博士的专家号。说起了写这本书的事。近来不断听说各地都有抑郁症病人自杀,自杀者有大学生、中学生、老师、官员、企业家、记者和心理医生!中国抑郁症高危人群在哪些领域?有人说:现在的孩子心理太脆弱,遇到很小一点不如意的事就自杀。我想,大概是"骆驼背上最后一根草"的效应。我书中正要做几代人精神状态变化之比较。

论个子,我一米六五,我妈妈一米六一,我外婆一米五六,我曾外婆在一米五五以下。可谓一代比一代高。但论精神、心理承受力,那明显是一代比一代脆弱。这是怎么回事?

李博士说,他也得过抑郁症。

怪不得他能迅速判断我是抑郁症。他说他们这个专业的人都会支持我写这本书。他被抑郁症困扰了六年。前三年症状不明显,那时他正在读博士,只觉得自己不太对劲。后来调到深圳,情况加剧,出现早醒症状,这是明显的躯体化抑郁信号。他这时恍然大悟:抑郁症!立刻服用抗抑郁药物,一年多之后,恢复健康。他受过抑郁之苦,所以他更敏锐,非要追问我失眠的具体症状。

凡丁来电话,听说外婆在医院念叨"来不及了,来不及了"。她在想我们。凡丁打算明早9点上火车,赶去看外婆。我也很想很想去,凡丁怕我受刺激抑郁症复发,力劝我不要去。我们在电话中讨论,要不要告诉妈妈?还是不说吧,这是抑郁症的高危时期,我们要保护她。

2006 年 4 月 11 日

链 接

《家庭医疗保健丛书——抑郁症》摘录

抑郁症属于郁症。而狭义郁症是指由于情志不舒、气机郁滞所致,以性情抑郁、胸闷肋胀,或易怒欲哭、多愁善感、心疑恐惧,或咽中如有异物梗塞,失眠等表现为特征的一类病症。

《灵枢·本神》:"忧愁者,气闭塞而不行。"《灵枢·口问》:"恐哀愁忧则心动,心动则五脏六腑皆摇。"

华轴云按云:"郁则气滞,久必化热,热郁则津液耗而不流,升降之机无度,初伤气分,久延血分,而为郁劳沉病。"

林佩琴《类症治载·郁症》有"凡病无不起于郁者","百病皆生于郁"的论点,因此治疗上强调"凡病人必参郁治"。

郁症用药不宜峻猛。忌破气、耗气、败胃、过燥、过腻之品。正如《临症指南医案·郁》指出,治疗郁症"不重在攻补,而在于用苦泄热而不损胃,用辛理气而不破气,用滑润濡燥涩而不滋腻气机,用宣通而不揠苗助长"。

补　白

西方有精神病学家认为,古希腊的医生已对抑郁症有所了解;而《圣经》里的扫罗王也是抑郁症患者,大卫弹琴给扫罗驱头痛、狂躁,相当于当时的一种医治手段。我想知道中国对抑郁症的记载起于什么朝代。我读书少,至今没找到答案,只好从中医那里求援,随手抓住一段算一段,聊胜于无。

抑郁症重度发作时,我的体会是,吃中药效果太慢。可能中医在预防和康复方面作用会全面一些。

我猜想,中医肯定有办法治抑郁症。就像"非典"时,中医出手全球瞩目。但是,从事中医研究的机构有没有把防治抑郁症列入重点攻关项目呢?

西药的抗抑郁药更新换代很快,咱们中药不知有无第二代以至第 N 代"逍遥散",或治郁症的加味减味什么汤什么丸? 读着以上那些古代良医的郁症论述心生敬意,我期盼着更多的现代良医承前启后悬壶济世。

第 20 篇

认知日记

2003 年 7 月 25 日星期五上午 10 点 40 分

"病来如山倒,病去如抽丝"。我常常会想起这句老话。

在锻炼身体的时候,在看病的时候,在难受得只能昏沉沉趴在沙发上的时候,我会反复掂量、体会"抽丝"二字的辛酸。

也知道,"如山倒"的山,也是一丝一缕堆积起来的;只不过顺境中的人感觉太麻木,即使山已堆成,仍视而不见;一定要等到山轰然倒下,人被砸埋动弹不得,这才明白自己身处何境。

在这样的境地中苦等"抽丝",当然一天等于十年,当然会长叹"怎么这么慢啊"!

现在是认真练习"忍耐"的时候。"要等候耶和华"。

我就像一块泥地里的泥巴。我身边的泥巴有些被上帝挖去做世界顶级美术馆收藏的艺术品,有些被挖去做人们特别钟爱的趣致玩具。而我,可能是挖来做"埙"。搓了又搓,揉了又揉,不停地摔摔打打,刀锉刀剜,削皮去肉,晾完又晒,还要封存在火窑里,用烈火干烧多日;出窑后还得过严格的检验关,用水浸泡,敲弹打磨。然后才能成为一支模样朴素、普普通通的埙。上帝造我,锻炼我,指示我历经苦难、饱尝主恩后,在圣灵的作用下,发出声音,做"安慰的天使"。

也许,这就是我今世的使命。

主啊,愿你按你的旨意和计划来成全成就。

93

随 笔

外婆也抑郁了!

接到凡丁从萍乡医院打来的电话。他晚上 7 点多到萍乡,下车后直奔医院。外婆还清醒。

据医生说,外婆主要是心病。

她拒绝吃药,拒绝插氧气管,拒绝打针抢救。她要求安乐死。

听说凡丁今天会赶到,她立刻要求插上氧气管,她有话要交代。一见凡丁,她情绪激动,赶快说出三句话:第一,不要告诉爸爸妈妈。第二,外公生前从未欠人钱,他买墓地的一万元一定要还给妈妈;我给她装空调的三千元一定要还给我。第三,不要断了血缘关系。

外婆跟凡丁交代完后事,又拔掉了氧气管,并咬紧牙关不肯服药。凡丁说,没想到九十五岁的人力气这么大,连他都按不住她,非拔管不可。跟医生只有一句话:给我安乐死吧。

凡丁守在外婆病床前,半夜里,外婆摸摸这个心爱的、由她一手带大的外孙的手,心疼地说:凡丁,饿了吧? 你累着了,你还没有吃饭吧?

这就是我的好外婆。自己都到这地步了,还为别人着想,还心疼孩子。

我心痛!

确实,外婆的心脏病不是主要问题,正如医生所说:她是心病。

外婆这辈子受的委屈太多太多了,她心里难言的苦已经满得装不下了。

对外婆来说,活着比死要艰难。忍无可忍就不要忍。

仅装空调的事就叫我心酸。夏天萍乡近40度的高温,外婆住在用阳台搭建的四平米的简陋小屋里,人都要烤干了。冬天零下十几度,小屋里又像冰窖。我寄钱去给她装冷暖空调,她儿子家的答复是:不行,用电要超负荷。我说:我给电费,请人另拉一条电线行吗? 居然也不行!

外婆说的第三条——不要断了血缘关系,是有所指的。

外婆! 你总替别人着想,总替儿孙着想,为什么不能够替自己想想呢?! 你从十七岁开始,就替别人而活,就忍气吞声。这样长年泡在苦水里酸水里碱水里,就是钻石也会碎!

我能说什么? 我能做什么? 我抑郁!

2006 年 4 月 12 日

链 接

《外婆与三八妇女节》摘录

头一回跟妇女节沾边,是在高中时期,那时我在江西外婆家读书。

学校要开三八座谈会,我接到开会的口头通知时,觉得很意外。立刻说:你们妇女开会关我什么事?

放学后,我跟外婆说起了这件事。没想到,外婆对这个节特别感兴趣。车轱辘话来回说:多好的一个会,别人想去还没份去,你怎么能不去哟?

那年我十七岁,正是活蹦乱跳心比天高时。记得外婆慈爱而又有些惆怅地看着我,说:"我父亲只要再多活一年,我就已经上了大学了。路也就不是这条路,人也就不是这种人喽。"

外婆生了个女儿,月子里,婆家没给她吃过哪怕一只鸡蛋,她仍要为全家做饭、纳鞋底。邻居看不过眼,送她六只鸡蛋,她全靠这六只鸡蛋撑了过来。几个月后,女儿夭折。而北京那头书信渐稀。原来,我外公周末要陪一位宦家千金逛北海公园。可怜我外婆四年中夜夜孤灯只影,以泪洗面。不恨别的,只恨今世做的是女人。

五十年后,外公曾笑说:"幸亏我心软,不忍抛弃你,到底还是回来了。"外婆似笑非笑道:"我早想好了,你说离我转身就走,不信我闯不出一片新天地。"

外婆私下跟我说,那时离婚未必是坏事,年轻有文化,来得及去教书,来得及去做自己喜欢做的事。

解放后,外婆很想走出家门去工作,可外公习惯了她不离左右的伺候。就这样,外婆当了一辈子家庭妇女。"纵然是齐眉举案,到底意难平"。

外婆今年九十岁了,她很想过三八妇女节。

假如外婆当年上了大学……

但是,没有假如。

好在外婆仍硬朗,如一株百年瘦梅,红颜不改,苦香依旧。

2001 年 2 月 21 日于康乐园

补 白

这年三八节之前,接到《南方日报》文艺部编辑约稿。自己没有什么可说的,就顺便拿外婆说事交差。妈妈把这篇短文给外婆看了,外婆居然在电话里为这事说:"兰妮,我看到了。写得好,我谢谢你,谢谢你呀。"这令我有些羞愧。根本不是写得好,而是外婆从来没有机会发出自己的声音,有人哪怕替她说出了一句半句心里话,她都觉得舒畅和安慰。

第 21 篇

认知日记

减药出现了问题。连续几个晚上做焦虑的梦。

昨晚的梦：

我跟着胡区区、张梅、陈志红等人去一个小城市玩。住的是一般的招待所。分配房间时，她们三个人与几个女的住在一间大房子里，说说笑笑很热闹。我一人住在斜对面一个简陋的小屋里。我不时听见她们在讨论去哪里逛街买衣服。区区跑过来，叫我跟她们一起去夜市玩，我犹豫片刻，想起我的一只鞋鞋跟有毛病，走路格外费劲，就说不去。

我起初觉得挺安静，一个人这么呆着挺不错的，但久了又有些闷。

凡丁来了。我很高兴，庆幸没上街，不然他到哪里去找我？凡丁说，他要去什么水电站考察五天，叫我赶快回广州照顾爸妈，并照看一下他的小家。我立刻觉得有责任要尽早赶回去。

我送凡丁出招待所大门，叫他放心去工作。

回到小房间时，区区、张梅等人已经回来了。她们说院子里正好有一部面包车回广州，大家都在收拾东西，随时等通知准备走。

我手忙脚乱，一面修鞋跟，一面听对面的动静。鞋子修不好，我听见她们陆陆续续都走了，很着急，赶快趿拉着鞋收拾东西。东西很凌乱，收起来很麻烦。

听听对面似乎没动静了，我急忙提着行李包出房门。心里对区区、张梅有点失望，觉得她们没来招呼一声。但立刻又想，怪不得别人，我应该早点出声，叫她们来帮我一把。

刚跑出去，还没看见同伴们，就想起招待所的钥匙要还给前台，不应该带走。还了钥匙，路过住的小屋，发现放在茶盘上的旅行钟没拿。等进去拿了钟，又发现风雨衣挂在门后。我非常着急，怕车开走了，此地只剩我一人，却又发现还有好几样东西落在小屋各处。

我顾不得拿了,头昏脑涨,心急火燎。一边盲目往院子里跑,一边想,但愿她们在车上会想起我,她们知不知道我还没上车?会不会开车前点一点人数?

我在院里跑着,挎着沉重的行李,但夜色中看不清她们在哪里,也辨别不了是哪辆车。我快急死了,也快累死了。

早晨醒来后,觉得非常疲倦。这个梦其实很清晰地展示了我的焦虑。

牵挂太多,顾此失彼,本末倒置,缺乏定力。根本没必要的焦虑,自己跟自己过不去。

有点失望。只减了一点点药,不过是由三分之二片减到二分之一片,居然就如此焦虑,也太脆弱了。

随 笔

今天是4月13日。凡丁发来短信:外婆已下病危通知书。

凡丁握住外婆的手说:我们的心意是相同的,我们永远是亲人。

外婆心里什么都明白,她不想说话,安静下来。

凡丁在电话里大哭。他不是为外婆病危而哭。他是为外婆的命运而哭,他是为外婆的抑郁而哭。

上帝啊,外婆一辈子做好事,没做过坏事,她是一个真正的义人,她善良、美丽、有才华、有爱心,求你帮助她,看顾她,带领她,赐给她丰丰富富的爱,赐给她平安的福分,赐给她平静安稳。

2006 年 4 月 13 日于受难日前夕

链 接

2006 年 4 月 14 日至 28 日的流水账

4月14日(星期五):早晨接到凡丁的电话,他突然决定立刻离开萍乡。医院的情形让他不忍面对,再呆下去精神折磨难以忍受。为保护他,免得留下今后抑郁的苗头,我叫他赶快回广州。他很怕去医院跟外婆道别,他受不了这样的生离死别。他也怕外婆知道他走,更坚定结束生命的决心。我告诉他,不去告别今后他永远会内疚。晚上凡丁在火车上来电话,说他去医院时,连日暴雨的天气忽然好转,竟天晴了。外婆正和娘家近九十岁的弟媳交代身后之事。外婆与她的弟媳是患难之交,几十年的故事很长。凡丁赶紧逮住这个时机说:外婆,我走了。外婆并不知道他这一走是回广州,平和地点点头。凡丁告诉我,他很感激上帝的安排,让他与外婆的道别温情而自然。

我想:上帝一定听见了我昨晚切切的祷告。上帝应允了我的祈求。我的身、心、灵都深深沉浸在感谢、赞美中。

4月15日(星期六):凡丁平安地回到了广州。我求他一件事:明天是复活节,请他帮我到东山教堂做感恩礼拜。他答应了。

4月16日(星期日):自由撰稿人座谈会。接到凡丁的短信,他把教堂里看到的金句发给我:"叫耶稣从死里复活的灵若住在我们心里,那叫基督耶稣从死里复活的,也必藉着住在我们心里的圣灵,使我们必死的身体又活过来。"

4月17日(星期一):住在北京深圳大厦,很怕接到凡丁的短信和电话。我不知道外婆可以支撑多久。我一直上火,喝多少水都不解渴。

4月18日(星期二):凡丁转发来自萍乡的短信:外婆今天可以坐起来了,吃了一点点东西。这是一个奇迹。

4月19日(星期三):跟凡丁通了电话,得知外婆病情心情都不稳定。据萍乡的亲戚说:跟外婆同病房有个七十岁的老太太,夫妻俩都有高血压,并不严重。由于两人所在单位福利好,所以分别进了两家医院疗养。可是,就在外婆下病危通知书的第二天,老太太的丈夫突然去世了,老太太赶紧出院张罗办丧事。医院的人私下议论说老天爷在收人,我外婆本来要走,但不知怎么被留下来了;而那位高血压病人没啥大问题,却不知为什么突然就走掉了。我想,这是巧合。但老百姓认为,老天爷收人是一车一车、一船一船地收,一车一船满了,就暂时不收了。

4月20日(星期四):糟糕。听说二姨打电话,把外婆病危住院的事情告诉了妈妈。这是抑郁症高发季节,她夜里吃抗抑郁的阿普唑仑也只能睡一两个小时,可真是屋漏偏逢连夜雨。我无能为力。一家三代女人同时在抑郁,可怕。

4月21日(星期五):往茂名妈妈家打电话,钟点工说阿姨叔叔寄钱去了,阿姨说她妈妈住院了。我暗暗松了一口气。其实,我心底里是害怕跟妈妈通电话的。在我自己抑郁难以自拔期间,妈妈抑郁滔滔不绝向我诉苦时,我曾不止一次有过这样的念头:邀她一同自杀,一了百了。

4月22日(星期六):回到广州。想想要跟妈妈通话就郁闷。运用认知疗法,纠正负面思维。我不断地告诉自己:在没有做好充分的心理准备之前,不要忙于通话。往积极方面想。她既然能去邮局给外婆寄钱,那就说明状态不会太不正常。我不要自己吓自己,多往积极方面想,"积极思考就是力量"。

4月23日(星期日):从北京回来后,很累。疲倦加上火。心静不下来。凡丁来电话,提醒我跟妈妈通话时小心,不要提外婆的心病,不要谈及外婆的忧郁。我没有跟妈妈通话。下午我去了东山堂,我要让自己安静。恰好证道经文说的是:"虚心的人有福了,因为天国是他们的。哀恸的人有福了,因为他们必得安慰……"我默默记住:哀恸的人有福了,因为他们必得安慰。

4月24日(星期一):跟妈妈通了一个短电话。我很小心,有点像工兵搬运地雷。妈妈的声音弱而沙哑,这倒正常,耗神上火难免会这样。我所害怕的尖厉得撕扯神经的声音没出现。妈妈说:"外婆九十多了,我不怕她死,就怕她活得太辛苦。"我放下电话,心里想:外婆,你也是活着比死要难啊。

4月25日(星期二):上火上火。胃脘烧得痛。五脏六腑都燥痛。什么都不想做,又害怕什么都不做这种状态。我竭力保持警惕和正常,不让负面思维占上风。可是稍有放松,抑郁症的幽灵就从我的魂魄中挣扎欲呼:让我发疯吧!放我出来吧!我有过半秒钟的犹豫。竭尽全力掐住一个幽灵,太累了,我真想歇一小会儿。为什么不能疯?人人都会有很想很想、很需要很需要发疯的时候,不许发疯是否不人道?不不不,我不想发疯,我不想冒这个险。我的抑郁症已经好了,此时这种软弱只是片刻的,可控的。镇定。不要再想负面的事情。找点有意义的事做。看报纸,看到了有关丛飞追悼会的报道。想起了深圳的"义工联"。是否可以这么说:只有深圳这样一座城市,才能拥有这样一群义工,才会有丛飞这样的爱心大使。这座城市的人最需要爱,最渴望爱,最懂得爱的珍贵和爱的缺乏,正因为如此,他们摸索出:得到爱的惟一通道——就是付出爱!

4月26日(星期三):听说外婆长时间昏睡,不吃东西。

4月27日(星期四):妈妈给外婆写了一封信,二姨在病房念给外婆听。外婆很平静。念完第一遍,二姨问:听清楚了吗?外婆微微点了一下头。又念第二遍,二姨问:你高兴吗?外婆轻轻点了一下头。听说外婆昏睡,我心里不那么上火了。我盼望她保持身心平静的状态。百岁千岁万岁都不是幸福,惟有身、心、灵安康喜乐才是幸福。

4月28日(星期五):给外婆寄了一点燕窝、虫草及巧克力点心。很想去萍乡看看她,跟她说说话,但妈妈和凡丁不同意,怕我去了反把事情复杂化。其实他们更怕我抑郁症复发。我感到非常内疚。非常非常内疚。我想偷偷去萍乡一两天,又怕刺激妈妈歇斯底里爆发,进退两难。祷告吧。在绝望的时候祷告会带来希望。"我们的心在上帝面前可以安稳。"阿门。

2006年4月28日于青纱帐里(其实我是蜷缩在猫耳洞里)

补 白

好像我的抑郁症又开始发作了。脑子里乱,做事难以集中精力。我好烦啊。我又开始负面思维、跳跃式乱想了。我必须时常用祷告来抵挡疯狂。

第 22 篇

认知日记

2003 年 7 月 29 日星期二上午 10 点 50 分

恍恍惚惚的,也许是吃药的关系,我出现了轻微的分辨意识障碍。去公厕时,面对男厕、女厕的标志,我会犹豫,费劲地想:到底哪边是女厕呢?

好像脑神经辨别速度跟不上视、听、触、嗅觉。包括我此刻记日记,手与脑的配合总是不太对劲,所思所想最多只表达了 40%。是抑郁症伤害了我的脑神经,还是抗抑郁药物对神经有损害?

担心是没有用的,我只能继续治疗,留意变化。

此刻,我的心情不错。昨天没约到萧所长给妈妈看病。王涛认为,只要 CT 排除了肿瘤,而且没再吐过血,问题就不大。老年人有时肺部毛细血管脆弱,稍一用劲便有点破裂出血,问题不大。只要半年拍一次胸片,留心观察就行了。

与爸妈、凡丁商量后,大家都同意不着急,妈妈可以边休息边等萧所长出诊。为了让爸妈安心,下午我特意去了竣雅阁,面对面做工作。凡丁下班也来了,四人心平气和谈,效果挺好。

我感觉到圣灵与我们全家人同在,圣灵在作功。我的焦虑减轻了,面对爸妈神经不那么紧张、难受了。

周小兵要去云南开会,他说开完会可以陪我去玩几天。我没有去过云南,也一直想去丽江玩,这是一个好机会。但我目前还是很容易疲倦,有气力去旅游吗?我想问问龚医生。也许,我应该有意识地锻炼、恢复出行的能力?

主啊,请你指示我好吗?如果你鼓励我去,我就一定能够通过出行来促进康复;如果这不符合你的旨意,那么就请你告诉我不要乱动好吗?请求你让我明白你的旨意。我很笨,灵命幼小,领悟能力差。求你开我的心窍,帮助我明白领悟你的旨意。

前些日子看灵修书籍,很喜欢其中这样一句话:"当你千头万绪,不知如何着手时,让主为你走第一步。"

父神啊，求你为我走出第一步，好让我紧跟你的足迹往前走。

随　笔

没法往下写了。外婆抑郁住院对我是一种打击。同时，我的写作计划也打乱了。我本想在随笔部分好好分析外婆为什么百折而不抑郁，而我怎么就那么脆弱抑郁得一塌糊涂。现在心里乱，不知写什么。

好像抑郁症有点复发。

应该这么想，我只是有点心情不好，不是抑郁症复发。要往积极方面想。快运用认知疗法截断负面思维。

最近很辛苦。我好像是两个不同的人。外表上看正常，人们都说我完全健康了，我也跟着肯定道：健康了，好了好了，危险期过了。但我内心充满焦灼、上火、沮丧、倦怠的感觉。有时候，我说话、谈笑时，会突然觉得自己不正常，很躁狂。我需要用夸张的言行来振作，用无序的忙碌来激活神经。我又开始讨厌自己了！我讨厌李兰妮。她说什么做什么我都讨厌。我又开始钻牛角尖，我想起了李兰妮对三只虎皮鹦鹉做的坏事，李兰妮有罪，不可原谅。再往下想，就要失控了。

我要清理负面思维。我知道我是受了刺激，又逢抑郁高危季节。不要怕。李兰妮，冷静。听我给你做分析。

你原把外婆当做榜样，精神上的一支拐杖。拐杖意外折了，你呆了。记得小时候吗？你心目中的母亲形象是部队小院的高阿姨。丰乳肥臀，快人快语，热心善良，有个性，讲义气，爱憎分明。在那个扭曲的年代里，她身上比较完整地保留了中国妇女的优点。在十二岁那个小院里，你觉得妈妈不像妈妈，其他阿姨也有很多怪毛病，只有高阿姨让你觉得她是个母亲的榜样。你曾想，如果遇到灾难，就向她求救，她会救院里任何一个小朋友。当你第一次看见高阿姨精神崩溃时，你惊呆了。你有伤痛的感觉。

就像这次外婆突然抑郁爆发一样，高阿姨的遭遇让你找不到依靠的榜样。

记得吗，你在自况性长篇散文《十二岁的小院》最后一章里写道："很久以前，我想过，万一以后落在后妈手里，后妈往死里打我，我就跑到小院当中喊救命。妈司令肯定会出来救我。我没想到妈司令会走，会回老家种地。我更没想到，原来小院每一家人都要搬走……"

今天你再次面临成长之痛，这是必学的功课。

2006 年 4 月 29 日

链　接

《十二岁的小院》摘录

6

妈司令的炉子上经常烙饼，是葱油饼。面里搁足了油，煎得黄酥酥的。拎起来，轻轻一撕，立刻就两半了，一层一层的，好多层，薄得透明。

妈司令有老乡在食堂当司务长，妈司令总能买到猪油。妈司令敢借钱花，所以，她总有钱买猪油。

妈司令三十出头，大胸脯，大屁股，大头大脸，大辫子。头发丝儿很粗很硬，有点焦黄色。她喜欢把辫子盘在头顶上，或者随便挽在脑后。

她经常下面穿一条花裤衩，上面穿一件男汗衫，汗衫背后有许多黑麻子，在院里走来走去。她胸脯那里总是鼓鼓的、抖抖的、湿湿的。她有四个儿子——陆军、海军、空军、军军。

陆军爸比她大十几岁，个头却比她矮。

妈司令门前有棵番石榴树。这棵树很瘦，叶子稀稀的，还没挂过果。妈司令经常坐在树下给小四儿喂奶。小四儿像爹，黄，瘦，给妈妈一抱，特别不起眼。他妈妈要腾出两只手干活，就把他斜斜往胳肢窝里一夹，像夹个苞米棒子。他不哭，也不闹，小眼睛骨碌碌转，不慌不忙地转，好像另有心事。

妈司令的奶子把小四儿的脸遮没了。她摸出一把木梳，叫住我，"妮子，给阿姨梳梳头。就这么一下一下梳，这样能活血。"

她梳头的时候，梳子上要抹上熟花生油，这样梳起来，头发又香又滑溜。

"你叔回村找媳妇儿，一眼就看中了我这两条大辫子，那时候，黑油油的，撒开来跟仙女似的。哎唷，多少姑娘家争他呀，那时候，他是个连长，连长连长，大炮一响，黄金万两……"

有时候，我会生妈司令的气。

她一烙饼，弟弟就站在锅边看。她揪下大半块饼子给弟弟，弟弟就靠在她身边，一心一意地吃，头都不抬。

妈司令笑眯眯地摸弟弟的头，"给我当儿子好不好？我给你天天烙饼吃。"

弟弟嘴里嚼着饼，很认真地点一点头。妈司令更乐了，一下又一下抚着弟弟的小光头，说："儿子啊，慢点吃。"

这时候，我总是很生气。气妈司令有四个儿子还不够，还要用饼来收买别人家的儿子；气弟弟为了一块葱油饼就叛变。于是，我坚决不吃妈司令给的饼。

吃完饼,弟弟说:"妈司令,我回家去了。"妈司令呵呵笑,"怎么,不给我当儿子了?"

弟弟很认真地说:"不当了不当了。"

弟弟想吃葱油饼的时候,就对妈妈说:"我……想去给妈司令当儿子。不怕的,我不是真的叛变,吃饱了我就跑回来。"

妈妈问弟弟:"如果别人给你很多好吃的东西给你很多钱,要你出卖我,要抓我去批斗,你怎么办?"

"我帮你打他们。"

"如果爸爸也同意,姐姐也同意,你怎么办?"

"打死爸爸,打死姐姐!"

"心肝儿子哟——"

于是,妈妈就去亲弟弟的脑门,弟弟也去亲妈妈的腮帮,亲得吧吧响。

7

小玉子妈泡了一大盆脏衣服,撂在水池边。她和姥姥带小珊子出了门。

小玉子、小玲子抬出一块搓衣板,找到一整条"电车牌"肥皂扔进盆里。俩人跳进去,连搓带踩玩了俩钟头。

小玉子妈回来了。她看见满满一盆子肥皂沫,就赶紧往盆里摸。才摸了一把,就抬脚踹倒了小玲子、小玉子。

小玉子妈打人的时候最精神,最漂亮。这时候,她的嘴不歪,脸上白里透红,微微沁着汗,乍看上去,像抹了唱戏的油彩。她打起人来好往脸上抽,有一回,小玉子被她扇得聋了好几天。

小玲子机灵,总往姐姐背后钻,哭起来像吹喇叭。

小玉子本来就瘦,像一只腊干的小鸡,胳膊细得像广东人卖的竹蔗,是那种卖了多少天都卖不出去的抽巴蔗。她妈妈一下一下推她扇她,她不躲,也不哭,两条麻秆腿哆嗦着,总要倒又总不倒。

姥姥抱着小珊子,盘腿坐在床角落里,嘟哝道:"打。狠点打。三天不挨打,上房揭瓦;三天不挨揍,爬墙上树。"

姥姥裹着小脚,穿着童码的解放鞋,脑后一个溜光的髻,眼睛一点不慈祥,那么老了薄嘴唇还红。她从不主动跟院里的大人小孩说话。我见过她抽烟。"丰收牌"卷烟。

妈司令抱着小四儿,小四儿起劲地指住小玉子家,小腿一蹬一蹬,小脸挣得发红,他要进屋,他嘴里嚷着:"打!打!"

小玉子鼻子出血了。黑血像一条脏鼻涕,顺着她的嘴巴下巴流。滴在她的小蓝花褂子上。她急忙用手去抹。

姥姥从床上给她扔了一块破布。小玉子拾起来往脸上一抹，顿时脸上半拉红半拉青，真像一个小死鬼。

我本来站在妈司令前面，这时赶快退到妈司令身边。妈司令嘴里喷喷响。

"你赔我衣服……呜呜……你赔……"

小玉子终于哭了。她总是捡小玲子的破衣裳穿，就身上这件是自己的，而且没有打补钉。

"你……赔……"她一手血往妈妈身上抹。

小玉子妈大怒，抄起床下一把柴刀，"你个该死的东西，老早就想劈了你！"

妈司令冲了进去，用身子遮住小玉子，"慢点慢点慢——点。"她扯过小玉子妈手里的刀，"不就一条肥皂嘛，再金贵还能比人贵？我赔你一条。以前在家那么些年，不用洋皂也过来了……"

小玲子像只小老鼠，嗖地蹿到门外，一眨眼就不见了。小玉子妈推开妈司令，一脚踹在小玉子的膝盖弯里，小玉子很响地栽在地板上。

"你！你再动……"妈司令的脸刷地硬了，紧往小玉子妈跟前靠，"你再试试……虎毒还不吃儿呢，你试试……"

小玉子妈嘴唇哆嗦着，说不出话来，闹不清是气坏了，还是吓坏了。

"别闹了。看吓着孩子。"姥姥耷拉眼皮说。

"谁知道我心里的苦呜呜……"小玉子妈往地上坐，头往床柱子上撞，"老的老，小的小呜呜……都……都死了就省……省心了……"

妈司令慌忙上前去拽，她越拽，小玉子妈越不肯起来。小珊子尖声哭，像在鼓励她妈妈就不要起来。

妈司令给我使了一个眼色，我立刻把小玉子拖了出来。我揪住小玉子的袖子，带她往外走。我害怕碰她的手。她太瘦，手很薄很轻，手心湿湿凉凉的，让人想起墙上的小壁虎。

15

陆军刚跑进小院，就被妈司令揪住了耳朵。"兔崽子，你在学校怎——么听课的？上课跟老师捣乱，下课欺负小同学……"

"我没有！没有！"

陆军歪着头，抽着脸，给揪得哎哟哎哟叫。

妈司令手上又用了用劲，"没有？老师都家访来了。没有？"

"×他老母，老子明天回去揍他，他敢告老子……哎哟哟——"

"放你妈的狗屁。"妈司令抄起一把秃扫把，三扯两扯扯掉扫把头，抡起竹棍就往陆军身上抽,"老师告你又怎么了?老师打你都可以。一日为师,终身为父。你个兔崽子,懂不懂?懂不懂!"

她尽抽陆军的腿和脚,棍棍到肉。小四儿在妈司令胳肢窝里,看得津津有味。

陆军蹿上台阶,躲在小春家凤眼树后面,嘴里还在骂:"明天回学校我造他的反,看他还管不管老子的闲事。他妈的……"

妈司令冲上去,连扫两棍子没扫到,差点撞倒看热闹的小玲子、小玉子。

妈司令大怒,"你敢造老师的反,我就先造你的反!打死你这个小王八崽子!你往哪里跑?今天我非打你不可。学生不好好读书,什么玩意儿……"

小院里没人敢像妈司令这么说话。妈司令出身贫下中农,所以她什么都敢说。但我没想到这个贫下中农会大张旗鼓地维护臭老九,她不怕别人怀疑她的革命立场吗?

陆军满院乱跑,妈司令提棍紧追。我觉得真好玩。

22

"我×他奶奶,一群王八蛋。"

妈司令站在厨房门口骂人。

"那么多干部不走,就打发他走,回家种地。大家评评理,老实人就这么好欺侮?"

小玉子妈往前站站想说话,官阿姨手里正织毛衣,她悄悄用毛衣针扎了小玉子妈一下,小玉子妈慌忙摸摸腮帮子,伸手把小玲子揽进怀里。我抬头看看妈妈,妈妈同情地望着妈司令,可她什么也没敢说。

"没有叫你回去种地。"白麻子叔叔努力笑笑说,"回公社,听从分配……"

"一句话,"妈司令打断他,"转业去县城,好商量;复员回乡,咱不走!"

小四儿哇哇哭得很起劲,像是有人一直在掐他。

"他这种级别的干部,按规定,就是哪儿来哪儿去。你懂不懂?这是组织规定。"白麻子叔叔朝大家说,"你冲我发火没用,哪有跟组织讨价还价的?受党教育这么些年,你咋这么说话……"

"怎么说?"妈司令嘴唇发白,颧骨上的肉一跳一跳的,"当了这些年兵,油榨干了,就该一脚踢回乡下去呀?老天爷有眼,谁做缺德事,迟早要遭报应!"

白麻子叔叔脸黑了。院里其他人脸白了。

"少胡说八道。"胡妈妈上前捏了一把妈司令,示意她住嘴,又把白麻子叔叔扯到一旁说,"她这人有口无心,甭跟她一般见识。妇道人家,不懂戏(事)。"

陆军爸从屋里扑出来,揪住妈司令吼:"臭娘儿们,给我家去!"

妈司令使劲甩手,甩不开,她把小四儿往地上一放,小四儿这时倒不哭了。

"你算什么男人?孬种!人家割你的蛋子你还一声不敢吭……"

陆军爸一拳砸在妈司令嘴上,砸得她没了声儿。他扭住她的手,硬把她往家里拖。妈司令挣扎着,但不如陆军爸力气大。她的两根大辫子挣散了,焦干的长发盖住了她的眼睛。

院里的人赶忙拉架,越拉越乱。混乱中,妈妈和小玉子妈都挨了一拳头,痛得直往后边缩。陆军海军空军在哭妈。

妈司令又抓又挠,揪掉了陆军爸一粒军扣。陆军爸扯住妈司令的长头发往屋里拖,扯得她脸都长了,妈司令痛得眯紧了眼。妈司令哭了。

我吓呆了。我原以为妈司令永远不会哭。

她家的门砰地关上了。

屋里传来妈司令的哭声,声音直逼云霄,像是要把天上的太阳哭下来。

<h1 style="text-align:center">23</h1>

陆军爸从街外面回来了。

他穿上了便装,一身青黑色,看上去像个老农民。他低着头,背着手,一脚深一脚浅往小院走,好像脚下路不平。

陆军海军牵着小四儿过来了。小四儿上面穿了件红线衫,下面光着腚。红线裤包在空军头上。妈司令落在后面。她眉心上脖子上都刮了痧,一条条血斑紫得吓人,她的脖子好像突然细了。她穿了一身浅蓝色衣褂,料子软软的,抖抖的。两条长辫子垂在屁股后面,溜光水滑,特别显眼,上面一定抹了许多熟花生油。

<h1 style="text-align:center">27</h1>

我听见有很轻很轻的脚步声。我四处看看,周围没有一个人。老龙眼树弯着腰,像个伤心的老婆婆,伸长了手,在黑暗里数她地上的死孩子。

小院里,只有我和弟弟住的那间屋有暗暗的灯光。要不要推门呢?妈妈是不是还在哭?我静静地在院子里想了一阵儿。

很久以前,我想过,万一以后落在后妈手里,后妈往死里打我,我就跑到小院当中喊救命。妈司令肯定会出来救我。

我没想到妈司令会走,会回老家种地。我更没想到,原来小院每一家人都要搬走。

小院里,妈司令一家走得最早。他们在一个漆黑的夜晚离开了小院,没跟任何人告别。

补 白

这么多年过去了,我仍会想起妈司令见家访老师那一幕,想着想着就会笑。

男老师可能没想到会在一个军队家属院里受到坦诚的欢迎。造反派已经把教师的尊严和骄傲砸得稀巴烂,老师如惊弓之鸟,平日里多见白眼、臭脸,陡然在一个高危地域看见一张灿烂的笑脸,一双善良的大眼睛,肯定一下子晕菜了。

老师没敢在妈司令家里坐。妈司令汗衫前面是斑斑黄色的奶渍,背后是块块汗迹霉点,百分之一百的丰乳肥臀。老师微微哈腰站在院子里,婉转而匆忙地做完了家访。老师刚走,妈司令的大儿子闻讯赶回小院,正好撞在妈司令的枪口上。

看着妈司令追打儿子,教训儿子,我在为妈司令喊"加油"。直接的原因是这个挨打的家伙欺软怕硬,在小孩子中间口碑不太好;间接因素可能是出于本能的公义心。很久没听见有人为老师说话,更没有亲眼见到有人为老师出气,敢公开为老师打抱不平。我心里有点害怕,有点兴奋,有点不习惯,有点找不着北。从此,在我心目中,妈司令是一个很特殊很仗义的人。她是一位真正合格的母亲。她是小院里孩子们求救的福星。

妈司令被丈夫暴打痛哭时,我有点脑震荡。

我目睹福星化做流星而去,小院的夜空仅余一两只萤火虫。

第 23 篇

认知日记

2003 年 7 月 30 日星期三上午 11 点

第三次癌症手术后,我做好了到此为止的心理准备。一直想写遗嘱,这次抑郁症最艰难的几天里,也想过要留遗嘱。

此刻我身体尚好,精神正常,我要立下遗嘱,希望有用之时可以正式生效。

李兰妮的遗嘱:

1. 当我病危时,不需要进行抢救,请让我平静离世。恳请亲属、医生们一定尊重我的意愿。

2. 如果我遇到意外,经医生诊断宣布已成植物人时,请让我立刻离去。这才是真正爱护我、拯救我。

3. 我死后,我的个人银行存款归我父母所有,作为他们养老的补助;我在深圳的那套房子,周小兵和我父母各有一半产权,出售后所得到现金由他们两方平分。

4. 我作品的版权 50% 归周小兵、50% 归李凡丁;手稿归李凡丁。

5. 我的遗物中,周小兵、李凡丁若愿意,可各挑几件有价值的保存。其余的全部清理抛弃,一件不留。

6. 希望我死后第二天就火化,骨灰尽快全部撒入大海。不要通知、打扰我的朋友和同事,不要开追悼会,不要花圈及任何追思仪式。我相信,是真朋友自会记得曾经拥有的快乐时光。

7. 请我的父母、丈夫、弟弟及朋友们相信:我离去并不痛苦,也没有恐惧,我真的走得很愉快。我会在天堂里为你们祈祷,愿神赐福给我的亲人和真正的朋友。

立遗嘱人:李兰妮

身份证号码:440301×××××××××

2003 年 7 月 30 日午 12 时

于广州中山大学×××之二××××室

随　笔

这份遗嘱现在、将来仍然有效。

到目前为止,没有必要修改。

写这份遗嘱的时候,心里很平静,思维很冷静。没有伤感,没有牵挂,没有遗憾。

人之将死,是没有多少话要说的。

我做好了随时可以离世的准备。早早地,该收拾的,都收拾了;该处理的,都处理了;该放下的,都放下了。问心无愧。不欠任何人任何债。了无牵挂。

不想带走任何东西。

从病房转移到太平间时,不必换什么新衣服,或是什么生前喜欢的衣服。咽气时穿的那套病号服就行。不要眼泪,不要纸钱,不要追思。

上世纪 80 年代初,我住院时死过一次。从此后,我明白了死是怎么回事。死是甘甜的,归去的过程是奇妙的。它预示了我的真正归宿。

写完遗嘱之后,一天,接到程文超的电话。他说他跟妻子小傅认真交代了后事。他选了一张微笑的照片,还选了电影《泰坦尼克号》的主题歌作追悼会上播放的歌。他说不想让朋友们难过,不想让人们记住他痛苦的一面。我连声说:我理解,因为我也写好了遗嘱,选好了照片。他说着说着,在电话里轻声哭泣道:我希望……家人和朋友……永远记住,我微笑的时候。我说:对,我留的照片也是微笑的。

那天,我跟程文超在电话里一直谈遗嘱的事。他想得很细,处处为别人着想,他描绘了追悼会要怎么开,怎样不给朋友们添麻烦,怎么能让女儿经受起这样的场面。我不想让他越想越细,便频频插话,想打断他的思路。我告诉他,我坚决不要追悼会,我的照片也不是留给追悼会场当遗像的。结果,电话里,他说他的,我说我的。

程文超去世后,许多朋友参加了他的追悼会,并写了情深义重的悼念文章。人们都知道程文超坚强的一面,他不愿意在别人面前流露痛苦,诉说挣扎。而我,作为邻居,作为癌症病人,作为他们夫妻经常关照的朋友,我看到听到了他有多么痛苦。因痛苦而更加坚强,因坚强而更加痛苦。

写遗嘱的时候,我不知自己还能活多久。我现在觉得,提前写好遗嘱是件值得提倡的事情。它能令你活得清醒,活得自由。

2006 年 5 月 5 日

链　接

《池塘边的绿房子》摘录

我胸闷,恶心,嘴唇发麻。

我早早就把滴管上的限流器拧了下来,我要让输液瓶里的溶液快些滴。我讨厌输液,一输液我心里便沉甸甸的,仿佛那些溶液统统流进了我的心脏,我的心承受不了这滴滴点点、点点滴滴。

输液瓶里的溶液飞快地滴完了。我自己拔掉针头。下床,穿上拖鞋。

霎时间,一片空白。

白雾,漫开、漫开……

我倒在沙滩上,粉红色的海水一节一节漫上来了。漫过了膝,漫过了腰,漫过了胸,漫过了脖子。

快爬起来,逃命啊。

我不能动。

粉红色的海浪卷起来了,血的海。血红色的海水漫过了下巴,漫过了嘴,漫过了人中……我冷,冰冷……血红色的海水漫上来了。

我要闷死了。

爬起来,快跑。

我倦了,软了,融化了。我不能动。不想动。

我想活。想活。

没有空气。我要死了。救救我。

我想活。我不想动。不能动。

窒息。挣扎。极点。

模糊的世界。瞬间的空白。

一点精魂腾空跃起。

飘。

清爽的风。无边无涯的蓝。多柔和的蓝色啊,多纯净、多舒畅。我快活。我轻盈。只有一点意念,没有躯壳。什么也不想。没有记忆。没有眷恋。没有恐惧。没有……

我一尘不染,朝着无限的、博大的、神秘的蓝色飘去、飘去……

我在一个世界与另一个世界的边缘飘荡。

医务人员紧急抢救奏效,我又回到地面。

……我靠在墙壁上,倦得不能动弹。但我心里洋溢着蓝色的光明。我知道了一个秘密。我知道我从哪里来,要到哪里去。

我不知道,冥冥中是什么力量掌握着我的命运。但我衷心赞美它,它给了我奇妙的暗示。

回头看——一切都是微不足道的,一切都是转瞬即逝的。我永远是我。生不能改变我,死也不会改变我。

生是死亡的序幕,死是新生的前奏。

…………

1987 年 2—3 月

补 白

1982 年盛夏,住院。转氨酶单项指标不明原因奇高,天天要输液。本来没啥事,但我自己拧开限流器,以最快的速度输完液,于是事故发生了……

我突然出现超能。

如上所述,我正飘往永恒之蓝时,突然,有针扎的感觉,同时立即有流星坠落的感觉。

事后护士告诉我,我那时"脸色比床单还白,完全没有知觉,跟死人一样"。血压已经量不到,心跳一分钟十六次。抢救时,医生给我打了强心针。他们发现我全身发凉,冰冷可怕。心电图医生是我父亲的老乡,她女儿和我是同事,这么熟的熟人在做心电图时,却没看出是我。等到签名细看被抢救人姓名时,她才知道原来是我出了意外。事后她说我脸色、模样都变了,所以她看完名字再看人,觉得不可思议。

在医生护士看来,我当时已经失去感知能力了,但我自己却觉得我看到,尤其听到了其中后半段的抢救过程。我听见一个女医生说:她全身冰凉,快拿棉被来给她盖上,再拿一床棉被来。我看到……不,不能叫看,不是眼睛看,也没有躯体存在。就是一点精魂在看。多年后,看美国电影《人鬼情未了》,看到男主角刚死后,他从躯壳而出,在另一空间看人们抢救他的情景时,我觉得很熟悉。只是电影里死后的男主角还有形体,而我那时只有一点意念或叫精魂存在。前几年看过这样的消息,科学家们将刚死亡的人称重量,发现人咽下最后一口气前后几秒钟少一丁点重量,因此他们想像、推断,那就是灵魂的重量。还有消息说,人刚死时,大脑仍有意识,知觉是渐渐消失的,据说,听觉是最后消失的。我搞不清这些消息准确度有多高,从我自己的体验来估计,这些说法都有一定的可信度。宇宙是奇妙的,我们没有认识的东西太多,目前不能理解的东西太多,既然我们尚不能证明"是",那么也别盲目说"否"。我们看不见电流的形状,不等于电流不存在。

第 24 篇

认知日记

2003 年 7 月 31 日星期四午 12 点

又做了一个有关手术的梦。

我焦急地拖着行李箱赶飞机，到机场才知航班晚点。很多旅客都在等消息，没人知道飞机啥时能起飞。候机厅里挤不下那么多人，我和一些旅客只好站在外面的空地上等，怕听不到广播误机，不敢大意和走远。

终于登机了，很累。

到北京已天黑。没去找宾馆，不知为何找到一个熟人的住处。这人有点像朱小琳。我暗想，她不是去英国了吗？怎么又回北京了？她屋子里很乱，简陋，地方不大。她好像早知道我要来，但并不十分热情。

我告诉她，北京大学肿瘤医院的医生通知我来做手术，但我要先拍片检查，检查期间我想借住在她这里。她回答说：你可以借住一晚，明天你要搬走，我不愿意别人打乱我的生活秩序。

我暗想，她本来是很好客的，多次邀请过我，现在怎么会下逐客令？我有点生气，想立刻去找宾馆住。再想想，觉得不必意气用事。她可能遇上什么烦心事，家里不便留客。

我心情又好转，告诉她，估计我只要明天去医院拍一个片子就能回家了。我很可能不用开刀。我认为自己没糟到要立刻开刀的地步，我相信是该院的医生多虑或搞错了。说不定，我明晚就能赶飞机飞回广东。

同时我也在给自己心理暗示：别着急，一切等明天看完病再定。如果检查结果要等几天，那我找个干净、舒适的宾馆住着等更好。

我虽然依然觉得累，但心情不再焦虑。

醒来后，我自己认为这个梦表明我进步了，治疗有效果。

我曾做过两个有关手术的梦。一次在梦中谁也不认识，在荒凉小镇走，恐惧、悲凉、茫然。突然见到胡区区，便哭道：区区，我得癌症了。

另一次,梦见医生通知我,立刻上手术台,我找了许多借口想拖延,但都被医生否定了。最后我只好扯着医生的白大褂的衣边,哭着说:我害怕。我不想动手术!

奇怪,得癌症以来,不论是得知消息,还是手术、化疗,我都没有哭过。但我却在梦中哭过几次。

北大深圳医院的精神卫生专家说,正因为我平日里自控能力太强,不许自己流露出恐惧、哀伤,所以,这种抑郁越积越深,最后,在不受控制的梦中展现出来,而我仍不醒悟,于是导致爆发。

我现在仍不愿回顾2000年2月癌症手术以来的心理感受,我还没有做好回顾的心理准备。

我坚信:"上帝的意思原是好的"。

随 笔

真的不喜欢面对我的认知日记。我讨厌面对日记中的病人李兰妮。提醒过自己无数次,应该认真地、从头到尾地通读几遍认知日记,看看那段日子里的李兰妮是怎么活着的。道理我懂,但我看不下去。不想看。心里非常抗拒。

作为读者,我有抵触情绪。作为作者,我有否定情绪。前些日子,我曾想把认知日记尽量删,最好删掉三分之二。但我不敢擅动。因为我早说过,想为精神病学家、心理学家留下一本完整的病历。

前些天在北京,我跟田惠平、杜力、李媚等朋友谈起认知日记不好看,啰啰嗦嗦车轱辘话,反反复复的噩梦,此书出版时要不要把认知日记删掉一半呢?他们都反对。

他们有道理。若我是局外人,对这样一份治疗日记,我也会提醒作者保留原始滋味。可是,我每写一章,必须要先看一两遍那天的认知日记,我常常会控制不住地跳着看,根本不能一字一句地看,眼珠子感觉障碍,心发堵。刚才我第一次发现,面对认知日记时,我脸上肌肉发酸。可能无意识中我一直撇着嘴,皱紧眉头,脸上不断变换着各种烦闷、无奈、反感、鄙夷、酸苦的表情。我不敢去照镜子。一定很难看。要注意。我拍着脸颊和五官,力图使肌肉不再发酸发紧发硬。以后要注意,我可不愿意写书写出一副苦瓜脸。深呼吸。拍拍头,拍拍脸,五官要端正,各就各位。立正。稍息。微笑。解散。

刚接到妈妈的电话,外婆出院了。从医院直接进了养老院。

我跟妈妈说:好。太好了。出院好。养老院好。

妈妈说:我怕她心里难过,会排斥那种地方,没想到她很接受。她说,现在终于有个归宿了。

外婆,此时此刻,我有话不想说。

我在沉默中向你致敬,为你祈祷。我在沉默中向你学习,将世间滋味含在嘴里慢慢消化。

2006 年 5 月 8 日

链 接

萍乡亲戚发给凡丁的短信摘录

2006 年 4 月 30 日:外婆这两天恢复很好,医生刚查完房说,如按这样恢复,过几天都可准备出院。

外婆趣闻:吃桃后说,啊好吃。散步后说,好玩,几好玩。睡觉时说,这里真舒服啊,真好。

5 月 3 日:外婆一吃燕窝和虫草就说,凡丁、兰妮有良心,让我全吃好的,我不会死了,主要是舍不得。

凡丁、兰妮小时候喜欢吃南瓜和藕,这么贵的东西他们舍不得吃,给我废人吃,谢谢他们俩。

5 月 5 日:外婆可能后天出院,今天她说要我们把她安排好,我就说了她去养老院的事,她听了很满意。

补 白

以上几则短信,是一个表妹发给凡丁的。凡丁转发给我,是想叫我放心,不要太焦虑。我想五一长假时去江西看看外婆,但是大家说,外婆经不起激动,亲戚们也经不起劳累,以后再说吧。

我清晰地感到了抑郁症在悄悄发作。我内疚、自责,我愧不能把外婆接到深圳来伺候。我原想花钱包一辆救护车,接外婆到我深圳家里,专门请个保姆看护她,但这个办法行不通。我不知道该怎么办。

服用原来的抗抑郁药物剂量不能有效支援我,我和病我又像角斗士一样开始格斗。我要保持正常的外表和言行,很辛苦。

第 25 篇

认知日记

2003 年 9 月 2 日星期二下午 4 点 15 分

又做了一个考试的梦。

梦见正坐在教室里,忽然听说要考数学。心里立刻很焦急,很害怕。知道一考肯定不及格。这时同桌女生告诉我:别怕,你在我旁边,我会偷偷传答案给你。

我仍害怕,怕到时监考老师会罚我们。但又一想,老师若有同情心,没准会放我们一马。心里略为安定。

可是,发试卷前,一校方负责人(一个摆架子的中年胖子)连续下令换座位、换教室,故意跟学生过不去,折腾学生。

我心里暗暗叫苦。每次换座位,都要混乱好一阵子。总有人(特别是几个成绩差的男生)把我远远挤到一边去,最后我连桌子都没有了,不知自己该坐在哪儿,更不知这场考试怎么过关。

我豁出去了,心想:过不了关也不是什么世界末日,走一步算一步。我见缝插针对着一个桌角尖坐下来,准备考试。这时课堂外传来欢呼声,一个同学跑进来告诉大家:不用考试啦!可以走啦!

我喜出望外,跑过去一打听,原来考试一说是谣言。那个胖子为寻开心,竟故意造谣吓唬学生。胖子悻然斜视如获大赦的学生,一副很不甘心的样子。我心中感慨:这人手头就一点点小权力也要滥用,让这种人当官只会苦了百姓。

好几个月了,我还在做有关考试的梦。焦虑虽然减轻了,但心理依然脆弱。什么时候我才能够在梦中信心十足地面对考试?什么时候我才能够在现实中从容地面对焦虑?继续努力吧。

昨天我很长时间心情不好。上午、下午我都祷告,求主允许我早日归回天家。我觉得活得痛苦,生不如死,只求速死。我对家庭失望,我坚持得太累了。我软弱,我挣扎,我渴望到主怀中安息。我对主说:我受不了啦,如果你同意的话,就让我到此为止吧。我已没有任何牵挂。最后我说:主啊,求你按你的旨意来成全成就。

主给了我回答。他通过人的口在电话里告诉我，主要使用我，要我做安慰的天使。其实，我以前也明白，我之所以要经历这一切，是因为主要使用我，让我做一个合格的器皿，即安慰的天使。但我灵命弱小，所以在病痛和灾难面前，我想逃跑。

很惭愧。

傍晚，去北门散步。天本来非常闷热，没有一丝风，漫天阴云。突然，江风陡然劲吹，非常舒适、凉快，吹散了云雾，就在我头顶上吹出一小块蓝天、白云，也吹散我心中的抑郁和愁烦。我明显地感到主正与我同在，他在看顾我，抚慰我，引导我，帮助我。

随 笔

最初服药时，我盼望三个月之后能停药。三个月过后，我不得不老老实实继续吃药。接下来，我盼过半年、一年、两年……三年过去了，药照吃，病照看，分明是场持久战。

专家专著上这样说：在抑郁症发作基本平息以后六到九个月之内，症状又会重新出现。如果时间更长一些，则有高达80%的病人会出现抑郁症复发。为了防止复发，在抑郁症康复以后的六个月时间内，仍然要用完整剂量持续治疗……有些情况下甚至要终生服药。

写到这里我有点垂头丧气。我不愿想，我是不是必须终生服药。软弱的念头又嗖嗖嗖往外蹿，再不关闸又要滚下山了。我就像西绪福斯推的那块巨石，推上去，滚下来，又推上去，又滚下来……

还是想想曾外婆吧。想想这个名字：喜姑。

我很喜欢"喜姑"这两个字。一念到这两个字，就会不由自主地微笑，脑子里会联想出一个五六岁的小胖丫头，喜眉喜眼，憨憨地冒出傻气。

遥想晚清那位穷举人老前辈，就冲给女儿起名"喜姑"，可知他穷而不酸，不迂腐。

中举后无盘缠入京，大喜大悲之下顿悟。喜姑爹收拾心情，私塾授学。一介布衣，惟有教书育人。这就是一百多年前一个乡村小知识分子的道德理想。

写到这里，我才想起：我从来没问过妈妈的理想是什么，外婆的理想是什么，更不曾问过曾外婆的理想是什么。

大概潜意识觉得，哪里轮得上她们有理想啊。

我猜想：喜姑的理想是做一个旺夫益子的好女人，小桃的理想是读大学做一个女教师,兰兰的理想是脱胎换骨做一个好军人。

妮子小学二年级的理想是:长大了我要死在战场上,立功。我死了我家就是光荣烈属。

2006 年 5 月 13 日

链 接

《起名儿》摘录

我出生证上面的名字是"小兰"。

两岁的时候,远在东北的爷爷奶奶说,这名儿得改,叫啥都中,就是不能叫小兰。

很多很多年以前,爷爷有个妹妹叫小兰。小兰年方二八,尚未婚配就得急症死了。按乡下的规矩,未嫁的小女子死后不能进祖坟,只能在野地里火化。

小兰死在天寒地冻的季节里,人们架起柴火烧她,烧完了,把一堆骨头划拉划拉,装进一只坛子里,就在野地里一埋拉倒。

一个三更天,小兰回家哭:"哥——我好冷! 你们咋都不管我呢?"天明后,爷爷来到烧小兰的野地里转,发现荒土中还弃着一段骨头。风吹走了覆盖在遗骨上的柴灰,怪不得小兰冻得哭,爷爷忙把骨头拾起来。送回坛子里装好。从此,他再也没有梦见过小兰。

很多很多年以后,也是在地冻天寒这个季节里,我爷爷惟一的孙女出世了,由于母亲名字中有个"兰"字,这女孩便叫"小兰"。可是,坛子里的小兰又在爷爷的梦中出现了。于是,我得改名。爷爷说:就叫妮儿吧。上学了,班里有几个淘气的男生一见我就唱"来到了南泥湾呀,南泥湾好地方……"其他男生就鬼鬼祟祟笑,跟着唱:"好呀地方。"我一听这支歌就捂耳朵,心里很委屈地喊:我讨厌这个名字!

近年人们起名,不仅讲究字义吉祥,还要查《姓名学》里的天格、地格、人格,看该名字是否搭配得当,基础运如何,成功运如何。

动了好奇心,我也弄来一本《姓名学》,看来看去,与我这名字相对应的四个字是:铁杵成针。

一直很怕这句成语。心想:那要磨多久啊! 万一磨到快成针时它又断了呢? 万一冥冥中注定了,永远磨不成针呢?

1994 年元月

补　白

翻《姓名学》,据说"李南妮"的笔画比"李兰妮"吉祥。

那时,社会上很流行气功、特异功能、气场什么的,有朋友说,你这个"兰"字不好,"南"字气场强多了。我不懂气场,但我望文生义想:这样的浮华都市,这样的生态环境,兰是养不活的,即使活也不能生香。兰应该生长在僻静清洁的深山里,它的香得自天地归于天地,不是为千万人品闻而生的。兰的适应力、可选择性太弱太窄,它是要被现代都市淘汰的。而南则大不一样,什么沾上南字都吉利富强。比如:南风、南国,甚至南瓜都比别的瓜菜可口实惠讨好。

可是,我的潜意识不认同"李南妮",排斥得厉害。就像我是 B 型血的人,输了 A 型血进血管,整个人体系统出故障。精神系统只认李兰妮,换一个字都不灵,就像输错密码的计算机,没有任何反应。

老老实实,李兰妮就李兰妮吧。

第 26 篇

认知日记

2003 年 9 月 3 日星期三上午 11 点 10 分

台风"杜鹃"掠过珠江口,今天广州的最高气温据说是 29 度。广州人总算能够凉快一日了。

□□□(此处删去一整段——作者注)

我没有把失望说出来。也许,真正的失望是说不出来的。不想说,也没有必要说,说了也没用。

我过去为此感到极受伤害,没有安全感,很无助,很屈辱,很抑郁。也许我患癌症与此有一定的关联。

我替他惋惜。我一直在为他祈祷,求主指引他,帮助他,赐福给他。但是,如果他执意自甘堕落,乐在其中,那么谁都救不了他。

主正在帮助我,安慰我,指示我该走的道路。我要超脱出来,我在接受主的培训。主说:"这事出于我","上帝的意思原是好的"。我坚信主的话语。

每天,每时,我的心灵都在感谢主的慈爱、主的抚慰。"伤心的人有福了",这是主说的。

主啊,"耶和华我的力量啊,我爱你!"主,我的神,我知道你爱我,真正爱我,永远爱我,永不伤害我,永不离弃我,你的爱正在陪伴我。我是蒙福的女儿,属灵的孩子。有你保护我,有你与我同在,我还害怕什么呢?"他使人安静,谁能扰乱呢?""主若帮助我们,谁能抵挡我们呢?"是啊,"应当一无挂虑"。

"软弱的,他加力量。"

"那等候耶和华的,必重新得力,他们必如鹰展翅上腾。"

我的主我的神啊,我的心正在安静下来。此刻,我的心在喜乐着。

我的主我的神啊,我爱你!

随 笔

妈妈来电话,要去萍乡看外婆。爸爸不让她去,怕她受刺激,病在萍乡回不来。两人争执不下。

在一起总是生气、拌嘴，分开来却又谁也离不开谁。我很多朋友的父母处在这种状况中。

喜姑的父母年纪老迈时不会有这样的困扰。在家从父，出嫁从夫，老来从子，上世纪初中国人所批判的"三从四德"，对历代多数女人来说是祖传宝典。

穷而不酸的举人给女儿挑了这样一个后生：大家族中较弱的一支。读书人出身，但不准备去考功名。有经营头脑，但没野心富霸一方。这女婿相貌堂堂，品行可靠，被人请作账房先生，养家绰绰有余，也无重大风险。喜姑相貌平平，憨厚纯良，嫁过去不会受气。喜姑丈夫虽英俊，但那个环境诱惑少，男人女人安分的多，这后生德行操守都给喜姑以安全感。

喜姑成了小桃娘。尽管丈夫早死，但在喜姑的精神世界里，仍是平静多于焦虑。晚年时人们谈起她，评语是：憨，不开窍，迷糊，木。

这评语让我想起了一个古老的故事。话说混沌生来是没有七窍的。他的两个朋友觉得混沌待他们太好了，一定要报答他，商量着要为混沌凿开七窍，让混沌享受到开了窍的乐趣。可惜，七窍凿开了，混沌却因开窍而死了。

有时我私下想：喜姑憨，木，不开窍，正是喜姑之福。她父亲为她的幸福盘算得很仔细，却没有掐算出女婿这一方有变数。

十年前，我在深圳听过女人间的相互提醒：夫妻不能太和美，否则必遭天妒。我听了觉得好笑。那时的深圳不安分的男女多，流行问候语是：你……离了吗？我碰到过好几个熟人当面问我："你离了吗？"一个从美国回来的朋友，跟我家是世交，连她回国见我都说："你……还没有离呀？那……哎，那不是很腻吗？"她本人就在深圳离过婚。那几年，不论是离婚的，还是正想离婚的，或是不愿离婚的女人，都跟我说，她们深信恩爱夫妻不到头这一说。

说这话的女人在自我暗示。时刻准备面对伤害、破裂、残局。谁也不敢掉以轻心。外婆说过一句萍乡民谣：就算活到九十八，也别笑人家腿瘸和眼瞎。

丈夫突然病逝，在乡邻眼中，这个不强悍不能干的女人，领着三个未成年儿女，何去何从？喜姑没有抑郁成疾，她本能地展开自救。

第一，女儿早有婚约，就此嫁出去。

第二，儿子要继续上学，将家里微薄的积蓄加借贷，保障儿子成材。

张二公子的爹也是举人，还当过福建漳州那边的知县，她并没料到女儿会受气，无论如何总好过在娘家没饭吃啊。

女儿嫁入张家之后，头几年天天独自落泪，哭坏了一双明眸。当妈的爱莫能助。女婿到北京读书后，遇上了爱慕者，当张二公子不再给小桃写信，小桃做好了离婚的准备时,喜姑这个当母亲的无法给女儿任何援助。好在她天性木讷,懵然不懂敏感的女儿心理创伤有多深。

她自己倒是对婚姻、家庭充满单纯的信赖,这是她的精神支柱。丈夫走得早,留下的记忆是鹣鲽情深、忠贞不渝。灾患来自外部,不至于颠覆喜姑对婚姻、家庭的美好情感。这是喜姑的福分。

在我所看过的精神病学著作中,专家说,患抑郁症的病人女性比男性多很多,但实施自杀、自杀身亡的男性远比女性多。

而我猜测:抑郁症患者男女比例大致相等,只是女人由于生理、心理、观念等缘故,容易受伤,抵御抑郁的能力稍弱。好比女人容易感冒,而男人几年不感冒,一旦感冒就是重感冒。女人感冒会自动求医,而男人感冒会硬撑,七撑八撑量变到质变,死亡率就这么撑上去了。

目前为止,我还没有看到我国抑郁症患者的男女比例数据。我猜测,在我国的发达地区,至少10%的女性患有不同程度的抑郁症。

世界发达国家的妇女所承受的精神负担,我国发达地区妇女也在承受着,而我们的求助渠道不通畅,我们的精神之痛更容易被忽略。

在城市的各大医院里,一眼望过去,看病的、住院的女人明显比男人多。

我认为,这些生病的女人多半病在心理、精神。

她们的心血管、血压、关节、肝胆肾、肠胃、经络、子宫乳腺、耳鼻喉眼及脑神经的病痛,都来自精神之痛、心理之痛、家庭之痛、人与人之间互动之痛。

多数女人没有意识到这些,她们躲在生病的背后得以喘息哭泣。少数女人模糊中有所意识,但是,在传统文化的背景下,她们宁愿捂住眼睛、耳朵、嘴巴,宁愿茫然穿梭在化验室、彩超室、CT 室、理疗室、心电图室之间。

但是,她们比当年的小桃幸福,她们有地方逃避,有地方看病。小桃孤身一人,无处逃避。

小桃在婆家什么活儿都要做。她孤零零地忍耐着,无望地等待着,婚姻名存实亡,有家等于无家。多年后,外婆说起那段生活,不愿多说,只反复强调:那时坐月子,连鸡蛋都没吃过,一只鸡蛋都不给我吃啊!

不是婆家穷。所以更伤心。所以哭坏了眼睛。所以第一个孩子不到一岁就夭折。小桃很想死,但她惦记妈妈和弟弟。小桃这样的女人真苦。

有时候,女人的精神之痛是不分国籍、不分种族、不分时代、不分愚智、不分贫富、不分强弱的。这,也是命运之痛。

链　接

《不要恐惧抑郁症》摘录

神经质的和有神经官能症的母亲,会把她的病症主要遗传给女儿。这些母亲的共同特征是,在女儿需要全面呵护的时期,没有足够地把感情投入到关照中去……所有的作者都不愿意把这种关系结构归罪于母亲……值得注意的是,没有发展稳定自我的母亲,往往是在限制而不是促进女儿的独立。这不仅会影响女儿未来与一个男人共同生活期望温馨和安全的爱情关系,而且也会引发抑郁症的形成。

——[德]乌尔苏拉·努贝尔

补　白

我有好几位朋友,在童年时期都与母亲关系紧张。

一个外资企业的女高管,能力、长相、品德都挺好,就是不善于处理家庭关系。离婚后跟儿子关系日渐疏远,屡交男朋友都难以长久。她私下里总说自己有女人味,男士们怎么怎么夸奖她,欣赏她。她说的都是实话。但往往夸完自己不一会儿,她又不自信了,要我实话告诉她:她是不是真的很有女人味? 她是不是真的长得好? 她的脾气会不会讨人嫌? 令我哭笑不得。后来,她说到童年时的抑郁。她母亲是个出色的女人。但好像总看她不顺眼。要么没空与她相处,要么在一起就挑剔她的长相或言行举止。她越想得到母亲的褒扬,越觉得母亲在贬她嘲笑她。她生气、赌气、争气都无济于事。我猜想,由于从小母女关系有大裂痕,导致她成年后不懂正确扮演妻子和母亲的角色,她付出了沉重的代价。

好像有个规律,这是我从身边朋友的述说中联想到的。我那些童年与母亲关系紧张的朋友,她们的母亲往往都是新中国第一代职业妇女,长得都有几分姿色,有一个小头衔,政治上求进步,业务上拔尖,在家里能当丈夫的家,是家里的第一把手,有点洁癖,公私分明,对外人比对自己儿女关心、和蔼。

由此我想:这到底是母亲有毛病还是孩子有毛病? 或是时代的毛病? 中国有多少家庭存在这样的毛病? 一代人两代人的精神基因为此有所改变吗?!

第 27 篇

认知日记

2003 年 9 月 4 日星期四上午 11 点

真好，终于把久闷在心底的话说出来了。

□□□（此处有删节——作者注）

昨天中午 12 点 40 分，忽然想出门走走。我关了电脑，到西聚园走了半小时。台风刚过，骤雨才歇，小园子里只有一两个人闲坐看书。我拎着那把银灰色莱尔斯丹长伞走在湿绿的石道上。天上偶尔飘下雨粉，久违的凉爽抚润着我的肺腑。

刹那间，我真切地感到了主正与我同在。是圣灵引导我来到这里，以接受慈爱天父赐下的安慰和力量。突然间，有一种与神接通的奇妙感觉，堵在心上的块垒掀开了，头脑清醒了，四肢通电般有了能量。发自心底的微笑绽开了，抑郁的呼吸畅通了，眼睛里的世界变得清澈了。主在告诉我："我的恩典是够你用的。"在主的恩典中，活着，不再是沉重的苦难；活着，原来是这般的美好。

感谢主恩，感谢圣灵的启示，我从中汲取了活下去的勇气和力量。主既赐我生命和灵魂，就是要打造我，训练我，使用我。受打造的过程是要经历痛苦的。要做合格的器皿，就必须经得起锤炼和磨砺。主会拣选他最疼爱的孩子来荣耀他的名。越是优秀的孩子，主越要格外精心加以打造，把他们锤炼成精金的器皿。

现在是 9 月上旬，我要清理一下日常情绪。

高兴的事：

1. 最近与广州和深圳的朋友通电话、见面都挺愉快，君子之交淡如水，美如酒。

2. 爸妈情况良好，与凡丁一家的关系正常。李佳恩比较好玩。

3. 睡在书房里很自由，睡眠稍好转。

4. 天气不那么酷热了。

5.经过几天的好好休息,我的身体和精神正在慢慢恢复。

6.恢复了规律性的作息时间。

7.加药的副作用在减轻。

不太高兴的事:

1.还不能看书、写作及动脑筋。

2.气力的复元比较慢,连去运动、旅游的精气神都没有。

3.我总是上火、着急。

4.沟通还是有问题。

5.一想到要写东西就觉得压力很大,期望过高,却又没有自信,徒生焦虑和自责。记住,这毛病必须改过来。

6.我的电子邮箱因半年不用,被停了。不知该怎样恢复。麻烦。

今天电脑挺好用,没有出故障,这让我感到意外和高兴。

随 笔

昨天下午,我接到深圳两个朋友的电话,一男一女,不同行业,却都是打听抑郁症看病的事。男的说,他的一位朋友在北京,社会精英,突然透露自杀念头。

他问我抑郁症要吃什么药,在药店里能否买到这些药。我告诉他,药店里买不到这类药,一定要去医院看专科。他说不行。怕别人知道。

有这种顾虑的病人很多。主流社会文化要求我们的社会精英是用钢铁打造的,上呼吸道有点小感冒无损形象,但精神上绝对不允许有什么小感冒。

对此现实,我不知道在电话里能说什么。

不到五个小时,另一朋友来电话,她也是为救朋友。她那位朋友本算有福气的女人,丰衣足食,海内外往来自由,近半年突然在朋友视线中消失了,怕出门,怕见人,对什么事都没有兴趣。接完这两个电话,我心里喜忧参半。

喜的是,社会上对抑郁症的认知度、警觉性大大提高了。2003年我得抑郁症时,无人能提供切实、理解的支援。如今,朋友之间能够相互守望提醒、伸出援手,这对抑郁病人来说,是得救的第一步。

忧的是,几个小时内,我就听到两个病例,可见抑郁症的发病率在上升。两个病人都拒绝看病、服药,说明抑郁症患者自救意识亟待提高。

浏览报纸。一位学者说:"精神基因的构成来源于我们千百年来形成的信仰、道德和价值观……甚至某些时候,认识精神上的基因遗传和突变,要比认识生理上的遗传突变更为重要。"

我对以上"精神基因""遗传和突变"这几个关键词尤感兴趣。我庆幸,中国的学者及媒体终于开始跟普通读者讨论起"精神基因"这个话题。中国的知识分子,有责任探讨"精神基因的遗传和突变"这个话题。

经上说:日光之下,并无新事。
禅宗语:一灯能除千年暗,一智惠能灭万年愚。
老子曰:恒德不离,复归于婴儿。

2006年5月24日

链 接

《抑郁症完全指南》摘录

帮助患了抑郁症的朋友,需要付出很多容忍、关爱和理解。有时,你会感到自己为患者所做的一切对他毫无帮助,就连你对他说的话也一样不起作用。

当人们患了抑郁症后,他们最害怕的是会失去朋友。这是因为抑郁症使他们变得令人厌烦,成为别人的负担。作为朋友,我们所能做的最好的事情是对他们依然如故,并且随时愿意为他们效劳。

作为患者的朋友,当他向你倾诉时,你不必提供任何解决问题的答案。你在场认真倾听就是给予他安慰。你这样做就是在帮助他。

你必须要意识到的是:对你的患者朋友来说,做一切事情都变慢了,一切事情都夸大了。就连芝麻大的事也可以变得像西瓜一样大。抑郁症使患者对事物的看法都扭曲变形。你会感到惊奇的是,你为他所做的事,哪怕是很小一点,对他都是很大的帮助。你的援助会对他的病情的好转起很大的作用。

一定要恰如其分。不要因义务所迫而帮助别人,这对双方都不好。

——[新西兰]格温多琳·史密斯

补 白

最近为了查资料,恢复了中断三年的上网。第一天登陆中国心理论坛网,就看到一则求援的帖子,主题标明:朋友得了抑郁症我该怎么帮助她!内容大概是:一个二十三岁的女孩,在大学时成绩优秀,为人活泼,近日可能因找工作的问题或是与男友分手的原因,抑郁消沉,躲在家里不出门,对任何事都不感兴趣,严重失眠。邻居、同学等朋友去陪她谈心,毫无效果。发帖人不知作为朋友应该怎样帮助她,只好在网上请求指引。我刚看完这条消息立刻回应:"你应该立刻带她去看精神卫生专科或心理专科,请求专业人士的帮助。"发完回应继续往下看,原来发帖人事隔几天又写了一个帖子,说那女孩已经走了,走得如此之快,如此之惨,令朋友们异常难过,她简直无法接受这个事实。我仔细一看,这是我上网两天前发生的事情。我又回应道歉,并叮嘱:以后遇到朋友出现抑郁倾向,一定要在第一时间陪她去看专科医生。我再三强调"专科",因为我自己看病走过很长的弯路。

我又扫了一眼网上的标题,一眼就扫到两个求救信号,一个是母亲为患抑郁症的孩子求救,一个是二十一岁的大学生为自己的抑郁倾向求救。我的心情异常沉重。

田里的庄稼太多,做工的太少。怎么办?

第 28 篇

认知日记

2003 年 9 月 6 日星期六上午 11 点

又加药了。

龚主任给我加了一种抗焦虑药丁螺环酮,阿普唑仑加量至精神舒适为止,一天一片半的赛乐特照吃。

前些日子减药过量,引起睡眠障碍,据说持续头痛是紧张、焦虑所致。

龚医生指出我有服药的心理障碍,总想像副作用很可怕,不太相信专家意见。他叫我做了一个心理测试,看看经过几个月的服药效果如何。

结果显示目前状况为:中度强迫症状、中度抑郁、轻度焦虑。

大有进步嘛。李兰妮,你要看到成绩,要继续努力。

想想高兴的事:

1. 我在电脑上恢复了原来的电子邮箱。

2. 跟小韩通电话,探讨写精神卫生方面的电视剧,她说可以问问李汀、杜力有无兴趣。

3. 到邮局给外婆寄了两盒月饼,很方便,三天之内可寄达。

4. 加药没有明显增加难受的副作用,据说这样可以加快恢复的速度。

5. 到百佳数码印相店扫描印出了 1984 年与周扬等人的老照片,这是当年惟一留下的纪念照,三代作家。

每天都有高兴的事,不要去想那些不高兴的事。

我的强迫症状主要表现在思维方面,总是反复琢磨、回味那些负面的事情。这是多年养成的坏习惯,现在改,完全来得及。

127

随　笔

外婆走了!

上午 10 点,凡丁突然来中大。他事先没说要来看我,进门后我没觉得异常,就是见他胡子拉碴的,有点疲惫。我告诉他,妈妈6月中旬要回萍乡看外婆,我打算一起去,我准备在外婆住的养老院附近找宾馆住十天八天的。凡丁先是低着头没啥反应,见我不停地高兴地说着探望外婆的计划,他闭目摇头,我没明白。凡丁说:不用了。我仍然没有立刻反应过来,随口问:为什么? 凡丁眼眶湿了,声音暗哑地说:外婆走了。

我仰头长叹,什么也不想说。我没有哭。

5月19日晚上11点半,养老院护工突然发现,外婆不知什么时候已经停止了呼吸。她马上打电话通知外婆的亲属。

外婆,我想你。

2006年5月27日

链 接

萍乡亲属与凡丁短信摘录

亲属:哥,让我们为外婆的仙逝在心里为她祈祷祝福,她终于解脱了……

亲属:哥,如想了解情况,跟我联系,我在家。

亲属:哥,外婆明天火化,后天上山。

亲属:哥,外婆现在就要火化,踏上去天堂之路,快为外婆祈祷祝福。

凡丁:一路走好。

亲属:哥,我们正在给外婆烧纸屋,在心里想着外婆的音容笑貌吧!

凡丁:记得烧上有空调的房子。

亲属:外婆现在出殡。

凡丁:清凉世界,不愿再来!

补 白

要补充说明的话很多,但是我不知该怎么说。心里的话不是不想倒出来,可能是大脑神经痉挛吧,要不就是思维通道堵塞,脑、口、手功能紊乱。

我需要时间。

说不出来不要硬说。

第 29 篇

认知日记

2003 年 9 月 17 日星期三下午 5 点 10 分

头痛。

中午睡不着觉,每次睡不着都会喉咙痛,头痛。这是怎么回事?与龚主任说好明天上午去看特诊。看完心理科,我还要抽空看看中医,并请陈主任帮我推荐一个好的妇科主任。我最怕做子宫超声波,喝水喝得胀极了。但总躲着不行,趁有空还是要查一查。

上午跟陈志红通了一小时电话。

我是前车之鉴,总把困难自己扛,不求援;朋友们也不知道我急需帮助,更不知道我的业务表现和综合状况,结果当然不被理解,陷入无助。

我的朋友们个个都比我聪明,比我有成就,比我有悟性,比我世事洞明人情练达。过去我总自惭形秽,自愧不如,但现在我想通了。这说明我会选择朋友,朋友们也乐于接纳我。我总算看到了自己的优点,心里明白:主赐朋友来帮助我。

随　笔

没有写作的心情。

妈妈到广州来了,见面就说去萍乡探望外婆的事。这成为她每天的生活重点。她总跟我讨论如何去,带什么东西去,要住多久,要给护工多少钱,要给外婆兜兜里放多少钱,要去给什么人说好话、赔小心。她又给萍乡的亲戚一一打电话,请他们照顾好外婆,告诉外婆等着我们去探亲。

我要说出真相,但爸爸、弟弟都不同意。他们担心她受刺激,搞不好要搭上一条命。我要力争早日说服他们,同时强打精神与妈妈商量着回乡之事:准备住在哪个旅馆、怎么设法给外婆找个有空调的条件好的养老院、坐飞机再转汽车省力还是坐火车省力。

妈妈说:外婆上次病危被抢救过来,其实是心愿未了,她想见我和你。我是她的老女。她跟护工说过,我的老女病了,老女有病啊。她这么说就是担心我想见我。她也想见你,因为她肯定在猜,你大病一场是什么病?为什么几年都不写东西了?凡丁去看她之后,你一直没出现,她不放心。听他们说,外婆最担心会死在孩子们的后面。兰妮,我知道你这几年不容易,活下来不容易。你只要跟我去见外婆一面,叫她放心,没有遗憾就好了。你呆两天就走,我看情况留下来。先说好,不许乱花钱。你的钱也是辛苦钱。钱要花得是地方。记得啊,要听我的。要不然,到了那里,咱们两个神经病,谁都不听谁的,闹得都犯病就不好了。你现在就要答应我。

我表面上嘻嘻哈哈答应她,她说啥我都说明白好的行行行,心里很难受。我又抑郁了。心里上火,烧得厉害。

家里有个怪传统:习惯瞒事。以前外公外婆被造反派专政,小孩子不能知道。我得了癌症,开完了两次刀,我自己不知道,丈夫不知道,弟弟不知道,亲戚朋友、上级同事都不知道。现在外婆去世了,也要瞒着,说是要瞒到不能瞒无法瞒再说。我很愤怒!这是什么心理?我不能理解这种所谓的爱护。这不是爱是害。我们的精神难道真的这么脆弱?我们的精神为什么这么脆弱?

不仅仅是一个家庭,我们的社会和民族习惯中就有这样的一种毛病。说是出于爱护,于是有些事不能直截了当说,不透明,不坦然,不自信,逃避现实,自欺欺人,精神反应过敏,神经系统退化,心理承受力一代比一代弱。这跟精神基因有没有关系?是不是这一百多年来的劫难引发了精神基因的改变?

优胜劣汰,这是天道。一个家庭、一个国家、一个民族、一个宇宙,都必须遵天道而行。

2006 年 6 月 17 日

链　接

流　水　账

5 月 19 日夜晚:外婆去世。

5 月 20 日上午:凡丁得知消息。

5 月 27 日上午:凡丁告诉我外婆去世的消息。

6 月 3 日:爸爸妈妈来到广州准备回萍乡。

6 月 9 日:我把消息告诉爸爸。

6月11日:妈妈到火车站打听列车班次及售票之事。

6月14日:全家人讨论怎样可以买到软卧。

6月15日:妈妈嘱咐,她和我去看外婆时,爸爸留在广州。讨论是请钟点工照顾爸爸,还是爸爸住到弟弟家。

6月16日:跟凡丁说好,尽快告诉妈妈真相。

6月17日:凡丁咨询医生,如何做好急救预防工作。爸爸建议拖到月底再说,让妈妈渐渐发觉。

补 白

现实让我感到紧张,焦虑。我怕面对妈妈。抑郁症遇上抑郁症,谁拯救谁?如果产生连锁爆炸性反应,如何收场?

第 30 篇

认知日记

2003 年 9 月 19 日星期五上午 11 点 40 分

头晕得很。没有气力。早晨去抽血验雌激素。看中医。陈主任说，几乎摸不到我的脉，气阴两虚。抑郁症的药对脏腑有伤害，耗损津液。她只给开三剂药，星期一再去看病，慢慢调吧。

昨天看了心理科、妇科。龚主任给我减了半片晚饭后的赛乐特，丁螺环酮第二片改在晚饭后吃，中午增加了佳乐定的药量。黄主任叫我吃五天的黄体酮，验血结果出来后再作诊断。她建议我学织毛衣、绣花。

刚才中药又煮焦了。我发现，头晕时做啥都容易出错。打住吧。休息。

随　笔

在我以往的写作中，我很少把睡眠中的语言表达出来。我不敢面对梦中的自由和真实。因此，梦境中的李兰妮认为白天清醒时的李兰妮不配写作。

以往我写外婆家的故事，专挑不痛不痒的回忆写，现在看来有些刺眼，我是一个浅薄的文字记录者，我是一个粉饰现实的懦弱者。我不了解我的外婆。"文革"刚开始，外婆家就成了我家的话语禁忌。"文革"后，我们一家人潜意识中仍不愿碰那种话题。

我听过外公、外婆家的一些传说，比如：外公和一群教师在庐山跟蒋介石合过影、"文革"时外公被群众"专政"判过死刑、外婆娘家每一代都会有一个少年死于自杀……我不敢问："是真有这事吗？为什么？事实的来龙去脉是怎样的？"

我不敢问，不忍问。因为我的外公、外婆和妈妈对这类话题极其敏感、恐惧。他们就像古代脸上刻了"囚"字的罪犯，无论政权怎样交替、朝代如何变更，他们脸上的"囚"字永远抹不掉，心理上"罪"的印记已成为"器质性病变"。

小时候,我常被妈妈梦中的哭叫声惊醒。我会吓得一骨碌坐起来,在黑暗中哆嗦着听着隔壁的声音。爸爸会焦急地叫醒妈妈,妈妈一醒来就会说她正在做噩梦。有时爸爸出差不在家,就是我和弟弟负责叫醒妈妈。我们会大声喊:妈妈!妈妈!你又做噩梦了!妈妈在隔壁会含含糊糊应一声,不再哭喊。夜重新静下来,而我会久久地猜妈妈梦见了什么可怕的事情。

二年级的时候,我梦见妈妈死了,放在一块门板上。醒来后,我心里很不安。我不敢跟家里人说,偷偷告诉了一个女老师。老师说:不要再想这个梦。

长大之后,我也常做噩梦,在梦中哭喊。但是,我的哭喊从不会冲出我的梦境。它们不会惊扰别人。它们牢牢地困在我的精神意识里,谁也不知道我的梦里游动着怎样的恐怖场景。

我跟外婆没有谈过做梦的话题,不知道她是否常做噩梦。

直到今天我才意识到:不了解一个人的梦,就不可能真正了解这个人。

这个道理是埃里希·弗罗姆前天告诉我的。

我庆幸自己没要孩子,否则,这孩子精神一定很脆弱。不管她白天过着怎样的幸福生活,但夜晚她的梦境内会弥漫着莫名的不幸。

我在《十二岁的小院》第25章,写了我和妈妈冲突、妈妈打我的片段。当时我强调了自己对母亲的伤害,母亲对我的伤害。弟弟看过手稿后"告密",妈妈立刻警告我:不许造谣。你要是这样写我,我就跳楼。在弟弟的监督下,我把刺眼的字句都抹去了,我把自己内心的真实感受埋进心底,尽量把那母女厮打的过程加以粉饰。结果导致我一看到这一章,就极其厌恶写作的李兰妮。我讨厌这段粉饰过的虚伪的文字。

在我内心记忆中,冲突是激烈的,伤害是深刻的,影响是恒久的。家丑不可外扬,在我们的文化传统中,为尊者讳、为亲者讳已铸造成基础美德。我们不敢追根究底进行反省。我们不敢触动约定俗成的民间规则。我们的教育一味颂扬百分百的母爱、父爱。我们无视社会、历史、疾患、意外对天下父母的压力、逼迫、扭曲,不敢直视父母的精神世界遭受的灾害性病变,不敢伸出援手去帮助我们亲爱的父母,不敢与父母携手面对世纪、时代在人类精神世界发起的争战。于是,父母是孤独的,迷惘的,抑郁的。子女是孤独的,迷惘的,抑郁的。我们相互间的爱百分百真实吗?百分百不相疑吗?百分百信任吗?百分百幸福吗?百分百无憾吗?百分百不需要反省更新吗?百分百健康,可以延续吗?这条精神基因链百分百没有病变和缺失吗?

只有真正爱一个人,信任一个人,你才会真实地面对他,面对他的优点和缺点,并无所顾忌地说出他的失误。只有真正爱一个地方,你才会客观地、公正地看到它的所长所短，并毫不犹豫地说出来。

我不知道该怎么往下写了。

面对电脑我觉得恶心，想吐又吐不出来。沮丧感紧紧咬住我，怎么甩都甩不掉。我打不起精神，注意力不能集中，脉搏总在48次/分钟及53次/分钟之间浮动，心动过缓让我不得不来回在屋里走动，躺着最难受，觉得呼吸越来越吃力，心好像跳不动，它不想跳。也不能坐久，觉得屋里缺氧，要站在风扇口、空调口迎面吹。我总驼着背。知道驼背不好看，但我气弱，直腰要费气力，算了，驼就驼吧。我开始依赖咖啡。喝浓咖啡使我的心跳有所加快，使我麻木的头脑恢复些许知觉，但是，我不能无限量地喝啊。浓咖啡已经削弱了抗抑郁药物的安神镇定作用，睡眠困难。我不想去跟医生说。没必要又增加药量。

我躲起来快一个月了。尽量不打电话，尽量不接电话，尽量不见人，尽量不介入任何费神费力之事。

正面思维在跟负面思维交战。我想起了十年前被我害死的三只鹦鹉，我内疚，应该偿命吧？会有报应吧？我想起了小时候从二楼扔过邻居家一只抱窝鸡，老母鸡抱窝掉毛不会飞，摔死了。我有罪，我没有承认是我干的坏事。我想起几年前买了一只吉娃娃小狗，我刚把它买回来，就放在阳台上出去吃晚饭，肯定让它着凉了，第二天它就病了，送到宠物医院救了一星期，它死了。我没敢去道别，给钱请医院的人把它掩埋了。我有罪。如果我不买它回家，吉娃娃不会死。我太自私了。我为什么这么坏？还有，小时候弟弟告我的状，我找人打过他。还有什么？关闸。关闸。关不住，负面思维像决口的堤水收不住。我害怕了。我不想前功尽弃，我不想回到抑郁症重度时期，我很想康复必须康复。可是，脑子里有个念头总在里面转，有个声音无声地急促地反复告诉我：跟妈妈一起死掉就好了，对所有人都好。帮了她，帮了弟弟和爸爸，也解脱了自己。这是最好的办法。正面思维快来呀！快来帮我抵挡啊。李兰妮，你要镇定。切断切断负面妄想。不要再想鹦鹉、老母鸡、吉娃娃，不要再想你的罪，你已经忏悔了，你已经清洁了心灵。经上说"赦免你们的一切罪孽，医治你们的一切疾病"。李兰妮，你脑子里不许再转那个罪恶的念头！你没有权利这么想，你不能让心魔吞噬你，警惕。警醒。快默念："你当刚强壮胆，不要惧怕。我必会帮助你。"记住：要让正面思维占据大脑。让阳光照进来，让光明驱散黑暗。

黑夜里，我闭上眼睛，竭力控制妄念，心里不间断地想、不留空隙地想："要有光。要有光。应当一无挂虑。我的心欢喜，我的灵快乐。"

2006年7月14日

链　接

《十二岁的小院》摘录

25

"妮子,去淘米。"

妈妈在里屋翻樟木箱,她在为搬家做前期准备工作。

我和弟弟都在架子床上铺看书。我用我的五角钱租了一批小说和小人书,我要赶在搬家前看完这些书。

…………

"妮子,淘米去。把菜择了,听见没有?"

妈妈走到架子床前,小声喝道:"看什么鬼书? 下来! 看这些书是要惹祸的,你就等着别人来抄家吧。"

妈妈一见到小说就神经紧张,怕人去检举我们家有大毒草。妈妈有心病,最怕人顺藤摸瓜把她的地主奶奶翻出来。

我不搭话,想赶快看完这一段。

妈妈心烦了。她爬上床,要来夺我手上的书。我急忙溜下床,把书紧紧抓在手里。

妈妈发火了。她把床上的书统统扔下来,扔到门外。弟弟慌忙往下跳,赶在妈妈前面去捡小人书。

"还敢往屋里捡? 我撕了你的!"妈妈抓起门口一本书。

"别撕求求你!"弟弟扑上去,被妈妈一把推开,"早就警告过你们,不许看这些书。再看我就烧掉它。"

她的眼睛盯住了窗台上的那盒火柴。

"别烧! 要罚钱的。我没有钱赔。"我扑上去从妈妈手里抢了书,顺手扔到床底下去。弟弟也帮着扔。架子床矮,大人绝对爬不进去。

"好哇,联合起来对付我。你给我钻进去,"妈妈抓住我的手,推我说,"把书一本一本扔出来!"

"就不钻!"我想掰开妈妈的手,掰不开。我挣来挣去就是挣不脱,我逃不出她的手心。我急了,立刻想到了那句咒语,那句百试百灵的魔咒。我一口气大声喊道:"你爷爷是大地主! 你们家在乡下有一栋楼——你爸爸给革命群众专政到农村去了,你……你是地主婆!"

妈妈的手立刻松了。她被吓呆了,只呆了很短时间,她飞快地打了我一个耳光,说:"闭嘴! 你……你当面就敢造谣。你想干什么! 你的良心哪儿去了?

这么小的人,心就这么狠……你,"她指住弟弟,"你给我拿棍子去。去呀——"

弟弟战战兢兢,找来专门打人的那根竹棍,犹犹豫豫,递给妈妈。

妈妈拉上窗帘,插上门,用竹棍敲敲自己的腿。

"这种棍子好,不伤骨头。我要让你痛几天,看你还敢不敢兴风作浪。你们听,响吧? 我是妈妈,我不会打伤你,但是我要让你记住……"

弟弟说:"妈,今……今天不要打,留着下一次……"

他话没说完,我胳膊上已经重重地挨了一下,我刚想看看胳膊上暴没暴红印,腿上又着了两棍子。我本能地闪到门口,拉开门闩。

"想跑?"妈妈用棍子敲敲门框说,"跑哇,跑了就别想再回来,我说得到做得到。"

妈妈要打人,我和弟弟从来没有逃开过。妈妈说,她想打人的时候,一定要让她打,打不到人她会犯病气死。

"你们恨我咒我,是不是? 你们都想迫害我,想我快死,我偏不死。"妈妈的眼神不对劲,好像在盯着我和弟弟头顶上的什么人。她突然起手,左右开弓,竹棍连连在我和弟弟身上抽。痛。好痛。火辣辣的,痛的感觉从四处聚拢过来,一点一点往心里钻,越钻越深。

弟弟双手抱头,跳着脚哭,"妈妈呀,妈妈呀,不要打了,我们听你的话,饶……饶命吧。"

妈妈停下来,仔细看看我,"你瞪我! 这么仇恨……你心里在想什么? 你刚才骂我什么? 你以为我害怕啊。大不了一个死,我什么都不怕,我受够了!"她抽了我一个耳光。

我什么都不想,只专心控制住眼眶里的泪。我知道她想听到我求饶,我偏不让她遂愿。

爸爸回来了。

妈妈开门放爸爸进屋,又急忙插上门。

"又怎么了?"爸爸问。

"骂我地主婆,要揭发我,消灭我!"妈妈太阳穴上的青筋鼓得暴暴的,"不收拾他们一顿,到了新地方,又要兴风作浪。"

爸爸扶着妈妈的腰说:"别生气了,歇着去吧。"

"不! 她必须认错。这孩子心越来越狠,越学越坏,还带坏弟弟。"妈妈突然冲我喊,"你又瞪我! 你说,你心里骂我什么? 说,说呀!"

她的声音越来越尖厉,一听到这种尖声音,我脑子就会突然发涨,里面热得一塌糊涂。

"你是地主婆! 你就是害怕别人知道你家的事,你怕得要死! 你爸爸是老地主,给你爸爸好多钱上清华,你家的底细我都知道,我要去告诉所有的人!"

"好。很好。终于说出来了。"妈妈扑上来劈头盖脸打我抽我。

我再也忍不住了,伸手去抓她的头发,用脚踢她。

"这日子不能过了!都别过了!"她哭着喊着揪住我,把我逼到墙角,要跟我拼命。

爸爸和弟弟用力扯开妈妈。

天旋地转。我倚着墙,身子慢慢往下滑。

27

我慢慢走进大礼堂,缩着脚,倒在一张椅子上。我身上、脸上、头上并不十分痛,却火辣辣地烧。

我不伤心。妈妈打我,我真的不伤心。

她从来没对我说:"你是我的宝贝、心肝,我心头的肉。妈妈爱你。"她没有说过。

…………

我听见有很轻很轻的脚步声。我四处看看,周围没有一个人。老龙眼树弯着腰,像个伤心的老婆婆,伸长了手,在黑暗里数她地上的死孩子。

小院里,只有我和弟弟住的那间屋有暗暗的灯光。要不要推门呢?妈妈是不是还在哭?我静静地在院子里想了一阵儿。

很久以前,我想过,万一以后落在后妈手里,后妈往死里打我,我就跑到小院当中喊救命。妈司令肯定会出来救我。

我没想到妈司令会走,会回老家种地。我更没想到,原来小院每一家人都要搬走。

小院里,妈司令一家走得最早。他们在一个漆黑的夜晚离开了小院,没跟任何人告别。

小玉子走的时候,一步三回头。她怀里抱了一个小腌菜坛子,里面八成装着肉干。小玉子妈背着小三丫头走得飞快,母女俩白白胖胖的,远看像一朵肥嫩的山蘑菇。小玉子腿弯弯的,摇摇摆摆往前赶,像大蘑菇后面的一只瘦蚂蚁。

…………

有点冷。我紧了紧身上的单衣,发现衣袖短了一大截。我长大了,快十二岁了,过几天,我也将走出小院……(以下是发表时被删去的原文——作者注)走出大院,把童年留在这个院子里。

木蒲桃的树叶落在我的肩上。秋天已经走远了,树上的果子几乎掉光了,只有枝顶上还挂了两三只深红的果儿。我的手刚触到老树粗糙的皮,一颗晚熟的果子"啪"地落了下来。

这棵蒲桃树一百岁了。还有九百年,它才能变成精。

我拾起那颗果子,拧开水龙头洗了洗,果子摔得皮开肉绽,却依然窝着沁人的清香。

我握着摔烂的果子,走出小院,走出大院。

大院门口,一个盲公刚刚走过去。

盲公长长的脑袋,长胳膊长腿,穿着打了补钉的灰布衫,背着一个青布袋子,那里面有个铁皮饼干筒,装着香脆的花生。

盲公的拐棍头包了铜,戳在地上"笃笃"响,他嗓子老老的,不紧不慢地喊:

"南——乳花生——"

笃……笃……笃……笃……笃……

隔很久,他才又喊:

"南——乳花生——"

他要喊通宵么?

我站在大门口左右张望,我上哪儿去呢?

起雾了。

摊开手心,我有一颗木蒲桃。

1990 年 12 月 8 日

补　白

十几年过去了,我始终忘不了删去的这段结尾。正因为它被删掉了,只存在手稿中,所以它比我写过的其他文字生命力更顽强,它总要在我的脑海里凸显出来,它的表现欲战胜了我的理性控制,我不得不在这本书里让它发出声音。否则,就像放旧电影出现胶片故障,银幕上反复出现模模糊糊喀喀嚓嚓吭吭哧哧的一段画面:那个十二岁的女孩子茫然地站在军营大院门口,黑夜深深,一个瞎子用竹竿戳着这个城市的街道,怀里抱着一个破旧的铁壳饼干筒,嘴里用广东话喊着:南——乳花生——南——乳花生——

那时的城市,晚上总有一两个粤语称"盲公""盲婆"的人沿街叫卖南乳花生、盲公饼等等,他们并不会主动兜客,总是不慌不忙,边喊边走,声调、步伐始终不变。不管街上人多人少,有人没人,他们的声音、步子、情绪不变,似乎成为城市的标志了。

为什么此情此景会让一个十二岁的孩子记得牢牢的,比那些大事件、大人物、大场面印象更深呢?我至今仍没有找到答案。

这时候摘录《十二岁的小院》的这些段落有逃避的因素。我要逃到小院里避一避。我感到混乱,紧张。我渴望躲起来。

第 31 篇

认知日记

2003 年 9 月 20 日星期六上午 12 点 30 分

昨天下午 3 点,接到吕雷电话,说高洪波到广州了,正要与何继青去打乒乓球。

赶去军区文化大厦九楼,当拉拉队。

高洪波赢了。

何说要在下星期请"中妇委"吃饭。

晚上与高、吕、何、廖红球在迎宾馆吃饭,游副省长请客,他的新旧秘书王、陈二人作陪。高、吕、廖今天去肇庆看端砚,我体力不行,不敢报名。

今天要在家里好好休息。

随 笔

依照心理暗示的方法,我不断深呼吸,轻轻地、慢慢地、一遍一遍地对自己说:我——快——乐——很——快——乐——我的病好——多了——我——进步——了。

脑子里太累了。我要停下来歇一歇。

原以为三到六个月就能停药,人就能恢复正常状态。我很讨厌很讨厌吃这种药!很难受。很麻烦。我觉得很——厌——倦!这是我的心里话。我对强迫自己说快乐的治疗反感反感反感!我受够了!

治了这么久,吃了这么多药,居然又发现"中度强迫症"。怎么见得我有强迫症?我自己一点感觉都没有。什么人发明的这些测试题?抑郁症还没好,又出来一个强迫症,这叫人怎么积极思维呀?我有强迫症的话,那社会上人人都有强迫症。试问天下谁无病!我想不通。就是想不通。

我不相信那些测试题。那些外国的测试手段测试题适合中国人吗?那些外国精神病学家、心理学家了解中国国情、中国文化、中国历史、中国人的精神特质吗？如果是中国国内医生制定的测试题，我照样不相信。中国医学界什么时候才开始重点关注精神病学的？恕我无知，说得难听点，还没真正开始呢。说得好听点，有十年吗？一个医学本科生学基础课还得五年呢，十年能研究出什么道道来？我要说，制定测试题的人未必没有强迫症。

我一想到"强迫症"三个字，就怒从心头起。我憎恶"强迫"这个词。人们常说我"性格随和"，其实"随和"背后是多年的性格扭曲、异化。从小学开始，我就被迫把自己想说的埋在舌底，把想行的塞进脑后。我害怕被孤立，害怕被修理。

从小到大，我被迫躲在"随和"的黄金软盔甲里，被迫戴着"听话"的化装舞会的面具。所思所想所言所行，尽量靠近各历史时期各大小环境。我被迫年复一年地学习着识时务、明世事，可我总也学不好，我不是好学生。骨子里我就不是一个听话的好学生。

我心底深处困压着一个李兰妮，她只有在深夜的梦里才有空隙爬出来透透气。这个李兰妮鄙视那个李兰妮。

写到这里，我想起了一个梦。那是1986年做的一个奇怪的梦。醒来我把它记录下来。当时我正在北京鲁迅文学院上学，读的是文讲所首届进修班，俗称小班。大班同学是文讲所最后一期学员，其中大多数是全国文学奖项获得者。我觉得我这个梦似乎有启示意义，但我不明白它要启示什么。我拿着梦境手稿到处问大班小班的同学，没人跟我讨论这个梦。可能这个梦一开头就犯忌，因为我梦见：课堂上，我和一个佤族的女生赤裸裸地站起来，走到讲台上回答提问。

直到现在，我才明白这个梦要对我说什么。那个心底深处的李兰妮她想走在光天化日下。

中午翻广州家里书柜的底层，居然找到了二十年前那个梦的记录。方格稿纸已经发黄，黑色圆珠笔的字迹。日期署的是1987年1月。但是，梦应该是1986年底在鲁迅文学院宿舍做的。

时隔二十年再看这个梦，心里有种悸动，有点害怕，有点半梦半醒、似懂非懂的感觉。它仿佛一个预言，又好像一个神灵的启示。

尤其是今天看，作为一个癌症、抑郁症病人，作为一个很多年找不到自己的人，作为内心深处羞于愧于承认自己是作家的人，回头看，原来这个梦预演了我这二十年的经历。

想起《红楼梦》里宝玉做的那些梦。想起神瑛侍者梦中听到看到的曲牌。

中国人，不论是有文化还是没文化的人，都可能在梦中看到过自己命运的演示、预演。并不仅仅是弗洛伊德会做梦释梦，也并不是西方人更有穿透人的精神世界、潜意识的洞察力，是我们忽略了那个属灵的世界，我们无暇顾及。

近代中国人饱受外辱内患，最现实的理想是：不挨打，吃得饱，争取活下去，别断子绝孙。在这样特定的历史环境人文环境里，国家的命运完完全全就是每一个人的命运。在战火中、国难中、群众运动中、政治为本的历史进程中，个人不配有梦。你有什么权利探究个人的潜意识？集体无意识决定你的命运之路。你没有资格奢谈个人的梦。

新的世纪开始了。我们要书写新的历史。我们有权利深入自己的梦境，拨开浓雾，去寻找属于自己的颜色和琴声。不必害怕显露雪白、耀眼、赤裸的灵与肉。不要逃避掩盖自惭自毁，不要口不对心魂不附体，不要强迫别人强迫自己。要爱人如己。要欣赏自己。要学会尊重每一个生命的同异。

写到这里，我突然想，如果我现在刚上小学一年级，我会在作文里写下我的理想。我的理想是：做梦、看梦、析梦。

请命运之神打造我、使用我，让我在梦中看到神圣的预言、不同命运的演示，怀着敬畏之心把这些预言、演示、梦境记录下来。上帝啊，请允许我做你大能大爱的见证。

2006 年 7 月 15 日

链 接

《说 梦》

赤裸裸地，我从课室后面站了起来。我要上讲台。

低头打量自己的胴体：雪白。耀眼的白。

心头生起了骄傲。

赤脚往前走。地板很凉。

有人和我同行。她是佤族学员，丰肢硕臀，黑得有味儿。

台下投来穿透力极强的光。

我忘了想说什么。我使劲想。反正跟裸有关。

同伴跪了下来。讲台遮住半个她。

不由自主，我双膝发软。我……想跪下。

听不见我在黑板前说了些什么，看不清我在黑板上写了些什么。大概是裸的伟大、裸的美吧。

同伴身上怎么有了一件衣服？

我也想遮着点儿。好想！

闪念间，身上披了件小褂。我悄悄使劲把衣服往下拽。

再也想不起我要说的话。

门外拥进激动的人群。

"听说刚才有精彩镜头？"

"大——暴露？真不要脸！"

我浑身凉。我想吐。

（梦，断了。记忆中只有黑暗、混沌和清晰的悔。）

远处有管弦乐的声音。我站在洼地里听。

冥冥中我得到启示：那支乐队里有我。站在洼地里的我不是我，乐队里那个很美的女孩儿才是我。

一种细细的很单薄的器乐声，那是我的琴声。

恍惚中，远远地瞥见一个倩影——

鹅黄色。优雅。轻盈。

她是我？

那我是谁？

我不是很丑很笨很脏的吗？

我要见鹅黄色！

（梦，模糊了。我肯定走过了许多地方，浓浓的雾缠住我。我生雾的气。）

一座山上传来音乐声。我听到了那个特别细脆的声音。

我上山。

山上好多人。三五成群，围着一个一个火堆。我很认真地烤一只鸡翅膀，我希望它快点熟。

有人胡乱拨着吉他，紧闭嘴，用鼻腔哼一支古老的民歌。歌声撩得人心乱神迷。

有人玩"丢手绢，丢手绢，轻轻地丢在小朋友的后面，大家不要告诉他，快点快点抓住他"，白手绢幽灵般在火中穿过。

削了尖的山顶。一座大会堂规模的建筑物正在施工。刚盖了第一层，真慢。我烦这楼。我在涂了红漆的脚手架中小心地穿来穿去。

一个庞然怪物爬上山来，轮子上裹着好宽好巨大的履带，一节一节放着银色的光。

我忘了我要干什么。

我漫不经心地张望、游荡。

天黑了。我跟着人们下山。

一个陌生的男人叫住我。

"找到了吗?"

我想起来了。我赶紧掉头回去找。

下山的人潮频频挡住我。

"晚了。她刚才就在这儿。"

陌生人指指一堆火。

余火中,一张鹅黄色的纸琴刚刚燃尽,行行弦迹历历可数。

找不到了。

再也找不到了。

(梦,断了。记忆中只有黑暗、混沌和清晰的悔。)

1987 年 1 月

补　白

　　我相信,许多人做过类似的梦。但是,他们肯定跟我一样到处碰钉子。说给别人听,别人压根儿不当回事;写给别人看,别人觉得是垃圾。久而久之,我们不敢再说梦,尽管梦里有许多迹象值得警醒,但是我们怕人嘲笑,怕人说我们无聊,我们呼喊没有人听,我们累了,灰心了,闭嘴吧。

第 32 篇

认知日记

2003 年 9 月 22 日星期一上午 10 点 30 分

看《权能时间》，听水晶大教堂的讲道。爱的三个层次：

1. 我爱你，因为我想要你。（关乎欲念等）

2. 我爱你，因为我需要你。（关乎婚姻等）

3. 我爱你，因为你需要我。（超脱的、属灵的爱）

萧律柏参加四千多名精神病学家出席的科学会议。最后一日，三名精神病学家依次来谈"信""望""爱"：必须要有信仰。盼望创造奇迹。爱能使你得着人格。有爱，你仍可能遭遇失败；但有爱你必不跌倒，必得着高尚的人格。

李萍萍来电话，我很高兴。

买了一本《更年期的智慧》，作者是美国著名妇产科专家、美国全科医学协会主席克里斯蒂安·诺斯鲁普博士。她认为，养宠物可以放松心情。

打开电脑后，杀灭了三百个病毒。真棒！

随　笔

原打算，这本书前一半写曾外婆、外婆、妈妈和我的精神历程，说说每一代人经历的精神之痛，说说一个小户人家几代识字妇女的故事。不是最底层最苦难的，不是大富大贵扬名立万的，没有大起大落，没有神秘传奇，但是，千千万万中国家庭就是这样延续下来的。

我以为外婆会活一百岁。每次当地老中医给外婆号脉，都说：老人家，你这是能活到一百岁的脉啊。

如果不是重度抑郁所赐，我不会追问我母亲、我外婆、曾外婆、曾曾祖先的精神创伤。他们有没有精神障碍史？他们的精神基因对我和弟弟有怎样的影响？对弟弟的下一代、下下一代将会有怎样的遗传？我抑郁症爆发与遗传有多大的关联？痛定思痛,我往后该怎么活？

今年年初,很想打电话跟外婆核实一些事。考虑到外婆听力不太好,便打算秋凉时分去看她,争取有段安静的时间跟她谈。外婆住院时,我让弟弟跟外婆说:外婆,你要等着李兰妮。她正在写你和你妈妈、你外公,她要写这本书给你看。你要等着。

外婆被送到养老院之后,据说头几天脉象正常,中医又说:老人家,你这是一百岁的脉啊。

外婆,我真的相信你能活到一百岁。我真的相信你能看到这本书。我打算加快写作速度,争取年底写完初稿,明年出书。外婆,我以为我能帮你把压抑了一辈子的心里话说出来。外婆,我一直认为,我们家几代人中,惟有你配当作家,却一辈子无缘写作;而我没想当作家,不配当作家,却在写东西。我想着想着就会发呆,傻掉,不知道自己在哪个时空里,不知道是不是在梦中。谁在梦中？你？还是我？

2006 年 7 月 16 日

链 接

《十二岁的小院》摘录

13

"老师说,这个星期的作文是写家史。爸爸,你什么时候给我讲家史？"

"叫你妈讲。"爸爸吃饭很专心,不爱说话。

"老师说,我的家庭成分不能填革命军人,要填爷爷土改的成分。"

妈妈爸爸互相看看,好像在交换什么秘密。妈妈一小片一小片撕着手里的馒头说:"为什么不能填革命军人？你爸爸就是军人嘛。你跟老师说……"

"你爷爷的成分是中农。"爸爸突然插话。

爸爸骗人！

"我爷爷是贫农。"我坚定地说,同时紧瞅着妈妈,希望她点头。

"爷爷是中农。"妈妈说。

"爷爷怎么是中农呢？我不干。"我觉得很丢人,很生气。

"他干吗要置地？干吗不当贫农？"我觉得爷爷很笨、很坏。

爸爸妈妈在笑。我更生气了。

"嗐,他不知道要土改呀。"爸爸说。

"我不。我不去学校。我要当贫农。"我跺脚,在爸爸跟前喊,"我们班同

145

学都是贫农——"

"要迟到了。"爸爸把书包挂在我肩上。

"就不去。爷爷是个老母猪!"

"啪!"

一个重重的大耳光。

长这么大,爸爸第一次打我。

我忘了要哭,昏沉沉的,一口气憋进心里,我心里很热很热,身上很冷很冷,说不出话,眼泪凝在眼眶里掉不下来。

"你疯了?这么打她!"妈妈急忙揉我的后心窝,在我背上轻轻乱拍。

我眼睛里很模糊,脑子里很糊涂,喉咙里发腥,舌头发苦。两串又凉又烫的眼泪终于滚下来了。

"我恨爷爷——"一口气终于接上来了。但我的头不能动,稍一动,心就一扯一扯地痛,"我要当贫农!"

爸爸把脸扭过去了。弟弟端着粥碗无限同情地看着我,嘴扁扁的,要哭的样子。妈妈用湿毛巾给我擦了一把脸,轻轻推我出门。

"先上学。回来再向爸爸道歉啊。"

出了门,我立刻忍住泪,直往树上看。我仰起脸,对自己说:"笑一笑,你要笑。"我咧咧嘴,脸上的皮好紧。

我心里闷闷地痛,烧,麻。

爸爸怎么能打人!

爸爸是保护小孩子的。世界上,谁都可以打小孩子,就是爸爸不能打小孩子。

我忘了拐进巷口去学校。我走到大街上去了。我在快车道上走,想让汽车来撞我,我愿意全身包上纱布进医院,这样就可以休学。可是街上车很少,喇叭们说"去,一边去"。

爸爸说过,弟弟是从大海里捡来的,我是从垃圾堆里捡来的。

我真愿意爸爸的话是真的,这样就不是中农爷爷的孙女了。

可是,樟木箱里有我的出生证,上面有时间、地点、爸爸妈妈的名字。

真希望……爸爸是爷爷在高粱地里捡的。

14

药罐里哧哧地冒香气,我闻到了猪心、红枣、当归的味道。

我不明白妈妈喝药的时候干吗紧皱眉,我舔过碗里的药,不算太苦。妈妈吃猪心的时候,边吃边摇头,嘴边现出两条深皱纹,说:"唔,不好吃不好吃。"

我和弟弟在旁边看,弟弟说:"妈——我帮你吃。"

妈妈说:"不行,小孩子吃这些会上火。"

妈妈在药里常放瘦肉、鸡蛋做药引子。有时候,妈妈会问:"你们想不想吃? 要不要尝一尝?"

我和弟弟大声说:"不想吃。不尝不尝你治病。"我们边说边走开,表示真的不想吃。弟弟脸上还做出很苦的表情,表示他已经闻出这些东西苦得可怕。

中药煮过两遍之后,我和弟弟就帮妈妈吃药渣。这是一个很快活的时候。妈妈把药渣倒在大瓷碗里,我和弟弟一人拿双筷子,先找红枣吃,接着挑莲子吃。莲子面面的,味道清香,可惜太少,留不下深印象。党参最多,一段一段,甜甜的,参味很浓。枸杞子稀烂的,没啥吃头。淮山能吃,但硬硬的,不好吃。当归苦,才吃两三片就舌头发麻。

我们挑得很仔细,吃完后,总觉得开药的中医不怎么样——枣子配得太少。

有病真好。

官阿姨在灌开水,给炉子加煤。

"妮子,你爸爸还没消息?"

我有点怕官阿姨,她尽问一些难回答的问题。

爸爸不见了,已经两个星期没回家。连妈妈都不知道爸爸上哪儿去了。

妈妈告诉我:"记住啊,这事别人说,就听着,不许搭话。"

我使劲摇头。

"妮子,你爸爸怕是去越南了。咱们派了部队帮越南打仗,跟外面不说,保密。"

小玉子妈妈进来了,手里托个参盅,"不能吧。打仗是要死人的。去打仗还能不跟家里说?"官阿姨过去掀开参盅盖儿,"又炖什么? 我的妈妈呀!"她一惊,脸刷地焦黄。

小玉子妈眼疾手快,连忙接过参盅盖,把参盅放在钢精锅里,添上水,说:"我这可是好东西,比参还补呢。"

"你怎么吃……这里有好几胎啊。"

"还不容易要呢。妇产科有个老护士,瘦得痨病鬼一样,就吃这个,现在胖得油肚子都出来了。脸红得跟大姑娘似的。吓,做手术的时候,还有人专接那些血……"

官阿姨用手绢堵住嘴,使劲摇手。

补 白

以上链接想提供两点背景资料:家史对一个儿童的困扰;小玉子妈炖人流胚胎吃对儿童心理的影响。

写家史让我很犯难。妈妈的家史不能碰，我一到小院就要帮妈妈隐瞒她识字的事，这让我神经紧张。十一岁的野孩子，无拘无束，口无遮拦。九岁以前，我以妈妈有文化、唱歌好听为荣；一年多不见，妈妈处处变得神经兮兮。家外面的世界变了，家里面的世界也变了。爸爸妈妈谁都没解释为什么他们会撇下我，一年没音讯，没有只言片语。他们从来没有说过他们爱我。我很渴望父母爱我，但他们从不对我说：兰妮，爸爸妈妈都爱你。我猜测他们的行为，我信不过他们。这两个大人让一个十一岁的小孩子失望。我不爱他们，因为我觉得他们不爱我，也不稀罕我爱他们。他们只希望我不要给这个家惹麻烦。他们没有给这个小孩子享受家庭美好的机会。家外面雷电交加时，两个大人不给机会让孩子躲在他们的背后。他们也没有握住小孩子的手说：不要害怕，我必帮助你。他们没有告诉小孩子雷雨过后会有彩虹，更没有说过雷雨是人生的必然。

　　而小玉子妈为一块肥皂死打孩子，她几乎每个星期都在公用水池那里洗胎胞，那胞衣里有数不清的血管，水龙头的水哗哗响，像水柱喷射在胞衣上，池子里全是血，总也冲洗不完。我不懂大人为什么会生孩子，不懂小孩子是从哪里生出来的。但是，水池边的阿姨们说，小孩子就是裹着这个胞衣出生的。我听不大懂，便直接问：那是小孩子的肉吗？我把阿姨们问愣了，有人说是，有人说不是。我又问：那是人肉吗？阿姨们想来想去，说：也算是吧。小院里，只有一个公用水池，家家洗衣服、洗碗、洗菜都在那里，那地方是我的课堂之一。小玉子妈把胞衣冲得血管不那么清晰就拿去切块炖汤去了。我看见那胞衣还有血在流淌，我问过妈司令，胞衣为什么大补呢？妈司令说，谁知道？她想吃肉呗。

　　小院里厨房是公用的，每家的煤炉、菜锅都摆在那里，厨房也是我的课堂之一，家属们都在那里做饭、聊天。那天小玉子家炉子上炖的东西红枣味特别浓，好几个阿姨都说香，她们以为还是胞衣，颇羡慕小玉子妈有门路，而且敢吃好吃这玩意儿。事后宫阿姨告诉众阿姨：那都是人流门诊刮下来的胚胎，那一盅大概得好几个呢。我听不懂什么是人流，但从阿姨们的表情、语气猜得出，那炖盅里炖的是什么，小玉子妈在吃胚胎的胳膊腿儿。没有一个阿姨说她不该吃，只有妈司令说了一句：她怎么吃得下啊。

　　这一幕让我困扰，不明白，于是它永远留在我的脑海里。说句公道话，小玉子妈除了笑起来嘴有点歪，长相还是很斯文端正的。她对我挺好，经常冲我笑一笑，没有乱骂人。除了暴打小玉子、总吃胞衣这两点，她算是小院里一个很正常的阿姨。她妈妈是天津人，烟不离手，不说话，目光里好像硬锁着许多梆硬的词。老太太来历不明。现在想想，老太太、小玉子妈、小玉子（不知她是否还活着）、小玲子、小玲子的儿女这四代人，肯定有人会出现严重精神障碍。

　　小院里，除了我，不知还有哪家孩子记得水池里的满池血？

第 33 篇

认知日记

2003 年 9 月 26 日星期五上午 11 点 30 分

昨晚跟"中妇委"吃饭、喝茶。很高兴。尤其是在远洋宾馆二十七楼阳台乘凉、看风景。

吃中药有些热气,舌苔黄厚。不能补。

随　笔

"中妇委"起源于一段小故事。

大约十年前吧,农历八月十六的黄昏,我和志红、张梅在区区家小聚。报纸上说,那晚的圆月最大最清亮,此世纪余下的中秋再看不到这样的美月亮。

四个人即兴要赏月,地点是白云山。

夜晚上山,没有小车下不了山,没有保镖怕不安全,清一色女人稍嫌单调。要挑选一名男士同行。条件是:有车,会开车;有英雄救美的觉悟和身手;清雅,不烦人。

四个人轮流打电话,四竿子没扫到一个人。这可是很糗的事。

几个人开始自嘲:跟你们看月亮有什么意思? 当车夫,当保镖,还要惨遭打击挖苦。谁敢来受这个罪? 你以为你还是小花朵小白兔? 你是姑奶奶。

有人提议:从今天起,咱们不如就叫"中妇委"。"中妇委"自己聚会,想去哪儿去哪儿,想干啥就干啥。干脆利落。从此,"中妇委"的称号就慢慢叫开了。

回头看,当年不经意的一件小事,有助于我的心理成熟。女人应该有女人的圈子,层面相当,个性互补,需要时可从这里得到精神援助。

专家提醒抑郁症病人,要向朋友求援,要与具有积极思想的朋友多来往,要尽量避免参与消极的谈话。

在我等待康复的日子里,与"中妇委"的谈话令我感到轻松和自在。

记得 2000 年癌症手术住院时,心里想:没必要告诉她们我在癌症病房受苦。我不喜欢人们百忙中抽空来安慰我,我心里会替她们感到累。我会在心里一而再、再而三地夸大这种累,直到自己疲惫惊恐为止。现在看来,这种怕是病态的,是不是跟强迫症有关呢?

小时候的经历使我习惯自己面对疾病和重创。

听说,大象受重伤或老死前,会默默远离象群,独自疗伤或等待死亡。我特别欣赏这一点。

我从九岁开始,在乱世中无土无根。不属于小学生,不属于完整的家庭,不属于军队,不属于地方。

我自卑,觉得不配让别人关注,不配耽误别人的时间。我面对任何人都感到紧张,有压力。

很多时候,尤其是精神脆弱、身体不适、心理焦虑时,我渴望独自躲在一个角落里,什么也不看,什么也不听,什么也不做,什么也不说。静默像磁石从虚空吸取能量。只有这样,我才能恢复正常为人。

癌症手术住院时,见到病房里其他病人都有朋友同事探望,感觉有点冷清,会想到平日里朋友间的惺惺相惜,有一点点自怜的情绪。但理智来得飞快,我已经把自己训练成杀毒软件,软弱念头一闪,防火墙立刻进入戒备状态。立刻想,而且是真心这么想:你每一个朋友都很忙,每一个朋友都没空来看你。这是好事啊。你应该为他们感到高兴,这说明他们一个个事业有成,都是社会精英。你应该为自己感到高兴,因为你刚刚(!)发现,原来你有一个出色的朋友圈,等于一笔财富呢。

是不是理智得有点矫情?是不是有毛病的虚假安慰?我承认我有精神障碍,积重难返。

写作的过程,也是治疗的过程。我在注视李兰妮。

写到这里,想到一件怪事。这几年拍照留影,我总觉得照片上的李兰妮影像发虚,主要是头脸五官部分,怎么看都看不清。民间有说法,快死的人和本该死去却有神秘助力魂魄不散之人,他们在照片上影像是模糊的。因为他们的躯壳呆在这个世界,灵魂却在另一个世界游荡。我想,从某种角度来看,李兰妮正处在一个特殊时空中,旧我渐死,新我隐现。影像不清晰是正常的。我们对宇宙、生命的认识尚浅,一切顺其自然吧。

本来想说"中妇委",说着说着跑题了。

仔细一想,不是偶然跑题。"中妇委"每个成员都是出彩人物,不易描述,下意识便知难而退。

链 接

《你家在哪里?》摘录

几年前,我与兰妮一起到乡下去,在一个依山傍海的渔村里住了整整一个星期……屋外有一个极大的平台,乡下的晚饭吃得早,晚饭后我就和兰妮长久地坐在平台上,看远处的海和不远的山。正是夕阳西下的时分,海上没有白帆点点,间或有数只鸟儿从我们头顶掠过,向飘着薄薄暮霭的山边飞去。"人和鸟都归巢啦!"我对兰妮说,"每到这个时候,我就有一种特别心安的感觉。"这时,兰妮用很轻的声音说了一句话:"每到这个时候,我就开始发慌,是心慌,不知道该把它放到哪里去。"

我相信"隐痛"这个说法,那是一种刻在内心深处不愿示人而又能长久地影响你一生的东西。兰妮有很深的飘零感和无根感……她用很轻灵的文字表述她的生活,而让很多很多的沉重刚露端倪便消于无形。

这种浓得化不开的敏感和伤感,不知需要消耗多少心力时日才能化解呢?兰妮是个内心容易有波澜的女人,这对写作有利却对健康不利。很多时候兰妮的笑容显得有气无力,那肯定是内心消耗太多的缘故……

——陈志红《关于李兰妮的几个片断》

补 白

1995 年我出版了自况性散文集《人在深圳》,志红的这篇文章作为《代序》。我觉得"你家在哪里?"这句话直指我的内心。

"中妇委"成员聚散均不刻意。没空的直说没空来,要跑场的随时可以提前走。人少时三四个,人多时七八个。话题不设限,好话歹话直说无妨。一人思路有误区,响鼓就要来一回重重捶。若掐头去尾,有些话旁人听了会当做是在骂人。

"你真以为你死了,地球就不转了? 你没这么重要。"

"不行。说句难听的,那就叫又想当婊子,又要立牌坊。根本行不通。"

"你干脆回家歇着。提前安度晚年。哦不,欢度吧,欢度晚年。"

"记吃不记打,活该。"

"又把我当垃圾桶。说吧。想说什么你全倒出来。"

"愚蠢。你也算江湖上有名有姓的人,这都悟不出来。"

"中妇委"议事劝人,风格之一是一针见血,单刀直入,白刀子进红刀子出,不痛不快。这等切磋过招,有趣有益。

第 34 篇

认知日记

2003 年 10 月 10 日星期五上午 10 点 50 分

这个国庆假期玩得很高兴。

都是很要好的朋友,氛围一直很愉快。累是挺累,但友情、阳光、大海、美食令人乐在其中。

我原担心抑郁症难以坚持下来,结果还行。尤其是回广州昏睡两三天之后,体力恢复了,精神比以前要振作。

9 月 29 日晚,做了一个噩梦,且记录如下:

我住进了一幢新楼,散步时打量四周环境。楼后还有一幢刚完工的住宅,没有人迹。我随意顺荒凉小路往前走,忽然发现一个小村庄。心里想:奇怪,没听说附近有这么一个小村啊。

村里的人穿着、言行举止仿佛 80 年代初的人,也许是被现代社会遗忘的角落?有几个当今香港人模样的中年妇女在跟村人学练什么功。

路旁有一碑上书:利香村。我在村中漫步。见有好大一片墓地墓碑耸立,隔一小步距离就是大片白砖黑瓦木门的平房。

我心想:为什么房屋正对着墓地?多难受啊。

我忽然对村子发生兴趣,问村人有无村史。路人叫我去见村长。村长是一小老头儿。他说没有村史。我又问:有村志这类书籍吗?他说没有。

这时天色暗了一些。村人的神色、眼神都显得怪怪的。我感到越来越害怕。我要立即走。村里人都来挽留我。我更觉得不对头,坚持逃走。

我疾步走在小路上。村里远远追赶过来一个香港女人。白胖、短发。她说认识我。我仔细辨认确不认识她。她非要跟我一起走。突然她扑过来要咬我脖子上的血管。我大吃一惊!吸血僵尸!我大叫挣扎。

惊醒过来很害怕。觉得宾馆里阴风缠绕。我忙祷告。主给我安慰,与我同在。撒旦退去了。

如何解释这个梦?

随　笔

处在这个梦境当中,觉得周围的一切都非常真实,甚至比我在现实世界还实在。

我在现实世界中,有时会心神涣散,有时做白日梦,有时病恹恹视而不见听而不闻。

在这个梦境里,似乎一切都高度清晰。由于是立体的,它比高清电视画面还清晰。

梦境中,注意力高度集中,视力、听觉、感知能力、思维敏捷度、记忆力、体能等等,都比现实世界中的李兰妮强。

民间有说法,身体虚弱、久病之人容易招邪惹祟。古代传奇话本里也有类似说道。

我在军营里长大,不信迷信。但是,这个梦的确有点古怪。

宇宙是不是真有多维空间?

这个具有神秘力的宇宙是否存在着多个相互交织、影响的世界?

是否另有生灵居住在一个与我们不同的"高频率圈"中?

早有人在研究超感觉认知、心灵学、预知实验、透视力等边缘学科,人类对宇宙的奇异不断会有新发现。对未知世界的能量显现,我不敢妄作肯定或否定。不同的世代,对科学和迷信有着不同的解析和认知。

语无伦次说这些,是想表达一个意思。我反对迷信,憎恶宣扬迷信,讨厌故弄玄虚,但我不想为避嫌疑而隐瞒内心的困惑。我对世界的认知是幼稚的,矛盾的。我心里有数不清的问题问号。如同课堂上一个小学生想举手发问,但又怕说出来让人取笑。

报告老师:我想知道,什么是迷信? 什么不是迷信?

梦中的"利香村"令我困惑。不敢信其有,也不敢信其无。

乡村路边的石碑,大概齐腰那么高,碑体是灰色麻石制成的。"利香村"三个字是简体竖排凿刻的,凹刻的字体上涂了红颜色,可能是红油漆。

为什么叫"利香村"?

我从没去过这样一个村落,也没有任何关于"利香村"三字组合的记忆。

我住的宾馆很清静,独在一个山岙里。建好一两年了,一般不对外营业。客人少,服务人员多。周围没有村落,没有其他建筑物。天地阔朗,没有任何可疑行迹。

我没有去问这块地面来历如何,有什么传说。

没有必要问。

夜里我害怕过。白天并没有毛骨悚然的感觉。一切正常。只有过两次身不由己的走神、出神。一次，突然想起了徐克导演的《青蛇》，张曼玉、王祖贤在那座虚幻的庄院里甩着水袖。一次，忽然想起了电影《胭脂扣》的画面，梅艳芳寻寻觅觅，她要找的公子是张国荣。

没有什么可大惊小怪的。

不妨这么想：有阳必有阴。阳间的人偶尔到阴间看看，那叫增长见识。阴间的人偶尔到阳间走走，说不定叫假日旅游。

2006 年 7 月 28 日

链　接

《生命之爱》摘录

梦是人类的通用语言。

这种语言是一种特异的语言，它是存在于人类历史的各个阶段及所有文化中的一种"通用语言"……我们每天晚上都讲这种语言。

梦的语言是一种象征性的语言……我们所说的话部分是由我们的社会决定的……当我们睡着时，我们不再被迫参与为生存遭遇进行的斗争，我们不必去征服；不必防卫自己，不必遵从他人……关于无意识没有什么可神秘的。它仅仅简单地意味着在睡梦中，我们能有机会接近我们清醒时不知道的东西。

——［美］埃里希·弗罗姆

补　白

老实坦白，弗罗姆这本《生命之爱》在我书柜上立了两年多，我没打开看过。当时买这书，纯粹是奔"弗罗姆"三个字而买，并不知道书中大致讲什么。再坦白，书中我仅仅看过这一章，而且是偶然翻看的。

这又要提到"灵感""圣灵感动""冥冥中指引"这类词语了：今天，写作正迷茫，偶然，其实我相信不是偶然抽出一本书，顺手一翻，一行黑体字映入眼帘："**梦是人类的通用语言**"。就是它！这就是我要寻找的。这就是我想看到的。惭愧的是，我目前只看了这一章。我真的不是一个读书人。我给自己找理由开脱：现在没时间没精力看完这本书。我觉得自己功利而虚伪，为写书而翻书，伪读书。关闸。关闸。毛病它又要跑出来了。

第 35 篇

认知日记

2003 年 10 月 11 日星期六上午 11 点 20 分

数算节日期间愉快的事情:

1.29 号中午在机场吃饭很愉快,与陈虹说起拍《傍海人家》电视剧的往事,众人听了都乐。

2.30 号中午在观澜湖高尔夫会所吃饭,与人大谈梦境,上抑郁症知识普及课。下午打球,我方虽然输了,但秘密武器赢了黄扬略。晚上 12 点至 1 点,在威尼斯假日酒店露天泳池旁闲聊,喝芬兰伏特加,几人都喝多了,挺有趣。

3.1 号在溪之谷众人点评黄扬略的对联,起哄。

4.2 号在游艇会附近桔钓沙游泳,今年第一次下海游泳。

5.3 号早上坐渔船出海拖网捕鱼,捕了二百斤鱼。中午就在西涌村海滩边让渔民将鱼做给我们吃。过瘾!但大家都说当地特产的窑鸡更好吃。

6.5 号一早送机。坐省作协的车顺利回到广州。

每天都有让人快乐之事。感谢主的赐福。

随 笔

倒垃圾。

昨天区区来电话问近况。我犹豫了两秒钟,决定说实话,我要倒垃圾。

回收站装满了删除文件,目前不能清空,但是可以略倒一点出去。区区心理比较健康,又善解人意,跟她说说可以减压。

我简单讲了一下外婆去世前后的感慨,讲了抑郁反弹的困扰。我强调说,千万不要长寿,长寿真的不是福。我说,我外婆并不是器官衰竭而死,是委屈抑郁而死。这让我伤心。

区区劝我不要多想,别闷在家里发呆,出来跟"中妇委"聚聚,或出去走走。

我明白她说得对，但我还是不想出门。今天接到单位电话，9月有名额跟省作协的采风团去新疆，我谢绝了。我觉得累。我要使心安稳下来。

今年到处出现持续高温天气。每次看到长沙、南昌一带（萍乡就在两地之间）高温不下，我就会忍不住想：幸亏外婆已经走了。

我最怕看到气温到达35度以上，若在37、38、39度徘徊时，我心里会暗暗焦虑。我知道我的外婆正在楼顶天台搭建的简易小屋里受炙烤，那个面积比一般的单车棚大不了多少，却比车棚或杂物间还简陋的房子里没有空调，屋外没有树阴，没有一丝凉风，外婆说：哎呀，实在是烤得受不了啊。

若是看到气温在零下5、6、7度徘徊，有雨雪时，我心底里会替外婆感到冷。我高中时，在萍乡过冬，在冷水里洗衣服曾经冻出病来，那真是冰冷冰冷啊。一个十几岁、火力壮的少年都受不了，何况九十多岁的体弱老人！

想想看，老人家寿高而福薄，脉象是百岁的脉象，却因抑郁而住院。

医生说她不必住院，但她出院无处可去，不得不苟且寄居在病房。既然住病房，就不得不天天打针，每天必须花掉二百多元人家才让你住，而这些费用是外公留下的钱、我和妈妈弟弟寄的钱，还有她平日里一毛一块积攒的钱，她害怕花光自己的钱，也不愿意花我们寄的钱。

弟弟去看她，她人已脱形，胳膊给打烂了。病房里的人尚未咽气，病房外的人在掐算，老太太在哪个时辰断气对后辈最有利，三更是吉时，最好就别拖拖拉拉过五更。

外婆原来并非没有房子。

外公是学数理的，对历史、哲学、人性所知有限，他不知道这个世代与过去的世代大不一样，忠孝礼义仁爱的传承突发障碍，旧规已破，新法未立。他一厢情愿墨守成规。他把自己该分得的住房面积，合并到他想照顾的人账上，拱手让出自己的权利。他牺牲自己和外婆的利益，力排善谏，成全他眼中的弱者。他以为会有一个大团圆的美好结局。实则不然。

他们在城里没了住处，八十多岁高龄时投奔外婆娘家的乡下。外婆弟弟的孩子收留了两位老人，给了他们一间住房、一个厨房。我几次跟外婆说，到广东来住吧。你们可以住在我深圳的家里，那里过日子方便些。外婆说：晓得么，七十不留宿，八十不留饭。我谢谢你们的心意，故土难离呀，我哪里也不会去。

上世纪90年代中，一次，我到长沙开会，途中抽空坐长途汽车去看望外公、外婆。

好不容易到了萍乡市区，还要坐那种很破旧的……我不知道那叫什么车，就是专门去农村乡下的交通工具。人都堆着，不是坐，也不是站，蹲着，歪着，弓着腰,身体尽量蜷缩,头抬不起来,就是费老大劲找到地方抬起来了,也看不到前面的路。那路还是土路,颠簸得恶心反胃。

外公、外婆住的地方,就一张旧床,没有看见家具、电器。厨房还是那种土灶,还是几十年前农民用的那套家什。还是我上小学时用的那种大水缸,竹水勺。凳子是矮旧的小竹凳,老人家坐着不可能舒服。

外婆的弟媳妇还健在,她常吩咐几个儿子看望姑姑、姑父,吩咐孙子孙女给外婆的水缸担水,或做点力气活。

我在长沙开会时得了急性胃炎,到医院打了将近一天点滴。第二天肠胃稍好,我就来看外公外婆。我只能在萍乡住一个晚上,第二天下午要赶回长沙继续开会。我以为,外婆一定会留我在她那里住一夜。

吃完晚饭,天黑了。我等着外婆留我住。外婆说:好了,总算看到了我这个外孙女。你回市里去住吧。

我非常意外地看着他们,一时反应不过来。大概我的眼神在问:你们不想留我说说话吗?

我看到的是外公外婆无奈、窘迫的表情。

明白了。我住下实在不方便。

我又问:你们不跟我一起进市里吗?

他们摇头。两个老人脸上没有丝毫不舍的神情,我倒觉得他们很想我快点走。

回市里的路上我很失望。我觉得自己满怀思念,抱病匆匆来探亲,以为外公外婆会要我多在身边陪他们。谁知我是自作多情。

我在萍乡市呆了半天,去萍乡中学看过去的课室,想到外公给我们上物理课的情景,心里很不是滋味。他们白天没从乡下出来看我,也没来一个电话说点什么。

回到广东后,我赌气跟弟弟说:你不要老想着回萍乡看看。外公外婆跟前子孙儿女一大堆,咱们不算他们最惦记的。

现在想来,我真不懂事!

我常自责。知道外婆苦,却想不出办法相救。

妈妈觉得我不懂人情世故,做事卤莽简单,她生怕我闯祸,让外婆日子更难过。她下令:各人管各人的母亲;她管外婆那边的事,我管她的事就可以了。我一旦要插手,母亲就焦虑失眠犯病。外婆也叫我别插手,她生怕我得罪人。

我给外婆寄钱,想她有个冷暖空调。人家却不让装,说电线线路负荷不了。我说那就请电工将这一家人的电路电线全部换成新的,费用由我出。回答还是:不行。

外婆忍住委屈在电话里告诉我：兰妮，空调不装了。钱给你寄回去。

我说：不。留着。等我回来看你，我就不信不能装空调。小一匹的，另拉一条线，电费外婆你说过自己掏，怎么就不能装？

外婆叫我千万不要回去。她没有属于自己的哪怕一平米的地方。她怕我辛苦。

我只好心疼地任外婆一年又一年地被烘烤、被冻僵。我光是心痛，却不能援助。我觉得我不孝，我屈服于各种掣肘，装作看不见，装作啥事都没有发生。我看不起李兰妮。

区区在电话里问我："你外婆是不是很难相处，所以才进了养老院？"

一句话问得我心痛不已。我只回答道："我外婆脾气很好，总为别人着想。所以，这才叫人心里觉得更难受。"

这两天，台风"格美"带来了降雨，广州气温从原来的 37 度，降到了 30 度左右，但我心里还是烧，情绪不稳定。我就想一个人呆着。

我还是忍不住要看天气预报。看到长沙气温有所下降时，心里会松口气，然后怅然若失。看到长沙气温很高时，会立刻想，以后不用担心外婆受罪了。可是，念头闪过之后，我又会自责。

李兰妮，你这么想是不是认为幸亏外婆死了，你良心上解脱了？李兰妮，你不能因为你外婆去了天堂，你就觉得轻松了。萍乡、长沙、广东，还有全国，有多少老人家还在忍受着外婆曾受之苦，说不定比外婆还苦，想想他们。"老吾老""幼吾幼"，你怎么可以不为之心疼？

关闸。我请求关闸。让我的脑子歇一歇吧。让我的心魂歇歇好吗？我心疼会内耗枯竭。我没有办法。不单是我，好多好多有良心的人都爱莫能助。不要逼我往下想。抑郁在掐住我的脖子。让我透透气啊。

李兰妮，你不要害怕。你要把这本书写完，你要在书中呼喊，为所有委屈、抑郁的老人孩子呼喊，代祷。总有人会听见看见的。上帝也会垂听的。"等到圣灵从上浇灌我们，旷野就变为肥田……"

2006 年 7 月 29 日

链　接

《七个污鬼》

污鬼离了人身，就在无水之地过来过去，寻找安歇之处，却寻不着。于是说:"我要回到我所出来的屋里去。"到了,就看见里面空闲,打扫干净,修饰好了,便去另带了七个比自己更恶的鬼来,都进去住在那里。那人末后的景况比先前更不好了。这邪恶的世代也要如此。

——《圣经·新约·马太福音》

补 白

耶稣在与众人讲道时用了"七个污鬼"的比喻,门徒问耶稣为什么要用比喻。耶稣回答说:"我用比喻跟他们讲,是因他们看也看不见,听也听不见,也不明白……但你们的眼睛是有福的,因为看见了。"

抑郁症的负面思维像那个污鬼。我好不容易用药物疗法+认知疗法+信仰疗法+谈话疗法将它逐出脑海,我静坐,倒空心思,清理伤口,打扫历年所积的灰尘与负担,让心虚空休养。但是,污鬼会变本加厉地杀回来。听说70%的抑郁症患者愈后会多次复发,反弹后病情一次比一次加重。我经历过这样的折腾。现在我常提醒自己:要让阳光照耀内心,充满正面的心思意念,不能给污鬼们留空间。

对现在的中国人来说,也应该看看七个污鬼的比喻,反思一下。

为什么现在的人什么伤天害理的事都干得出来?

过去的人干坏事,总是有点顾忌的,最起码他怕遭报应。且不提儒家的仁义礼孝、佛家的六道轮回、道家的德善德信、耶稣的爱人如己,单说老百姓祖祖辈辈都相信:老天有眼,邪不压正;人缺德要断子绝孙;不义之财终化水;害人者要遭雷劈不得好死。朴素的善恶观,浸染了一代又一代人的灵魂。可现在的人,凭一句"破除迷信"做免死金牌,不信神,不信佛道,不信孔夫子,不信真主安拉,不信马克思列宁毛泽东。他们什么都不信,心中大大空虚,这样的"空屋子",不招污鬼才怪呢。污鬼必带七个比它更恶的鬼来住在他心里。这样的人怎能不邪恶? 这样邪恶的人多了,这世代怎能不邪恶?

有眼的人要看,有耳的人要听:至少为了你们的子孙,警醒吧。

第 36 篇

认知日记

2003 年 10 月 23 日星期四午 12 点 50 分

回了一趟深圳,带回了一只小狗。起名叫乐乐。即快乐、欢乐的意思。

18 日下午,路过园岭休闲草地,见一人带五只小狗晒太阳兼卖狗。小狗才一个月零五天,只懂睡懒觉。觉得这只乐乐很可爱。去卖主家看了小狗的父母和生长环境,可以信赖。

20 日夜晚将乐乐带回广州。一路坐出租车、准高速火车、地铁,很不容易。乐乐非常聪明,特别配合。真是神赐给我的礼物。感谢神!

今天看来,乐乐已经熟悉了新环境。它懂得不随地大小便,爱干净,不娇气,听话,很乖。

我不适合在深圳久住,一星期里总是肠胃状况差,睡眠差。但这次回文联见到了新来的领导董主席,看到了单位里建立起新秩序,有收获。

算来我服用抑郁症药物已经半年了。我想病情已经有了明显好转。我有信心,主一定能很快带我走出死荫的幽谷。

随 笔

老爹语录:

那些人,才吃了几天饱饭啊,就养狗。哼!

正午。黄昏。

教工宿舍区各树木、灯柱地带。西聚园草地上。

一只精力充沛的小串串狗在欢快地跑动。黄白两色,京巴、蝴蝶串儿,花样美少年。笑得喜气飞扬,嘴角弯弯,粉红色的小舌头微卷,露出一点点。乌溜溜的大眼睛又圆又亮,水灵灵,左顾右盼。路旁小学生尖叫:好 Q 啊!

哇——超可爱！汪汪汪——好好玩！

小狗东西追花丛上的蝴蝶,赶树根旁的麻雀,啃草地里的绿草叶,给每一根灯柱做记号。罗圈小短腿,却以骏马的姿势和心态飞奔。它脖子上的红项圈连着一根红色伸缩牵引绳,后面跟着一个气急败坏的憔悴女人。

不是人遛狗,真的是狗遛人。女人不时咆哮:等一等,你个王八蛋!你给我站住!你要去哪里呀!不听话,扁你,把你打得扁扁的!听到没有!狗东西,臭坏蛋,停下来!我要打你啦,我真发火啦,我踢死你!

小狗狗的名字叫周乐乐。

周,是它的家长、户主姓周。乐乐,是买它的人希望它能充当狗医生,温顺、乖巧、善解人意,能为抑郁症病人带来快乐。

小狗东西果然天天快乐。只不过它光顾自己乐。激怒跟它散步的女人更让它快乐。一个大活人,被一只十斤重的小狗拖着跑。人不人,狗不狗,看到这一幕的观众心情都快乐。

朋友得知我患了抑郁症,对我说:养一只小狗吧,对康复有作用。

我想:孩子我都懒得养,哪有心情养什么狗。

后来看了一大堆如何减轻抑郁的书,好几本书上写道:养一只宠物对抑郁病人有好处。

等到体力恢复,可以出门散步时,有点心动:牵一只小狗散步肯定很惬意。念头一起,这方面的积极信息频频刺激我。西方电影里的狗明星真多,个个忠诚、聪明、顺从、可爱、贴心。

常想:宁缺毋滥。一定要看准才买。必须仔细评估。它要百分百听话,会主动体贴主人,老实,爱干净,打理起来不麻烦,不容易生病,省心。最好吃得少,拉得少,没有狗的臭味道。

那一次回深圳,很偶然看见一窝小狗晒太阳。很冷静。普通小狗狗绝对排除在购买计划之外。看两眼就走。

照狗主人的说法,这窝小狗才出生一个月零五六天。掐指一算,9·12,说不定是9·11出生的。不好。让人联想起恐怖分子。快走。

小狗狗还没有断奶,总闭着眼睛睡大觉。五只狗崽二男三女,模样没长开,没有巴掌大,看不出漂亮不漂亮,也猜不出它们将来会长成啥样。该走了。

伸手拨拉一下,小身子软软的。闭着眼睛走两步,懒懒地就地一歪,倒下继续睡。狗书宝典警告第一条:两个月以下的小狗不能买,养不活。摸摸每一只狗崽崽的小脑袋瓜,过一把小瘾。走。对自己的冷静、理智很满意。开动积极思维系统:这样的好同志要表扬。

回家又路过那草地，五只小狗狗还在晒太阳。

两只纯白色，两只白里有黑斑点，一只黄白色。别的小狗的毛，贴身，紧，顺。黄白色小狗的毛却蓬松。狗书宝典警告第二条：狗毛松，不紧贴身子，有可能是病犬。

头脑更冷静了。五只小串串，这只最可疑，买主最不可能看上它。走吧。

嘿，这只小狗一点不自卑。它的睡姿最放松，大大咧咧露出小肚皮。周围一圈人看热闹，只有它无动于衷，舒舒服服露着小肚皮，眼睛都懒得睁一下。

突然想起了"袒腹东床"的小故事，大概少年王羲之就是这德性。

后来……忘了后来怎么回事，反正，稀里糊涂，当场就交了钱。

作为抑郁症病人，面对周乐乐，我常常头痛。独自带它出门散步，十有九次愤怒而归。骂它已成惯例。我一向不喜欢骂人，从小到大，我不会骂人，没词儿。当然，也不屑。就是现在，我要记叙我骂周乐乐的话，也要拼命回忆。我必须在它遛我的过程中，气急而骂，那时候骂词脱口而出，是真生气，有时候气得胃痛，筋疲力尽。一个人跟一只小狗生气，多愚蠢，多无聊，多活该……越批判嘲笑自己，我越愤怒。更让我愤怒的是，明知不该如此，我却控制不住。

即使不出门散步，抑郁病人李兰妮也怕单独在家时时面对周乐乐。她愿意跟周乐乐玩的时候固然高兴，但一会儿她就累了，不愿意再玩，周乐乐就盯着她，目不转睛地看着她，嘴里还发出不满的叫声。这让李兰妮焦虑。她宁愿躲出去，在书店、超市瞎转悠，也不想面对通人性的周乐乐。他们之间的交流是失败的。

在此提醒抑郁病人，当你采用宠物疗法时，特别是希望有一条小狗帮助你度过康复阶段时，一定要慎重选择。你本来就抑郁，不同于正常健康人，你能对付自己的负面思维、行为已经有些吃力了，哪里还有多余的精气神对付一个小淘气？

作为小桃、兰兰的后代，李兰妮不想让精神障碍的基因延续，斩断了自己的遗传链。但是，周乐乐是她喂养大的，从一个月零五天起，朝夕相处。她在周乐乐身上，仿佛看到了小时候的李兰妮。

另外，在与周乐乐相处的过程中，李兰妮压抑的暴力倾向展现出来。

如果没有周乐乐，李兰妮不会清楚看到自己残酷的那一面。如果她有儿女，她的儿女会更早出现重度抑郁。她不配指责她的父母和先人。周乐乐成为一面照妖镜，照出了李兰妮人性中隐蔽的丑陋。

书上说，小狗狗也会因精神受创而抑郁。

2006 年 8 月 4 日

链　接

《看见红色感觉蓝色——愤怒与抑郁之联系》摘录

……杀人,然后自杀。这样的例子比你想像中的要多得多……所有这些都显示,压力、抑郁和暴力是密切关联的。

攻击性与抑郁——红色的愤怒与蓝色的抑郁,不论从逻辑上还是从直觉上,这两者似乎都是同一事物的两个方面。在前者,暴力的指向是朝外的,指向社会,通常表现为犯罪行为。而后者,愤怒是向内的,指向自己。

……实验显示,抑郁的孩子以及带攻击性的孩子都倾向于把社会看做充满敌意的世界。他们之间的差别在于,抑郁的孩子倾向于把别人的敌意归咎于自己,而攻击性强的孩子则谴责别人。

——[英]苏珊·阿尔德里奇

补　白

摘录这段话,关键词是"杀人""自杀"。

我们每天都可以在报纸上、杂志上、电视上看到或听说杀人案、伤人案、自杀事件。警察们很忙,记者们很忙,教师们很忙,医生们很忙。围绕着"杀人""自杀"而忙的行业数不过来。律师、法官、消防员、保安员、保险调查员、制药的、管监狱的、做访谈节目的、杀人犯伤人犯的家属、受害者的家属、自杀者的亲友,等等。可是,这么多行业人员以及观众、读者只看一个"杀"字,却不去看"杀"字背后潜藏的精神危机、道德危机。

小时候看过一个有插图的成语故事:有户人家的新房烟囱离他家的大草堆子很近,村里人都夸这房子盖得这么好那么好。只有那邻居讨嫌,说:你要赶快改一下烟囱的位置,小心失火。房主还以白眼。一天,新房烟囱的火星子随风落在草堆里,草堆烧没了,新房也塌了。事后,那家人请村里来救火的人们吃答谢酒席,伤最重的坐上席,那个邻居却不在被邀之列。写故事的人为此十分感慨。由此想到:我们若不关注"压力、抑郁和暴力的密切关联",我们若不在精神层面关心人们的健康状态,那么和谐社会这座新房就有失火的危险。愤怒和抑郁,指向朝外或朝内,攻击社会或毁灭自己,现代中国人必须尽早预防精神上的大火灾。

第 37 篇

认知日记

2003 年 10 月 27 日星期一下午 5 点 30 分

跟彭名燕通了个电话,她说她父亲病危,很难过。

放下电话后就为她父亲及她祷告。相信主必眷顾他们,帮助他们。

中午到家政中心见了一个来做饭的钟点工,姓李。本来她每天上午给历史系姜老师做饭,现在想多打一份工。她下午就来上班了,正好帮了我的忙,尤其是给乐乐煮粥、洗毛巾、做清洁等。

主的恩典无处不在,我心安稳。

接文联电话,明天请作家吃晚饭,谈文学创作等问题。

天气凉快起来了。我觉得病情明显见好转,有心思发短信息玩。而跟小狗玩也能减轻抑郁症。赶快好起来吧。

随 笔

《癌症康复》里面谈到,荣格认为集体无意识是由各种"原型"组成的。如母亲原型、英雄原型、智慧老人原型以及救星原型等等。所谓原型又称原始意象,是全人类已有的共同经验的集结。

几千年来,中国人心目中的"母亲原型"是怎样的? 从封建社会进入现代社会,中国人心目中的"母亲原型"有改变吗? 有怎样的改变?

还要说到跨世纪的喜姑。她心目中的"母亲原型"与她的精神需求是基本吻合的,她尚未遭遇"致命性的精神重创"。

从小桃开始,包括兰兰、妮子以及再往下的一代、两代人,她们无意识层面中的"母亲原型"和社会层面、意识层面的"母亲原型"存在冲突和混乱,这是历史规律,自然而然,她们必遭"精神修理"的空前剧痛,这种痛还要持续下去。

看啊,这是一个精神基因异变、修复的关键世代。

我们每一个人都在担当自己的历史使命。我们是千百万年人类精神链上的千百万分之一。不要轻看这个世代的精神凝结，在千万年后的时空里，我们就是集体无意识。

一位女植物学家，生于1908年，近百岁高龄，每天早上8点还照常到办公室做学问。据报载：这位胡秀英出身江苏农村，地道的农家女儿，四岁丧父。秀英的祖先不识字。秀英妈也不识字，是个种田的农妇。

胡秀英女士说："我四岁就没有父亲，跟着妈妈在乡下，我的妈妈又贤慧又能干，全村第一号能干人。"母亲是她的救星福星。

秀英六岁在乡下基督教小学读书。中学时，她在基督教会办的女子学校取得助学金，入读金陵女子文理学院。毕业后，她带着母亲在四川的协和教会大学、广州的岭南大学边教书边读书。抗战胜利后，她取得哈佛大学奖学金，赴美深造。秀英说："哎呀，真是神的恩典！整个的奖学金，所以我念哈佛大学没花一分钱。"

这位秀英与小桃是同时代人。

小桃生于1911年正月，也算是清朝人。她们的母亲都属于跨世纪的一代中国妇人。皇帝退位。科举废除。文化基因发生突变。"中国人的精神"突变。"真正的中国妇人"的标准突变。秀英妈穷则思变，小桃妈即喜姑，则以不变应万变。

对喜姑来说，不变是她一生的福气。跨世纪的恐惧、焦虑、抑郁不曾摧毁她的精神世界。木讷成为她的避难掩体，呆憨就是她的心理标记。

喜姑最大的福气是不用活到八十岁。20世纪50年代，一个准备迎新年的冬日，喜姑在女儿家里偶感风寒，死于急性脑膜炎。

喜姑幸运地不必遭遇"三年困难时期"、十年"文化大革命"。善始善终。

2006年8月7日

链　接

《中国人的精神》摘录

作为一个有着悠久历史的民族，它既有着成年人的智慧，又能够过着孩子般的生活——一种心灵的生活。……如果说中华民族之精神是一种青春永葆的精神、是不朽的民族魂，那么民族不朽的秘密就是中国人心灵与理智的完美谐和。……所有伟人,所有富有智慧的人们,通常都信仰上帝。孔子也信奉上帝,虽然他很少提及他。……我曾说过,在中国国教中,学校相当于其他国家宗教里的教堂。但更准确地说,在中国的国教里,相当于其他国家宗教的教堂是——家庭。

这种能使我们洞悉物象内在生命的安详恬静、如沐天恩的心境,便是富于想像力的理性,便是中国人的精神。

——辜鸿铭

补 白

我注意到译文上介绍辜鸿铭生于 1857 年,卒于 1928 年。

估计喜姑爹年纪要比他大几岁,他们是同时代的人。辜鸿铭是大师,华侨世家子弟,少时留学西方,做过清末之官,当过民国初期的大学教授。喜姑爹是草根阶层,一辈子没去过京城,恐怕也没见过洋人,没拿过官俸,教的都是乡村孩子,为什么要拿到一起来说事?

因为,辜鸿铭是中国的高级知识分子,文化大家,著作传世;而喜姑爹代表了底层小知识分子,私塾学堂的老先生,写过诗词文章,不曾有只言片语留下来,连他的女儿都没有保存他的墨迹。听说他的毛笔字写得很好,不是一般地能卖钱。

中国两千五百年的文化教育、精神导向,是靠学校和家庭完成的,这是中国人精神的基础。不管大知识分子,还是小知识分子,相当一部分文化人会认同中国人性格、中国文明的特征:深沉、博大、纯朴、灵敏。起码他们向往:洞悉物象内在生命的安详恬静、如沐天恩的心境;既有着成年人的智慧,又能够过着孩子般的生活——一种心灵的生活。

这样,我给喜姑爹当年所选择的活法找到了一种依据。喜姑爹是一个具有真正中国人精神的中国小知识分子。如果他晚生一百年,在今天的物质化时代,也会是个抑郁症病人。

第 38 篇

认知日记

2003 年 10 月 29 日星期三上午 11 点 15 分

昨天凌晨 12 点 15 分开始心脏不舒服,越来越闷,没有睡意。只好抱着毛毯去客厅的沙发上躺着。四五点左右最难受,直到早晨 8 点多仍难受。吃心宝,稍缓解。心不定。

最近读经正读到诗篇,非常美,边读边受鼓舞得安慰。很喜欢前两天读到的那句大卫王作的金诗:"我的心哪,你当默默无声,专等候神,因为我的盼望是从他而来。"

昨天下午回到深圳,在银湖迎宾楼巴黎厅吃饭,李书记、王部长宴请作家。作协主席团的人几乎都来了,气氛很热闹。看来创作的好环境正在营造起来。

仍觉得累,不能正常读书、写作,好像不能集中精神思考问题。主仍命令我休息,让我享受美好、轻松的生活。

我每天都能切切地感受到主的恩典和慈爱。时时头脑里会闪过这样的念头:我此刻是幸福的。

随 笔

继续"母亲原型"的话题。

我刚察觉,《十二岁的小院》中的妈司令,可能激活了我"集体无意识"中的"母亲原型""救星原型"。在我的原始意象中,"母亲"与"救星"密切关联。

原始意象中的母亲,是孩子的救星。身体健壮、丰满,乳汁饱满的大乳房,浑圆厚实的肩膀,粗腰板挺直,跟山一样沉稳可依。胳膊腿脚肉乎乎的,有力量。手掌温暖绵软,散发着阳光的味道。宽宽的盆骨,脂肪微拱的油肚皮,鼓鼓囊囊的大屁股,红扑扑汗津津的大脸庞,双眼有神,声音洪亮,头发乌黑,走路一阵风。她能毫不费力地抱着或背着小孩子煮饭、炒菜。她能变出包子、鸡腿、糖果、小棉袄、蝴蝶结。

她每天会夸奖小孩子,用亲亲和抱抱来奖励小孩子。她发火的时候会暴跳如雷,拿着鸡毛掸子敲桌子、敲门框,有意等着小孩子仓皇逃跑,她装出严厉惩罚的样子,大声喝骂,心里却想着吓唬吓唬就好。

真打孩子的时候,她会告诉小孩子为什么会挨打;等小孩子哭得凄惨的时候,她会掌握火候拥抱小孩子,轻声说:别哭了啊,妈妈打你也是爱你呀,想你成为好孩子。

有空的时候,她会跟小孩子玩藏猫猫,她会温柔地抚摩孩子,她会哼摇篮曲,她会摸着孩子的小脑袋说:妈妈爱你。你是我的小宝贝,我爱你。

小孩子生病的时候,她会守在孩子身边说:妈妈在这里。妈妈知道你难受。

小孩子害怕的时候,大叫一声"妈妈呀",她就出现了。天黑的时候、打雷闪电的时候、被欺负的时候、大老虎大灰狼要来的时候,母亲会把我们紧紧地抱在怀里。就像大老鹰来叼小鸡的时候,母鸡会用翅膀盖住孩子们,它会去跟大老鹰拼命,它的凶样子吓得大老鹰赶快飞走了。孩子们就安全了。

爸爸是小孩子的天,妈妈是小孩子的地。小孩子就是天地日月之精华。

我再也没有机会了解小桃心目中的母亲原型是怎样的。

在 20 世纪新旧交替的年代里,很多时候,喜姑和小桃的母女角色也是交替、混淆、颠倒的。这不是一家一户的现象。近代女学生最早的集体偶像是秋瑾——两个孩子的母亲。同学相传西洋话剧里有个女人叫娜拉,娜拉最后离家出走了。"五四"精神的影响遍及城乡,也激烈地冲击着小桃的世界。

小桃很彷徨。新的世纪里,怎样做一个新的女性、新的母亲? 喜姑不是她的榜样。秋瑾的榜样她学不来。学娜拉? 剧作家没说娜拉出走之后怎么活。

小桃上有公公婆婆、公婆的长辈,下有小叔子、小姑子,还有大姑子、大伯子、大伯嫂。小桃白天要洗衣、煮饭、砍柴、打猪草、剁猪草、煮猪食、喂猪喂鸡放养鹅群;晚上在豆大的油灯光下,要给家中每一个人纳鞋底、补衣服。

十八岁的小桃做了母亲。她生的是一个体弱多病的女婴,这在一个还没有盼到长孙的家族里,实在是件不讨喜的事。忧郁的小母亲还没有适应母亲的角色,那个短命的女婴就夭折了。小桃还有没有机会做母亲? 她留在张家等什么? 等人? 等休书? 如果出走,娘家人面子往哪里搁? 举人老祖宗九泉下能不能安息? 直到 1933 年,小桃才再次做母亲。漫长的四年,无子、无夫、无依、无助、无寄托、无盼望、无人爱,一无所有的小桃怎样熬过可怕的忧郁?

在忧郁绝望的岁月里,小桃夜里做噩梦,梦境里是小孩子僵硬冰冷的尸体。

很多年之后,小桃的女儿兰兰常做噩梦。她梦见孩子在河里游泳,突然沉下去看不见了。她哭喊:快来人啊,救命啊! 好多人都跳下河帮她捞孩子。左边捞起来,是一条鱼。右边捞起来,还是一条鱼。河里都是鱼,只有鱼。她痛哭:我的孩子没有啦! 我的孩子死了啊! 她总从梦中哭得醒过来。

很多很多年之后,兰兰的女儿干脆选择不当母亲。但是,她常做噩梦。她梦见一卡车的小孩子翻车死在水渠里,一地的残肢断腿,水渠口堵着一块一块支离破碎的小脑袋小身躯,水渠里全是血,死尸叠着死尸……

这叫不叫"生物裂痕"? 叫不叫"原始意象"?

这叫什么呢?!

2006 年 8 月 12 日

链　接

《百年中国——中央电视台文献纪录片文稿》摘录

1911 年,农历辛亥年,沿续几千年的封建帝制在 10 月 10 日这一天敲响了丧钟。

1915 年 10 月 25 日,孙中山和他的秘书在日本东京举行了婚礼。

1919 年 11 月 14 日,古城长沙二十三岁的青年女子赵五贞因不满包办婚姻,在出嫁的花轿中自杀身亡。

在其后的十二天里,毛泽东连续发表了十篇评论,猛烈抨击酿成惨事的社会传统习俗……这位农民的儿子……五年前,他自己也因为反抗父母包办婚姻而愤然离家出走。

1929 年,退位皇帝溥仪的妃子文绣离家出走,并登报声明,公开宣布与溥仪离婚。

补　白

在这样的时局里,小桃选择了退守。在人生的关键时刻,精神遗传在起决定性作用。盼回丈夫,鬼子扫荡,家产被掠光烧尽。她死过四个儿女。她帮长大成人的每一个儿女都带过孩子。一辈子耗尽心力,一辈子没工资,没劳保,没福利,没地位,没奖赏,没处维权,没有受到应有的尊重。她没有享受到新中国妇女的扬眉吐气。她默默地凭良心做事,自食其力,以德报怨,以善对恶。从她身上我真切看到了:"爱是恒久忍耐,爱是永不止息。"

第 39 篇

认知日记

2003 年 10 月 30 日星期四上午 11 点

感谢神！"他使人安静,谁能扰乱呢?"

今天打开手机,发现昨天下午深圳方面发来了九条信息,都是催我回深圳开会的。又是文学界来人聚会。

星期天上午看《权能时间》,萧安柏牧师讲道。他讲的是《移山的信心》。我们要坚定相信:主定能将任何形式、任何意义上的大山移走。

1. 忍耐。

在这即时的社会里,尤其需要学习忍耐和等候。属灵的事、生活中的事、人生都有它的必然过程,我们必须忍耐、等候。萧讲到了胶卷冲晒的例子:原来要等几天,后来一天、一小时……现在数码相机,以适应现代人不愿等候、任何事情都想立刻得到满足的心理。他连上班前热咖啡的一分钟都不愿等。

2. 坚持。

坚持是持之以恒去做一件值得去做的事,不断耕耘、播种、浇水、施肥。杂草几天就能生长荣茂,但枯毁也快;而树木需要几十年的时间才能长成栋梁之材。

3. 祷告。

尤其是在人力不可及、不能为之的情况里,祷告能作成大功。萧牧师举例:一个早产一磅多的婴儿,医生说不能成活。放在护理箱中两个月,父母不能动她,一动她就会受伤。她父母只好每天在箱外看着她做祷告。孩子终于活下来了,而且很健康。五岁时,她随父母去看棒球赛,赛前雨水将临,空气很好闻。母亲问:闻到什么气味了吗? 孩子答:这是神的气味,我把头靠在神胸前时神的气味。母亲这才知道,当那两个月他们无能为力时,孩子正依靠在神的怀抱里,神在看顾她。

多么美好、奇妙的见证啊。

随 笔

听人说,一岁前的婴儿对母亲的喜怒哀乐极其敏感,清楚母亲潜意识中的私密。如果一个母亲潜意识倾向死亡解脱,那么婴儿自会抑制求生能力,启动自毁功能,以成全自体和母体。小桃那个夭折的女婴就是这样的精灵。她的夭折暂时解放了张二公子。

借用《百年中国》文献纪录片文稿里的一段文字,可以想像张二公子当年在北京的大致生活:"1928 年 8 月 17 日,清华学校改为国立清华大学,罗家伦任校长……原为皇家园林的北海和中南海相继开放。北平人在公园的冰面上溜冰,而化装溜冰很有些西方化装舞会的味道,不过这项娱乐在当时仅限于学生和知识分子。"

很多很多年之后。一天,难得三人闲谈,话说当年。

妮:听说那时候你很快活耶,周末在北海公园……你自己说,你在忙什么?

张:嘿嘿。读书。

桃:他跟人约会。

妮:那女的漂亮吗? 听说她父亲在北京当官?

张:官还不小。呃……

张瞟桃,不再往下说。桃不屑撇嘴。两人似笑非笑。

妮:怎么会看上你? 你又不漂亮,脸这么长! 我不信。坚决不信。

张:我那时候长得……人家是很喜欢的。周末她总到学校来找我,等我,非要我陪她……我不能……呃……

桃:他头一年还给我写信,以后就不写了。

张有点尴尬地笑。

妮:哈,自由恋爱! 感觉怎么样?

张欲言又止。桃看他,也想听。

妮:说嘛! 几十年前的事,怕什么。

张:北京女孩子……大胆,性格蛮爽……爽快。嘿嘿我还是很有良心的,要不然……难说。

张瞥桃:后来你也不写信了。

桃瞥张:我就等你开口,看你什么时候说,怎么说。

妮:这么等,把人等老了,还是你吃亏。

桃:只要他说离,我就走。我不怕。说不定……比现在好,不至于一辈子这样……家庭妇女。

张:我不是回来了嘛。

如果我是张二公子,我不会回乡。

萍乡一个小煤城,灰蒙阴霾天,闭塞沉闷地,乡下家里,夜晚点的是一小盏

171

一根灯芯的菜油灯。连茅坑都挖在猪圈里,踩着两截木棍蹲茅坑,头脸胳膊腿都要被猪嘴拱,不留神就会掉到屎窖里。城里街道坑坑洼洼一小截,上街从东到西走一圈,全身沾满煤炭味,鼻孔里挖出来的是黑鼻屎。

这种小城与北京天壤之别。

按1911年的学部规定,大学毕业生相当于进士。张二公子前程无量。清华大学的学历,红颜知己的人脉,开放的社会风气,西方生活方式的影响。

如果我是张二公子,我不会回乡。

我可以不提离婚。新女性不求名分,北京一个新式的爱人,家乡一个包办的妻子。孙中山、蒋介石、徐志摩、郭沫若、鲁迅……多少名人都在理直气壮地爱。

张、桃当年若分手是正常事。张二公子成为北京女婿,在某个研究院做一个低职位的小职员,清晨遛遛鸟,周末伺候老婆大人去听戏,飞黄腾达轮不到他,运动"文革"他够不上被群众专政的资格。20世纪30年代的萍乡,小桃这样的女子稀少而出众,总会有人追求。不管找到什么工作,按照小桃的个性,她会极其敬业,谦卑忠诚。这样的人20世纪50年代倒可能被作为妇女干部而提拔,她有工资,有发言权,能去参加三八妇女节的座谈会,有医疗保险、住房补贴、退休金,不必躺在医院担心出院无处容身,不必在九十五岁高龄还委屈流泪请求安乐死!

大学最后一年,张二公子面临抉择。

天命显现。他突然大吐血,被送到医院急救。继而紧急休学,回乡保命调养。偏遇国运不济,哥哥从军远行,姐姐跟心爱的人私奔贵州,妹妹外嫁;弟弟约同学投奔延安,却死于赴西南联大的车祸;老父也死于"走日本鬼"的途中。这个家从此败落。张二公子再没机会回到北京。

1933年秋,小桃有了兰兰。兰兰前面死了一个姐姐,后面连死两个妹妹。逃难时,又死一个弟弟。小桃一回又一回,哭她的女,埋她的儿。这个母亲没有疯掉,大概得益于传自喜姑的精神基因。

这是千万个普通中国人的家庭历史。战争,动乱,掩盖了无数人的抑郁死亡现象。

集体精神抑郁症的潜伏期,较其他生理疾病要长很多。约六十年后,开始显露,经过四至五代,集体爆发。如火山喷涌岩浆,将毁灭不设防的人们,熔岩过处,只剩灰烟。

有前因,必有后果。这是宇宙铁律。

2006年8月16日

《不要恐惧抑郁症》摘录

　　世界卫生组织把抑郁症定为导致妇女生病的精神负担。这就意味着,妇女生病或死亡的主要原因是抑郁症……对女性患者而言,发病的主要原因是爱情矛盾、婚姻矛盾、配偶的不忠或酗酒,以及寂寞、孤独、失落和离异……我们的精神中存在着"黑洞"……借助这些"黑洞"(精神,而不是抑郁),很多妻子不去感受丈夫不忠诚的某些蛛丝马迹,或者"忘却"了丈夫有一个情妇的事实。我们也可以借助它只记忆起积极的事件,而回避那些痛苦的经历……我们感受中的很多盲点,实际上是在帮助我们更好地生活下去。

——[德]乌尔苏拉·努贝尔

补　白

　　进入老年的小桃和张二公子,争着让对方先死。

　　小桃担心:她若死在丈夫前头,"谁来照顾老倌子"? 一旦失去她,"老倌子怕是活不长"。"老倌子"脾气臭硬,却又是纸老虎,碰到欺骗、冷漠和算计,气也会气死。

　　张二公子担心:他若死在小桃前头,小桃没有养老金,没有医疗保险,没有社会福利补贴,没有房子,谁都可以给她臭脸看,谁都可以在她面前摔摔打打。

　　重逢后,他俩共同面对军阀混战、日本侵略、解放战争、土改、"三反五反"、三年饥荒、"反右""四清""文革"……他被无休止地重点批斗专政只求一死的时候,她说"老倌子你不能死","落雨总有天晴时","不要怕老倌子,火烧油煎婆姥陪着你!"老倌子被赶到乡下种田插秧,比他年龄大几个月的婆姥一个人做两个人的活。穷得洗脸巾烂了买不起,婆姥找几块小破布拼缝一块洗脸巾两人洗。苦去甘来时,张二公子无数次感念:冇得婆姥打气,哄(我)早就死咯且(去)。

　　张二公子去世前,从牙缝里省下三万元给小桃傍身壮胆。最后一次住医院,他躺在病床上对小桃说:我舍不得死。我多活几年你日子会好过些。他后悔1950年硬是不让小桃去工作,他以为他一个月七十八元够养小桃一辈子。

　　几年后,小桃提起"老倌子",一句话跟我说了两遍:"咯硬是失呷(掉)哩伴啊!"小桃说"失呷哩伴"的眼神依然湿漉漉的,我耳旁有她叹气的声息。

第 40 篇

认知日记

2003 年 10 月 31 日星期五上午 9 点 56 分

凌晨做了一个奇怪的梦。醒来觉得很累。

我梦见自己在一个陌生的旅游小城里认识了一些人，有中国人，也有外国人。他们都往一座城门里赶。情形有点像西安老城区与它的内城门，但景并不漂亮，很一般的城，那城门上下里外都有人。我也正往里面赶，离城门只有几步之遥，就快进城时，突然子弹横飞，炮火密集，眼见着城门里的人被炸得稀烂，血肉模糊。我忙卧倒，吓得发蒙。模模糊糊听到有人命令说，把城门里的人统统消灭，城外的先不用管。我心里一边替城里的人难过，一边替自己庆幸，好在迟了一步进内城门。

恍惚中好像成了二战时的犹太人，东躲西藏，惶惶不可终日，总在找东西吃，衣衫褴褛，日子过得非常压抑和焦虑。周围的人渐渐减少，我心想，大概是送集中营或焚烧炉去了。再往后，心里焦虑，想着我的药快没有了，去药店买药会不会被当做犹太人抓起来呢？不敢去。但不去也不是长久之计，依稀记得我不吃药也会死。

突然想：我不是犹太人啊，他们应该不会抓我呀。可我怎么证明我不是犹太人呢？我拿不出任何证明。

我在想，我应该想办法逃出这座被纳粹占领、围困的陌生小城。这时我的焦虑开始减轻了一些。但直到早晨被小狗乐乐的叫声叫醒，我仍没有找到逃走的途径和办法。

我现在依然很困倦，我的精气神全耗费在梦中。脑子昏沉沉的，眼睛酸痛。

为什么会做这样一个噩梦？我不是好多了吗？昨天应该没受什么困扰和刺激呀。

别介意，精神心理的康复过程大概就是这样吧，不会是直线上升，常会出现反复，或是呈螺旋形上升？

李兰妮,别气馁,别沮丧,坚持就是胜利。你要经得起这样的起落折磨。别害怕,别着急。"应当一无挂虑。"

随 笔

梦醒时,我闭目养心,运用认知疗法定神。遇到这类梦境,我需要给自己释梦。白天的我,渴望知道夜晚的李兰妮在说什么。

梦中那座小城,许是精神障碍病人魂聚之城;城里被炸得稀烂的中国人外国人,或是死于精神疾患的人群;被纳粹所缉拿的犹太人,就算是重度抑郁症患者吧。险些送命的李兰妮大声对我疾呼:快逃! 逃得越远越好!

我强烈意识到,必须逃出这座被围困的小城。我害怕被抓进集中营,我害怕被丢进焚烧炉。我随时可能被捕。我焦虑。我恐惧。我找不到一条可靠的逃跑途径。但是,我在坚持,我没有放弃。

白天,我吃药、读经、做认知治疗,辅以芳香疗法、宠物疗法、饮食疗法;夜晚,李兰妮潜入意识深谷,试图修补"生物裂痕",整合大脑思想力,电击复苏自救神经。

认知:消极思维——又是一个噩梦;积极思维——自救系统开始启动。要有信心。纳粹最猖獗的时候,也就是二战转折之时。前方,有新天新地。

2006 年 8 月 22 日

链 接

《清 明》

爷爷是冬天来的,他的皮肤在一堆堆广东人中白得耀眼,只是脸上没有一点血色。爷爷那时已经便血,胃癌已进入晚期。

那时,我家住在粤北,那年的冬天我们见到了雪。雪花飘时,爷爷说丫头,春天咱们回东北好吗? 爷爷有钱,是卖房子的钱,够咱爷儿俩回好几趟家。我说老家没人了,连房子都没了,回去看啥呢? 爷爷说还有咱家的坟地啊。

不久,我生病了,在广州一所军医院里住了几个月。

就在清明前几日的一个深夜,爷爷到医院找我,爷爷说走哇,不是说好了春天回去吗? 我说医生让走吗? 爷爷说车快开了,走吧。我跟着爷爷急忙赶到一个小火车站,站台上很挤很乱。我正想上车,忽然发现爷爷不见了,接着火车开了,我在站台上追着火车哭叫:"爷爷——爷爷——"

那天夜里没有月光,我睁开眼睛在黑暗中发呆。天亮后,我给弟弟写了一封信,信中只说了这个梦。

弟弟回信说,爷爷走了,正是那天夜深人静时悄悄走的。

遵照爷爷的遗愿,爸爸将爷爷的骨灰送回老家,埋在我们家的那块坟地上。爷爷不再孤独,不再为得不到土地而郁郁寡欢。爷爷喜欢守着他的地,爷爷喜欢当农民,他的魂魄从不曾远离他所爱的土地。

1993 年 4 月 3 日

补 白

说到做梦、精神遗传、家族基因,还要谈谈我的父亲、祖父、曾祖父。

我跟爷爷说话的时候不多。四岁、六岁,我跟父母去东北探过两次亲。年龄小,时间短,智商发育晚,没留下清晰的记忆。此后,再没回过爷爷家。

在佛山小院时,爷爷来探过亲,住了一两个月。我家在海南岛时,他也来住过两个月。后来就是在粤北,他刚来几天我就到广州住院了。当时我并不知道他病得很重,也不太懂癌症是怎样一种病。

爷爷不管见谁话都特别少,不喜唠嗑。他也不爱跟我和弟弟玩,就喜欢独自沉默地呆着。我和弟弟是他惟有的孙女、孙子,要是在他跟前撒娇,他笑笑就把我们轻轻推到一旁去。

听说他在家乡威信很高,是那种乡间的主心骨人物,连财主、土匪都要给他几分面子,恨他又没法子干掉他。

我常叫爷爷给我讲老家的故事。在小院的时候他不讲,他信不过周围的红小兵。在海南岛的时候,他心情比较放松,讲过他的梦。

爷爷梦见他死去的小妹妹小兰对他哭:哥,我好冷。他就到烧小兰遗体的野地看,果然找到一截没收拾的骨头,他赶紧把骨头捡起归置好。

爷爷还讲过他们那圪塔家家敬狐仙。

我对狐仙感兴趣,心里想,就是雪白色的狐狸精吧?是不是有九根尾巴,能变美女那种狐仙呢?

爷爷微笑,摇头。他不细说,大概怕我乱传,招惹散布封建迷信的麻烦。

我曾问爸爸:听说东北受萨满教影响深,老家怎么会信狐仙呢?爸爸说,小时候看过大人问仙,不懂为什么灵。听说这个狐仙跟老李家的交情有来历,不是一般的缘分。好像自打老李家进关就有了,跟着走,灵性大着呢。

爷爷以上有几代人供过狐仙呢?爷爷以上几代人常做什么样的梦?祖先们的做梦基因遗传吗?有什么变异吗?民俗文化的种子不论落在怎样的土地上,即使不发芽,也会留下一丁点儿痕迹吧?

第 41 篇

认知日记

2003 年 11 月 1 日星期六上午 11 点 20 分

据广医二院龚主任说,目前他们心理科的病人以抑郁症为最多(包括躁狂症),其次是焦虑症、强迫症,也有疑病症、惊恐症、精神分裂症、躯体化等等。

躁狂症病人可以才华横溢,下笔千言,鬼使神差。

强迫症病人总洗手,一块肥皂洗完、手洗烂了还觉得不干净。惊恐发作似心肌梗塞症状,但急救时心脏没有什么不妥。

还有社交恐惧症、广场恐惧症。

躯体化主要是乏力,非常困扰,但化验、检查却各项指标正常,有些病人到处看病得不到正确治疗,只有2%的病人得到有效诊治。

分裂症例子:有一人曾嫖过一次娼,看艾滋病报道后,疑心自己有艾滋病,到各个医院化验,不相信结果没有,总不断想证明有艾滋病。还有人进门前有仪式,左几步、右几步,做莫名其妙的动作。

我很想通过电视剧方式来告诉人们抑郁症的问题,但估计立项难。

今天读经,很喜欢《诗篇》里的这一句:"我们经过水火,你却使我们到丰富之地。"

我马上把这金句记了下来。

这是我目前的心理写照,也是我这一阶段的处境、状况,我本不会描述,是《圣经》里的金句说出了我想说而不知如何说的话。

随 笔

前几天我在梅州迎宾馆开会。临睡前吃苹果,吃完苹果眼发直,盯着水果刀直发呆。我的目光、心思粘在那刀锋上挪不开。

我把水果刀藏在果篓下压着,不行。这把水果刀没有刀鞘,压在果篓下依然在我脑子里闪着贼亮的光。

深夜,我从果篓下摸出水果刀捧在手心上,独自一人,我在房间里像游魂一样来回走,我要摆脱刀锋的干扰。

我把刀放进抽屉里,不行。我想像着刀锋在黑暗的抽屉里寂寞地发出寒冷的光,我的心思会跑进抽屉里拨弄它。

我知道,这是强迫症。我已经用认知疗法化消极为积极,我不害怕自己的举动。

我一定要把刀锋包起来。用毛巾?用厕纸?用……用……用信封。把刀装进梅州迎宾馆的信封里,长短正好。封上信封口,放在果篓下,刀锋不再闪着信号一样的亮光。

当初看病,听龚主任说起强迫症病人的种种怪癖,我觉得挺好笑。当测验出我有中度强迫症时,我不信。我哪有什么强迫症?我妈才是强迫症,重度的。医生说:很多人有强迫症,表现方式千奇百怪,你不必多想,继续服药就行了。

我翻阅过萍乡中学的史料。那方水土有两个传统。一是革命。从鳌洲书院转为萍乡中学后,这个学校的学生就特别活跃,早期参与革命的人物很多。二是向学。出洋的、保送高校的比率颇高。我想,黄兴来演讲时,张二公子的爹在不在万人集会之中?他是革命的还是保皇的角色?刘少奇、李立三、张国焘在该校活动时,这位张教务长如何应对?睁一只眼闭一只眼?警告或开除张国焘这种学生?暗中助一臂之力?

无从考证。但我知道,张教务长并不是只读古书的老夫子。有版本说,他任知县前,接受过清末的新式教育,在北京读过法政学业。旧派新派相融,可以左右逢源。对老佛爷小皇帝,对同盟会北伐军,对CY组织地下党,他心里怎么想?精神冲突激烈吗?

我推测,他会明哲保身。不当革命派,也不做反革命派。

张二公子和小桃更是做了一辈子平庸顺民,属于最普通的中国老百姓。胆小怕事,但又积德行善。遇上革命党人遭难时,张二公子会到处托关系赎人出狱或使钱减刑,小桃会奔波几十里地探女监,送衣食,说些不顶用却好听的话。

兰兰骨子里像父亲。向学不能吃苦,革命不得要领。意外的是,她十六岁就出走了,革命了。

史料说"中学一百六十余名学生参军奔赴解放战争的前线",兰兰就是这一百六十分之一。该校不愧1925年就有地下党的革命传统。父系母系遗传的惰性被热血所破,十六岁的兰兰成为中国人民解放军的一名女兵。

小桃受孕时,丈夫有严重胃病,她有严重心病,这个女儿胎里弱。从优生

178

学的角度看,这孩了先天就潜藏了一身病。心肺功能、肠胃功能、胆脾功能、精神功能都不可能不多病。从军正是少年发育时,后天失调,一发而不可收拾。

从军要填表。兰兰跟多数新兵一样草草地填。这又不是在学校测验做练习,摇摇笔,倚马可待。

兰兰不懂什么叫成分。旁人说:就是问你家里是干什么的。兰兰说:教书的。旁人问:有没有地?兰兰想起奶奶在乡下有土地,老实答:有地啊。旁人说:有地那就填地主。兰兰想都没想就照填。她给自己刨了一个坑,一头栽进去。不,那不是坑,是漆黑的井。她几乎一辈子没有爬出来,郁闷了一辈子。她为老实幼稚付出了一生的代价。兰兰说:我很快从同学那里知道了,我父亲是教师,我的成分不应该填地主。可是,管干部的人说,填了就不许改。你改就是欺骗组织。欺骗组织就是反动派。兰兰血管里流的是张二公子和小桃的血。她只能抑郁,很抑郁。一生抑郁。

十七岁,兰兰跟着文工团下部队。首长交给她一封信,兰兰立刻把信交给分队长。队长笑说:我不看。这是写给你个人的。兰兰说:我不认识他,他写信给我干什么?气得对方跟组织说:老子打仗误了娶老婆,你们要给我买个儿子来做种!一起出来当兵的女生识时务。跟张二公子做同事做邻居的某老师就做了某某首长的岳父大人,某某首长上世纪 60 年代就是大军区司令。另一女生作为师长夫人随军调守赣州地,任凭运动起,没人修理她。

行军路上,兰兰学着用洗脚盆煮大锅菜吃;帮老乡劳动时,兰兰特意不戴草帽,她想把白嫩的肌肤晒成黑红色。她为自己的容貌身材不像劳动人民而自卑。一听到有人议论她长得娇气,她就很自责、很苦恼、很惶恐、很焦虑。

她的生物基因、精神基因源自小知识分子,但她渴望自己心肝胆胃五官脸蛋举手投足灵魂深处酷似无产阶级贫雇农。

兰兰时时强迫自己不怕脏不怕臭不娇气不小资,可她稍不留神就会露出阶级异己分子的小狐狸尾巴。她强迫了自己一辈子。一辈子她都跟自己过不去。这就是一代人的宿命。

2006 年 8 月 23 日

链 接

《克服焦虑》摘录

　　最常见的强迫行为是强迫性重复、控制癖、洁癖、强迫性回避以及强迫性缓慢和过分的精确……穷思竭虑。其实我们在世界上所做的一切都可能变为强迫行为，强迫行为的定义是我们不得不违背自己的意志和信念做某些事情或想某些事——极其迫切……如果强迫行为受到阻止，就会产生惊恐性的焦虑……这个过程中还潜伏着虐待狂和受虐待狂的基础。

——［瑞士］维雷娜·卡斯特

补 白

在《十二岁的小院》里，可以找出兰兰许多的强迫观念和行为。

以上摘录中，我对"洁癖""控制癖""穷思竭虑""过分的精确"这些词语印象深刻。这是上一代人留给我们这代人的神经刺激和烙印。

举个近日发生的小例子。我的散文集《雨中凤凰》获了广东鲁迅文艺奖。妈妈说：我对《雨中凤凰》获奖有看法，要是没把《十二岁的小院》收进去，那才是好书。

我说：《十二岁的小院》有什么不好？

妈妈说：你在里面骂我。

我说：你仔细看看，里面只有几行字是声讨你，我说了你也是受害者。

"李兰妮，你是一个小人！"妈妈有点激动地指着我，突然提高了声调。

屋子里气氛有点紧张。爸爸、弟弟和我都愣了。

"好好好，我是小人。"我用缓和的语气说，"为什么你说李兰妮是小人？"

妈妈说："你会写，就乱写。你欺负我是弱势群体，我写没人登。"

我问："哪里乱写了？"

妈妈说："你说我吃的中药里有当归，我很少吃当归，我那时候吃的是党参。"

我看弟弟一眼，我忍住笑，他也在努力忍住笑。爸爸觉得无聊。

妈妈说："我的体质是不适合吃当归的。李凡丁，你不要学李兰妮。"

我说："李凡丁，你说说，你吃药渣的时候，看没看到过里面有当归？"

话没说完我扑哧一声笑起来。李凡丁也笑，但他笑得比我厚道。

李凡丁含含糊糊说："反正我先挑红枣，后挑党参，甜甜的。苦的我就……"

李兰妮："当归就是苦的嘛。就几片。药渣里当然还是党参多。"

我庆幸。至少目前为止，我还没有"穷思竭虑""过分的精确"的症状。

第 42 篇

认知日记

2003 年 11 月 3 日星期一上午 10 点 20 分

凡丁从日本平安回来了。小保姆辞工并未对他家造成太大不便,他在电话里口气挺轻松,这样我就放心了。

前晚做梦,梦见李凡丁办喜事要连摆三天酒席,要妈妈亲自做。我生气地说:为什么要在家里摆酒?我借钱给他到酒楼去摆,我出一半钱,让他们在酒楼大摆一回就得了。我与妈妈商量此事时,凡丁用被子蒙住头装睡,以示逃避。我恼火。醒来后,虽然不像做噩梦那般疲惫,但心里有些闷闷不乐。

我在梦中总不如现实中活得好。为此我很生自己的气。谁都说我有福气,生活条件、工作条件、家庭条件都好,而我却在潜意识里充满焦虑,这焦虑的根扎得太深了,无法清除。

这与我童年的不安全感有关,也与我青年时代的疾病、动荡生活有关。

今天凤凰卫视的《晨早新闻》说,新加坡有项调查显示,许多男人婚后三年就会发生婚外情,年龄在三十八岁左右,尤其是经常出国的白领;结果是这些家庭中 70% 的妻子会得严重的抑郁症,30% 的儿女会出现抑郁症状。

童年时,成年后,我都深受困扰。若不是因主得救,我肯定会自杀,死也得不到解脱。我的灵魂里会充满忧恨,一生都不会爱己爱人,我会痛悔来人世一遭,我根本找不到人生目标。

昨天东山教堂做礼拜,唱赞美诗 236 首《时刻蒙恩歌》。特别喜欢这几句:

无有一试探我主不体谅,

无有一重担我主不担当;

无有一悲伤我主不安慰,

无有一眼泪我主不宝贵;

无有一懦弱我主不扶助,

无有一病患我主不看顾;

无论我前途遇苦或遇福，

耶稣我救主必时常保护。

亲爱的圣灵啊，这歌词说到我心里去了。

随　笔

兰兰转业了。兰兰结婚了。兰兰退职了。兰兰成了"家属"。

家属院里，女人们喜欢给孩子讲故事。讲的什么呢？

从前……这个男人把老婆休掉了。他是个败家子，吃喝玩乐花光了所有的家业，还被人打瞎了双眼。最后，他只好去要饭。有一天，一户人家给他一碗面，他吃着吃着，吃到一根长头发丝儿，瞎子认得这是他老婆的头发。原来，他要饭要到前妻家里去了。瞎子觉得又丢人又后悔，就跳河死掉了。

从前……这个爸爸给姐弟俩娶了个后妈。后妈生了儿子，就不要姐弟俩了。爸爸就带两个孩子去很远的山沟玩，乘姐弟俩不注意，偷偷走掉了。姐弟俩找不到出山沟的路，就渴死了。

从前……有个爸爸中了状元，当了大官，皇帝就把女儿嫁给他。妈妈带两个孩子去找爸爸，爸爸不肯认他们，还叫人去杀他们。最后，有个叫包公的好人就把那个坏爸爸的头斩掉了。老百姓就说：宁可跟着要饭的妈，不要跟着当官的爸。

在野战军军营的家属院里，几乎天天可以听到类似的故事。军营是男人的世界，女人们一概被称为某某某的家属，统称随军家属。既然是"随"、是"属"，那就摆明身份不平等，女人缺乏安全感，她们的精神世界里总有一个假想敌的模糊背影。每个家属院长大的孩子，都听过民间口头文学中的后妈故事。他们从小就被训练着提防后妈和对付后妈。

从前……有个后妈专门在晚上起来，把一根又一根绣花针扎进小孩子太阳穴里。小孩子总是头痛，医生找不到原因。小孩子就慢慢痛死了。

从前……有个后妈是笑面虎，爸爸出差时，她就用一个铁丝做的细钩子，从小孩子屁眼里钩他的肠子，肠子钩断了，小孩子就死了，外表一点也看不出来，谁都不知道这孩子是怎么死的。

从前……有个爸爸喜欢后妈生的儿子，总打前妻留下来的女儿。女儿就把弟弟的小鸡鸡剪掉了，爸爸很生气，一巴掌就把女儿打死了。

多疑、怨恨、妄想、恐惧，随着一个个"从前"的故事化为女人的噩梦，在小孩子的心田种下荆棘。

兰兰转业前，已从文工团调到军部任机要员。她做事严谨、守口如瓶、异常心细，一手清秀的毛笔小楷，是机要员的极佳人选。

兰兰以为，她当军部机要员能当到共产主义这一天。那时候，全国上下都这么说：中国只要二十年就能实现共产主义。

这个小女兵很单纯。部队给她正排级待遇，过的是供给制生活。她尽心工作，就有战士写信到军报表扬她。她犯胃病，组织上就安排她去唐山疗养院疗养，跟大师的传人学习四十八式太极拳。她在宿舍看书，就有军部的青年军官故意往她门里扔篮球。她在机关出早操，总有爱慕者想法子排在她后面。

突然，有这么一年，军队部署90％的女兵转业到地方。此后几年的急速变化令兰兰精神失去平衡。

地方上的工人阶级一眼看穿她不属于自己人——她的皮肤太白嫩，她说话的声音太轻，散发一股娇气；纤弱的身材、修长的四肢、光滑的小细脖子，浑身上下没有劳动人民的气味。

改造立刻进行。把黑色的机油抹在兰兰常用的物件上，让她手上油渍斑斑；夏天在露天工作不要戴草帽，皮肤黑了粗糙了，思想就红心就红。

兰兰蒙了。离开军队这个家，一眨眼的工夫，优点全变缺点了。

想入党？那是不可能通过的。你长得不像劳动人民，又那么讲卫生爱干净，不戴草帽晒太阳都晒不黑，何况档案里家庭成分是地主。

兰兰无数次分辩：我参军的时候年龄小，不懂成分乱填的；我父亲是人民教师，求组织替我把成分改过来。组织说，你父亲读得起大学，说明你家有钱，事实上就是地主，成分不能改。你的思想有问题啊，你要自觉改造一辈子。

兰兰说：我真傻，参军的时候自己填写成分是地主，其实我父亲真的是教师。这句话兰兰说了五十多年，至今她还在说。

兰兰的血统里承传着小知识分子的懦弱。她想革命，却又没能力彻底革命。她精神上有个死穴不能碰：其实她是怕革命的。

理智上，她是革命的。她爱说：我十六岁参军参加革命。实质上，她的本我是"良民小知"。她诚心改造，一辈子都在改造。她的人生，就像一个失败的变性手术。年复年，月复月，器官要填剜，五官要削垫，精神要切割，心理要缝补。改着改着，人迷失了，两头不靠。

这样的人，是一个破碎、残缺的生物。理智与情感极度排斥，灵魂和肉体永远争斗，自我和本我相互仇怨。注定了一辈子精神受难，无宁无康。

2006 年 9 月 12 日

《十二岁的小院》摘录

17

"学校要开大会,批判一个人。等下由你们揪她上台。"

这可是很光彩的任务。我的心乱跳。

"知道是谁吗?就是你们的班主任。"

我和副排长互相望望。这个副排长眼睛特别大,一睁圆了,就不大像人眼睛了。她的嘴唇很厚,表示惊讶时,高高撅起,像一大块橡皮擦。

"她在课堂上说,不止一次了,一寸光阴一寸金,寸金难买寸光阴。这是在贩卖金钱挂帅。"张指导员脸发白。不知是气的,还是正生病。

胡妈妈的两个窗口挤满了人。胡妈妈和小玲子还朝我招手呢。

我精神一振,心里想:挺胸、收腹。胡妈妈老说,小姑娘驼背不好看。

妈妈没有来。妈妈不喜欢看斗人,尤其不愿意看到学生斗老师。外公在江西萍乡高中教物理,他早被学生们斗倒斗臭了,还让人踏上一只脚,很可能永世翻不了身了。

刘老师不时抬起头来。可能是低头低累了,想歇歇。

副排长抢着摁她的头,摁一次,就冲我兴奋地眨眨眼,我也很想摁一次。

台下突然沸腾起来,"低头认罪!低头认罪!"我看见一片沸腾的脸,一片沸腾的眼,一片沸腾的嘴。

我慌了。我的心像一个空书包。我得赶紧找点什么装进去。

"该你摁了。"副排长偷偷踢了我一下,小声说,"她头上好多头油,搞得我手上黏黏的。"

我赶快伸手去摁那颗灰白的脑袋。我不够高,勉强能够摸到头顶。刘老师赶快垂下头,让我摁。

真的一手黏黏的。生发油的味道很涩、很苦、烧心。油油黏黏的感觉附在我的皮上,用刀子也刮不掉。我的手过敏了。手心又红又痒,整条胳膊像有无数黄蚂蚁在爬。

很久以前,我在山里摸过一棵漆树。这时我想起了那棵漆树。

我不想当副连长了,我想立刻找个地方躲起来。

补 白

在小院住的那三年里,是妈妈最烦恼的三年。她自己退了职在家当家属,她父母在萍乡险些被斗死,侥幸被横扫到乡下种田。而我爸爸却在"支左",忙得很少回家。

在这之前,不时听到部队里又有谁谁或某某离婚的消息,被离的一方都是成分不好的人。军人以服从为天职,一旦工作涉及保密,地主资本家出身的配偶就要扫地出门,一个家立刻就会散。

妈妈真的装了三年文盲。

她时刻提心吊胆,生怕被小院的家属们发现她的家庭出身。她从不提外公外婆,也不敢跟他们通信。她辗转知道了外公在乡下年老体弱干不动农活,气虚脱肛,肛门流血导致严重贫血,一下水田劳动,血就顺腿流,染得田里一摊摊血。妈妈极其焦虑,既怕给爸爸招惹横祸,又不能不尽一点孝心。她曾经偷偷跑到外地往家乡寄过两次包裹,然后就天天担心被造反派追查。

大概就从那时候起,她变得极其神经质。

她每天没完没了地抹桌拖地擦窗户,她刷席子能把席子刷破,擦窗框能把木框上的漆擦掉露出木纹来。她教训我和弟弟时,肯定要关上门窗,不给外人听见。弟弟那时才五六岁,却已训练有素,妈妈警觉的眼睛一扫窗户,他就心领神会去关窗,仔细插上窗闩,认真拉满窗帘,做到不露一丝缝隙。

我和弟弟神经都绷着,生怕不小心泄露妈妈的秘密。小孩子说话总有说漏嘴的时候。一说漏嘴,惊吓使得我眼前房屋树木人形急速放大,我的眼睛突然成了放大镜,天地间的一切陡然巨大挤压过来,我恨不得立刻消失掉,最好世界上从来没有我这样一个人。我会暗暗恐惧好多天,巴不得我刚说出来的话被空气吃掉了。我会很久很久留意周围的动静,等待灾祸降临。

几乎每天我都要想一想,万一妈妈的地主成分被查出来了,万一爸爸要跟妈妈离婚,我和弟弟肯定要分别跟着一个大人。我跟爸爸呢还是跟妈妈?跟爸爸我可能会被后妈害死,跟妈妈我可能要流落街头去讨饭。妈妈没有工作呀,妈妈没有房子呀,妈妈会不会在饭里下毒毒死我们一家人?

我天天观察妈妈的神情和脸色,总有一种不祥的预感。家不能给我安全感,父母也不能给我安全感。小院里处处都有警惕的眼睛,谁都有可能把妈妈和她的小崽子揪出来。有时候,我觉得我像一个潜伏的特务,有时候,我觉得我像一个地下工作者。十一岁的我时不时要叛逆一下。在妈妈眼里,我是一颗埋得潦草的地雷,说不准什么时候会爆炸。

我在小学里当了学生中惟一的副连长,还被工宣队选去押解过一回被斗的老师。妈妈提防我,觉得这是一只狼崽子。

妈妈不知道,我比她更困惑。我根本不明白自己为什么被指定为副连长,虽然纯属挂名,但同学们认为这"官儿"比老师还大。我没去讨好过任何人,也没有出卖过任何人,没有立过任何功劳,我不是班干部,也不是红小兵,天上就掉馅饼砸中了我。

我高兴,又害怕。妈妈家成分是地主,我怎么可以当革命的副连长?这叫不叫欺骗党?我要不要主动去坦白?

我奉命押班主任上台接受批斗。班主任讲的话,妈妈也讲过,妈妈就是这样教导我和弟弟的。一寸光阴一寸金,寸金难买寸光阴。外公也讲过。原来这就是放毒。我听这种话的时候一点也不反感,觉得好听又好记。我好担心有一天狐狸尾巴藏不住,同学们会把我揪出来。有时候,我会很担心地摸一摸自己的尾椎骨,想确定一下那里会不会有小尾巴要拱出来,我是不是伪装成人的狐狸。

十一岁的时候,我觉得我已经长大了,甚至有点老。是心里总想事想老的。这些心事我不能跟父母说。我还没弄清楚妈妈是不是坏人,她的脾气有点像她的"地主"奶奶,她经常用封建道理毒害我。她说女孩子要站有站相,坐有坐相。不让我穿漂亮的裙子,不让我在大街上吃东西,不让我到别人家串门,不让我端着碗在家外面吃饭。

我也信不过爸爸。假如他和妈妈离婚,他肯定很快就会娶后妈。

我八岁的时候就知道什么样的阿姨喜欢我爸爸。从她们看爸爸的眼神我就能认出来。她们以为我小,说话就不防备我。可我能从她们说话的语气里感觉到哪个阿姨喜欢我爸爸,哪个阿姨心里没有鬼。

遇上那种眼睛会乱闪光的阿姨来跟我爸爸谈事,我就坚持在他们身边晃悠,我玩我的,大人不许小孩子听他们说话,大人赶我走我就不走。

其实,许多做女儿的都有这种直觉。哪怕她只有两三岁,"集体无意识"的潜能会及时发出警报:狼来啦!这时,小女孩会突然跟大人捣乱,莫名其妙哭闹起来,她并不一定清楚自己要干什么,但直觉会引导她赶走大灰狼。

听后妈的故事听多了,让我感到所有的爸爸都不可信赖。他们无一例外会把儿女交给后妈,任后妈折磨小孩子,爸爸不会去救小孩子。心软的爸爸会闭上眼睛,堵住耳朵,不看不听孩子怎么被人折磨死。心硬的爸爸会帮着后妈把小孩子绑起来,堵上嘴,蒙上眼,用针用铁丝害死小孩子。

在小院里,我常忍不住想:爸爸舍得害死我和弟弟吗?小院里的阿姨们说:妈死了,再好的爸都会变,变得只爱后妈生的孩子。我相信这些话。妈妈打我的时候我不敢跑,万一她气死了,后妈马上就进来了。后妈打人总比亲妈打得更痛吧。但是,小孩子挨打不跑是违反天性的。这样的小孩子长大肯定有病。

第 43 篇

认知日记

2003 年 11 月 4 日星期二上午 10 点 50 分

连续几天夜里多梦。

昨晚梦里听见有一个女人的声音高声叫:兰妮!我大声答道:哎——脑子里一激灵,人没有醒来,但神志明白在做梦呢。

恍惚中,我的躯壳没有动弹,魂魄却起来察看怎么回事。甚至在想,是谁在叫我呢?声音有点像罗建琳的声音,但又不太像,也许是个不认识的人?

此刻我忽然想,是不是我自己在叫自己呢?我迷失了许多年,我从来不认识自己,心里没有自己的具体形象,也没有见过自己的本性。

我好像沉睡了很久很久,又好像心灵病了很久,一直处于昏迷状态中。

平日里,我的躯壳机械地活动着,没有定力,像薄纸片一样脆弱、摇摆,混混沌沌,没有创造力。

昨晚是我自己的灵在圣灵的感动光照下终于露面了?我该苏醒了?我盼望着我的灵破茧而出。

这个星期我要去看病。我要常提醒自己,不要减药减得太快,以免病情出现反复。

抑郁症病人的自杀率是 20%,其中有一些人是停药不当痛苦倍增而自杀的。抑郁症的药副作用大,我若是没有经过癌症化疗,也许会扛不住而放弃。

前几天开"高评委"会议,与程文超谈起化疗药的副作用时,他说他现在吃的药也会导致大脑昏沉,无法看书、写作。可见我当初并不完全是意志不够坚强。程说他吃药口腔溃烂,我说我早有体会。

我现在发现,许多病人跟我谈起开刀、化疗、服药、临床症状时,他们所痛苦的我都经历过,程度更甚。

我不禁有些困惑,我当初为什么没有大声诉苦、叫苦呢?我也有些害怕,怕像那些见惯死亡、病痛的医生护士一样,对人们的疾苦麻木,再无同情心。

好在医护人员往往对病痛缺乏亲身体会，而我却深知个中滋味。当我向病人描述时，他们会想，原来她早经历过，就是这么苦！她也吃过这么多苦啊，可见世上不止我一个倒霉蛋。如此一来，他们心情会好转，这是人性的本能之一。

如今的时代，人的寿命大大增加。比如宋美龄，她就活了一百零六岁，一生贯穿了三个世纪。"四十不惑，五十知天命"的俗话不灵了。21世纪，知识大爆炸，人们的生活空前动荡。要学的新东西太多，要迎接的新挑战太多，要改变的事物太多……

四十岂能不惑？五十怎可知天命？这个年龄段正是大惑难解天命之时，尤其要安静，要反思，要学习化繁就简，学会放弃，学习生命也是一个不断丧失、不断得到的过程。我的切身体会可用这句圣经来概括："认识耶和华是智慧的开端。"

随　笔

有好几次，我在梦中听见有人叫我的名字。

梦境中我就会浑身一激灵，头皮发麻，汗毛直竖，心里很不自在。梦醒之后，心脏会揪得疼，魂不守舍，好像被人把魂喊跑了，许久收不回来。

小时候，在外婆家，弟弟那时两岁。天热，他光着小肚皮，躺在汪公潭边一块大石上乘凉。他睡得正香，邻居一个大他几岁的孩子淘气，学着道士作法，念念有词，一跺脚，手往弟弟头上一指，朝他身上喷了一大口"法水"。弟弟从梦中惊醒，吓病了。

老人们说，这叫惊走了魂。如果不把这魂收回来，失魂的人很快就会死。按风俗，外婆一连几天都沿着汪公潭一路去喊魂。

喊魂要在天很黑的时候喊。至今我还有印象。

天黑黑的，潭水反着光，散发着浓郁的腥气。潭边小路弯弯曲曲，高高低低。外婆抱着弟弟，伸长脖子放声喊：凡丁叽哎，飞（回）来啊——喊几声，她就催我帮着大声答：飞（回）来哩呀——　外婆抱着弟弟一路走一路喊，我在后面看不清路，跌跌撞撞盯着外婆的背影追。有时我顾得了看路就顾不上喊，外婆就拍拍弟弟的背，说：来古（小男孩的俗称），你应呦，我飞（回）来哩呀。弟弟的头软耷耷地靠在外婆脖根上，他发烧，有点神志不清。外婆跟他说一句，他下意识里就哼一声。

很奇怪，喊了两天，弟弟病就好了。外婆为了让弟弟的魂安定一些，仍带着我和弟弟夜里出去喊了两三天。

现在想，撇开迷信，从精神病学层面说，我们每个人都会遇到这样的时候：

魂受了惊吓,精神紊乱,神经递质严重下降。老百姓的"喊魂",大概就是一种原始慰疗,民间单方。

我不知道自己什么时候魂丢了。魂是怎么吓丢的,已经不可考证。但是,谁来给我喊魂呢?要怎么喊,我的魂才会回来呢?

2006 年 9 月 13 日

链　接

《十二岁的小院》摘录

24

爸爸病了。躺了大半个月。医生说是高血压。

后来,爸爸能起床了。有一天,他突然说:"走!上街吃早饭去。"

这是我们全家第一次下馆子。

鱼片粥很好吃。鱼片没有刺儿,薄薄的、白白的,还带卷儿,舌头一碰就融了。粥很稀很烂,喷着浓浓的米香和鱼香,上面还飘着碧绿的葱花。

我和弟弟添一碗明火白粥,俩人分着吃。这白粥熬得真棒,熬出了米油,乳白色,跟鲜牛奶似的。喝白粥要放点细盐末才好吃。桌子上一个小玻璃瓶里有细盐,随便倒,不要钱。弟弟一会儿倒一点儿,一会儿倒一点儿,最后粥太咸,糟踏了,这么好的明火白粥。

妈妈给我和弟弟一人买了一双新雨靴。爸爸给我买了一本《新华字典》,给弟弟买了《智取威虎山》的小人书。

山货店里,有许多石湾瓷器。我看中了一只小白鸟,鸟身子是空的,灌上水,对着尾巴下的窟窿眼一吹,小鸟就会叫。我指指小白鸟,想买又不敢说。爸爸说,买吧。妈妈说,买两个。

爸爸妈妈平时很节省,花一分钱买东西都要想了又想。

我想起一本书上说的故事:有一家人穷得活不下去了,当爸爸的就去买了一包砒霜,带全家人上街吃了一顿饱饭,然后一家子喝了毒药。

是不是爸爸被部队开除了?是不是爸爸妈妈要离婚了?

"带他们吃一顿冰吧。"妈妈站在冰室门口说。

爸爸去卖冰的窗口端了四份奶油雪糕,两杯红豆冰。我一直跟着爸爸,紧紧盯住他,我怕他往冰水里放毒药。我可不想喝毒药。

秋天快过完了,冰室里没有其他客人。我用红红的塑料小勺,一点一点刨滑软的雪糕。

我不觉得雪糕特别好吃,尽管这是我第一次吃雪糕。

我的心在悄悄往上爬,它想爬到耳朵上面去躲着。它一点一点越缩越紧,越缩越小,像一粒烧红的铁丸。

"咱们要搬家了。搬到海南岛去。那儿有一个生产建设兵团,有好多人在那里种橡胶。"

我闭上了眼睛。冰水冰得我眉心好疼。冰气钻进了我心里。

爸爸继续说:"那里四面是海,比农村还苦。你们要有吃大苦的准备。妮子要学挑水,那里吃的是井水,弟弟要学捡柴火,到山上去捡柴。那里没有电灯,晚上要点煤油灯。还可能没有青菜吃,咱们要用酱油来泡饭吃。"

"我最喜欢酱油泡饭,放一勺猪油。"弟弟快活地叫道,"那里有猪油卖吗?"

"爸爸,"我小声说,"你犯错误了?"

"胡说。"妈妈瞪我,"好多叔叔都要去,这是组织上信任咱们。"

"我喜欢这里。你们走吧,给我留一点钱,我能管好自己。"

"那怎么行?你的户口也要跟着走。谁让你住这儿?学校也不会收你。"

爸爸垂着眼皮用勺子戳雪糕。

"爸爸,咱家怎么老搬来搬去?搬了多少次啦?"弟弟吃完了雪糕,才开始关心搬家的事。

"行了,别问了。"妈妈很不耐烦,"下星期妮子就退学,帮我收拾东西。"

妈妈发给我和弟弟一人五角钱。

"好了,你们现在有钱了。姐姐领弟弟买东西去。想买啥买啥。晚上我会来检查,看谁手里剩的钱多。"

爸爸急忙摆手,"去吧去吧,不检查。别都买吃的,买点纪念品留着。谁知道你们这辈子……还能不能再进城。"

补 白

前些日子在梅州开会,与贺绍俊、孟繁华谈起抑郁症这个话题。贺绍俊说,精神病毒像感冒一样会传染,抑郁症也会这样。目前,我看过的专著中提到了"遗传基因""生物裂痕""精神黑洞"等,还没有看到抑郁症专家提起"精神病毒"这个概念;仔细想想,抑郁症的确存在精神病毒的传染及感染。一个家庭,不论是大家庭,还是小家庭,精神抑郁就像病毒性感冒、SARS、禽流感变异病毒,它是会传染、扩散、变异的。

"每个人的大脑都是与横跨几个世纪的集体思想相联系的,我们每个人都会受到曾经存在于人类大脑的所有思想的影响。"一位罹患抑郁症的爱尔兰作家引用荣格名句时，提起荣格曾接受过抑郁症治疗，并猜测说，"如果他随着自己的失常而对自己有了彻底的了解的话，或许他已经发现了一条治愈抑郁症的途径。"

依我看，荣格不可能对自己有着彻底的了解。但我真的相信，我的大脑与横跨几个世纪的集体思想是有联系的，祖先的精神基因直接间接都在起作用。

回头看，在小院时，表面上我是一个调皮、好动的孩子，爬墙上树打架，疯疯癫癫不像个小女孩；实际上，来自母亲以及母亲的母亲……的精神病毒正在传染我，试图侵噬我健康的身心。我的本能意识到这一点，神经中枢启动免疫机制阻挡病毒蔓延。在这样一种刺激与反刺激的拉锯战中，我变得神经质。

一方面，这个儿童只读过一年正规的小学，没文化、没知识、没教养、没规矩，脑功能没有得到正常开发；另一方面，由于病毒的感染，这个十一岁的儿童精神上出现病毒性结节，神经中的防卫功能过分突出。她过分意识到她的家庭处在危险当中。父母之间一个异样的眼神，邻居阿姨有意无意的问话，小朋友听来的传闻，哪怕风刮过来的半句议论，地上吹动的一张废字纸，她都留心注意，放在心里妄作分析。

她实在忍受不了这样说不出来的紧张、耗神，便故意捣乱来释放压力，她以顽皮叛逆来转移注意力。就在这个小院里，她养成了一个习惯，眼睛总看见死亡、灾难，耳朵总听见恶性事件、威胁，记忆只对灰色、黑色自动按下快门。

这不是一个儿童的遭遇。这是一代人的遭遇。

这是一个民族曾经走过的精神旷野。

第 44 篇

认知日记

很疲倦。困得很。做了一个可笑的梦,醒来有些懊丧:我真是这么无聊可笑的一个人吗?

我在银行柜台窗口数钱,好像是取钱吧。一沓五十元面额的人民币,数到最后一张时,发现这张钞票在横面的五分之三处断成了参差不齐的两截。我对营业员说:这张不行,换一张吧。那是个较胖的中年妇女,她断然拒绝说:不能换,我给你的时候是完整的,没有烂。我说:我就在柜台上数的时候发现的,也不是我撕烂的嘛,而且烂钞你们是应该回收的。胖妇说:这种情况不在回收之列。你有意见等我们领导回来再说吧。我怕麻烦,便说:你给我一截透明胶带,我把它粘贴好。她说:没用,粘不好的。我说:我粘给你看,其实这是很容易办的一件事。我想把钱票拼整齐,有一小块碎片总被吹跑,我频频去捡拾,钱票越弄越破。有一老头从旁边窗口挤过来,把摊在台面的这张钞票扒拉成一张破剪纸。我急了,大声数落老头没礼貌,不排队。老头嗓门比我还大,态度蛮横。我只好把这张剪纸模样的钞票拿到外面草地上粘贴。这时的钞票变成了浴巾大的一张红色剪纸,碎碎破破,很难拼凑。我好像着了魔,越难拼凑我就越较劲,不知跟谁较劲,拼得我很累。胖妇下班过来了,她很有兴致地看我拼图,表示佩服、同情,还帮着指指点点,我越发来劲,不能收场。

费神费力。

早晨曚眬醒来(尚未清醒),得知原来是梦,不用拼图了,不禁大大松了一口气,心里迷迷糊糊想:醒来真好。躺在床上,无法完全醒来,不想动弹,不想起床。因为梦里拼图拼得耗尽了精气神。

心里在责备自己:这么傻,我从来不是爱钱之人,怎么在梦里却这么愚蠢呢,太不值得了!

此时,我清醒面对电脑,我在想:这个梦也许是个象征吧?

在生活中,我常会不由自主、不可思议地做着一些无聊、无意义的蠢事。当初在事件之中时,并不觉得愚蠢,更不觉得自己在浪费时间。

我相信,每个人都有这样的愚蠢时刻。当我们陷入泥淖时,不要急于挣扎,要冷静、清醒过来,看清这件事情值不值得耗费气力去做。

想想这个梦,过去的岁月里,我白白耗费了多少精力和时间啊。

愚蠢。但愿我会记住这个梦,少做这类"粘贴钞票剪纸"的蠢事。

随　笔

在认知日记里,我自己解释这个梦。但我仍无法接近真实的李兰妮。

也许,这张钞票就是你,就是残缺、破碎的你。就是你的精神世界,就是你的人生价值。你意识到了自己的残破,你想更新自己。你不喜欢残破的自己。你认为残破不是你的错,破钞出自银行系统,错在银行。但是,银行拒绝替你更新。你埋怨银行给了你破钞,没有机制为你申权,保证你必得更新。你不得不自行拼凑、粘贴,自己对自己的价值负责。

你生病以来,你吃抗抑郁药以来,你写认知日记以来,你就是试图把残破的李兰妮拼贴完整。可是,拼来凑去,她还是碎的。

你太着急了。你觉得累。欲速则不达。

李兰妮,我告诉你,不要这样跟自己较劲。这就是强迫症的表现,这就是精神障碍在困扰你。

这张钞票的纸面虽然残破了,但是它的实际价值并没有废止。一个银行职员不帮助你,不等于整个系统、制度不肯接纳你认可你。

首先,你要安静下来。然后,你要耐心等待。

你要对自己、对系统有信心。"不要怕,只要信。"

我知道你信,但是你的信不足。所以,梦中的你说出了信心不足的实话。你的灵仍在忧伤。

记住:"压伤的芦苇他不折断,将残的灯火他不吹灭。"何况是你李兰妮。

2006 年 9 月 14 日

链　接

《十二岁的小院》摘录

8

三个男生跑出来了。他们军衣兜里装着硬东西,沉甸甸地突起。

"那条铜线没办法割，不知道它有没有电。找不到电闸，可惜了，是紫铜，那么粗，又长，能卖好多钱。"小胖鼻尖上挂着一滴浑浊的汗。

"我去看看。"张小霞说。

"我也去。"我在墙头叫。

这根铜线跟四五排胶皮线并排穿过电线杆，接进营房。它已经断了一头，顺墙垂了下来，里面包的芯子真是紫色的。紫铜能卖大价线。

"咱们五个人手牵手，我去摸，要完蛋大家一起完蛋好不好？"张小霞提议。

"不好。"三个男生齐声反对。

"要不，来包剪锤，谁输了谁去。"

"不好不好。"小胖说，"下次再来。我去借一支电笔。"

"你们都滚。我来摸。"张小霞把牙膏皮掏出来交给我说，"牺牲了就牺牲了。再过十五年，老子又是一条好汉。"

"我来摸！"我想都没想，这句话脱口而出，"我要电死了，别让我妈知道我跟你们来偷电线。"

18

大院食堂里做忆苦饭，又挖走了一棵芭蕉树。芭蕉树根很苦，做糠菜团子少不了它。地上多了一个新鲜土坑，坑里有不少细细的根。

一把水果糖掉进土坑里。我抬头一看，张小霞正冲我吹口哨。

她现在是初中生，留了一个运动头。她迷上了月琴，一有空就在家里练琴。院里阿姨都说琴能收魂，还说浪子回头金不换。

妈妈大受启发，咬咬牙，花了六块钱，给我买了一把秦琴。我自学了两个月，连一支《东方红》曲子还弹不出来。妈妈说奇怪，同样学琴，小土匪头子都能改邪归正，怎么小土匪喽啰还顽固不化？妈妈说，龙生龙，凤生凤，老鼠生息打地洞。张小霞是凤种。

胡妈妈说，张小霞根本不是学琴学乖的，是来了月经。女孩儿家来了月经，就知道羞耻了，再不敢到处胡闹。

21

张小霞真的当兵了，说是要去珍宝岛。

"那里可冷了，咱们的人要趴在雪地上打仗。"

"雪地算啥。我要立功，当个最大的英雄。"张小霞踮起脚，抖了抖肩。她比以前漂亮了，五官俏俏的，四肢长长的，个头有一米六九，她还不到十五岁，显得比十八岁的人还大。

"你会不会想家,想这个大院?"

"当然不会。"

"你给不给我写信?"

"不写。有啥好写的。"张小霞说,"到部队,我谁也不想,你们也别想我。"

我很失望。不过,我也会一样,到了新地方,就会把过去忘得干干净净。

我们不喜欢过去。

补　白

我在《十二岁的小院》里说的人和事,97%是真的。另外3%,保不准记忆有偏差、措辞不精确。还有,所有的人名我都改动了一个字。

我上小学四年级的时候,张小霞上小学六年级。

张小霞是个漂亮的女孩子。她在大院里很特殊。大院里驻扎着一支特殊部队的技术大队。我父亲从海防前线到城市"支左",我家便借住在这个大院中一个偏小的院子里。小院里住着技术大队中下级军官的家眷,离小院几百米处是大队首长院。小院的家属小孩极少跟首长院的住户来往。

张小霞的父亲是大队首长,母亲是军医。她的母亲长得有些像电影演员王晓棠,眼睛尤其像,微微往外突。身材有点丰满,走路姿势从容优雅,目不斜视,很有教养的样子。张小霞没有母亲那么漂亮,可能小,还没有长开。

在小院阿姨们嘴里,这个张小霞是全大院孩子中最坏的。

我没有看过张小霞主动去打别人。她只是有些高傲,懒得搭理那些啰嗦的家属。她身手矫捷,出拳踢腿干脆利落,不时教训一下欺软怕硬的坏孩子。

前几年,看电影《霹雳娇娃》,她们的身手触动了我的记忆。记忆中的张小霞才十二三岁,跟"性感"二字根本不靠边,但她的脾气、性格,包括动作,有点像卡梅隆饰演的那个女特工。

我刚从海岛到城市,又是寄居此地,很是仓皇。我和弟弟总是无缘无故被坏孩子追打。为了保护弟弟,我常常要一人同时对付好几个小刺头。

现在我想,张小霞是路见不平。她主动跟我玩。其他小孩一见她跟我玩,就不敢欺负我和弟弟了。

张小霞其实家教很严,她妈妈很少让她出来玩,要求她在家读书。

我跟着她去做过几次小坏事。比如,去炊事班的菜地里拔萝卜,挖地瓜,到一中队的宿舍偷割电线。作案的除了我,其他都是首长院里的孩子,张小霞是总指挥。他们家里不缺钱,根本用不着靠卖牙膏皮、铜线去租小人书,纯属无聊,精神空虚,想挑战权威,找点刺激。而那时候的我常会幻想着:有一天,我出门突然被汽车撞死了,遇到武斗被手榴弹炸死了,反正我突然死掉了,我就可以报复爸爸妈妈了。我渴望叫他们因我而后悔、伤心。所以,我会主动去摸电线,上街故意走马路中间,爬房顶爬树梢不怕摔死。

我和张小霞这方面可能有默契。我们在一起玩的时候并不多,但有两次谈话让我记了一辈子。

一次,她主动告诉我,她外公是资本家。这是她家的秘密。她觉察到我因母亲的家庭出身很受困扰,便仗义地说出家里的秘密。这样的谈话,相当于二次大战时,盖世太保到处抓犹太人,你吓得东躲西藏,惶惶不可终日。但是,有一天,一个看起来像日耳曼人种的女钢琴家告诉你,其实她也是犹太人。你顿时会感到你不是孤独的一个人。

另一次,她告诉我,她妈妈晚上会趁她睡着了,去脱她的裤子,扒开……来看。我年纪小,不懂。她妈妈是医生,看起来很正常,为什么会这么流氓?怪不得张小霞恨她,怪不得张小霞十四岁就要去当兵。

十一岁的我替张小霞感到愤怒。我那是盲目的愤怒。

等我写《十二岁的小院》时,才忽然明白:张妈妈是害怕女儿在混乱的时世中受到性侵犯。她是医生,看到的阴暗面更多。她担心女儿,想保护女儿。她的方法不对。我想,她一定有强迫症,或者是妄想症。

我在小院居住时,常跟其他院里的三个女孩玩。她们比我大一岁,比我早熟。有一次,我们在礼堂后面的小树林玩,玩累了,就坐在树上聊天。

瘦女孩吞吞吐吐说:你们……都要小心点,我们大院里有叔叔是流氓。

我吓了一大跳,这里是军营啊,怎么会有流氓叔叔呢?

瘦女孩接着说:上次我们坐车出去参观,下车的时候一个叔叔来抱我,他故意碰我……那里。

会有这样的坏叔叔?我有些不相信。我从没碰到过这样的事。

鬈发女孩说:我也碰到过。好几次呢。有一次是摸我的屁股,还有一次捏我的胸,捏得我好痛。我就故意乱骂,一骂他就缩手了。

我是在海岛长大的,接触人特别少。听她们一说,顿时很紧张。我问:怎么才能看出哪个叔叔坏,是流氓呢?她们告诉我:看不出来。只能自己小心。

胖女孩说,卫生室有个医士叔叔,有一次把她带到小屋里,解开裤子叫她摸他那里,她不肯,吓哭了。那叔叔就害怕了,给她一把玻璃纸的水果糖,叫她不要告诉任何人。后来,又有一次,那个叔叔又把她带到小屋里,又解开裤子叫她摸,她就摸了。

胖女孩说:很奇怪呀,那个叔叔那里就有白白的水喷出来,喷得好远。我脸上也脏了。我就哭。叔叔就帮我擦干净脸,放我走掉了。

以后她一直躲着这个医士,老远看见他转身就跑,根本不让他靠近。

真是恐惧。我把这番话放在心里琢磨了好些天,明白了,再革命再安全的地方也会有危险有坏人。

我们不可以相信任何人。

第 45 篇

认知日记

2003 年 11 月 10 日星期一上午 10 点 50 分

刚才我喝了一杯咖啡。很久没喝咖啡了,因为上火、咽喉痛、胃痛、睡眠障碍等原因,所以不敢喝,馋也要忍着。前几年,每天上午、下午写作前,我是一定要先享用一杯哥伦比亚咖啡的。不喝脑子就不清醒,不能进入较好的写作状态。

我很喜欢闻咖啡的香味。在我喝过的咖啡里,罗马和巴黎的咖啡最美妙。我在文章中把它们的风情比做宝姐姐和林妹妹。

抑郁症辅助治疗方法中有一条:适当放纵一下,做你想做的事。这条很合我意! 既然喜欢,偶尔为之,有何不可? 起码我现在就很高兴,心情也靓,此时肯定不抑郁。

现代人习惯走极端,要么尽情放纵,一发不可收拾;要么作茧自缚,不敢越雷池一步。多没劲儿。为什么不能练习收放自如呢?

也许收放自如的境界较高,必须经历过极端之后才能到达?

星期五上午去看病,龚主任叫我不要有顾虑,佳乐定怎么吃效果好,就用多大的量。我便恢复了临睡前服四分之三片佳乐定的药量,果然梦中不再焦虑。没想到小小一片药增减四分之一区别会这么大。

龚主任告诉我,世界上 20% 的妇女会在一生中至少发作一回抑郁症,15% 的男性会与抑郁、惊恐、强迫等精神、心理病症有关联。这个数字很惊人。他还说:医学界认为,良好的医患关系的建立等于病愈了一半。

我认为,精神卫生、心理治疗科尤其是这样。再有名气的医生,病人如果不信任他,医效会大打折扣,甚至无效。有时候,医德比医术更重要。人们常说的有无"医缘",也就是医患关系的好与否。

中国人口多,一个医生每天要面对的病人太多,于是,间接导致了德艺双佳的医生太少。我现在常为医生们祷告,求主赐福、使用他们。

龚主任谈到了他太太和孩子对《人在深圳》一书的看法。他们喜欢看自传性散文,跟日常生活紧密联系。我认识的好几个医生读者说《人在深圳》令他们想起了童年和过去的日子。

记得1995年去冰心老师家,她给我题字:"兰妮 用真情实感来写作。"当时觉得这是一句大实话,朴素易懂,后来,随着写作的步步深入,才知道那时我并未真正懂得这句话精华所在。

昨天《权能时间》萧安柏牧师讲道,提到了皮尔博士的"吸引定律"。即:只要你有积极的思想,就能吸引积极的信息,吸引积极的事物发生,吸引具有积极思想的人团聚周围。

积极思想令人向积极方向进发。物以类聚。一只乌鸦,会吸引一群乌鸦;一只海鸥,会吸引一群海鸥。

总是消极思维,就会堕入消极的深渊。应该把积极思想变为积极行动。

《希伯来书》第6章18节写道:"上帝不可能撒谎。"即上帝的每一个应许都是真实、可靠的。

积极思想可晋升为可能思想、移山的信心。相信自己能做不可能之事,着手行动,找出通往可能之路。

当悲剧发生时,人们往往会问:上帝在哪里?上帝为什么让这种事情发生?回答是:上帝在工作。上帝使用人生的悲剧,变消极为积极,化不可能为可能。最重要的是:我们要坚定信心。

萧牧师举例:过去三十多年来,一位风琴手都在水晶大教堂做事工,后来遇车祸,断了一只胳膊。现在,有作曲家专为他创作了单手演奏的风琴曲,他正准备进行全球巡回演出。

这次的嘉宾是一位出色的作家,他少年时所在的教会不健康,讲道教条、面目可憎,但上帝使用他的悲剧,让他写出了亲身体验,给不信教和信教不坚定的"中间地带"人群写书,影响积极、巨大。

随 笔

看冰心散文时,我更多想的是她散文背后的故事。我很羡慕冰心老师有好爸爸好妈妈。这个爸爸虽是军人,但是他很懂得怎么去爱小孩子;这个妈妈虽是家庭主妇,但是她的身心很健康。由这样的父母哺育出来的孩子,才有可能成为民族精英,而这样的精英是超越国界的,懂得爱的世界语。

我不知道喜姑有没有跟小桃讲过爱的故事。估计民间传说、善有善报的神话是有的。

小桃出生前,各朝各代母亲给孩子讲的故事大同小异,多出自寓言成语话本唱词。一代又一代的母亲给孩子喂着奶,讲着爱的故事。

辛亥革命后,西方的文明传进来了,母亲的乳汁里补充了新的营养素,孩子本该得到更丰盛的哺育。可是,小桃的乳汁远不如喜姑当年饱满丰足。她的孩子是在战乱的恐惧中长大的,母亲的血液精华无法化成乳汁哺育出健康的儿女。有哀鸿遍野,没有神话,没有爱的童话。

到了兰兰初当母亲的时代,"母亲"成为一个书面语,一个虚词。革命的同志们流行着革命的育儿法。孩子不是偎在母亲怀里吃母乳,而是搁在小床上喂牛奶或羊奶。

妈妈们忙于革命工作,没有必要亲自哺乳,更没有空闲给孩子讲故事。即便有空讲,讲什么呢?孟姜女哭长城?封建迷信。白雪公主?资产阶级。

那就让托儿所、幼儿园的阿姨讲吧。讲抓特务的故事,讲杀地主的故事。

我是三九严寒天出生的。听外婆说,妈妈一出院,就把我放在另一间房子的小床上,让我独自睡。据说这叫做科学育儿新方法。

寒夜冷。外婆说,我冻得像快死的小猫哭着哼。外婆想抱我。妈妈说:不能惯坏她。书上说,让她哭,习惯了她就不哭了。

外婆想:这就叫革命的育儿法?当妈的不抱孩子睡,不喂奶,这叫什么妈?小孩子长大怎么会爱妈妈?人怎么能这样养孩子?你干脆不要生不要养。

外婆看不惯,妈妈劝她要接受新事物。二十年之内,我们就可以实现共产主义了。旧思想、旧风俗一定要破除。孩子是公家的人,要交给公家去哺育,锻炼成钢铁战士,做一个共产主义的接班人。

这样的儿童是在集体中长大的。说得夸张点,就像是养殖场的鸽子,统一孵化,统一饲养,统一的型号。吃的、用的、学的、看的、听的、想的……以及将来的用处都一样。

爸爸妈妈真心相信:二十年实现共产主义。孩子刚好长大了,人人过着幸福美好的生活。想要什么就有什么,想做什么就做什么。没有剥削压迫,没有尊卑贵贱,丰衣足食,天下太平。

我的小姑姑在东北农村,想嫁一个城里的军官。她的哥哥嫂嫂一致开导她:很快就共产主义了,再没有城乡差别,你安心留在村子里劳动吧,农村很快就能像城市一样繁荣。

2006 年 9 月 16 日

链　接

《蓝色海·灰色海》摘录

小时候不喜欢看海。守岛的大人们狠狠盯着那片水,火炮指向海面,枪口瞄准海面,望远镜一天二十四小时监视海面。在我们看来,海就是敌人。我们模仿大人练兵,全民皆兵。

我们像野草、野菜一样,在岛上粗生粗长。我们听惯了军号声、枪炮声、练兵场上的"杀"声,但我们从来没有听到过安徒生的童话,也不曾有人给我们念过优美的、充满爱心的冰心散文。

二十岁那年,我第一次看《冰心散文集》,一口气从傍晚读到深夜。放下书时,人已经傻了……这位军人的女儿生长在爱的世界中……该告辞了。一握住冰心老师的手,立刻觉得这只手真暖和,我先是觉得手指跟着暖了,接着暖意渗入了血管,温热的血急速朝心头涌去,我什么都没来得及想,便没头没脑说了一句:"冰心老师,那海……那海……"我的眼眶里陡然涌满了泪,可我不知道自己要说什么。我有点难为情,怎么可以莫名其妙地傻哭呢?我茫然地放开冰心老师的手,想赶紧走开。

冰心老师却握紧了我的手,说:"你慢慢说,过来,再靠近一点来说。"

她关切地望着我,我从那双饱经世纪沧桑、依然年轻美丽的眸子里,真切地感受到了一种博大深沉的爱。

"那海……怎么回事?"冰心老师的眼神变得专注而严肃。

"我……我——"我吃力地想,我原来想说什么呢?"小时候,我……也是在海边的军营里长大的。"

冰心老师立刻问:"哪个海?"

"南海。那海……那海是灰色的,我总觉得……好——委屈,我不喜欢……童年那么……荒——荒……"我哽咽得厉害,只好停了下来。

冰心老师显得没听清我说了些什么,她只是很关切、很严肃地看着我。这个距离极近的严肃的眼神令我心里一激灵,我忽然发现自己在恨怨自怜中陷得太久,我顿时感到了羞愧……蓦然回首,那片童年的海面上扬起灰色的波。瞬间里,我倾尽心力,凝视那片海,希望出现奇迹,希望海水由灰变蓝……

1993 年春

补 白

这里的海是潜意识的海。我要强调,我眼中的海和冰心老师眼中的海是大不一样的。爱恨美丑,源自从小的环境和教育。

第 46 篇

认知日记

此时,我用的是东芝笔记本电脑。我原来的电脑是 1997 年春节前买的,现在不太好用了。如果这几天使用顺手的话,我就把旧电脑带到深圳备用。

近几天睡眠不太好。虽然没有做噩梦,但梦中总充满焦虑或是不愉快。

有时梦见很多人在开笔会,争论的议题很无聊。一会儿到宾馆的这个厅吃饭,人多而混乱;一会儿到那个厅务虚。我想离开笔会回家,但找不到交通工具。梦里直生自己的气,觉得自己愚蠢,怎么愿意花费几天时间来开这种会议。

有时又梦见凡丁还是一个高中生,不好好复习准备高考,总是太善良,什么样的女生找他帮忙或瞎聊他都不拒绝,浪费时间。我怕他吃亏,耽误前程,常责骂他,恨铁不成钢。

有时会梦见找地方吃饭,或在陌生小镇找路找车站,或找洗澡、上厕所的地方,总不安全,怎么躲都走光;或脱光衣服却发现周围有人,赶快抱着衣服掩饰后退,找地方躲起来穿好衣服。

这些梦境喻示着怎样的心理状态呢?

难道抑郁症病情又有反复?

记得广州、深圳的医生都提醒过我,第一次服用抗抑郁药物要特别谨慎;一般九个月见好转,但巩固疗效的时间相当长,因为复发之后更棘手。如果第一次用药是一年有效,而第二次就要服药三年;第三次复发,问题更严重,用药已经很难见效了。这也是抑郁症患者的自杀死亡率达 20%、自杀未遂率达 70% 的原因之一。

我要有长期服药的心理准备。再难受、再麻烦也要坚持服药。

星期天看《权能时间》,萧律柏牧师放映了他与德兰修女生前的一次对话片段。并讲道,信心是事实,不是空想;信心是力量。我们需要一位能给我们怜悯、良知的上帝,能让我们委身于他的上帝。

德兰修女认为,要给肉体饥渴和情感饥渴的人们送上温柔的爱。帮助情感饥渴的人比帮助肉体饥渴的人更困难。

她举例:有一个人衣食无忧,拥有好大一间房子和很大的一盏灯,可他看起来情况糟透了。

德兰修女握住他的手,他的手很温暖。他说:好多年没有人握过我的手了。德兰修女问:你这样一间房子有这样漂亮的一盏灯,你为什么不点亮你的灯呢?他说:没有人来看我,我何必点亮灯呢?德兰修女说:如果我让一位修女每天来看你,你会点亮这盏灯吗?他说:当然会。

以后他每天都会点亮他房前的灯,等待着修女来看他。

几年后,他写信告诉德兰修女说:感谢你点亮了我心中的灯。

德兰修女认为,任何人都需要温柔的爱,任何人都期望得到爱。

随 笔

幼年我就会唱"爱祖国爱人民",然而,那只是虚对虚来空对空。

那个时代流行广义的泛指的"爱"。我的父母常对组织上说:爱祖国爱人民。老师常在课堂上说:爱党爱国爱劳动。解放军常在集合列队的时候说:人民子弟兵爱人民。老百姓常对村长说:爱集体爱社会主义。

我对祖国的概念是:高山江河土地海岛;我对人民的概念是:正在炼钢炉前的工人,扶犁驶牛耕地的农民。我没有接触过这些"人民",但我在纪录片里、画报上看到过他们。

我知道脚下的边防小岛是祖国的前哨,我和我周围的大人小孩要时刻提防敌人入侵。我最先学会的是"警惕"是"恨"。因为只有千百倍地恨敌人,练好刺刀见红的杀敌本领,我们才能保卫祖国保卫人民。

在我的生长环境中,"恨"是一个立足点。我们必须时刻牢记:不打倒阶级敌人,不打倒反动派,祖国的江山就会变色,人民就要人头落地。

上世纪八九十年代间,兰兰和小桃有过两三回这样的对话。

兰兰:当年我要是不退职,现在就是离休干部待遇,医疗费就不用发愁了。我当兵的时候太小,什么都不懂。我真后悔。

小桃:是你自己要去的。你要做的事哪个挡得住?

兰兰:你和爸爸什么都没教我。我一点心眼都没有。所以,总干蠢事。

小桃:良心话,我也没有人教啊。结婚、带孩子、过日子,我妈也没有教过我。你看,我当了一辈子家庭妇女。

兰兰:谈对象这种事,你和爸爸也不帮我参谋。我就谈了这一个。谈着谈着,发现他有很多农民习气,不讲卫生。想不跟他谈了,又没人出主意。军部的人都知道我和他在谈对象,我不好意思断,稀里糊涂就结婚了。

小桃:知足吧,起码这个对象是你自己找的。我那时候就是盲婚哑嫁,一辈子也过来了。

兰兰:其实,你提过一句,他家老人多,以后埋老人都够你埋的。那时候我不懂事,你就明说嘛,他家负担太重,成家后日子会过得很艰难。我一点不懂结婚以后怎么过。他每个月的钱全寄回农村,就靠我的工资养全家。那年还害得你去给人当保姆,挣点钱回来补贴我。我想到这些心里就气愤。

小桃:你呀,你真是一个神经。你身体差就是想得太多。你学学我,吃得,睡得,不生那些闲气。不要身在福中不知福。

2006 年 9 月 17 日

链 接

《怒气与攻击》摘录

今天,倘若我们询问起成年人引起他们发怒的原因,他们几乎异口同声地回答,是他们的自我价值感受到了伤害。这种伤害他们可以感觉到,损害了他们的人格……您的反应产生于一种积郁已久的情结。所谓情结,指的是储存在无意识之中的、对过去曾反复经历的不快或被伤害事件的体验……而长期压抑怒的情感则可能使人患忧郁症甚至癌症。

——[瑞士]维雷娜·卡斯特

补 白

我认识不少长期压抑怒气的女人。

她们往往很聪明,善解人意,在专业领域颇优秀。但是,她们都存在着重病的隐患。我的外婆、我的母亲、我自己,都属于长期压抑怒的情感的女人。积累到我这里,我便成了癌症、抑郁症的双料病人。

在写此书的过程中,我看得越来越清楚,我得癌症和抑郁症是正常的,必然的,而我没有死倒是异常的,出人意料的。

第 47 篇

认知日记

我真没用,居然让小狗乐乐气着了。

我和钟点工逗乐乐玩,几次把它放进一个电饭锅的纸箱里,看它艰难、恐惧地往外爬。

这些天乐乐被我宠坏了,无法无天,到处大小便,乱咬东西。我早就想教训它。见它在纸箱里害怕得小声哀叫,我觉得很解气:它也有怕的时候! 我和钟点工拍手大笑。

钟点工走后,我还想作弄乐乐,又把它往纸箱里塞。它爬出来之后,恼怒地跳跃着咬我。我正蹲着笑,没有防备,腮帮子被小狗牙蹭了一下,吓了一跳。

我生气地想:若是习惯了攻击人还得了! 必须教育,不打不成材。我拿着长长的日本鞋拔子打它的小屁股,它不服,想抵抗,张嘴咬我。我就轻轻打它的嘴,直打到它恨恨撤退。

它很不服气,圆圆的黑眼珠悻悻然斜视我。

我关门上街买书去了。

心里很有点不高兴,小狗这么不听话,太难教了。

回家后,周小兵说进门时见乐乐趴在地上生气,问我是不是骂它了。这时乐乐趴在周小兵膝上冲我摇尾巴,我理都不理它。

没想到,它竟像一个小孩子一样,委屈、伤心、偏恼地趴在一边不理人。

周小兵看不过眼,过去哄它,它仍不理不睬。

周说我这样对乐乐不公平。它不喜欢那样玩,我非作弄它不可,还跟外人拍手叫好,很伤乐乐的自尊心。我打了它,还不肯与它和解,乐乐才两个月大,是个小孩子,它没法理解大人为什么会这样待它。

听了这番话,我有所触动。

我的确做错了。昨天我还学了"任何人都需要爱",其实任何动物也都需要爱。尤其是小狗，它是人类最可靠的朋友，它也有它的权利和自尊，人类必须尊重它，真心爱护它。

我吃饭时，乐乐破例没过来要吃的。它倒是挺有骨气呢。

我挺欣赏它这一点。我拿了一小块它爱吃的鱼肉招呼它过来吃，乐乐几经犹豫，终于过来吃鱼了。

小狗原来这么通人性，简直到了令人惊讶可怕的地步！

随 笔

近一个月，我总觉得累。不管一天里做不做事，都疲惫乏力。心里有事没事都不安稳，心好像在外面漂流，收不回来。脑海里常出现我书房那张银灰色的布艺沙发，我想爬到沙发底下去，趴在里面躲起来。小狗周乐乐生病时，常蜷缩在沙发底下靠墙一角。它怎么也知道那地方……我该用哪个词？那地方好？安全？我找不到形容词，我就是想躲在那里面。我用理智控制着，不让自己爬进去呆着。但是，脑子里，李兰妮在大声说，理直气壮地说，为什么不能爬进去！去试试又怎么样？也许，试过之后就不会老想着那里了。现在是 10 月 13 日上午 11 点零 5 分，家里没有别人，乐乐在窗台上睡着了。

离开电脑，爬到我多次渴望的沙发底下呆一阵子，说不定这是一种治疗手段呢。

好了，我爬出来了。现在是 11 点 26 分。

从沙发底下爬出来时，乐乐正从窗台上看我。它的眸子亮得晃眼，我只好闭上双眼不看它。它眼神里没有好奇，没有惊讶，没有同情，没有理解，但是又并非一无所有。我知道有内容，却说不出是什么。

在沙发底下感觉像匍匐在猫耳洞里。我的额头抵着木地板，双手握压在脖子下，双腿如瑜珈反叠，感觉心脏在跳动，脖子那里、肚脐左上方也有脉搏跳动。四肢要缩着才算安置妥当。这里面看不到外面的书架、电脑、电话、闹钟、日历等等，相对封闭、简化，有屏蔽作用，阻隔着纷杂的信息辐射。

我突然想，这属于集体无意识动作吧。在许多世代的战乱中，老百姓遇到危险时，只能匍匐卧倒，闭上眼睛，蜷缩在隐蔽角落里，恨不得缩进地缝里，恨不得缩成一根绣花针。近代人遇到祸患、飞机轰炸、地震、子弹乱飞，在无处可逃、无计可施、无人相救时，老百姓就是这样闭上眼睛匍匐蜷缩熬过来的。

读报。"按卫生部公布的自杀率十万分之二十三，以深圳九百万人口推算，每年约有两千人自杀，两万人自杀未遂，而五万人的心理和社会功能则因亲人的自杀死亡或自杀未遂受到严重损害。"

我觉得用这个标准来估算深圳数字偏低。是否应该以此标准翻倍来算更接近真实呢？我听说，算上流动人口深圳有一千三百万人，而流动人口更容易出现心理应激问题。深圳人活得比中国任何其他城市的人都被动，精神上容易受伤。每一个在深圳生活了十年以上的人，不论他是不是成功人士，不论他是穷人还是富人，不论他文化高低，我想，他都经历过抑郁和受伤。他们每个人的心底都积存着一本厚厚的《自述》。

过去，我很少写深圳。我找不到自己的魂魄，魂魄也找不到我的人形，找不到我在这个城市的家。在很长一段时间里，我的形、神无法合一，它破碎地散落着漂流着，被一个"百慕大黑洞"吸转化为水沫。

我不想告诉医生我最近病情有反弹。我怕医生给我加药量，更怕又增加别的新药。我就这么熬着吧。

2006 年 10 月 13 日

链　接

《池塘边的绿房子》摘录

靠医院的后门，有一口池塘。

池塘对岸不远有座孤零零的小院，里头有幢绿房子。我见过两个收尸的推着担架床进去，发黑的白床单裹着一个直挺挺、硬邦邦的死人。

人死了，都要进太平间。这是这个世界到另一个世界的中转站。

八岁那年我头一回听说太平间。

一个同学的妈妈死了。"我和爸爸赶到医院的时候，妈妈已经进了太平间。"我的同学说。太平间是什么地方？我问。专门放死人的地方。谁死了，都得躺在那儿等着拉出去烧。我的同学说。她爸爸哭得死去活来。但是，不到三个月，我的同学就有了一个新妈妈。没人再提起死去的阿姨。

可是我很多的时候都在想，那个阿姨呆在太平间里怕不怕？里头有灯吗？有被子盖吗？烧她的时候她疼吗？她会变成鬼去看她的孩子吗？我老想。

一家老太太死了，抬到山里去埋。半道上死人活了，拼命敲棺材板。送葬的哭哭啼啼吹吹打打听不见。另有一种说法是有人听见了，可做儿子的不理睬，仍叫往山上抬。到了山上撬开棺材一看，死人的寿衣撕得稀烂，十只血淋淋的手指露出白森森的骨头。听人说起这个故事我就想，要是我还没有真死，就被人拉去烧去埋怎么办？我老想。

我尝到了失眠的滋味。就在八岁那一年。夜里熄了灯我就觉得我正躺在太平间里、棺材里。埋在地里是很孤单的。棺材会烂,小虫子会来啃我。肉会烂,会长蛆,我怕蛆。我看过一堆堆白白胖胖蠢蠢蠕动的蛆团。扔进火炉里也不好受,一定会疼得活过来,又疼得死过去。我看见火海无边,火苗伸出长长的舌头,一舔一圈皮肉,一舔半架骨头。人死了之后接着会怎么样?后来呢?后来呢?我不相信没有后来。

……熊阿姨实在胖得不像话。上半身鼓鼓囊囊,大屁股撅撅,像一个旧棉絮塞成的玩具人。青白的阔脸肿泡泡的,眼睛就是两条缝。她一望着我,我心里就堵得慌。我和她同是甲状腺功能低下症。我是她的从前,她是我的未来。

这层楼内分泌区的病号没几个像人样。隔壁23床是甲亢病人,比瘦猴还瘦,胸脯比男人还瘪。脸小脖子粗,颧骨高耸入云,两只金鱼眼发出亢奋的光。24床据说才十六岁,却像个傻婆娘,虎背熊腰,没有脖子,汗毛又黑又粗,吃激素吃得大脸蛋子红扑扑,老远就能闻到她腋下的酸气。10床是个九岁的男孩,也是内分泌系统出了问题。一脸虚胖,头发焦黄,肚子像七个月的孕妇。他喝水多,尿也惊人的多,晚上少不了尿床,走到哪儿给哪儿带去一裤裆尿臊味。吃饭的时候,男病号们常叫他离远些。医生叫他一天二十四小时留尿观察,于是他的床下时时搁着一两个大玻璃罐,乍一看,像小卖部的米酒缸。

……内分泌病区另一头是肾衰竭病人的重病区,每次穿过病区走廊时,我不敢东张西望。越不敢东张西望,看到的东西越多。

一间间危重病房里,喷出呛人的恶臭味。三天两头会出现刚刚撤了床单被褥的空床位。肮脏丑陋的床垫阴沉沉地趴在那里,无言地暗示故事的尾声。周围病床上的活人表情麻木,脸上折射出黑色的死光,一双双凹陷的眼睛惊人地相似。

每次经过走廊,我都忍不住要瞥一眼那间特护单人病房。一个瘦老头在那儿等死,两只黑洞洞的老眼里充满鬼气。

1987年3月

补白

这是一次住院经历。时隔九年才记录下来。但是没有编辑欣赏这些文字。那时人们的目光习惯往外看,看社会矛盾多,追究自身精神和死生问题少。

写这部作品时,我正遭遇红尘滚滚,内心非常抗拒成为深圳人。眼前的一切充满不确定性、颠覆性。我的灵魂感到孤独,我退缩到住院的回忆中。池塘边的绿房子是太平间。

第 48 篇

认知日记

2003 年 11 月 22 日星期六上午 10 点 40 分

昨天上午电脑出问题，怎么摆弄都处于死机状态，越修越头痛，喉咙又肿了，恶心，胃疼，只好停止。

没想到我这么不中用，一点小问题就会引发身体不适，而且无法工作。

有些沮丧，有点彷徨，开始自责。后一想，要振作，要往宽处想。既然电脑有问题，那就休息嘛。

广东深秋的阳光难得如此绚烂而温柔。报上说冷空气要来，可能是前锋才到广州吧，只是有点凉，不至于寒得难受。

我到教工食堂从容吃午饭，买了一个塘鲺鱼煲仔饭，味道还算鲜，可惜太咸。

随　笔

今年 5 月，我作为工作人员，参加了深圳第二届文博会。开幕式当天，深圳大剧院有晚会。晚会上，我第一次听到了深圳少年合唱团的歌声。

清一色的女孩子。看起来，小的八九岁，大的十二三岁，化了妆的小脸显得很有趣，现出与年龄不符的老成。

在清纯的歌声中，我在想：她们的父母是做什么工作的？她们的父母来深圳多少年了？她们是在深圳出生的孩子吗？她们的家庭和美吗？为了她们今天能在舞台上歌唱，她们的父母付出过高于常人的代价吧？她们了解自己是从哪里来的吗？她们感激自己的父母吗？她们为这座城市骄傲自豪吗？

深圳大剧院是深圳第一批文化建筑。它也是深圳文化的一个标志性建筑。我曾眼见它从无到有。我曾看过深圳第一届艺术节的彩旗在它门前飘扬，也曾见过它门可罗雀的寂寞，我还听说过要不要拆掉它另起商厦的议论。幸好，它被列入深圳特区文物保护建筑名单，经过承前继后的修整，它成为这座城市的文化见证。

我曾拒绝承认自己是一个深圳人。我曾逃避这座城市。我曾找不到写深圳的感觉。而这天,坐在深圳大剧院的音乐厅里,我清晰地感受到,我是一个深圳人。

不能自控地,我时而喜乐时而忧伤。

喜乐的是,我是第一代深圳市民、深圳青年,我正看着深圳第二代少年的笑脸,我看到了这座城市美好的未来。

时隔几年,当我胆战心惊地再到社保局打听医药费报销规定时,发现不知从什么时候起,那里改成开放式办公了。那个当铺似的窗口废除了。我可以坐在办事员对面咨询有关规定。我不知道别的病人感受如何,当我面对这样的改变这样的平等,由衷地欢喜。

如今我每次去社保局报销医药费,每次坐在凳子上安心等待时,每次都会感慨感激。我到市民中心办事西大厅坐着等待办理有关手续时,心里也在想:我喜欢这样的城市。

而我忧伤的是:有多少人没有熬到这一天!有多少人曾对这座城市充满美好的梦想,但是,他们严重受挫,煎熬成伤,他们渴望尊严和爱,渴望理解和扶助,渴望在这个城市不遭白眼和轻蔑……他们没有坚持等下去,或者没有时间让他们等下去。他们带着冰冷受伤害的心离开深圳,他们会在噩梦中看见往日这座城市。还有更不幸的人,他们在病痛中、灾难中、抑郁中、疯狂中死于这座城市。在这座城市的土地下,有着多少被精神的巨磨碾碎的灵魂?在黑夜苍茫的天空里,有没有哭泣的幽灵在游荡?

2006 年 10 月 14 日

链　接

《投奔深圳》摘录

1983 年的初夏,我在省广播学校进修,学的是电台编辑业务。一天,我应邀去见深圳一家报社的头儿。此人正在广州招兵买马,他看过我写的小说,想聊聊,看我是不是一个合适人选。

那时候,深圳还没有热起来,深圳的发展前景尚有些模糊。这位头儿在演说:特区的窗口作用,"开荒牛"的奉献精神,报纸的版面设想……我很想找个机会插话,告诉他,我从来没有办过报。

"你能吃苦吗?"他突然话题一转。

我愣了一下,说:"能啊,吃苦是我的强项。"

"你想不想干一番事业?"他用审视的目光盯住我。

那还用问吗?二十多岁正是一个渴望燃烧的年龄,有事业可干无疑是最大的快乐。

这位头儿瘦黑的长脸上绽开了晴朗的笑纹,他伸出手来握握我的手说:"我希望你来主持文艺版,欢迎你成为深圳人。"

这么快就拍板了?我被这种深圳速度吓了一大跳。这报社算上我才八个人,平均年龄二十多岁。头儿说:我们的美编、摄影记者都是自学成才的,其他人刚从新闻系毕业,没有一个人正式办过报。我说:哇——都不懂办报,还想三个月之内出周报,深圳人胆儿真大。头儿很自豪,说,深圳正流行一句话:想做就去做!

没等结业,我提前离开了广播学校。

到达深圳火车站时,刚过正午。一下车就发现,深圳的太阳一个顶俩,一仰脸便晒黑一层皮,汗珠还没有冒出来,就被晒焦在毛孔里。街上看不到树,整个城市正在铺新路,盖新楼。不由得想起"前人种树,后人乘凉"这句话,心里暗想:呀——这回竟捞了个前人当当。

报社的人一见我就说:你真有福气,昨天我们还在住草房呢,今天刚刚搬进瓦房。

其实,也福不到哪儿去。我一到报社就要跟着去偷电。

报社分到了两套房,一套做办公室,一套做集体宿舍。这片叫园岭的住宅区还没有盖完,两三个月之后才能通水通电。建筑工地上倒是有电,但是好说歹说,人家硬是不让"借光"。

只能动手偷电。这叫逼上梁山。革命不是请客吃饭,不是做文章,不能那样温良恭俭让。我们倾巢出动,偷偷摸摸去捡人家工地上扔的旧电线和黑胶布,把线一节一段接起来。然后反复侦察、分析人家线路的走向,找一个不显眼的地方下手,把电引了过来。

报社穷,启动资金没到位,除了一辆人货车、三部自行车、几张桌椅外,没别的财产。我们常去工地上捡点小破烂。捡竹竿晾衣服,捡木板钉板凳,捡破布扎拖把,工地上的人直把我们看做小股丐帮。有时候,我们会到工地伙房讨一壶开水喝。多数时候,我们喝的是生井水。

在另一个叫通心岭的住宅区,头儿与人合用一套暂住房。屋里几乎没有家具,但是浴室里有宝贵的自来水。每天晚饭后,报社全体人员在这里排排坐,等候洗澡,一边做当天的小结,一边敲着浴室的门起哄,扬言要破门而入。

洗完澡,散步走回报社。深圳夜晚的空气极新鲜,宝蓝色的天空像一块被海水刚洗过的美玉,沉静地发出温婉的光。深圳的昼与夜,就像一对配合默契的恩爱夫妻,昼越是急躁、狂放、热烈,夜越显得恬淡、含蓄、清幽。一路不见闲人,路边有小块的稻田和菜地,我们身上的香皂味在微甜的空气中飘飘散散,月朦胧,路朦胧,有暗香浮动。

报纸要拿去付印。周报,对开,四版。文艺版刊头有一幅美丽的照片:小荷才露尖尖角。

我们的报纸要委托特区报印刷厂代印。出报那晚,我们守在排字车间里,调版补漏,校对打杂。那些工人是新手,我们也是新手,出活儿自然慢。

午夜时分,特区报的食堂里熬好了腊鸭粥。编辑室里,排字车间里,楼上楼下,人们伸着懒腰,夹起碗,一溜小跑去排队打饭。只有我们这支小部队按兵不动,装聋作哑,木着脸,眼观鼻,学老僧入定,我们没夜餐可吃。

腊鸭粥的香味从一楼一层层绵绵香到楼顶,香遍了每一个角落。鸭香味与米香味一混合,魅力势不可挡,搅得人五脏六腑无一处安宁。我们实在坐不稳了,几个人咽着口水嘀咕了一阵,不就是讨碗粥喝吗?有什么敢不敢的?就当穷人去吃大户嘛,不给就抢。走,喝粥去!

拖着饿得有点哆嗦的腿走到食堂门口,一见售饭窗前还有十几个人在排队,忙往墙根暗处溜。嘴里还硬:不忙,等等再说。直到人家在喊:还有人要吃饭吗?没人就关窗了啊。赶紧一个箭步蹿进食堂,手插在衣兜里,眼睛到处看,心虚呢。人家又在喊:喂——你们几位是不是要吃饭?你们的夜餐票呢?

软手软脚,爬进那辆人货车。肚子是扇磨,躺倒就不饿。打个盹吧,省得上楼眼巴巴看排字工喝腊鸭粥。

不知是谁的手指触到了车上的音响键,突然,迪斯科乐声汹涌而出,席卷寂暗,撼天震地,淹没了饥饿,淹没了软弱,淹没了沮丧和惆怅。很快,人心振奋,士气高昂,我们抢着跳下车,踩着强劲、奔放的迪斯科节奏手舞足蹈,大呼大笑。我们的第一张报纸就在迪斯科乐声中飘落在地,又像蝴蝶一样飞进我们的怀中。

午夜,星光点点,虚空澄蓝。快乐得想飞,年轻得想飞。很想就这样好好地活,美美地活。

投奔深圳,要的就是这样一种感觉。

1995 年初春

补 白

我 1983 年投奔深圳。头三年日子虽苦,一无所有,却"不会为昨天而痛苦,不会为明日而担忧,想做就去做"。

1985 年至 1987 年,我在北京鲁迅文学院首届进修班读书。1987 年元月拿着结业证书回到深圳,发现这个城市的人眼神不再清澈单纯。读书人商品意识提高,开始关注物质世界。朋友间清谈减少,"重农轻商"的传统观念遭遇地震,走仕途、当老板,成为深圳人的奋斗目标。流行语是"为达目的可以不择手段","做大事者不拘小节"。记得我跟一个文人同事说到"做人要真诚",他像看怪物斜我一眼,笑道:"哈,真诚多少钱一斤?现在还有谁讲真诚?你在深圳压根别提这两个字。叫人笑话。"我被噎得无话可说。惶惶然,只敢在心里嘀咕:要是大家做人都不真诚,那不是很可怕?

深圳人心态不再单纯,人性的恶之花在这里张扬绽放。在北京天天读书听讲座,回到深圳真找不着北。社会的确在进步,工资从三十几块涨到了七十块。去酒楼吃饭的机会多起来了,莺歌燕舞,美女云集,各条道上的高手也来蹚浑水。空气中欲望在发酵膨胀扩张,城市味道……很难形容。我想起了那年在中山医院内分泌病区住院,非洲留学生来病房查房,他们身上喷了浓浓的香水,这是我第一次闻到外国的香水味,它与医院的酒精味、来苏水味、药味、病床下的尿壶味、病服上床单上洗不净的血腥味、病人嘴里的酸味搅和在一起,让人说不清辨不出那叫什么味。

离这个城市的人远一点,心就可以静一点。

我不断地逃离战场,躲到北京、南京上学,溜到广州办报,赖在中大校园看书,长住广电部招待所写长篇电视剧。

在深圳市民李兰妮个人眼里,1997年是转折年。泡沫经济得到了遏制,这个城市初步完成了血腥的资本积累阶段。我们可以开始说人话啦。21世纪初的深圳,渐渐有了家的味道。二十年。深圳市民李兰妮的个人精神史就是三个阶段三句话:

看花是花,看人是人;

看花不是花,看人不是人;

看花是花,看人是人。

第 49 篇

认知日记

好多天没有写认知日记了。近来抑郁症有点反弹,估计从深秋初冬到春季,都是抑郁症高发时期,要特别小心。

上个月底,附近住宅楼有一个患抑郁症的女人凌晨从七楼跳楼身亡,才三十八岁。丈夫是外语学院的老师,孩子在上幼儿园。

我在西区发廊剪发时,洗头妹告诉我,那女人并不住在那幢楼,人们都弄不清她为什么要跑到其他楼自杀。

而我猜,她是不想给孩子留下太血腥的刺激和回忆吧,孩子尚要在自己家的那幢楼继续住好多年呢。可见她多么心疼孩子,而且对怎么死是深思熟虑的,冷静地一遍又一遍地想过;可见她被抑郁症折磨得多么痛苦,实在不能不死。打住!停!李兰妮,你不要再往下想、往细里想!

这是你的老毛病,危险的恐怖的强迫性思维,对死亡、痛苦煎熬的习惯性妄想型思维。走火入魔。"撒旦退去吧!"

这段时间,回过两三次深圳。最近一次是市委书记黄丽满召开文艺座谈会。除了好几位常委及一些官员之外,有三十七名文学艺术家出席会议。内定了十人发言。我最轻松,既没被内定,也没想说什么,逍遥地吃了两个橘子和一个香蕉,闲得手痒,又去掰第二个香蕉,谁知用力过猛,香蕉跳到桌外地毯上去了,好在没飞到前排常委们背上。

我自己偷着乐。安静等待的感觉真好!

知道一切有主看顾,主一定会按他的时间和计划来赐福。主应允:女儿啊,你只管安坐等候,看这事怎样成就。

昨天李媚、老范来中大一聚,他们送我三十九朵香槟色玫瑰。

鲜灵,娇嫩。美得让人感到一种久违的浪漫的喜悦。连乐乐都会斯文地凑到花瓣前嗅花香,欣赏花的柔美。

随 笔

没有太阳可晒。昨天关上电脑时,很冷。四肢冰凉,心里直哆嗦,是心里感觉冷。原来迫切盼望出去晒太阳,但是,发现天上大片的阴云遮住了早晨曾经有过的阳光。看看温度计,21度。不该冷得发抖啊。是病态吧。

我抱住周乐乐,原地转华尔兹,反复唱一句歌词:"我们的生活充满阳光"。我要给自己进行认知治疗,让精神、思维反阴转晴。乐乐困惑地看着我,既不快乐也不反感,我不知道它在想什么,但它的眼神似担心、理解、配合。抱住周乐乐,觉得它身上很暖和,心里挺感激宠物疗法有作用。周乐乐有十一斤重,我转了十来圈,胳膊累,气喘不过来。暖和一点啦。我把周乐乐放在椅子上,冲着他,学着大合唱团指挥那样挥舞胳膊,此时我需要华尔兹的旋律,需要手舞足蹈地作指挥状,我需要高唱:我们的生活充满阳光。乐乐原来直身抬头看着我,大概觉得我很正常,不需要它担心,便换了个姿势,趴在椅子上,视而不见,听而不闻。我心里郁郁堵得慌,腹部有个硬硬的包块,可能是经络不通、气血阻滞,要想办法发散开来。

我发现,躲在衣柜里比躲在沙发底下舒服一点。

我可以躲在衣柜里舒缓神经。我猫在关闭的衣柜里,心里想:这样的行为正常吗?心里答:是正常的。应该看到我进步了。衣柜里可以坐,活动范围大一点,里面虽然黑,但能看到一丝光缝。接着想:躺在空棺材里,盖上棺材盖,不要密封,留一丝透气的缝,是不是更舒服一点呢?小时候听说农村人喜欢早早备好棺材,有些老人就把棺材放在自己屋里,好像还有人睡在棺材里。其实衣柜倒放在地,不也像个棺材吗?

衣柜里不能止息头痛恶心的感觉。冬天衣服味道混杂,干洗剂的味道、樟脑杀虫丸的味道、灰尘污渍残留的味道,还有很多辨别不清的浑浊气味,更加重了晕眩。不行。我必须逃离衣柜。赶快。快找香薰小瓶子,快用芳香辅助疗法!

李兰妮,你进步了。你会选择积极的自我治疗方式,不拘一格,有主动自救意识。你不要沮丧。我知道你昨天想疯狂地大吼:不要沮丧!不要沮丧啊啊啊!你忍住了,于是你腹部的气包块更大更硬更痛了。但是,你还是挺过来了。你应该表扬自己。要看到优点。要看到光明。

李兰妮,我知道你心里对自己很不满意。你的病情有反复,你在责备自己。你软弱的时候常有念头一闪再闪:活着真的比死要难!你总在紧张地控制自己,警惕自己,你觉得自己在发疯的边缘,你的魂魄总想冲出躯壳,它们嚎叫着:我想发疯啊啊啊——让我疯吧疯吧疯吧——魔鬼和邪灵在喊:让我出来吧!我要舞蹈!我要歌唱!我要吞掉一切的一切!

李兰妮,你要镇定。不要怕,只要信。相信太阳很快就会出来。阳光会驱散邪灵。你会得救。

2006 年 12 月 2 日

链 接

2006 年度体检报告彩超项目摘录

体检日期:2006 年 12 月 13 日
承检医院:深圳市保健办体检部
甲状腺彩超
甲状腺占位:残留腺体未见异常,双侧颈部可见多个浅表淋巴结,右侧最大淋巴结大小约 1.1×0.4cm,边界欠清晰,内部结构模糊,血流信号较丰富。
小结:甲状腺癌术后
双侧表浅淋巴结增生,右侧转移性? 请结合临床鉴别。
(请您到普外科门诊进一步诊治)
李兰妮女士:您可就近去看普外科,并跟我部联系。

体检部 12 月 19 日

补 白

此刻,是 2006 年最后一个黄昏。

暖冬。晴天。无云。

阳光从书房的窗外照在电脑液晶屏上,晃眼。我拉上窗帘。不行。面对这部书的书写,我太需要阳光。拉开窗帘,尽管刺眼不舒服,但是光线舒缓着我痉挛的神经。

原打算 2006 年底写出这部书的初稿。以为我可以叙述了,以为意志可以操作电脑,记下埋藏多年的语言。脑血清再次击败了我的述说欲望。我不得不沉默。

近三个月来,我又成为病人。

原以为,写认知日记时,我是抑郁症病人。写随笔、链接、补白时,我是一个健康的写作者。

此时,我不得不承认:只要继续写下去,我就是一个抑郁症写作者,一个

215

病人。

这些日子里,我暗自焦虑。犯病了,什么时候能够往下写?什么时候可以完成它? 12 月 13 日上午,在保健办做例行体检,彩超室主任告诉我,我的颈部手术清扫部位又出现两个结节,处于活跃状态。他再三劝我,尽快做手术。

我不想做手术。如果做手术,这部书起码两年左右才能继续写下去,谁知道有没有命写完它。关键是,癌症,手术后转移更快。如果又要化疗,然后又重度抑郁,恶性循环再次开始。没有意思。

这些日子里,难受的时候,我忍不住在心里一次一次呼喊:我活够了!真的,真的,活够了。可是,很快我又自责:李兰妮,你这个软弱的人啊,不许你这么想。你没有权利这么想。你必须活!你是有使命的。你的生命不属于自己。你说够不算数。理智在做认知疗法,可是,血肉脏腑是软弱的,它们在灵魂的密封处呜咽:我活够了! 够了!

我只有不住地祷告:"不要怕,只要信。"李兰妮,你要原谅你的软弱,因为你是人。

这些日子里,我依然在外面保持微笑。人们夸我"看起来比健康人还健康","脸色真红润","胖了一点","活跃"。我嘻嘻哈哈一通,心里想:你们知道吗? 我活够了活够了。我只会笑,只能笑。微笑。我咽气时一定也是微笑的。我希望我的微笑是温暖的。

我认为,人们对死神有误解,觉得他是冰冷的、狰狞的、丑陋的、恶毒的。其实不然。我想,死神是温暖的、俊朗的、体贴的、仁慈的,他是绅士,白马王子,永远青春,永远矫健,永远可以信赖。死神又是爱神。他的怀抱是我们的出生地。爱他吧。不要怕。

李兰妮,2007 年即将来临。你必须活下去。这是你的责任。写完这本书。你还要活好长时间呢。求寿者未必加寿,求不寿者未必减寿。

天下万务均有定时。

微笑。哪怕你在咬紧牙关微笑。你要活。

第 50 篇

认知日记

2003 年 12 月 19 日星期五上午 11 点 40 分

这几天,我在深圳,周小兵去了上海、梅州开会,乐乐在家挺可怜。虽然有两个钟点工轮流到家里看它,给它喂食,但晚上它独自在家过夜一定很害怕。

小何、小李都说,我和周小兵不在家时,乐乐很乖,大小便都知道要拉在厕所的报纸上,并且很怕她们,见了人不像以往那样欢喜跳跃,直往后退。

我想起了自己十岁的时候,爸妈突然都走了,没有告诉我为什么。我不知道他们是否还会回来,什么时候回来。

出差前,我反复对乐乐说:姐姐、哥哥要出差,过几天回家跟乐乐玩,乐乐不害怕,乖乖在家等哥哥姐姐啊。

我闹不清小狗能否懂得人话,但说了总比没说负责任吧?

乐乐洗澡感冒了,我带它去金穗动物医院看病,拍了两张胸片,是支气管炎,有点肺炎,心脏有点偏大。给它打完皮试针,又打了三针,据说是消炎,还开了消炎药。那个经理示范给乐乐喂药,被乐乐的牙所伤,大拇指指甲缝出了不少血。结果五片药只喂了一片。从 12 点多折腾到差 10 分 3 点才回家。

我给乐乐买了一件绒衣、一件毛衣,它穿起来帅呆了。

现在我整天蓬头垢面在家呆着,不知何时复原。

等待是一门功课,安静地、快乐地、一无挂虑地等待更是一门至高的学问,它必须以信心为基础。我正在学习中,目前还不及格。

随 笔

在深圳,与朋友吃饭。有人说起一个重度抑郁的白领丽人,每天早晨盛装而坐,靠在几十层高楼的客厅窗边,想着什么时候往下跳。朋友说:好像这个抑郁症专找女白领,奇了怪了。

其实不然。不论男女,深圳的抑郁病人比率要高于其他城市。男人不愿去看病,硬扛,一旦崩溃,自杀死亡率远比女人高。书上说,70%的癌症、脑猝死、心梗死等患者实际上死于抑郁。我建议朋友们看看精神病学专著。抑郁症涉及自杀,也是暴力事件剧增等社会问题的源头之一。

有个朋友天真地说:深圳这种病人多吗? 我怎么没见过?

我说:死的死了,没死的不肯见人,还有的流落异乡生死不明。像我这样抑郁不死,还在这里傻乐的,没几个。深圳人……真的不容易。二十多年……这么说吧,有抑郁症是正常的,没有抑郁症是不正常的。

另一位朋友说:国外有不少画家作家死于抑郁。好像富有创造力的人容易患抑郁症,创造力不那么强的人,倒不容易患抑郁症。

我说:深圳人的创造力……那是没说的。快查一查,这里还有谁抑郁?

一桌人乐。即兴对照鉴查,结果每个人都抑郁。当然,那叫轻度抑郁。

夜。深圳。又是这样的梦。

我梦见与一伙朋友去乡下玩,我独自沿着一条羊肠小路走到一个山脚,看到三四个人正要将一个犯人模样的人就地正法。那犯人光着膀子,双手反拧在背后,跪在地上,头脸正被一人往地面上按。我赶快扭头就走,却听见惨叫声,像是那人被零刀碎剐,大声叫骂,只求速死。后来到一街边,又见一老乞丐在众人的目光下死去。

为什么又做这种梦?

刚到深圳头两年,我很少做梦。第一年,当记者当编辑,每天出去跑采访,累得要死。晚上常常一两点才睡,出报那晚熬通宵,第二天补一觉。人很瘦,憔悴。但是,就是不生病,也不失眠。

记得1983年盛夏,有一次,骑着自行车去罗湖一带工地采访,一上午没喝水,中午要赶回报社吃饭。到如今深圳大剧院一带时,被太阳晒得眼发花,舔舔嘴唇,咸,脸上的汗珠成小盐末了。看到路边小摊有汽水卖,很想很想买一瓶喝。我停车隔着马路看,歇一下,没有钱,喝不起。当时红岭路两旁还没有栽树,歇息连个遮阴的树枝都没有。

我在烈日下遐想:什么时候这里有树乘凉就好了,那时候我就有钱喝汽水了。到那时,我要舒舒服服坐在大树下,一口气喝两瓶汽水,想喝多少都行。

这么一想,嘴里好像不那么干渴了,又有力气骑车了。

这篇随笔没写完,抑郁症迫使我不能再往下写,匆匆关上电脑。一个多月过去了,今天,我强迫自己打开电脑,我试图回想这篇随笔是哪天中断的,头痛! 恶心! 实在想不起来,也无法续下去。就这样保持原状吧。

难受。恶心致使我对着电脑干呕，眼花晕眩，在电脑椅上坐都坐不住，直想往身后的沙发底下钻。可我又很明白，钻进去躲着不管用。上次在里面趴了二十多分钟，没用。这是病态。不要再往沙发底下钻了。打住！治病。出门去。放松。晒太阳。我很难受啊。

挣扎。

心底时有声音。

熟悉吧？强烈的恶心感。不是胃，是整个腹腔、胸腔、头颅，由里到外，骨髓、脑髓、血液、呼吸，恶心在往外淌，像一摊黏糊糊的外太空生物体侵染占位。跟 1999 年年底的感觉很相似。

装什么镇定？装什么不在意？你敢确定癌细胞没往别处转吗？你不敢面对坏消息。你怕去做进一步检查。你怕再开刀。你不怕一枪毙命，你怕零割碎剐。

开刀的事不急。命中该死，开刀也死；命不该绝，总有生路。最怕打开电脑面对《旷野无人》。一接近这部电脑，脑子里发出干扰噪音，如麦克风扩音器音频故障，嚣叫。钻刮神经。

要不要继续写下去？要！

能不能继续写下去？不能。

意识：你必须战胜自己。

潜意识：不要逼我死给你看。

意识退缩了，躲得远远的。把写书的念头裹成一个紧密的粽子，塞到伸手不见五指的黑暗角落里，盖上干稻草，压上大石头。不惹你。合上眼。闭上嘴。养一养。睡吧。睡吧。

潜意识蜷缩着。眯着眼。似睡非睡。

离家游荡。

放——松。

留《旷野无人》呆在广州银灰色的书桌上。IBM 笔记本电脑一直关闭。不掸去黑色盖面上的厚尘。营造隔绝环境。

你为什么总是抱着饼干筒？你有暴食症吗？刚放下碗筷，就轮番吃起了咸发酵苏打饼、枣泥饼、海苔饼、水泡饼，撑得坐不住了，就站着往嘴里塞炒花生、椒盐核桃、纯黑巧克力、香蕉、橙子，你已经胃痛胃胀直揉肚子，你无法停下来，你必须用各种零食把自己塞成痴呆状态，让血液哗哗直往胃肠方向流，少往大脑方向流，这样就安全了。这叫胡吃海塞疗法。

又有熟人开始吃抗抑郁药。

邻居说：李老师啊你知道吗？前天又跳了一个，女的，教授，才四十出头。

抗抑郁药+暴饮暴食+超量激素+大脑缺氧=我的安全应对策略。

2007年元旦假后。深圳。晴朗的中午。独自走在红岭路上。

十字路口,正等待红灯熄绿灯亮。突然,我看到了我的电脑,就是趴在广州家里的那台电脑。在关闭的扁平的IBM黑色笔记本电脑上,我看见了爱因斯坦的头。全世界都熟悉的那张脸。蓬乱的白发,深深的皱纹,神秘的表情,黠慧的眼神,唇边漾出顽皮的嘲讽,他笑:不敢来吗?

车流、人群、红灯绿灯、楼房、树木隐退……我晕。身体后仰,魂魄欲飞。我想抓住身旁一点固定的物体,心说:定住神。别倒。放松。

是的。爱因斯坦的头。他在笑。他在天那边微笑。淡云拂过,白发蓬乱,笑纹顽皮,眼神说:不敢来吗?

此时此刻,我坐在电脑前。我几次想逃离书房。

几天过去了。我就想写完这一小段。但是,表达遇到强大的阻力,没有描述能力。

我竭力控制自己,不许自己逃跑。我要说出我的好奇。一个多月了。我的好奇像个气球,一天比一天鼓胀,胀得焦虑不堪。为什么是爱因斯坦?这是不是心理意象?

我潜意识里面应该没有爱因斯坦的足迹。从小到大,我是科盲。我根本不懂爱因斯坦那些学说,也不曾研究这个人物。怎么他的头会像童话里的大蘑菇,突然出现在我的电脑盖上?一个多月了,哪怕是在香港半岛酒店喝下午茶,只要一想到我的那台电脑,就看见爱因斯坦的头在那里,他轻松愉快的表情就像刚听完圆舞曲。

我要开始做工。先往电脑上码字,不一定要通顺达意。不然的话,这些天是闪出爱因斯坦,过些天又会闪出哪路神仙呢?

谁能告诉我,这是心理意象,还是精神异常?

2007年2月12日

220

链 接

《画家》摘录

那时候,我住在单位宿舍一间光线很暗的小屋子里。我住一楼,二楼住着几个搞艺术的单身汉。

一天黄昏，我拎着几根青菜、一盒午餐肉罐头从外面回来，只见二楼阳台上晃着一个新面孔——蓬乱的头发长得有点不男不女，一身松垮的旧灰褂裤，小眼睛，厚眼皮，胖胖的脸上有一层骄傲的油光。

"多么的——孤独哟——"他突然大声呻吟道，满口乡音。

我吓了一跳，仔细看去，他正呆望着西天凄美的晚霞。

他来自内地一家很有名气的美术学院，在全国美展中获过奖，上过名人大辞典。

有些刚出校门的大学生来听他摆龙门阵，这时候，他俨然一个阿訇，居高临下，侃侃而谈——尼采说过什么什么，弗罗姆怎么怎么说，汤因比如是说，萨特这么说那么说。他谈凡高、达利、康定斯基能谈得极精彩，好几个女孩子听着听着便心旌摇荡，直想嫁给这样一位才子。

曲终人散之后，同宿舍的人总要打击他，说他就知道扯淡，臭衣服泡在桶里十天八天不洗，说他有扯淡的工夫，不如上街卖卖老鼠药，省得总吃速食面。他老实听着，不做声，有时要哭似的笑笑。

和他同宿舍的有作曲家、摄影家、舞蹈家，都获过奖，都红过紫过，虽没上过名人大辞典，但人家会做饭，会种花，会炒股赚钱，还不时可怜他，请他一道喝酒吃肉。肉怎么就比白菜好吃呢？他始终觉得悲哀。他很喜欢吃大肥肉。

我上二楼聊天，他搬出三个沉沉的大相簿，里面拍的都是他的画，多是油画。他的早期作品笔法细腻、传统，那上面每一个人物，都在向我诉说一个故事，那是些很忧伤的故事。他的获奖作品集中在这一时期。他的二期作品尽是些变形头像，有种刻意的疯狂，令我想起中国味的荒诞戏剧。看得出他在求变，求得很苦，上不着天下不着地。

"来深圳怎么没画过？"我问。

"没感觉。心里满满的，空空的。很烦。"

"这个城市挺怪的，搞文艺的来了不少……不知怎么就没音信了，就像船进了百慕大。"

"就是这样的啦——"说罢，他突然仰天长啸，"噢——长铗——归来乎——"他癫癫地弹着手中的相簿，"食无鱼——出——无车，无以——为家啊……"

不久，我搬到了另一个住宅区。

一次，在储蓄所见到他。他正在排队，一脸的冷峻，大有鹤立鸡群的傲色。看见我之后，脸上和蔼多了，嘿嘿地笑，说很高兴见到一个穷哥们儿。

我仔细看看周围，好几个人怀里抱着钱，用报纸、牛皮纸裹着，老沉。有个退伍兵模样的汉子在填取款单，我迅速扫了一眼，扫到一个"万"字。

"人家怎么就能发财呢？"我笑着问他。他叫我往柜台那边看，台面上高高地堆着一捆捆拾元的票子,存钱的是个窄脑门的黄脸婆子。

"你存多少万?"他低声问。

"一百块。你呢?"

"取五十。妈的,那堆钱要数多久啊,扔个手榴弹过去好不好?"

再见面,已是几年后的一个冬季。朋友家一伙人在神侃,他却极少接话。他脸上的肉少了一些,不见了那层骄傲的油光,身上穿了一件灰得很优雅的羊毛衫。我问起他的画,他递给我一本小相册。

我看不出他画的是什么,似画不似画,似字不似字,浓的墨,淡的墨,若飞若动,若神若人,若愁若喜,若水天,若云雾,若日月。我想起了远古的天,远古的地,远古的风,想起了女娲、后羿、夸父,想起了东皇太一、山鬼、湘夫人——那里面活着一个个远古的精魂。

"真好。"我暗暗叹了一口气。他终于在这个城市找到了自己的位置。

以前见到他,总像见到一幅有毛病的画儿,人物和背景冲突得厉害。现在好了,画面上开始有了和谐的感觉。

"活得不错?"我说。

"很不错。先把自己贱卖了,然后去卖画,然后到处化缘,出画册。每天……练练厚颜无耻功,生意也做过……喂,不要这样看着我啦——想钱是件高尚的事,钱跟艺术是水和舟的关系。"

这两年一直没见过他。有人告诉我,他现在做生意发得不清不楚,光倒股票就倒了几十万,买房买地,六亲不认,跟穷哥们儿断了来往。有人告诉我,他还在画画儿,坐禅,正张罗着到国外举办画展。有人告诉我,他在这里混得不咋样,又上海南岛折腾去了。

在这个城市里,听到什么我都不惊讶,听到什么我都信一半儿不信一半儿。耳听是虚,眼见也不为实。

偶尔,在黄昏,在日落月升之时,我会突然想起,有这么一年,有这么一个文化人,站在这么一个阳台上,满口乡音,他这么说——

"多么的——孤独哟——"

1990 年 9 月 26 日

222

补　白

这是一幅上世纪 80 年代后期深圳文化人的素描。

从 1987 年到 1997 年,作为一个深圳的"文化人",是我深感无助无望的时期。我害怕深圳,拒绝承认我是一个深圳人。我的魂魄四处流浪,蜷缩在一个又一个大学校园的角落歇息。经济商潮在深圳越来越热,我对这座城市的感觉越来越冷,越来越陌生。仿佛一只蜜蜂撞上了蜘蛛网,激情热力被粘裹吸食。

深圳是房改最早的试点。我从北京鲁院结业回深,听闻很快要进入房改。

算来算去,我付不起这笔房改款。周围的人多数可以一次付清。这让我自卑自责:为什么别人有钱你没钱? 比你晚来深圳几年的人,能够选择一年或三年付清,你为什么十年都不能付清? 你什么时候沦落成为弱者? 你在这个城市即将失去立足地。这座城市不需要你这类人。

让我纳闷的是:我才出去学习两年,怎么深圳人陡然就成万元户了?

在这座城市里,我第一次深切感受到生存危机。

刚调入深圳时,我算一个人才,在报社当记者,有用武之地,报社再穷也能有所依靠。到了文艺创作室,等于没爹没娘的残疾儿童,死活要看你自己的造化。这时候的深圳根本不需要文学。说起"作协",人们会问:你们做的是什么鞋? 提起"文联",人们会说:好像是一个货运公司吧?

我听说房改困难户可以向建设银行贷款,便去找前同事咨询。

这是我信得过的朋友,当年一同来此创业,一直没有离开过深圳,才华出众,能诗能文,比我更具革命理想主义浪漫主义情怀。

我想问贷款是怎么回事,像我这种经济状况的,贷款十五年扛不扛得起? 利息支付吓不吓人? 我急需最可靠的朋友参谋,指点迷津,减轻房改压力。

朋友见到我,可爱的小胳膊飞舞起来,声音一如既往地清脆亲热:兰妮你来得太好了! 正想找你呢。你的房子买不买?

我很感动,还是朋友贴心,早料到我有难处,要为我支招。

我立刻接过话头:我正愁买不起……

话没说完,朋友欢呼起来:太好了! 你不买让给我买。

原以为会听见充满同情的声音:别发愁,有办法。以为朋友会说:别不好意思开口,需不需要找人借钱?

面对朋友的兴奋,我蒙了。好一阵子找不着北。

我下意识地问:那……你的房?

朋友天真可爱地说:买呀。我想多买一套嘛!

不知呆愣了多久,我听见一个怯弱的声音说:可是……我住哪儿?

朋友早替我想到了,说:回广州住嘛。反正你不用坐班。

好像有道理。我继续发呆。

朋友报喜说,我老公发了一点小财,买两套福利房正好够钱。

忘了当时是怎样支吾过去的。

按习惯,我会语无伦次地大说废话,把自己说糊涂了,就以为把话题岔开了。接下去我就逃避,一直逃到忘记。

这是上世纪80年代后期的事。写这本书的时候,它冒了出来。它成了我的内隐记忆。在我的内隐记忆中,有许多这样的碎片。

1990 年前后的深圳,说谁是"文化人",等于骂人"傻 B""丫挺的"。

一天,住在我楼上的熟人路过门口,问我:"在干什么呢?"我说:"看书。"他很惊讶地盯着我,就像医生看着病人那样打量我,说:"你外星人? 现在谁还看书啊!"他原是名记,逮着亿万富姐参与"文稿拍卖",之后弃文从商。

他很诚恳地提醒我:你必须换个活法! 他指指自己说:我,够出名吧? 不行啊,累死没人同情你,人说你活该没本事。去他妈的老子转行。赚钱。让那些王八蛋看看。老子买车了,马上换新房了。他大骂那些土老帽暴发户兔子尾巴长不了,风水轮流转,该咱们这些肚子里有墨水的发财了。这位名记总结道:告你一实话,当官不难,做买卖不难,写东西最难。你要闷在屋里一个字一个字地写出来,手指上有老茧吧。那真叫呕心沥血。傻呀。真他妈傻! 我都算转得晚啦。你出门瞧瞧,大把机会,还还还在家看书! 莫等闲白了少年头,空悲切。

邻居走后,我望着书架上的书,心里一阵琢磨。记得那天我看的是《元曲》。不是为上进而学,纯属打发时间。我觉得元曲有趣,默读的时候,节奏感韵律感能形成一种戏剧氛围,令人愉快。仅此而已。

我自责。我惶恐。

深圳人都在为先富起来而打拼。时间就是金钱啊。这种环境下看闲书,是最大的浪费。穷作乐。不思变。不知耻。真有病!

可是,不看书,我又能干什么呢? 我在深圳能做什么?

傻眼了。呛蒙了。

一个人离乡外出学艺。听说"屠龙之技"是最高本领,便交了银子拜了师。苦练几载,学成回乡。见了家乡父老,他把"屠龙之技"精心演练一番,等待夸奖。众人笑道:天底下哪里有龙啊。傻瓜! 我这是"屠龙之技"的现代版。不再是想做就去做的岁月了。想做就去做,有一种自豪感,居高临下,我是主人,我的城市我做主。如今是"我能干什么",说这句话的时候,我要仰视。有一种深深的自卑感。彷徨徘徊,找不到定位。这座城市不需要我。真不知道"我能干什么"。

我想干什么?!

轮不到我"想"。我已经被这个城市淘汰。我自己也不知道"我想干什么"。

讽刺的是:我的第一部中篇小说《他们要干什么?》,里面说的是一批年轻报人到深圳创业实现理想的故事,曾被誉为"开移民文学之先河"引起关注。事隔两三年,堕落得真快,已经不知道"我想干什么"。我就这么"出局"了。

224

第 51 篇

认知日记

2003 年 12 月 20 日星期六上午 10 点 15 分

今天到目前为止,我身体感觉良好。头不痛,脑不昏,口不苦干,小便正常,心不闷,胃不疼,除了有点感冒流鼻涕外,简直能说是神清气爽。

我有点茫然,是暗喜喜得有些发蒙。

怎么回事?是气候所致?要么昨晚没做焦虑的梦,睡眠充足?体力也恢复了,不再乏得浑身难受。

要是每天是这样的状态该多美好啊。

今天读《圣经》,正是《诗篇》第 103 首,大卫的诗《耶和华的慈爱》。里面第 3 小节这样说:"他赦免你的一切罪孽,医治你的一切疾病。"主在赐福! 诗的最后一句:"我的心哪,你要称颂耶和华!"是的,是的,我的心哪,你要称颂耶和华!直到永远!

随　笔

翻阅《找寻逝去的自我——大脑、心灵和往事的记忆》。作者丹尼尔·夏克特。

在写《旷野无人》的过程中,我迫切想知道心灵与记忆之间的关系。我遇到了夏克特教授这本书。对一个抑郁症病人来说,它有点坚硬。它属于细嚼慢咽之书。此时啃,硌牙。硬吞,不消化。我无力化繁为简,活学活用地叙述。

这些日子翻书,神经系统怠工以示不满。妥协的办法是,拿几支荧光笔,红的、绿的、黄的、紫的、蓝的,轮番涂在书页上,五彩斑斓。涂完一本书,一句话都没记住。想翻重点看看,好嘛,满纸花杠杠。晃眼。硌眼。

紫色荧光笔迹:"被压抑的记忆郁积在潜意识之中,并通过与某一被遗忘了的创伤发生关联的特殊意象或令人费解、莫名其妙的行为方式,使人感觉到它们的存在,这就是我们现在所谓的内隐记忆。"

拗口。

黄色荧光笔迹:"为了更好地理解我们自己是谁,我们必须以种种方式主动地寻求线索,以引起我们对往事的那些否则将永远处于隐伏状态或自然地消逝着的回忆。"

翻译拗口? 这位哈佛心理学教授的行文风格?

蓝色荧光笔迹:"因为内隐记忆在我们的意识之外产生影响,所以我们大多数人对之一无所知,但它却构成我们全部生活的一个广泛的影响力。"

我对"大脑、心灵和往事的记忆"充满好奇。

我对深圳的记忆为什么是"脆弱的"? 而"脆弱的记忆"为什么"又是强大的",足以引发抑郁?

夏克特教授指出:"他们所研究的极度抑郁的患者……能够记得他们过去经历的一般情绪基调,但对往事经历的细节特征的记忆远不如正常人……与正常人相比,抑郁症患者更容易产生的是对消极经历的回忆而不是对积极经历的回忆,这反过来又使他的抑郁心情被保持着……抑郁症患者对那些表示悲伤的单词表现出了异常准确的记忆……"

在写作的过程中,当我写到深圳时,记忆遭遇障碍。灰蒙蒙的雾,隐隐约约的沼泽,看不真切。

李兰妮,到了这种时候,你还看不真切。为什么? 你是不是害怕什么? 你到底害怕什么? 你不要以抑郁症为借口继续逃避。

此刻,我并没有逃避。真的,我看不真切。脑子里非常乱,分不清……什么都分辨不清。我害怕幻觉,害怕记忆会欺骗我,害怕按错神经密码激活的是恐龙毒蛇妖魔鬼怪。

多年来,我的亲情很淡很淡。我是一个无根的人,没有故乡,没有牵挂。

五岁以前的事,我几乎没有记忆。据说我生在湛江的军营里,刚上幼儿园,父亲就调到内伶仃守岛。随后,妈妈带我上岛。我模模糊糊记得,有一天,妈妈挺着大肚子,坐船走了。过了几天又回来了,肚子扁了,怀里有个布包包。布包里是什么,我没有一点印象。只记得屋里来了几个叔叔阿姨,吵吵的,乱乱的,说我妈怀里有个小弟弟。因为这里叫内伶仃,所以这个"布包包"叫凡丁。大人们不让我碰那个"布包包",屋里的热闹没我什么事。我走出家门口,无聊地倚在一间茅草屋的木框上,看土路上走过的军人。几个叔叔在路上喊:小兰——你妈妈生了个什么啊? 我爱理不理地回答:生了个小猫。叔叔们笑:哈哈,那你是什么? 我正不高兴,讨厌他们这么大声喊,没好气地说:小狗。叔叔们更乐了,又问:你弟弟叫什么名字呀? 我气狠狠地说:叫烦死人的丁!

一年后,我到萍乡外婆家上小学一年级;二年级因父亲调动,我连续换学校。小学六年,我换过五六个学校,今年在外省,明年在海岛,后年在城市。中学也一样,今年在海南岛的深山,明年在海南岛的平原,后年去了江西。像我这样无根的人,童年缺乏亲情友情的滋养,少年飘零,青年早期则出了这个地方的医院,住进那个地方的医院。我的家庭观念很淡漠。

在深圳,我不渴望家人援助,我不想父母。

我在深圳当记者时,新报社创刊,正紧张投入,爹妈突然来视察前沿阵地。我顿时就跟他们急,"都说了别来,偏要来。我哪有时间陪你们。"他们只住了一天,就回茂名了。

妈妈半开玩笑说:你五岁我就在内伶仃守岛,每个月都到宝安城里来买书。你第一次进深圳,就是老妈我带你来的。忘本了你!

我无动于衷。

这是农历年三十那天的随笔,写不下去了。抑郁的感觉令我不得不中断这篇随笔。

链　接

《新故事·老故事》摘录

记得内伶仃岛吗?爸爸说。营房前面是大片一人多高的荒草,再往前走,是一块漂亮的海滩。

爸爸说想去内伶仃岛看看。

他的黄金时代全是在中国南海的大小岛屿度过的,全是在"提高警惕,保卫祖国"的口号声中度过的。我常想:年轻的时候以及还算年轻的时候,他肯定只记得自己是一名战士,他肯定没时间去想自己同时还是一位父亲。

如果参军前少喝一点墨水,他的革命意志会更坚定。守这个小岛时,他恰是而立之年,风华正茂。我看过他在岛上拍的一张照片。照片上十几个军人都朝镜头看,惟独他望着另一个方向。他很喜欢古诗,尤其喜欢文天祥那首《过伶仃洋》。不知他私下里有没有跟纤弱的妻子说惶恐叹伶仃。小时候,我只听过他吟诵"人生自古谁无死,留取丹心照汗青",念来念去总是这两句。他从不提诗中还有"惶恐滩头说惶恐,伶仃洋里叹伶仃"。我猜,他心里一定很清晰地记得整首诗。

我上岛了,我的前任就走了。他冲小岛三鞠躬,然后拍我的肩膀,说:"不会叫你在这儿呆一辈子的。"他大笑,一点儿也不掩饰离岛的兴奋。交通艇开走了,我在空旷的海滩上转了很久,很久。

原来爸爸也喜欢那块海滩。他总是黑夜里去,一个人在海滩上走啊走啊,走累了,就坐在稀疏的荒草边默默看海。

记得那年岛上出事儿吗?妈妈说。哥哥用枪指住了妹妹的头,喊"缴枪不杀",小女孩哪里肯投降,枪一响……

小女孩四岁。睫毛长长的,眼瞳黑黑的,马尾辫甩啊甩的,头上有个绿蝴蝶结。她说蜻蜓都是小飞机变的,她长大了要当开飞机的兵。她早早化做一只红蜻蜓飞走了。

岛上就妈妈一个军医。她只会用手去堵小女孩头上的血窟窿。血从手指缝里涌出来,那么稠那么红的血。她的手抖得厉害,她在朝鲜战场救伤员时没有这样抖过。当爹的提着枪要毙了儿子,那孩子躲在山洞里,从此脑子落下了病。

一个七岁的小孩子不该遭这样的天谴。大人们总说要打仗,总是紧急备战,子弹总上着膛,睡觉总穿着军装。小孩子当然跟着学。那时候的小孩子哪个不玩枪?

一个小孩子流那么多血……妈妈又在说。那孩子好像埋在岛上了,忘了是就这么埋的,还是烧了埋的,谁知道坟还在不在……

有完没完?

我烦了。

我答应去打听船,可那些日子我好忙。忙开会,忙学文件听录音,忙写总结,等候轮到我发言。忙的时候我没想过我是爹妈的女儿。

我没去打听船。

1984年,我随一伙游客去过一趟内伶仃。岛上的树木特别绿。我心跳得厉害,总在期待着什么。一两个小时过去了,感觉渐渐迟钝,心里闷闷的,很麻木。岛上的一草一木、一砖一石,那些营房、那些军装都引不出熟悉的亲切。

那块海滩并不特别出色,因人多而热闹得乏味。沙滩上扔着五颜六色的饮料盒食品袋。那片一人多高的荒草还在,隐约可见土黄色的破旧营房。

没有去寻故居的冲动。

我在荒草边找了个枯树桩坐着。人懒洋洋的,很倦很困。太阳晒得头顶有些疼,迎着海风我眯上了眼睛。

不再惦记这个小岛。不再惦记这块海滩。

别去了吧。船很难等,不定哪天有。

我们有的是时间等。

其实……没啥可看的。别回去找,什么也找不到。有空不如看看现在这个深圳。真的,挺好的。

好是好。可跟我们有什么关系呢?跟我们没关系。

我……没听懂。

等你老了就会懂的。

1990 年 6 月

补 白

转眼就到了 3 月,我依然无法写作。但是,心里却总在叙述,只是没有办法把它们记录下来。这种感觉很伤我。每天,抑郁的回忆、逝去的细节、心里的叹息时时缠绕着,令我难受,要费很大的力气驱赶它们。就像伸手去捕捉空气中的尘埃,捉不住的。就像这些天的霾,赶不走,摘不出,只能忍受。

每天我都很想有个机会离世而去。每天我都在想:如果遭遇意外,决不要医生抢救我! 请尊重我的意愿,任我自然而去!

我总在想,是不是应该写张字条,放在挎包里。"我,李兰妮,郑重声明:本人自愿放弃任何抢救措施,请让我自由离去。"

我渴望走。我早就准备好了。

第 52 篇

认知日记

2003 年 12 月 25 日星期四下午 16 点 30 分

今天是圣诞节,也是我的生日。

早上妈妈就打来了电话,她在话筒那头唱起了"祝你生日快乐"。十点多钟,凡丁、刘可带着李佳恩来了,凡丁送了一大一小两个圣诞老人的音乐玩具给我。一个奏着电子吉他,一个拎着金色的礼物包。我正想要一个这样的圣诞老人,礼物包里装满了祝福、快乐。

就像《权能时间》节目里所说的:圣诞节是喜乐、美丽、充满爱的时候。圣诞是发现的时候,奇妙的时候。我们发现:神是真实的,神掌管一切,神爱我们。

最近我心里常反复默念:我蒙恩惠。就像萧安柏牧师讲道时所提醒的:我们说话时要说出我们想要的,我们相信的,事情就会成就,我们就会得到,奇妙的事就会发生。神赐福我们,我们要回应:我知道我蒙恩惠。感谢神让我蒙恩惠。我知道,我回应,我宣告:我蒙恩惠!

中午打开手机,接到了多个祝福电话和"圣诞节开心"的彩信。

康乐红梅厅共进午餐。

李佳恩表现很好,始终兴致颇高。她越长越像凡丁小时候的模样,很好玩,很健康,也很精灵。我为李凡丁高兴!

乐乐居然懂得嫉妒。李佳恩一进门,乐乐就不住地冲她狂叫,好像知道这个小朋友一来会分走它所拥有的宠爱。怎么都按不住它的焦躁和激动,只好把它关在阳台。去看它时,它像一个受了大委屈的小娃娃,呜呜直哼,很可怜。

乐乐今天表现也很好,知道去厕所报纸上大小便,还肯吃狗粮和狗饼干。

我觉得很幸福。感谢神!赞美神!

随 笔

此刻,我脑子里迷迷糊糊的,呆看着电脑,老半天才打出一行字,读一遍又删掉。打字,读字,删字。已经一个小时了,不知是左脑还是右脑短路。李兰妮,你想说什么?

想起了一件事。

一次跟妈妈回忆小院的往事。妈妈说:那时候打你们也就是吓唬一下。别人家打孩子,那是用宽皮带抽,军靴子踢呀。

我说:你拿竹篾子抽,抽得我胳膊上腿上一条条红印子,火辣辣的,都肿起来了。

妈妈说:不可能。我不会打疼你们的。

我说:你一发起火来,你不知道你那样子多可怕,专找特别痛但不伤筋骨的地方抽,还说不痛。

妈妈很不愿意听这话。听不进去。

我又说:你怎么知道我不痛? 有一次,我眼睛上长了一个麦粒肿,你拿塑料牙刷把烧得很烫很烫,往我下眼睑烙,说是哪个阿姨告诉你的偏方,能治麦粒肿。我说好痛,痛得受不了。你不信,就是不许我动,直到皮烫破了,烂了,你才相信真的痛,才停手。

妈妈说:没有这回事。你瞎说。我根本没听过这种偏方。

我说:就是有这回事,我记得清清楚楚。

妈妈有点不高兴,说:我一点印象都没有。你不要什么事都赖到我。

我哭笑不得:我赖你干什么? 没必要嘛。

话题没法继续下去。

我重提往事是想探讨她当时的心态。但是,人的记忆是有选择的。

人的记忆系统很微妙。我估计,它的第一层是防御机制,理智在过滤信息,我们需要遗忘负面动念,不容许有悖良善的内容进入储存。

我不知道记忆系统具体如何运作。我想,它的第 N 层会有一个"回收站",防御"文件夹"所剔除的负面信息都会自行转入回收。

剔除越多,回收负荷越重。

如果不做精神检视,不进行心灵清洁,运转会越来越沉重,频频"死机"。

表面上,我们已经遗忘,没有一点印象;心理层面,垃圾发出腐臭和苦毒。实际上,精神受害最深重。终有一天,身心魂崩溃。

231

我之所以想跟妈妈探讨小院往事,并不是因为她打我打得疼,让我耿耿于怀,而是她打人时的精神状态让我感到奇怪。

妈妈打人时,不许孩子往外跑,不许向任何人求助。她白皙清瘦的脸上出现不均匀的红斑块,怒气使平时无神的双目发亮。她拿起专门打人的竹条,有时叫我和弟弟去拿,乖乖交在她手中。她指挥我或弟弟关门、关窗,这样她的叫骂声、我们的哭喊声就不会动静太大。妈妈习惯保密。

妈妈打人有个特点,她要求我们必须让她打得笑了才罢休。我那时虽然上小学四五年级,但是我暗自认为这是一种不能接受的侮辱。她想让我求饶让她笑,我偏不叫她遂愿。弟弟比我聪明,他会很老实地关门关窗,把竹条递到妈妈手里。有时他会把床上的凉席往身上一卷,在席子里面喊:妈妈,你打吧打吧。他也曾主动撅着屁股,说:打吧。妈妈打他的时候,他就变着法子让妈妈发笑,妈妈一笑,他就过关了。他那时还没上小学,出名的乖孩子。只要见我想开门逃跑,他就会喊:姐姐,你别跑,妈妈打不到人她会犯病的。姐姐,你不让妈妈打,她会给你气死的。他这么一喊,真提醒了我,我知道不让妈妈打事情会闹大,事情不会完。那就让她打吧。我摆出刘胡兰英勇不屈的样子,傲视打我的人。妈妈总会被激怒,一边下手更重,一边喘大气说:你敢这么瞪我!我挖掉你这两只狗眼珠子。你不给我低头,我就要打得你低头!

有时候,遇上父亲在家,他也不敢拦着。我希望他保护我和弟弟,但是,十次有九次会失望。有时他看妈妈打累了,就会说:好了好了,歇着吧。妈妈说:不行,我还没有笑呢。这时候,我心里会特别特别愤恨。我会暗暗想:凭什么要引你发笑?凭什么你打我我还要逗你笑?你不怕坐牢你就打死我吧。老子就是不低头!

多年后,一次在深圳,几个朋友聊到小时候调皮挨打,大家都挨过打,都是一挨打就赶快往外跑,跑掉了就没事了。我说我家不这样,我妈妈打人要打到笑为止。几个朋友很惊讶。片刻之后,有人突然说:耶——那不是很可怕?

直到那时我才注意到:是啊,的确可怕。

今天谈这些,意在"清空回收站"。

在这本书里,能够谈论这些,是因为怨恨已经化解了,我开始理解母亲,尊重母亲,爱我的父母。

也许,在正常人看来,我说的这些事很无聊。李兰妮是个太敏感的人,一点小事说得这么夸张。她和她的母亲都让人讨厌,有病!

也许,在有心理疾病、精神障碍的人看来,我说的这些事,充其量只算开了个头,我们都是伤病员,治疗开始了。李兰妮,你太迟钝太没思想,你真不懂得什么叫有病。

我在自责。李兰妮,你的记忆系统有问题。你选择输入的尽是不快乐的事。别人眼中的芝麻,在你眼里成了西瓜。你受伤是你自找的。你的电脑里存在毁灭性病毒。

链 接

《不要恐惧抑郁症》摘录

有人患上了抑郁症,因为他们在大脑中继承了"生物疤痕"。

孩子只有可以反抗和表达他的痛苦和气愤时,才会摆脱强加在他身上的不公正,这时无需担心出现严重后果。但如果他的父母不能容忍他的反应(哭喊、悲伤、愤怒),并借助目光和其他教育手段加以制止,他则被剥夺了以他的方式来做出反应,这样孩子就学会了沉默……这就是一种无望的状态……会使大部分人陷入精神困惑之中。

一个学会压抑自己感情的孩子,不可能形成健康的自我价值观。

——[德]乌尔苏拉·努贝尔

补 白

心理学、精神病学家的忠告,与我的回忆挂钩,隐约看见我是抑郁那根藤上的一片芽叶、一星花蕊、一个涩果。与我同时代的人,有着太多相似的"疤痕"。

我们在童年时代太缺乏那种无条件的爱。谁来呵护孩子?我们不敢信任我们的父母,我们还能够信任谁?连父母都不能容忍我们的本能反应,我们还能指望别的什么人?除了沉默、压抑,甚至自残,我们还能怎么活?!

第 53 篇

认知日记

2003 年 12 月 29 日星期一下午

今天一早去保健办做体检。

随　笔

　　4 月 1 日的夜晚,10 点 20 分左右,带乐乐上十六楼天台,坐在天台围栏的边缘。围栏石基有两拃半宽,马赛克镶嵌。夜晚风凉。探头看楼底,一个白色的人,走路很滑稽。花坛有个大圆圈,像一张没有五官的脸。突然想到张国荣的脸。心里想:今天是 3 月几号呢? 28? 29? 啊——是 4 月 1 日! 立刻有所警惕。

　　跨坐天台边沿。一只赤脚在围栏外边,想像着自由,享受着风凉。我在边沿站了起来。四处无遮无挡,独立张望,离天近了许多。上去。忽然想到画面,很多电影都有这样的画面,走投无路跳楼的人就站在高楼顶缘,跟我现在一样。不需要往前迈出哪怕小半步,无地可迈。只需往前微微一动,我就立刻飞翔在天空中。

　　乐乐在低槛石基抬头看我。两只乌溜溜的大眼睛。站在围栏石基上,四围没有更高的建筑物。空旷。肚脐左边酸痛,紧张。大腿根儿发酸发紧。但是,心跳正常。

　　真的不是想自杀,只是想站在楼顶边沿看看。想得很。控制不住。我站在那里,感觉有点晕,不适,说明我正常,不想死。是正常人的神经反应。

　　对面高楼窗口、阳台,一户人家的电视机开着,看不见人。一户人家阳台一盆盆植物茂盛,说明热爱生活。几户人家晾着衣服。不少窗口关了灯。不想细看,免得无意中侵犯别人的隐私。

　　近处有灯光。脚下一家窗口是客厅,柜面上有一盆阴生植物,花盆绘着彩花。很担心屋里突然有人看见我,误以为有贼人窥探。也怕万一对面楼有人在阳台闲游荡,见我站在天台边缘,以为有人要自杀。吓到别人不好,人家报警更不好。

我想沿着边缘走,像走钢丝那样走,像跳芭蕾那样走。会掉下去吗?人突然很困倦,打瞌睡。摸摸心,心跳没有加快。脑子变得迟钝,很想打呵欠。我心里明白,这种情况下,天黑,犯困,容易失足掉下去。那才叫冤得慌,不想跳楼自杀,但人们都以为这就是自杀。也许有人也是像我这样纯属想在天台边沿走一走,不是真的要跳楼。

我使劲忍住哈欠,被压抑的哈欠变成水沫子,眼边湿,发黏。乐乐不再看我,它知道我没有自杀的念头,它不担心,转头向别处。我很理智,4月1日,危险日子。此刻,估计已是夜晚11点,子时是个不宜登高的时辰。

越来越困,继续坐在天台围栏边沿会掉下去。离开天台。回家。要从楼梯下去。要抱着乐乐走,坐电梯。回家。回家。

兰花死了。六盆。春天里我把它们的叶子全剪秃了。那时候我控制不住自己,不剪兰花我就想伤自己。但是,我以为它们还能活下去,叶子一两个月可以长出来。也许会伤元气,却不至于死。

仔细想想,我的意识深处知道这是破坏性伤害,可能导致一两盆兰花枯死。但是我不让自己往深处想,我很自私,我在抑郁爆发时选择了对外攻击,我为保全自己,伤害美丽的、无辜的、生机盎然的、无反抗之力的兰花。

记得去年底曾有媒体报道,一个外省来穗打工的青年,下火车后连续被人欺骗,行李证件钱物一洗而空,他突然冲向一个跟随妈妈去买菜的小女孩,把这个素不相识的、只有几岁的乖巧孩子扔到桥下江水里,然后自己跳江自杀。

这起恶性事件轰动一时,却没有唤起人们对抑郁与愤怒、怒气与攻击的深层关注,即启动精神层面病理层面的预警机制。

每个人心底深处,都有暴力冲动,尤其在生存受到威胁时、精神意识错乱时,这是动物本能。在一个人人没有安全感、没有灵魂栖息地的时代里,经济再发达,人们再富裕都不能减少犯罪率。

我相信经上所说:我们每一个人都是罪人。

我们每一个人都必须忏悔。我们必须请求宽恕。我们必须清洁心灵。

235

我开始减抗抑郁药。赛乐特、阿普唑仑不敢自作主张减,但是,加强剂丁螺环酮可以减吧?我太想太想减药!

听说不少抑郁症自杀者都是停药反弹所致。我不是停药,是减药。是不是所有的抑郁症服药者都有停药减药的心魔?我不指望医生主动让我减。我怕跟医生说抑郁症状,我怕说了要加药。

近来,我故意去找不熟悉的医生开药,这样可以开了药就跑。有好几次,我像做贼一样,悄悄避开熟悉的医生的诊室。

我微笑着轻声轻气地说:我开药就行了。就照病历开,几年了,我每次看病就是拿这些药。医生若问:近来觉得怎么样?我就忙不迭答道:挺好。好多了。一切正常。说完慌忙起身,边客气地往门口退,边笑眯眯地说谢谢。

出了诊室就仓惶溜出心理科精神科地带,交费时拿药时也不敢放松,东瞄西瞥的,生怕撞到熟悉的医生。心里想:万一这医生路过交费大厅呢?万一这医生出现在药房呢?万一正好在电梯里碰上呢?要离开医院才安全。

我像一个企图逃出精神病院的病人,半分钟也不想多呆,恨不得抱头鼠窜。我知道这是不必要的焦虑,但是我控制不住精神痉挛。

我喜欢听到医生说——你很正常。

有一回,我对一个初次见面的医生说起,4月1日的雨夜,我站在十六楼天台围栏边沿上,我想飞翔。

医生说:心态是好的。想在天地间高高飞翔,远大的志向。

我一听,太高兴了,忙说:对呀对呀。我一点也没想自杀。我只是觉得,要是张开双臂,飞向高阔的天空,多美好啊。

医生说:说明你不甘平庸。

我说:是吗?可是我白天去天台围栏边沿试过,不想飞,也不想在围栏边沿久站。

医生说:对。深夜,下雨,四下无人,这是忧郁的环境。这就是你需要的氛围嘛。

我糊涂了,照医生这么说,我的心态到底是好还是不好呢?不能再多说,再说医生就会发现我应该加药。快撤!

我要减药。我的注意力越来越难以集中了。尽管人家说,新一代抗抑郁药副作用小,但我感到药物对我的大脑有伤害。

过去曾说,我时常站在厕所标志牌前停留好一会儿,才能分辨男厕女厕标识。今年开始,情况更糟。

一次,我站在酒楼厕所标识前,大脑发生死机故障,干站在那里,眼睛和大脑是空的。不知站了多久,一个侍应生大概发现不对头,过来问:有什么可以帮到你?我转头看他,却不能口头表达。倒是这人机灵,说:你如果想去洗手间,那边是女,这边是男。

最近更可笑。明明进酒楼厕所前,我仔细辨认过男女标志。上完厕所,打开门,走下阶梯,正与一个十岁上下的男孩面对面。他看我,我瞪他。我心想:这么大的孩子还上女厕所,看当妈的把孩子给惯的。男孩后面进来一个中年男人。这人看看我。我不高兴地看他一眼,心里想:过分。小孩上厕所,你还跟到女厕来看着,干吗不带他去男厕呢?这种当爸的。哼!正要走出去,迎面又进来一个男青年。这人怕是走错了。见前面有男的往这里进就跟着进。我很想说:你们走错了。转念想,难道……我错了?我赶快跑出去,盯着墙上的标识看了又看,脑子没有反应。我定定神,努力启动大脑。看清楚了,很清楚:男厕。

不怪我。怪抗抑郁药。

2007 年 6 月 9 日

链　接

医生给我父亲的信件摘录

……令爱兰妮手术后已如期出院,一切好。本次甲状腺肿物切除的病理诊断为:甲状腺乳头状癌。此报告在她出院当天送我科室,我给予收藏待她出院后再归入病案……对兰妮本人应加强保护性医疗。至于是否将实情相告其爱人,我考虑到"癌"这个字对一对青年夫妇往往带来许多思想负担和顾虑,甚或其他……病理诊断我认为对兰妮暂时隐瞒为妥。看来在某些方面她意志不够坚强,故出院诊断写结节性甲状腺乳头状瘤。

(医生签名)
1988 年 2 月 14 日

补　白

翻书柜最底层,翻出了这么一份医生信件。摘录于此,是想拨开记忆的淤泥,探索积淀在大脑皮层的盲痛。

此时,我望着电脑发呆。眼神发直,直到发痛发酸发胀发涩。神经系统又出故障了。我想收回视线,却收不回来。我努力把额头抵在桌面上,这才闭上双眼,收回了涩胀发晕的目光。我讨厌回忆!讨厌!讨厌!

这一章节很散乱,日记、随笔、链接都互不搭界。为什么会这样?因为我近来很难受,心总是定不下来。觉得心血很烫,烫得着火,烧得坐立不安。我想给自己放血,但是,去了好几个药店,买不到针头、针管。我要去趟北京路药店,听说那里有这些东西卖。

有好几个时期,在心里特别发烧发烫时,我会给自己抽血放血。

最早的时候,那是在深圳。那时还没有一次性针头针管,我去药店买了针头针管以及装它们消毒的针盒。我会把它们放在锅里蒸十五分钟消毒。至于为什么会想起自己抽自己的血，我记不起来了。它曾经是我的一个秘密嗜好，因为放了血心里就舒服了。我会一连放几天血，这样心里就不烫得难受了。

每年体检抽血化验时，我喜欢目不转睛地盯住那针头，我要看针头扎进血管的那一刻，以及针管怎样慢慢吸入我的血。血的颜色是红还是暗红，有没有细细的小泡沫。

直到最近我才想到，也许这是抑郁症的自残吧。

自己怎么给自己抽血放血，看着鲜血怎样在白色的洗脸盆流淌，这些东西过几天再说，等我情绪稳定时再说。

先说第一次癌症开刀。1988年2月。想想看，手术后活了这么久，是不是赚了？

记得第三次手术后，做化疗做得很辛苦。罗湖医院一位中医教授给我开药缓和副作用。教授鼓励我说：你这种癌存活率比较高，有40%的病人术后能活十年，甚至还有人活了十五年。我叹口气，笑笑说：从1988年到2000年，我已经活了十二年。离十五年不远了。医生怔了怔，显然他没想到我是资深癌症病人，他诚实地同情地说：啊……噢噢也有活得更长的。你完全可以争取活个二十年。你心态好，一定还能活下去。

做化疗的时候，我心里深埋对父母的怨气。我曾对区区说：你见过这么愚蠢的父母吗？如果不是他们耽误我的治疗，我不至于这么吃苦受罪。

1988年的癌症病理化验单，直到2000年2月才拿给我看。这期间，1998年12月癌症转移，父母仍然瞒着我、瞒着我先生、瞒着我弟弟。母亲不愧当过军部机要员，父亲离休前多年从事纪检工作，保密功夫一流。他们竟能把我哄到一个区医院，说是你脖子上有个淋巴瘤，早点切除有好处，只要缝三四针就没事了。

出于保密考虑，他们找了一位市医院退休的外科主任到区医院给我做简单切除，父母再次伪造化验单。手术果然快，只缝了几针，下午开刀，晚上我就到公园散步吃饭。

其实，手术病理检验单上写明癌细胞转移，属"滤泡型癌"，比第一次的"乳头状癌"严重。按照规定，应该四十八小时内做淋巴清扫手术，以绝后患。但是，我的父母只会将癌症转移的病理检验单藏在自己家抽屉里，两个人三天两头讨论，要不要告诉我事实真相？

据说，我父亲坚决反对向我透露，我母亲犹豫，她信得过的那位退休外科主任出国了，找不到人可咨询商量。父母大人并非文盲，读过中学，好歹也叫小知识分子，但是，他们不知道癌症病人应该找肿瘤医院的医生做治疗，转移的癌症病人更应该争取在肿瘤医院做手术。

父母知道我颈部癌细胞又转移了，他们严守这个秘密。他们每次见到我，

238

都会担心地暗暗观察判断,神经质地给我"优惠待遇"——我在弟弟家、父母家不用洗碗,不用扫地。我一找活儿干,父母就很焦急地喝止,命令弟弟把我手上的活儿立即接过来。我抗议没用,搞不清这葫芦里卖的是什么药。弟弟自嘲说:活儿都交给我吧,谁叫你是亲生的,我是他们带来的"油瓶儿"呢。

1998 年正是我最忙的时候,一两个月就要去一回北京,长篇电视剧、长篇散文、电影剧本、鲁院创作班,似乎一眨眼一年就过去了,满脑子装的是文字,我没起疑心,以为父母想弥补我童年欠缺的关爱,却不知我颈部的癌细胞一天天在茁壮生长。它们跑马圈地,包围了一个淋巴结,又去围攻下一个淋巴结,攻下一城又下一城,好不快活自在。

2000 年化疗前,肿瘤医院的专家告诉我:1998 年 12 月你癌症转移,医院没做清扫手术是医疗事故,你可以去告那家医院。我说:没什么可告的。这完全是我父母干的好事,不怪医院医生。我死了那叫活该,我爹妈亲手刨的坑。

第 54 篇

认知日记

2004 年 1 月 12 日星期一上午 10 点 40 分

十几天没写日记了。这些天感觉、滋味多极了。

29 日上午做超声波，主任医生怀疑我肝部有一肿瘤，立即叫我多交二十三元照片费，拍片让我排查肿瘤情况。这位于主任很负责，还找了另一老主任看图像，都认为不是囊肿是实体瘤，良性的可能性更大一些。而颈部淋巴肿瘤却没有了。难道转移到肝上去了？我讨厌这个念头，可它由模糊到清晰，由弱渐强。要查清楚。

我此刻仍觉得很累，不能详细记录心境。只记下过程吧。

2004 年元月 1 日中午从深圳回到广州。由于过元旦，不能去医院做重要检查。等吧。

3 日、4 日是周六周日，曾主任星期二(6 日)门诊，找他看比较保险。星期一(5 日)电话挂号，挂到了第 3 号。

6 日上午看病，曾立刻开了 CT 单，写明排查"肝癌变"，求了排日期的小姐，说明我害怕的心情，得到理解和同情，终于可在下午检查。

中午在华泰潮州馆松轩吃饭、休息。下午从 3 点等到近 5 点才做检查。检查中一直祷告，心里觉得安静。出来晕倒。护士叫我躺在病床上观察半小时。

要等到 8 日上午才有结果，不由得胡思乱想起来。2003 年的 12 月 31 日凌晨 2 时香港艺人梅艳芳因宫颈癌转移到肝、肺等处，肺功能衰竭而死，但人们说她是太痛选择了安乐死。她两年前得病，本来及时治疗是能 100% 痊愈的，但她逃避治疗，据说张国荣的死、罗文的死、她姐姐的死对她影响很大。看到媒体成天谈这些，心情难免会郁闷。

8 日上午去拿结果。原来只是 0.5cm 的小囊肿！接到凡丁电话，他并不知道我的恐惧，但他还是抽空去了医院想帮我，我心里很感动。

下午奉命回深参加晚上联欢会，很疲倦。但心情很好。

9 日上午去保健办报销，感冒看病，均顺利。

随 笔

为了早一点让此书有个轮廓,我只能先做提纲式记叙。

3月5日与深圳北大医院心理科李博士对话。

3月4日元宵节夜晚独自在园岭撕毁1991至1992年两本日记。

3月3日梦见乐乐在宾馆跑了找不到。

3月2日梦见乐乐死了,埋在地里,挖出几根白骨一块肉干。

3月1日梦见乐乐淹死在洗脸池水里,给它做人工呼吸抢救。

抑郁又开始了。但我懒得呼救。

难受。电脑也抑郁了。尽管只是摘录链接部分,但是,每打一个拼音,字面都会颤抖两下。好像电脑有生命,有认知,有感觉,它不愿意收录这些字,这些文字叫它胆战心惊,它想把这些字吐出来。我很同情我的电脑。

这几天,电脑液晶屏幕总颤抖。字打不上去,即使勉强打上去了,又会发生故障,保存不了。

不写也罢。

我很想剃个光头。但是,人家肯定会当我有病。

剪。剪。剪。我到阳台把两盆建兰的绿叶全剪掉了。光秃秃的。我心里觉得轻松一点了。剪刀不想停下来。我把蟹爪兰的绿叶全部咔嚓剪了。把一大盆洋兰的叶子全剪掉了。长长短短的兰叶散落在阳台上。还想剪。剪刀和心气太默契了。剪剪剪!我把蝴蝶兰的叶子剪了,把芦荟的叶子剪了,把不知名的植物的叶子剪了。芦荟的味道很难闻。我把白兰花的绿叶和枝杈剪了。白兰花的叶子很好闻。乐乐嗯嗯地隔着玻璃门摇尾巴。我放下大剪刀,把它抱到阳台上。乐乐闻着各样的叶子,很困惑地看着我。它用小爪子扒拉白兰花的叶子,逐一嗅着青翠的兰叶,我不喜欢它那样看着我。

不剪了。把所有的叶子收走。扔到门外去。扔掉了。心里轻松一点了。可以坐在电脑前面了。

不行。我不记得把乐乐放在哪里了。我记得它还在阳台上。我必须把它放进屋里来。阳台上没有乐乐。客厅角落也没有。饭厅电视柜下面也没有。我有点发慌。我不记得把它放到哪里去了。正在书房前徘徊,突然看见乐乐正从电脑旁的窗台上仰头望着我,眼神在问:你在找我是吗?

我立刻跑过去,把它抱在怀里。乐乐,对不起,我好像有点犯病了。你要帮助我。

2007年3月16日

链　接

《红红的红红的……》摘录

夜里我一想起什么人，那人的脸就会变形。我尽量去想亲戚中最漂亮的那张圆脸，富态，美貌……几秒钟就变了，一个稀巴烂的脑袋，少了一只眼睛，嘴巴不见了，只有一个大得没有边的黑洞。走开。走开。我要把脑子里的图像擦干净。快，换一个。我把意念集中在一个女同事的脸上。一张普普通通的脸，鹅蛋形，呀，又变了，她满头满脸冒出了好多小头小脸，仙人球似的，密密麻麻，天，小头小脸上也有眼睛嘴巴。快，快换一个。一张清秀的瓜子脸……又变了，一个开了瓢的西瓜，碎得不成样，一塌糊涂。

意守丹田怎么样？丹田，快，丹田。丹田在肚脐下面。哦，丹田，用手摁住肚脐眼吧，这样也许好守一点。丹田。一二三四五六七八……睡吧……睡吧。有灯光就好，有灯光胡思乱想就少一点。

天边，有一个血红的大窟窿。

车车车车车车。一分钟在我面前过了七十四辆车，看得我听得我发晕。二十五分钟过去了，我等的专线车还没有影儿。

好愤怒好愤怒好——愤——怒——怒——怒。妈妈的——我喜欢阿Q发明的这个词。每当心理不平衡时，便在心里变着花样骂。

一辆集装箱载重货车呼啸着过来了。我缩着脖子，斜眼盯住它的车底。我总在想，它到底有多少个车轱辘？它从我身边一过，我就能体验到，人在它轮下骨头咯吱咯吱响，血肉湿答答的稀烂，头颅啪的一声爆裂，奶白色的脑浆横飞……我嗅得到扑面而来的又浓又稠的血腥味。

在这座城市里，我总觉得神经紧张。每次出差回来，一出深圳火车站，我就无缘无故地兴奋、焦急、头痛胸闷，无缘无故地长脾气。据说这是生活节奏快所致。但生活节奏快在什么地方呢？街头行人匆匆的脚步？丰富多彩的日程表？周围不断出现的新面孔？迅速扩展的城市规模？说不清。我喜欢这座城市的繁华和喧闹，我惧怕这座城市的繁华和喧闹。

肿眼泡的小老头问我：你常做噩梦，眼前出现幻觉？

怪可怜的精神科专家，看了整整一上午门诊，轮到我这最后一名时，已经是12点30分了。老头满脑门是汗，眼睛里的光也熄了，厚嘴唇发灰发紫，只有肥大的鼻子多少还有点神气。想必是又渴又饿又乏又热的专家屈起手指头，使劲揉着肿泡泡的眼睛。我真想对他说：您老回家歇着去得了，我没病。

他看病一点儿也不马虎，绝对对得起群众的两块钱挂号费。他拿着小橡皮槌在我肘关节、膝关节上敲了又敲，举起亮着小灯泡的什么镜冲我照了又照，等到他桌上摆的几件兵器都使过了，才坐下来听我大谈幻觉。

变形。知道吗？就是人变形。我一想起什么人，比如说我现在跟您谈话，回家后一想起您，眼前就会出现您的脸模子，两三秒钟之后，您的脸肯定就会变形。不管想起什么人，只要是我见过的，都会变。散发出一种死亡气息，大多是揭了天灵盖，没有嘴巴，脸上稀烂。

还有，在立体交叉桥下，听着车轮子轰隆隆地从头顶上碾过的时候，我就会隐隐看见汽车从桥面上刷地飞下来，要不就是桥面上裂开大口子，把桥下的人砸得扁扁的，一个一个人头，一片稀里哗啦。

对了，还有，只要一想到哪里可能会出交通事故，肇事场面就会在我眼前出现：一辆大吨位的载重车，轮子下趴着散了架的自行车，柏油路面上一汪汪血，红红的，黏黏的，胳膊腿儿东一只西一条。

老头很注意听我说话，他问道：你洗衣服的时候，会不会洗完了晾上，一会儿又扯下来洗，洗了又洗，晾了又晾？

这是什么意思？把我当精神病诱供？我不高兴了。瞧他穿着一件黯旧的白大褂，一条1960年代的大腰裆裤，一头白发乱糟糟的，没准儿也有点神经病。不奇怪，近墨者黑。成天跟病号打交道，不累死也会累疯，比病人更不成人样的大夫多着呢。

老专家宽和地冲我笑笑，他居然有空跟我拉起了家常。我原没有打算说这么多，但他总鼓励我接着往下说。他问：夜里幻觉更多？

是啊。空荡荡的房子里就我这么个活物，连盆花草都没有。我有部旧彩电，看不看都开着它，为的是屋里有点人声人影。上上下下的邻居全没有来往。两年了，我还没有弄清隔壁住的几口人，啥模样。夜里我很怕面对镜子。我觉得镜子里的不是我，是一个游游荡荡的幽灵。它会躲在我的脖子后面，趁我盯着镜子里的自己发愣的时候，突然跳到镜子里冲我阴阴笑。

老专家给我开了一张检查单，叫我去预约做脑电图和脑血流图。没有结论，有个问号——强迫性观念？

照精神病学的说法，精神病里包括强迫性观念、强迫性思维、强迫性行为三个概念。我没问那都是什么意思。

瘦护士没想到是我做脑电图，说明我不像病号，说明我健康，正常。不对。瘦护士的眼神不对，准是检查表上"强迫性观念"几个字招惹的。

"叫你闭上眼睛，你看着我干吗？聋了？没聋就闭上眼睛！"操作室里，穿着白大褂的小女人骂着一位年纪足够当她妈的老女人。

瘦护士还是眼神不对劲地盯着我,她提起一根老长的银针在我面前比画,要给我做蝶骨电极。她找不准穴位,在我脸颊上掐了又掐,扎了又扎。

又扎偏了一针。我失声嗷地狂叫起来。"我好痛!"我歇斯底里地抗议。医生赶紧过来按住我,给我脸上一边一针,一扎一个准儿,麻得我直蹦。

我遵照医生指示,闭上眼睛。深呼吸。

多久了?医生还不叫停止。我不舒服。我讨厌深呼吸。我累了。累了累了累了!我想砸烂这部机器。我想把头上那些劳什子统统扯下来。我想把屋子里所有的人一个两个三个——七个八个九个——全部轰出去。可是……可是……我怕他们。他们会把我捆起来,扔进精神病院,给我灌喝了睡不醒的药,抓我去坐老虎椅,电击电得我抽筋翻白眼吐白沫屁滚尿流。

我悟出了一个道理:人不舒服就会胡思乱想,胡思乱想就会精神错乱。人生不舒服的时候太多太多了。怎么办?

一位脸上许多雀斑的少妇给她的男孩削苹果皮。我想……削进去了,刀削着少妇的大拇指,一片,一片,又一片,跟刀削面似的,白森森的骨头露出来了,一眨眼,肉窝窝里灌满了稀稀的掺了水的血。刀削着少妇的鼻子底端,刀削着少妇涂了口红的上嘴唇。明晃晃的刀面上淌着细细的红色小溪。刀子又向小男孩的眼睛削去。快。转移注意力。想点什么?天气真好,阳光灿烂。树叶绿得……从三层楼跳下去会不会死?草地上有块生了锈的刮胡子刀。刀片割喉咙最快。一刀子下去,血就喷出来了。刀片削手指头,一片,一片,肉可以削得极薄。肉片是粉红色的,好恶心。

打住。不想这些。

我每天白日黑夜要做好多梦,十有八九是支离破碎的。

那个大大的粪坑上只有两块薄薄的木板皮,我踩着试了又试,怎么都觉得不对劲。我干脆踩在土坑边上,想把边上的土踩踩结实。突然,脚底一沉,我一下子滑到坑中间去了。这坑变成了一口泥塘,紧接着一阵翻江倒海,坑中间冒出一个泥了巴叽的大集装箱,还钻出两个泥乎乎的贼人,模样像大河马。其中一个掉头一发现我,大眼珠子立刻鼓了出来,像两个发光的电灯泡吊在眼眶外面,一声怪吼,舞着两条泥胳膊朝我扑来,满脸杀气。我知道我就要淹死在这口泥塘里了。非死不可。我大叫:救命啊——

打仗。打仗。不知打了多久。前面好多情节都忘了,只记得最后。最后我面对一大片稻田。已经收割完的稻田,里面有三寸来深的水,还有稻茬。田里一大块一大块人肉,四四方方的,泛着油光。不知道真的人肉是不是粉红色的,反正我见到的是粉里还透点白,白的可能是肥肉,田里的水是红的,水面上浮着粉红色的油污。

1986 年 7 月 28 日

补 白

这份日记似的手稿是今年元宵节清理书柜时发现的。当时累了,没有打开来看。不像那两本日记被撕毁,当晚就扔到楼下垃圾站去了。

今天打开来看,居然是 1986 年夏天写的。记录了那年我看精神科和做脑电图脑血流图的情况。我的记忆出了差错,我以为自己是 1987 年以后才开始抑郁的。我记得是看过精神科门诊,那位老专家跟我聊天,我还给他讲怎样看面相手相。他叫我做脑部检查。做过脑电流图后,结论是"脑右颞区"有阴影之类。还曾经吃过药。我不知道那是些什么药,全是拉丁文,看不懂。我没坚持看下去。反正知道脑部没有肿瘤,不用开刀就放心了。

现在才知道,原来 1986 年我就曾濒于失控,时间比我记忆中更早。幸亏那天晚上没有撕毁它,否则,我不知道还有过这样的强迫症状况。

摘录这些文字时,我心里发沉。几次离开电脑,离开书房。我感到呼吸困难,心里烧得难受,要是能把心掏出来,用扇子扇凉它会好受一点。我在客厅里瞎蹦,挥胳膊,踢腿,做出拳击的动作。周乐乐趴在客厅沙发上,斜眼看着我,见怪不怪。我抱起乐乐,把脸埋在它脖子间的柔发里,乐乐的味道有点臭臭的,和洗发香波的气味混杂在一起,给我一种人间的感觉。

看到这段文字,想起了 2003 年 4 月 1 日上午去看精神科的情景。有点相像。也是差不多排在最后一个看病,也是不求甚解,也是讳疾忌医。只是,我一点也想不起,也是在这家省医院,1986 年夏天,这个科的科主任察觉我有轻度强迫症。当时,这是省里大型综合医院中第一家精神科科室。

我没有继续诊疗。我想,那时精神障碍疾病在国内研究甚少,大概连医生也不知抑郁症是怎么回事。现在看来,当时那些症状已是病态。

我对李兰妮有点失望:你是深圳第一批精神障碍病人。

1986 年我已经受到噩梦的困扰。现在看,我的潜意识在呈现我处的环境。它在呼救。它认为深圳是个粪坑,是个泥塘。里面有贼人,还有可怕的集装箱之类的工业化机械,不是人呆的地方。它意识到深圳处于打仗的境地,永远不能结束的战争。没有胜利的一方。只留下人们的尸体。被环境机器切割成统一类型的肉块。这是一个普通深圳人的精神层面的真实画面。

245

第 55 篇

认知日记

2004 年 1 月 15 日星期四上午 10 点 35 分

脑子里很累。又是一个令我疲惫的梦。

我出差去北京，好像是北京。想找王云、小韩、李汀、田惠平等朋友见面，却得知他们都刚出差到外地去了。我有点后悔白跑一趟。

我自己到一个咖啡厅消遣，却见一对男女要自杀，众人怎么劝都不行，于是退到一边让他们自己引爆炸弹。

我上前阻止，想夺去爆炸物，纠缠许久，累得要命。我又跟他们讲要活下去的道理，很真诚地讲我的切身体会；他们也非常真诚地感谢我，讲他们要死的决心，似乎越讲越近乎，互相理解，成了朋友。

那男人抱了只足球，那女人抱了只纯白京巴小狗。我说：把小狗交给我，别伤无辜的性命。女人搂紧小狗摇头。我突然明白她的感情和心意，不再多说。

那男人把足球交给我，说这是一只很有纪念价值的足球，送给我做个纪念。我不想要别人的心爱之物。他们硬要我拿着，说感谢我理解他们，希望我记住他们。

我接过足球，退后几步，心里想：就这么眼睁睁看着他们在众人面前自爆身亡吗？我揪心地无奈地又是理解地紧紧注视他们，看着他们在我面前拉开手雷。我在爆炸声中闭上眼睛。我不敢看，不忍看，急速转身离开这个地方。

外面已是黑夜，周围比较荒凉，我觉得奇怪，自己怎么没感到十分伤感？倒是有点替他们如释重负。我觉得很累，想打的，可是一直没有的士经过。

周围灯火稀少昏黑，行人寥寥无几，我不敢停下来歇息，只好不停地走，想走出这片黑暗地区，走到灯火明亮、人群稠密之地。可我不知道哪里是繁华、安全之地，我非常累，只能怀着希望，默默祷告给自己壮胆，我很累，却走得挺快，心里并不太害怕，相信前面不远就能突然惊喜地看到灯火灿烂、人来人往……

"求你赐我悟性，我就活了。"

我蒙恩惠。是的，我蒙恩惠。天天，时时，事事，处处。

随　笔

连续两天出太阳。心里想：可怕的抑郁高发季节快熬过去了。4月份好像没有做噩梦。我喜欢5月，5月的天气脚步轻快。

电视新闻里、报刊新闻里，在说美国弗吉尼亚州枪击案，杀手有抑郁症记录。辽宁钢水吊包脱落，烫死三十二名交接班工人。香港小甜甜龚如心癌症去世，遗产即将引发争夺大战。日本长崎市长遭枪击身亡。全球充满负面消息，铺天盖地。难道三四月是世界抑郁高发季节？

昨天早上8点多，我正在望着早晨的阳光做心理健康操，新保姆带着乐乐从外面散步回来了。我心情大好地对乐乐说：小朋友你回来啦！乐乐朝我咧着嘴，但保姆脸色有些尴尬，她不安地往自己身后瞟了一眼，我顺着方向往后扫，看见一双白球鞋。

原来，新保姆在天台上与人聊天，放开了乐乐的绳子，乐乐冲向正在天台运动的"白球鞋"，隔着运动服，在她腿上挠了两个小印子。

"白球鞋"很愤怒很紧张，大声喊：出人命啦！你快看看！

我被吓得心陡然从嘴里飞了出来，眼前的阳光顿时不见了。"白球鞋"拉起运动裤裤腿，腿肚子正反两面转动着叫我看，我抑制着浑身哆嗦仔细一瞧，两处伤：一处有狗爪的挠痕，没破皮没流血；另一处破了一点皮。我的心回到了原处。气氛仍紧张。

李兰妮不断道歉。立刻找钱包，找乐乐的免疫证。她安慰对方别害怕，乐乐年年打疫苗，健康。她愿意立刻赔钱立刻带对方去打防疫针。

一身蓝色运动服的"白球鞋"说：你跟我下去，到物业公司去说。

李兰妮：好，好。等我换换衣服。

"白球鞋"：不要换了！快点！再晚就要死人了！

我不能再往下写，回述让我抑郁难受。暂且记下几处关键段落，待状态正常良好时再写。

穿着睡衣就被赶去物业中心，随即陪白跑鞋去防疫站打针。医生煽动恐惧，建议再打免疫球蛋白。我指出血清制品有风险，我愿付费，但请"白球鞋"与家人商量后再定。紧接着打的，照"白球鞋"的命令回到物业公司，叫来保姆给"白球鞋"道歉。我共付给"白球鞋"疫苗费、球蛋白费用、注射费一千六百元。"白球鞋"要求再支付两千元精神补偿费、营养费、误工费。保姆说她"勒索"，"白球鞋"大怒，立刻打报警电话。派出所不愿出警。"白球鞋"誓不罢休。

我告诉"白球鞋"我是癌症、抑郁症病人，必须上楼回家补吃抗抑郁药。我必须饭后立即吃药。我绝不会乘机溜走的。"白球鞋"目光炯炯审视我，她可能看出此时我有些吃不消。"白球鞋"善心显现，同意放我去吃药。正好此时父母到中大家里看我，为免他们担心，进门后我装作轻松。吃药，找出一把现金，来不及数，怕"白球鞋"又打上门来吓着二老。慌忙下楼，见"白球鞋"正要按我家门铃。很害怕她惹出我母亲抑郁病发，紧忙说好话，愿意配合她一切要求。她叫我立刻跟她上派出所报警。她的儿媳、儿媳的姐姐火速赶到做高参。保姆拒绝跟去派出所，我只好独自跟这三人出校门，打的去找派出所。

白球鞋提出要先赔偿三千元精神损失费。我问怎么又变三千元了？她儿媳说这只是预付数目，事情还没有完。我只盼赶快结束一切，她们怎么写怎么说我都不反驳。从早上8点半折腾到下午1点了，我想吐。我已经站不住了。气上不来。我好抑郁啊。我很想抱着头缩在角落里。我很想尖叫。可是我不能不强忍强支撑。我赶快交出三千元现金，兜里只剩二十元。这是打的费。

回到家里，父母说担心我被人纠缠扣在派出所。我忙笑嘻嘻说，怎么可能呢？一切正常。我没有告诉他们过程和结果。

下午陪父母聊天。我总在笑。我清楚听见自己的笑声。有种疏离的不真实的感觉。一边聊天，一边出神。想起伍尔夫，很理解她为什么要死，为什么怕家里的女佣和仆人。想她为什么选择溺水而亡呢？没有高楼可跳吗？河水可能很清澈，很美丽。她走进河水深处时，绝对满心强烈渴望死。死神在清清的河水中温柔地拥抱她。

父母离开中大之后，我独自在家抱着乐乐，我一遍一遍对它说：乐乐，姐姐心里很难过。你知道吗？乐乐。乐乐。姐姐心里很难过很难过。

我不仅为这事难过，也为这背后的人性难过。难以辨别的难过和抑郁。

"白球鞋"代表了社会上一个群体。心地并不坏，知道善恶，有文化，有社会阅历。但是，他们有精神疾障。说白了，就是有病。他们凡事必往最坏的方面想，自己吓自己。他们自我保护意识过分发达、泛滥，引起轻度人格分裂、精神分裂。他们在善恶之间挣扎，他们不知道自己有病，只知道做人不能吃亏，要事事聪明会算计。

248

邻近楼层一个十九岁的女孩儿自杀了。夜里11点，我和几个养狗的邻居正在楼上天台，邻居突然说：今天早上，我同事的女儿跳楼了。他太太补充说：好可惜。模拟考考了六百多分，她妈妈还不满意……另一个邻居说：我去买菜的时候，那栋楼围了好多人，110、120都来了。邻居说：女儿跳楼，妈妈不知道。妈妈出门上班，见楼下有人围观，挤上前一看，才知道女儿自杀了。

我带乐乐去散步,常会经过女孩住的那幢楼。有时遇上中学生,他们大多喜欢狗。女生爱蹲下来瞅着乐乐笑,伸手轻抚乐乐的小脑袋瓜。

十九岁!她走得真干脆。那个女孩住的楼只有八层高。她也在楼上天台围栏边缘徘徊过许多个夜晚吧?

她有没有站在楼顶上听见幽灵在叫她跨出那一步?

她有没有看见楼底花坛有张模糊的脸?

她有没有站在天台边缘打瞌睡?

纵身飞起来的那一刻,她心里呼喊过什么?

十九岁的生命。明天后天大后天,还会有十八岁十七岁十六岁十五岁的生命张开抑郁的双臂,扑向死神的怀抱。谁来安慰孩子? 谁来安慰母亲?

2007 年 6 月 7 日下午

链　接

《忧郁》摘录

这是巨大的全民健康危机,令人们极其不安,只能故意视而不见。在美国,每十七分钟就有一个人自杀……根据世界卫生组织统计,1998 年有近 2% 的死因是自杀,比因战争和被人谋杀而死的比例还高,而且自杀率还在持续攀高……我曾看过一份文件,声称人在忧郁时产生自杀意图比在正常时高出五百倍,还说忧郁症患者的自杀率比正常人高出二十五倍。

——［美］安德鲁·所罗门

补　白

这本书的中文版大概是 2006 年出的。我注意到,上面引用的数据多是 1995 年左右的。经过世纪末,经过“9·11”事件,经过伊拉克战争,美国人的自杀率不知攀高到什么地步。而我更关心的是,中国人的全民健康危机是什么?! 中国人有百分之几的死因是自杀? 自杀是二十岁以下大中小学生的第几大死因? 我们是不是也在隐瞒和掩饰? 或者干脆彻底地视而不见,听而不闻?

中国因自杀而死的人会不会比因肺炎、癌症、心肌梗塞、艾滋病、肾衰竭而死的人多? 谁能告诉我一个比较真实、准确的数据? 有谁关注自杀者亲友、同学、同事、邻居、熟人的精神黑洞吗? 你可以视而不见,但你的潜意识看得清清楚楚,你心灵的闪光灯将这一切摄入内隐记忆中。它会发酵,成为摧毁精神系统的木马病毒。

第 56 篇

认知日记

2004 年 2 月 3 日星期二上午 11 点

为什么我总清楚记得凌晨做的梦呢？

难道是浅睡眠状态特别长,睡眠质量不太好的表现？但是,要看到进步:近来的梦境里少了恐惧、抑郁和伤心。现在有时会在梦中跟人吵架,把愤怒发泄出来。而我平日里是不与别人吵架的。

许多年来,我习惯将愤怒深深忍压吞下,我似乎丧失了正常表达愤怒的能力。于是怒气浓缩成抑郁,加上恐惧、焦虑、苦痛一层层纠集缠绕,量变到质变,尤其是没有信仰的力量来化解,怎能不郁结成癌、抑郁成疾？

在中国这块土地上,不知有多少我这样的病人!

近年来,常觉得我们的社会急需以德治国。在我看来,起码有三代国民缺乏信仰作为生命的支柱。

随　笔

周末,去看父母。

爸爸说,你该去医院做个检查了。他希望我做个 CT,排查癌细胞是否转移。我说,我不查。查不查一回事。查出转移,又怎么样？我不想再开刀,越开刀越扩散。我选择保守疗法。我目前就在保守治疗,我实在没有力气去医院折腾。

爸爸没再说话。看我一眼,很无奈的样子。

1988 年 2 月,爸爸收到医生的那封信之后,立刻跟妈妈商定,绝不能把癌症真相告诉我。他认为,我一定受不住这样的打击,精神会崩溃。

爷爷是胃癌去世的。从发现到离世,正好半年。爸爸一直瞒着爷爷,说爷爷得的是胃溃疡。爷爷在广州陆军总医院住了一段时间,医生认为病已是晚期,也就三五个月可活,不如回家养着。爸爸得知真相很痛苦。他十七岁参军,一直没有在爹妈跟前尽孝。我奶奶去世十多年,爷爷孤身一人在黑龙江农村生活,做一顿饭吃好几天,饮食没有规律,这是导致胃癌的因素之一。等到爷爷下决心卖了老屋南下,准备享享儿孙之福,刚到广东去医院体检,一查就是癌症晚期。

爸爸虽然没有跟我讨论过爷爷的生病与去世,但我知道他一定心中有愧。在他心灵深处,这是一大块缺憾。这种愧疚无法弥补,这种痛苦无法止息。他也从不说起。是啊,他能说什么?

这一代人,心灵几乎都有这样的愧疚和隐痛。他们不说,不愿意想,不能往深里想,有人甚至拒绝承认。他们意识里排斥这样的反思。他们靠一心革命一心为公的骄傲而活。这是他们的立足点。他们必须保持心灵刚硬,视小家小我为私念,父母儿女交给组织去关心,交给国家去热爱。我怀疑,连父母儿女都不懂得怎样去爱的人,他们的人格没有分裂吗?他们的精神健康吗?这不会导致几乎一代人的身心危机吗?

我想,爸爸是爱爷爷的。但他不懂得怎样去爱。他把爱深藏在心底,不流露,不行动。那个时代是蔑视天伦人性的时代。

我想,爸爸是爱我和弟弟的。十四岁我静脉血管瘤开刀,他顺道把我放在医院门口就驱车开会,不再过问。九岁弟弟被毒蛇咬伤,送往几十里外医院抢救,他没空帮忙,在办公室忙开会,这些会议既非抗震救灾,亦非为民除害,只是研究大开荒种橡胶。那时口号是:多收一滴胶,打垮帝修反!他不能把会议时间花在儿女身上,哪怕那是要命的事。他是一个忠诚的军人。

第一次癌症手术时,正是南京大学作家班寒假中。开刀前说是良性瘤,小手术,最多缝四针。开刀时却是全身麻醉,脖子从左割到右,俗话说的“抹脖子”大概就是这么割过来的。我没怀疑,只问:不是局麻吗,怎么突然改全麻了?医生说:你太紧张,怕你撑不住。我想说我一点也没紧张啊,可我不好意思为自己辩护。伤口长,缝了很多针,医生说,这是出于安全着想。医生只说了前面半句话,我没想过后面还有半句话。

医生说:你要请假一个月,休息一个月才能上学。我问为什么。医生说:你全麻过,恢复要营养。

全麻后我确实脑子不好使,见到熟人总是叫不出人家的名字。骗我这种病人特容易,含含糊糊就过去了。

记得出院那天,朋友的表姐找到我,把我带到一个可以安静说话的地方。我住这家医院是她介绍的,她是这家医院的医生。她跟我说了一番话,暗示我的手术不是一个简单的小手术,出院后要特别注意补养,最好经常吃点西洋参。她说话有点吞吞吐吐,我看出她想说什么却始终没有说出来。2000年的春天回想时我才明白,她在示意癌症真相,提醒我注意。我如果醒悟追问下去,她可能会把真实的病理化验结果告诉我。

我常想:假如1988年2月,我知道自己得了癌症,我的活法会大大不同。我一定不是现在这个李兰妮。

爸爸说:如果1988年你就知道是癌症,你很可能活不到今天。

我说:我会少受苦,少很多困惑,会活得自在许多。

妈妈说:直到今天,谁也不清楚当时应不应该告诉你。不要怨父母。你知道吗?我们像守定时炸弹一样守着这个秘密,没有一天不担心。

可怜天下爹娘的神经。

我讨厌回忆!我心里的血好烫,烫得要爆炸。放血放血快放血啊!

终于买到注射器了。五支十毫升的,十支五毫升的。我说要一次性的。售货员说:那是自毁式的啊。"自毁"两个字刺耳。我问:什么叫自毁式?售货员说:你只要移动过里面的针筒,就不能再用了,就自动报废。

我明白了。要一针见血。

我没有买勒紧血管的胶管,我不喜欢它的质感。

买注射器的时候,心情愉快。有一种急急的、喜喜的迫不及待,恨不得马上伸出胳膊,把针头对准血管扎进去。按捺不住地想,有点疯狂地想。脑海里浮现电影画面:吸毒的人得到毒品后,急忙找个角落往胳膊上大腿上扎针。过去看到这种镜头会想:这么扎不痛吗?多傻啊。现在明白了,对各类瘾君子来说,这点痛算什么。

一直等。要等家里没人的时候抽血。

昨天下午6点,家里只有我和乐乐。快动手。

这时发现,找不到勒血管的绳子真麻烦。太想太想放血。找绳子太浪费宝贵时间。真有点慌不择路,先用一根拴狗的绳子勒胳膊,不行,绳子太细不好操作,而且狗绳有点脏。找到手机充电器的电线勒,不好勒,血管暴出来不够鼓。我很着急。想到上吊自杀的人,他们也有过这样的时候吧,找不到合适的顺手的工具,真耽误事!好歹找了一根喷喉的洗喉胶管,仍然不好用,将就用吧,用右手勒左胳膊,脚趾头也用上了。胳膊用笔记本电脑垫着,来不及找垫子。酒精棉球消毒后,拆开一次性自毁式十毫升注射器,针头好粗,比五毫升的粗一倍。往胳膊上最粗的血管扎。针尖是斜的,好往皮肤里扎,可是针头粗,往里推进较缓慢。三分之二的针头进了血管。抽不动。十毫升的注射器比我以前惯用的五毫升注射器难操作,单手三个手指不好用力抽,针管紧,卡住了,抽不动。乐乐过来了。我怕它捣乱,急忙拔针头。只有一点点血溢出来。失败了。针头针管报废了。

乐乐觉得奇怪,歪头看我做什么。我轻声对它说:没事,没事。一边去。呆着。我把它抱到背后的沙发床上呆着,我不喜欢有旁观者,哪怕是周乐乐。

继续。第二次用的是五毫升的注射器。针头细许多,比较好操作。这回勒住手腕,扎手背上的血管。失败了。手背上的血管细,很滑,一针扎下去,骨碌偏到血管外。扫兴。几年没有抽血放血了,手艺生疏了。定定神。别慌张。别自责。不是坏事。是自我治疗。心火旺,放放血,西方早就有这套。这跟中医的刮痧相似。光线暗,外面下雨,有小小的雷响。这几天都是雷雨天,阴暗潮湿。打开大灯,再扭亮台灯。开始。细针管进血管真顺利,很好。血涌进针管,速度慢,针管太细。满了。抽出针头。血继续流,顺手背流。我不想让血止住,我想让它继续流,流多一些。但是,书桌上一小摊一小摊血,鲜红的血,不好看,有点刺目。我赶快往洗手盆跑。开洗手盆上的白炽灯。雪白的瓷盆,我把鲜血从针管里挤出来。彩绘喷涂的感觉。画圈画圈。一个大圆圈,中间又一个圆圈,螺旋圈。可惜血太少,针管太细。一点不过瘾。雪白的底,鲜血的圈,好看。可惜不能看久,久了血凝固不好冲洗掉。拧开水龙头,清水、血水。红红的,红红的。可惜还不够红。洗手盆边沿、浴室瓷砖上、客厅木地板上、书房木地板上、书桌上,一滴一滴血。圆圆的。真像艺术品。颜色红得真好看。真有点舍不得擦掉。但是,必须快点擦掉。现在擦已经有圆圈一样的血痕微微凸起,要使劲擦,擦好多下。怪不得电影里警察破案,总能找到死者的血渍,不管这人死了多久,不管杀手怎么抹去血迹。

突然发现腿肚子靠膝盖弯处也有一小摊血,大概是胶管上的血滴到了腿上。真窝囊。笨手笨脚。抹起一滴血看看,不好。太稀,好像掺了一半水。有一点点腥。以后要争取早上抽血,这样血浓。这回不算,抽了等于没有抽,达不到治疗效果。针头大概刺穿了血管,针眼旁鼓起一个青色的大包,有血淤在里面。

今天上午10点。又有独自在家的机会。

这回有经验了。用长筒丝袜勒胳膊。勒得又紧又舒服。怪不得三毛自缢选择用丝袜。古装戏常有皇帝赐妃子用白绫自行了断,原来白绫勒颈最是紧实温柔。

十毫升的针筒。用乐乐的小枕头当垫子。一次成功。满满一针管鲜血,温温有点暖,血色比昨天深了一丁点儿,还嫌淡。不是血浆,只是血水罢了。粗针头抽出血管时,血竟飙成一道抛物线,差点喷到电脑上。头有一点点晕。仍然觉得不过瘾。没有达到治疗效果。这次针眼旁边没有鼓起大青包,血管周围有些淤青,有进步。

很理智。今天不能继续。明天。熟能生巧。

这样放血,是否有点浪费?

我常有去献血的想法。一来可以助人,二来可以疗伤。利己利人。见到深圳街头有无偿献血车,或看到大学生无偿献血过生日的报道,我都有挽起袖子立刻献血的冲动。但是,我是癌症病人,又是抑郁症病人,我的鲜血能救人吗?我的血也许是废血,反正不是健康血。我没有献血的资格。遗憾。

我这样抽血放血是积极行为,还是消极行为?是有益的治疗,还是变相的自残?有正确答案吗?

平日里,我很怕看见血。不管是看见别人出血或是牲畜冒血,我都觉得惨不忍睹。恐惧,恶心,止不住发抖。我在女厕看到别人的血纸巾,或者自己经血忽涌时,都会手脚发软,晕,颤,浑身不自在,满脑子血腥影像,要极力自控才不尖叫或失态。但是,当我心中钝痛难忍必须放血时,看见自己血管里的鲜血流淌着,我却很欣慰,巴不得让血不停地流,流在雪白的瓷盆里,心中隐隐有欢快。人会变得精神起来。有一种过瘾、清爽的感觉。

上午抽血放血,睡午觉时就睡着了一小会儿。心里不那么焦灼发痛。

明天,后天,大后天,继续。

2007 年 6 月 12 日

链 接

《一段佛缘》摘录

看罢黄山,我们已经累垮了。到了九华山,游兴已息,个个倒头大睡。

九华山的夜,很黑,很静,很凉。

清晨,6 时许,我突然从床上坐了起来。"去。进香去。"一个念头揪住了我的心,紧催着我往外走。

……我凑到灯前点香。心里想,要快,别耽误了 7 点整的班车下山。

香,点不着。真怪,点了好一会儿,就是点不着。心里越急,香头越是不红。

完了完了,车要开了,香也烧不成了。我担心同伴们正满山地喊我找我。

"你慌什么!"黑和尚突然在背后大喝。

我哆嗦了一下,"我买了 7 点钟的车票。"

"你到底要烧香,还是要赶车?!"黑和尚逼问道。

我呆了!天,这不正是我日日苦恼所在吗?

我到底想要什么？我在飞快地想。我——答不出来。

"你的心在车上。"

一句话点醒了我。我像被闪电击了一下，从头皮麻到脚趾，冷汗淋淋。

"我……我当然要烧香。"

说完这句话，香头，一下子红了。

青烟袅袅，我沉浸在一片安详、舒泰之中。

1990 年 11 月 6 日

补　白

这个故事缘起 1988 年。1990 年我试着吃素，身体支撑不住。1989 年我有厌食倾向。肚子明明饿痛了，脑子却没有饥饿感。不想吃饭，也不想喝水，不想说话行动。后来太瘦，就买增肥药吃，吃了真有一点用。

从那时开始，一年比一年觉得疲惫乏力，精气神越来越散。我不知道自己得了癌症，但是身体状况差得令我讨厌自己。我脑子里总出现车祸横死、海中溺毙、飞机爆炸、一刀削去脑袋、绞刑架行刑等画面。身心俱疲，找不到原因。

我问学佛的朋友：我前世是不是一个坏人啊？会不会做过许多坏事？一世世的业，全是造孽。数不清我活过几多世代，可能每一世我都不得好死。

朋友说：看不出来。不至于吧。为什么这样想呢？

我说：脑子里这些画面似曾相识，好像遥远遥远的世代亲身经历过，就像转世的胎记在暗示什么。

有两三年，我常看佛经。虽然看不懂，但看的时候脑子较清净。我能感觉到冥冥中有种力量在驱散邪灵恶念。到了 1993 年，我与这能量间的关联突然中断了。问过学佛之人，解释是：你又杀生了。一而再，再而三，不肯醒悟，不可原谅。这个说法指的是，从 1987 年到 1993 年，我做过三次人流手术。朋友们劝我一定要有一个孩子。我心刚硬不听，报应就报应吧。

1996 年，九华山的和尚来信招我皈依。我犹豫了很久，仔细考虑了很久，最终还是放弃了。我曾喜欢这句话：是缘就握住它，是劫就完成它。

可是，我放下了这段缘。

255

第 57 篇

认知日记

2004 年 2 月 16 日星期一上午 11 点

今天凌晨做了一个梦,又梦见考试,考数学。

我坐在考场里,别人都在埋头答题,而我将黑板上的考题往答卷上抄,居然总抄错。着急。想找旁边的同学帮我抄好题目,但又不愿意打扰别人。盯着黑板想了一阵子,觉得没学过,肯定答不出来。

心里闪过一个念头:最好有人主动来帮我,帮我答题。立即遭到内心谴责:绝对不行,不能作弊!

我去找老师,请求延期交卷。我老实说没学过这些内容,请容我恶补后晚一天交卷。

老师是女的,长得像潘霞,温文尔雅,婉言告诉我不能破例。

我走出教室,心里倒不那么着急了。我想,既然没学过,急也没用,坐在教室里也是白费时间,不如出去透透气,散散心。

走着,走着,心想:别人都在考试,我出来晃悠,老师、同学会不会对我有意见?要是大家都觉得我是个坏学生,那么我在学校就难呆下去了,搞不好别想拿到毕业证书。

想到这儿,我很沮丧。

走着走着,忽然想,很清晰地想:我不是已经上过南大了吗?我已经是正高了,我干吗还要再拿一个毕业证书呢?既然考不出来,没学过,一时半时恶补也没用,为什么不退学呢?为什么要赖在学校浪费时间呢?

我站在操场上想:我敢不敢主动找校方提出退学呢?决心难下。一会儿觉得退了学就轻松了,一会儿又想如果校方没叫我退学,我何必走呢?一会儿想:李兰妮,你怎么这么优柔寡断?我在谴责自己。但我已经不焦急了。

梦醒后,觉得这梦很像我现在的处境。我鼓励自己有进步,我在梦中给自己做治疗,在潜意识里减轻焦虑的程度。要看到进步和希望。

随　笔

想起多年前一件事。

楼下邻居上来说："李老师,我女儿要告她父亲。她悄悄联系了律师,要上法庭,告她父亲不付赡养费。你劝劝她好吗?"

我惊讶。

她女儿念初中。腼腆,安静,说话声音细小,胆子也小。这孩子的作文细腻清新。她美术、音乐有天赋,美院附中、音乐学院附中愿意收她,她不去。她舍不得离开母亲。

女孩三岁时,一天回家,推开门,发现她的幼儿园女老师正跟爸爸在床上。女孩吓得大哭。

母亲与父亲离婚。母亲为女儿着想,一直没有再嫁人。

富爸爸,穷妈妈,女孩选择跟母亲。法院判父亲每月要付赡养费。这里面十几年的恩怨情仇,我没有仔细问,只知道,当妈的是中学教师。早些年教育不吃香,老师没钱没地位,孤儿寡母日子辛酸,孩子内向早熟,很小就为妈妈担忧愁。

听说,她们这套福利房得来不易。

离婚女人算单身,一直没有资格买福利房。当妈的年年申请,年年落空。她拿过优秀教师和优秀班主任的奖状。逼急了,顾不得斯文,豁出去脸面,侦探一样查到了市长的车号。瞅准了,当众急往车下扑,学古代民妇拦轿喊冤递状纸。

这个园丁瘦弱,个子不高,端庄,甚至有点胆小。她家的房门,最里一层是实木门,中间一层是特殊钢条网拉门,最外一层是不锈钢大门,下一层楼梯还有一层电动铁门。就是这样,她还几次上门对我说:李老师,我害怕,我家只有母女俩,被歹徒盯上就糟了。麻烦你记住我家的电话号码,紧急的时候,我好求救。这样一个女人,能下决心拦轿喊冤,可见死的心都有。女孩在这样的环境下长大,品学兼优,但是,谁会关注她的精神创伤有多深?她有抑郁倾向吗?

女孩最终没能上法庭告父亲。律师与我们看法一致。官司一开庭,女孩等于引火上身,局面会失控,即使她告赢了,受害的还是她。为了保护孩子,母亲想尽办法阻止了女儿的行动。

在深圳,有多少破碎的家庭?有多少精神受创的儿女?这座城市美丽的光景背后,有阴影,有伤疤。机遇越多,诱惑越大。不论是一个家庭,或是一个城市,繁荣是有代价的,不经雷雨,怎见彩虹?不进欲海,难登净土。

我听过许多深圳女人的不幸遭遇。也见过她们怎样骂深圳爱深圳。

257

她们在这座城市学习"拿得起是聪明,放得下是智慧"。学习色即是空,空即是色,地狱即天堂。学习上善若水。学习怎样爱自己、怎样爱别人。

2007 年 6 月 15 日

链 接

《老人的美屋》摘录

那年,我随中国作家代表团访美,最后一站是布法罗。

…………

老人问:中国人吗?他兴奋地指指身上的红 T 恤,那上面印了长城的图案,还有两行中英文小字:我登上了长城。翻译小汪尽管倦容满面,仍高高兴兴陪着老人说话。我不懂英语,但从老人的表情、手势中,可以看出他正在赞美中国。原来,他多次去中国旅游,非常喜欢中国。老人孩子气地说:我会使筷子,我爱喝中国的茶,北京烤鸭一流啊!

老人要请我们去他家做客,他热切地说:我有一个漂亮的家,那幢房子美极了,你们看了一定会喜欢。

下车时,眼前有四幢小洋房,老人指着其中一幢说:就是它!你们看,是不是很漂亮?这幢房子门前没树没花,没有任何点缀,朴素得有点寒伧,我没法点头,又不愿扫人兴,只好无声地笑笑。

老人兴致勃勃带我们进门,参观每一间房间,他提醒我们仔细看客厅里的吊灯、桌布和窗帘,很自信很快乐地说:非常漂亮,对吗?

吊灯算得上别致,桌布也还算古朴,窗帘是有一点东方情调,但与我见过的几位洛城华人作家的家相比,样样都差了许多。我在深圳看过几位同事的新居,论装修布置,家家超过这户人家。但老人家的地下室有满满一屋子书,规模相当于国内大学一个系的图书阅览室,里面有很多精装本,很厚,纸张精美。我想,这大概相当于老人家的小金库。

老人的儿子脑子有点毛病,三十多岁的人心态很像小顽童。他没有工作,整天在家里研究变形金刚的头盔、蒙古射手的弓箭,见有客人来,总抢话说。屋里的空气有点浊,没一丝芬芳的香味,似乎没人理家,衣服、书报、各种生活用具丢得到处都是。我心里暗想:这……就叫漂亮的家?

这时,一个鹤发鸡皮的老妇人扶着墙壁,颤颤巍巍走出卧室,她脸上堆着松弛的皮肉,没有一丝表情。原来,这就是老人的妻子,她患的是一种全身性的肌肉无力症,嘴里只能发出"啊啊"声,细长晶亮的涎水从嘴角滑出来,眼睛里有一种冷静的无奈。

老人扶住妻子,很隆重地向我们介绍她,说她是一个美丽、坚强的女人,一手带大了四个儿女,还收养了一个黑人小孤女,这女儿现在已是一名电脑专家,有了幸福的小家庭。我瞥了一眼老妇人,发现她在丈夫柔情的目光注视下,昏花的眼睛里缓缓漾出幸福的羞涩和骄傲。

我忽然觉得有点不可思议,在老人眼中,妻是美妻,儿是乖儿,屋是华屋,他活得那么安详、快乐,他对已拥有的一切是那样的珍惜。

老人指着卧室里的那扇窗叫我们往外看。外面是一块空旷的荒地,什么都没有。我问:看什么?老人说:你没看见夕阳吗?多美的夕阳啊。我顺着他的目光,再次向外张望,果然,荒地上泛着夕阳的金辉,晚霞如花雨徐徐飘落。柔光为空旷抹上了朦胧的祥和,风起处,隐约响起音乐声、笑声、脚步声,似有童话随时会在那里上演。

我又一次暗暗吃惊,老人仿佛有一双神通的眼睛,不论他朝哪个角落望去,那里都是亮丽温暖之境。

走出客厅,屋后是一片草坪。老人见我坐在木梯上,便建议我赤脚到草地上走走。我好奇地依言而行,走着走着,小草在我脚丫下轻轻拱动,它们可一点也不柔弱,叶虽细,根却扎得深,吸足了地气和日月精华,我忽然体验到与天地相通的感觉。

老人仰起脸,白发在软风中飘动,他望着辽阔天空说:我每天都在感谢上帝。感谢他让我每天能在这儿看到太阳升起、夕阳落下,我觉得很满足。

顺着老人的目光望过去,我看到了一个快乐的世界。我虽然不是基督徒,但是,在那个瞬间,我看见了上帝的天堂,天堂里住着懂得感恩的人们。

1995 年 9 月

补 白

写这篇游记时,我并不明白这位美国老人为什么会满怀感激和喜悦。在我眼中,他的车、屋、妻、子全有毛病,这个家庭负担太重,日子会过得艰难愁烦。

今天我想,老人之所以满怀感激和喜悦,是因为他心中真正拥有"爱"。

与老人相比,我们过着一种没有美感的生活。

在深圳,你不能不想钱。没有钱,就没饭吃,水都喝不到,撒尿拉屎都没处去。深圳人最明白没钱怎么苦。在深圳没钱,比在任何地方没钱更困难更痛苦。身心俱苦。有时你未必身无分文,但是你会忍不住想像身无分文的恐惧,越想越觉得自己是深圳第一穷苦人。想像比现实更是人间炼狱,等于自己挖自己的心肝肠肚,自己把自己千刀万剐,剁碎了,洒上盐,淋满醋,火烧油炸,不得超度。

259

我有个同事是本地人，人很漂亮，心地极好。单位里许多移民都得过她无私体贴的帮助。她建议我出租一间房屋。她能找到可靠的女房客，房客愿意预付房钱，加上我借弟弟的钱，房子就能买断了。

　　弟弟很反对房屋出租。他说太不安全。万一房客是女骗子呢？万一她是"鸡"呢？万一她是藏匿的杀人犯呢？万一她搬空你家突然失踪呢？万一她有神经病传染病呢？万一她进驻就不肯再搬走呢？万一她走私犯罪牵连你呢？万一她甩男友引来杀身之祸呢？万一她放高利贷是黑社会呢？万一她是赌鬼还吸毒呢？万一她梦游夜半磨刀切瓜呢？无数万一。都有可能。

　　犹豫再犹豫，必须出租一间房。我怕夜长梦多，一觉醒来发现政策变了，房子没有了，永远没有了。我更没有地方躲藏了。

　　还有一条路。出家。不是说笑，我的确认真想过出家的事，多次想过。我深知，寺院未必是净土。我要先在深圳生存下来。

　　老李家的血统发挥了作用。想当年我爷爷连土匪的黑枪都不怕，日本人的牢房也蹲过，私通抗联险些挨枪毙，他的语录是：有啥怕的？你怕也躲不过去。该咋的还咋的。

　　房客进门了。

　　房客住了一年，我都没弄清这是一个怎样的女人。我想，她是一个……好人？用词不当。不应该是好人坏人来定义。她不是我和弟弟担心过的那类人。但我不能给她准确归类。我不知道她的真实姓名。原以为知道，后来发现，她身份证上的名字与我所知的名字没有一个字相同。后来再发现，她家人从外地来电话又是另外一个姓名。她倒是喜欢跟我聊天，谈她所认识的深圳人。她是一个俏丽的女孩，心眼不坏，懂得关心人，容易相处，不多事，开朗。据说，她在读成人教育学院英语班。她刚结婚正等移民。她有一批这样的女友。生活无忧，经常几个女孩一起陪老板朋友吃饭。吃完饭，合伙小宰一下好色的男人。她们称这种男人叫"马拉佬"，这种游戏叫"梗水鱼"。她们不用出卖肉体换钱，有正式的名分，青春靓丽，敢戏弄男人。她让我见识了一种边缘女人，亦正亦邪，不是二奶，不是"鸡"，也不是婚托，却吃的是青春饭。这是特定时期深圳出的特产：趁尚未正式出国成为家庭主妇，为自己活，为自己玩，为自己叹世界。

　　很长一段时间里，在深圳演绎的"新三言二拍"总让我想到"腐刑"与"幽闭"。当年南京大学老师讲中国古代五大酷刑。宫刑对男人用的是腐刑。教授在黑板上极潇洒地写了一个"阉"字。宫刑用于女人又叫幽闭。一说：幽闭即把后妃打入冷宫，少则几载，多则无期。一说：幽闭即把妇女关在不见天日的地牢里，令其默默衰竭而死。一说：用木桩捅入私处……野蛮残忍至极。

　　我们每个人在精神上都受过腐刑与幽闭。

第 58 篇

认知日记

看《往事并不如烟》。准确说,是翻阅。

抑郁症发病以来,绝大多数时候不能看书,一看就头晕、恶心,气郁腹中,形成硬包块,胃隐隐作痛,心脏闷得烦躁难耐,脉搏跳得缓慢无力,几乎摸不到。大概是看书要费神,而我元神衰弱,气血亏损,积重难返,稍一用神便病情反复。

我试过坚持,其实无法坚持,只能是尽力拖延看书的时间,但一点没有看进去,直到不能支撑而作罢。接着病情又重一段时间,得不偿失。

近来我小心翼翼地开始翻阅,时时警惕不可阅读,只能翻一翻。不能读书是痛苦的! 尤其对生病的人来说是雪上加霜。

是不是所有抑郁症的病人都不能阅读呢? 估计不是。

我曾用毅力来硬看,屡试屡败,病情一再反复。

不能看书,不能听音乐,不能看影视作品,不能旅游,不能与人交谈,更不能写东西,只能昏昏沉沉地躺着,等待着精力体力慢慢地、慢慢地、慢慢地、慢——慢——地恢复。我很羡慕那些能看书、能听音乐的病人,说不出有多么羡慕!

我现在用电脑记录认知过程,没办法做到天天写日记。病情不太稳定时不能写,即使有时能写一点,也纯属记录。有时我会硬写,明明在椅子上坐不住了,还要歪着、趴着写,一点一点,写得很吃力,但效果并不好,自己都不知写的是什么,好像写字会让我有点欣慰。欣慰的反作用是神疲体衰。

写到这里又觉得气郁在心,我要振作一下:李兰妮,别沮丧,深呼吸——再深呼吸——继续深呼吸——加油。这么几下就累了? 是吸气累,那就慢慢吐气。要快乐,快想想快乐的事情。对了,赶快关机,去跟乐乐亲一亲。

261

随 笔

化疗期间熬人。蜷缩翻滚匍匐时,一次一次看着分针秒针移动时,我问李兰妮:假如你没去深圳,没去深圳文艺创作室,你会这么早得癌症吗?

据说,每个人体内都存有一定数量的癌细胞。是否发病,何时恶化,扩散与否,生存长短,视环境、心境、遗传、重大挫折、突然打击等因素而定。

除去家族遗传,人在深圳也是加速发病的因素。

文学职业在深圳被边缘化,社会环境和生态环境都加大了致癌风险。但是,我并没有遭遇重大挫折。我只算半个深圳人,总逃往北京、南京、广州等地躲藏。

难道是因为脆弱?来自母系家族女性的基因确有中国小知识分子的懦弱、软弱、脆弱。可是,父系家族具备勤劳勇敢吃苦耐劳的移民基因,是天生的革命者。我先天不弱。

剩下的解释是:命运。

据说,我们老李家不是闯关东闯到黑龙江的。爷爷说,我们老李家这一支,是从云南迁移河北,再到黑龙江的。

好像李氏老根在山西。我们这一支怎么去的云南?从云南怎么迁移到河北的什么大名府?爷爷没说。只说祖上有人做过朝廷大臣。"咱是跑马圈地到的满洲","咱家那圪塔就叫李大灰堆,咱家人多,光倒灶灰就堆成了山"。

爷爷是1975年去世的。在这之前,夸耀祖上当官有钱是忌讳。爷爷偶尔说一两句,才开头就警醒,再不往下说。关于这个家族的事,连爸爸都不清楚。

我想,中国存在着严重的家族历史断代的问题。无数人家家谱续不下去,三代以上先人的信仰梦想、善恶德性、运程际遇、才智高低、遗患病根、生死由来,我们一无所知。

对老李家我所知甚少。但是,追踪我的癌病史,提起我移民深圳的内因,不能不追溯一下父系血统。

老李家从云南到河北、东北,又从东北出发,南下广东,移民深圳。这是典型的有想法的中国农民,有创造力的中国农民。如今所有进城的农民,包括不进城的农民,有梦想的、有追求的、有心要过好日子的农民,都跟老李家一样,盼望活得更像人。

今天不能再说了。我累了。

上午抽了十毫升血。是从左手腕一侧的血管抽的。手背、手腕、臂弯都有大块淤血,明天要试试用左手抽右血管的血,或者,抽脚背上的血。头晕。晕得坐不直,总歪着,歪着累。中午没有睡着觉。心里又在烧。口渴。喝好多水都不解渴。今天拔针头时,我先走到洗手盆前才拔针,这样不会喷到枕垫和桌子上。

针头粗，一拔出来血就跟着往外流。我喜欢看我血管里的血往外流，像小小细细的溪水，有一点点温暖的感觉。

隐隐约约、似有似无的血腥味，让我有点不安。要没有一点味道就更好。

这时，我腾出手解开缠紧的长丝袜。针口附近又有一个鼓包，血管太脆，一针就穿破了。

我打开水龙头，看清水掺和鲜血一道流，我想血流久一点，流多一些才过瘾。但是，针口自动凝血。生命的修复能力真强。血自动止住了。我用干棉球擦了擦。

我怀疑棉球不干净，是以前买给乐乐擦双氧水用的，没有消毒。可能不用棉球更清洁。

以前，想到有人采用割腕自杀，我觉得这方法比较笨，每个人的凝血时间不同。我曾想，若是我割腕，伤口容易凝血，这个方法绝对不可取。我的血统里，有一半来自农民。农民的血凝力比书生工匠商人高。今天抽血放血，证实了我多年前的猜测。

说这些干吗？无聊。

继续说老李家。

老李家从河北移民到满洲，不断开枝散叶。黑土地好活人，分枝往哪块土地一插，准活。枝枝杈杈多了，有一支从木兰县迁到了宾县。

我爸爸只听说过他爷爷那一辈的零星家史。

这一支老李家是从他大爷手里破落的。原来李大灰堆李家是首富。村里的土地、牲口、雇工、买卖什么的，大多归他大爷他爷爷哥儿几个所有。邻村贾家店有个姓贾的不服气，埋头紧追。拿现在的话说，在当地，人气指数、财富指数直逼姓李的。

该着老李家走衰运。爸爸他大爷娶了一个腿脚有毛病的媳妇，一怒之下，这个老李家的长子吃喝嫖赌故意败家。

这位爷折腾小半辈子，就败光了老李家几辈子积攒的家底。败得精光。

满洲那地方有个老规矩：这家人欠债太多还不起，债主们就上门抄家，见什么拿什么，一粒粮一根草都不留。这一家身败名裂，沦为赤贫。

据说，爷爷的老爸为人老实窝囊，想给人赶车扛活，人家不雇他。要想不绝户，爷爷再年少也得拼死一搏。

我爷爷心气高，不怕死。苦活难活到他手上都能办妥帖。到了中年，他开始攒钱赎地。他的奋斗目标是：把老李家割出去的土地，一块一块赎回来。

东北那圪塔经常闹土匪。土匪动不动就掠村劫财，村民怕事，只求破财免灾。爷爷不信邪，带头拿枪守村头。夜里土匪在村外开枪示威，爷爷就在村里鸣枪呼喝,真假虚实周旋大半夜,土匪碰上咬不动的主,只好撤。

日本鬼子进村搜刮地皮,男女老少惶恐不敢应付;为避免鬼子杀人烧村,村民推举爷爷出面周旋,把损失尽量降低。

爷爷交了赎钱,贾姓地主不还地契,爷爷就敢上门智取地契。贾地主勾结官府,告爷爷私通抗日联军该枪毙,好心人提前报信,叫爷爷赶快跑。爷爷说:跑了和尚庙怎么办?我不跑,大不了一个死。县警抓他下了死狱,打算几天后枪毙。不料,共产党的军队突然破城。爷爷捡回一条命。

爷爷跟我说,钱啊,是有定数的。是你的,怎么折腾最后还归你。不是你的,你硬要就是祸。老贾家地多了,土改就给枪毙了。

爷爷说:你奶奶呀,最喜欢攒东西。女人家好攒布。一匹一匹地攒。收着藏着,从不拿出来用。土改了,她攒的布全被农会没收了,分掉了。你奶奶气得直骂人,不给人好脸色看。记仇呢。她要不是军属,早让人斗争专政了。

爷爷说:老贾家当时定恶霸,可定可不定。他过去做事不饶人,农民起来也不饶他。

爷爷说:财呀不好说,它会走,它不能在一户人家呆太久。穷不过两三代,富也不过两三代。它来回走。它来不一定是福,它走了不一定是祸。嘿嘿。我是明白了,攒地也没用,全归公社了。

此刻,我坐在电脑前,由衷地佩服我的农民爷爷。多亏了老李家的移民基因,我才会自己往深圳跑。多亏我老李家的农民基因,我才敢溜一半留一半,好歹成为半个深圳人。如果只有中国的小知识分子基因,如果只有老张家那样的基因,我哪敢在深圳这座城市呆到现在?没准此刻在疯人院里跳舞呢。

2007 年 6 月 18 日

链 接

《找寻逝去的自我——大脑、心灵和往事的记忆》摘录

情绪记忆:往事的力量

决定现场拍照机制是否被激活以及大脑的闪光灯是否闪亮的因素,是某一事件的"后果的严重性程度"……内心的闪光灯闪了一下,当时的情景就永恒地被保存了下来……当研究人员要求被试者想出三个最为鲜明、生动的记忆时,这些被试者所产生的回忆,几乎没有一个涉及到具有全民重要性的事件;相反,他们所回忆的都是些高度个人化的、带有重大情绪意义的事件。

与正常人相比，抑郁症患者更容易产生的是对消极经历的回忆而不是对积极经历的回忆，这反过来又使他的抑郁心情被保持着。

——[美]丹尼尔·夏克特

补　白

当我追踪探讨李兰妮的抑郁流向时，发现部分盲区。她在深圳的记忆有盲点。那么欣欣向荣的经济特区，那么多影响全国的重大事件，她居然不能完整地说出一桩一件。

我觉得没法往下写，这个人是怎么活的?! 她真是枉做了深圳人。她身在深圳，心在哪里? 魂在哪里? 空有躯壳，不带眼睛耳朵，我真的讨厌她的生活状态。

直到看了《找寻逝去的自我——大脑、心灵和往事的记忆》，我的厌恶稍有减轻，这人就是有病。她内心的闪光灯有故障，乱闪。遇到"具有全民重要性的事件"，灯不闪，情景不保存。遇到个人化的消极信息，灯闪了又闪，情景自动保存，刻意删都删不掉。

近来看电视，天天在讲股票过热的事。全民炒股的段子满天飞。我看了直乐。笑的时候无意发现，从 1990 年到现在，我对中国的股市没有清晰的记忆。

当年"八·一〇"股票事件，我在深圳。我家附近有家银行分理处，三分钟路程。那段时间早早就听说有人到处借身份证，还听说有人扛着一麻袋一麻袋的外地身份证进深排队。我脑子里闪过两次念头：要不要把先生和父母、弟弟的身份证弄来排队抽签呢? 第一回念头一闪就灭掉了。太麻烦了。很可能白折腾。"八·一〇"前夕，我又想：深圳很多熟人都在积极准备，都很兴奋，深圳这座城里已经挤满了外地来排队的人，而我作为深圳市民，怎么能如此懒惰不振奋呢? 念头在转：去不去试一下? 听说中签率很高，发财机会大。但是，我存折里只有几千块钱。我知道，很多人家族集资甚至借钱来放手一搏，我懒得费这样的工夫，就像小桃的外祖父不愿借钱上京会试，这种惰性是有传承的。"八·一〇"那天上午，我出门到附近那家银行看热闹。我看见排队的人，男女老少蓬头垢面死死紧贴，似乎长在了一起，有维持秩序的人在修理那不听招呼的人。现场很臭很臭，气味熏得我不敢靠近。我站在附近试图分辨，是人嘴巴里面臭吗? 他们几天前就开始排队，没刷牙洗脸。是屎尿汗臊狐臭吗? 是化学分子臭，还是物理分子臭? 或是遍地垃圾污染臭呢? 弄不清。这时候我清晰地感受到欲望念力的确是物质的，空气中被这强大的能量撑得要爆炸了。我感到很不舒服。那些排队的人的强烈不适反应在空气中传导到我的身心，发生作用。我立即离开那里回家，关门。我躺在沙发上休息。可是，我的脑子在想，幸亏我没去折腾，不然早就晕倒过去了。事实证明，我不具备发财的智能和体能。

作为一个1983年就入籍深圳的居民,我没有享受过一本万利的牛市狂喜,也没有经历过身家暴跌的熊市悲伤。我只是一个看客,心里痒痒却懒得行动。之所以没有染指股票,今天想想,原因有八条。

1. 尚未走投无路,没有不致富誓不为人的决心。那时,刚把一间房出租,勉强解了燃眉之急。虽然穷,但顿顿白粥咸蛋就满足了。

2. 我曾吃素学佛。我对吃素的体会是:营养有点不足,没有心思和力气出门。多日不吃荤,欲望越来越少。出家的心都有,炒股做什么?

3. 来自穷举人这一支惰性遗传,穷惯了,烂泥扶不上墙。

4. 来自老李家的潜移默化,彻头彻尾的中农,不思进取,患得患失,跟不上革命的潮流,没有改变命运的坚定决心。

5. 没有儿女可传家业。连儿女都不愿意要,你要那么多股票传给谁?

6. 潜意识中知道有癌症。时刻有可能癌细胞转移,说不准什么时候"挂掉"。

7. 家庭出身是中农加乡村教师,缺乏对财富的热切向往和攫取直觉。有等待天上掉馅饼的惰性和空想。

8. 直系亲属里没有人炒股,没有一个发财榜样。

有人说:你在深圳多年,居然不懂股不炒股,你是不是人啊? 我无言以对。

第 59 篇

认知日记

上午去看病、拿药。告诉龚主任目前病状：可以参加社会活动，但非常容易累；不能认真看书、写作。

龚主任建议佳乐定增加至两片，必要时可吃三片。他说此药副作用小，不要有顾虑。

其实我对吃药是有顾虑的，周围太多人谈论吃药的可怕后果。但我觉得还是听医生的吧，医学在进步，要往积极的方面想。况且医生与病人之间的相互信任是重要的。

曾经看过报纸上一则报道，中国的医生看美国医生来华做示范手术，深感惭愧。美国医生一到医院，首先去看病人，相互沟通，并严格执行手术消毒程序。这则报道我看了两遍，中国能自省、反思的医生还太少，更别谈手术前如何关心病人、打消其顾虑。

我做淋巴清扫手术前后及手术中都受到精神伤害，手术时医生、护士说到我的癌症转移了，还在说说笑笑，没人想到手术床上躺的是一个人！包括我在北京看病时，那医生边说手术做坏了，边叫人拿相机来拍照，在他们眼里，人只是一个医学标本而已。

百多年来，中国人的身心创伤太重了，文化精神中丢失的东西太多了。医者失去了仁心，文化人失去了高贵，民族精英们贡献有限，百姓的德性可想而知！振兴中华，须振兴中国人的德性，民族才能真正强大，才有资格向世界展示她高尚的文明。写到这里，不知如何措辞，只觉痛心，只有痛心。

随 笔

浓茶。咖啡。放血。写字。这样度日不太健康。目前我必须这样才能坐在电脑前。曾经必须喝茶，之后喝浓茶。再之后浓茶不够力度，必须加上咖啡。喝完浓茶咖啡半小时，大脑可以集中注意力想事了。现在，浓茶咖啡不能启动大脑的发动机，必须抽血放血。这让我想起飞奔的战马。听说战马跑久了腿软，骑兵就用刀尖狠扎马的双肋，刺痛它，逼它继续跑，可以跑到死为止。

今早抽的是左脚背上的血管。浓茶喝了两杯。开始行动。从衣柜角落里找出一个五毫升的一次性针具，拿出那条紫灰色长丝袜。酒精棉球涂抹后，勒紧左脚踝。针头对准血管，比画来比画去使不上劲。左脚背怎么放都不顺。从书桌换到沙发尽头，从沙发换到席地而坐。不行。把左脚放在右腿上，勉强可行。进针时疼，进血管之后就不疼。好比打网球，网球拍面与网球撞击打出好球时，手臂和心都轻松，顺。今天不顺。针管里总吸不出血，针口上面却鼓起青青的血包块。使劲往外抽针筒，手都酸了。我真想放弃，另外换个地方再抽一次。可是，能下针的地方太少，要省着用。针管接口处终于看见血了。进血很慢，鲜血好像很不情愿进来。等待时，抬头看，乐乐在窗台正看着我，有点困惑。大眼睛盯着我的针管，不时眨巴一下。我冲它笑笑，告诉它：没——事。没事。

把血挤进洗手池，太少了。用食指蘸满血，放在拇指上捏一捏，血不够浓，不够黏。用清水冲血，血不像血，颜色不够鲜艳，血不是美丽的鲜红色，带点类似火黄火红。不满意。可能脚背上的血与手背上的血质量略有差别。脚背上的血没有温温的暖，凉的。把针头针筒塞进垃圾筒，上面盖点纸片、面包袋，免得刺眼。

乐乐将小脑袋瓜弯到自己怀里窝着，这是害怕吗？我走过去，坐在窗台，挨着它，轻轻摸摸它的背，把头轻轻贴着它头上软软的金发。温柔恬静的感觉。心本来很紧，好像一双手紧捂着心。此刻，一个手指头松开了，两个松开，三个……舒坦了。心像小花舒展开来。心在说：乐乐呀，谢谢你。乐乐的嘴在咂吧咂吧响。我仔细看它，它在舔空气咂吧空气。宠物杂志上说过，小狗这样的身体语言是表示焦虑。它对鲜血的气味敏感吗？我小声对它说：乐乐呀，不要怕。你看看外面呀，太阳多好啊。我抱乐乐看窗外，窗外可以看到附中附小的教室和操场。乐乐被小朋友游戏的声音所吸引，不再舔嚼空气。好了。喝特浓咖啡。深呼吸。可以面对电脑了。

这几天，手背、手腕几乎全呈乌青色紫褐色，臂弯青紫鲜明。一天夜里，跟乐乐在茶几台灯下玩，家人突然问：你手背怎么了？台灯光线昏暗，我赶快缩手，说：可能不小心碰到哪里了。我装作收拾报纸，离开家人视线。

临睡前看电视，转台时无意看到吸血僵尸，香港老片《鬼嫁人》，关之琳演吸血鬼,在王晶脖子上吸血。夏文汐演王晶妻,看他颈部的伤口,牙齿咬的,紫红色。吸血鬼吸血,不是要人命,而是要人血养着它,一次吸一口,细水长流。

突然有联想,慌忙转台。

恶心。夜里想,吓人。

是不是有心魔?心魔就是吸血鬼?一天一针筒血。鲜血是生命的力量。洗手盆像不像吸血僵尸的嘴?呀,是喉咙。

那天抽右脚背上的血。原以为双手操作会轻松。谁知另有难度。腿脚长要缩着,脚板悬空不能垫布垫,脚背血管细而乱,起始针头全进去都吸不出一滴血,空吸痛,皮被针头挑起来,好像针头立刻就要穿透血管,连皮带筋刺出来。我沉住气,一点一点试着转针头,向左搅,向右挑,血管滑,韧,有弹性,针头一直往后退,退到眼看针尖就要掉出来了,针管里见血了。

抽了脚背上的血,心里感觉舒服一点。自己对自己说:别胡思乱想,没有什么吸血心魔。邪灵是怕鲜血的。

但是,可能存在消毒问题,针口炭灸一样隐隐痛,说不清脑子还是喉咙热热的,发低烧的感觉。头晕晕的。

掰着手指头算了一下,在我的社会亲属中,上下几代人,若论最适合做深圳移民的,当数我爷爷。

爷爷若是晚生六十年,再若是 1983 年就移民深圳,绝对比老李家老张家任何人都混得好。以他的聪明才智和勤奋,他一定是先富起来的那拨人。

他一定会开公司,炒股票,早早成为李百万。挣到第一桶金之后,他会做地产。老李家热爱土地。然后呢?也许移民国外……没有东北人不敢去的地方。或者,去云南找老李家的足印。对,进入猫冬状态。爷爷不大可能去深圳大学教书,不大可能进军高科技。基因决定的。还有,他绝对不会得抑郁症。这也是基因决定的。

2007 年 6 月 20 日

链 接

《开特种车的人》摘录

对面站着一个二十岁的小司机。改良的陆军头,最前面一撮头发高高竖起来。身上是一套千余元的"梦特娇"西装,被雨淋得潮潮的。脚上是数百元的"烟斗"皮鞋,被雨水泡得蔫蔫的。

进机场前,他是深圳的个体中巴司机,十五岁就开车,能吃苦能赚钱。那时候他一有空就去玩牌,钱来得快也去得快,日子过得"晕晕的"。

很羡慕小司机的潇洒。翻开报纸,上面有机场的招工启事。扔下报纸就走,见工去。

"我自己中意机场喽——搏正路喽。以后讲到创业我都有份啦——"小司机拼命搓手……

转眼到了夏季。

停机坪地面最高温度是摄氏 50 多度,温度计刚放在水泥地面上,嗤的一下子,水银线就到了头。进外场采访之前,我喝了一杯浓浓的洋参茶,又喝了一杯苦苦的"王老吉"。开车的是车队惟一的女司机。跟所有的同事相反,她居然一点也不憔悴。大圆脸,下巴圆得很柔润,细眯眼,身上好多肉。

十年前,她从山区嫁到宝安。家中经济宽裕,她辞了工在家尽享清福。

那些年,她生活中好像只有两件事:要么睡懒觉,要么搓麻将。

"家里什么都有了。我自己那部三菱的士比这部破车好多啦,以前我经常开着它去别人家打麻将。"

懒觉睡腻了,麻将搓腻了,坐飞机去旅游吧,飞来飞去,很快又腻了。眼见着身上脂肪越来越厚,她却三天两头闹病,不是头痛就是胸闷。

"一来机场,什么病都好了。"她嗓门很大,满脸放光。

"苦不苦没所谓呀,只要我开心。"她说起来神采飞扬,在那个瞬间里,她是一个很漂亮的女人。

1992 年 6 月

补 白

1991 到 1992 年,奉命在深圳新建的机场蹲点。原想写电视剧,但创作的事没法速成,一年多后撤出机场。散文中的两个人物,代表了深圳人一种新的心态。他们对工作的再次选择不再是被动的。他们强调:"我中意""我喜欢"。就在深圳人赚钱意识最强烈、机会最多的时候,有这么一部分人,自觉不自觉地,选择了精神上的滋养和自由。两位司机的心态变化,是最真实的社会基础。就在我以为深圳人只认钱的时候,就在我为此地人心物化而感到窒息的时候,开始有新鲜清凉的微风拂面。

270

第 60 篇

认知日记

2004 年 3 月 1 日星期一上午 11 点 8 分

一连三天做梦。

梦里充满了焦虑、恐惧、愤怒、委屈和失望。只记录其中一段吧。

大前天的梦：我和几个朋友过一条河溪，溪不宽，中间垫了几块石头。水不深，看起来深不过膝。彼岸不远处有个岩窟似的景点。朋友们都过了河，在溪边等我。

我刚踩上第二块石头，突然看见溪水里有三具尸体，有一具就在我踩的石头边，死尸身体微屈，衣服、鞋子整齐，脸上没有表情，看起来年龄三十左右。我吓得大叫，不敢再看另两具是男是女，模样如何。

我想退回去，有朋友在对面喊：快过来！你后面更多！我回头一看，天啊，身后河溪里一片死尸，有男有女，都是年轻的，杂乱堆叠，多得高出了水面！

我害怕极了。我想，过河前怎么没看到有死尸？转眼间哪来这么多尸体？退是肯定退不回去了，没地方下脚，退回去更恐怖。对岸朋友们都在冲我伸手喊：快过来！别看脚下！快点！

我将目光控制在瞄准朋友和水面石头上，壮着胆子风一样飘过去。站在岸上了！

我大喜：原来可以这样轻松过河。更觉安慰的是：我把恐惧赶出去了，心里只剩少许害怕。

后面还有比较长的一截梦，可惜今天已经忘了。

昨天我揍了乐乐。

本来很愉快。春天的下午，中大进士牌坊阶下的一片草地上坐着三个玩耍的小孩子，一个妇女在教他们玩游戏。花圃边一个七十多岁的老太太在认真做拍打操。路边不时走过一对对情侣，或照相，或游春。我将绿色灯心绒马甲垫在石阶上，坐看《抑郁不是你的错——快乐人生 50 招》，任由乐乐在草地上奔跑。

我抬头看乐乐,发现它叼了块黑色东西,直觉告诉我不对劲。我忙过去,老远就感觉那是一个很脏的东西。

我很快发现,那是一只干腐的死老鼠。我大叫,示意乐乐放下嘴里的东西。乐乐不听,更紧地叼住,狂跑。我大怒。用书去砸它,没砸到。用马甲砸它,也没砸到。它跑到灌木前,被我大力按住了。它扔掉了死鼠。我揪住它的颈部,用力往草地上一摔,它滚了两个滚。没等它跑,我一气扇了它六七个耳光。

我狂怒。

这让我想起了在403大院,我妈妈揍我。

随　笔

天气预报说,这几天天气晴热,最高气温35度,广州已挂黄色高温预警信号。报纸和电视上都在谈煲扁豆粥、荷叶粥、绿豆粥去暑。光照指数高,太阳落山特别晚。这对抑郁症患者有益处,我想抓紧这样的时候写这本书。

昨天下午近7点,带乐乐出去散步。刚出门它还很神气,看见法国斗牛犬多多忙着套近乎,那是一只小母狗,刚跟老猫打完架,鼻子被猫抓伤了,家长给它擦净脸上的血。乐乐及时过去嗅嗅它,表示慰问与声援。我怕它添乱,重新引起多多的愤怒回忆,以致伤口绷裂再次出血,强拉硬拽,又哄又骂,总算把乐乐牵走了。

乐乐很八卦,事事关心。看见一两岁的小孩耍赖皮哭遭妈妈呵斥,它老远就赶过去冲那大人吼,听见小学生追逐尖叫,他也四处张望,期盼立即参与。二十米远的地方,一只德国黑背狼犬经过,人家根本没看它,没理它,对它这种小狗狗没兴趣。乐乐大概觉得伤自尊,激动,要追过去,嘴巴张了张,犹豫着要不要吼一嗓子。我立刻抢先大吼:我要发火了!

出门时,夕阳未落,我戴着运动帽。给自己带了一盒黑豆奶,给乐乐带了一奶瓶清水。二十多分钟后,乐乐趴在草丛中不肯再走,口水成串往下滴答。我也觉暑气蒸腾,肚子痛。晕乎乎,抱起乐乐往家走。

回到家,乐乐身上发烫,口水滴滴答答掉在地板上。急忙用毛巾蘸满清水给乐乐敷肚皮降温,把它四个小爪子浸在水里。开空调。让它仰躺在地板上。我等不及空调奏效,用扇子给乐乐扇凉风。乐乐喘得急促吓人,声音大,时间长。轻度中暑。

地上大太阳烤了一天,我个子高还觉得地气热,乐乐更难受。十大最怕热狗狗里,第六名是京巴。京巴鼻道短,腿短,毛多密,散热能力差。好在空调降温后,乐乐的气喘减速,音量渐低。

报应快。约一小时之后,我腹绞痛,腹泻。也许肠胃型中暑。流清鼻涕,老想打喷嚏却打不出来,眼眶发湿。吃了几粒黄连素。肚子疼,走路要捂着,小碎步挪,弓着腰,头勾着低到膝盖以下。呼吸不能重,额头疼得汗津津。

这几天写得赶,糙。自己不满意。几乎所有知道我写此书的朋友都劝我慢慢写,也有朋友叫我不要写。我知道大家心疼我。

我不能不写。我有责任作见证。

有时候我会怀疑,怀疑我写的是不是垃圾,值不值得让人翻一翻。尤其是抑郁症患者,这样的书对他们能起一点鼓励作用吗?

我早就糊涂了,经常忘记自己要说什么。此刻,我病人不像病人,作者不像作者。每一篇章除了认知日记是犯病时已经写好的,不用再考虑,其他如随笔、补白都叫我焦虑。这些日子里,我把链接部分大致选择出来,这样可以看出一个大轮廓。我怕状态下滑,有一天脑子出问题,不能再按计划完成它。

我还有一个焦虑的念头。我不喜欢这个念头。它一闪出心底,我就把它压回去。但是,它频频闪,闪得很烦。此刻,我必须运用认知疗法治治它。

这个念头似乎另有生命,它不受我控制。它总是闪出来,跳出来,问,大声问:李兰妮,你能写完这本书吗? 李兰妮,我真的怀疑哟。你要是抑郁症再度严重爆发,你会不会完蛋? 你会不会突然死掉? 如果给你一个机会死你死不死? 不是自杀,是合理死亡,你愿不愿意? 你不要想,快说愿意不愿意! 李兰妮,如果你的癌症转移到脑子里,你就写不完了。你不要回避。你有50%的可能写不完。我是客观的。我在说真话。真话不好听。你必须听。你不愿意去肿瘤医院复查,你是心虚害怕。你不敢再开刀。胆小鬼。你祈祷很好。你去教堂唱赞美诗很好。你不要觉得我是撒旦,你不要使劲敲键盘敲得哒哒响。太重了。太吵了。你想敲死我啊! 停止。深呼吸。很好。吐气。放松。我不是邪灵。我也是你心里的声音啊。你让我出来透透气。累了? 歇歇。好。我不说了。我知道刚才你脑子有点错乱。你想的跟手敲出来的不一样。我知道有种力量在压制我。我本想攻击你愚蠢,攻击你的祈祷没有用,但是,圣灵在帮你。圣灵改写了我要写的字。圣灵来了。我走了。我走……

刚才有疯狂的灵企图控制我。现在它走了。我好累。手软。我要去沙发上躺一躺。

我躺在沙发上。手软。脚软。好像才做完重活儿。我试图做腹式呼吸,不行。做了几个就做不下去了。

闭目养神。闭着眼睛,养不了神。脑子空不空木不木满不满呆不呆。做什么可以调整呢?

找周乐乐。乐乐是我的私家医生。

周乐乐趴在客厅,茶几旁有四块卡通史努比瓷片,这是它的夏日休憩地。

273

它无忧无虑地安静地趴着,眼睛半眯。

我把乐乐抱到书房沙发上。我对乐乐说:乐乐呀,你要帮助我。

沙发上铺了一张竹席。我侧躺着,乐乐随意窝着。它的小脑袋瓜正巧抵着我的心口,好像医生在听我的心跳和呼吸。乐乐抬起头,看看我,张开嘴巴打了一个呵欠。好像说,平安无事哦。它晾着小肚皮,伸了一个大大的懒腰,又爬起来嗅嗅我,看我的眼神像个……精灵吧?我找不到形容词。它好像放心了,很放松地眯起眼,又打了一个小呵欠。它信任地靠着我的胳膊,轻轻摇着小尾巴。一个月前它身上剃短了毛,只有脖子一圈没有剃,邻居老师说,它样子很像瑞星小助手卡卡。也有人叫它小小狮子王。

我跳下沙发,赤脚跑去翻乐乐的食物箱。我找了一排伊利牛奶片。坐在沙发上,我和周乐乐分吃牛奶片。

周乐乐是个好医生。

2007 年 6 月 21 日

链 接

《说女人喝酒》摘录

十岁那年,高年级同学忙着写大字报,革老师的命。我们这些低年级的学生闲在家里,整天玩"官兵捉强盗""老狼老狼几点钟"。一天,闲极了在屋里东翻西翻,从木箱底下翻出一本没头没尾的书。书中说有个叫秀秀的小娘子,从王府里逃了出来,遇上一个姓崔的少年,俩人进了一间酒铺去喝酒。小娘子两杯酒下肚,就敢扯着那个崔哥哥私奔。书中说:"酒是色媒人。"那时候,我不知道这个"色"是什么意思,只知道媒人就是搞封建迷信的坏人。酒肯定不是好东西,想像中,酒应该是黑色的,像写大字用的墨汁,一喝下去,人的心啊肝啊肠啊就变黑了。

后来,在江西的外婆家见到了酒。是外婆亲手酿的糯米酒。外婆说,女孩子临睡前喝一小盅米酒能养颜,脸色会艳若桃花。那酒闻起来很甜很香,但我始终不敢喝,我心里对酒有一种深深的、模糊的反感。

读中学时,偷偷看了唐诗宋词,看了《红楼梦》,发现在诗人词人笔下,酒真是好东西。没有酒,李白肯定成不了诗仙。没有"东篱把酒黄昏后",李清照怎能够"有暗香盈袖"?若是《红楼梦》里那些美人姐姐都不会喝酒,大观园里还有什么趣事可观呢?

在南京上大学时,班里的男生女生都能喝一两盅。平时,大家见面打招呼不说"吃了吗?"喜欢说"什么时候去喝喝?""好啊,喝喝就喝喝。"我跟着同学喝着玩居然没有醉过,因为大家喝的多是低度酒。

我喜欢看别人喝酒,尤其是看女人喝酒。宴会上,若只有男人喝酒,只不过热闹而已,而女人一端起酒杯,这就开始有趣儿了。

女人喝酒,往往喝得斯文、含蓄、优雅。宴会开始时,女人颇沉得住气,她老老实实、秀秀气气地端一杯鲜橙汁慢慢呷。

男人们开始斗酒了,脸越来越红,嗓门越来越高。女人依然笑眯眯地吃菜,专拣好菜吃,小嘴吃得油光光的。男人们开始乱说话了,手痒痒的忍不住要打人,宴会上的气氛有些紧张了。这时,女人轻舒玉腕,示意侍应生添一只酒杯来。女人给自己斟满一杯酒,眼波流转,片刻之后,停在一个目标上。女人开始敬酒了。宴会上的气氛顿时好转,男人们彬彬有礼地与女人碰杯,说喝就喝,一个个大义凛然,视死如归。

极少见女人喝醉酒。女人醉酒往往是文醉。要么面若桃花,艳光四射,憨美如天真无邪的小娃娃,要么静静垂泪,远看像一尊温玉雕成的美人儿,默默含愁,楚楚动人。

男人喝酒讲究环境,春天宜在庭院中喝,夏天宜在野外喝。女人喝酒则讲究跟什么人喝。她决不会跟她所厌恶的人喝,也不会跟自己心爱的人比着喝。在玩笑中被女人灌醉的男人,往往不是这女人的敌人,也不是这女人的情人。

我欣赏那种能喝酒而不滥喝酒的女人,我佩服那种喝酒不醉而又善待醉酒人的女人。能喝酒的女人,往往能与男人共患难。能喝酒的女人,往往是最温柔的女人。

1993 年 3 月

补 白

我妈妈不许我爸爸喝酒。她认为喝酒不是什么好事。我爸爸只好自废酒功。妈妈以为从此太平,谁知有一天突然发现,她女儿她儿子都会喝酒。

在南京大学喝酒,是喝喝小酒,度数不高。在深圳喝酒原因多,有时是应酬不得不喝,有时是全桌人借酒宣泄压力胡乱喝,有时是好友相聚就是想喝喝。

见过一个深圳女人喝闷酒。52 度白酒,不要菜,独自一人,边喝边看过去的日记。喝到半夜,给我打电话,哭。平日是女强人,铁腕风格,说话噎人,喝到有感觉时,换了一个人。柔弱,温良。思过错,思孩儿,骂自己是坏女人。

见过一个深圳大男人喝醉酒。平日不爱说话,拘谨严肃。醉的时候,走在宾馆走廊就拉裤链要小便。几个朋友架住他的胳膊,拖他上床躺直了醒醒酒。他狂笑伸手,拍枕头拍床拍墙,说:我没醉。我心里面很清楚,告诉你们一个秘密吧，我干那事早不行了。不信你们来看看，我让你们看。他说着就要脱裤子，朋友们忙用被子蒙住他。他像小男孩一样哭。尽管许多人说深圳不相信眼泪，但是，眼泪能疗伤。

那几年，常有三十岁以上的深圳女人跟我谈心事。她们遭遇情感危机。没有一个人相信她们的丈夫或情人。不只三十岁以上的女人缺乏婚姻安全感，三十岁以下的女人直说根本不相信爱情。几乎所有的良家妇女陷入困惑和无奈。

一个朋友告诉我，她的丈夫一年不碰她，回家就喊累，倒头就呼呼大睡。早晨起来早饭不吃就走，跟她没话说。他没有提过离婚，对她也没有温情。她猜测老公在外面偷吃，曾跟踪侦察两三个月，没有发现可疑女人。她恨恨地说：深圳没有一个男人是干净的！又坦白地告诉我：人家都说我和他很有夫妻相，地位也相当，这个家庭不知道有多么幸福。可是，没有人知道，我真的受不了了，我恨啊。咬牙切齿恨。恨不得他出门就让车撞死。我宁愿他死，也不想便宜那些小骚货。

另一个朋友告诉我，她对丈夫了如指掌，贱骨头，不敢沾惹美少女，就爱体贴小寡妇。她说如今男女讲平等，我也不会闲着没人勾。我那几个情人要钱有钱，要貌有貌，气质层次一点不比我老公差。哼，跟我斗。他根本不是我的对手。

有个不是朋友的熟人告诉我，她三十岁，已经离了三次婚。她不打算再结婚。她笑着说：不如当二奶省心。转正不合算，马上有二奶三奶威胁你。她理直气壮地告诉我：时代不同了，家庭这东西落后了。她去当发廊妹、按摩女，她说那些地方机会多。最让我吃惊的是，我第二次在发廊见到她，她就说：哦你在作协呀。你们的会员××跟我熟，我在上一个发廊认识他，他想勾我我嫌他老，他只好去搞那个最丑的四川妹。哈哈哈，他还送他写的书给我们看，谁要看他的破书。这个傻瓜还给我们读诗呢，笑死人。我们都烦他。

一家小店的老板娘，美女，原是军队的舞蹈演员。夫妻俩转业后，来到深圳求发展。不到两年丈夫就做了女主管的面首。美女离婚后，求职过程中屡被骚扰。她灰心了，索性给一个香港小老板做二奶。小老板又矮又胖绝对丑，家底也不厚。美女说，丑男人省心，家底薄省事，省得三奶四奶来烦人。丑男人给她买了房，开了家小店，美女人前老公老公也叫得很响亮。三年后，美女发现丑男人一样花心不可靠。她搞起了家庭聚会，每星期过气二奶三奶在她家祈祷，唱诗，求告上帝惩罚那些狗男人。

那几年的"鸡协总部"型号很齐全。高贵型、火辣型、青春型、淑女型、贤妻良母型、小保姆型、女大学生型、床上荡妇床下秘书型、周末客串型、奶妈型等等，应有尽有。直到1997年金融风暴之后，听说曾有一批批"上等鸡"包机飞离深圳，另辟福地。

第 61 篇

认知日记

2004 年 3 月 11 日星期四上午 11 点 23 分

抑郁症的高发季节。最近很不舒服，又有气郁难解的现象，非常容易感冒、喉痛，头晕头痛，注意力难集中，心里焦虑发烧，无法控制。前天又做噩梦。

我走在大街上，下大雨，前面有工人抢修下水道，路人在围观，下水道旁边已经倒着两个工人，又一个高大的工人从半空中掉下来，重重摔死在井盖旁。路人竟欢叫：哈，又死了一个！

我惊愕，远远站着不知所措。街上迅速涌起浊水，肮脏的水不断漫上来，齐胸时才止住上涨。路人艰难地在街上走。后面的梦记不住了。

我要力保三四月份病情不要反弹。我近几天特别注意出门散步，早上、下午都带乐乐出去玩。

《建构生活》的作者雷诺兹认为：轻度抑郁症患者可运用森田疗法和内观疗法辅助药物治疗。

首先承认自己面临的病状，然后不去刻意理会临床表现，不要被自我所困扰，接受现状，该干什么还干什么。最重要的是行动起来，让积极的行动带出积极的情绪，多活动，多往快乐方面想。

我这两天特别注意活动，在不特别累的情况下，不给自己任何人为的压力。

随　笔

近日常想起那幅名画《以斯帖在化妆》，后悔没把那本旧挂历保存下来。记得那是 1999 年的元月，朋友送我近一人高的大挂历，有许多是裸体的世界名画。翻看时，绝大多数都看过，只有 6 月份那幅《以斯帖在化妆》没见过。我甚至不知道以斯帖这美女是什么人。

就在那年六七月份，我在圣灵的感动下，找到了东山教堂。我买了一本

《圣经》。随后三个月通读《圣经》，这时才知道以斯帖是什么人。但我没明白《以斯帖在化妆》会对我有什么启示，也没明白以斯帖的故事究竟在说什么。

现在我在慢慢体会中。

以斯帖原是一个流落波斯的犹太孤女，由堂兄末底改抚养长大。有一年，波斯王薛西斯招选新王后。以斯帖与众多美女被送入王宫女院备选。候选美女照例要用一年时间洁净身体。六个月用没药，六个月涂香料。等到洁净的日子满了，各美女按着次序，等着波斯王一个一个召见挑选。日子漫长。

此王在位第三年发诏书选王后，他在位第七年10月，才轮到以斯帖见王。

按照王宫规矩，每个候选美女从女院到王宫见王时，凡她所要的都必给她。这个以斯帖却不贪心，"除了掌管女子的太监希该所排定给她的，她别无所求。凡看见以斯帖的都喜悦她"。"王爱以斯帖过于爱众女……立她为王后。"

事情到这里仅仅是开始。此王在位十二年正月，王受奸臣哈曼欺哄，同意在这年12月13日灭绝通国的犹太人。末底改去见以斯帖，请求她设法见王拯救本族。王宫定例：若不蒙王亲口召见，擅入内院见王的任何人，必被治死。末底改此时带口信告诉以斯帖："此时你若闭口不言，犹大人必从别处得解脱，蒙拯救，你和你父家必至灭亡。焉知你得了王后的位分，不是为现今的机会吗？"以斯帖听从了末底改的激励，冒险去见王，设计除掉了奸臣哈曼。拯救了本国的犹太人。

这是一个非常好看的故事，有悬念，紧张曲折，让人非一口气读完不可。

《圣经综览》一书提起《以斯帖记》时，有这么一句话：上帝安置你在任何环境中，有他的美意。

我曾在东山堂听牧师证道：《以斯帖的机会》。大意是：上帝施恩，赐位分和机会给我们，没有偶然，一切出于神的美意。上帝用警告、挫折、疾病、灾难来管教我们，是为了使用我们，让我们懂得顺服、祷告、甘愿牺牲。

我想：我们每一个人，都有属于自己的来到人世的使命。我们都可以是以斯帖。在人生的不同阶段里，我们在学习、等待，洁净自己，内外兼修；时机临到时，我们担当，我们付出，我们见证。

我喜欢一个人在家里呆着。

生病的时候，我需要进入"猫冬"状态。我会关掉手机，拔掉电话插头，不开灯，不开音响，不开电视，不见任何人，甚至不说话，就比死人多口气那样躺着，一动不动。偶尔起来，幽灵一样在没有光线的屋子里晃悠。这时候，我觉得很自在。

曾经有几年,我几乎不能跟家人呆满一个月。每个月,我至少要刻意在深圳家里自己过几天,否则,我就觉得紧张、焦虑,就浑身不自在,头脑混乱,坐立不安,就感觉不是我在过日子,是别人在过日子,我没了,找不到了。直到回深圳自己呆上三五天,才把自己找回来。

　　童年时我习惯了寂寞,寂寞成了我的生活常态。少年、青年时,我习惯独自在医院住院,没有家人探访,没有电话问候,没有书信谈心。在深圳,热闹让我不自在。只有独自一人在家我才觉得我是李兰妮。

　　可是,如果独自一人在家半个月以上,惶恐的感觉又频频袭击我。被弃感、上不着天下不着地感、消失感、没有目标目的方向价值感、失重感,许多乱七八糟的感觉又把我赶出家门,我要看到人在街上走来走去,要去赴饭局,要去听人吹牛皮说大话,要跟着同类抽烟喝酒起哄,要在一系列无聊中找到蔑视自己的感觉。

　　我总在这两种需要和状态中摇摆,分裂。

2007 年 6 月 23 日

链　接

《养鸟小记》摘录

　　宝二爷很有阳刚之气,叫声响亮,眼眸中精光灼灼,黄绿色的羽衣比虎皮还华美绚烂。它喜欢在笼子里上上下下跳,一会儿用嘴去帮宝姑娘梳理羽毛,一会儿用头去蹭蹭林姑娘。两位"姑娘"总是一个站东头,一个立西头,害得宝二爷两头忙,哪头都不敢、不忍冷落了。

　　林姑娘美得很阴柔。一身粉蓝色的羽衣,蓝得很柔和,很优雅,像一团茸茸可握的梦。它的小脑瓜、小身子怯怯弱弱的,不喜动,不喜叫,眼含轻愁,那愁又衍生出两分隐隐约约的"人气"。

　　宝姑娘丰丰润润,以致雪白闪亮的羽衣上都沾着富贵气。它食欲好,食量大,吃饱了就去啄笼门的铁丝,可能是蹭痒痒,也可能是想啄个洞飞出去。它喜欢扑扇着翅膀叫,仿佛在说:这儿我当家,我当家。

　　……我开始对鸟们进行培训,每天教它们说:"你好!""你回来了?""开饭啦!""笑一笑。""拜拜——"鸟们不知好歹,装聋作哑。宝二爷跳到笼里那只吊环上,悠闲地荡着秋千;宝姑娘一口一口,专心地啄着笼门上的铁丝;林姑娘眼帘半闭,那神情分明在说:"好一个讨嫌的糊涂人。"

　　我要训练它们跟我玩。没想到,这些家伙狠狠啄我的手,抓我的手。我大

279

叫,它们也大叫。眨眼间,白光、金光、蓝光左闪右闪,客厅里展开了游击战。等我把鸟们一一逮住关好之后,打开日光灯一看,我的手背上几处"挂彩",沙发上、梳妆台上都蹭上了鸟粪,空粟壳撒了一地。我好气好气,鸟们也好气好气……

从此听到鸟叫就烦。索性将鸟笼搁在阳台上,由它风吹日晒,存心让宝二爷、林姑娘、宝姑娘吃些苦头……我开始懒得理睬它们,常常一次放一大杯鸟粟在笼里,由它们吃几天。我也不再给它们洗粪板子,这活儿交给了一个钟点工。她一周来半天,给我打扫卫生,每次最后一道活儿就是冲洗鸟笼。小钟点工干活快而粗,冲洗笼子时,水龙头开得大大的,连笼带鸟一起用水冲。可怜宝二爷、林姑娘、宝姑娘被浇得踉踉跄跄,衣衫褴褛,魂飞魄散。我看了不免有些心疼,但我从不阻止小钟点工这样做。

一日,接到出差通知,大约要外出五六天。我用一个大杯装满鸟粟,又在水杯里装满清水,把两个杯子往鸟笼里一放,无牵无挂地离开了深圳。

不料,这一去在外面耽搁了半个月。曾两次想起过鸟们。一次是出差第八天吃早饭时,忽然想:那杯鸟粟够吃半个月吗?另一次,是看电视时,天气预报说,深圳连续几天有暴雨、雷阵雨,心里想:阳台上的鸟们该遭罪了……嗐,瞎操心。你惦着人家,人家何曾惦记过你?犯得着自作多情吗?浇雨活该。

想是这么想,心里到底还是有点牵挂。回到家里,第一件事就是跑到阳台上察看动静。

鸟笼里一片狼藉,脏臭得一塌糊涂。水杯干干的,盛鸟粟的杯子倒没空。宝姑娘瘦了许多,委靡不振地合着眼,身子轻轻哆嗦。宝二爷的羽毛黯涩无光,上面沾着粪便污迹,精神尚好,只是叫声悲哀。我顺着它伤心的目光往笼下望去:一团松乱的蓝羽毛了无生气地紧贴着笼底,是林姑娘!我把手伸进鸟笼一摸,天啊,林姑娘死了。看样子不是近日才死的,现已成了一具又轻又干的木乃伊。是病死的?渴死的?被雨浇死的?被雷震死的?无从知晓。守着林姑娘的尸骨,宝二爷、宝姑娘这些天是怎么熬过来的啊?我心痛地大声说:"对不起,对不起,怎么办?对不起……"我慌忙找出一个雪白的新信封,小心翼翼地将林姑娘装了进去。宝姑娘睁开倦眼看着这一切,神色漠然。我赶紧打扫鸟笼,换上新粟和清水,把鸟笼提进客厅里。宝二爷饮了一口清水,声调沙哑地冲我叫了两声,仿佛在说:你好狠,是你害了林姑娘。这时,宝姑娘睁大死气沉沉的眼睛看着我,我忽然有些害怕,怕它会突然口吐人语,我不知道它将会说什么。我忙进书房去找红丝绳,我要用红丝绳把装林姑娘的白信封捆扎好,让它"质本洁来还洁去"。

正翻着抽屉,忽听一阵凄厉的鸟叫,我心知不妙,奔出去一看:宝姑娘倒卧在宝二爷脚边,已香消玉殒。它是怎么死的?我惶惶然望着宝二爷,宝二爷望着我，像一个伤透了心的人，眼睛里没有愤怒，没有怨艾，只有无尽的、无尽的哀伤。我眼圈里很热很湿，不敢再看宝二爷。我找来一只雪白的新信封把宝姑娘装好，心颤手颤地用红丝绳捆好两个白信封。我口中情不自禁地念着南无阿弥陀佛，我盼着林姑娘、宝姑娘能够灵魂升天。我捧着两个白信封下楼，在楼前草地上找了一棵干净的小紫荆树，将两位"姑娘"葬在树下。

回到家里，屋里静得像废墟，空气中迷漫着浓郁的死亡气味，我膝盖一软，缓缓坐在了地上，不用走近鸟笼看，我已经感觉到了，宝二爷……死了。

1994 年夏

补 白

我不看这篇散文。我不愿想起有关这篇散文的一切细节。

写这篇文章时，心里有愧。近两三年，想起这件事，不敢往下想。我深感有罪。在这之前，我并不完全明白鹦鹉的死因，直到有一次看杂志，才知道水对于鸟儿比粮食还重要。我极其无知愚蠢！可怕的是，问题不在愚蠢，在于对鸟儿生命的冷漠。如果我真正敬重生命，那我一定会在养鸟之前先了解这些重要事项。至少我会打听、咨询，或者，以己度其他生命的最基本需求。

我没有这样做。我养鸟不是因为爱惜它们、欣赏它们，而是寂寞，无聊。近年，手捂心口反思，愈觉李兰妮潜意识里有恶意。也许疏忽、遗忘、无知、误杀的深层因素是泄恨。也许潜意识中我恨它们，巴不得它们消失。每个人都有这样的时候：怒从心头起，恶向胆边生。在社会上被欺辱、被伤害、被鄙视之后，内心中，恶善交战，恶占了上风，卑鄙的恶、无限扩张的怨恨令人成为魔鬼。就像精神病学家所说，精神抑郁导致对外的愤怒与攻击。表现不一，实质相似。有些人伤害无辜可爱的小动物，有些人伤害比自己弱小无辜的人。

有时候看到新闻，虐猫虐狗，用硫酸泼动物园的狗熊，无故虐杀动物的消息比比皆是。我常常扫一眼，不敢细看。一是汗颜，立刻想到自己的罪过，罪不可赦。二是心惊心寒。三是心痛，我没有资格谴责别人，而这样的人似乎越来越多。这绝对不是小事。这是精神疾患增多的警讯。

我多次在心里忏悔，也曾在教堂忏悔。但是，我总觉得不够。我不能原谅自己。不能。不能。

第 62 篇

认知日记

2004 年 4 月 1 日星期四上午 11 点 10 分

去年今日的此时,我正在中山三院九楼心理科候诊厅等候看专家门诊。

尽管 SARS 疫情风声正紧,三院是接收这类病人的专院之一,但来看心理医生的人仍坐了满满一厅。多亏芮琳事先帮我跟张主任打了电话,才加到了号。

直等到 12 点零 5 分才轮到我进诊室。大概十来分钟就看完了,我是倒数第二的门诊病人。一出诊室,我如释重负给芮琳打电话,告知不是抑郁症。

下午就听到了张国荣跳楼自杀的传闻,我不信。因为是愚人节,我想那些恶作剧的传媒真无聊。晚饭时看香港电视节目证实了张国荣死于抑郁症。我感到震惊和恐怖。

我不断告诉自己,好在今天专家说了我没有患抑郁症,我没有自杀念头,不然我不知怎样面对这铺天盖地的袭击。可我仍不敢去听去看电视上的报道,尤其是张国荣的脸、眼睛和他的歌声。

昨晚,香港电视报道张国荣蜡像制成揭幕的消息,直到此时,我才敢去细看画面。今天上午读经、祷告时,我为这位出色的艺人做了代祷,求主让他的灵魂得到安息。

雷雨天。乐乐有些害怕。乐乐是前天下午出院的。

三十号中午,与董主席和杨、谢两位副主席在顺峰山庄共进午餐。他们来穗参加省文联的会议。很感激文联党组的关心。

随 笔

肚子痛。连续高温酷热,隐隐总有轻微中暑的感觉。书房西晒,午后太阳烤得凶,拉上窗帘,打开空调,还是难受。下午坐在电脑前,就会肚子痛,就要吃藿香正气软胶囊。心口堵,嗓子疼,脑门紧,有点想吐。从昨天起,我暂停抽血放血。突然不想抽血了。家里没人，针筒都拿出来了，就是不想抽，突然对放血、对看自己的血没有兴趣了。我也不明白为什么会这样。

仍然不愿面对电脑。近两三篇要面对丑陋的李兰妮，难受，烧心。

我曾想过要写写深圳人丑陋的一面。谁知，想不起别人有什么丑陋事，倒唤起了自己丑陋那面的记忆。

看《中国人的德行》一书。亚瑟·史密斯说到中国人的"爱面子""节俭""缺乏时间观念""不讲究舒适与方便""孝心"等，观察得很细致。

边看边想，如果亚瑟·史密斯的孙子来中国，会发现，在商品经济的狂热中，新新中国人出现了。他们把观念改变推向极致。这些人最早出现在深圳。

为了利益，他们绝不会死要面子活受罪，他们为达目的不择手段。他们进步过分，可以不要脸。他们不节俭。时间就是钱。给一个钟的钱干一个钟的活，够钟走人，两不拖欠。孝心那是古人的事。有钱不怕没人孝敬你，没钱活该你要孝敬人。二百平米住进去，两年就不舒适了，别墅才舒适，极品豪宅才舒适。

至于亚瑟·史密斯说的"欺瞒的才能""缺乏公共精神""互相猜疑""缺乏信""多神论泛神论无神论"倒是发扬光大。打开电视，翻开报纸，山西黑窑工事件、少年砍父杀母事件、唐山黑老大装甲车事件，每天都有类似惨剧在上演。现在的人，求神拜佛，要的是世上的财宝。都说有啥也别有病，没啥也别没钱，有多少人想过：我们的精神有没有病？我们的灵魂有没有病？

我刚进深圳时，职业是记者。一年后，阴差阳错去了文艺创作室。现在我想，如果留在新闻系统，我会活得自信一些。

我是一个失败的创作员。

我认为，深圳只有神话，没有童话。用小说来表现深圳现实，难。

我常被人鼓励，深圳有最丰富的小说题材，你应该写出一部好小说。我却被丰富的题材深深埋了起来，就像突然遭遇泥石流或火山喷发，壮观不假，但是人被激流冲击尘灰窒息，只有求生的份儿。这时候的你渺小卑微，魂不附体。

逃跑。往远处跑。逃离深圳。

到深圳前，我写小说。到深圳头三四年，我写深圳青年创业的中篇小说。当我对这座城市感到陌生惧怕时，不写小说，改写散文。写生活在别处的感觉。在别处，我能看见自己的身影。写散文直写到混不下去了。照行规，职业创作员必须有长篇。讲现实，写散文没法高产，稿费少，不易发表。

外婆说过，瞎眼鸡崽天照应。此言不虚。

就在穷途末路时,突然有人从北京飞过来请我写影视剧本。高稿酬,高待遇。一写就成。一步到位。无意间成功转型。钱也挣了,奖也拿了。就像那位失马塞翁,他家那匹失马不但回来了,还带回两匹小马。

我哪有塞翁那智慧呀,人家就知道天上不会掉馅饼。知道福祸相倚。我不明白,以为勤劳致富,三匹马明年会变六匹马。我不贪心,不想不劳而获。可是,天下万务均有定时,缝补有时,撕裂有时,攒钱有时,散财有时。

1996年至1999年底,我一直在北京等地写影视剧本。2000年2月做手术,接着化疗。这一年,我正好花完了前几年挣的钱。是天意吗?

刚接到通知,中国作协创联部邀我参团走军营。二炮部队、二十七军、空五师、北海舰队。

前两年,曾跟作协团去酒泉卫星发射中心。最让我感动的地方,并不是参观卫星发射控制室,也不是宇航员上天前的住所,而是酒泉军人烈士墓。

荒漠中,几百座烈士墓,灰白色的墓碑。从将军到士兵,一样的坚忍,一样的朴素,一样的沉静。

这些军人曾住干打垒土屋,吃沙漠荆棘充饥,与外界隔绝,奉献忠诚和智慧。奉献、牺牲就是他们的称呼。献完青春献子孙,他们的孩子注定要做出牺牲,与风沙荒漠为伴。

航天飞机上天,举国欢庆。很少人知道这片酒泉烈士墓地,极少极少人会想起他们,以及他们的儿女、老父老母。

2007年6月27日

链 接

《一路春光》摘录

带我去看滨海大道工地的几位朋友,分别毕业于清华、南京、同济等大学的城市规划专业,其中有博士硕士。他们开着一辆越野吉普,穿过暴雨后泥泞的工地,拉着我爬上刚刚铺垫完毕的滨海大道的土基,第一阶段的填海和软基处理工程已经结束,全长9.6公里的大道初见雏形……我特意去看了看往北移的那段路,滨海大道在这里拐了一个弯。朝南望,红树林上空有飞鸟盘旋,朝北望,世界之窗的铁塔隐约可见。时至今日,这座城市的现代化文明水平正在向国际一流水平看齐,深圳正在将自然风光、人文景观和城市风采进行有机的结合,科学地创造这个时代的城市美。

看完这条建设中的世纪马路,我问一个五岁半的小男孩:你想要一条什么样的滨海大道?小男孩是那位校友的儿子,喜欢画画,他抓出一把彩色画笔,画起了这条大道:路边要有好多好多花,还有好多果树,嗯……还要有一个采蘑菇的地方,靠海的这一边要有沙滩和贝壳……

1998 年 7 月

补 白

摘录此段文章,想说说文中提到的校友博士和他五岁半的儿子。2001 年的一天,同事说,这位博士被"双规"了,而就在一个星期前他曾想约作家朋友们一聚。很快又得知,博士的太太也被"双规"了。我立刻想起那个一面之交的小男孩。

当初,因滨海大道项目采访校友博士,在他严谨整齐的处长办公室居然见到一个小孩子。听人说,这位处长手中权力颇大,想上项目必须先过他这道关。又听说此人内行并能力很强,对人对己要求都很严。处长在办公室里言行举止很有威严,同时带有博士特有的清高,给人一种距离感,只有面对他的儿子时,他才会流露出温情。他的部下说,他宠儿子宠得不得了,差不多百依百顺。

他部下说得有点夸张,也许是对人对子态度反差大。我想,我能够理解他为什么要刻意与人保持距离,这个位置实在不好坐。在深圳多年,我早明白:挑战的背后是机遇,机遇的背后是陷阱。挑战越大,机遇越大;机遇越大,陷阱越大。你必须越过陷阱,才算完成挑战。

他意识到这一点,可惜,终究还是掉进了陷阱。我觉得,这不仅是他一人的罪过;如果换了别人,在同样缺乏有效制约的环境中,或早或迟,或深或浅,总要遭遇陷阱的。

我在想:那个用彩笔画出滨海大道的小男孩怎样面对家庭变故呢?父母出事前后,他所看到的人的嘴脸是大不相同的。巨大的心理落差会导致怎样的精神疤痕呢?有没有人关注这类孩子的精神障碍呢?

之所以说"这类",是因为在深圳潮起潮落,这种事情不鲜见。

从 1983 年到深圳起,我个人觉得,世事变幻,目不暇接。名人、名企业家不到十年必换一大拨。1999 年,我连续在外写影视剧本,回深圳与同事聊天时得知,90 年代一些引领潮流的名人正在一个接一个往下栽。有的消失在海外,有的东窗事发被判刑,有的一落千丈欠债难还。我不怎么惊讶。似乎已经是规律了。但我想,这类事件对抑郁症患者的潜意识大概会有所作用。包括那些有抑郁倾向的人。不知不觉间会更自闭,不信任情结更撕扯神经。

在我开始此书写作时,我已练就基本功:听到类似的消息,不惊讶,意料之中。深圳就是这样,充满挑战充满机遇充满陷阱。地狱天堂,祸福相倚。

285

第 63 篇

认知日记

2004 年 4 月 5 日星期一上午 10 点 40 分

终于迎来了艳阳天!

阴雨瘴雾弥漫半个多月,天湿地潮,屋里发黏发霉,连衣服都是臭的,人蔫着像过了期的酱菜。用空调抽湿没见什么功效,报纸上说患病住院的人激增。

我明白抑郁症病人的发病率也会激增,我很小心地尽量维持正常的饮食和生活日程,每天祷告、谢恩,用心灵仰望神。"他使人安静,谁能扰乱呢?"信是得着,就必得着。这是练习忍耐的功课,顺服、谦卑、相信、盼望,等待神赐春日的美妙阳光。

前天做了一个梦。梦见我在一条类似海南岛群山中的黄土公路上走着,忽然后面来了一辆敞篷吉普军车,朱苏进、蒋晓勤、邓海南三个同学在车上跟我打招呼,大家觉得很意外,很高兴,他们邀请我上车一起去旅游。

吉普车驶出山区,到了海边一个小镇。匆匆吃饭,跟当地渔民预定了两条出海的舢板。刚到海边,却发现还有七八个人也要上这两条船,已经各自抓着船帮占据了有利位置。我们跟船老板理论,船老板装作听不见。

要上船的人越来越多,混乱中,我和邓海南抓住了一条船的船帮,朱苏进和蒋晓勤抓住了另一条船的船帮。我对邓海南说:你快喊朱苏进他们过来,咱们四个人上一条船更安全。邓海南大声喊,现场太嘈杂,他们听不见。我使劲跟他们打手势,他们表示知道了,可是已经晚了,又跑来了一拨人,把两条船的船帮占得满满的。我们四个人打手势,暂且这么着吧。

喧哗声中,人们扶着船帮,跑着叫着闹着从海滩上把舢板急速推入大海中,同时跃上舢板。我在下海前两三秒的拥挤中跟跄几步,险些摔倒。等我站稳后一看,人们欢呼着坐着两条舢板顺风顺水地向远处驶去。我一人站在海滩上发呆,不知该怎么办。

我明白喊叫没有用,我先是望着船,盼着邓海南、朱苏进、蒋晓勤他们会及时发现我不在船上,叫船等我赶上,但眼见着船并没有减速,我想:这么吵,这么乱,他们一时很难看清我没在船上。

我看看陌生的小镇、荒寂的海滩,心里想:现在我该怎么办呢?

随 笔

我很幸运,常得到鲁迅文学院、南京大学作家班的同学相助。

2000年化疗之前,我习惯独往独来。我尽量不求人。有来无往非礼也,而我没钱没权没有回报之能力,这让我自卑、焦虑、恐惧,所以我常拒绝接受他人的支援和友善。

手术后,好几个朋友对我说:手术前你来个电话嘛,为什么不说呢?

我真的没有想过向朋友求援。有朋友有钱,有朋友有权,但是,跟人开口求助很难。现代社会高度商业化,世事不离交易利益,连父母子女夫妻都讲金不讲心,像我这种缺乏资源的人不敢求助。

当年我患甲状腺功能低下、黏液性水肿急需到广州住院。

妈妈陪我去,住院前要看门诊做检查等床位。招待所一个床位一晚五元钱。妈妈因曾退职,月工资只三十元。在广州等了近十天,妈妈很焦虑,跟我两人挤一张床。妈妈说,要是有人家收留住几天该多好。

到深圳第三年,住集体宿舍,夜里两点钟急性肠胃炎,又吐又泻。不敢求助,怕招人嫌,自己捂着肚子去医院。那时候深圳半夜极少出租车,好在医院不太远。黑夜里,我捂着肚子,走几步,就痛得蹲在地上哼一阵儿,额头、后背心冷汗直飙,呕一阵儿,又猫着腰走几步,眼前路灯、房屋在摇晃,我好怕昏死在路旁没人理。在医院打了半晚上吊针。回来在床上躺了两天,没吃饭,没出门。直到宿舍其他人觉得怪,才敲门问。

2000年手术后,接到朱苏进、蒋晓勤、邓海南三位同学的电话,力邀我去南京散散心。我婉谢。我知道他们都非常忙。可是,朱苏进说:你应该来。我们把路费给你寄过去。蒋晓勤说:我们是真心邀请你,同学之间客气啥?邓海南说:治病花费太大,我们支援你一下。我感动,再三保证,如果治病急需钱,一定开口请求他们支援。

三个同学陪我走江南。高速公路上,曾遭遇车祸,安全气囊被撞得弹了出来,邓海南脸上被气囊打肿了,可见极危险。他们的家人设宴笑说,这回可是生死之交了。江南之行,我重新认识了四个字:信任,珍惜。

287

2007年7月20日

链 接

病理活体组织检验报告书

病者姓名：李兰妮

颈右侧淋巴结：转移性甲状腺癌，以滤泡型癌为主，少部分为乳头状癌。

报告日期：1998 年 12 月 18 日

补 白

1998 年夏天，中国作协办了一个二十一人的创作研究班，班上的人来自全国各地，手头都有正在修改的长篇小说。现在看那时的结业照，我显得挺消瘦，但精神蛮好，站在第二排中间咧着嘴笑。

我一点不知道，三四个月之后我有"血光之灾"，一年半的时间里，我要做两次转移性癌手术。我没注意前后左右站着的是哪个同学，更没料到三年后我会获得他们的援助，其中十几个人为我给医生写信、寄书，感动了肿瘤医院的医生，让我在 2001 年暂免再挨两刀之苦。

小学中学我随父母四处搬家，不断换学校。我习惯走后不思量。

直到近几年病了又病，备尝炎凉，这才懂得惜缘惜福。

以上链接的病理报告，我 2000 年春节前才看到，有点晚。1998 年 12 月手术，癌症转移没做清扫。淋巴癌转移较快，1999 年 3 月，我出现持续低烧现象，久咳不止。

肺炎吗？小孩子那种"百日咳"？肺结核？肺气肿？我瞎猜，却压根儿没往癌症方面想。咳了近半年，心口、脖子、肚子、后背，一摸就痛，连细胞都痛，皮肤表面像抹了一层痛膜。人消瘦枯干，两肋可见"排骨"，小腹扁塌盆骨硌手。

爸妈心里发虚，仍不吐实话。总催我去照肺。他们担心肺部转移，却只说要排除肺结核。癌细胞没往肺叶转，仍在颈部淋巴区域作乱，查肺哪查得出来？

1998 年 12 月这次开刀前夕，我仍忙着在北京写作。交完稿回广州，立刻被骗住院开刀。此时癌症已经转移，且"滤泡型癌"恶性程度远比"乳头状癌"高，可我在一个区医院匆匆做完手术，没有任何异样的感觉。紧接着，又为《澳门儿女》电影剧本忙，工作效率高，脑力体力燃烧旺盛。回头看，癌症病人进入晚期前，有一段异常活跃的时光。借用精神病学术语说，进入躁狂期。这时候极富创造力，就像一块快要燃尽的劈柴，在炉灶中突然火花盛放，流彩熠熠。

当你突然精彩迸放空前炫丽时，下一个瞬间就是化为灰烬空前沉寂。

第 64 篇

认知日记

2004 年 4 月 12 日星期一上午 11 点整

恍若隔世。这几天我脑子里常会蹦出这几个字。

去年的昨日,我不得不开始出于自愿吃赛乐特,迫切地吃抗抑郁药物,情况已经失控。而去年今日此时,正因为吃药副作用强烈,趴在沙发上倍觉难受。

幻觉、强迫症状紧紧纠缠我,那些因抑郁症自杀的人总在对我说:怎么还不走? 走吧,快点走,你没有什么可留恋的。他们诉说着他们为什么要走,我觉得他们说得很有道理,的确应该采取这样的方式。我在心里不断与他们对话,表示理解和赞同他们的行为。

从 12 至 14 日这三天,我觉得自己真的撑不住了,我不得不自己在屋里大声说:我就不死,就不死! 不应该这样走。主啊,求你帮助我。

撒旦却抓住我,诱惑我,在我耳边煽动说:跳到楼下去,跳吧,你太难受了,生不如死,为什么要这样活?!

直到今日,我仍不愿回忆当时的心况。打住。不要再回想啦!

昨天是复活节。我到东山教堂做礼拜,还吃了教堂赠送的复活蛋。心情好,身体也好,加上天气比较好,春天的风吹在脸上,我享受着春光的同时有点恍惚:那些不堪忍受的痛苦真的是去年才发生的事吗?

仅仅一年,我在精神上、身体上都健康了许多,我自己都觉得是奇迹。主啊,我满心地感谢你、赞美你!“我们经过水火,你却使我们到丰富之地。”你的救恩是奇妙的,甜美的。信靠你的人真是有福。阿门。

随 笔

酷热。湿热。广州连续二十多天气温在 35 度以上,报纸上说,要小心“情绪中暑”。紫外线指数总在极高徘徊。听说有夏季抑郁症患者此时很难挨,自伤或伤人,危险系数增大。

暑气逼人。我尽量少出门。好几次坐在电脑前,坐不住。西晒。尽管开了空调,仍觉得暑气拥堵在窗外,越积越厚,浓、重、凶猛、暴躁,前仆后继,穿透玻璃窗,穿透窗帘,似有穿墙术,源源不绝地攻入房屋,直往人心里钻、脑里钻。暗暗的热,捂着闷着较着劲儿。

敌强我弱,敌进我退。这种时候必须安静,进入安息等待,不可硬拼,不必争一时之气。信靠的人,必不着急。这是一门功课,道理人人都懂,真正甘心做到太不容易。

我是一个信心软弱的人。脑子里又在对话。

李兰妮,你很会偷懒。不做事,你怎么好意思活?别跟我装,难受你怎么不去死?不死就证明你难受是借口。

我想安静。别缠着我。

我是关心你。你很想写完这本书,想记叙怎样走出死荫的幽谷,对不对?笨蛋。你写不完。癌症会复发,抑郁症会复发。天罗地网,你跑不出去。

我不听。不听。你邪恶。

李兰妮,你怎么可能不听呢?只要你没断气,你就躲不开我。我就喜欢看到你去死。我知道你心里想什么。你不愿意说,我帮你说。

不要你说,我自己说。我——最怕癌细胞往脑部转,那会死得很难看。

李兰妮,那时候的人已经不是人了。混乱了,癫狂了。晚死一个时辰损人不利己,早死等于做善事。你仔细想想:满脑子全是癌细胞,脸上流血流脓,臭水淌啊淌啊,从病床滴到地面,滴滴答答的。恶心。你成了周围人夜里的噩梦。那就叫死得没有尊严。

让我自己说。我第二担心癌细胞往全身骨头转。

李兰妮,你想啊。你身上有多少根骨头啊?怎么割怎么挖?截个肢?砍掉哪一块?这里削一节,那里斩一段,嘿嘿,那成什么东西了?多滑稽。不如我叫医生一刀切掉你的头。咔嚓!好听吧?

走开!走走走。

李兰妮,你受不了我,因为我最真实,我才是真正的李兰妮,我不屑骗你哄你,就像抽血我叫你盯住针头那样,你必须看到针是怎么扎进去的,血是怎么吸出来的,因为我在看着,在你的意识深处,你死了我都未必死。

我头痛。

李兰妮,我说的都是真话。你想写书就抓紧写,难说你哪天就住院了,从正门走着进去,躺下,咽气,从太平间推出来,从边门抬出去烧。估计你不太可能跳楼死。你祷告,吃抗抑郁药,但你会不会失足堕楼呢?说不准。实话告诉你,你写也是白写,纯粹是垃圾。我也不明白为什么恨你,我就是想你死。去死啊!你不死我就不得安宁,我就要说说说——说死你!

我……我无气力抵挡。我……痉挛……别疯……我要尖叫我要用十指挠破我的脸掰开我的脑袋瓜下手下手啊啊啊啊啊……极限处忽然心里腾起一团柔和欢喜的光,闪动着,黑暗的邪灵闭嘴,消失。圣灵像清风拂过,从我心底托出一朵晴朗的微笑。

镇定。继续镇定。你歇一歇。定住神。放——松。深呼吸……李兰妮,你的记忆中有温暖的光色。把它找出来。

1999年初夏,我在家中歇息。久咳不愈,没有力气出门工作,与人通个电话都咳得说不下去。百无聊赖,我只能软绵绵歪在沙发上翻看闲书。心里干着急,这样咳嗽不止,天天不干活很可怕。这不是废人一个吗?

有时,我独自一人趴在床头,头朝下耷拉着,用枕头垫着胸腹,一趴一大半天,这样的姿势咳起来省力一些。有时,我会咳得眼泪、小便上下失禁,昏沉沉在抽水马桶上一坐也是大半天。有时,我会咳得几乎无法喘气,常有闭气背气窒息之忧。无奈时我就在心里胡乱念叨:阿弥陀佛。上帝保佑。怎么办啊。好辛苦啊。谁来救我呀。我不想再咳了。

一天,随手翻阅考门夫人的《荒漠甘泉》。这本书是两三年前买的,回家翻翻看不进去。这回随意翻开这书,看到《圣经》一句话:"你们要休息。"一句很普通的话,此时却格外打动我的心,顿时觉得受安慰。真好,还有这样的经文,教导人要休息。

这时,书与人的缘分到了。考门夫人说:"你须亲尝种种催人泪下的苦楚,你才能了解被安慰者的需要。例如,你自己必须经受疾病的折磨,才更能体贴病人的痛苦;你必须先受伤……当你在痛苦的烈火中丧胆的时候,不必自己设法,只要休息,要知道上帝在背后支持你,带你渡过一切难关。"

这话正中我心。我丧胆的时候、无力自救的时候,我所受的教育,强调生命不息,斗争不止。没有人告诉我,连挣扎的力气都没有,连生存的心思意念都绝灭时,怎么办呢?只要休息。交托,等待,盼望。原来人生还有这样美好的时候。真好啊。安静下来,就可以得力得救,得灵露的浇灌和安慰。

光看此书不满足。心里渐渐渴望,我想读《圣经》。

书店没有《圣经》。不知道哪里可以买到《圣经》。又过了一个月,咳嗽减轻了。说话会咳,躺下睡觉会咳,其他时间不太咳。我心里常以"你们要休息"这句话做安慰。

一个普通的星期一。一大早,感到一种强烈的召唤:出门,去买《圣经》。

上帝的召唤很美好。他安排我及时得训练,受熏陶。半年后,癌症清扫、化疗、抑郁爆发。那时我已懂得如何祷告,相信可得拯救。

2007 年 8 月 3 日

链　接

采访手记摘录

1999 年 12 月 15—21 日

深圳大学团委办公室。义工协会概况。高交会展馆。带人走路。第一天自己就迷路。人手不够,人太多,拉去当人墙。引导小姐。场面混乱。见义工牌子,男女老少围住问:现在有无票卖? 怎么走? 二十岁观念成熟。毫不利己专门利人不太做,最好做利人利己的事。想借义教得经验,今后想去做家教赚钱。男孩听话,一两个月成绩达到九十分,立刻向她报喜。父,好赌,残疾,卖鞋摆摊。母给她电话,希望家里出大学生。犹豫。责任感。接电话后去。

补　白

采访手记不连贯,当时我与导演何群正要合作一部青春片,以深圳义工为主线。我写了第一稿。晕眩,恶心,极度乏力,我只能退出。我并不知道癌细胞正在体内活跃作乱。链接采访手记是想说另一个故事。一天,参加一个深圳义工座谈会,主听主讲们都忙。我非主听,身体不适,便离座随意溜达。见到一个一身运动衣的中年男士,我随口问:你也是义工吗? 此人说:我是接听热线的。他很健谈,原是某部门驻深办的处级干部。

他说:我三十多岁就是副处,在 80 年代算进步很快的啦。我十几二十岁通读《资本论》、黑格尔,一下海,起点就比一般人高,生意刷就火啦! 老实说,吃喝嫖赌我都……你知道吗? 那时候我那部车里经常装着一百多万的现金。有点吓人吧? 给人送钱哪。想拿项目什么的,就得用钱把对方拿下。刚开始心里还很得意。后来吧,看那一个一个恬不知耻的胃口大了去了,我心里他妈的就恨。好歹咱当年也是一个上进青年啊。其实啊,刚开始到这里帮着接热线电话,我是有私心的,我在躲那拨麻将搭子。心里讨厌自己这种活法。我躲到这里来,那拨家伙找不到我,而我呢,有人生经验啊,正反两面我都有。什么人遇到沟沟坎坎过不去,来电话求救,我能助人啊。救人也是自救。做点好事真好。你看,我现在,神清气爽吧,看不出我曾经是那种人吧? 他冲我笑,笑容轻松健康。

第 65 篇

认知日记

2004 年 4 月 13 日星期二上午 10 点 35 分

乐乐七个月了。小狗七个月相当于人多少岁呢？估计是小孩子上幼儿园大班的年龄。

乐乐昨天过生日。我让它跟博比玩了一下午。博比是燕子小两口养的一只蝴蝶犬，三岁了，正是小狗的花样年华，长得很阳刚，威风凛凛，很懂礼貌。

乐乐最喜欢跟博比玩，它俩在中区草地撒欢奔跑时，风吹草动，地绿天蓝，路人见了脸上情不自禁地露出温柔的微笑，乐乐更是乐得嘴一直大大地咧着，嘴角微翘，眼睛里满是笑意，粉红的小舌头半吐半摇，软发飘飘，活脱一个来自神的国度的小天使。

乐乐很有个性，自尊心很强，特会撒娇，胆子比较小。它常会独自躲在客厅地柜背面与墙壁之间的窄缝里，让人没法把它掏出来。它在那里不知想什么。它喜欢到我书房的窗台上趴着，看楼下附小、附中的学生们上课、游戏。它太通人性了，有时会让我惶然、害怕，不知该怎样面对它。

我想，上帝对小孩子是最为欣赏的，人要像小孩子那么纯真无邪才好进天国。而乐乐是上帝赐我的礼物，我要从乐乐身上学习纯真快乐，学会什么是爱，什么是信赖，什么是一无挂虑，什么是宽恕和盼望。

随 笔

半年前，遇到小狗博比的奶奶，得知博比丢了，它的爸爸妈妈分手了。

2004 年散步，常见到博比跟在它爸妈前后跑，一家三口很快乐。博比是乐乐第一个狗狗朋友，博比妈二十多岁，清秀可人，博比爸与她般配。他们教我小狗散步会口渴，要随身带一瓶清水给它喝。通常，博比妈手拿矿泉水，博比爸拿着报纸卷的纸棒，疼爱、管教都齐全。不久，博比随父母搬出校园，小两口有了自己的新房。博比有时会回校园玩，我见过博比爸开车来接它。大概不到一年，不再见到这幸福一家的身影。

原来博比早丢了。博比的丢失，与它爸妈的分手有无关联呢？如果爸妈先分手，小博比一定觉得很困扰，跟谁都会想另一个。因为博比曾经是那么幸福，所以它与它爸妈的结局特别令人惋惜。狗狗因爱而活，因爱而快乐，因爱而忠心，一旦失去爱，它会抑郁，它会终生受苦，它会死得很孤独很悲哀。

在西方人眼里，不爱狗的人似乎性格有缺陷，心理有障碍。奥斯卡电影《猫屎先生》的主角，就是一个患有强迫症的人。从虐狗到爱狗，他完成了心理治疗和转变。

一个补鞋的女人告诉我，她曾捡到一只漂亮的流浪狗，带到家里养了三四天，狗狗在客厅大小便，她不想花时间教它去厕所拉，就把它丢到菜场，几个民工把狗抓走了，说是拿去剐掉吃一顿。我说：多残忍啊。你为什么不找爱狗的人来领养它呢？补鞋女人说：本来可以留它一条命，但是，想想很麻烦，就算了。

我住的这幢楼有只小狗的同胞弟弟被送给了一个老太太。小狗一岁时，老太太觉得养狗挺费事，就把狗送去安乐死。小狗心里明白，流泪不肯走，临死前一直默默垂泪，神情哀伤。

这样的例子很多。每次听到这种消息，我的心情都会很抑郁。在这种事件的背后，可怕的是人心。

2007 年 7 月 25 日

链　接

某杂志内容摘录

虐猫，虐狗，事件的制造者年龄层跨度越来越大，从幼儿园的小朋友到退休在家的老人……有关心理学专家认为，人虐待小动物，实际是心理障碍的行为表现。如果人处于一个不和睦、充满敌意或关系紧张的家庭中……为了缓解压力，就会借动物来发泄冲动。

补　白

看到以上这篇文章前，我已有这样的判断，莫名其妙憎恨小动物的人，内心比较阴暗，常年生活在臆想敌的围困中，他们自己跟自己过不去，总觉得自己吃亏，别人占便宜。他们病态地渴望控制一切，一切如己所愿，斤斤计较别人是否爱他尊敬他,但是,他们自己却缺乏爱的能力。

我带乐乐散步时,见过这样的人。

散步时,我会拉紧乐乐脖子上的牵引绳,身上背个浅黄色卡通小背囊,里面装着乐乐要喝的水,接小厄厄的纸片,尽量往行人少的地方走。乐乐一出门就乐,咧着嘴,露出一截粉红色的小舌头,小尾巴神气地往上翻。常有青年学生或中年教师被它的神态逗得笑,有的特意走过来,摸摸它的小脑瓜,夸它是小乖乖、小靓仔。乐乐听得懂人家夸它赞它,总报以灿烂的笑容,夸张地摇动一朵花样的小尾巴。

可是,也有这样的老太太,我和乐乐走在路上,离她还有十几米远,有时隔着一条马路,各走各的,本不相干,突然,老太太就骂开了,指着乐乐就骂:滚开,滚开!有几远滚几远。死畜生,剐咗你!

还遇到过这种老太太,隔老远就破口大骂:死狗,打死你!去死去死,不要让我看见你!

有一次,一对六十多岁的夫妇从我和乐乐身边走过,乐乐表示友好,冲他们摇摇小尾巴,老太太却大叫一声,把我和乐乐都吓着了。我们正发愣,那老头抢前两步飞起一脚狠踢乐乐,乐乐被踢得在地上滚了两下,尖声哀叫。我本是好脾气的人,但也忍不住质问道:你为什么踢它?它没惹你们啊!那老头理直气壮说:我不踢它,它咬我怎么办?我说:它是宠物狗。你看它这么小,你这样会踢伤它的。老头老太太摆出一副极其鄙视我和乐乐的神情,扬长而去。

也有这样的小学生,年龄段往往在初小,放了学,三五成群打打闹闹。见到我牵着乐乐路过,就会有那么一个小男孩带头说:毛妖怪,狗东西,打死你。有时,骂完还不罢休,追着,跟着,想找机会从乐乐背后去踢它。其他几个孩子就兴奋地乱叫,喝彩。

每当这种时候,我心情都不好,不光是为乐乐觉得冤,乐乐受点委屈没什么,我是为这样的人心、人性而难过。

我为这样的小孩子的家庭教育而担忧。从这孩子的言行可以看出,他的父母没有教他爱自然万物,起码没有教他如何尊重生命。他的家教有失误。

我为这样的老人家难过。年纪一大把,已是知天命耳顺之年,却内心不舒展,心境不祥和,不以慈爱待人接物。活了一辈子,却没有领悟如何为人。

从一个人对待小动物的态度,可以更深入地看透这个人的内心。

倒是在深圳较少见到憎恨小狗狗的人。深圳人普遍更宽容,更博爱,更有接纳的能力。

第 66 篇

认知日记

2004 年 4 月 19 日星期一上午 10 点 36 分

凌晨的梦:懿翎请我和区区去北京玩,她邀我写一部命题儿童长篇小说,规定里面一定要有三四个这样那样的小细节,我和她都认为很容易写,立刻签了合同。

我们三人去春游,爬山、划船,可我却在玩的过程中总想小说该怎么写,越想越发现没法把那几个规定细节自然、精彩地串起来。我的心情变得沉重起来,没心思继续玩。

我老实告诉懿翎,我不能按时交稿。懿翎劝我别担忧,莫错过大好春光,先尽兴去玩,她让区区先写一部类似的书顶上。区区答应了,一点没负担,照玩不误,很快就说已经写完了。

我感到既羡慕又惭愧。我告诉她和懿翎,其实我根本写不出那部小说,也不想写了,我不能给自己压力;我要立刻退回出版社为我支付的机票钱和住宿费。

懿翎和区区劝我别忙着退钱,反正区区已经交稿了,我的稿子可待回穗后慢慢写,不着急。而我钻起牛角尖,不停自责,觉得给懿翎添了麻烦,给区区增加了负担。她们越是厚待我,我越是觉得对不起朋友,我是如此地不争气。

梦中不断自责很累,醒来之后头木木地钝钝地痛。

周日在东山教堂听牧师讲道。

《圣经·诗篇》第 42 篇:"我的心哪,你为何忧闷?为何在我里面烦躁?应当仰望神……"

现代人心情忧闷烦躁的七个原因:1.愤怒,2.疲乏,3.怀疑,4.恐惧,5.焦虑,6.嫉妒,7.乏味。

消除忧烦的办法:应当仰望神。

4 月已经过去了一半,我有信心度过抑郁症的高危季节。我要用心灵和诚实来敬拜神、赞美神、感谢神、仰望神。天天、时时、处处。

随　笔

　　1999年对我来说,是很热闹的一年。在作家出版社出了两本书,在北京、澳门出席电视剧首播酒会,上中央台、北京台做节目,看我写的电影剧本怎样拍摄,正高职称顺利通过,应邀撰写中央台拍摄澳门纪录片的解说词,采访深圳义工,写剧本初稿,包括发低烧咳嗽连续在医院打吊针做种种化验。我的手机常处于发热状态,有时一个北京长途能打到手机没电。有时我甚至不敢躺下休息,一躺下就觉得人散得支离破碎,拼凑不成一个人了。我像机器在高速运转,一年三百六十五天似乎刷的一下就跳到12月31日了。我并不快乐。我常觉得这样活很没意思。我会问自己:你为什么不快乐?你不应该不快乐呀?你还想怎么样?你到底想怎么活?

　　与此同时,我并不知道,我父母也很忙。他们拿着我1998年12月手术后的病理单惶惶不可终日。两个人不断嘀咕:她的癌细胞转移没有?她还能撑多久?要不要说出癌症的真相?万一她承受不了后果如何?是说了死得快还是不说死得快?

　　两人出现分歧。母亲说:我们老了,保护不了她了,老头子,赶紧说了吧,总守着不说我心脏受不了。父亲说:千万不能说,她一知道思想负担重,不病死吓死怎么办?再观察一下,再坚持一段时间。母亲说:我坚持不住了。说不定我们是在害她。父亲说:我们怎么会害她?不可能害她嘛。

　　两人吵不出结果,母亲就想了个折中的办法。她拿着我的癌转移病理单,常去肿瘤医院转悠,看别人怎么看病,看医生怎么给癌症病人看病。

　　看得多了,在分诊台的护士眼里也混了个脸熟。母亲见哪个护士面善,就趁人家得空时搭话,拿出我的病理单请教一番。一来二去,三番五次,护士、护士长认为这病人耽误不得,应该找专家看看。

　　母亲把专业人士的意见转告父亲,两人又争辩讨论。又过了一段时间,母亲又去肿瘤医院专家门诊部转悠,她想看看哪个医生更有专家相,她打算挂个号咨询一下。

　　也是我命不该绝吧。直到年底,父母都从专家那里得到明确建议:要叫病人本人来检查,光是你们来说来问没有用。光担心不是办法,要行动。怕什么怕?要死怕不怕都会死。这个病人必须来,越早来越安全。

　　2000年春节前,父母终于下决心说出真相。他们先跟凡丁说,三人反复商量后,再跟小兵说。

　　小兵给我打电话:喂,你爸妈让我告诉你,有件事他们一直没跟我们说。就是——你1988年开刀记得吗?医生说是良性的。

我在电话那头一点不在意,听他没往下说,就接话道:是啊,还全麻呢。怎么了?

小兵说:你爸妈现在才说,其实是恶性的。

我的脑子空白了一两秒,一时反应不过来,我需要一点时间才能明白,做出反应。原来是这样。以前心里的疑点终于清楚了。怪不得手术要全身麻醉,怪不得朋友的表姐要给我暗示,怪不得父母每年会神经兮兮要在深圳跟我住一段,怪不得我一生病他们就大惊小怪发挥想像力。心急急跳了几下,很快恢复了正常。

我说:什么癌?

小兵说:甲状腺癌。不过这种癌危险性比较小,不容易转移。

我说:嗯,没事,这么多年过去了,不用管它。

小兵说:对,没事,不过我觉得不该瞒这么久,起码应该告诉我和凡丁。

我说:他们就这样,什么都保密。

小兵说:你什么时候回广州?他们要找你谈谈。

我说:有什么好谈的,瞒我这么久,就是怕我接受不了呗,我才不怕呢,要死早死了,没事儿。

心里有点不舒服。居然被瞒了这么久,说明我这人很笨。

回到广州,看到了手术医生写给我父亲的信,心里没有百感交集,没有什么复杂的想法。过去听好几个朋友说曾被医院误诊为癌症,如五雷轰顶,一夜无眠,几天几夜,想了很多很多,无数的牵挂和无比不甘,等等。可我真没什么过多的想法。我好像无法集中精力去想癌症这件事。也不叫无法,就是脑子很自然不去想。我对这种没啥想法的状态有所警惕,不对呀,应该激动啊,怎么回事?不激动那才叫反常啊。

任何动物都有趋吉避凶的本能。2000 年手术前,我的麻木纯属本能,思维处于不活跃状态。父母把 1998 年 12 月的病理单给我看,我仍麻木。原来甲状腺癌也会转移啊?那又怎么样?不是切掉了吗?再转也该是十年八年之后的事。

父母催我立刻去肿瘤医院看专家门诊,排除癌细胞再转移的可能。

我讨厌去医院,但是,父母的唠叨很难招架。为了耳根儿得清净,也为了证明我这人运气好,说没事就是没事,2 月 17 日上午,我去看专家门诊。专家一摸我的颈部,便说:你别回家了,住院吧。

我在笑,我觉得好笑,有没有搞错?一摸脖子上的小疙瘩,就能判断出要住院?我不信。

我说:住院? 今天就住? 我还有很多事……

专家对护士说:领她去办住院手续。

我说：我才不住呢，怎么了？

专家说：人家等床位，一两个月都不一定能等到，有床位你不住，你傻啊。

我说：有必要住院吗？门诊也可以做检查呀。

专家说：你现在就住院做术前检查，两天后手术。

专家在我病历上写着"转移"二字，然后打了个问号。我的思维集中在问号上。我就不信我这么倒霉，怎么可能1998年底才手术，2000年春节刚过就转移嘛。不可能！

我说：我钱包里没带多少钱，肯定不够交押金，我先回家再说吧。

专家说：大门口有银行柜员机，你可以去取钱。

我心里在盘算：天上在掉馅饼呢。不用托关系，不用排长队，两天后就能手术，这个不认识的专家答应主刀。我这人运气太好了！动一小刀，缝三四针，说不定第二天就能出院。

我大大咧咧跟着护士往住院部走。这么容易就能住进肿瘤医院，心里美得很。到了住院部护士说：病人呢？叫她进来吧。我说：我就是病人啊。护士很惊讶，大声说：你就是？是你要开刀吗？我说：是啊。护士上下打量我，说：真看不出来。

不时，半熟不熟的人会教导我说：你想开点乐观点就不会抑郁了。你是不是太脆弱啊？做人不要太计较，心胸要开阔。

这种时候，我只能有礼貌地笑，解释是没有用的，对方不会信不会懂。

也有人跟我说：抑郁什么嘛，癌症是常见病，没什么好怕的。

我说：是，不怕，没事。

有人说：你不要那么多愁善感，抑郁就是吃饱了撑的。

我只能笑笑，任他嘲笑挖苦，声情并茂地批判抑郁症病人，偶尔，会闪过一个坏念头：如果哪天医生误诊，说他得了癌症，他会不会立刻蔫了呢？

念头一闪而过，我会因此感到罪过。要做到凡事忍耐，恕人恕己，真的很难。不做恶事相对容易，不起一点恶念难。恶念也是罪。世人谁敢说自己无罪呢？

2007年8月8日

链　接

《疾病的隐喻》摘录

疾病是生命的阴面，是一重更麻烦的公民身份……疾病本身唤起的是一种全然古老的恐惧……因为一旦患上癌症,就可能被当做一件丑事,会危及患者的性爱生活、他的晋升机会,甚至他的工作,所以知道自己患了癌症的人对自己所患之病即使不是三缄其口,也往往表现得极为谨慎。

人们多么难以正视死亡……任何一种病因不明、医治无效的重疾,都充斥着意义。首先,内心最深处所恐惧的各种东西(腐败、腐化、污染、反常、虚弱)全都与疾病划上了等号。疾病本身变成了隐喻。

——[美]苏珊·桑塔格

补 白

译者介绍,这位苏珊·桑塔格被誉为"美国公众的良心",是美国文学艺术学院院士。我在书摊随手翻动这本薄薄的书籍时,就冲书中一句话,我没再往下翻便付钱买书。桑塔格说:"军事隐喻有助于把某些疾病打上耻辱的印迹……当我患上癌症时,尤使我感到愤怒的,是看到该疾病的恶名声怎样加剧了癌症患者的痛苦。"

我欣慰地想,原来她也曾感到愤怒。虽然我们的愤怒不太相同,但是,我对这个词的表达很欣赏,它触动了我深揢在心底的愤怒,并让我借此感到一种认同。她对癌症治疗手段的军事化风格的表述很准确,道出了癌症患者面对这种军事化打击时的精神创痛。更多的时候,我们不是败在癌细胞的吞噬中,致命的创伤来自对人的尊严的蔑视。

《癌症康复》杂志也提到这种观点。医生护士眼里不要只看到肿瘤,要先看到人。脑子里不能光想着怎么切掉肿瘤,一除了之;首先要设身处地想着怎样帮助人,以人为本,关心人的生存质量。

我看过一本国外医生写的手记。这位医学界的青年才俊,原来只满足于做过多少例高难度的手术,直到自己得了癌症,受到同行公式化军事化处置时,由衷地惭愧、忏悔。他感谢上帝的管教,令他在癌病中反省,终于明白怎样才是一个好医生。但是,他在书中结尾也说,懂得这些的医生太少,总不能希望每个医生都得一次癌症而觉悟吧。

说来说去,还是一个道理:爱人如己。没有这份爱心,连当兽医都不够格,充其量是个屠宰匠。

我曾问过一个肿瘤医院的医生:你们这样每天给人做手术,血淋淋的,心里会不会特别累? 医生轻松地说:不会。就像学生每天做作业,比宰只鸡容易。别看我天天给人做手术,我不敢杀鸡,我没杀过鸡。我说:真的吗? 医生说:真的。我问:为什么? 医生说:下不了手。

第 67 篇

认知日记

2004 年 4 月 23 日星期五上午 11 点 23 分

还有一周,4 月即将平安过去。

想起去年此时,正是水深火热煎熬甚急,每天趴着,肠胃绞痛,被恶心折腾得没完没了,时光一线半寸地挪移着,那个 4 月好长好长,似乎没有尽头。

又一次想到"恍若隔世"这个词。写完这几个字,面对电脑发呆,呆得很困难才硬收回发直的目光。没法说,心里的感觉、滋味说是说不清楚的,想的时间长一点都犯晕,此刻我已经觉得恶心、头疼。不要回顾,不要感觉,更不要分析、辨别。要喜乐,让喜乐像春花一样慢慢绽放开来。

近一年来,我在调养中,总算适应了喝茶。绿茶、乌龙茶都可以了。这是一个可喜的进步。同时,我在慢慢适应每天吃一两个水果,这也是好不容易调成的。过去,我知道喝茶、吃水果能抗癌,但我的肠胃没法适应,如今刚刚明白"调养"二字是怎么回事。

近来噩梦少了,睡眠质量提高了。我正在安静下来。要做到安静,真是太、太、太不容易了。几乎是世上最难做的事。没有圣灵的帮助,不可能得安静。

在这样一个时代里,我们从小只受过竞争的训练,安静是大罪,是无能,是无耻,是应该被社会、时代淘汰的。所以,在我们的集体潜意识中,对安静极为恐惧。我们看到的颜色太多,以致眼盲了,听到的声音太杂,以致耳聋了,嗅觉、味觉、触觉早透支用钝了,我们早已成为残疾人,很多人实在是残废。可我们却还不自知,这是一代人的悲哀。

"你们得救在于回归安息,你们得力在于平静安稳。"这是神的旨意。阿门。

随　笔

2000 年手术前后,我一直处于麻木状态中,对身患癌症并连续转移的事实感觉淡漠,似乎跟我没什么关系。大概这就是"疏离感"吧。我不着急,不恐惧。我愤怒。但我不明白因为什么而愤怒。我把生命的能量用来锻击愤怒,将它锻入心底。

心理学家说:"虽然急性焦虑症与创伤后焦虑症相似,但其特征是头晕和定向障碍,病人常常与所发生的事件产生疏离感,心理上感到麻木和不真实。"

2月17日入院,20日手术。在这几天里,我不曾为癌细胞是否转移而困扰。惟一的困扰是送不送红包。

我愿意表示谢意。医务人员的确辛苦,手术台前脑力体力消耗大,支出与收入有落差。我很愿意在术后付出慰问金,聊表心意。我盼望医院按手术难度高低专家医术高低制定付费标准,明码标价付钱。

我很不愿意手术前偷偷摸摸去塞钱,这让我觉得自己很卑鄙很委琐。我相信大多数医生不愿意收这种红包,他们不愿这样贱卖自己的人格。可怕的是,在民间,这成了约定俗成的事情。很多时候,医生不收,病人和家属就百般纠缠,徒生枝节。

家人拐弯抹角向同屋另三个病人及病人家属打听。

第一个:

要意思一下吗?

要!

怎么做比较合适?

看着办啰。我们是托表姐,表姐就是医院的。

第二个:

你们送了吗?

送。送了放心。

要是医生不收,彼此会很尴尬。

我们是亲戚搞掂的,亲戚这里有同学。

第三个:

你也……?

不能硬送,不要害了人家。

对对对,就是怕害了人家,不知道该怎么办。

不能当着其他人的面送,这是最重要的。主刀的、麻醉的这两个最重要。

哦,哦,护士不用吗?

你看情况啰。你没有亲戚朋友帮你吗?

没有。

那你是怎么住进来的?

看门诊进来的。

那你很好彩,不用等。这里床位一天三百块,给你省钱了。你肯定应该表示的啦,你看医生什么时候单独在办公室,就赶快……什么都不用说。

哦,谢谢,谢谢啊!

17日入院已是中午,等跟同屋三个病友学习请教后,已是18日上午,20日一早要开刀,只有一天半时间"表示意思",时间紧迫。

父亲血压高,不能进肿瘤医院,他看见"肿瘤"二字血压会更高,不能指望他。弟弟素来身体极棒,但是,就是那么巧,十年不发一次高烧,就那时高烧40度,在另一家医院观察室打吊针,留医观察。

母亲认为,只不过是个意思就行,多了反叫人家为难。

先生认为,关键要送得出去,而且不能害人日后挨批评,万不可弄巧成拙。

我建议,送购物卡及珍藏红酒,不那么难看,就是谢谢的意思。

我们一家人这方面智商情商都很低,对别人轻而易举,对我们三人极揪心。病人不能亲手送,母亲老眼昏花动作不利索,"表示"的任务就交给了先生。

18日下午和19日一天好像是我认识先生以来,他最为难最不潇洒的一天半。我们没有就这件事进一步讨论沟通,他属于身体很好极少跟医生打交道的人,常夸耀自己打篮球三步上篮身手如何矫捷,盯人、攻守、挡拆如何眼明手快,但是,他每次去医生办公室侦察就蔫着回病房。不用他开口,我就知道他没机会"上篮"。

我和他心里都很不自在。我们鄙视自己的行为,却又言不由衷地互相安慰,不要紧,等下班。没事。明天还有一天呢,不信办不成。

我没去想手术中会不会有意外,也没跟家人讨论万一癌细胞转移怎么办,连术后该吃点什么都没有交换想法,三人只有一个念头:把礼送出手。

早知这样,我就不住院不开刀了。这个念头在我心中盘旋,我有点愤怒,愤怒的火苗刚燃起,我就一板砖拍死它。我继续麻木。

直到手术签字时,我跟先生同时听医生介绍手术方案,我的心思也不在手术刀上,全在留意办公室其他两个医生会不会短暂离开。我盼着他们去上厕所,去巡病房,去打私密电话。然而,他们好像在写医嘱什么的,短时间无意走出这个门。我和先生交换了一个无奈的眼神,心不在焉地拖延着时间。

医生说:手术是这样,两个肿块,第一方案先开颈上端这个,拿去活检,如果是良性的,再开颈下端这个,伤口都不大。如果活检发现癌细胞转移了,那就执行第二方案,做淋巴清扫手术。

我心里想,不可能动用第二方案,哪有我这么健康的癌转移病人。

我随口问:什么叫清扫?

医生用手在我颈部从上到下比画道：全切开。把你右侧的淋巴结全部挖掉，血管结扎，包括神经肌肉等等。创口大，时间长。

我很不以为然，怎么可能呢，我哪是这种倒霉蛋啊。

先生问：有危险吗？

医生说：一般来说，问题不大，有可能手术后一个肩膀高一个肩膀低。

我笑道：这么滑稽？

我耸肩，做出一肩高一肩低的怪样子，发现这样脖子会歪。

我直乐，对医生说：那不成了歪脖子？

医生笑笑说：不至于很明显，不排除有一点。

我压根儿没把第二方案放在心里，倒是先生心比我细，打听着为什么不是全麻，麻醉医生医术如何。

先生签字时，我毫无思想负担，惟一的遗憾是，礼送不出去。这两天是周六周日，医生下班早，看来只有等术后再表示了。

先生问：手术后吃点什么呢？

我说：你帮我买一包苏打饼干吧。

第二天早上 7 点半，我自己随护士走进手术室。手术室里隔成好几个房间，同时可做几台手术。

在手术中心门前，一个女人与我同时进去等待手术。听护士说，她被怀疑早期乳腺癌。她表情悲戚，满脸晦气。她的前后左右围满了男男女女，像送她上刑场般难舍难分，一个一个上前拥抱，耳语，祝福，打气，还有两三个女人含着眼泪握着她的手不放。

我穿着空心病号服，在等护士给我拿消毒鞋。由于那女人的告别仪式太长，门口拥堵，有点影响其他护士、病人出入。

我小声对护士说：她们这样刺激病人不好吧？

护士说：那个女的老公是个什么处长，她病床前总是一大堆人。

我说：其实人多未必好。

我是否在妒忌那个病人备受怜爱？

2007 年 8 月 13 日

链　接

《怒气与攻击》摘录

我们之所以发怒，首先是因为我们人格的完整性受到了伤害，不被别人尊重……我们身体内蕴藏着多少能量,为了维护我们人格的完整又需要多少能量?而维护人格的完整,对我们的生命和生活是极其重要的……换言之,在我们这个社会中,人被视为被主宰的没有生命的物,而物却成了支配人的命运的、有生命的力量……在我们的文化语境中,重物质而轻人性的倾向已经发展到了极致。

——[瑞士]维雷娜·卡斯特

补　白

手术前一天,被护士叫到治疗室做术前准备。治疗室被帘子隔开,那边有个男人在噢噢啊啊地哭嚎。不是那种惨痛的吓人的哭,是一种怪怪的憋屈的哭,这种哭声不能唤起同情,倒是惹人厌烦。

受到干扰,我坐在凳子上直皱眉。护士解释说,那边有个男病号在插尿管。

我听见那头有护士在训斥他,怪他不配合,太怕痛,浪费了多少多少时间。听起来这人活脱脱就是个窝囊废,哭声随着训斥声渐渐低了小了,估计这人正化羞愤为力量,舍身求仁。突然,哭嚎声又高高拔起,这回是放声痛哭。

我心想,记住,手术后一定要想办法自己把尿拉出来,省得受苦又受辱。

小护士可能是个新手,需要一个老护士来指导。老护士用手指在我右脑勺画了半个圈,占我全脑瓜的三分之一,又在我右脸右耳右颈上点点戳戳,对小护士说:这些头发都剃掉,然后这里这里全都要剃毛,消毒。

小护士拿着剃刀听话地按着我的脑瓜,问:到这里吗?

老护士说:范围再大一点。

我感觉不妙,连忙护住我的脑瓜说:那不成阴阳头了?我怎么出门啊?

小护士同情地看看我,又看老护士,她的眼神在为我求情。老护士不搭理我,正色道:都要剃。眉毛边耳朵周围,仔细一点。

我赔笑,低声下气地诚恳地说:尽量少剃一点行吗?我一出院,可能要出差,说不定要去北京跟人谈剧本,起码要回深圳开会,有些是场面上的会,我那样出去,样子有点吓人。

老护士没好气地瞥我一眼,用手指又在我脑瓜上画了半个圈,我明显感觉到,这半个圈范围小多了。

小护士开始动手,她用刀刮我耳朵汗毛时,在我耳后弓骨地带刮了一个不小的口子,鲜血立刻顺着脖子流了下来。小护士说:不好意思,我把你刮伤了,流血了。她赶紧用消毒棉按着伤口给我止血。我说:没事,是我太瘦骨头上太没肉。小护士笑,我也在笑。我心想,没剃阴阳头我就千恩万谢了,流点血算什么。

那道刮口一个多月之后才慢慢愈合。

第 68 篇

认知日记

2004 年 4 月 26 日星期一晚上 10 点

我极少夜晚写认知日记。今天不得不写，是怕忘记前天那个梦。

一个类似城中城的集中营，那是在黑夜，很多人贴在围墙下打算逃出去。我渴望逃走，却又想，若被抓回集中营，会是怎样的酷刑等待我？我能否挨得过剐刑的血腥？

还没想清楚，行动已经开始了，人们在围墙的四面八方都挖了洞，纷纷往外逃。我不认识这些人，也不知应该跟什么人跑。

我本能地爬出离我最近的那个洞口，城门外不远处有大片木屋区。敌人成散兵状追出来，到处搜捕逃犯。

我钻进一户穷人的昏暗的木屋里，正好角落里有一棺材坑大小的地窖，上面铺了木板，我爬进坑里，木板紧贴背后。我听见敌人来来去去，大呼小叫，搜到了不少逃犯押走。我怕极了，也没别处可躲，只好硬着头皮撑住，好几次濒于绝望，不知怎么又化险为夷。

我听见有居民议论，这次只剩十几个逃犯没被抓回去，敌军布下天罗地网，要想远走高飞简直不可能。

我在木屋街道躲躲闪闪，我记起一个地址，好像那里有人肯接应送走我这样的逃犯。焦虑煎熬，跌跌撞撞，寻来找去，终于找到了那个地址。木屋里还真有两三个逃犯，我心里刚松了一口气，其中一人面色凝重地告诉我，接应的人失踪了，我们要自己想办法离开这个城市，走得越远越好，要分头行动。

只好又出门。很累。不知该往哪里走，又不能停下来。身心交瘁，嘴里苦苦的，很是惝惶。

实在走不动了。坐靠在一古街亭的柱子下发呆，一阵发蒙。这时有一会儿失去了知觉。

待清醒过来，面前站着一个白衣少年。他好像知道我的情况，而我对他一无所知。他说他母亲能帮我离开此地,请我跟他去见他母亲。我心里很感激,但又怕连累这家人,我犹豫片刻,婉言谢绝。

白衣少年很诚恳,看穿了我的顾虑,说他家有什么豁免权,集中营里的敌军不敢去他家抓人。我心里轻松了一些,跟着到了一个好像欧洲什么贵族世家大宅中。我心里安定许多,笑着跟白衣少年道谢。我看见许多欧洲人模样的男男女女从大宅里往外走,少年说,这是来度假的客人,他母亲正要带客人们去游泳。少年赶忙出去,拦住母亲,好像在说我的事。

我心里感慨,这里跟外面简直是两个世界,一个是天堂,一个是地狱。我心里突然又害怕起来,我拿不准少年的母亲愿不愿意帮助我。刹那间我极其自卑,我觉得我不够好,不配让白衣少年和他母亲冒险帮助我。心里一阵迷乱,后来的梦就不记得了。

这个梦说的是什么? 那集中营就是抑郁症本身吧? 白衣少年是天使吗?

随　笔

我不赞成向癌症病人隐瞒病情,瞒不住的。权衡利弊,弊大于利,双方都把心事藏着掖着,尽说些虚的谎的没用的废话。

我们为什么不能正视死亡? 为什么不能同心合意地安排后事? 为什么不能彼此信任地度过最后的时光? 为什么不能死得明白从容而且有尊严?

隐瞒是自欺欺人。隐瞒是一种内耗,一种怯懦,一种极大的浪费,它令活着的人将死的人都抑郁。

多年前,与我同病房的白血病女孩十三岁,在资讯不发达人们对癌症不了解的情况下,她都明白自己得的是什么病,现在的人,怎么可能被瞒住呢?

当我躺在手术中心第四台手术床上时,神志很清醒,局麻,医生怎么消毒,怎么麻醉,怎么用刀划开第一道口子,器械怎么在伤口里拨弄,医生叫护士拿什么,护士向医生汇报什么,一清二楚。

广州的 2 月,是最冷的时候。手术床很凉,空心病号服太不御寒,觉得手术床的铁真是好铁,精铁,那么贴背,透心凉。四肢冰冷发麻,由于寒冷,人的意识处于敏感活跃状态。虽然有安定镇静药物通过点滴发挥作用,可是,能感觉点滴管里药水凉飕飕的,好像血管在喝冷饮,全身跟着降温。

第一刀开得比较顺利,知道进展的每一步。

医生护士停下手中的活儿,在一旁聊天。男女搭配,干活不累。我知道大家在等活检结果,预计要等半小时。我因为冷,极盼他们快收工。我也心疼医生护士,这么冷的天,虽说干活会产生热量,但歇息时会冷,手指头脚趾头会冻得发麻。我一点儿没想第二方案,只想着,活检单快点报上来吧,早点收工。

我闲着也是闲着,竖起耳朵,远听其他手术室门口的动静,近听这屋里医生护士拉呱。我听见有一床手术已经结束,护士在大门处叫病人家属。

由远而近,从走廊到这个手术室门口,清脆的女声像唱歌般拉长声音:第四床——转移——清扫——

脑子空白。我需要一点时间来辨识。

我是第四床。真的要清扫?真的这么倒霉要清扫?别急,再听听动静。

医生和护士已经准备干活儿。

没错。颈右侧全面清扫。

第一个念头是内疚。真对不起,医生下班该晚很多了。这活儿肯定挺麻烦,签字时人家不是说了吗?要切断神经,结扎血管,把淋巴周围的肌肉清挖一番。这可是技术活儿,快不了。

第二个念头是,妈妈肯定在手术中心门口等。先生会不会机灵一点,早点打听到清扫的消息,劝她回病房等呢?在门口站太久,少不了受刺激,又没水喝没凳子坐,到时候又该喊腰痛了。

第三个念头是,我好冷啊。我全身比手术床的钢铁还凉。快中午了,外面出太阳没有?屋子里怎么越来越冷呢?

我没有胡思乱想,我没有想怎么对付癌症转移,我只想怎么熬过这台手术。别无他法,只有祷告,再祷告。

渐渐地,麻药的效力似乎过了,痛,好痛好痛,痛,痛得不觉得冷了。痛啊。伤口里扯着揪着挖着痛。实践证明,咬牙不是好办法,咬牙不顶用。牙咬得酸了,麻了,它们好像晃动了,会不会碎掉呢?咬嘴唇也不是好办法,实践证明,不行。嘴唇越咬越像硬橡胶,硌牙,不能止痛。

没有别的杂念,我就反复哀求哼哼说:加麻药,加麻药啊,我要加麻药——

加了一支。过一段时间麻药过了,哼求,又加一支,一直加到第五支。

推出手术室,回病房,是下午1点钟,没有力气说话。同屋病人深表同情说:哇——面色咁差。好惨噢——

2007 年 8 月 13 日

链 接

《忧郁》摘录

1989 年 8 月,母亲被诊断出罹患卵巢癌。进医院才一星期,她就宣称要自杀……当她开始接受痛苦又屈辱的化学治疗时,这个话题暂时压了下来。

十个月后,她进行检查化疗效果的手术……母亲患病初期,失去了往日的光彩,因治疗副作用而容华尽失……她发现痛苦的化疗对身体的破坏——头发掉光,皮肤对所有化妆品过敏,日见消瘦,两眼无神。

母亲拿到自杀药之后,所有难以忍受的事,都变得可以接受了……慢慢地,她的自杀计划似乎成为我们安然接受的现实……母亲决定于1991年6月19日自杀,享年58岁。因为若是再拖下去,她会虚弱得无法了结自己,而且自杀需要力气和医院之外的隐私空间……母亲掌控了自己的死亡……我可以说,死让她的生命更圆满。但我没料到这竟是促使我产生自杀念头的原因。

——[美]安德鲁·所罗门

补 白

作为抑郁症患者,我理解作家安德鲁·所罗门的感受。

作为癌症患者,我敬佩安德鲁·所罗门的母亲。我羡慕她,很羡慕。

我不想详细描述癌症手术化疗给我带来的痛苦。我认为,谈这些对自己的治疗没有帮助,别人甚至家人也不会理解。

安德鲁·所罗门先生细腻描述了他母亲的离去,他母亲在治疗中的感受——痛苦、屈辱、怒气、恐惧,化疗对身体、容颜、精神的摧残。看到这些描述,我竟感到亲切。是的,是的,就是这样。我似乎不该用"亲切"这个词,但是,只有这个词能包含受难者的认同。

我遭遇过,我内心的反应也是这样,只是我把这一切深深压在心底,我不愿也不懂怎样把这些说出来。

我羡慕他母亲能够表达出来,能够得到亲友的理解,她不是无助的,她一直在丈夫和两个儿子的支持中,他们无条件地深爱她。"在爱里,放走对方需要学习。留住对方很容易,不用学。"安德鲁·所罗门引用了里尔克的这句诗。他们父子三人在爱中帮助、目睹了他母亲的离去,让她的生命得以圆满。

安德鲁·所罗门曾为参与母亲的自杀而引发抑郁,他写道:"如果母亲死后第二天,就有治疗卵巢癌的重大新发现,将会是件可怕的事。"

不,安德鲁·所罗门先生,不是这样的。

作为一个身心备受癌症治疗而感到痛苦和屈辱的病人,作为一个罹患严重抑郁症几近崩溃自杀的病人,我想告诉你:你母亲是幸福的。她的生命因你们的爱和参与而圆满。我和无数癌症病人都敬佩、羡慕她,敬重、支持你和你父亲兄弟的行动。我们真正懂得,生命在乎质量远远重于数量。尊严自由地活一年,甚于痛苦屈辱地苟活五十年。即使你母亲离去第二天,世界上治疗卵巢癌就有重大突破,那也不可怕,你的母亲绝对不会后悔,她在你们温柔充足的爱中离去。

第 69 篇

认知日记

2004 年 4 月 28 日星期三上午 11 点 20 分

我感到很困惑！为什么我很少很少感到由衷的快乐？似乎我的习惯里没有快乐,没有那种打心底里涌出来,奔流着,饱满得不能不溢出来,里里外外酣畅淋漓、或激情或柔情忘我的快乐？那种与天地宇宙浑然一体、与日月山水你中有我我中有你的单纯的快乐？

孩童时我肯定有过单纯的快乐。可四岁以前的事情我记不得了。最早的记忆是与父母在北京,我白天玩得太累了,半夜尿床了,吓得不得了,直发愁,不知道怎样才能瞒住那湿湿的一摊尿。

去北京是因为第一次跟父母回黑龙江宾县新甸镇玉泉屯的老李家。记得地里像小灯笼似的姑娘子很好吃,从瓜藤上自己摘下来的黄瓜很清甜,灶膛里烤出来的苞米棒子好香啊!

虽然听妈妈说,奶奶嫌我是个女孩不喜欢我,但我不记得这事,也记不得奶奶啥模样。

那时候,我肯定玩得很快乐。等一等,我可能记错了,以上说的大概是六岁多第二次去东北的事。

那么我最早的快乐记忆是什么呢？一时想不起来。此刻我更想回忆的是,那种单纯的、自然喷发的快乐是什么时候丢失的？七岁还是九岁？

我小时候笑的照片很少,我写过十岁时照生日相的往事,那时我的神情一点也不天真,根本不像一个早晨七八点钟的太阳、祖国的宝贝小花朵。

我现在很注意培养快乐,不时会提醒自己:李兰妮,你应该感到很快乐,你要满心快乐。可有时我又自责:快乐还须这样提醒吗？这是单纯的快乐吗？

不想了。想点愉快、轻松的事？

随 笔

我仍然害怕坐在电脑前面对《旷野无人》。写作前仍然需要浓茶加咖啡。

现在不想给自己抽血了,但是,因恐惧回忆,写作于我仍然有诸多不适。

我会肚子痛,胃脘气滞,硬硬地痛,肚脐眼周围丹田附近闷闷地痛,有时会痛得不得不关掉电脑。我不去吃什么胃药,吃药没有用,我必须躺在沙发床上,头朝下,让血往脑部涌,双脚高高地贴在墙上,不甘心地,无奈地,暗暗恼火地,等待胃痛渐渐减轻。

更多的时候是头痛、恶心、想吐。我知道吐不出什么东西来,那就是一种应对压力的本能反应。很多的时候,元神就在右额上方一巴掌远的地方看着躯壳,冷静地,不动声色。什么叫魄散呢?就是魄呈放射状光芒那样放出去,像很多破折号那样刷刷地白虚虚地闪失在空气中。我的躯壳像泥塑的人遇上不停的雨,它歪了,变形了,在掉泥渣水渣,成扁圆形,成“皿”字形,成一摊泥,成一个水印……我没有了,只剩下恶心像个玻璃纸八爪鱼,悬挂在空气中。

我佩服安德鲁·所罗门。他三次严重抑郁,几度崩溃,可是,他还能保持旺盛的创造力,他还能有条理地写出《忧郁》这本书。我不能,我做不到。

我常恐惧地觉得,我想逃跑。我边用紫光拼音打着字,边听到李兰妮在喉咙里发出似哭非哭的抽抽声。喉咙里有个幽灵,它想哭又不敢哭也不能真正哭出声音来,它像被魔法镇在那里。它是谁?它是哪里来的灵?

有些时候,我望着电脑屏幕,双手张开,僵在键盘上不能动,它们就悬空在键盘上,悬得发酸发硬,但是不能动。我想,这不是中邪,还是恐惧。有时候,人怕到极限时,他会僵得像块石头,缺乏反应能力。

有一本书叫做《我的抑郁症》,作者伊丽莎白·斯瓦多,是王安忆翻译的。买的时候我没有翻开看,冲书名买的。心想,王安忆英文这么好?可以翻译这么专业的一大本书。拿回家,打开一看,作者真聪明,这本书是画出来的。

真是极好的表达方式。画出来比干干地写出来更有感染力。可惜,我不会画画。有时我想,我要是一个现代舞蹈家就好了,我就用现代舞来表达内心的感觉。舞蹈家有得抑郁症的吗?

2007 年 8 月 14 日

链 接

肿瘤医院住院部分费用摘录

(2000-02-17 至 2000-02-24)

多导联心电记录仪(特)	1 次
腹主动脉旁淋巴结 B 超(特)	1 次
肝胆脾 B 超(特)	1 次

盆腔 B 超（特）	1	次
手术缝线（进口）	15	次
双乳腺照片（特）	1	次
胸正侧位片（特）	1	次
二级护理（特）	5	次
一级护理（特）	3	次
局麻（特）	5	次
强化麻醉（特）	5	小
功能性颈淋巴结清扫术（特）	1	次
阿托品针	1	支
安定	2	粒
苯巴比妥针	1	支
杜冷丁针	1	支
立止血	6	支
利多卡因	2	支
莫敌	13	支
百诺代多功能监护仪	1	次
持续创伤血压监测（特）	19	次
床边监护仪	19	次
电刀（进口）	1	次
呼吸监测（特）	19	时
血氧饱和度监测	19	次
负压吸引（特）	3	次
术前备皮（大）（特）	1	次

补 白

　　我手头有张住院费用表，但我不想一一摘录。写到这里，我不愿意写，我不愿意记叙，我恶心，胃痛，胸闷，心烦。我不是被手术创痛困扰，而是作为病人被物化而愤怒。这愤怒一直没有表达出来，深深揾在心里。我深知表达没有用，作为癌症病人，在病房里，你叫 21 床；在手术室，你叫第 4 床。你不是人，你是一个待扫除的废物，一个待解除的麻烦，一具等着切了挖、挖了缝的活尸。

　　每次看到"局麻 5 次"，"强化麻醉 5 小"这两栏，我就感到牙齿发酸，发软。我会听见我的哼求声：痛——好痛！不行了，我挺不住了，给我补点麻药吧！

　　2000 年 5 月 29 日，我做了全身骨显像检查，报告书上有核素号、显像剂等专业术语。我不懂，估计跟核有点关联，注射显像过程比 CT 复杂，不会是什么好事，过程很难受。我看到这骨那骨，还有这么多的椎椎椎，心里极其别扭。我想着在全身骨显像片子上，我的头颅、大骨头小骨头、粗骨头细骨头，横横竖竖一目了然，让人不能不去想：烂棺材里的一具枯骨。我不由得问自己：下一回来复查，会不会椎椎骨骨从骷髅头到脚趾骨，全部布满麻点一样的癌细胞呢？如果转移到骨头，我绝不接受手术。我决不会让别人这个月锯我一截椎骨，下个月砍我一块颅骨，把我切得七零八碎。

我需要时间定定神。我讨厌一波未平一波又起，总受刺激还要不要活？如果横竖一个死，那么我先歇歇，喘口气。术后伤口痛，我不愿意让家人跟着受干扰，我独自回到深圳家里，一个人疗伤。半夜，痛狠了，起身吃止痛药，来回在屋里走，走到走不动就趴在沙发上，这样不会打扰任何人，我不会有心理负担。

先生到肿瘤医院借出我的住院档案，查看病理化验单，将复印件带回家让我看，清扫出来的淋巴结四个有三个癌细胞转移。

一惊之下，我老老实实去拜见权威。权威很负责，调看病历，做进一步检查。5 月 12 日这天，我连续做了脑部 CT 增强扫描，肺部 CT 增强扫描，颈部 CT 增强扫描，结果晕在扫描床上，给医生扛到病台上抢救。

有些朋友曾说我太脆弱，连扫个 CT 都晕，别人也扫 CT，怎么不会晕？你就是意志薄弱，所有才抑郁。

我常想，社会上不应该一味责怪医护人员对病人缺乏爱心同情心。其实，连病人的朋友甚至家人也对病人误解、轻看，这是一个全社会的问题，牵涉到人文背景，就像《疾病的隐喻》里所说："癌症这个名称，让人感到受了贬抑或身败名裂。只要某种特别的疾病被当做邪恶的、不可克服的坏事而不是仅仅被当做疾病来对待，那大多数癌症患者一旦获悉自己所患之病，就会感到在道德上低人一等。"

我在考虑是否摘录这段话时，犹豫了两天。我不想把这段话放在这本书里，我觉得，很多人不会理解，甚至会提出批评，认为这是东拉西扯，小题大做。

再三犹豫，我相信，我有责任和义务这样做。苏珊·桑塔格一再提到："我感到愤怒"，"我一再伤心地观察到"，"我写作该书的目的是减轻不必要的痛苦"。她说："使疾病远离这些意义，这些隐喻，似乎尤其能给人带来解放，甚至带来抚慰。不过，要摆脱这些隐喻，光靠回避不行。它们必须被揭示、批评、细究和穷尽。"

看颈部 CT 报告单，很沮丧。上面写着左颈右颈都发现淋巴结，这说明，虽然我 2 月才做右颈淋巴结全面清扫手术，但是，手术没有把淋巴结扫干净，仍有一个 1cm 的隐患留在那里。我去问权威：这说明什么呢？到底是癌症又转移了复发了？还是手术清扫不干净不彻底？

权威答：两者都有可能。

化疗出场了，等同于军事行动，重重打击，狠狠消灭，好坏通杀的漫长的五个疗程。一个疗程服药二十一天，休息七天。杀杀杀杀杀！

第 70 篇

认知日记

2004 年 4 月 29 日星期四上午 11 点 50 分

上午读《圣经》,看到了据说是所罗门王写的《传道书》第 3 章 1 至 8 节,心里反复念诵,特记录在此。

万事均有定时

凡事都有定期,
天下万务都有定时。

生有时,死有时;
栽种有时,拔出所栽种的也有时;

杀戮有时,医治有时;
拆毁有时,建造有时;

哭有时,笑有时;
哀恸有时,跳舞有时;

抛掷石头有时,堆聚石头有时;
怀抱有时,不怀抱有时;

寻找有时,失落有时;
保守有时,舍弃有时;

撕裂有时,缝补有时;

静默有时,言语有时;

喜爱有时,恨恶有时;
争战有时,和好有时。

真理。牢记。等待。顺从。万事均有定时。阿门。

随　笔

2003年抑郁症爆发之前,我曾困惑:为什么命运之手总是打击我?

癌症手术后,我已经够倒霉了,可我两个月之后又要面对:复发,没清扫干净,化疗,迟早要再次手术。有完没完呀?好人怎么就没有好报呢?那些出卖良心祸害社会的坏人怎么就活得健康而滋润呢?

想不通。天理何在?

有同事听到我得癌症的消息就流泪,三年后才对我说:像你这样的人得癌症,我心里很久很久都难过,很不舒服。

有人哭着给我打电话,不是安慰我,而是说:老天爷为什么这么不公平?

有人很诚恳地对我说:李兰妮,你太顺了。工作,家庭……名利什么的,得来不费工夫,老天爷他总得……什么一下吧。要不别人怎么活是吧?

有人听到这个消息脱口就说:活该。谁叫她总是写啊写啊。

不要一厢情愿认为,人心都是肉长的。

一个人患了癌症,不论在别人心里,还是在自己心里,都会低人一等。哪怕你是总统。总会有人暗地里想:看你还能蹦跶多久。

轻看你的人,怠慢你的人,伤害你的人,未必全是有意而为。因为社会意识就是如此,生活在这样的背景中,人不可能超越现实。你会比以往任何时候都清楚人性的善,或人性的恶。这时,人性将会自然流露出善,或者恶。就像天要放晴天要下雨,都是挡不住的。

当你一帆风顺时,锦上添花的人挺多的,他们说话好听,笑得也好看。当你成为受难者时,雪中送炭的人不多。你会发现,今非昔比,熟人不熟。走在路上迎面有人明显在躲你,有人干脆消失了。特别会说话的说话开始难听了,原本笑得好看的人不乐意笑了,即使笑也是敷衍的、施舍的,笑得心不在肝上。这都是些好人。还有人在你面前立刻长了个头,居高临下斜眼看你,就看扁你,你没戏了,用不着跟你装孙子装忠厚。这也都是些正常人。

癌症会让你看到周围人真实的面目。

一个朋友,出纳员,没有显赫背景,但是,她却主动去问她的朋友怎样才能帮到我。她的真挚感动了她的朋友，于是她的朋友又找自己的朋友打听，就像爱心接力一样，最终不熟悉的人也为我分忧，真帮忙。

我平时很少跟官方打交道，但我手术后接到的第一个花篮、第一份慰问品是宣传部送的，从深圳专程送到我广州家里。

癌症手术后，深圳好几个朋友自动凑钱援助我，这个捐一万，那个捐五千。我不收，但心里极感激。

香港一位书生好友在两年时间里，不间断赠我贵重药品，以提高我的免疫力。如果联系不上我，他就委托秘书特快专递往我家寄药。

当时给我深圳家里打扫卫生的钟点工叫小王，认识不到半年。知道我手术后要回深圳养病，她提前到我家打扫卫生，我的朋友帮我付给她五十块钱，她坚决不收。她对我的朋友说：我帮不上李老师什么忙，她养病要用很多钱，我可以免费为她做清洁。

我朋友深知小王家境贫寒，儿子小，丈夫打工常找不到工作，只能摆摆地摊，养家主要靠小王。她一人打着几份工，连晚上都要去帮人做清洁，午饭晚饭是在路上啃个馒头就榨菜，省时兼省钱。

小王走后，朋友打电话告诉我，她很受感动。

我拜托朋友一定要代我谢谢小王，设法把五十元工钱还给小王，告诉小王：她若不收，我心不安，养病养不好。这位来自社会底层的小王让我感受到人性善的光彩，她让我对这个社会有信心。

2007 年 8 月 16 日

链　接

《用生命的书写》摘录

这里有着何等大气的生命感悟！不以物喜，不以己悲。当生命需要抗争时，你必须抗争。而当你对抗争所显现的那点儿力量太在乎时，那力量便有限了。正如风和日丽时的大海，海底波涛翻滚，海面却风平浪静，那才是力量。而既不把海底的波浪当回事儿，也不把海面的平静当回事儿，那才是生命！

……我认识她其实很晚，那是在听说她生病之后……李兰妮的生命力本身就是一个故事，我曾想，李兰妮应该有豪放的一面，应该有着岩石般的坚强。

与李兰妮接触多了，我发现，她其实是那种心特别细、特别柔的女子。

心太细腻、太敏感的人应该是最容易受到伤害、最容易走向柔弱的人。而李兰妮却将敏感与坚强集于一身。那苗条、纤细的身材是如何容下这么特殊的心灵的?

这使我纠正了对"坚强"的看法。说实在的,岩石是算不上坚强的。电闪雷鸣,它都没有感觉,呆在那儿就是了,有何坚强可言?而一颗敏感的心灵就不同了,任何艰难,任何苦难,她都能敏锐地感知,都会比常人更加痛苦。而面对任何痛苦,她都挺住了。那才叫坚强!

——程文超

补　白

2001年初夏,一份艺术报纸要登一版有关深圳专业作家的评论,要的是千字文。程文超认真地写了文章。发表时被删掉好几段,程文超说,他们删掉的是文章的精华部分,其实我真正要说的话,都在有关"坚强"的感悟中。

我始终认为,真正做到坚强懂得坚强的人,不是我,而是程文超自己。由于都是挨过好几刀的癌症病人,属于难兄难弟。2002年和2003年,我们经常会在电话里讨论癌症的化疗和治疗。他去世后,许多朋友写文章赞扬他的坚强,但是,他们不一定了解他软弱敏感的另一面。而我,深知他是在怎样的痛苦绝境中感悟生命。没有软弱,就没有真正的坚强。

写到这里,想起我一件很不坚强的糗事。上世纪90年代后期,我在深圳的家被盗过两次。我熟人里被盗被抢劫的例子很多,似乎可说,没有被盗被抢过,不能算资深深圳人。可我家第二次被盗把我吓着了。

盗我家的贼可算雅贼,手艺精准。我家的门锁好好的,一点没被破坏,只是防盗铁门和厚实木门被撬,整个端了下来。等楼上邻居无意发现报警时,贼已安然撤退。我回到家里一看,一片狼藉。抽屉里的人民币港币自然精光,录像机等算是值钱的东西都拿走了,我衣柜里的衣裙被贼挑选了一番,欧版的那几套包括皮衣都没了,但港版的衣裙人家一套都不要。唱碟影碟拿的都是获过奥斯卡奖或国际奖的,品牌旅行箱也拿走了,包括被单什么的。让我感到恐怖的是,在光秃秃的厚床垫上,铺满了我的照片,显然贼人把我抽屉里相册中的照片铺开来端详过。这让我直起鸡皮疙瘩。夜晚,被撬的两道门都形同虚设。我不敢睡觉,满屋开着灯,独自坐着熬等天亮。一想到那满床的照片就害怕,觉得我在明处,歹人在暗处。他们认识我,我不认识他们。头皮一阵一阵麻。凌晨两点多,突然听见厨房门咿咿呀呀怪响,我像射门的足球射出屋门。我在屋外走廊大嚎。我不知道嚎的是什么,没有记忆,但肯定极其恐怖。因为楼上楼下几家男人女人统统穿着睡衣出来了,人人脸上满是惊恐。大家报警,哆哆嗦嗦商量着要给贼人让出一条路来,好让贼顺利跑掉,免得鱼死网破。巡警来了。一查看,原来是厨房门不严紧,关上后若有风吹,就会发出怪怪的声音。

第 71 篇

认知日记

2004 年 5 月 1 日星期六下午 5 点

终于送走了抑郁症的高危季节。黑 4 月过去,红 5 月到来。

去年这个时候我的病情还没有稳定下来,但 5 月 4 日鼓足气力第一次出门,我到东山教堂做礼拜,原以为体力不能支持到散会,在圣灵的帮助下,我坚持做完了整场礼拜。

出礼堂时,心情第一次感到振奋。我给凡丁打电话,告诉他我为李佳恩的顺利出生做了代祷。

当时 SARS 疫情尚未解除,听说北京、上海等地一些教堂都暂停礼拜。那天东山堂还举行了圣餐仪式,每人发一双一次性透明手套领受圣餐。到 5 月中旬时,我的病情稳定了。

回想这一年的试炼,心里充满感慨。

七天长假开始了,不打算出门旅游。没力气旅游。很多人想像不出一个病人是如何度日的。常有人问:你在家干什么? 不闷吗? 我无法回答,因为我只能说:我目前在做的就是"活着"。我所有的精气神都用在坚持活着,我没有余力发闷。发闷对我来说,有些奢侈。活着比死去要难。可是,没病到那份儿上的人体验不到这苦痛。听起来会觉得矫情。

沉默吧。或者微笑。

随 笔

读安德鲁·所罗门的《忧郁》,最让我羡慕的是,他的亲友对病人的理解和支持。无论是对他母亲患的癌症,还是他所患的抑郁症,他父亲和弟弟都尽心去研究,愿意花时间进行探讨,用"爱、智慧、意志力"拯救自己的亲人。

从某种角度说,安德鲁·所罗门是比较幸运的抑郁症病人。他的父亲就在医药界工作，他自己先后毕业于美国耶鲁大学和英国剑桥耶稣学院，他所在的社会阶层综合素质高，文化视野开阔，对现代疾病认知度比较高，他能够得到所需要的精神援助和经济援助。

他父亲在儿子罹患抑郁症后，"开始在他的公司拓展抗抑郁剂的研究领域"。安德鲁·所罗门告诉读者："他的爱与宽容，还有他的理智与心灵的调试力，使得他能够理解和扼制我六年多来的病情。"

中国的患者处境糟糕。且不说社会底层人员，他们当中不少人至死都未必知道自己患的是什么病。以我个人的亲身体会来看，一般市民即使知道自己得了癌症或抑郁症，都得不到基本的精神援助和经济援助。

不说其他人，我就病不起治不起。

我父母的工资刚好够他俩用，不必我给钱。但是，我妈整天忧心忡忡，总担心着，万一肾坏了要透析病不起，摔跤要换进口骨关节病不起，中风瘫痪病不起，还有好多好多病治不起，她吓得不敢花钱，总说要攒钱预备治病。

我工薪阶层，好在没有儿女要养活，但重病几年不写作，没有稿费补贴。癌症手术肯定还要再做，癌细胞还会往哪里转，医药费手术费怎么涨天知道。我怕左开一刀右开一刀，今天要打进口胸腺肽，明天要用高价自费药，万一后天碰上一个领导看我不顺眼，找茬说我有病该下岗，真的没钱补漏。

我早想好了，治不起我就不治，反正活够了，不牵挂。

可是，绝大多数病人没活够，有太多的牵挂，他们怎么办？久病床前无孝子，他们成为家人的累赘，人们甚至不会同情他们。那么多正常人尚在贫困线下等待救援，人力资源、物质资源甚至同情资源有限的情况下，不必在他们身上浪费。有时，连邻居、熟人、同事都替他们的家人叫屈：讨债鬼，还不死，非要害得家人不病也脱几层皮。造孽呢！

何况，民间早有这类说法：有病的人走衰运，离他们越远越好。怎么别人不病就他病？活该他倒霉，这是老天要惩罚他。

2007 年 8 月 17 日

链　接

《忧郁》摘录

忧郁折磨人类的时间比战争、癌症和艾滋病加在一起都长。其他疾病和问题，从酗酒到吸毒，背后真正的祸首都是忧郁……宗教信仰是人们缓解忧郁的主要方法之一，宗教可以对抗心中的失落，帮助人们熬过忧郁症发作时期，给人活下去的理由……在无助的时候,给予我们尊严与方向……《纽约客》的一位编辑最近对我说,我可能根本没得过忧郁症。我反驳说没得过忧郁症的人不可能装出忧郁症的样子,但他不相信。"少来了,"他说,"你哪来的什么鬼忧郁?"我复原后,压抑了所有的不愉快。我的过去和我断续发作的忧郁似乎全然无关,而且我公开说我持续服用抗郁剂好像也很令他人疑惑。这是忧郁症被冠以污名的另一种奇怪后果。他说:"我才不会上忧郁症这回事的当。"好像我和书中的人物一同共谋,博取世界更多的同情。这种偏执者我碰过好几个,至今依然令我感到困扰。

——[美]安德鲁·所罗门

补 白

安德鲁·所罗门先生碰到的偏执者只是"好几个",而令我困扰的这种偏执者数不清有多少。他们的口气、语调、用词都跟这位《纽约客》编辑很相似。

有所不同的是,他们的质疑更尖刻,更直接。有人曾用审视的目光盯住我的脸、我的眼睛,说:哪有什么抑郁症,你瞎说,我绝对不信。都是想像、编出来的,博同情。要不就是你笨,给医生骗了。

也有人说,抑郁症纯粹就是骗人的鬼话,根本没必要同情。

还有人说:你哪里忧郁? 没病不要硬说自己有病。何苦呢? 什么目的?

他们的神情、语气不但令我困扰,而且让我失望。他们习惯批判别人,以自我为中心,不够宽容,不善于体谅。

要是这种人当医生,或当社会保障系统、救援系统的局长处长科长,或当有关部门主管官员,那些病人可能会死得多,死得快,死得憋屈,不肯瞑目。

当然,我遇到的不全是偏执者。有些人没有这方面常识,或没时间及心情了解情况,不过随口说说。对此不必介意当真。"相逢开口笑,过后不思量。"

当初,程文超那篇《用生命的书写》在《南方日报》发表,我父母在外地听说了,特地找报纸来看,给我打电话说:为什么发这种文章? 我说:为什么不能发? 母亲说:人家都问你女儿得的是什么病啊? 严重吧? 你爸很生气,不理那个问话的人。你不能告诉别人得了癌症。我说:文章上没写我得了癌症啊。母亲说:看得出来是癌症啊。我说:那又怎么样? 母亲说:一泡屎不臭,你挑起它臭。

我还能说什么。我自己的父母,用的是江西萍乡的俗话来形容,癌症成了一泡屎,我这癌症病人也成了一泡屎,一泡臭屎。

我可不可以愤怒呢? 可不可以抗议呢?

我抑郁。活该。

第 72 篇

认知日记

今天是凡丁的生日,打电话道:生日快乐!他说李佳恩 7 号才过了一周岁生日,全家到齐,他就不操办自己的生日了。这个当爹的自从有了女儿,就甘愿没了自己,并乐在其中。

5 月 7 日李佳恩过生日,下午先看她"抓周",后照全家福。李佳恩一手抓笔,一手抓百元钞票,她也知道"两手都要硬"吗?我相信她有美好的未来。

今早看《传道书》第 9 章,很喜欢里面两段话。

"欢欢喜喜吃你的饭,心中快乐喝你的酒,因为神已经悦纳你的作为。"

"快跑的未必能赢,力战的未必得胜……是在乎当时的机会。"

随 笔

现在的小孩子很敏感。

佳恩的母亲在她三岁零八个月的时候到美国进修,一去半年。佳恩上的是广州最好的幼儿园,一星期回家住三个晚上。

爷爷奶奶特意搬到儿子家住,帮着照看她。家中还有钟点工专门带着她。我弟弟也尽量多陪她玩,晚上带着她睡觉,和钟点工同时去幼儿园接送她。

但是,我觉得她心里还是有阴影。她到我家来,大家看纪录片《迁徙的鸟》,她张嘴就问:姑姑,鸟妈妈为什么不带她的宝宝飞走呢?

我说:她的宝宝长大了,他们在一起飞呀。

她根本不接我的话,又问:鸟妈妈为什么不带她的小宝宝飞走啊?

我说:带着呢。

她说:鸟妈妈为什么不带宝宝一起走呢?

我知道她心里有情结,不会听任何解释,她在借题发挥呢。我不接她的话,她就不断问这句话,直到我们再也无法看影碟,关机。所有人都想方设法要宝,转移她的注意力。

一次妈妈打电话告诉我:凡丁昨晚在外面应酬喝了酒,回来倒在床上就睡。佳恩不听话,使劲推他叫他。我说,你要让爸爸好好休息,不然爸爸累死了,奶奶也会跟着死的,奶奶一死,爷爷也会死的,到时佳恩怎么办?这孩子懂——眼睛里含着泪,点头,不闹了,抱着自己的小被子到我床上睡。

我说:妈,你别吓她,我从小被你吓够了,你对佳恩千万别这么说,会影响心理健康。

佳恩的母亲回国后,孩子立刻变得活泼开朗。看到她的变化,我很感慨。

我想起了自己的童年,想起无缘无故没有父母任何消息的孤独漫长的日子,想起小时候哭都不叫妈妈呀爸爸呀。我这一代人都有相同的经历。不是我们父母的错。但是,我们必须疏理情结,在精神层面释放这种压抑,亡羊补牢,为的是,减轻下一代、再下一代的精神负重。

8月份父母在我家里住了十天。本来我邀请他们住到月底,但是,他们坚持回到竣雅阁,过自己的日子。他们很体谅我,看出我自顾不暇。

我承认自己有点吃不消。

最主要是写作分心。写这样的作品很熬人,需要安静、心情不好。但是在父母面前,我必须装出精神饱满,一切OK。以往我习惯从上午10点写到下午1点,然后跟乐乐玩一玩,自己随便弄点饭吃,两点半左右午休,4点继续写,写到6点半,趴在沙发上筋疲力尽地歇半小时,不愉快的回忆挥之不去,我必须带乐乐出去散步近一小时,抖去负累,8点半左右吃晚饭。晚饭后我习惯歇着,这样的写作心累,我要在屋里自由自在地走动,随便看看电视新闻,拿着遥控器胡乱转着频道,希望看几个有趣的画面,让我傻笑一下,轻松一下。我习惯半夜1点以后休息,早了睡不着,脑子里胡思乱想打不住。睡觉前半小时吃阿普唑仑,若是遇上吃药不见效,夜半仍失眠,我就索性打开台灯,胡乱翻着宠物杂志或报纸,等待瞌睡降临。一般早晨6点半左右醒来,看看挂钟又眯着眼睛养神,似睡非睡,7点半左右打开电视听新闻醒瞌睡,8点起床。

我父亲习惯早晨6点起床,6点半出去散步,买干粮。所谓干粮就是糖尿病患者可以吃的不含糖的糯米鸡、炒粉或炒面什么的。7点多我母亲起床,他俩在厨房各煮各的,什么西红柿咸麦片粥啊,什么鸡蛋啊,有糖的牛奶麦片什么的。我很简单,等他们吃完了,我吃一个面包、半个番薯(另半个是乐乐的)、浓茶、咖啡。父母习惯12点左右吃午饭,晚上6点半左右吃晚饭,晚上10点睡觉。母亲吹不得风,客厅里饭厅里开空调她就说冷。连续36度的高温天,我因总觉得心很烧,特别怕热,有时实在难受了,就把空调开到29度或30度。不开空调时,客厅饭厅就开360度旋转的立式风扇。他们也将就我,午饭推迟在12点半或1点吃,晚饭7点吃,这样就打乱了他们的生活规律,他们也觉得不自由。才过了一星期,母亲就说,她好像有点感冒症状,她受不了空调,哪怕只开到30度,也受不了风扇360度一吹几小时。此后我在客厅饭厅停了空调,也停了风扇,果然母亲说,感冒症状消失了。而我更加小心翼翼。

啰嗦这么久,要说的就是,想孝顺一下不容易。说得夸张点,可能没等他们感冒咳嗽,我就该住院去了。父母很为我着想,觉得既然帮不了什么忙,我又在写书,不如回到竣雅阁自己想怎么过就怎么过。近两年,他们比以前更理解、体谅我。

其实,愚孝效果并不好。生病的儿女应该跟父母进行真实的沟通,让他们了解你的真实情况,这样双方才能相互支持。

写认知日记的2003年,我还不懂该怎样做,很困扰。父母并不知道我活得很艰难,也不知道我还要开刀,可能癌症又复发了,更不知道我抑郁得准备了结自己。

在我们传统观念中,主张报喜不报忧,怕父母担心,什么难处都自己吞下去。你什么也不说,其实父母更担心,他们不是傻子,能感觉到你的异常,反添诸多猜测和误会。如果你在他们面前隐瞒得太成功,他们没有察觉,他们当然会给你布置任务。就像母亲两三年前咳了一口血,父亲一直要求我找医生,提出这样查那样治的种种设想,要求我陪同四处求医。而我那时正在进行抑郁治疗,药物副作用大,还面临颈部手术要不要立即做等等困境,我真的身心无力支出。这时候,我发觉,必须让父母逐步知道真相。

我先介绍他们看杨绛写的《我们仨》。我希望父母学习杨绛先生进入老年后的生活态度以及面对生死的思考,还有她的女儿走得比他们老两口要早。

在这以后,看到报纸上、电视上报道公众人物英年早逝的例子,我会有意跟父母讨论。我的熟人里,不乏病死走在父母前面的。有癌症的,有急性心肌炎的,有脑出血的。以癌症的居多。

我开始告诉父母我真实的病情,告诉他们癌症手术及化疗的感觉,包括抑郁症的困扰。不多说,透露真实的病情,少提苦痛的感受,让他们渐渐接受现实,知道部分真相。

我曾扪心自问:这样做是不是太自私,在找借口推卸孝敬父母的天职?

每当我自责时,李兰妮就出来告诉我:必须这样做。因为你完全有可能比他们先死,走在他们前头。目前除了年龄,你在他们面前没有优势。况且,亲人更应该有知情权。

中年去世的人在增多,尤其是知识界。而中青年抑郁症患者病情要比老年抑郁症患者更严重,发作更猛烈。我们不能装作看不见。

2007 年 8 月 18 日

链 接

肿瘤医院超声影像报告单

检验日期:2001 年 12 月 17 日

双侧颌下、颈上段可见多个扁平小 Ln <1.0cm

右甲状腺缺如 左侧甲状腺回声均匀,未见占位。

超声诊断:双颌下、颈上段多发小 Ln 意义不大。

补 白

报告单是医师手写的。那个字母像 Ca 又像 Ln。这是我到北京某著名肿瘤医院做的检查,彩超结果印证了 2000 年 5 月 12 日我在广州做的 CT。说白了,就是危险信号,到底是转移复发还是另有问题,必须左开一刀,右开一刀,又在手术台上等待活检化验,才能知道真实状况。很堵心。

我在北京也不认识肿瘤医院的人。好不容易,托了先生的曾经的学生的妈妈给她曾经的并不熟悉的邻居打电话,这位邻居在那家肿瘤医院化验科工作。

等我买好了机票要动身去北京时,传来学生的母亲摔坏了腿的消息。那位心地善良的学生鼓励我,别犹豫,照常去,就在周二的上午去,化验室那医生说过,那天有比较好的专家出诊。

等我周二一早打的找到这家肿瘤医院,摸到医院化验室找这位医生时,一个丰满富态的护士告诉我:这位医生昨天下午心肌梗塞住院了。

我站在化验室门口,好一阵子发蒙。早知如此,我何必特意飞去北京呢? 我是自费飞北京看病。

在广州问过两个专家。一个说:等肿瘤长到 3cm 再开刀较好。我才做完化疗,身体挺不住。另一家医院的肿瘤专家说:要早点开刀,尽快斩草除根,否则一发而不可收拾。两个都是名医,我应该听谁的?

只有去北京找答案。开,不开,都是二比一。像我这样的倒霉蛋,没钱没势,到处遭遇白眼的草民,只能把一条破命胡乱押上,赌一把。

下定决心到了北京,却计划赶不上变化。站在这家医院的门口,我孤身一人,走又不甘心,不走又没招。

祷告。越是没有希望的时候越要安静祷告。

祷告过后，我心里浮出念头，不走，看人家怎么看病的。不要悲伤，不要自怜，不要气馁，不要放弃。

全部诊室看了一个遍，这时发现有可供癌症病人的杂志卖，冥冥中神在指引，三翻两翻翻到一篇文章，说的是医生应该关注癌症病人的心灵，不能眼里只有病没有人。

共鸣，大大地共鸣，这才是我要找的好医生。

立刻又去各诊室逐个看，终于在中西医专家区见到这个名字。

这是一位女专家，她的诊室门口等候的病人很多。我伸长脖子往里看，她看起来心地很善良，跟她的文章给我的印象是一致的。她对面坐着一个学生帮她抄方子。我大胆走了进去，告诉她，我是从广东专程来看病的，请求她让我补挂一个号，让我最后一个看。

女专家这时抬头看看我，这是一种平等的目光，把病人当人看的目光。我顺利地补挂了一个号。

我看过两个灵修的故事。

其一，有个人跟着一位天使走天路。第一晚，在一个穷人家歇脚。穷人倾其所有款待他们，并拿着一个金杯说，这是邻居送的，邻居曾多年恨他，今天却主动示好，送金杯给他装酒喝。天使住一晚走了，却偷走了穷人的那个金杯。第二晚住在一个富人家，富人是个坏事做尽的家伙，对他们极其吝啬，临走天使却把金杯送给了富人。第三晚，这人跟着天使住在一个穷人家，这家人父母早死，几个兄弟极其勤劳友爱，他们热情地接待两个客人，天使却连夜放了一把火，把几兄弟惟一的破草房烧掉，他带着那人逃跑了。那人忍无可忍，怒叱天使说：那兄弟几个肯定在废墟上伤心痛苦，我不再跟你走天路了。你是非不分，惩罚不明！这时天使解释道：那个穷人家邻居送的金杯，里面涂了毒药，所以我把金杯送给了那个丧尽天良的富人。而这几个兄弟家草房下面埋有黄金，当他们重建家园挖开地基时，他们就会含泪欢呼的。

其二，有两位天使来到人间。一天，他们住进一个富人家，主人对两位客人很不友善，只让他们睡在阴暗的地下室，当他们铺床在冷硬的地上时，年长的天使看见墙上有一个洞，就过去把它补好。

第二天，两位天使来到一个穷人家，农夫和他的妻子对他们非常友善，拿出仅有的一点点食物与他们分享，让他们睡家中惟一的床。两位天使安然睡了一觉，天亮时，却发现农夫和他的妻子在哭。原来这家的乳牛——他们仅有的收入来源，昨夜死了。

年轻的天使盛怒地问年长的天使："你为什么让这件事发生？农夫很穷，却愿意分享他的一切，你却让他们的牛死掉！"

"事情往往不是你想像的那样！"年长的天使说，"当我们第一晚住在那栋豪宅的地下室,我发现墙上的洞里藏着黄金,因为主人太贪婪了,不愿与别人分享,所以我把那个洞遮住,使他无法发现里面的金子。但昨晚我们刚在农夫的床上躺下,死亡天使就来了,要带走他的妻子,我用牛代替了她的生命。"

得知我患癌症时,有同事说,看来善有善报过时了,这年头,鬼都怕恶人。要不,怎么解释?得知我重度抑郁蜷缩在家不出门,有朋友说:奇了怪了,老天爷总跟她过不去,没理由啊。

我曾觉得一言难尽,现在,可以借用一句话告诉朋友和同事:

事情往往不是你想像的那样。

第 73 篇

认知日记

2004 年 5 月 13 日星期四上午 11 点

乐乐今天八个月了。据说小狗六个月相当于人十岁,小狗一岁相当于人十五岁。现在乐乐大概相当于十二三岁时的我吧?

有时候我会很羡慕乐乐,羡慕它活得很健康、很幸福,从出生到如今不曾缺乏爱。它父母的主人很懂得爱护狗,而乐乐一个月时来到我家更是受到宠爱。

对我个人来说,我一直坚决不要孩子,因为我没有能力让孩子有幸福、健康的童年,也不能为孩子提供一个良好的生长环境,所以,我认为,我不要孩子才是负责任的选择。但我可以给乐乐一个较好的生活环境,我不强迫它去学什么取悦于人的把戏,让它自由成长。它周围的人几乎都非常欣赏它,喜爱它,它每天都能得到陌生人由衷的称赞。

有时候我会想,当一只这样可爱的小狗不比当人或当百兽之王差,有时候我甚至觉得它比我有福,恨不得跟它调换一下角色。

这样的小狗优点也比人类多,忠诚、快乐、单纯、有同情心、友善、满怀爱心、童心永远、不功利,等等。

乐乐是一个天使,我要向乐乐学习。

随 笔

如果不是乐乐的缘故,我可能在校园里很少与外人打交道。乐乐惹祸,让我增长了见识。

乐乐两个月时就在小公园玩,那时,男女老少都喜欢这个狗 BB。乐乐习惯了人家一见到它就夸它,抱它,跟它玩,所以,在外面一见到人就欢喜,直奔人家脚前闻嗅,摇着小尾巴打招呼,盼着别人跟它玩。

我第一次养狗,没有管教经验,所以,它见人就往前凑成了坏习惯,没法改过来。作为这个顽皮小子的家长，我跟几种类型的人打过交道。

第一次，钟点工带乐乐在电梯里上楼，遇上有大人带个女孩进电梯，女孩怕狗，突然跳，乐乐以为跟它玩，跟着跳，爪子在女孩儿腿上划破一小块。女孩的家长、亲戚告到物业公司，指着我的鼻子破口大骂，说要把狗消灭掉，省得残害儿童幼小的心灵。这家人因为怕才出现过激言行。我立刻陪同他们去打进口防疫针，赔了医药费。当预付他们以后去打针的的士费时，人家不收。我买了礼物上门慰问，此事就算了结了。

第二次，钟点工带乐乐在外面玩，有人穿短衣短裤锻炼身体，从乐乐身边擦身而过，乐乐扑了他一下。当时钟点工和另两位老师与这人同时察看，没有伤口，钟点工留了我的电话。她刚带乐乐回到家，我正接这人电话，说回家看还是有点伤。我说：请你去打防疫针，我支付医药费和的士费。对方也很爽快，不需我陪同。只是，他被防疫站忽悠，打完针又化验，再打第二个疗程。钟点工说：李老师，你太容易给人骗，明明当场看过没有伤，有两个证人。我说：凭良心吧，我相信人家不是故意的。

第三次，我带乐乐在电梯里，进来一个不认识的小学生，乐乐嘴唇碰了一下他的腿。我把乐乐送回家，特意找到小学生住的那层楼，挨家敲门找到那男孩，男孩正与他父亲在家。我说：我来看看有没有伤着哪里，省得做父母的担心。三人反复查找没伤痕。我留下电话，随后回深圳。就在广州至深圳的列车上，接到男孩母亲的电话，劈头臭骂我一顿。我说：你别着急，你去问问你家人，你孩子没有一点伤。那母亲骂：没有伤你那么好心上门问？我说：我有点难过，好心为你着想反被你这么骂。女人这才说：我儿子膝盖有过去摔破的伤口，我要带他去打针。我说：好，等我从深圳回来，立刻会去你家付医药费和打的费。女人给孩子打的是当时防疫站最贵的进口针，我总共付费八百五十元。我跟这家人说了许多道歉的话。这女人始终一副债主脸，正眼不瞧我一下。

第四次，先生带乐乐与人聊天。这老师娶的是位法国人，生了两个很可爱的混血小男孩。乐乐不知怎地在这老师腿上挠了一下，这老师没吱声，自己去防疫站打了针。第二天我无意中听说了，赶紧上门去道歉，送上医药费和的士费，这老师坚决不肯收。我在他家门口与他推让着，他和他夫人都坚持不收。我只好到学而优书店买了相当于医药费的世界童话名著集，送去给他孩子看。他们见我诚心便笑着让孩子跟我道谢。

第五次，同层楼的一个男孩跟乐乐玩，被抓了一下。男孩的母亲很有礼貌地来敲门，丝毫没有问罪的口气，只问乐乐是否打过防疫针。我忙把防疫证明给她看，又递上费用，她只收了医药费，不收的士费，说：防疫站近，不用打的。

第六次就是惹祸的新保姆，她只给我做了一个半月的活儿，但她带乐乐去跟她先生玩，乐乐玩的时候，在她先生手腕上划了一道红痕。我当场给她四百元,让她与她先生去打防疫针。这保姆说,她家也养狗,她先生肯定是不会去打针的。过了两天,新保姆说:找一天我把四百元拿来退给你吧?我说:就放在你那里,万一哪天乐乐误伤你,我又出差不在,你可以立刻去打针。

第七次就是"白球鞋"。付给她四千六百元后,不知她哪天又要找上门。

七个人,七种处理问题的方式,背后折射出七种处世的心态。我从七种不同的反应,可以猜测出对方的价值观、家庭气氛、个性教养,包括,这家的孩子在社会上怎样与人相处。

七次出状况,有六次是正常反应,其中有两次令我心怀感激。从这点来判断,我是幸运的。每一个人的生活,都是由这样一些微不足道的琐事组成。有惊吓,有焦虑,有误解,有安慰,有宽容,有平和,也有恐惧为难。关键我们自己要切记:不要被恶所胜,要以善胜恶。

2007 年 8 月 21 日

链 接

《特蕾莎修女谈话录》摘录

我们必须在爱之中成长,为此我们必须不停地去爱,去给予,直到成伤……爱不是赞助。因此别只是给钱,而是要伸出你的手——我们的手何其温暖……我不同意好高骛远的行事态度——爱得从一个人身上开始。

补 白

近来我在翻阅诺贝尔和平奖获得者特蕾莎修女的传记。

特蕾莎修女在印度建立临终关怀院时,她为垂死者服务的事迹引起争议。很多人认为,这是浪费。印度有很多活着的人都得不到应有的照顾,特蕾莎修女却把资源消耗在垂死者身上,人们质疑她的工作价值。而特蕾莎修女说:每个生命都是尊贵的。每个都很重要。不论是生病的,还是残缺的,垂死的。

在中国,也有人好高骛远,耽于空谈。他们连身边的同事、邻居都不尊重,不帮助,却偶尔高调慈善一下,到遥远的山区捐几百元钱,享受一下被穷人感激的荣耀,从此高调标榜自己多么有爱心,以善人自居。有时,他们捐的那点钱还不够在当地扰民的浪费。这种人,往往还是有文化的人。我就见过的这样的熟人,张口阿弥陀佛,给了山区人民五百元。可是,他对家里的保姆很苛刻,对小区的清洁工不礼貌,对路上不慎碰脏他衣服的人恶语相向,对同事遭遇不幸偷着乐,对任何看起来过得比他好的人心存不满。总是觉得他为人人,人人负他。这样的人做善事,我看不到他的爱心,只看到功利心像食肆酒幌随风飘扬。

第74篇

认知日记

2004年5月17日星期一上午11点10分

减药失败。

我想减药，没敢多减。前晚开始，睡前阿普唑仑减半片。当晚，夜里醒来三四次；昨晚，在梦中看见恶人行凶，血肉横飞。

我到了一个陌生的城市接受集训，为一个空投行动而学习，学金融、学计算、学时事、学跳伞，学得很杂。

我在那个城市只跟一对兄妹熟悉，妹长胳膊长腿，跑起来飘逸；兄敦厚可靠，是学员中一个小头头。集训结束，我们都入选行动小组。我很自信，对那兄说，我曾抓住直升机的云梯，被成功空投到一个海中礁石群。我有信心完成这次有风险的任务，但我担心他妹太瘦弱，参加空投恐生意外。其妹大步流星在前面飞走，笑说她比我有气力。这俩人回家，道别后我继续在街上走。

路灯昏暗，我到了一个混乱的街区。我走进一家茶餐厅歇脚，不料突然有人执刀连续砍翻几个食客，餐厅里半个头颅、一只胳膊、几只腿脚从我眼前飞过，鲜血和肉渣四溅，腥气浓烈。我赶快跑出去，有人追杀出来。

我跑得飞快，转过几个街道，总算安全了。

我松了一口气。我想回集训宿舍，这时天是亮的，应该是白天。我走到一个很大很宽的公厕前，刚走进女厕门，便发现有人挥舞长刀杀人，一个活口不留。

我赶快往外跑，追杀的刀光寒气扎人。我转身往男厕跑，一手半遮眼，大喊：有杀人犯来啦，快抓住他们！男厕里有人已经上完厕所，有人已经起身。

恶徒们继续杀人，我眼见一个两三岁的小男孩被刀削成两截，心中大痛。

厕所里像一个"回"字形的开放式写字楼，人们在里面巷战，刀光飞来飞去看不清楚；人肉像雪片漫屋飞溅。我害怕，我悲愤，我迷茫。

三两个凶徒被众人反扭住胳膊，邪不压正。我跑出厕所，庆幸幸亏跑进男厕才免于一死；心里负疚，原来我并不是一个勇士，面对邪恶我惊慌恐惧。

百感交集,想找人说说才能平静。我跑回学校,进礼堂,在主席台幕布的边柜里找电话簿,我翻着薄薄几页的私人小电话簿,怎么也找不到那兄妹的姓名、电话号码,我也想不起他们叫什么名字。又着急,又沮丧,内心又不安。这时醒了过来。

随 笔

2001 年 12 月,我到北京参加"作代会"。趁着机会,我到那家肿瘤医院挂了两个号,一个是挂那个女专家的中西医号,上回吃她开的中药效果好;另一个挂的是头颈科。据说,北京看头颈科的病人相对少,挂号容易一些,不像在广东,那是鼻咽癌高发地区,头颈科专家门诊挂号难。

那天是"作代会"选举的日子,蒙中国作协的关心,会议组一早派车送我去看病。受到关心,心情真好,觉得更应该报以认真开会的诚心。我跟司机说,早去早回,看完病直奔会场。事情不复杂。在此之前,我已经在这家医院做了彩超,只要把彩超结果给头颈科专家看一眼,咨询一下是否该手术,回去做参考。

我很幸运,诊室门口病人不多,头颈科专家很认真看我的彩超报告单,察看我的伤口,还口气温和地跟我聊了几句,知道我是来开会的。能受到这样近乎平等的对待,我心里觉得很感激,很舒服。

我第一次见这位专家,萍水相逢,人家不板脸孔,把我当病人而非病东西看,容我口齿伶俐请教问题,这样的待遇罕见。

专家察看完毕,对我说:开完会别走了,住院,开刀吧。

他用手比画着,表示要在我颈部左边长长割一刀,右边也要不规则"S"形划一刀,划到颈后去。

我吓了一跳。

我赶紧说:我要回去商量。另外,在北京开,什么费都不给报销。上次我在广州开,就不给报。

专家说:既然都不给报,当然北京开更好。我一看你这条伤口,就知道你的清扫手术不成功。

我说:怪不得 2 月开,5 月查又有。

专家朝门口招招手,示意一个复诊的男病人进来,他让我看这人颈部的伤口,果然与我的不同。这人也是颈部清扫术,他的刀口从上至下开到底再拐弯,刀口延续到颈后肩上。

我傻眼了。我的刀口从上到下没拐弯,可能因此没有清扫干净。这病人也仔细看我的刀口,神情似在为自己感到庆幸。专家出去一小会儿,找来一个病理科的专家，两人观看我的伤口。很快又来了两个年轻的医生，大家围着我的刀口探讨着，还有一个病人也凑了上来，跟着开开眼，看看什么叫做不成功的手术。

病理专家走了。一个年轻医生拿了一个相机来，交给头颈科专家，然后双手交叉放在小肚子上，等待老师开讲。这种姿势很熟悉，当年我在内分泌专区住院，经常被西医中医当示范病例，老师要拿我说事开讲时，围着我的学生姿势就这样，双手交叉放在小肚子上，有的人一只手上还拿着记录本。

专家精神抖擞，诲人不倦。他用相机拍着我颈部的刀口，边拍边说：我们想拍下来做资料，你不介意吧？我听见相机喊哩咯喳响，我下意识地把脸扭开，我不想被拍到脸部。我理智上明白，要为医学教育事业尽绵薄之力。我喃喃回答：哦，不介意。但我尽量把脸扭得远一点，我不愿意学生在看教学影像示例片子时，看到一条丑陋的伤疤连着一张青黄憔悴的脸。

好在围观的人眼神表情都是友善的，没有鄙视和嘲笑，这让我感到有点安慰。专家态度始终友善，告诉我，开完会尽早住院开刀。

我迷迷糊糊走出医院，脑子又麻木了，不能想这个事儿。中国作协会务组派的司机在等我。12月底天气寒冷，出了肿瘤医院能看到等自己的司机和汽车，这样的待遇让人心里觉得暖。

在直奔会场的途中，我跟司机说着感激的话，生怕冷场找话说。尽管派车是组织行为，但是，司机没给我脸色看，没表示不耐烦，没有因为这样的出车心情恶劣。我如释重负，觉得白让人家等了好半天，我有责任说些有趣的话，让人家不至于太闷，人家辛苦一番，要让人家心情良好。

我回到会场，很老实地开会，我照常跟熟人说说笑笑，该干吗干吗。但是，我的天灵盖很重，死沉死沉的，不舒服。李兰妮幽灵似的在我右额眉骨附近看着我，觉得我像个活动木偶。

看报。《羊城晚报》在说看病难。"2007年8月14日凌晨4时30分，广州中医药大学附属第一医院大堂已聚集四十六名排队挂专家号的市民。现场的市民说，最早的一人凌晨1时就到了，因为每位专家一般每周只出一两次诊，只挂二三十个号。连日下雨，天气转凉，不少市民带上厚衣、薄毯，一对夫妻带着行李，正在泡方便面吃。"

当我犹豫是否再次开刀时，主张保守疗法的广东的头颈科权威介绍我去看中医。一天，他亲自把我领到一位女中医面前，请对方给我补挂一个中医号。权威说完回自己诊室忙去了，我看出女专家不是很买账，我尴尬，走留都为难。我就站在门边,伸长脖子,踮起脚,望眼欲穿地等待。过了很久很久,女中医抬头往门外看我一眼,脸上没有表情,在写补挂号字条。我孙子一样跑过去,感恩戴德地接过字条去挂号,然后踏踏实实坐在外面等。这时心放回了肚子里,反正是最后一名,不着急。

轮到我看病时,已到下班时间。女中医给我诊脉开药方,近距离看她,面有菜色,现出疲态。我十分内疚,明白她为什么面无表情。医生少,名医更少,等救命的人太多。日复一日,超负荷运转,会使人心境漠然。女中医开的中药,吃了真有效。她吩咐我不间断吃一个疗程的中药。

第二次去挂号,按正常时间去挂号处,女中医的号挂满了。挂号处的人好心告诉我,挂她的号,要早晨5点以前来。尽管我办了电话提前预约手续,有预约卡,但是,这个专家是例外,不能电话预约,只能夜半排队。

这对我来说,很吃力。

我半夜一两点才睡下,夜里失眠总醒,常在快天亮时才朦胧睡着。如果一个疗程是半年,意味着我一周有两个凌晨必须4点出门去医院排队,长时间这样怎么受得了。我硬着头皮,又到女中医诊室门口张望,焦虑自责老半天,张皇忐忑半个上午,补了一个号。女中医告诉我,不能总补号。她的病人多,有时一上午要看五六十个病人。

我脸皮薄,很明白人家在说下不为例。等拿药回到家,已是下午1点多钟。如此这般看一回病,我内心会惭愧许多天,精神上很紧张。那时根本不知道自己有抑郁症,就是觉得这样求活很没有意义,完全违背我的心愿,人总活在一种耻辱的感觉中。

不由想到电影《泰坦尼克号》。女中医好比那艘救生艇,容量有限,只能载很少一部分人,那我何必往上挤?

我不打算再这样求诊。

我希望生得自然,死得自然。

继续说2001年12月"作代会"。

肿瘤医院看病第二天,好像就是会议闭幕的那天,早餐照例是自助餐,我恰好与邓一光、张宏森坐在一张餐桌。我们是1998年中国作协创作班同学,全班二十人有十几个人来参加"作代会",不少人看过《文艺报》转载的程文超写我的那篇《用生命的书写》,同学们都关心我的病况。

邓一光问起我看病的结果,我说专家建议开完会就住院,这回要开两刀。我说开刀开怕了。

张宏森问我打算怎么办。我说:没想好,先回广东吧。我简略地告诉他们上次开刀的遭遇和感受。

邓一光说：不要怕，下回你到北京开刀，咱们班同学都来看你，声援你。

张宏森说：不认识医生不要紧，咱们同学可以给医生做做工作。

他俩一商量，认为事不宜迟，现在就让同学们给专家寄书赠书。张宏森建议我也给朱苏进等没来开会的文讲所、南大作家班同学打电话，请他们给专家寄书。张宏森说：影视作品覆盖面大，你就叫作家们多寄同时有影视作品的长篇。照邓一光、张宏森的说法是，轰炸式密集寄书，感动专家，请他们多多关照。

那段时期，我的98班同学里，好几个同学的长篇剧播出反响热烈，如张宏森的《车间主任》、张平的《抉择》、陆天明的《苍天在上》，还有周梅森的《人间正道》等等。

闭幕式开始前，我先见到同学中的何申、谈歌、关仁山，急匆匆一说，他们立刻说，放心，会议一结束，回去就寄书。我给他们写下那家肿瘤医院头颈科专家和中西医专家的姓名。

那时，我内心并不是非常积极做这件事。如果不是邓一光、张宏森鼓动我支持我，他们的拯救意识比我自己的拯救意识还强，我不一定去跟同学们说。我不愿给人添麻烦。邓一光、张宏森的积极态度让我很感动，河北"三驾马车"积极响应也打消了我一些顾虑。我想，碰得上的就说，碰不上的我不必离京后特意写信求援。

散会时被我逮着拜托的同学有张平、陆天明、纪宇、张品成，他们都满口答应。吕雷也积极组织拯救队。他帮我给鲁院的同学邓刚、乔良等人说，请他们寄书，又拜托张贤亮老师给专家赠字、冯苓植老师寄书。

我一直没有算清楚，有多少作家听说并参与了这次拯救行动，只知道，很多。这里面有我鲁院、南大作家班、98创作班的同学，也有我久仰其名并不熟悉的老师和同行。

一两个月后，那位我敬重的女专家告诉我，她收到了很多作家寄来的大作，还有信。信中大意都是：李兰妮是个好作家，我们的好同学、好朋友，请你们救救她，尽力帮助她。谢谢。谢谢。谢谢。

女专家名气大，工作忙，但是，她被作家们的真诚所感动，她在电话中帮我诊病，开药方，并答应到广东开学术会议时与我见面。

作家们，我的同学朋友们，就是这样伸出了温暖的手。

这是一次关键的拯救行动，我开刀的频密度从这时发生逆转。

2007年8月23日

链　接

《抑郁症完全指南》摘录

他认为如果一个人被反复不断地置于不愉快而且又无法控制的境况中的话……对于抑郁症患者而言,他会因自己对身边人们的不良影响而感到越来越内疚。可是,不幸的是,他对此也无能为力……一般人很难有耐心坚持这么长的时间支持患者的治疗,尤其是患者从外表上看起来并不太像个有病的人……让他们困惑不解的是,你生病的治愈时间比他们所认为需要的时间要长很多。他们也许会认为,这都是因为你自己懒惰造成的结果。

——[新西兰]格温多琳·史密斯

补　白

梳理至此,我发现,2003 年我抑郁症严重爆发缘由之一,是因为必须面对再次开刀的恐惧。客观无助感导致抑郁状态持续,这就是"被反复不断地置于不愉快而且又无法控制的境况中"。

本来,它大概应在 2002 年春季大爆发。由于朱、邓、蒋三同学邀我外出散心,紧接着又受到赠书拯救行动的声援,无形中抑郁得到缓解、推迟,就像不慎一脚踏空,从山崖跌落谷底时,连续被树枝、灌木垫着得以缓冲,不至于一摔就摔得粉碎。时间延后一年很重要。2002 年,中国人对抑郁症的认识几乎空白,也不关心。到了张国荣的离去,以及崔永元勇敢说出自己深受抑郁症困扰,这才使人们对抑郁症有所认识,对抑郁症病人的痛苦有所理解。

对我来说,明白了一个道理。当我遇到似乎跨不过去的坎时,我以为能够帮助我的人,或应该帮助我的人,未必能够帮助我,也未必乐意帮助我。

但是,上帝在关上我的一扇求助之门时,一定会为我打开另一扇援助之门。他的赐福超出我的所求,我不必卑躬屈膝去遭人白眼,他让善良的人主动伸出援手,令助人者更显高尚,他让我饱尝炎凉甘苦,然后学习珍惜这门功课。

第 75 篇

认知日记

2004 年 5 月 26 日星期三上午 10 点 40 分

近几天没做噩梦。曾做过一个旅游的梦。梦中有美丽的青草地，天上有彩色的霞光，柔软的春风吹拂着我的脸，我深深地呼吸着清香的空气，陶醉地望着天光地色，心中赞叹道：多美啊！一瞬间，肉身消失了，魂魄若蝶，轻快飞扬。

可惜只记住了这一点点，记忆前后都是断裂的。

有一个规律：噩梦醒来，记忆是清晰的，过程的情节、细节都记得很清楚；好梦醒来，睁开眼睛之前，记得一鳞半爪，转瞬即逝。

为什么焦虑记忆深刻，而愉悦却无法留在记忆中呢？

是所有人都这样，还是抑郁症病人才如此？

看《我们时代的病态人格》，作者的许多观点在今天已算常识，估计这本书应是上世纪 60 年代前后出版的。经典之作就是这样影响着时代和社会。

随 笔

为什么要开刀？开刀是为了能活着。

可是，李兰妮，你为什么要活？

2000 年 2 月 20 日，清扫手术当晚，我身上插着各种医疗管线。脖子伤口里就埋了两根管子，其中一根是引流管，要将伤口里的血排出来。引流管的另一端是个透明塑胶瓶，清晰可见鲜血在瓶中慢慢增多。我的胸上、胳膊上、脚背上连接着各种仪器。

按规定，我二十四小时之内不能吃东西，也不能喝水。脚背上连着的输液瓶从早滴到晚，不知已经输了多少瓶药水进入体内。我一直没有排尿，护士说，我的膀胱已经不能再蓄液，必须插尿管。我想起了那天治疗室听见的憋屈的哭声,据说女病人导尿没有男病人痛苦,但是,我怕的是那份屈辱,也怕遭人白眼和训斥。

我央求道:再给我一点时间,让我自己排尿。

1988年第一次癌症手术时,我是全麻。记得那天在手术台麻醉后,毫无知觉,待醒来,已是半夜,排尿没有太大的困扰。

这回局麻,创口开得大,开得深,结扎血管,切断神经,还剐了筋肉,估计对全身的神经系统有影响,大脑发出指令,传导不通畅,或者系统暂时瘫痪,我极力集中意念排尿,没有动静。

护士走了又来,问了几回,又给予警告,指出再拖下去情况会更糟。大冬天,为排尿我脊梁上冷汗直飙。我是盛夏都不容易出汗的人,到此时我真想同意导尿,但是,害怕受辱的恐惧让我继续努力。

癌症手术后,我没有来得及考虑性命长短等大问题,反因细小的事情而困扰。

当我终于自己解决了排尿问题时,心里十分庆幸,同时感慨:原来拉尿也是需要气力的啊。

手术第二天,医生来病房查房,查了前面靠门两张床,绕过我,去查靠窗那张床,然后,走了。

尽管当时已经二十四小时没有进食,但是我始终面带微笑视线跟着医生走,我希望他来看看我的伤口,嘱咐几句。医生没搭理我,查完房了,只有护士来提醒我:要注意脖子伤口里的排血管,隔个二十分钟自己用手挤压胶瓶,保持流血通畅。

我不明白医生查房是无意中忘了我,还是另有原因。等到先生下班来探访时,我们探讨这件事,先生说,瞎猜没有用,赶快去表示感谢吧。

等到第二天上午查房,医生没有忘记我。我请求提前拔去脖子上另一根管子,得到批准。我在这里并不是说,送了礼,医生就好说话。而是想说,在社会环境的约定俗成中,我是一个被自己鄙视的角色,挣扎着想呼唤道德文明,却又脆弱不堪一击。这是知识分子的虚伪和软弱吧?我真看不起自己!

自己挤捏胶瓶让我恶心。瓶里的血渐渐增多,那都是污血。从那里挖出了所有的淋巴结和甲状腺,里面是否血肉模糊?里面像不像房柱子掏了一个洞,露着钢筋、水泥、电源线、电脑网络线的断茬儿?已截流的水管线滴着废水,我是垃圾。

手术第二天晚上,我没有让家人陪护,我不愿给任何人添麻烦。我把尿盆放在床边椅子上,自己接尿。

到了夜半两三点,我发现尿盆已有半盆尿,这样搁在那里不礼貌。伤口痛,睡不着。我靠在床头想:为什么这些管子这么多,有的要四十八小时才能撤,有的七十二小时才能撤,有的要搁在我身上好几天? 为什么要这样? 就是保命吧? 但是,这样活着感觉一点儿也不好,这命不需要仔细保。我自己的命,我做主。于是,我把胸前连着监护仪的管子拔掉了,接着,除了脖子上的排血胶瓶管,我把身上所有的管子都拔掉了,顿时觉得很轻松。

我非常讨厌回忆癌症术后的感觉。

最早写随笔时,只想谈抑郁症,所以,最早的书名副题是:一个抑郁症患者的认知日记及随笔。写着写着,不能不提癌症的手术经历,绕不过去。几经犹豫,决定捎带着说说。我认为,癌症手术在我的抑郁症积聚过程中没有关键性的作用,我尽量回避。但是,到了本书快结尾时,不得不承认,我必须剖开这个心结。心结里有恐惧、绝望和耻辱。我把它们压缩成芝麻粒大一个血点,但是,它们仍有强大的能量,白白抵消耗去我的生命意志、精神气力。

以上所写部分,我一直在避开"绝望"这个字眼。我很理智,对我来说,绝望是信心软弱,是可耻的,是打在我脸上的耳光。每逢要流露出"绝望"二字时,我必提醒自己:不要写,不要这样说,找其他字眼来代替它。李兰妮,你多次失望过,但你没有绝望。

对我来说,"绝望"涉及道德信仰,属禁忌用词。

直到我无意中看到斯宾诺莎论绝望,我只好承认,原来在心灵的角落里,始终藏匿迷漫着一种叫做绝望的悲戚。

先打住。

不要喋喋不休,每个病人都在吃苦。李兰妮,你不是最苦的那个苦主。

跳过这些,往下说。

我慢慢做着再次手术的心理准备。这回我学精了,不忙着上手术台,我首先要清楚,我为什么要开刀、要这么活?

自从化疗后,我的日常生活改变太大了,自身从头到脚都能数出毛病,来自外界的刺激也是负面多于正面。

我不能写作了,不能看书了,只能出席极少的社会活动,而且我害怕给会议组织者添麻烦。单位组团出国时,二十多人的团,只有我必须签字,先生也要签字写明自愿,出事概不追究。过去我应邀参加什么活动,人家认为是捧场,如今接到邀请,已成对方施舍或同情。

化疗药物对肌肤、发质、容颜等外表的破坏显而易见。

在北京看病时,专家叫我填个癌症病人情况追踪表,里面列举了许多项癌前癌后的改变。等填到皮肤一项时,我停笔问女专家:我现在的皮肤算不算比较好？女专家仔细看我,犹豫。我有点受打击,从小到大,总听别人说我皮肤好。女医生看出我的心思,迟疑地安慰我:还可以。

我与朋友在深圳吃饭,中途来了一个时尚女人,朋友介绍:这是李兰妮。那女人很吃惊,说:哎呀,认不出来了。我心里想,我不认识她啊。那女人说:半年前我在一次活动中见过你,那时我觉得你光彩照人的,你现在怎么了?

除了极少的大型活动,我基本不穿新衣服。

我对穿破烂衣服有瘾。我体会到,穿新衣服是要花费气力的。新衣服上身,它要吸我的精气神,我要流入部分生命能量喂饱它。旧衣服不同,丝丝缕缕中,早已填满我的气息能量,它不会再向我索取。

我每天活着就是跟病痛纠缠不清。夜里不是失眠就是噩梦。有时听到熟人说"痛苦啊,好几天失眠",往日生龙活虎的人一下就蔫巴了,唉声叹气。每逢此时我就想,那么天天失眠天天噩梦的人还要不要活呢?

醒来总是头痛,脑子里混沌沉重。颈部伤口疼了两年,右耳一年没知觉,天天咽喉肿痛,出去吃个饭,回来就上呼吸道感染。

心脏做心电图,心动过缓,心律不齐,心轴右偏110度。平时一分钟心跳七十多,一躺下休息,或遇天气变化,每分钟心跳四十多五十下,要张嘴喘气,总觉得没有空气,不能躺,只能站。

胃镜检查:胃有多处出血点,糜烂型胃炎,浅表性胃炎。

慢性肠炎,胃动力不足,肠动力不足。

中医在病历上总是写:脉沉细,心肾虚,脾胃虚,肝火心火旺,湿热,便溏,小便不畅,腹胀,肠鸣,乏力。

…………

不想再列举。

这不是我想过的日子,这样的生活质量活得真熬人。

我,一个已经被边缘化的落魄病人,一个衰败的、晦气的平民,没有利用价值,呆在世上只是一个负数。没有钱,没有权,没有名利地位靠山背景,没有利益交换的任何资源,没有生活保障医疗保障,只会成为家人亲友单位社会的累赘。

最让我丧胆的是,这样的日子没有尽头,还会恶化下去。再手术,左右各一刀,局面更会失控。有口难言的屈辱,愤怒立刻要重演,遭遇可能更不堪忍受。作为人,我已失去尊严。生命的尊严被糟踏羞辱,忍无可忍,就不要忍。

为什么要活?

在预备再次手术的时间里,我找不到为什么要活的理由。

什么为家人、为亲友、为尊重生命、为革命、为坚强,为这为那,统统不能成为理由。

我为什么不能要求家人、亲友、生命、革命、坚强等等，为尊重我这个人而放手？我完全可以理直气壮地昂首质问：我为什么要为别人而活？

惟一令我低头沉默的，是信仰道德。

生不能生，死不得死，这就是我的困境。

2007 年 8 月 25 日

链 接

《简论上帝、人及其心灵健康》摘录

如果那个将发生的东西我们认为它是好的，并且认为它可能发生，我们的心灵就采取一种样式，这种样式我们称之为希望，这希望不是别的，只是一种欢乐，但是混杂着某种悲戚……但是，如果我们认为那东西是坏的而又必然要发生，这样就在心灵里产生一种东西，它叫做绝望，后者不是别的，只是一种悲戚……耻辱是在一个人内心产生的一种悲戚，因为他看到他的行为受到别人的轻蔑，而这个别人并非起意于曾经受过或怕要受到什么损害和不利。

——[荷兰]斯宾诺莎

补 白

这段摘录，是我昨天傍晚随手翻书时看到的。

近来有个习惯，离开电脑后，随即在背后的沙发床躺着，把脖子和脑袋朝下，搁在沙发外，仰着搁累了，再俯伏搁着，自嘲养脑。要让血涌到脑子里，养很久，直到写作带给我的晕眩减轻少许。

脖子、脑袋搁在沙发外时间长了，就有些闷。为防止脑子乱想东西，便以毒攻毒，脑子里不是满满的乱吗？那就继续输入文字。我在沙发上、地板下散乱放着一堆书，头朝下养了一阵子，便随手抓本书翻。这也许有点强迫症，手里得有点事在进行中，否则会内疚，批判自己故意偷懒。

这种翻书的姿势很奇怪，也很费力。翻阅的时候，字不往眼睛里走。如果硬赶它们往里点卯似的逛一下，脑子里类似有个足球守门员挡着不让进。

可是，也有例外的时候。乱翻一小时左右，或者翻完一本书，总有一两句话，突然吊入球门。我和脑子里的守门员都纳闷，不知怎么踢进去的。

而以上摘录，就是这样进入大脑的。我爬起来，跪在沙发上仔细看，看了一遍，迷迷糊糊，想放下，但眼睛不由自主又看了第二遍。我暗暗问自己：什么意思呢？我坐在沙发床上，背靠墙壁闭上眼睛歇一歇。这时再看，原来斯宾诺莎几句

话,说得恰与我写随笔时的心境相吻合。

冥冥中,谁在作功?

这个月我的睡眠又开始出现问题。我一直咬牙忍着,每次中午关掉电脑后,大脑中对往事的记忆关不掉,那些记忆的碎片在脑海里不受控制地乱串,胃部气郁,结成硬块,吃不下饭。我要来回在屋里走动半小时,深呼吸,吐气,揉胃脘,努力把午饭吃下去,然后又来回像困兽一样走走走,做心理治疗。

等我走累了,躺在床上午休时,记忆像一群铺天盖地的兀鹰笼罩着我,啄食我。我紧闭眼睛,全神贯注驱赶它们,不让它们强壮、变形、失控。我祷告,我安慰自己:好孩子,不要怕,睡吧睡吧,放松——睡吧。

不可能睡着。

我给自己做正面的认知治疗。两点左右搏斗到3点多,养神结束。

夜里,吃一粒阿普唑仑根本不行,没有一点睡意。

梦。梦里很疲倦。梦醒,也疲倦。

第 76 篇

认知日记

2004 年 5 月 31 日星期一上午 11 点 5 分

今天是 5 月的最后一天,自抑郁症治疗之日起,我已经习惯了每天指认着挂历牌过日子,艰难的日子总是显得格外漫长。

记得 1996 至 1999 那几年,忙着北京、澳门、深圳来回跑,每天不是采访,就是面对电脑写剧本,或是与相关人士探讨影视、小说、散文的策划和落实。那时日子过得飞快,似乎一眨眼一年就没了。偶尔一算时日,觉得快得邪乎,不可思议。

照抑郁症的书上所说,这应该是双向型抑郁症,这几年叫躁狂时期,创造力异常旺盛。

自 2000 年 2 月癌症手术以后,日子的步伐慢了下来;抑郁症以来,尤其是去年 3 月底至 4 月底的那些日子里,日影、时钟、计时器好像全出了差错,不知眨了多少回眼睛,那一分钟还是那一分钟!

近半个月,日子的步伐似乎渐趋正常。我常默念:"欢欢喜喜吃你的饭,心中快乐喝你的酒。"这样的时刻,心是安静、愉悦的。

为了给乐乐过六一儿童节,请美容师给乐乐剃了身上的毛,只留头发、尾巴保留原貌,突出优点。现在的乐乐更好玩,更可爱了。

抑郁症病人养宠物狗真的有助于治疗,就像自闭症的孩子与狗相处有益一样,小狗狗是上帝派来的天使,它带来爱,带来医治,带来安慰,带来温暖和信任。

随 笔

据《南方都市报》载:今天是第五个"世界预防自杀日"。

小标题之一:八成自杀者患有抑郁症。

2007 年初,北京心理危机研究与干预中心发布的《我国自杀状况及其对策》数据显示:中国每年有 28.7 万人死于自杀,自杀是 15—34 岁人群的首位死因。200 万人自杀未遂。

报载:国内首家自杀预防机构的负责人曾与同仁坚持九年,助人无数,却于 1997 年 9 月 7 日死于自杀。此后至今,广州再没有出现专业的自杀预防机构。

二次世界大战的创伤,导致了战后半个世纪欧美人精神障碍的高发病率。根据这个规律推测,我国十年内会进入高发病率时期。我们做好应对准备了吗? 我们十三亿人口的国家,拥有多少个合格的精神病学家?

在神经症人格、反社会型人格逐年逐月逐日增加的环境里,经济增长数字的背后是火药桶,财富积累数字的背后是火山熔岩。

怎样的人格在掌握权力? 怎样的人格在操作财富? 怎样的人格在造人育人? 怎样的人格将沉淀在集体无意识中? 两个世纪的这段历史将怎样作用于我们的精神基因? 五百年后,子孙后代是感谢我们,还是诅咒我们?

从月初写到月末,我有点吃不消了。

我心脏痛,酸痛,心不是揪着痛,是散着痛。心原来像玫瑰蓓蕾,是紧实的,现在如同将谢的花瓣无力散开,隐约欲坠,喝咖啡刺激它不管用。为了继续写下去,我只好吃心宝和银杏叶丸,没有一点作用。

过去多年的习惯,写作时间上午 9 点、下午 3 点开始,现在上午 10 点、下午 4 点都开始不了。写作的热身时间越来越长,近几天更糟,一想到这部电脑,我头皮就发麻。胳膊上、腿上起小小细细的鸡皮疙瘩。胳膊内侧、大腿内侧发酸。几个月前,夜半我站在十六楼天台围栏上往地下看时,大腿内侧也发酸,那是一种登高时的本能反应,照这么说,我在一种抑制不住的恐惧状态中。

我对李兰妮很不满意,写下的不过是想到的百分之一,意识的可能是无意识的万分之一,还没怎么着呢,就这个熊样儿。你还不想承认你脆弱,你在启动抑制记忆功能,这种应激机制试图将往事从意识中分离出去,心脏痛、头皮发麻、肢体发酸,不过是些阻止信号,不必介意。

理性上我可以不介意,但是我拗不过本能。

我要休息,我要对自己仁慈一点,我放过了李兰妮。让她休息几天,我有点可怜她,既然她变着法子耍赖,不想揭开更深的记忆层,我就让步吧。

好吧,继续说。

在准备开刀的日子里,我要了结该了结的事。

我把没穿过的漂亮衣服送人。偶尔穿过一两次,但质地好式样好的衣裙、饰物也送出去。以这种手术频率,我大概再也用不着了,越早送出去越好,资源不浪费,人家来得及穿用,晚了没人愿意碰,还要劳烦家人清理扔掉。

容易引发误会的文件、合同、信件、照片及其他物品,撕掉,扔掉。一些手稿、资料、电脑存盘扔掉。保存的杂志、画册、小礼品能送送,不能送扔。旧电话号码簿扔。存在柜子里的美容美颜化妆护肤品,送,扔。一切我当前用不着的,以后未必用得上的,都在处理之列。让衣柜、床头柜、书柜抽屉里,尽量减少我的私人用品。

我要渐渐切断与外界的联系,做好离去的准备。

先去萍乡跟外婆告别。

2002年暑假期间,我约上先生、弟弟、弟媳第一次两家齐全去看外婆。外婆特别高兴。弟弟、弟媳结婚不到一年,外婆盼望能早日见到他们的孩子。先生和弟媳都是大学校园里的教师,外婆当了一辈子"张师母",见到他们更有一份认同感。外婆的笑容很灿烂。我心里想,这是我最后一次回萍乡,我要记住外婆美丽的笑容。

外婆不知道我的心思。根据妈妈的强调再强调,我癌症手术一事,绝不能向外婆透露。我跟妈妈说:我脖子上如此显眼的伤疤,总要有个交代吧。妈妈说:若问起就说是个良性小瘤子。

外婆没追问,她好像沉浸在快乐中。她似乎一点没察觉我气色差,体力弱,还嗔怪我缺少锻炼,走路、爬楼都比她慢。

我们四个人特意到照相馆跟外婆照了一张很正规的合影。

就跟安德鲁·所罗门先生的母亲想法相似,我早就在想,要提前做准备,我们无法预测癌症再次转移的后果,我们需要一定的时间和空间。相信许多癌症病人都有类似的想法,只是付诸行动的人少。

现在我一边在电脑前码字,一边想,那时外婆未必不知道我得的是癌症,她是一个智慧老人,心里明白,不动声色。她用中国传统的方式淡化忧伤。

再次手术前,还有一件心事要处理。要给先生留下房产。

深圳1989年开始房改,1991年我买下了自己住的福利房。先生在广州一直没资格分房。

我的房子是1985年入住的,七十七平米。2000年中大最后一批集资盖房,先生交了十几万,总算有了租房资格。2001年我们入住有电梯的教师房。有电梯很重要,因为我曾看见程文超最后化疗阶段体弱,住七楼爬楼实在辛苦,中大特批他在别处一楼暂住,直到他去世。

既然我要提前安排后事,不可避免要触及房子。

我想将深圳的房子退回有关部门,在深圳租一个三四十平米的一楼小房子安身。这样,先生也许能把现租住的房子买下来,省去后顾之忧。

一天上午,我到住宅局咨询有关规定。一位女士看着我脖子上的疤,表示理解我的考虑。她说:深圳租房要比广州贵,你要考虑清楚。我说:像我这种情况有没有什么优惠规定呢？女士指着对面一间半掩的办公室说：你去问问我们的领导，看看今年的有关规定什么时候能下来，你这种情况该怎么办。

我走到半掩的门前轻轻敲门，没有回音，我转头看看那女士，她做了个快进去的手势。我便又敲敲门，慢慢推门站在门框边，领导在看报纸。我就走到他桌子对面，礼貌地把我要问的问题简要说了一遍。

领导一副很烦的模样，不等我说完，就说：今年规定没下来，问我没用。

原想提前善后，了却心事，没想到碰壁碰得手凉心寒。

挫折促人反省。

想通了。这桩心事放下吧，任何人死之前，都不可能做完该做的所有事。

放心死，活人自有活人的办法。

2007 年 8 月 27 日

链　接

《我们内心的冲突》摘录

最富于关键意义的当然是他们内心的一种需要：在自己和他人之间保持感情的距离……在一个充满虚伪、狡诈、妒忌、残忍和贪婪的社会里，弱者很容易因为自己的诚实而遭殃，与他人保持距离则有益于维护自己的品质……只有一种应付危险的办法——逃跑和躲藏……它直接表现了一种对人格被分裂的畏惧，常见于梦和联想之中。

——［美］卡伦·荷妮

补　白

最近一次到北大深圳医院心理科开抗抑郁药，李博士告诉我，癌症病人中，50％会罹患抑郁症。

我个人估计，事实上，95％以上的癌症病人，会出现抑郁症状；65％会出现中度以上的抑郁。不少癌症病人在一年左右去世，令亲友只见癌症转移因素，却意识不到是抑郁加速了癌细胞的扩散。

在一个缺乏道德信仰、充满虚伪贪婪和冷漠的环境里，癌症病人活成了一个负数。癌症并不可怕，可怕的是癌的环境、癌的人心。

第 77 篇

认知日记

2004 年 6 月 2 日星期三上午 11 点 25 分

儿童节黄昏时分,在物理系前的草地给乐乐照相,很有趣。也许我是在弥补自己的童年缺憾吧。

童年的记忆中,缺失了儿童节的片段,更没有父母给我们过节的画面。我们这一代人缺乏爱的滋润和熏陶,我猜测,多数人身上存在病态人格。

看《我们时代的病态人格》一书时,没有兴奋,觉得作者有关病态人格的叙述太熟悉,司空见惯。时至今日,那已不是病态,乃是常态。不如此才叫异常呢。

我们这一代人与前一代后一代人有所不同,童年时期特别缺乏具体的、细腻的、安全的父母之爱。在我们的文化中,批评父母是一种禁忌,对父母有怨恨更是一种罪恶。

时代造成了父母在家庭、亲子、精神保健方面的无知和过失,儿女深受其害却不能把精神层次最深的痛说出来,不能为此呐喊、求援。气滞于心,血淤不畅,心结渐成肿瘤,恶化到一定程度便是癌症。最终癌细胞迅速吞噬、毁灭我们。

谈到病态人格,精神病学家、心理学家都认为童年的伤害是最重要的因素。这样的伤害积聚焦虑、恐惧,量变酿成质变,人心化为地狱,生死不得安宁。

不仅我们是受害者,我们的父母、孩子也是受害者。我们必须拯救自己的心灵。

拯救的第一步是正视伤害,说出来,与父母一同做"化疗"。化疗是危险的、痛苦的,几乎是以毒攻毒,但治疗癌症必须如此,不可逃避。过了化疗关,才有机会进入漫长的顺气消滞、活血化淤的调养阶段,很漫长很漫长,须小心加小心。

很想知道,在这方水土上,究竟有多少人受过这样的文化禁忌之苦害?

随　笔

话剧《刺客》到深圳演出。偶遇去看。

进场前,深圳大剧院《刺客》海报上有宣传文字:士为知己者死。女为悦己者容。

话剧演到近尾声,才搞清楚为什么剧中刺客豫让一而再,再而三要杀赵襄子。豫让跟着他的第一任主公时,是个油漆匠;跟着第二任主公时,身份相当于客卿。第二任主公死于赵襄子之手时,手无缚鸡之力的豫让誓死不降,立志刺杀赵襄子。赵襄子几次饶豫让不死,豫让不罢休。毁家毁容毁嗓音,心志不毁。屡败屡刺。赵襄子问豫让,他第二任主公杀了他第一任主公,他没什么表示,而赵襄子杀他第二任主公,他却定要复仇,究竟为什么?豫让答:第一任主公待他不过是普通的油漆匠,而第二任主公待他为国士。

由此引申出士为知己者死的主题。豫让死了,赵襄子以国士之礼而葬之。

散场后,走出大剧院,独自散步回家。

走着,走着,脑子又活跃起来,似有强迫症地想着有关"士"的成语。

心里有个声音高叫:士在哪里!声音霸道,粗鲁,疯子一般蹿到我脑子里,扇我耳光,捶我脑浆,扯着我的神经吼:士可杀不可辱?士为知己者死?士穷乃见节义,不为富贵所淫?士在哪里!在哪里!

耳朵痛,天灵盖痛,太阳穴痛,百会穴那个点发烫。幻觉又来了,脑浆像煮开的豆腐脑跳跳跳。我边走边用双手紧拽头发根,拽得越痛越舒服。我要稳住脑子里那个李兰妮。

突然,另一个声音在说话,这是一个陌生的声音,不在脑子里,也不在心里,好像来自身外,来自大街上的空气中。它是一个幽灵吗?它在我脖子后面,它说:知己在哪里?我问你,"知己者"在哪里?

想起那个没有上京会试的穷举人,穷举人算不算士?应该不算吧?想起当年楼下阳台站着一画家,他对空气说:多么的孤独啊。到底先有"士",还是先有"知己者"?你问我我问谁?

曾经,士说:知己在哪里?

今天,民说:士在哪里?

读报。《羊城晚报》:"深圳自杀死亡人数超过交通死亡人数,近几年平均每年超过 2000 人,其中中产阶层占了大多数;去年交通事故死亡人数为 910 人……据悉,我国每年至少有 25 万人自杀死亡,是世界上自杀率最高的国家之一。而广东省每年有 2 万人自杀身亡,超过 10 万人自杀未遂。"

这篇报道谈到,深圳人大常委会审议深圳卫生事业的发展规划时,提出全社会要关注市民精神卫生。作为一个深圳市民、一个重度抑郁症患者,看到深圳已经在关注市民精神卫生,心里很欣慰,是一种实实在在的有盼望的感觉。

"神经科学将揭示出焦虑、抑郁和犯罪之间的某些重要联系。直觉告诉我们,抑郁和暴力是同一事物的两个方面,也就是说:攻击可以是朝内的,也可以是朝外的。"若根据国外精神病学家的说法来推断,抑郁和暴力,在全国所有城市中深圳这样的移民城市首当其冲;而广东在全国各省份中首当其冲;中国在发展中国家中首当其冲。有时候,我忍不住会想:如果除去八十岁以上老人、五岁以下小孩不算,刨去精神障碍病人、心脑血管病人、癌症病人、残疾人、瘫痪病人、艾滋病尿毒症自闭症先天弱智病人,再刨去狱囚、各类型犯罪分子,我们还能剩下多少身心健全的人? 我们的社会支持系统也存在问题,兄弟姐妹之间、夫妻之间充满误解。我们的爱是脆弱的,不能持久的。有时我们付出的是爱,收获的可能是恨。

2007 年 9 月 8 日

链　接

《我的抑郁症》摘录

当我考虑自杀时,我会想起那些名人和他们的自杀方式。

弗吉尼亚·伍尔夫口袋里装着石头走进一条河。

科特·柯本崩飞了他的脑袋。

西尔维亚·普拉斯把头伸进了烤炉。

三岛由纪夫剖腹自杀。

我的单子上有一长列选项:

> 上吊
>
> 酒加安眠药
>
> 被警察弄死
>
> 开车冲下悬崖
>
> 切腕
>
> 割喉
>
> 海洛因过量
>
> 吃错药
>
> 勾引变态者约会
>
> 头上套塑料袋
>
> 从屋顶或窗口跳下去
>
> 长时间在海里游泳
>
> 沉入本地的沼泽

尝试一下著名的霍迪尼逃脱术

在油污的地面上骑摩托疾驶

其他……

——［美］伊丽莎白·斯瓦多

补　白

"阅读关于别人的抑郁症",这是伊丽莎白·斯瓦多女士的建议。我极赞成。

从 2003 年春季直到今日,我迫切渴望得知别的抑郁症病人怎样面对抑郁症。如今,我进书店,首先会直奔精神、心理、医学书架,查看有无关于抑郁症的新书。我最想看抑郁症病人写的书。目前,我所看到的,都是国外的病人写的书。他们有的是心理咨询师,有的是节目主持人,还有剧作家、导演、畅销书作家。在《旷野无人》这本书中,我尽量列出看过的有关书目,直接摘出引起我共鸣的忠告。我想,一定有许多在抑郁旷野的黑暗中独行的人,盼望得知这些信息。

斯瓦多女士这本书的中文版是崔永元的序。崔序的第一行就说:"编辑不知道是第几次催稿,我很尴尬,编辑更是。其实稿子早就写好又撕碎了。写得太真实,看得自己头皮发麻。"

当初在深圳,把书买回家,只是站在书架前随手翻翻斯瓦多女士的画作,也就翻了两分钟吧,里面图画的线条墨印刺激我,堵心、不敢细看,图画比文字更能激发幻觉,脑子又将高速运转。我把书放在枕头边,打算临睡前翻看,可是不行,里面那些疯狂的图画线条全是煎熬的声音,它们会引发李兰妮在我脑子里怪叫。那就不看吧。熄了灯,还是有感觉,摸黑坐起身,摸到书,把书放在脚边,不行,再摸索,要离脚远一些,放在床帮与墙壁的夹缝间。第二天一早,赶快放回客厅书架。

这次去深圳,把书带回广州,下午时分,在广深列车上翻书,阳光凶猛,车窗要拉上窗帘,这样的环境较安全,脑子较易受控制。

当看到崔永元说:"写得太真实,看得自己头皮发麻"时,立刻想:原来别人看自己写抑郁症感觉也会头皮麻!

前段时间,我一想到要坐在电脑前写这本书,就起鸡皮疙瘩。最后,只能中断写作,给自己一点调整的时间。但是,我对自己很怀疑,我每天都在自责,我总觉得李兰妮不够坚强,是不是找借口逃避? 李兰妮是不是所有抑郁症病人中最神经兮兮的、最胆小的? 我无休止地批判自己,心情恶劣。

看到崔永元写的"头皮发麻",我开始原谅李兰妮。

我看国外抑郁症病人写的书,特别喜欢看他们写到自己的软弱,大概因为我自己总在软弱中挣扎。"阅读关于别人的抑郁症",也是一种疗伤中的认知。

看斯瓦多女士列的一长串单子,深感中外东西有别。有个洋名人说过,看一个人究竟是怎样一个人，主要看两条：一是看他娶什么样的妻子，二是看他选择怎样死。

中国的农民自杀，多选择喝农药；中国的白领自杀，多选择吃安眠药。看到斯瓦多女士列出的以上十五条，我知道其实有更多。每一个抑郁症病人都认真思索过无数自杀方法。我常琢磨的十二种是：

1. 50度以上白酒加安眠药。（经研究不可行，他人已有太多失败之例，十有八九昏睡几天几夜，闹不好只伤及大脑记忆，后半辈子成为家人累赘。）

2. 用长丝袜上吊。（并非十拿九稳，操作不好，自取其辱。被救过来后，易因大脑缺氧过久，成为嘴眼歪斜口水长流的傻子，生活不能自理。）

3. 把胳膊放水中割腕。（血会自凝，只能作为自残自娱项目。）

4. 从十五层以上高楼天台跳下去。（要夜里两三点时跳，楼层越高成功率越高。）

5. 从海船甲板跳下去。（比较麻烦，远水解不了近渴，还会劳烦船员下海相救。）

6. 卧轨让火车碾死。（时间不好拿捏，闹不好还会害火车司机下岗。）

7. 出门被汽车撞死。（就怕撞不死，撞成残废反害人。）

8. 坐飞机摔死。（这是有害他人的坏想法，摔飞机不能只摔死你一个人啊。）

9. 打吊针快速点滴引发猝死。（成功率不高。会被医护人员发现，被骂得狗血淋头。）

10. 找个机会撞在枪口上误杀而死。（这种找死的机会太小太小。）

11. 开煤气中毒而死。（会殃及家人四邻或保姆。）

12. 触电而死。（不那么简单，很有可能只是电麻或弹开。）

当你无数次琢磨自杀事项时，一定要有个原则底线：找死的时候，不可伤害他人性命及利益！比如，拿炸药包到车站引爆，跳井让井水从此没人敢喝，放火自焚，往家中菜汤里放老鼠药，等等。你那不是自杀，是杀人，是犯罪！

自从重度抑郁之后，我很留意有关别人自杀的消息。我在报刊上看到过，香港有人在过境处闹自焚，结果自己没死却害死了一个公务人员。有人跳河或跳海，自己没死却害死了救援的人。《过平常日子》书中提到，李夫人曾吃安眠药、开煤气、割腕、服毒药四度自杀，死不成。我非常注意这几种方法为什么不行，经过研究，我认定，跳楼比其他方式成功率高。但是，最近看新闻，广州大学城一个大四的男生自杀，他并非抑郁症病人，只是创业受挫一时冲动寻死。他跳楼自己没死，却砸死了一个大二的女生。被砸死的女孩十九岁，品学兼优。

我知道，重度抑郁症病人不可能不琢磨自杀，谁也挡不住他们这样那样想。作为过来人，我有两句话要跟你们说：一、这种时刻其实是可以熬过来的，哪怕叫人把你打晕或做电击。二、不可祸及他人。

第 78 篇

认知日记

2004 年 6 月 6 日星期日晚上 10 点 10 分

写认知日记已经整整一年啦!

没有回头看过。不想看。最想写的没法写出来。曾想把手术前后的伤痛、抑郁症爆发时的恐怖念头写出来;可是不能想,仿佛想下去人会发疯!说不出来,好多痛是无法表达的。

我似乎一直生活在三个世界里。现实的、梦中的、幻想的世界。每个世界都与另两个世界不同,分裂得厉害,令我筋疲力尽。我一人好像同时活了三辈子。

难道我就是三个不同的人?

哪一个是李兰妮?

这三个李兰妮我都不喜欢。

我盼望看见一个健康的、喜乐的、进入了新天新地的李兰妮。

认知日记要不要再写下去呢?

还没想清楚。

什么时候浏览一遍? 李兰妮,你能回答我吗?

随 笔

"小兔子乖乖,把门开开,快点开开,我要进来。

不开不开我不开,妈妈没回来,谁也不能开。"

这是我记忆中第一首儿歌。不记得是谁教的,也许是幼儿园老师,也有可能是军营里的家属阿姨。这首儿歌教育我,大灰狼想吃掉小孩子,什么模样的人都不要相信,谁都可能是大灰狼。为什么清楚记得它? 因为那时候的我很担心,如果大灰狼装成妈妈来敲门怎么办? 怎么才能看出它是假妈妈? 妈妈吃掉我怎么办?

我在子弟小学读书每天要在教室外排队,一排队,就有同学指着队伍数数点点,说:老一放个隆咚屁,把老二崩到二里地,老三磨尖刀,扎穿了老四的屁眼子,老五开飞机,老六扔炸弹,炸得老七一头汗,老八吹喇叭,吹得老九一脸稀屁屁。于是,排老四、老九的同学就不乐意,要抢着换个好位置。混乱一阵刚排好队,又有人出来这么数,又引发混乱,排队的人位置总在调换。

老师没给我们讲童话,也没讲过神话故事,我不知道那些顺口溜是从哪里流行过来的。

城里孩子在少年宫学唱歌、朗诵、拉手风琴、吹笛子,听安徒生童话故事的时候,我身边的小朋友只会说顺口溜:报告司令官,没有裤子穿,走到司令部,捡到两块布,左补右补还是露屁股。

每天到山坡公厕蹲茅坑,总有同学在厕所门口或墙背后怪叫:谁要草纸——红毛手套!红毛手套来啦。快跑啊。

男生们没事就哼着《地雷战》鬼子进村的音乐,唱:叮——疤瘌,叮疤瘌,叮疤瘌。女生有时就几个人扯着我,唱:泥娃娃,你坐好,我来给你洗个澡。洗呀洗,洗呀洗,洗出一个烂泥巴。

我转学寄宿,同宿舍上床小朋友给我讲的故事是梦游吃死人。她说:你晚上会不会梦游?你知道吗?听说医院死人房里总有人半夜偷吃死人肉,查不出来。第三天,医生就叫护士往所有的死人肉上都涂上紫药水。到了早晨,医生对护士说:我们一个人一个人去查,看谁的牙齿是紫色的。护士突然大叫:就是你!

上床小朋友突然指着我大叫,我吓呆了。这时她格格笑着说:就是那个医生啊。

很长时间里,宿舍的小孩子都喜欢玩这种恶作剧,不但吓唬新同学,也吓唬自己。有时候,早晨起来,我们都暗暗担心自己的牙齿是紫色的,我们都害怕自己会梦游。

我就是在这样的文化背景下长大的。我记忆的底色该怎样形容?苍白?贫瘠?污糟?粗俗?除了打仗,抓特务,其他知识一概不懂。没听过"科学"这个词,没看过画展,也没听过"作家"这个词。我熟悉的是:哨所,刺刀,钢枪,舰艇,望远镜,战壕,坑道,高炮,手榴弹。我的玩具是:红缨枪,木头手枪,弹弓,竹箭,石子,沙包,棍棒。

听说,儿童时期是记忆力最好的黄金时期,很多科学家、艺术家、文学家、政治家、企业家,都是在儿童时期奠定他的知识基础,开启智慧之门。纯洁的心灵,美善的印迹,人生之初的基调决定你的个性、能量、发展走向。种树、种菜、种花,都要讲究底肥,底肥的种类、质量、数量,钙钾磷氮锌等搭配,决定种苗的生长速度,抗病虫害能力,能否开花结果。

假如,那时候的我,是一粒小萝卜籽儿,我的底肥就是忠勇。就算是钙吧,薄薄一层,这棵萝卜苗准是蔫蔫巴巴的,叶子发黄,虫害必多,将近收成时,再怎么追肥作用不大。拔萝卜的时候,了不起拔出一个二两重的细萝卜,不甜,不脆,味道怪怪的。

2007 年 9 月 11 日

链 接

《荣格自传》摘录

我的一生是一个潜意识自我充分发挥的故事。

我梦见……谈话是用拉丁文进行的。一个戴着长而鬈曲的假发的绅士对我说话,问了我一个很难的问题。醒来后,我立刻想到我正在撰写的著作《潜意识心理学》,又想到那个没有回答出的问题,痛感自卑……迟至多年之后,我才理解了我的梦和我的反应。那个戴假发的人是一种祖先的灵魂……我灵魂上的先人向我提问,看来是希望并期待得知他们在尘世未曾得知的一切……如果死后有一种意识的存在,那么,我认为,这种存在就会在人类所达到的意识水平上延续下去,而意识在任何时代都具有一个可变的上限。

——［瑞士］荣格

补 白

我自己不会解梦,但我对潜意识很感兴趣。国内研究潜意识的书很少,写得精彩好读的,我不知道有没有。我们现代的医学专家注重尖端技术多,不重科普,写书是给医学博士们读的。而文化界对人类潜意识的关注少,注意力过分集中在社会的表面纷争上,有点遗憾。

书店的畅销书柜台上,清楚地摆明现代人的热衷和追求。一眼扫去,我看到的是:急迫,躁动,焦渴,肉欲。物质的,世间的。只争朝夕。

曾经多年,书店是个冷清的地方。那时我想,什么时候书店变得拥挤、热闹该多好啊。今天我想,什么时候书店里变得安静、内敛该多好啊。

第 79 篇

认知日记

2004 年 6 月 8 日星期二上午 10 点 30 分

没想到这么快就必须打开电脑,继续写我的认知日记。原以为可以在很长一段日子里不用做认知治疗,病情稳定了,噩梦不会再困扰我的魂魄和神经。

凌晨。在梦中。

前后的梦境都记不清了,惟有一段不时浮现,挥之不去。

……我无意路过一个废弃破败的仓库区段,一间平房前的屋檐上挂着一个吊死的女人,她四十左右的年纪,长得端正丰满,有些像我过去的同学宋。

我是突然与这吊死的女人正面相遇,离得非常近,看得非常清楚。她的脸紫涨着,肌肉僵硬,垂着眼帘,下巴不知是本来就胖还是勒得太紧,显出古怪的双下巴,第二个下巴特别鼓,好像就要掉下来了。她的躯体、四肢也有些臃肿,但表情并不可怕,似乎她满意这样得到解脱。

我很害怕,快步离开。我决定不跟别人说这事,就装作不曾看见过。心里模糊觉得,好像听说过这人作过什么案,正在被调查,但罪不该死,可能她压力太大,选择了断。

……此间又有一小段模糊不清,只记得跟几个人进了这死者的家,她父母热情招呼我们喝茶,强留我们吃饭。他们边做饭边笑着跟我们聊天,似乎一点不知女儿已死。

我觉得困惑,难道她不是他们的女儿?难道他们一点不知道女儿有难?饭菜快做好了,那当妈妈的悄悄出了门,回来时疲惫,显然哭过,却仍装作无事。

我心里在想:是了,她一定是去将女儿解下来,放在一个隐秘处,要等夜里偷偷掩埋。我替死者感到安慰,不管她犯了什么错,毕竟父母还是在乎她,心疼她的。我心里又替那当父母的难过,女儿自杀了,尸体还没安置妥当,他们竟要在家应酬众人!

我眼前不断闪现出那具紫涨的女尸,我心里有种说不清楚的混合型感受,悲哀、恐惧、怜悯、理解、守密、恍惚……

醒来后，头痛、心累。精神不振。在床上眯了好久。

写出来了，就忘掉这些吧。用不着分析，我既没力气分析，也不明白这个梦象征着什么，就知道一点，继续吃药吧。

随 笔

做了一个梦。醒来是早晨 5 点 45 分。夜里 3 点多，我起床上过厕所。这个梦约在 4 点至 5 点半之间。

不记得开头。……我住在北京一家会所里。秋凉天，有点冷。

会所是一个家族式管理的旅舍，平房，大院落。会所中心是个大客厅，可以通向各个房间。房子、家具都比较旧，不是破旧，是有点贵气古气的旧。有个七八十岁的老妇人在客厅指挥几个人干活，那些人好像都是家族成员。

老妇人对我很和气，问我到北京来干什么，家里人近来好吗。她叫我别客气，想住几天都可以，她和我家是熟人。

我拘束。我想她肯定认错人了。

我懂得会所是招待会员的，这是一家颇讲究的会所，没有一点珠光宝气，没有一点现代奢华，干活的人不说话，个个像在自己家里无拘无束。客厅偶尔可见两三个客人经过，他们也不说话。很安静。

这时，王云来了，我奇怪她怎么知道我在这里。见到熟人让我感到轻松。

王云说，带我在北京玩一天。

我立刻跟她走出会所。没想到出了大门就是大街，不是闹市，但人来车往，这是我熟悉的环境。我给中国电视剧制作中心写剧本时，王云是我的责编，我很信任她。她指着街边一个路牌，建议坐车去那里玩。路牌上似乎写着：惠州——香港。我说：不好，太远，这种地方以后什么时候都能去。王云说：那好，我带你骑车看一个好地方。

我穿着短风衣，骑着一辆山地车在街上走，到了一个岔路口，路口旁有个行人岛，要过路口的人和自行车都在这里等绿灯。路旁有红白横条的扶栏。我突然发现王云的车后跟着几个自行车赛车手，有中国人，有老外。我前面那辆赛车很漂亮，男车手很高大，戴着头盔，弓着腰，时刻准备冲过路口。

受到影响，我也弓着腰，盯着红灯等它绿。绿灯总不亮。这时三四个溜旱冰的小孩子挤到我车前，在扶栏下爬来爬去。

我心想：谁家的小孩子？滚街拖地多脏啊。当父母的在哪里？

我张望，想找那当父母的。前面的赛车已冲出老远。我赶快跟，紧踩车子拐进一条大街。那些赛车手骑远了，追不上。王云也不见了。

我想，她一定以为我跟在后面呢。我使劲蹬车追，追了一段路，觉得不对劲，刹车停了下来。伸长脖子望去，这条大街远远望不到头，街两边的大厦像纽约曼哈顿的景色，华丽，高耸，越远处越气派朦胧。

眼睛出了问题，痒，蒙，眼角有分泌物流出来。我用风衣的衣袖擦，擦不干净。看街模糊。很不爽。

我心想：王云一定会回头来找我，原地等吧。等了一阵不见她回来。回头看看行人岛，岔路口还有一条路，王云也许从那条路走了？

我到另一条路的路口张望，这条路好像是一条被废弃的路。一边是海，一边只有零零散散的旧屋，没什么人迹。我又伸长脖子使劲往远处看，看不到头。心里想，两条路在远处必有交汇点。

我丢下车，选择这条路往前走。心里不踏实。别人怎么不走这里？前面荒，万一有坏人在旧屋黑店埋伏怎么办？

我退回岔路口，心里着急。我不懂回会所怎么走，也不知道眼前两条路通向哪里。无意触到风衣口袋，有钱包、纸巾。

高兴。原来我带了钱包出来呀，松了一口气，有钱就好办了，累了就找咖啡馆坐。我用纸巾擦眼睛，眼角的分泌物擦掉了，眼睛舒服了，心情开始好转。

信步朝荒路的海滩走去。心里想，奇怪，北京还有这样的大海，望不到尽头的海。海水是浅绿色的，很洁净。海滩居然没有人玩。

我往海边走，海滩有几块大礁石，不高，形状敦实，一大块一大块靠着。石面褐色泛光，上面没有小蚝壳，质感稳厚，里面包着很大的能量。这时，海浪扑过来，撞在礁石上，激起比礁石面积还大的浪花。粉碎的浪花在空中飞溅，浅绿色裹着雪白色。

我心里突然发紧。

我想起了九岁，在那个地面下全是军事坑道的小海岛。黄昏，我要独自穿过一个礁石洞，去连长叔叔家吃饭。礁石洞比大人还高，里面礁石狰狞，可以藏几个人。海浪这个时候特别喜欢撞礁石，声音好大好大，浪花好大好大。

我怕洞里藏着吃人的大海怪，怕海水淹没这个洞，害怕浪花把我卷到很远很深的海底。越磨蹭天色越晚，浪花撞击礁石的声音越大。我不敢去看那些浪花，但总有浪花会溅到我脸上头上。我总会忍不住把眼睛眯成细细一条缝，偷看浪花会不会卷走我。从此，落下暗伤。我不喜欢近距离看浪花撞击礁石。

我想离海边礁石远一点，故意不看礁石，极目张望远处的海水，海面上有点灰暮气，海纹一波一波的。突然，细海纹变成粗海波急推近前，我来不及躲，来不及闭眼，眼看着浪花撞在礁石上，像花儿一样怒放。花芯雪白，花碎浅绿，像极其巨大的一朵烟花开放在宽广的海空中。我欢呼：好漂亮啊！心旷神怡。喜悦。喜悦。

我从喜悦中醒来。

今天醒来头不痛。

2007 年 9 月 12 日

链 接

《道德经》摘录

五色令人目盲;五音令人耳聋;五味令人口爽;驰骋田猎令人心发狂;难得之货令人行妨。是以圣人为腹不为目,故去彼取此。

甚爱必大费,多藏必厚亡。故知足不辱,知止不殆,可以长久。

祸兮福之所倚,福兮祸之所伏。孰知其极? 其无正也。

强大处下,柔弱处上。

天之道,损有余而补不足;人之道则不然,损不足以奉有余。

信言不美,美言不信……知者不博,博者不知。

既以与人,己愈多。天之道,利而不害;圣人之道,为而不争。

补 白

1989 年至 1999 年,近十年里,我特别喜欢白颜色。那种喜欢接近强迫症。

无意间,深圳街头越是喧闹,我越是需要躲在白色中。

有段时间,几乎天天餐餐都要赴饭局。我跟朋友们喝酒,吸烟,说笑,却总有一个微弱的声音:五味令人……五音令人耳聋。让我有点分心,有点烦。

癌症清扫手术后,进入新世纪,饭局大减。有两三个老总朋友都在读书,都说起《道德经》。我赶快讨教:五音使人耳聋那几句,是老子说的吧? 朋友送我一本《道德经》,告诉我,这是他最满意的版本。

不到一年,读经的一位老总遭遇告状,被调离原集团。这朋友叹道:我希望好人别总被人冤,好在接我班的人是个老实能干人,这样想想心里好受些。几个月后,接班的老总又被人这样那样捣弄一通,又调离了工作岗位。第二位老总对我说:调到哪儿我都会对得起良心,我真盼望是非搞分明。

我想:怎么读经的人总是这么快遭遇试炼? 这不会动摇他们的信心吧?

第 80 篇

认知日记

2004 年 6 月 10 日星期四上午 10 点 40 分

怎么回事？前几年那个伤心的梦又回来了。

1992 年至 2002 年，近十年的时间里，我常在梦里梦外伤心。在梦中总是那样的委屈、失望、忧伤、心痛！常常是忧伤浓烈得把我从梦中呛醒。醒来之后，我深深陷入梦的某个细节中，就像身陷泥沼，越挣扎陷得越深。

这种梦仿佛有一种味道，苦到极致便模糊了，错乱了，似乎有一丝隐约的甘与酸涩紧紧揪扯着，没法形容那是什么味儿。有时，一整天，我呼吸的空气中都弥漫着那股味儿，我从未仔细分辨，意识中晓得它就叫伤心。

这伤心之深是无法言说的，我不曾想过要说，也没想过要写它，因为它是不可写的，写出来就不是它了。人心之真痛、最痛只能魂灵知。可惜前几年不知道向上帝祈求拯救，自己一人硬扛着。

近年几乎不做这种伤心梦了。我常背诵"忘记背后，努力面前"。

不要害怕，不要困扰，不要伤心。

人活一世，谁没伤过心？重要的是，求主医治。"我们经过水火，你却使我们到丰富之地。"

随 笔

有几年，我偏爱蓝色。深深浅浅的蓝，棉布的、丝绒的，床单、枕套、被单、窗帘全是蓝色。

忘记在一张怎样的字纸上瞥见：蓝色是最适宜疗伤的颜色。脑子立刻对心说：李兰妮，你受伤了，你需要蓝色，你需要养伤。

其实，人对颜色的偏好是由潜意识决定的，不关流行也不关漂亮。

我刚记事的时候，喜欢翠色。"文革"时全国流行大红色、军绿色，大脑神经对这样的颜色需求饱和，潜意识与之保持距离。

当我身处光怪陆离、色彩爆炸、人欲横流的城市和年份时，潜意识需要纯白色减压，这是人的本能。当我身心遭受功能性器质性病变时，李兰妮自动进入蓝色躲避。

抑郁症康复期间，我多选择红色衣物。浅红、水红、粉红、枣红、鲜红、酒红，就连闹钟、抱枕、旅行水杯、箱子都是红色的，我要振奋精神、振作身心。

每个人的潜意识都会根据需要发出指令。只是社会太喧闹了，自己太折腾了，你就听不到指令，久而久之，你会不断生病。与其四处求医，不如安静下来，倾听你自身体内的声音。这是自然的声音，是让你平安喜乐的声音。

2007 年 9 月 18 日

链　接

《活着就是爱》摘录

假如我们没法去爱与我们朝夕相对的人，我们又怎能去爱那与我们只有一面之缘的人呢？……开始时，试试你对家中的孩子、丈夫和妻子说一些亲切的话，要帮助那些在你群体中、工作上或学校里有需要的人。

饥饿并不单指食物，而是指爱的渴求。赤身并不单指没有衣服，而是指人的尊严受到剥夺。无家可归并不单指需要一栖身之所，而是指受到排斥摈弃。

……若没有这些受苦的人，我真不知道世界会变成怎样。这些了不起的人虽然不断面对痛苦，但仍保存自己的尊严和爱。

……今天，我来接受这项奖金，是代表世界上的穷人、病人和孤独的人。

——特蕾莎修女

补　白

几年前就买了《活着就是爱》这本书，随手翻翻就塞书架上了，觉得语言平实，不够"抓人"，对特蕾莎修女佩服，但并不太了解她所做的事业。

生重病使人进步。

再次翻开这本书，这句话抓心："代表世界上的穷人、病人和孤独的人"。极有认同感。我就是穷人、病人、孤独的人，她代表我们去接受诺贝尔和平奖，她理解、尊重、爱护我们这些被厌弃的人。

第 81 篇

认知日记

2004 年 6 月 17 日星期四上午 10 点

昨日黄昏,带乐乐去西聚园遛弯。出门时已是乌云堆积在天西南。谚语道:云往东,一阵风;云往南,大雨漂起船。估算了一下,云偏西偏得更多些。雷声已响,行人飞奔,我却依然牵着乐乐,看它不慌不忙啃草根。

小石子般的雨点刷地砸了下来,眨眼间天昏地暗,电闪雷鸣。我和乐乐慌忙逃到小凉亭。雨太大,必须撑伞才不至于雨溅全身。

乐乐趴在我脚边,我蜷缩在石凳上,园里空无一人,只见到两三只蛤蟆在蹦。电闪得刺眼,雷就在身边此起彼伏地炸响。乐乐并不害怕,扬头看雨,不时威风地吠叫几声。这让我感到安慰。

我从小怕雷,我抱住乐乐大声说:我们不害怕!乐乐的体温令我觉得有它做伴真好。我开始欣赏雷雨中的世界,我大声背诵:"这是耶和华所定的日子,我们在其中要高兴欢喜","感谢神赐我赎主,感谢神丰富预备……感谢神赐我苦和乐,在绝望中得安慰"。我唱着赞美诗:"哈里路亚赞美主恩,哈里路亚赞美主爱……"

我沉浸在一种属灵的平安中,很愉快,很自在。

雨太大,伞已湿透;雷太响,为避雷我索性收掉伞。我把乐乐放在石凳上,让它趴得更自在,也让自己舒展地坐观雷雨中的风景。心里不着急,知道雷雨不会太久,并盼望着雷雨后的清新天地。

暴雨骤收,雨细如粉。草翠风翩,雷在远处响,闪电不再刺眼。我和乐乐走出凉亭,我们继续遛弯。这时遛弯比平时更惬意。

这就是我的生活。

随 笔

乐乐四岁了。上个星期三才过的生日,生日礼物是一匹毛绒玩具马,浅黄色的马背上有几个粉蓝粉红色小圆点，马尾巴缩着像朵花，一拽那条马尾巴，就有音乐轻快地响起，是儿歌：哆哆哆嗦拉拉嗦，咪咪瑞瑞哆。

我拍巴掌跟着曲子唱：我们乐乐真漂亮，真呀真漂亮。

乐乐歪着脑袋看玩具马，左歪一下，右歪一下，似乎在想：这东东怎么会唱歌呀？

乐乐猜不出来，一口咬住玩具马的脖子，像捕获猎物似的摇头使劲甩，很神气地甩，然后叼着这个猎物在屋里一阵疯跑。跑一会儿，停下来，眼睛闪亮，快乐地看着我，示意我快过去抓它。

我大喊：这是我的玩具。给我玩！我来抓你啦——边喊边追它。乐乐更乐了，表情好玩极了，黑亮的眼睛里满是得意的笑、顽皮的笑，它跟我玩起了官兵抓强盗的游戏。它和我从客厅跑到书房，又从书房跑进卧室。乐乐躲在床底下，紧咬着玩具马，眼睛溜圆看我怎么抓它。我真有点急，这么大一个人，居然抓不住这么个小坏蛋，太没威信了。我趴在地板上，观察一下地形，迅速钻进床底，伸手去堵去抓周乐乐。乐乐刺溜从我手边蹿出去，它在床沿外伸头往床下看，看我趴在床底拍着地板笑骂它小狗东西。

我们很快乐。

我在补童年。这本是我童年时该有的幸福时光。

2007 年 8 月 19 日

链 接

《走进军营》摘录

接到通知走军营，我犹豫。

十九岁之前，我在野战部队军营长大。像我这样的军人子女，童年少年时代军队比父母亲。军营就是我所接触的全部世界。我刚懂事的那几年，父母在军事要塞守岛、备战，我独自远离父母，长年寄宿在艰苦简陋的军队子弟学校。子弟学校老师被打倒或遣散，我和少数孩子无家可归，在没有文化滋养的环境中盲目度日，没有盼望。

多年后的今天，作为一个曾经三次手术、五个疗程化疗的癌症病人，作为一个曾经重度精神障碍的抑郁症病人，当我写作纪实长篇《旷野无人——一个抑郁症患者的精神档案》时，触动了潜意识中的内隐记忆。我的精神之痛中，有着过去时代军营孩子心灵的荒寂与忧伤。我们的父母在边防海岛、深山大漠燃烧生命；但是，我没有亲眼看到那神圣的光华，我只触摸到燃烧后沉默的灰烬。

得知走军营的消息时，我正在写《旷野无人》最后的六分之一章节。我犹豫，我害怕失望。军队转型之初，我随父母走出军营，走到军营外的世界。我独自进入改革开放的前沿深圳，经历着社会转型中的种种熬炼。在此同时，我听说军营也在经历转型之痛。我很想知道今日的军营是怎样的面目，可是，我又很怕看见某些谣传中的负面蜕变。骨子里，我永远是军队的女儿。我不喜欢听人拿部队胡乱说事儿，我希望保留军队在我心目中的神圣地位。

怀着复杂的心情，我随作家团走进了今日的军营。

一路走来，火箭兵、陆军铁军、空降兵、航空兵、潜艇兵、舰艇兵，我看到的是现代化的军营，接触的是威武之师、文明之师、奉献之师、善战之师。我军的优良传统仍在，"一不怕苦，二不怕死"，敢打敢拼。与往昔不同的是，这支军队的综合素质大大提高。在今日官兵的嘴里，常听到"科学发展观""以人为本""信息化数字化"这样的词语。我留意到，连队阅览室里有心理健康杂志，军营里有心理咨询师，战士们活得充实，健康，有"兵者之气"。我被军营里科学化、战斗化、人性化的种种管理细节所打动。

我热爱现代军营铁的纪律和精神风采。我喜欢看战士纯洁、坚忍的眼神。我从他们黑里透红的脸上，感受到忠诚、勇敢的力量。

一路走来，我每天都在感动，每天都感觉到，我在疗伤，疗精神之伤、心灵之伤。我每天都在为人民的子弟兵而自豪。正因为拥有这样一支听党指挥、现代化的军队，中国才能和平稳定地向前发展，掌握国际上的话语权。

在士兵文化俱乐部，看到一张这样的战士摄影作品：一队尘土满襟的战士收兵回营，一个五六岁的军人之子顽皮地从他们面前走过。穿着卡通童装的机灵孩子忍住笑，无忧无虑的小脸放着活泼的光，与战士们含笑爱惜的眼神形成有趣的映照。

当年大军南下，妈妈十六岁。一天黑夜，部队冒着暴雨急行军，泥泞路滑，她背着行军包，摔成一个小泥人。实在走不动了，前排老兵叫她揪着自己的背包带跟着走。老兵是文工团美工，见多识广。十六岁的小女兵一边走，一边问："老铎，毛主席知道我们在这里行军吗？"老兵说："知道的，知道的。"在信念的鼓舞下，十六岁的小女兵奋力走进了新中国。

2004年，我在酒泉卫星发射中心采风。印象最深的，是大漠中寂静的烈士墓地。这个墓地有几百个灰白色墓碑，组成一个整齐的阅兵式方队。据说，早年间尚没有这块墓地时，捐躯官兵的土坟就散落在沙漠里，几年后就再也找不着了。默念着墓碑上从将军到士兵的名字，我在心里问：有多少人能知道他们的默默奉献和牺牲呢？

这次走进军营，我找到了回答。战士宿舍走廊墙壁上有一句他们自己书写的大实话："什么也不说，祖国知道我。"

我为祖国有这样的军人而感恩。

2007 年 7 月 15 日

补 白

走军营时,我喝醉了。这是我第一次喝醉酒。

我曾经有点酒量,不嗜酒,但要喝就喝高度数白酒。十几年里,出过两次小状况:一次是喝冰冻啤酒,刚喝一杯就胃痛,剧痛。我平时不能喝冷冻饮料,对啤酒没有一点兴趣,勉强为之,报应也快,痛得紧急赶到附近诊所打止痛针。还有一次,是化疗期间,医生明令不许沾酒,我不知厉害,喝了半杯红酒,然后补吃化疗药片。几分钟时间就发作了,心脏闷痛,呕吐发冷,朋友们打120,我躺在救护车上,被送到深圳福田急救中心。

有时候,我很羡慕醉酒的朋友,有些人平时一般,醉了后无拘无束说话特别好玩,人的本色出来了,单纯,可爱。

走军营之前,我没有真正喝醉过。也有喝多了,说话声音大的时候。好像越喝心里越明白,潜意识把着关,见好就收。

这回在军营喝的是白酒,没喝几杯,但真的醉了。意识里只记得周晓枫的脸,大概是她扶我躺下,听见叶广芩说这个小红包包要放好。她指的是我的钱包。我心里闪过一丝丝笑,然后就没有知觉了,压根儿不知道作家团的朋友们在担心,大伙儿在我的门外听着动静,商量说:要不要找人看着她?要不要上哪儿找点解酒的药?她会不会稀里糊涂摔坏哪里?又怕徽章的别针扎痛我,从衣襟上给我取下来放床头。我呼呼大睡,并不知道我正在享福呢。

这是我第二次同时被众多朋友惦记着照看着、具体地帮助着关爱着。在我癌症手术时、化疗时、抑郁欲疯时,我没有向朋友们开口求救,但是我的潜意识渴望向朋友们求救,渴望享受一下被人们呵护的待遇。上帝有心补偿我的缺憾,他让与我同走军营的人们化做天使,安慰着李兰妮那忧伤的灵。

几年来,第一次没有吃安眠药就进入熟睡状态。一觉睡到凌晨3点,头不痛,没有哪里不对劲儿,起来洗了澡,坐在床上喝咖啡,吃苏打饼干,心里琢磨着喝醉的原因。

当天下午忘了吃激素。这种激素补充不及时我就发蔫,就跟手机没充电一样,肯定异常。几天走军营,兴奋、疲倦,喝酒前坐了一下午车,体力不支,这种状态喝酒很容易醉。

还有一个最重要的原因,觉得回到军营就是回家了。这是我精神上的家,我感到安心。走出军营后,我经历了魂飞魄散,今天,重新走进军营,走进21世纪中国精锐之师的军营,魂魄回归的我,潜意识感到了自我的完整。

第 82 篇

认知日记

2004 年 8 月 7 日星期六 21 点 30 分

晚饭前,为躲乐乐烦扰在学而优书店呆着。我常去那里翻书,有时就是去呆呆地看那些书架上的书名。家门口有这样一个书店真是件很愉快的事情。

买了一本译林出版社出的精装本《基督山伯爵》。就为最后一页的一句话而买。

"直至上帝向人揭示出未来之日,人类全部智慧就包括在这两个词中:'等待和希望'。"

第一次看这本小说是 1978 年底,那时正在中山医一院住院。我更喜欢那时看的译本,那句话大致是这样翻译的:"在上帝尚未向人揭示出他的未来计划之前,人类的全部智慧就是四个字:等待、希望!"

我非常喜欢这句话! 可是,我曾经忘记过它。

此时此刻是 2004 年 8 月 7 日晚上 10 点 10 分,我特意在认知日记里写下心愿:我希望自己从此永远不要忘记:在上帝尚未向人揭示出他的未来计划之前,人类的全部智慧就包括在这四个字中:等待、希望!

等待、希望! 李兰妮!

随 笔

我并不十分喜欢《基督山伯爵》这本书。好像只看过一次小说,一次电影。但我一直记得"等待、希望"这四个字。

此刻,我想知道:小桃看过这本书吗? 她知不知道这四个字? 她在期盼清华读书的丈夫回家那几年,等待、希望是否支撑过她的精神?

记忆中,她给我们的最后一封信也有四个字:"知足常乐"。

我一直回避思想有关小桃的话题。

以上文字是昨天写的，写不下去。

很长时间里，我控制自己不去想外婆。外婆去世后，有意无意间，我都在祈祷不要梦见她。我怕万一梦见她在另一个世界过得不愉快，会加重我的心病。只有一回，梦见父母收到了外婆的来信。字写在那种老式带竖条的信纸上，信中说：我搬家了，现住在某某大厦1308号房。我跟父母：我还以为外婆走了，原来她住的地方离咱们这儿不远啊。我跟妈妈、弟弟去那幢大厦找外婆。大厦是"回"形的高层商住楼，转来转去像走迷宫。先找到14楼，14楼的人说，再往下走。大厦没有安装电梯，爬上爬下，我们累得直喘大气。好不容易才找到下楼的阶梯，是水泥地，光线暗。下了一层就找1308号房，头都转晕了，"回"形楼太大，走一圈要问好几个人。找到08号房，里面住着一家几口人，男主人说：这里是1208号，你们搞错了，还要上一层楼。我说：不对呀，我们刚从上一层下来，那里是1408号。奇怪了，1308不见了？醒来后，心里想，幸亏没在梦中看见外婆，否则看见她去世前的模样心里一定会难受很多天。

今天凌晨在梦中真的看见了外婆。

混乱的梦境。不知身在哪座城市，记得有几个陌生人来告诉我，外婆被判死刑了，很快要被枪毙。我很慌张，很恼怒。我说：外婆她犯了什么法？为什么判死刑？一定是冤枉的。她在哪里？死刑是哪一天？我要去见她。陌生人说：她在医院。她太老了，医生不给她治，说死刑犯不治。

伤心的气味。心很痛，很伤，嘴里苦苦的。

找到那家医院。医院人很多，熟悉的感觉，碘酒味、酒精味、福尔马林消毒水的味道。每个诊室里都挤满了人，我在医院里迷茫地走，我的眼睛在天花板上俯看大厅。

我看见我焦急地在人群中穿梭找寻，我要找谁呢？噢，医院的管理者。

我看见我极不冷静地跟人争吵，我悲愤。我听不见争吵的声音，但是我明白自己想为外婆讨回什么。死刑什么时候执行？不能更改吗？不能再上诉吗？难道就眼睁睁看外婆冤死吗？是枪毙，还是注射毒针？没有任何人告诉我，外婆为什么要被判死刑，我到处问，没有人能回答。我累极，累得坐在楼梯处歇息，我感到绝望。退而求其次，先不要管谁判她死刑，凭什么判她死刑，先要找到外婆，要争取医生给她治病，我可以当面问外婆到底怎么回事。

突然，我看到了妈妈、弟弟、先生、弟妹，原来家里人也赶来了。我没那么焦急了，弟弟说，弟妹在诊室陪外婆做治疗。我惊喜地想：医院比我想像的好，他们肯给外婆看病啊。我对家人说：为什么判外婆死刑？搞清楚了吗？妈妈说：不清楚。我说：外婆知道她要被执行死刑吗？妈妈说：她知道。她很冷静。可能明天就执行。我不明白妈妈为什么不发飙不发疯，反正我要发飙发疯了。

伤心的感觉。嘴里苦,我想哭,哭不出来,心里干干的,没有泪。我暴跳说:一定要这么看着她就死吗?我受不了受不了!先生抓住我的胳膊,说:你吃药没有?你赶快吃药。急有什么用?吃完药带你去见外婆。我一听要见外婆,心里就害怕。我吃药。我对弟弟说:你上次告诉我,外婆已经病得脱了形,现在怎么样了?我想见又怕见。弟弟说:比原来好一点,样子不会太吓人。

我和家人到了一个诊室门口,护士说:你外婆输完液,上厕所去了。我们在大厅等。我心里揪揪的,慌慌的。突然,身边看病的人群都往相反方向走,只有一个人正面朝我走来,离我几步远站住,挡住她的人群分开了,我的外婆就在我眼前。

外婆面无表情,人干瘦,眼深深地凹下去,眉骨高高的,有点像具木乃伊。个子比原来矮,穿着蓝黑色旧衣服。我不敢上前,她不像我记忆中的外婆。外婆肯定吃了很多苦,她的嘴唇紧紧闭着,皱纹一条又一条,很深,很长。干枯。

伤心的感觉。我不能动,想上前抱住外婆,但是,我浑身不能动。

外婆的眼睛轻轻动了动,开始有了一点光彩。眼睛不再干枯,渐渐有点湿,含水的眼睛,这双眼睛像我熟悉的外婆。

我们一家人上前围住外婆,争着要搀扶她。她不要我们扶,她坐在一张椅子上,她的眼睛里隐约有抑郁,隐约有笑意。

外婆看着我。我蹲下身,双手护住她的膝盖,我抬头看着她,心里模模糊糊想:外婆,我们都在这儿。

梦醒了。天还没有亮。

心里一片惆怅。

惆怅中并不混乱。

我正对着电脑发呆。喉咙发紧,痛,酸涩,苦甘苦甘的。

2007 年 8 月 20 日

链 接

《约 拿》

一日,上帝差遣先知约拿前往尼尼微城,要他向那里的居民呼喊,因为他们的罪恶太重,为上帝所憎恶。可是约拿不听从命令,反而登上一条开往他施去的船,准备在那里躲避。

当船行到中途,海上突然狂风大作,船差点要沉。为减轻重量,船上的货物被抛到海中。有人建议掣签,看是谁得罪神招来灾祸。结果掣出约拿。约拿告诉他们,他是为躲避上帝才上这船的。这时,海浪翻腾,船即将翻沉。约拿说:只要你们把我抛在海里,海就会平静。众人不忍心这样做,就想把船划到岸边。可是,船无法靠岸。众人只好祈祷,求上帝随自己的旨意行事,然后把约拿抛下海。这样海浪果然平息了。

上帝安排一条大鱼把约拿吞入腹中。约拿就在鱼腹里呆了三天三夜。约拿向上帝呼求救恩。大鱼就把约拿吐在旱地上。上帝再次命令约拿去尼尼微,于是约拿就遵命照做。

约拿来到尼尼微,在城里走了一天,宣告:再等四十日,尼尼微必倾覆!尼尼微人信服上帝,就全城禁食祷告,表示回心转意,离开所行的恶道。

上帝见尼尼微人诚心悔改,就不把所说的灾祸降到该城。

——《圣经》故事

补 白

约拿是先知,他是负有重大使命的人,天赋智慧。他不愿顺从使命,但逃避的结果是无处可逃,他终于明白,该他去做的事,他必须遵命照做。

我们每一个人来到世间,都有一件命定该做的事。人们终其一生,沉浮兜转,不过顺天而行,完成这一项任务。不分贵贱高低,不论势力才能,有所为有所不为。老百姓常说:谋事在人成事在天。这朴素的道理涵盖了历代人的体验心得,道出了宇宙的奥秘。

2006年5月的一天,我从北京回深圳,机场高速路上,出租车司机刚收听完一个节目,说的是一个复员兵路过北京丢了钱包的哥听说复员兵参加过抗洪救灾,便赠他六百元路费助他回乡。几年后,事业有成的复员兵来到北京,通过电台找那的哥感恩还钱。

我听见前排出租车司机大声说:这做好事啊,必须好人遇上好人,我吧,也做过这种好事,可我倒霉呀我,最后恨不得抽自己嘴巴子。

我问怎么了?

司机说:就去年,大热的天儿,一个客人电脑包落我车上了。我发现了,赶紧的告诉车队,免得人家在电台报纸登广告找,那不得花二百块钱啊。我是替失主省钱省时间哪。车队告诉我,失主联系上了。我就跟失主打电话,天气忒热,他别跑车队去,说一地点我给他送去就完了。那人约我下午1点,凯宾思基饭店大厅。我就专门给人送去了。那人接过电脑包,说是说了谢谢,也打算掏钱表示一下,手都伸进衬衣口袋了,我就说了一句不客气。嘿,那丫还真不客气,立刻不给钱了,就这么把我打发走了。把我气得呀!那么热的天,我专门去给他送包儿,开了一小时车,还没有吃饭。他问都没问我一句吃没吃饭,水都没请我喝一杯。你说,这样的好人谁还愿意做?我以后,决不再做这种傻事儿。

我有点难过。我为所有做好事而心受伤的人们感到难过。

我说:你听过丛飞的事吗?

的哥回头看我一眼,有些迟疑,他轻轻摇头。

我说:就是那个深圳歌手,义工。他资助了一百多个孩子上学。后来,他得癌症了,有的被资助的孩子还催着要钱。

有报道说,丛飞患过抑郁症,2002年曾经重度抑郁企图自杀。

我绝对相信,处在他那时的境况中,不可能不抑郁。他一个人在深圳,没有固定收入,还要养家糊口,竟十年如一日,以微薄之力资助一百七十八名贫困学生读书,压力可想而知。

有时候,我忍不住会想,2005年丛飞刚开始住院时,仅靠几个义工朋友接济,家有怀孕弱妻,还有前妻遗下的幼女,他那时身体垮了嗓子坏了,再不能演唱挣钱。加上一百多个被资助者学费没有着落,频频被人辱骂骚扰,内忧外患,如果没有记者媒体的介入,没有政府的爱心接力,没有无数市民被唤起的良知声援,丛飞的命运会是怎样一个结局?

我想,他一定会抑郁再度爆发。他不会死于癌症,他会死于抑郁自杀。他会为一百多个贫困学生的学费焦虑而死。他不愿拖累家人和朋友。事实上,他的义工朋友向《深圳特区报》记者求援时,丛飞已经严重失眠,拒绝住院。他没钱也没机会受到医院高度关注,有可能到死都不知道自己身患癌症。如果是这样,他只能潦倒而死,死于抑郁忧伤。

我再想,今日深圳的时局环境,不会让丛飞在沉默中抑郁而死。从某种意义说,是深圳造就了好人丛飞,而丛飞精神"折射出一座城市的灵魂"。

我们都是身负使命的人。上帝令我们在这座城市熬炼心志,这座城市需要天使。这座城市的人渴望活出人的尊严。

我曾经想逃离这座城市,也想逃离我的职业。从理论上说,我具备逃离的条件。我曾想调到《南方日报》或《深圳特区报》,还想调到什么大学的写作教研室、文学研究所过安稳日子。可是,我发现,每次试图逃离,都会遭遇打击。1999年底,我想调到某报文艺部,报社老总已经口头答应了。2000年初我就癌症开刀了。2002年左右,有朋友帮我张望,看哪块萝卜地有坑可去,2003年我抑郁症爆发。2003年底,看《约拿记》,得到启示:注定了,我就必须坚守阵地。我的使命就是做这个城市文学写作这块地的底肥。我的使命就是,得癌症,得抑郁症,不死,老老实实把心得写出来。就像我颈部那块长长的伤疤,头颈科专家用相机把它拍下来,作为手术失败的例子,将在课堂上向未来的医生们展示。目的是,让后来的人活得更健康,更平安。

今年8月2日是妈妈的生日。我请父母到中大小住。当晚没有出去吃大餐,也没有买生日蛋糕,也没有买什么特别礼物。妈妈牙不好,胃不好,十几年前摘了胆,她不喜欢下饭馆。我让保姆给她做了一只嫩嫩的广州酱油鸡,她没吃几块。我想想,真没什么礼物好买,她需要的东西,我习惯平时见到就买,不刻意等特别日子送。

没有一点表示,我有点过意不去。我偷偷去买了两张CD,是妈妈喜欢的老歌的音乐碟。她不喜欢听人唱,只喜欢纯乐曲。

吃完饭,爸爸妈妈坐在客厅沙发上,我关上门窗,拉上窗帘,打开吊灯,开着29度的空调,把音响调好。我对妈妈说:生日音乐会现在开始。

爸爸妈妈稍稍感到意外,但是一看我那报幕的模样便会意地微笑。很多很多年以前,我家最快乐的时刻,就是开家庭音乐会,我和弟弟报幕,妈妈爸爸唱歌。很多很多年没有看见这种场面了。音响里的曲子悠悠扬扬,我挥起手充当音乐指挥,领头唱:蓝蓝的天上白云飘,白云下面马儿跑——妈妈接着唱:挥动鞭儿响四方,百鸟齐欢唱。我唱成了"飞翔",妈妈示意我错了,应该是"欢唱"。爸爸也乐了,跟着唱:要是有人来问我,这是什么地方? 我就骄傲地告诉他,这是我的家乡——

只有一个听众。周乐乐趴在玻璃茶几上,两只乌溜溜的大眼睛看着我和爸爸妈妈,我们三人继续唱:蓝蓝的天上白云飘,白云下面马儿跑——

这时候,我又走神了,我飞快地想:这就是我的幸福时光。

我看到了,内伶仃岛的海滩。那是海岛的夜晚,月亮照在海波上,妈妈在广播室放唱片,是岛上的兵叔叔特爱听的一首歌:一树红花照碧海——一团火焰出水来。珊瑚树红春常在,风波浪里把花开——

五岁的李兰妮光着脚丫,笑眯眯坐在海滩上,身边有长长稀疏的野草,她嘴里叼着一根草芯,她耳朵听着广播里的歌,眼睛专心看月光下的海,盼望着海里真的冒出一团火,火里开着一大朵红色的珊瑚花。她在耐心地等待,她不敢眨巴眼睛,她相信,碧海里真会有美丽的花儿升起来。

2007年9月21日13点整初稿完成
2008年3月3日12点整删节稿完成

后　记

初稿完成当天,我觉得特别轻松。第二天开始进入极度焦虑。再往后的一段日子里,所有抑郁症状爆发。

我处于矛盾中。一方面我对初稿想当然地不满意,我认为自己可以把它修改成一个成熟的文学作品;另一方面,我想也许不经修饰,会让这部作品更具原生态价值。

2007 年 11 月 8 日凌晨,我做了一个梦。也许是个具有启示意义的梦。

我梦见来到一个陌生的小城,借住在一户简陋的小居室里。女房主信任我,给了我房门钥匙。房门钥匙孔贴近地面,要蹲下来塞钥匙。我不想拿这钥匙,因为我到小城来,目的是为了坐车翻过雪山到山那边去,不一定回小城。我和一群不相识的人爬上一部重型敞篷货车,我心情很好,向往着雪山那边会有奇特的风景。车越往雪山上开人感觉越冷。我快冻僵了,但我坚持不放弃,可是车轮开始打滑,我很焦虑,我很怕司机停车,又切切实实地感觉到要翻车了,也许会发生车毁人亡的惨剧。正在七想八想时,重型货车突然急速下滑,边滑落边解体,分裂成无数块碎片。车上的人尖叫着飞甩出去。我紧紧抓住一块车帮,我不敢睁开眼睛,不敢想其他人处境会怎样。我想,这回我该摔得粉身碎骨了。我想,死抓住车帮也许滚落会减速。中间一段空白了。最后一小段梦境是,我站在小城那户人家门口,发现人家给我的钥匙丢了。我很想进屋歇息,可是进不去。我站在屋后的小径旁,天近黄昏,不断有人下班路过。我心里很内疚,觉得丢失了人家的钥匙到时怎么交代呢? 我很疲倦。我很焦虑。我很自责。

已是春节前夕,《后记》无法继续往下写。这段日子里,生命之灵与死亡之灵在争战。每一天都在争战。

2008 年 1 月 15 日,要去深圳的医院拿体检报告。凌晨,做了一个梦。

前面情形不记得了。只记得我在深圳的街上,两边都有高楼,一边背光一边朝阳。中间一条马路,马路窄,单行线,没有车经过,行人不多。有几个男女站在背光的路边,交给我一卷绳子,很热心地告诉我到对面几十米处一幢高楼去了断。他们说:快去啊。带上绳子双保险,一定能死掉。他们催我快跑,他们要看我死掉帮我处理后面的事。我兴冲冲一手挽绳子往那幢楼跑去,满心喜悦着急,生怕跑慢了让这些热心人久等。快到高楼门口时,脑子里突然有声音问:你就这样走了?你不用再想一想?急什么!我的脚止住奔跑,慢慢停下来。我犹豫不决地站着,不知自己该想什么。突然我看到手里那卷麻绳觉得奇怪。那么一大卷麻绳,为什么轻飘飘的?也不硌手。不对呀,跳楼和上吊不可能同时进行啊!这些人没脑子。好像……不能听他们的。

这时,我从梦中惊醒。睁眼一看,我独自躺在深圳的卧室里,窗外天色阴黑,屋里静森森的。后脑勺发冷。死亡之灵又在发起攻击。

我不知道什么时候才能写完这篇《后记》。

现在是 2008 年 3 月 9 日下午 5 点 5 分,我在做认知治疗。李兰妮,抗抑郁你有进步,一天一片赛乐特、三片阿普唑仑、三片优甲乐。愉快的事:贺绍俊最早看完初稿并肯定此书价值。《上海文学》今年每期选载你的初稿,丽宏兄已寄来第一、第二期。朋友们的直接支持对我的抗抑郁非常重要。中国作协将请崔道怡、张守仁两位尊敬的前辈做审读专家。3 月 4 日你看到出版社发来的审稿意见,这本书将尽快出版。好啊。这些都是好消息,对治病有利。不太愉快的事:我仍然没法通读这部文稿。一看进去我就要使劲揪自己的头发,一直揪一直揪,揪得头发痛,越痛越安全,这样就不用撞墙了。放松——深呼吸。别害怕。交托。李兰妮,我要表扬你,你仍然活着。活着。微笑。你把书的《后记》交给你的朋友李媚、田惠平来写。你寻找,就找到;你叩门,门就开了。

李媚、田惠平,你们来接力吧。

后　　记（二）

　　兰妮，上次在深圳见面时，我们有个约定，那就是如果在你生前《旷野无人》没有得以出版，我一定要将此事进行到底，付诸实现。

　　仅仅过了几个月，就得知人民文学出版社将要出版《旷野无人》，真好！我其实并不怀疑你能在生前看到此书印刷出世，因为它是一本好书！

　　我松了一口气，不是因为我们的约定可以从此勾销，而是因为你终于可以在活着的时候看到它的问世。

　　兰妮，我曾是那样地担心失去你，怕你在完成了此书之后不再有毅力忍受"活"的煎熬。谢谢你，为了许多人又渡过了一道关，为了"许多人"活下来。我知道，这"许多人"中有我，有你所有认识的和不认识的人，但独独没有你自己。

　　读了《旷野无人》后第一次与你面谈，我们谈了很多，第二天早上醒来，我见到你的第一句话就是："兰妮，我要为你写墓志铭！"

　　因为你的《旷野无人》，我不再惧怕与你谈到死亡，我已经对你说过，现在仍然想说的是：兰妮，如果有一天，你想走，就走吧，只要那是为了你自己，为了一份生命的美丽，那是生命终于可以快乐而绽放的美丽！

　　因为读了《旷野无人》，我第一次警觉到自己有一个可能的错误：以为对生命的尊重就是对生命存在的尊重。我第一次感受到，正因为尊重和爱戴，我可以平静地祝福她选择放弃活着……

　　因为有了《旷野无人》，我更加深刻地认识到，尊重每个个人的特点，是我们这个世纪的职责。

　　我们的身边原来有那么多抑郁症患者！但我们对抑郁症却始终了解得那么少；因为不了解，世界不宽容；因为不宽容，世界缺乏尊重；因为缺乏尊重，这个世上有多少生命在扭曲中挣扎。

　　我们的身边原来有那么多抑郁症患者！但直到《旷野无人》，同样是泱泱抑郁症人口王国的中文世界才有了一本可以让我们了解它的著述。兰妮，这是你对中华文化和文明的贡献，不管你忍受了多少煎熬，我想都是值得的。

　　我不会再规劝你活着有多么美好，但将努力规劝周围的人学会尊重生命的多样性；我决不会对你说生命只要存在就美丽之类的蠢话，但将用我全部的行动让周围的生命不再有践踏。

　　谢谢你,兰妮!祝福你,兰妮!不管你选择了什么,我相信那都将是最美丽的,我们两姐妹有一点是相同的,那就是对美丽的执拗和固着。

　　书要出版了,我既高兴又害怕,无论如何我还是害怕失去你。

　　不要忘了,你和我之间还有一个约定:我们姐妹要互相写墓志铭哟!

　　我知道坚持对你有多难,但一定要坚持到给我写好墓志铭可以吗?

　　我不能再写了,从来就对写东西没有信心,今天思绪更乱,不知为什么,一直在流泪,写得好艰难,能用则用,不行则罢。

爱你的　惠平

2008 年 4 月 22 日

（田惠平:北京星星雨教育研究所所长,中国孤独症儿童教育开创者,主要从事应用行为分析法的临床干预）

后　　记（三）

　　1984 年 3 月我到深圳。还没见到兰妮就听说了她的名字。因为我周围的人常拿我和兰妮比较,说我和她有些相像。见到兰妮,感觉其实我们并不相像。后来,我们都住在园岭 100 栋,她在五楼我在二楼。在深圳十几年,最好的朋友是兰妮。从认识她,她就身体不好,小脸苍白。那时候,我特别不理解为什么这么年轻身体会不好。尽管这些年,我每年都会得一场不大不小的病,但面对兰妮,我还是无法体会她身体的遭遇。病痛是兰妮的生活常态,她就是这样,一直拖着病痛的身体,微笑周到小心翼翼地面对这个世界的人和事。

　　但凡有走投无路的大事,我会想到找她。可是,面对她的痛苦,我完全无奈,眼睁睁看着她受罪煎熬。想起她,心就痛。

　　她写《旷野无人》,我一直知道写得极难。读到她写成的文字之后,我才知道,她的艰难是我无论如何无法想像的。而她说,她写出来的,充其量只有她经历的十分之一。

　　兰妮一直为她那还没写出来的十分之九焦虑,她想努力地写出来。我坚决地对她说:不写了!

　　她不能再写了。

　　再写下去,我相信,那个句号一定是她生命的终结。那十分之九和这十分之一除了在程度上不同之外,在本质上有区别吗? 为什么一定要伤到头狠到底最后彻底把自己毁掉? 为什么一定要这样?! 还是为自己和别人保留一些限度吧。相信人心的柔软。如果人只能在鲜血淋淋的残酷中看见生命,这个世界还有救吗? 我们难道不能从有限度的疼痛中,体会丝丝缕缕的生命现实吗?

374

　　真正的痛苦是无法被叙述的。这是上帝造人的秘密,人破译不了,否则,就不会有千百年来人类不懈写作的努力。就像死亡不能被真正描述一样,被描述的都不是真正的死亡,因为死亡不与我们同在,我们只能看见死亡留下的躯壳。兰妮给我们开出的是一个通道,她的心意已经表达得非常充分了。对世人,她所能做的,只有双手摊开,尽力地捧出自己。虽然兰妮没有充分表达她的病痛,但是,她充分表达了她的爱。因为出于爱,她把自己彻底地投入无边的黑暗……兰妮,尽到了自己最大的努力。尽力了,够了。

生命痛到绝处,只有死。而兰妮不能死。不是没到绝处,而是她信守对上帝的承诺。如果没有这个承诺,她会坚决地离开,从活的挣扎中得到轻松的解脱。

兰妮用文字戳挖着自己的心,一个字一个字艰难地写。兰妮抽出自己的血,用刀割伤肉身……她的生命就是在这样一种惨痛的自残中,得以保留。对不会流泪流不出泪的兰妮,恐怕这是惟一的出路了。人不能忍受全部密闭的被围困的处境,再坚强的人也不能。我想,如果没有要将这一切告诉世人的念头,兰妮也活不到今天。

我们要感谢兰妮,把一个抑郁症兼癌症病人的经历公之于众。同时,也把她的软弱、混乱、虚荣诚实地公之于众。

在这些文字里,我相遇的不是作家的兰妮,而是一个重病缠身的女人,一个终于把自己打开的朋友。这么多年来,我一直盼望着兰妮打开自己,她不像我们,轻易就能为自己找到一个释放的通道。没想到她竟是在这样的情景下,把自己撕扯得这么令人心碎……感谢主,终于一切都完成。又见蓝天!

兰妮出死入生,为世人做出美好的见证。

从某种意义上,我甚至有些羡慕兰妮。她已经挨过了最惨痛最煎熬的时刻。还能有比这更坏的吗,在生命余下的日子里?从此,兰妮应该得到全部的解脱和释放。她不再是病痛和现实的囚徒,再经过的,一定是喜乐平安之路。

前面的道路已经明朗,还怕什么?!

我为兰妮祝福和欣喜。从兰妮,我真正感知:生命是一次感恩的机会,是得祝福的过程。

李　媚

2008 年 4 月 11 日

(李媚:原《现代摄影》杂志主编,《焦点》杂志社社长,摄影评论家)